현대어본

몽옥쌍·봉연록

18세기중엽한국소설사가창조한가문소설계장편연작소설

현대어본

몽옥쌍봉연록

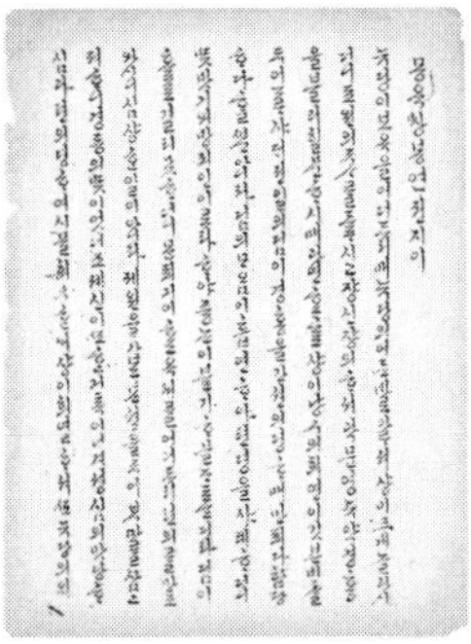

역주 최길용

學古房

이 저서는 2014년 정부(교육부)의 재원으로 한국연구재단의 지원을 받아 수행된 연구임(NRF-2014S1A5B5A07040321)

This work was supported by the National Research Foundation of Korea Grant funded by the Korean Government(NRF-2014S1A5B5A07040321)

서문 ● ●

최길용
전북대학교 겸임교수

〈몽옥쌍봉연록〉연작은 중국 당나라 代宗~憲宗朝를 배경으로
곽·장 양문의 인물들이 펼쳐가는 삶을 다루고 있는 작품으로, 내
적 양식면에서는 가문의 화합과 번영을 다룬 가문소설이며, 외적
양식면에서는 〈몽옥쌍봉연록〉(이하 〈몽옥〉이라 한다)·〈곽장양문
록〉(이하 〈곽장〉이라 한다)·〈차천기합〉(이하 〈차천〉이라 한다)으
로 이어지는 3부 연작소설이다, 그리고 분량면에 있어서는 1부
〈몽옥 : 러시아 동방학연구소본〉이 4권 117,600자, 2부 〈곽장 : 홍태
한 홍두선본〉 6.3권 172,100자, 3부 〈차천 : 홍두선본〉 3.7권 97,500자
도합 14권 387,200자에 이르는 장편연작소설이다. 그러나 3부 〈차
천〉은 작품내용으로 보아 후반부에 2권 약 49,000자 정도의 결권
이 있는 불완전본으로 전하고 있어, 원작의 전체 분량은 총 16권
436,200 여자에 이를 것으로 추정되고 있다.

구조면에서 〈몽옥〉연작은 장·곽 두 가문의 가문사가 軸이 되
어 전개되는 작품들로, 1부 〈몽옥〉은 주인공 장홍의 일대기가 중
심이 된 장부의 가문사가 축이 되어 전개되고 있고, 2부 〈곽장〉
은 주인공 곽선경의 일대기가 중심이 된 곽부의 가문사가, 그리
고 3부 〈차천〉은 1부의 주인공 장홍의 넷째 아들 장혜의 일대기
가 중심이 된 장부의 가문사가 각각 축이 되어 전개고 있음으로
써, 작품이 1부·2부·3부로 이어지면서 중심가문이 장부에서 곽
부로, 곽부에서 다시 장부로 이동하고 있는 脫世代錄型 연작형태
를 취하고 있어 주목된다.

또 인물면에서 〈몽옥〉연작은 聯婚家인 곽·장 양문의 인물들
이 입신양명과 혼인을 통해 개인적 성취를 이룩하고 가문을 흥기

6

하며 가문 간 유대를 두터이 하면서 대를 이어 펼쳐가는 삶의 이야기이다. 1부인〈몽옥〉이 주인공 장홍이 정치적 참화를 입어 몰락한 가문을 개인의 특출한 능력을 바탕으로 입신양명하고 입공출세함으로써 가문을 재건하고 삼부인과 결혼을 성취하여 행복한 삶을 추구해가는 이야기라면, 2부〈곽장〉은 곽선경이 다섯 부인과 혼인을 하고 처·처갈등으로 숱한 家亂을 겪으며 이를 극복해 가는 이야기이고, 3부〈차천〉은 장혜가 3부인 2첩과 혼인을 완성해 가는 과정에서 겪는 혼사장애 갈등과 처·첩 갈등, 옹·서 갈등, 계모·전실자식간 갈등을 그려가고 있는 이야기이다. 그런데〈몽옥〉의 주인공 장홍과〈곽장〉의 주인공 곽선경,〈차천〉의 주인공 장혜는 서로 옹서, 부자의 관계에 있음으로써, 세 작품은 이러한 주인공들의 인간관계로 인해 필연적으로 대부분의 이야기들이 서로 맞물린 채로 얽혀져서 진행될 수밖에 없게 되어, 세 작품에 동일 인물들이 반복적으로 등장하는 구조를 가질 수밖에 없게 된다.

주제면에서는, 세 작품이 다 같이 남성 주인공의 입신출세와 간신과의 대결, 번국의 반란평정 등의 담론들을 통해 임금에 대한 충과 가문창달, 공명추구 등의 주제를 드러내고 있다. 또 남녀 주인공들의 혼인담들은 혼인에 있어서의 신의와 정절[烈], 부부·처처·처첩 간의 화목을 반복해서 강조하고 있고, 또 악처·악첩들이 남편의 애정을 독점하기 위해 빚어내는 숱한 家亂들을 통해서는 투기징계의 주제를 교훈적 어조로 서사해 놓고 있다. 이렇게 세 작품은 동일한 주제를 추구하고 있음으로 해서, 같은 주제를 향해 통일되어져 있는 하나의 작품으로 간주 될 수 있다.

이 책 『현대어본 몽옥쌍봉연록』은 이 교감본 중 '러시아 동방학연구소본'을 대본으로 하여 현대어로 옮긴 것으로, 그 총분량은 284,000자 정도가 된다. 앞의 교감본이 연구자를 위한 전문학술도서 국배판 전1권으로 편찬된데 비해, 이 현대어본은 중·고·대학생과 일반대중을 위한 교양도서(소설)로 성격을 전환하고, 그 규격을 경량화 하여 신국판 전1권으로 편찬함으로써, 책의 부피가

주는 중압감과 지나치게 작고 빽빽한 글자가 주는 눈의 피로를 해소하기 위해 노력했다.

이 현대어본의 편찬 목적은 고어표기법과 한자어·한자성어·한문문장체 표현 위주의 문어체 문장으로 되어 있는 원문을, 현대철자법과 현대어법에 맞게 번역하거나, 한자병기, 주석, 띄어쓰기를 가해 가독성(可讀性)이 높은 텍스트로 재생산하여, 일반 독자들에게 '읽기 쉬운 책'을 제공하는데 있다. 그리고 이렇게 함으로써 독자들이 누구나 쉽게 우리의 고전문학에 접근할 수 있게 하고, 일찍이 세계 최고수준의 소설문학을 창작하고 향유했던 민족문학에 대한 이해와 자긍심을 높이 갖도록 하는 데 있다.

아무쪼록 이 책의 출판을 계기로 이 연작이 더 많은 독자들과 연구자, 문화계 인사들의 사랑과 관심을 받게 되고, 영화나 TV드라마 등으로 제작되어 민족의 삶과 문화가 더 널리 전파되어 갈 수 있기를 기대한다. 이 작품 속에 등장하는 적강·신몽·용왕·군담·요술·이상향 건설·선계여행 등의 다양한 상상력을 장착한 소설적 도구들은 민족을 넘어 세계인들의 사랑과 흥미를 이끌어내기에 충분할 것으로 믿어 의심치 않는다.

끝으로 그간 어려운 출판 여건 속에서도 〈명주보월빙〉의 교감본(전5권)과 현대어본(전10권), 그리고 〈윤하정삼문취록〉 교주본(전5권)과 현대어본(전7권), 또 〈엄씨효문청행록〉 교감본(전2권)과 현대어본(전2권)에 이어 이 연작[〈몽옥〉의 교감본과 현대어본, 〈곽장/차천〉의 교감본, 〈곽장〉의 현대어본] 출판까지도 흔쾌히 맡아주신 도서출판 학고방의 하운근 대표님과, 그간 편집과 출판을 맡아 애써주신 조연순 팀장님, 그리고 도움을 주신 직원 여러분께 깊은 감사를 드린다.

2017년 8월 25일
蟄士齋에서

8

● ● 일러두기

 이 책 『현대어본 몽옥쌍봉연록』은 필자가 〈몽옥쌍봉연록〉의 두 이본, 곧 4권4책으로 필사된 '러시아동방학연구소본'과 4권4책으로 필사된 '국립중앙도서관본'을 원문내교(原文內校)와 이본대교(異本對校)의 2단계 원문교정 과정을 거쳐, 각 텍스트의 필사과정에서 생긴 원문의 오자·탈자·오기·연문·결락들을 교정하고, 여기에 띄어쓰기와 한자병기 및 광범한 주석을 가해 편찬한 『교감본 몽옥쌍봉연록』(러시아동방학연구소본.)을 대본(臺本)으로 하여, 이를 현대어로 옮긴 것이다.

 그 방법은 원문 가운데 들어 있는 ①난해한 한자어나, ②한문문장투의 표현들, ③사어(死語)가 되어버려 현대어에 쓰이지 않는 고유어들을, 1.현대어로 번역하거나, 2.한자병기(漢字倂記)를 하거나, 3.주석을 붙여, 독자가 그 뜻을 쉽게 이해할 수 있도록 하되, 그 이외의 모든 고어(古語)들은 4.표기(表記)만 현대 현대철자법에 맞게 고쳐 표기하는 방식으로 이 책 『현대어본 명주보월빙』을 편찬하였다.

 여기서는 위 1.-4.의 방법에 대해 한 두 개씩의 예를 들어 두는 것으로, 본 연구의 현대어본 편찬방식을 간단하게 밝혀두기로 한다.

1. 번역
한문문장투의 표현이나 사어(死語)가 된 고어는 필요한 경우 현대어로 번역하였다.

 ㉠ '조디장스(鳥之將死)이 기셩(其聲)이 쳐(悽)ᄒᆞ고, 인지장스(人之將死)의 기언(其言)이 션(善)ᄒᆞ다.' ᄒᆞ니, 슉뫼 반

ᄃ시 별셰(別世)ᄒ시려 이리 니르시미니

⇒ '새가 죽을 때면 그 소리가 슬프고, 사람이 죽을 때면 그 말이 착하다' 하니, 숙모 반드시 별세(別世)하시려 이리 이르심이니,

ⓛ 그대 집 변고는 불가사문어타인(不可使聞於他人)이라. 우리 분명이 질녀 무사히 돌아감을 보아시니, 그 사이 변괴 있음이야 어찌 몽리(夢裏)의나 생각하리오마는

⇒ 그대 집 변고는 남이 들을까 두려운지라. 우리 분명히 질녀가 무사히 돌아감을 보았으니, 그 사이 변괴 있음이야 어찌 꿈속에서나 생각하였으리오마는

ⓒ 목불시사색(目不視邪色)은 고인의 경계라.

⇒ 눈으로 간사한 모습을 보지 않음은 옛사람의 경계라.

ⓔ 성각이 망지소위중(罔知所爲中) 차언(此言)을 듣고

⇒ 성각이 당황하여 어찌해야 할지를 알지 못하는 가운데 이 말을 듣고

ⓜ 기불미새(豈不美之事)리오?

⇒ 어찌 아름다운 일이 아니겠는가?

ⓗ 사어(死語)가 된 고어는 필요에 따라 번역하였다
예)쩌지우다/처지게 하다 떨어지게 하다 다릭다/당기다
-도곤/-보다   아/아우   아이/아우 동생   남다/넘다
아쳐ᄒ다/흠을 잡다 싫어하다 미워하다   쌘다/뽑다
무으다/쌓다 만들다   흉희(胸海)/가슴   나 : 나이

2. 한자병기(漢字倂記)

어려운 한자어 가운데 한자만 병기하여도 그 뜻을 쉽게 이해할

수 있는 말은 구태여 주석을 붙이지 않고 한자만 병기하였다.

> ㉠ 신부의 화용월틱(花容月態) 챤연쇄락(燦然灑落)ᄒ여 창졸
> 의 형용ᄒ여 니르지 못ᄒᆞᆯ디라.
> ⇒ 신부의 화용월태(花容月態) 찬연쇄락(燦然灑落)하여 창졸
> 에 형용하여 이르지 못할지라.

3. 주석(註釋)

한자병기만으로 뜻을 이해할 수 없는 한자어나, 사어(死語)가
된 고어는, 주석을 붙여 그 뜻을 밝혀 두어, 독자가 쉽게 이해할
수 있게 하였다.

> ㉠ 윤태위 빅의소딕(白衣素帶)로 죄인의 복식을 ᄒ여시나,
> 화 풍경운(和風慶雲)이 늠연쇄락(凜然灑落)ᄒ여 농미봉
> 안(龍眉鳳眼)이며 연함호뒤(燕頷虎頭)오월면단슌(月面丹
> 脣)이니
> ⇒ 윤태우 백의소대(白衣素帶)1)로 죄인의 복색을 하였으나,
> 화풍경운(和風慶雲)이 늠연쇄락(凜然灑落)ᄒ여, 용미봉안
> (龍眉鳳眼)2)이며 연함호두(燕頷虎頭)3)요 월면단순(月面
> 丹脣)4)이니

> 주) 1)백의소대(白衣素帶) : 흰 옷과 흰 띠를 함께 이르는
> 말로 벼슬이 없는 사람의 옷차림을 말함.
> 2)용미봉안(龍眉鳳眼) : '용의 눈썹'과 '봉황의 눈'이란
> 뜻으로, 아름다운 눈 모양을 표현한 말.
> 3)연함호두(燕頷虎頭) : 제비 비슷한 턱과 범 비슷한 머
> 리라는 뜻으로, 먼 나라에서 봉후(封侯)가 될 상(相)
> 을 이르는 말.
> 4)월면단순(月面丹脣) : 달처럼 환하게 잘생긴 얼굴에
> 붉고 고운 입술을 가짐.

ⓛ 촌촌(寸寸) 젼진ᄒ여 걸식 샹경ᄒ니, 대국 인믈의 셩흠과 번화ᄒ미 번국과 닉도ᄒ디라.

⇒ 촌촌(寸寸) 전진하여 걸식 상경하니, 대국 인물의 성함과 번화함이 번국과 내도한지라1).

주) 1)내도하다 : 매우 다르다. 판이(判異)하다.

ⓔ ᄌ녀를 셩취(成娶)ᄒ여 영효(榮孝)를 보미 극히 두굿거오나 내 스스로 ᄆ음이 위황 (危慌)ᄒ니

⇒ 자녀를 성취(成娶)하여 영효(榮孝)를 봄이 극히 두굿거우나1) 내 스스로 마음이 위황(危慌)하니

주) 1)두굿겁다 : 자랑스럽다. 대견스럽다.

4. 현행 한글맞춤법 준용

고어는 그것을 단순히 현대철자법으로 고쳐 표기하는 것만으로도 그 90% 이상이 현대어로 전환된다. 따라서 현대어본 편찬 작업의 중심은 고어를 현대철자법으로 바꿔 표기하는 작업에 있다 할 것이다. 이 책에서의 현대어 전환표기 작업은, 번역을 해야 할 말을 제외한 모든 고어 원문을, 현행 한글맞춤법을 준용하여, 현대 철자법으로 고쳐 표기하는 방식으로 진행하였다. 그리고 그 작업에는 다음의 몇 가지 원칙이 적용되었다.

1. 원문의 아래아 (ㆍ)는 'ㅏ'로 적음을 원칙으로 한다.
(ᄌ녀⇒자녀, 잉ᄐ⇒잉태, 영ᄋ⇒영아, 이 ᄀᆞᄐᆞᆫ⇒이 같은, 예외; 업거늘⇒없거늘)

2. 원문의 연철표기는 현대어법을 따라 분철표기를 원칙으로 한다.
(ᄆ어시⇒무엇이, 본바들⇒본받을, 슬프믈⇒슬픔을, 고으믈⇒고움을, 아라⇒알아)

3. 원문의 복자음은 현행 맞춤법 규정을 따라 표기한다.
(ᄣᅡᇰ뇽⇒쌍룡, ᄠᅳᆺ⇒뜻, ᄡᅩ아⇒쏘아, ᄭᆡᄃᆞᆺ디⇒깨닫지, 샬

니⇒ 빨리, 쓸오더니⇒따르더니)

4. 원문의 표기가 두음법칙·구개음화·원순모음화·단모음화 등의 음운변화로 인해 달라진 말들은 현행 맞춤법 규정을 따라 표기 한다.
(뉴시⇒유씨, 녕아⇒영아, 텬죠⇒천조, 뎐상뎐하⇒전상전하, 믈⇒물, 쥬쥬(晝晝)⇒주주)

5. 종결·연결·존대어미 등의 원문 준용

문어체 위주의 원문 문장은 구어체 위주의 현대문장과 현격한 문체적 차이를 갖고 있다. 특히 문장의 종결어미나 연결어미, 존대어미는 글의 문체적 특성을 드러내는 매우 중요한 요소들이기 때문에 역자가 이를 현대문의 문체로 고쳐 표현하는 것은 한계가 있을 수밖에 없다. 그것은 문어체 문장이 갖고 있는 장중(莊重)하고도 전아(典雅)하면서 미려(美麗)하고 운률적(韻律的)인 여러 미감(美感)들을 깨트려놓음으로써, 원전의 작품성을 크게 훼손할 수가 있기 때문이다. 따라서 이 책에서는 원문의 종결·연결·존대어미 등은 원문의 표현을 준용하여 옮기되, 표기는 현행 한글맞춤법에 따라 옮겼다.

(-옵ᄂᆞ니⇒오니/-니, -쇼이다⇒소이다, -과이다⇒과이다,-ᄌᆞ온딕⇒자온데, ᄂᆞ이다⇒나이다, -리잇가⇒리까, 시ᄂᆞ니잇가⇒시나이까, -어늘⇒거늘, -ᄂᆞ뇨⇒느뇨)

*다만 연결어미의 반복적 사용으로 문장이 매끄럽지 못하거나 지나치게 길어진 경우에는 이를 적절히 바꾸고 문장을 나눠, 간결하고 명료한 문장이 되도록 옮겼다.

목차 ● ○

<몽옥쌍봉연록>의 주요 등장인물

주동인물

● 안남왕 장홍

주인공. 자(字)는 몽필. 전생신분이 문곡성(文曲星)으로 곤륜선녀
(崑崙仙女)와 눈빛을 주고받은 죄로 적강한 인물. 중국 당(唐) 대
종(代宗) 때의 사람으로 안남국(安南國) 승상 장완과 모친 유씨
사이에서 셋째로 태어난다.

어려서부터 매우 총명하였으며, 훗날 만인지상(萬人之上)이 될
것이라는 예언 때문에 부친의 각별한 사랑을 받는다. 13세가 되
던 해 당나라 조정에서 천사(天使)를 보내 지난 50여 년간 바치
지 않은 조공을 한꺼번에 바치도록 요구해온다. 이에 장완은 이
를 두고 고심하는데, 이를 지켜본 장홍은 자신이 접대관이 되어
조회에 나아가 의리(義理)로 사신을 달래겠다고 한다.

장홍은 사신을 만나 연이은 흉년으로 백성들이 도탄에 빠져있
는 사실을 들어 사신을 설득해, 그동안 바치지 못했던 조공을 모
두 탕감받고 국가의 재물을 흩어 백성들을 구휼하라는 명을 받아
낸다. 이로 인해 장완 장홍 부자(夫子)는 백성들의 공경을 받게
되고, 사신으로부터 장홍에 대해 전해 듣게 된 대종(代宗)이 장홍
에게 입조하라는 황명을 내린다.

그런데 이때 장씨가 왕이 될 것이라는 동요가 널리 퍼지고 이
를 틈타 상서령 우필이 장완을 참소하여 장홍은 가족을 모두 잃
고 유모 난영의 도움으로 간신히 화를 피해 달아난다.

한 촌주(村主)의 도움을 받아 형주(荊州)에 도착한 장홍은 성명
을 경홍으로 바꾸고 신분을 숨긴 채 이곳에 정착해 곽문영 등의
선비들과 함께 학문에 힘쓴다. 어느 날 곽문영 등의 제안으로 나
들이를 떠난 장홍은 적병강에서 뱃놀이를 하던 중 한 꿈을 꾸게
되는데, 꿈에 구강용왕(九江龍王)을 만나 용왕의 딸이 적강하여

곽씨의 딸로 태어났으니 혼약을 맺어 훗날을 기약하라는 권유를 받는다.

이때 구강용왕은 딸을 불러 장홍과 시를 교환하게 하고 딸의 손에서 옥반지 한 짝을 빼 장홍에게 주며 정표로 삼으라 한다. 꿈에서 깬 장홍은 주머니 속에 옥반지가 있음을 발견하고 이를 기이하게 여겨 강에 제를 지내고 돌아온다.

이때 형주 화락촌에 사는 두부인이 장홍의 소문을 듣고 자신의 딸 진태강과 혼인할 것을 청하자 장홍은 이를 받아들여 혼약을 맺는다. 그러나 이로 인해 평소 장홍을 시기하던 노생이 진태강을 흠모하던 정생과 모의해 장홍을 신해정으로 유인해 해치려 한다. 노생은 자신의 애첩인 취운을 시켜 장홍에게 술을 따르게 한후, 이를 빌미로 자신의 애첩과 정을 주고받았다며 장홍에게 누명을 씌우고 정생 또한 자신과 정을 통하고 있던 진태강을 가로챘다며 장홍을 욕한 후, 장정들을 동원해 장홍을 죽이려 한다.

때마침 곽문영의 도움으로 위기를 벗어난 장홍은 더 이상 형주에 있을 수 없다고 여겨 진태강에게 혼인을 약속하는 글을 남긴후, 곧장 짐을 꾸려 과거에 응시하기 위해 장안(長安)으로 향한다.

도중에 양양(襄陽)에서 홍노점에 머물던 중 객점 주인 일당에게 재물을 빼앗기고 강물에 던져지는데, 다행히 노옹(老翁) 유한의 도움으로 목숨을 건지고 장안에 도착한다. 그러나 이때 토번이 모반한 탓에 과거가 취소되고, 장홍은 행형사에서 과거를 준비하며 겨울을 보낸다.

이듬해 장홍은 장원급제하여 한림학사(翰林學士)에 오르는데, 이때 곽문영이 찾아와 진태강이 장홍이 죽은 것으로 알고 있으며, 객점 주인 일행을 죽여 장홍의 복수를 했다는 소식을 전하자 장홍은 진태강과의 혼약을 지키기 위해 황제에게 말미를 청하고자 한다.

그러나 또다시 토번이 모반하자 장홍은 곽문영의 조부이자 분양왕인 곽분양을 따라 출전하게 된다. 토번을 물리쳐 신화장군이라는 별칭을 얻게 된 장흥은 그 공으로 이부상서(吏部尙書)에 봉해지고 진태강을 맞이하기 위해 형주를 찾아가지만 그 사이 진태강이 이명춘의 화를 피해 형주를 떠난 탓에 만나지 못하고 돌아온다.

얼마 후 장흥은 연회에서 시를 지어 황제에게 바치게 되는데, 이 시를 본 회양공주는 장흥의 학식을 칭찬한다. 이에 대종은 장흥을 회양공주와 혼인시키고자 하여, 장흥을 불러 혼처가 있는지를 묻는다. 장흥은 황제의 뜻을 사양하며 진태강과의 혼약이 있음을 아뢰지만 대종은 진태강의 생사를 알지 못하는 상황임을 이유로 사혼령을 내린다.

결국 장흥은 이튿날 표문을 올려 안남국에서 가족을 잃은 일과 신분을 숨겨 과거에 급제한 일들을 밝힌다. 이에 대종은 사혼령을 거두어들이고 장흥은 외부 출입을 삼간 채 근신한다.

이때 진태강의 노복 단충이 찾아와 그간의 일들을 전하며 진태강의 무사함을 알리지만 장흥은 근신 중인 탓에 진태강을 찾아가지 못한다. 얼마 후 곽문영, 전전태우 조헌, 상서 유양이 찾아와 장흥의 심사를 위로하며 함께 나들이 갈 것을 청하자, 장흥은 마지못해 그들과 함께 곡강(曲江)으로 나들이를 간다. 이때 장흥은 산중에서 광채가 이는 것을 보고 급히 그곳을 찾아가 자옥(紫玉)을 얻게 된다. 곽문영 등은 그것이 잃어버린 황실의 보물이며, 자옥을 찾아온 이를 회양공주와 혼인시켜 부마로 삼는다는 황명이 내려졌음을 말하지만, 장흥은 자옥을 우연히 만난 한 노옹에게 주어 대신 공을 청하도록 한다.

그러나 대종은 노인을 회양공주의 부마로 삼는 것을 꺼려하여 고민하고, 이때 조헌이 황제에게 자옥을 얻은 이가 원래 장흥이라는 사실을 밝힘으로써 장흥은 다시 황제의 사혼교지를 받게 된다. 이에 장흥은 부모의 원수를 먼저 갚은 후 혼인하겠다는 뜻을 아뢰고, 황제의 윤허를 얻어 대장군 유명일, 경영대도독 설윤 등과 10만 대군을 이끌고 안남국으로 향한다.

장홍은 남제에 둔병한 후 사신을 보내 안남왕에게 우필을 잡아 바치라는 친서를 전하게 한다. 그러나 우필이 이 서찰을 빼돌리고 안남왕의 필적을 모방해 거짓 친서로 장홍을 달래자, 장홍은 이에 격분하여 안남국 70여 성을 모두 항복받고 안남국 도성을 포위한다. 이에 우필이 신분을 숨긴 채 민가로 숨어들고 안남왕은 그제서야 사건의 전말을 알고 급히 성문을 열어 장홍을 맞이한다. 얼마 후 우필이 백성들의 손에 붙잡혀오자, 장홍은 우필의 목을 베고 제를 올려 부모의 원수를 갚고, 옥에 갇혀있던 화씨 삼형제를 통해 자신을 도와준 촌주의 성명이 화총이며 그들의 부친임을 알게 된다.

이에 장홍은 안남왕을 만나 화씨 일족에게 식녹을 내리게 하고 화총을 만나 감사의 뜻을 전한 후 화총이 대신 장례를 치렀던 부모의 분묘를 찾아 제를 올리고 왕의 격식을 갖추어 분묘를 단장한다. 이때 화총은 19년 후 장홍이 안남왕에 오를 것이라 말하지만, 장홍은 대수롭지 않게 여기고 장안으로 돌아와 회양공주와 혼인한다.

그러나 장홍은 진태강과의 혼약을 지키지 못한 것이 마음의 병이 되어 몸져 눕게 되고, 이때 곽문영이 황제를 알현하고 진태강이 양양에서 장홍의 복수를 한 일을 아뢰자 대종은 진태강의 절개를 높이 사 장홍과 진태강의 혼인을 허락한다. 그 사이 병상에 있던 장홍은 꿈에 구강(九江) 사자(使者)를 만나 곽씨와의 혼인을 재촉받고, 회양공주에게 이 꿈에 대해 털어놓는다.

장홍은 대종이 진태강과의 혼인을 윤허했다는 소식에 병세가 회복되고, 회양공주가 장홍의 꿈과 문창공주 곽혜옥의 꿈이 같음을 알고 황제에게 청해 두 사람의 혼인을 윤허받는다. 그러나 곽혜옥은 이 사실을 몰라 장홍과의 혼인을 거절하는데, 이에 장홍은 오래 전 꿈을 꾼 후 얻었던 옥환을 곽혜옥에게 보내 자신이 꾸었던 꿈의 내용을 전하고 곽혜옥과 혼약을 맺는다.

한편 장홍은 회양공주와 의논해 진태강을 장안으로 초청하는 편지를 보내지만 진태강이 이를 거절하자 장홍은 혼약을 저버린 죄인을 자처하며 진태강과의 혼사를 포기하려 한다. 그러나 회양공주의 도움으로 황제로부터 진태강과의 혼인을 윤허받고 곽혜옥과 혼례를 올린다.

이때 황태후가 조서를 내려 제왕(諸王)들과 왕후비빈을 청해 주연을 베풀 뜻을 전하고 장홍과 곽혜옥도 초대되어 참석하게 된다. 이 자리에서 대종은 진태강의 신분을 문제 삼는데, 이에 장홍은 진태강이 진희공의 증손이며, 시랑 오순의 외손녀임을 아뢴다. 결국 이로 인해 진태강의 신분이 밝혀지고 장홍은 대종의 윤허를 받아 진태강과 혼인하게 된다. 장홍의 세 부인은 모두 잉태하여 아들 둘과 딸을 낳게 된다.

얼마 후 추밀사 양휴과, 시랑 유삼의가 찾아와 유람을 제안하는데, 장홍은 곽문영을 청해 함께 가고자 한다. 그러나 곽문영이 조정의 일로 동참하지 못하자 장홍은 진태강의 동생 진홍경을 데리고 유람을 떠난다. 장홍은 천초산 법선사를 유람하고 돌아오는 길에 남초왕 이헌을 만나 오왕(吳王) 신강이 모반한 사실을 전해 듣게 되고 급히 입조하라는 조서를 받게 된다.

장홍은 이에 급히 입궐해 대사마 대원수에 봉해져 20만 대군을 이끌고 오(吳)로 향한다. 동정호(洞庭湖)에 이르러 심한 풍랑으로 진군할 수 없게 되자, 장홍은 해변에 제를 올려 풍랑을 멎게 한다. 그날 밤 꿈에 구강용왕이 찾아와 자신에게 인사도 하지 않고 이곳을 지나려 하였기에 풍랑을 일으켰다고 말하며, 소주에 매복이 있으니 적벽으로 돌아 무주로 향하도록 권한다.

장홍은 이에 군사를 돌려 적벽으로 우회하여, 적벽에서 잠시 군사를 멈추고 쉬게 된다. 이때 한 군사가 물고기 한 마리를 잡아와 장홍에게 바치지만 장홍은 그 물고기가 기이한 광채를 발하는 것을 보고 급히 놓아준다.

장홍은 다시 군사를 움직여 무주를 지나 마오산[帽山]에 진을 치고, 유남관에 둔병한 오국(吳國) 대원수 영지척과 대진한다. 이

때 오국 참군무사 유대랑은 유철을 보내 대란하의 물길을 막고 맹용을 보내 오명정에 군사를 매복시킨 후 당군을 유인하여 물리칠 계책을 준비한다. 장홍은 이를 눈치채고 위광에게 오명정 뒤로 돌아 매복군을 공격하게 하고 유삼의에게 대란하로 가 거짓 방포로 적을 교란하도록 명한 후 오군 선봉 교석의 유인에 거짓으로 속은 듯이 대군을 이끌고 뒤를 따른다. 이때 오군 장수 맹용은 유삼의의 거짓 방포에 속아 화살을 모두 소진하고 위광에게 후방을 급습당해 군사를 모두 잃고 대란하로 향해 교석과 합세한다. 교석은 유대랑의 계책이 깨진 것을 알고 급히 군사를 돌려 대란하를 건너려 하는데, 이때 오군 장수 유철은 유삼의의 복병을 만나 대치하던 중 자신들의 어렸을 때 헤어진 형제임을 알게 된다. 이에 유철은 막았던 물길을 열어 대란하를 건너던 교석의 군사들을 공격하여 태반의 군사를 수장시킨다. 이로 인해 장홍은 첫 전투에서 대승을 거두게 된다.

이때 오왕 신강이 대군을 이끌고 장홍과 대치하는 한편 서촉왕 맹분을 회유해 당군의 뒤를 치게 한다. 이에 장홍은 도독 위한을 보내 서촉군의 진격을 막게 하고 이틀 후 신강이 이끄는 오군과 대진한다. 이때 유대랑은 진언을 읊어 신병귀졸을 불러내 당군을 공격하고, 당군이 동요해 물러서자 오군은 당군을 뒤쫓으며 겁살한다. 그러나 공중에서 벽력소리가 나며 신병귀졸이 일시에 쓰러지자 유대랑은 자신의 법술이 무너진 것에 놀라 둔갑술로 급히 몸을 숨기고 오군은 추격을 멈춘다.

이날 밤 장홍은 유대랑의 요술을 물리칠 계교를 고심하던 중 한 꿈을 꾸는데 이때 수부(水府) 용왕이 나타나 지난 날 장홍이 놓아준 물고기가 자신의 아들이었음을 일컫고 유대랑의 요술을 무너뜨린 것으로 은혜를 갚았음을 전한다.

이때 남만의 다섯 왕이 오국을 돕기 위해 군사를 이끌고 오고 있으며, 위한이 서촉병을 물리치지 못하고 대진하고 있다는 소식이 전해지자, 장홍은 시일이 촉박함을 깨닫고 급히 오군을 공격하려 한다. 이에 주기장군 단의를 보내 운문관을 치도록 명하고, 유삼의와 유철을 건령으로 보내 내응을 준비하게 한 후, 제장(諸將)을 명해 무이산(武夷山)과 추별산에 매복하게 한 후 자신의 본진에 남아있는 병사들에게 병든 체 하도록 명해 오군이 방심하도록 유도한다.

이에 오왕 신강은 남만의 다섯 왕과 함께 잔치를 열고 병사들 또한 방심하여 방비를 소홀히 한다. 이날 밤 장홍은 군사를 몰아 오군의 진영을 공격하여 대승을 거두고 신강은 패잔군을 이끌고 무이산으로 퇴각한다. 장홍은 무이산 운등봉에서 신강의 패잔군을 기다렸다가 요술로 길을 뚫고자 진언을 읊는 유대랑을 발견하고 활로 유대랑을 쏘아 죽인다.

이에 신강이 자결하고, 유삼의가 건령을 점령했음을 알려오자 장홍은 군사를 이끌고 건령에 들어가 황제에게 표를 올려 승전보를 올린다. 장홍은 남만의 다섯 왕에게서 항복을 받고 그들을 달래 돌려보낸 후 자신 또한 장안으로 돌아가려 한다.

그러나 이때 열 두명의 노인이 찾아와 오국 태자 신협이 살아있어 후환이 될 것이라며 신협을 죽인 후에 돌아갈 것을 청한다. 장홍은 이를 옳게 여기고 조정에 표를 올려 이 뜻을 전한다.

이때 조정에서는 방황후가 죽자 유귀인이 황제의 총애를 내세워 외척을 주요관직에 등용시키고 권력을 잡게 되었는데, 유귀인은 황제에게 장홍이 모반할 뜻이 있다고 모함한다. 이에 대종은 장홍에게 서둘러 환도하라는 명을 내리지만 장홍은 이에 황제의 명을 거역하는 한이 있더라도 후환을 없애기로 결심한다.

그러자 유귀인은 황제를 설득해 장홍의 모든 관직을 빼앗고 사약을 내리게 한다. 장홍은 간신이 조정을 농락하고 있음을 한탄하며 사약을 받으려 하지만 유삼의가 사약을 바닥에 버리며 죽어도 황제 앞에서 죽어야 한다며 함께 장안으로 가자고 청한다. 이에 장홍은 이현에게 건령을 맡게 한 후 유삼의와 장안으로 향한다.

장홍은 장안으로 돌아와 금의옥에 갇히는데, 그 사이 회양공주가 유귀인의 악행을 황제에게 알려 유귀인 일족을 모두 죽이자 장홍은 다시 복직된다.

그러나 장홍은 병을 칭탁하고 관직에서 물러나 가족을 이끌고 취성산 집현촌에 은거한다.

이때 신협이 서촉의 맹장 주여확과 합세해 장홍이 없는 틈을 타 이현이 이끄는 당군을 격퇴하고, 그 세력이 크게 불어나자 대종은 급히 태자 옹왕에게 장홍을 데려오도록 명한다.

장홍은 이에 입궐해 군사를 이끌고 건령으로 향한다. 장홍이 건령에 온다는 소식에 신협은 수양산(首陽山)에 군사를 매복시켜 장홍을 유인한 후 사로잡으려 한다. 장홍은 신협의 계책을 간파하고 거짓으로 오군 선봉 교석의 유인에 빠진 척 오군을 뒤쫓는다. 수양산에 이르러 사방에 매복했던 오군이 공격하지만 장홍은 미리 우회시켰던 군사로 오군을 포위 공격하여 대승을 거둔다.

이에 신협이 면양성(綿陽城)에 둔병하자 장홍은 우선 서촉을 정벌하고자 서촉으로 군사를 돌린다. 이때 맹분의 둘째 아들 맹연은 자신을 태자로 봉해주는 조건으로 내응하겠다는 밀서를 장홍에게 전한다. 장홍은 이에 형을 배신하고 왕위를 찬탈하려 하는 맹연을 꾸짖고 이를 거절한다. 장홍의 대군이 서촉국 도성을 포위하자 맹분은 놀라 죽고, 태자 맹추는 항복의 뜻을 전해온다. 장홍은 맹추의 항복을 받아들이고 다시 군을 돌려 면양성을 향한다.

신협의 군대와 대진한 장홍은 이단과 곽성이 주여확과 교석의 적수가 되지 못해 물러나자 몸소 주여확과 교석을 맞아 싸워 교석의 목을 베고 주여확 또한 활로 쏘아 말에서 떨어뜨린 후 이단으로 하여금 목을 베게 한다. 오군이 패주하자 장홍은 군사를 몰아 오군의 뒤를 공격하여 맹연을 죽이고, 결국 신협은 스스로 금하강에 몸을 던져 자결한다.

장홍은 남은 오국 장수들의 항복을 받고 제장에게 군사를 맡겨 개선하게 한 후, 자신은 유삼의 등과 함께 서촉을 유람한다. 이때 배 위에서 장홍은 꿈에서 구강용왕을 만나 자신과 세 부인의 전생에 대한 이야기를 듣게 된다.

장흥은 유람을 마치고 장안으로 돌아와 광록태우 좌승상 위국 공에 봉해진다. 대력(大曆) 14년 대종(代宗)황제가 죽고 옹왕의 황위를 이어 덕종(德宗)황제에 오르자 장흥은 병을 핑계로 관직 에서 물러난다.

장흥은 장녀 장광염을 곽문영의 둘째아들 곽선경과 혼인시키 고, 둘째딸 장자염은 정안후 신제의 장남 신평과 혼인시킨다.

얼마 후 안남국에서 장웅이 산적과 결탁해 왕위를 찬탈한 소식 이 전해지고, 이에 덕종에게 안남을 되찾고 그곳에서 자손들과 정착할 것을 청해 윤허를 받는다. 장흥은 군사를 이끌고 남제에 주둔해 안남국에 격서를 보내는데, 이에 안남국 70여 성이 모두 항복의 뜻을 전해오고, 장웅 또한 변방으로 도주한다. 결국 장흥 은 안남국에 무혈입성하고, 덕종황제는 장흥을 안남왕에 봉한다.

얼마 후 장흥은 태자(太子) 장화와 함께 덕종을 알현하기 위해 장안으로 가는데, 그 사이 진태강의 건강이 악화된다. 장흥은 장 안을 떠나 안남으로 돌아오는 도중 진태강이 위독하다는 소식을 듣고 서둘러 돌아와 진태강의 임종을 지키고, 극도의 애통 속에 친히 행장을 짓고 제문을 지어 장례를 지낸다. 이후 장흥은 세 부인과의 사이에서 얻은 5자 4녀를 모두 혼인시키고 태평성세를 누리다가 78세를 일기로 세상을 떠난다.

● 상서 곽문영

주인공 장흥의 친우(親友). 곽분양(郭汾陽)의 손자. 예부상서 (禮部尚書).

곽문영은 형주(荊州)에 머물며 과거를 준비하던 중, 주인공 장 흥을 사귀게 된다. 곽문영은 장흥의 학식과 인품을 높이 평가하 고, 다른 모든 선비들이 타향 사람인 장흥을 무시함에도 불구하고 장홍을 보살피며 함께 수학한다.

이때 장홍은 진태강과 혼약을 맺게 되는데, 이에 평소 장홍을 미워하던 노생과 진태강을 흠모하던 정생 등이 여러 선비들을 선동해 장홍을 신해정으로 유인해 죽이려 한다. 곽문영은 우연히 장홍의 처소를 찾았다가 장홍이 노생 등을 따라 신해정으로 갔다는 말에 장홍이 위기에 처했음을 직감하고, 급히 신해정으로 달려간다.

이때 장홍은 노생이 데려온 장정들에게 둘러싸여 위기에 처해 있었는데, 곽문영은 급히 그들을 꾸짖어 말리고, 자신의 조부 분양왕의 위세를 빌어 선비들을 꾸짖어 보낸다.

장홍은 이 일을 겪은 후 형주를 떠나 장안(長安)으로 가게 되는데, 얼마 후 곽문영은 장홍이 장원급제하여 한림학사(翰林學士)가 된 것을 알고 장홍을 찾아가 형주 소식을 전한다.

이때 토번이 반란을 일으켜 곽분양이 토번을 평정하는 임무를 맡게 되는데, 이에 곽문영은 곽분양에게 장홍을 천거한다. 이로 인해 장홍은 토번을 물리치는 큰 공을 세워 이부상서(吏部尙書)에 오른다.

이에 대종(代宗)은 장홍을 더욱 아껴 회양공주와 강제로 혼인시키려 하는데 이에 장홍은 자신이 안남국 승상 장완의 아들임을 밝히고 황제에게 죄를 청한다. 이 일로 대종은 사혼령을 거둬들이고 장홍은 근신하게 된다.

이때 곽문영은 상서(尙書) 유양, 태우 조현과 함께 장홍을 찾아가 함께 곡강(曲江)으로 유람을 떠난다. 곡강에서 장홍은 우연히 황실의 보물인 자옥(紫玉)을 얻게 되는데, 이를 본 곽문영은 대종이 자옥을 찾아온 이를 회양공주와 혼인시키겠다고 한 일을 일러준다. 그러나 장홍은 그 자옥을 단공의 묘를 지키는 가난한 노옹에게 주어버린다.

얼마 후 이 대종은 이 사실을 알고 곽문영을 불러 사실을 확인하려 하고, 곽문영은 황제를 알현해 자옥을 찾은 장본인이 장홍임을 설명한다. 이에 장홍은 회양공주와 혼인하게 된다.

회양공주와 혼인한 장홍은 진태강과의 혼약을 지키지 못한 것으로 인해 병져 눕게 된다. 이에 곽문영은 황제를 알현하고 진태강이 장홍을 해친 도적들을 죽여 정혼자의 복수를 한 일과 평생 수절을 다짐한 일을 황제에게 아뢰고 진태강과 장홍의 혼인을 윤허하도록 청한다.

곽문영은 조정 공무로 잠시 장안을 떠났다가 돌아오는데, 그 사이 회양공주의 청으로 장홍과 곽문영의 고모인 곽혜옥의 혼담이 오고간다. 이에 곽문영은 장홍을 찾아갔다가 장홍의 꿈과 곽혜옥의 꿈이 같음을 듣고, 장홍으로부터 옥반지와 편지를 받아 곽혜옥에게 전해 두 사람이 혼인하도록 돕는다.

훗날 곽문영은 장홍의 첫째딸인 장광염을 자신의 둘째아들 곽선경과 결혼시킨다.

● 대종황제

중국 당(唐)나라 8대 황제. 회양공주의 아버지. 주인공 장홍의 장인. 작품에서는 주로 '황제'로 호칭된다. 대종은 안남국(安南國)에 사신을 보내 지난 50여 년간 바치지 않은 조공을 일시에 바칠 것을 요구한다. 이에 안남국 승상 장완의 아들인 장홍은 사신을 의리로 설득한 후 대종에게 표를 올려 안남국의 어려움을 아뢴다.

대종은 장홍의 표를 보고 그의 재주에 감탄하여 둘째딸인 회양공주에게 그 글을 보여준다. 회양공주 또한 글재주를 칭찬하자 대종은 장홍에게 입조하라는 조서를 내린다. 그러나 장홍의 일족이 반역죄로 처단되었다는 표문을 보고 아쉬워한다.

세월이 흘러 장홍은 성명을 경홍으로 바꾸고 과거에 장원급제하여 한림학사(翰林學士)에 오르는데, 대종은 경홍의 재주를 아껴 그의 글을 회양공주에게 보여준다. 회양공주는 그 글이 일전에 보았던 장흥의 글과 문장이 흡사하다고 하지만 대종은 이를 웃어 넘긴다.

이때 토번이 반란을 일으키자 대종은 곽분양(郭汾陽)과 장흥에게 토번을 진압하도록 명한다. 장흥이 토번을 평정하는 데 큰 공을 세우자, 대종은 경홍을 이부상서(吏部尙書)에 임명하는 한편, 경홍에게 사혼전지를 내려 회양공주와 혼인하도록 한다.

이에 경홍은 자신이 안남국 승상 장완의 아들인 장흥이며, 안남국 망명죄수로 신분을 숨긴 채 과거에 급제한 사실을 실토한다, 이에 대종은 일단 사혼전지를 거둬들인다.

한편, 대종은 오래 전 잃어버린 황실의 보물인 자옥(紫玉)을 찾기 위해 자옥을 찾아오는 이를 회양공주와 혼인시키겠다고 공표한다. 이때 한 노옹이 자옥을 찾아와 상을 청하는데, 대종은 노옹에게 회양공주를 시집보내는 것을 꺼려하여 고심한다. 마침 이 자리에 있던 조현은 자옥을 찾은 장본인은 노옹이 아니라 장흥이었음을 아뢰고, 이에 대종은 곽문영과 유양을 불러 사실을 확인한다. 두 사람으로부터 사실을 확인한 대종은 다시 사혼전지를 내려 장흥과 회양공주를 혼인시키려 한다.

이때 장흥은 부모의 원수를 갚은 후에 혼인할 뜻을 아뢰자, 대종은 장흥을 남제왕으로 봉하고 군사를 주어 이를 허락한다. 장흥이 부모의 원수를 갚고 돌아오자 대종은 장흥과 회양공주를 혼인시킨다.

이때 회양공주가 대종에게 장흥과 진태강의 혼인을 허락해 줄 것을 청하자, 대종은 마지못해 이를 허락한다. 회양공주는 또다시 장흥과 곽분양의 딸 곽혜옥의 혼인을 청하는데 대종은 이 혼인도 허락한다. 장흥과 곽혜옥이 혼인한 다음날 황태후(皇太后)는 황제와 제왕(諸王)들, 그리고 왕후비빈(王后妃嬪)들을 모아 연회를 베푸는데, 이에 대종은 방황후와 함께 참석한다.

이때 황태후는 대종에게 두 후궁을 대동하지 않은 이유를 물은데, 이에 대종은 후궁 유씨와 소씨에게 각각 귀인과 첩여의 직첩을 내리고, 불러들여 공주들과 인사를 나누게 한다.

이 자리에서 회양공주는 또다시 대종에게 장홍과 진태강의 혼인을 청한다. 이에 대종은 진태강의 신분이 미천해 공주와 동렬이 되는 것이 탐탁지 않다는 속마음을 털어놓는다. 이에 장홍은 대종에게 진태강이 진희공의 증손이며, 시랑 오순의 외손녀임을 아뢰고, 노태부인(老太夫人)을 통해 이것이 사실로 확인되자, 대종은 진태강과 장홍의 혼인을 허락한다.

얼마 후 방황후가 죽자, 유귀인이 황제의 총애를 등에 업고 외척을 등용시켜 권세를 잡는다.

한편, 오왕(吳王) 신강은 남초왕 이헌의 아들에게 자신의 딸 신진영을 시집보냈는데, 신진영이 음란한 것을 이유로 남초왕이 대종에게 신진영을 주살할 것을 주청한다. 대종은 이를 윤허하여 남초왕은 신진영을 죽이고 이에 분개한 신강은 반란을 일으킨다.

이에 대종은 유람 중이던 장홍을 급히 불러 대사마 대원수에 봉해 오를 평정하도록 명한다. 장홍은 오를 공격해 수도 건령을 함락시키고 신강을 죽이지만, 오국(吳國) 태자 신협이 패잔군을 수습해 세를 키우자 신협을 죽여 화근을 없애고자 한다.

이때 유귀인이 환관 양류와 모의해 장홍이 모반할 뜻이 있어 돌아오지 않는 것이라며 모함하자 대종은 급히 장홍에게 돌아올 것을 명한다. 그러나 장홍은 신협을 죽인 후 돌아갈 뜻을 절도사 장광을 통해 전해오자 대종은 진노해 장광을 옥에 가두고, 유귀인이 거듭된 모함에 장홍에게 사약을 내린다.

그러나 장홍은 사약을 받지 않고 유삼의와 함께 장안(長安)으로 돌아오는데, 이에 대종은 두 사람을 옥에 가둔다. 이때 회양공주가 대종의 처소로 찾아와 혈서를 올려 유귀인의 악행을 고발한다. 이에 대종은 유귀인과 그녀의 일족, 그리고 그녀의 심복이었던 환관들과 궁녀들을 처형한 후, 장홍, 유삼의, 장광을 모두 복직시킨다.

그러나 장홍은 병을 칭탁해 관직에서 물러날 뜻을 청하고 대종은 어쩔 수 없이 이를 받아들인다. 한편, 장홍이 없는 사이 신협은 서촉과 연합해 건령을 공격하고, 건령을 지키던 호가대장군 이현은 신협의 군대에 연패한다.

이에 대종은 옹왕을 명해 급히 장홍을 입조하도록 명하고, 장홍을 대원수에 복직시켜 신협의 반란을 평정하도록 명한다. 장홍이 오와 서촉을 정벌하고 돌아오자 대종은 장홍을 광록태우 좌승상 위국공에 봉한다. 이후 대력 14년(779) 5월 대종은 세상을 떠나고 뒤를 이어 태자 옹왕(雍王)이 황위에 올라 덕종이 된다.

● 황녀 회양공주

주요인물. 주인공 장홍의 첫째 부인. 전생신분 곤륜선녀(崑崙仙女), 대종(代宗)황제의 둘째딸. 이름은 나타나지 않는다.

전생에 문곡성(文曲星) 장홍과 눈빛을 주고받은 벌로 적강하였다.

회양공주는 어려서부터 글재주가 뛰어나 부친인 황제의 사랑을 받는다. 이때 안남국 승상 장완의 아들인 장홍이 표문을 지어 황제에게 바치는데 이를 본 대종은 회양공주에게 표문을 보여준다. 이에 회양공주는 그의 문식이 뛰어나다고 칭찬한다.

그러나 장홍의 가문이 반역죄로 처벌되었다는 소식에 이를 안타까워한다. 세월이 흘러 대종은 과거에 장원급제한 한림학사 경홍의 학식을 아껴 회양공주와 혼인시키고자 한다. 이에 대종은 경홍이 지은 시와 글을 회양공주에게 보여주는데, 회양공주는 이때 그 글이 과거에 안남국에서 올라온 표문과 문장이 비슷하다고 말한다. 그러나 대종이 이를 대수롭지 않게 여기자 회양공주 또한 더 묻지 못하고 넘어간다.

이후 회양공주는 황제의 사혼령으로 장홍과 혼인하게 되는데, 장홍은 진태강과의 혼약을 지키지 못한 채 회양공주와 혼인한 것으로 인해 마음의 병을 얻어 병상에 눕게 된다. 이에 회양공주는 황제에게 청해 진태강과 장홍의 혼약을 허락받는다.

이에 회양공주는 진태강에게 편지를 보내 장안(長安)으로 오도록 초청하지만 진태강은 이를 사양한다. 이때 장홍은 병상에서 구강용왕(九江龍王)이 보낸 사자를 만나 곽혜옥과의 혼사를 재촉하는 꿈을 꾸는데, 이를 전해듣게 된 회양공주는 얼마 전 들었던 곽혜옥의 꿈과 같은 꿈임을 알게 된다. 이에 꿈 얘기는 숨긴 채 황제에게 청해 곽혜옥과 장홍의 혼사를 허락받는다.

곽혜옥은 처음에 꿈에서 맺은 혼약을 이유로 장홍과의 혼사를 거절하지만 두 사람이 같은 꿈을 꾼 것임을 알게 되어 혼인을 맺는다.

장홍과 곽혜옥의 혼례 다음날 회양공주는 다시 황제에게 장홍과 진태강의 혼사를 서두르도록 청한다.

이후 회양공주의 모친인 방황후가 죽자, 황제의 총애를 업은 유귀인이 권세를 잡게 되는데, 설상가상으로 오왕(吳王) 신강이 반란을 일으켜 장홍은 대원수가 되어 출전하게 된다. 이 틈을 타 유귀인은 장홍을 반역죄로 모함하고, 황제의 조서를 위조해 회양공주 등 장홍의 세 부인을 처소에 감금한다.

회양공주는 이에 분개하며 황제를 만나려 하는데, 유귀인은 또다시 조서를 꾸며 회양공주에게 사약을 내린다. 회양공주는 사약을 받지 않자, 유귀인은 환관과 궁녀들을 무장시켜 회양공주를 죽이려 한다. 이에 회양공주는 환관과 난소, 화월 등의 궁녀를 꾸짖어 물리친 후 혈서를 지어 유귀인이 보낸 거짓 조서와 함께 지닌 채 황제의 처소를 찾아간다.

회양공주는 황제를 알현해 유귀인의 악행을 밝혀 처형케 하고, 장홍의 누명을 벗긴다. 대종은 장홍을 복직시키지만 장홍은 병을 칭탁해 관직에서 물러난다.

이에 회양공주는 장홍과 함께 취성산 기슭으로 거처를 옮긴다.

대력 14년 대종황제가 죽자, 회양공주의 오빠인 옹왕(雍王)이 덕종(德宗) 황제에 오른다. 이때 안남국에서 장웅이 산적과 결탁해 왕위를 찬탈한 소식이 전해지는데, 이에 장홍은 덕종에게 안남을 되찾고 그곳에서 자손들과 정착할 것을 청해 윤허를 받는다.

이로 인해 회양공주는 장안을 떠나 안남국으로 옮겨간다. 장홍이 안남국왕에 봉해지자 회양공주는 경덕왕후의 직첩을 받는다. 장홍과의 사이에서 3남 1녀를 두었는데, 훗날 장자(長子) 장화는 장홍의 뒤를 이어 안남국왕에 오른다.

● 문창공주 곽혜옥

주요인물. 주인공 장홍의 둘째 부인. 곽분양의 딸.

전생에 구강용왕(九江龍王)의 딸로 인간계에 적강하여 곽분양의 막내딸로 태어난다. 회양공주와 종형제이며, 글재주와 미모가 뛰어나 황제와 황후의 총애를 얻어 문창공주의 직첩을 얻는다.

곽혜옥은 어느 날 한 꿈을 꾸는데, 꿈에서 전생 부친인 구강용왕(九江龍王)이 자신을 불러 한 남자와 인사를 나누게 한다. 이때 곽혜옥은 구강용왕의 명에 따라 그와 시를 교환하고 자신의 옥반지 한 짝을 정표로 주어 혼약을 맺는다.

꿈에서 깬 곽혜옥은 회양공주와 만난 자리에서 꿈에 대해 이야기를 나눈다. 얼마 후 회양공주는 주인공 장홍에게서 한 꿈 이야기를 듣게 되는데, 장홍의 꿈과 곽혜옥의 꿈이 같음을 알고 황제에게 청해 장홍과 곽혜옥의 혼인을 윤허받는다.

그러나 장홍 또한 같은 꿈을 꾸었다는 사실을 알 리 없는 곽혜옥은 꿈에서 맺은 혼약을 지키기 위해 이를 거절한다. 이 사실을 알게 된 곽혜옥의 조카 곽문영은 장홍을 찾아갔다가 장홍에게서 꿈 이야기를 듣고 편지와 함께 옥반지를 받아 돌아온다.

곽혜옥은 옥반지가 자신의 것과 쌍을 이루는 것을 보고 이에 장홍의 둘째부인으로 혼인한다.

곽혜옥은 장홍과의 사이에서 1녀 1남을 두고, 후에 장홍이 안남왕에 오른 후 명숙연위왕후의 직첩을 받는다.

● 진태강

주요인물. 주인공 장홍의 셋째 부인. 전생신분 채원선녀.

전생에 문곡성(文曲星)이 곤륜선녀(崑崙仙女)와 눈빛을 주고받은 죄로 인간계에 적강하게 되자, 월노(月老)에게 청탁해 상제(上帝) 몰래 문곡성을 따라 적강하게 된다. 이로 인해 상제의 노여움을 사게 되어 장홍의 첫째부인이 되지 못하고 고난을 겪은 후 셋째부인이 되는 벌을 받는다.

진태강은 어려서 부친을 잃고 모친과 남동생 진홍경과 함께 형주(荊州)에 산다. 이때 경홍으로 신분을 숨긴 장홍이 형주로 오게 되는데 진태강은 모친의 뜻에 따라 그와 혼약을 맺는다.

그러나 진태강을 남몰래 흠모하던 정생이 노생 등과 작당하여 장홍을 헤치려 한 탓에 경홍은 급히 형주를 떠나 과거에 응시하기 위해 장안(長安)으로 떠난다. 그러나 뜻밖에도 경홍이 장안으로 가는 도중 양양에서 도적들을 만나 죽었다는 소식이 전해진다. 이에 진태강은 남복을 하고 양양으로 찾아가 도적들을 죽여 경홍의 복수를 한 뒤 수절할 것을 결심한다.

이때 형주 땅 부호(富豪)인 이명춘이 자신의 아들로 청혼해 오는데, 모친 두부인과 진태강은 이명춘의 인품이 바르지 못한 것을 꺼려하여 이를 거절한다. 이에 앙심을 품은 이명춘은 노복들을 도적으로 가장시켜 진태강을 납치하려 하고, 진태강은 뜻밖의 변란을 만나 급히 모친과 동생 진홍경과 함께 악주(岳州)에 사는 외숙모 오씨를 찾아간다. 그러나 오씨는 이들을 박대하며 음식조차 대접하지 않고, 종형제인 두현만이 자신의 밥을 덜어 진태강의 가족을 대접한다. 이에 진태강이 수를 놓아 생계를 이어가는

데, 이를 지켜본 오씨는 진태강의 재주를 탐내 자신의 아들과 진
태강을 혼인시키려 한다.

이에 놀란 진태강은 가족과 함께 형주로 돌아가기 위해 시비
선앵을 보내 고향집을 살펴보게 한다. 그런데 뜻밖에도 죽은 줄
로만 알았던 경홍이 이부상서(吏部尙書)가 되어 자신을 찾아 형
주를 다녀간 소식을 듣게 된다. 이후 진태강은 가족들과 함께 형
주로 돌아오고, 그 사이 경홍은 회양공주 부마로 간택되어 공주
와 혼인하였음을 알게 된다.

한편 회양공주는 장홍과 진태강이 혼약을 맺은 것을 알고, 편
지를 보내 진태강을 장안으로 올라와 장홍과 혼인하도록 청한다.
두부인은 이를 기뻐하며 진태강에게 장안으로 갈 것을 말하지만
진태강은 자신의 신분으로 공주와 동렬이 될 수 없음을 이유로
이를 사양한다.

그러나 얼마 후 조정에서 모친 두부인이 시랑(侍郎) 오순의 양
녀이며, 방태후의 어렸을 때 잃은 동생이라는 사실이 밝혀져, 두
부인은 친모인 노태부인(老太夫人)의 부름을 받게 된다. 이에 진
태강은 모친과 함께 장안으로 옮겨가게 되고, 황제의 윤허를 받
아 장홍과 혼인하게 된다.

대종이 죽고 옹왕이 뒤를 이어 덕종(德宗) 황제에 오르는데, 이
때 안남국에 반역이 일어나 국왕이 시해되어, 장홍이 반역를 평
정하기 위해 봉국 남제로 솔가(率家) 귀국한다.

이에 진태강도 가족들과 함께 남제로 옮아가며. 장홍이 안남을
평정하고 안남왕에 봉왕되어, 진태강도 안남 왕비에 책봉된다.

장홍은 황제의 부름을 받고 장안에 입조한 사이 진태강은 병을
얻어 위독하기에 이르는데, 소식을 전해들은 장홍이 급히 달려와
임종을 지키고, 극도의 애통 속에 친히 행장을 짓고 제문을 지어
장례를 지낸다. 진태강은 사후 인명절의성렬왕후(仁明絶義聖烈王
后)에 추증된다.

장홍과의 사이에서 1남 2녀를 두었는데, 첫째 딸인 장광염은

곽선경과 혼인하여 후에 곽선경이 연왕에 봉왕됨에 따라 연왕비에 오르고, 둘째 딸인 장명염은 황태손(皇太孫)과 혼인하여 훗날 덕종황제의 황후가 되며, 아들 장혜는 곽현요와 혼인하고 후에 회서를 평정하여 제음왕에 봉해진다.

역동인물

● 귀인 유씨

대종(代宗) 황제의 후궁.

유귀인은 황태후(皇太后)가 마련한 연회에 참석해 처음 회양공주와 인사를 나누게 된다. 이 자리에서 유귀인은 회양공주가 황제의 두 후궁 중 소첩여만을 칭찬하고 자신은 무시함으로써 크게 무안을 당하게 된다. 이후 유귀인은 외친내소(外親內疏)하면서 회양공주를 해칠 생각을 품는다.

얼마 후 방황후가 죽자 유귀인은 황제의 총애를 독차지하게 되고, 이를 이용해 외척을 등용해 세도를 누리게 된다. 이때 회양공주의 남편인 장홍이 오국(吳國)의 반란을 제압하기 위해 건령에 출병해 있는데, 유귀인은 이를 틈타 환관 양류와 모의해 장홍이 반심을 품었다고 모함한다.

이에 대종은 장홍을 의심해 급히 회군할 것을 명하지만, 장홍은 오 태자 신협이 산적 번금과 합세하여 둔병 있어, 부득이 황제의 명을 거역한다.

유귀인은 이를 기회로 삼아 장홍에게 사약을 내릴 것과 장홍의 세 부인을 모두 처소에 감금할 것을 주청한다. 대종은 마지못해 장홍에게 사약을 내리지만 자신의 딸인 회양공주를 감금하는 것은 윤허하지 않는다.

이에 유귀인은 회양공주를 죽여 후환을 없애기 위해 조서를 위조해 회양공주에게 사약을 내린다. 회양공주가 이를 짐작하고 사약을 받지 않자, 유귀인은 다시 궁녀 난소, 화월과 환관들을 보내 위력으로 사약을 먹여 회양공주를 죽이도록 한다.

그러나 회양공주는 이들을 꾸짖어 돌려보내고 유귀인의 위조 조서를 챙겨 처소를 빠져나와 어전에 나가 황제께 유귀인의 악행을 고한다.

이에 진노한 대종은 유귀인과 그 일당을 혹형을 가해 문초해, 모든 악행이 밝히고, 유귀인과 그녀의 일족, 그리고 그녀의 심복이었던 환관들과 궁녀들을 모두 처형한다.

● 오왕 신강

오왕(吳王).

신강은 자신의 딸 신진영을 남초왕 이헌의 며느리로 시집보낸다. 그러나 신진영이 행실이 음란하여 남초왕은 왕족인 신진영을 죽이기 위해 황제의 윤허를 청한다. 이에 대종(代宗)이 남초왕의 주청을 받아들여 신진영을 처형토록 한다.

신강은 이에 분노하여 동오패왕(東吳覇王)을 참칭하고 황제를 모욕한다. 이에 대종은 신강을 달래기 위해 사신을 보내지만 신강은 사신마저 옥에 가두고 군사를 일으킨다. 이에 대종은 장홍을 대사마 대원수에 봉해 신강의 반역을 평정하게 한다.

신강은 장홍이 이끄는 대군이 건령을 향한다는 소식을 듣고, 대신들을 모아 당군(唐軍)을 물리칠 계책을 의논한다. 이때 태우 윤형이 참군무사 유대랑과 좌장군 교석을 천거하자, 신강은 영지척을 대원수로 삼고, 교석을 선봉으로, 유대랑을 군사로 삼아 장홍을 대적하게 한다. 또한 남만(南蠻)의 다섯 왕과 서촉왕(西蜀王) 맹분에게 원군을 요청한다.

장홍은 영지척의 군사와 대적하는 한편 격서를 보내 신강을 꾸짖는데, 이에 신강은 몸소 군사를 이끌고 장홍과 영지척이 대치한 마오산[帽山]으로 향한다. 신강이 마오산에 도착하자 때마침 남만의 다섯 왕 또한 군사를 이끌고 합세하며, 맹분 또한 원군을 보내 장홍의 뒤를 공격하게 한다.

장홍은 이에 군사를 3로로 나눠 도성 건령 등의 요충지를 점령하도록 한 후, 본진에 남은 병사들은 모두 늙고 병든 약졸로 보이도록 가장하게 한다. 이러한 당군 본진 병사들의 모습을 전해 들은 신강은 방심하여 남만왕들과 술을 마시고 크게 취해 잠이 든다.

장홍은 이 틈을 타 급습하여 반군을 유린하는데, 신강은 급히 길을 뚫어 무이산(武夷山)으로 패퇴한다. 장홍은 무이산 곳곳에 미리 군사를 매복시켜 신강을 공격한다.

거듭된 매복군의 공격에 군사를 모두 잃은 신강은 무이산 운등봉에서 군사 유대랑마저 잃고 간신히 도망치지만, 운문관에 이르러 당(唐) 호가대장군 이현의 군대와 마주치게 된다.

막다른 상황에 직면한 신강은 태자 신협을 사졸의 복색으로 갈아입혀 장수들과 함께 탈출시키고, 자신은 스스로 목을 찔러 자결한다.

● 안남국 상서령 우필

안남국 상서령

안남국 승상 장완과 그 아들 장홍이 당(唐)나라 사신과 면대하여 조공을 면제받은 일과 백성들을 구휼토록 한 일로 왕과 백성들의 신망을 받자 이를 시기한다. 이때 장씨가 왕이 될 것이라는 동요가 유행하자, 이를 기화로 왕에게 장완 부자를 모함한다.

안남왕은 우필에게 장씨 일족을 모두 잡아 죽이라는 명을 내린다. 이에 우필은 갑사를 거느려 장씨 일족을 모두 잡아다가 저자에서 참수한다. 그리고 장홍이 도망친 사실을 알고, 방을 붙여 장홍을 수배한다.

후에 우필은 단주부와 함께 정권을 잡게 되는데, 이때 당(唐) 황제로부터 남제왕에 봉해진 장홍은 부모와 종족의 원수를 갚기 위해, 당 황제로부터 대군을 지원받아 안남국에 출병한다.

남제에 둔병한 장홍은 안남왕에게 친서를 보내 우필을 잡아 보낼 것을 청한다. 이때 우필은 친서를 중간에서 빼돌린 뒤, 안남왕의 필적을 본떠, '우필이 병들어 곧 죽게 될 것이며, 한 달 후에도 죽지 않으면 그때에는 잡아 보내겠다'는 거짓 답서를 보낸다.

장홍이 이를 간파하고 대군을 이끌고 안남국 도성을 공격하자, 우필은 가족과 함께 민가로 숨어든다. 그러나 백성들이 우필을 미워하던 까닭에 얼마 되지 않아 백성들에게 잡혀 장홍에게 바쳐진다.

이에 장홍은 우필을 참수하여 부모와 종족의 원수를 갚는다.

배후인물

● 구강 용왕

주인공 장홍의 둘째부인인 곽혜옥의 전생 부친. 장홍은 곽문영 등과 함께 적벽강에서 뱃놀이를 즐기는데, 이때 구강용왕이 장홍의 꿈에 현몽해 자신의 딸이 곽씨의 딸로 태어난 것을 이르며, 혼약을 맺을 것을 권한다. 구강용왕은 자신의 딸을 불러 장홍과 시를 지어 교환하게 한 후, 딸의 옥반지 한 짝을 장홍에게 주어 혼약의 증표로 삼게 한다.

이후 장홍은 장원급제하여 회양공주와 혼인하게 되는데, 이에 구강용왕은 곽분양의 딸 곽혜옥의 꿈에 나타나 장홍과 시를 교환하게 하고 옥반지 한 짝을 주어 신물로 삼게 한다. 또한 장홍에게 사자(使者)를 보내 자신의 딸과 서둘러 혼인할 것을 재촉하여 둘의 혼사를 이루게 한다.

얼마 후 장홍은 오왕(吳王) 신강의 반란을 평정하기 위해 동정호(洞庭湖)를 지나게 되는데, 구강용왕은 풍랑을 일으켜 장홍의 진군을 가로막는다. 이에 장홍은 강신(江神)에게 제를 올린다.

이날 밤 구강용왕의 장홍의 꿈에 현몽해 이곳까지 와서 자신에게 인사조차 하지 않고 지나가려 한 것이 섭섭하여 풍랑을 일으켰다고 말한다. 그리고 소주에 오군(吳軍)의 매복이 있으니 적벽강으로 우회하라고 일러준다.

장홍은 이에 군사를 돌려 적벽으로 우회하여, 적벽에서 잠시 군사를 멈추고 쉬게 된다. 이때 한 군사가 물고기 한 마리를 잡아와 장홍에게 바치는데, 장홍은 그 물고기가 기이한 광채를 발하는 것을 보고 그냥 놓아준다. 이후 장홍은 오군과의 전투에서 적장 유대량의 요술로 고전을 하게 되는데, 갑자기 공중에서 벽력소리가 나며 유대량이 부리는 신병귀졸들이 일시에 쓰러짐으로써, 유대량이 패퇴하고 당군이 승리를 거두게 된다. 이날 밤 용왕은 장홍의 꿈에 나타나, 지난번 장홍이 놓아준 물고기가 자신의 아들이었음을 이르고 아들의 목숨을 구해준 것에 감사한다. 그리고 낮에 유대량의 요술을 무력화하여 은혜에 보답한 것을 말하고 사라진다.

훗날 장홍은 오왕의 반란을 평정하고 오왕을 도운 서촉(西蜀)의 항복을 받은 후 장안(長安)으로 돌아가는 길에 서촉의 산천을 유람한다. 이때 구강용왕은 장홍의 꿈에 나타나 장홍이 전생에 천상의 문곡성이었으며, 회양공주는 상제(上帝)의 곤륜선녀이고, 곽혜옥은 자신의 딸이며, 진태강은 문곡성의 부인인 채원선녀였다는 것을 말해준다. 그리고 문곡성이 곤륜선녀와 눈빛을 주고받은 일로 적강하게 되었고 채원선녀는 문곡성을 뒤쫓아 상제 몰래 월노(月老)의 도움을 받아 적강하였으나 상제의 미움을 사 셋째 부인이 된 연유를 일러준다.

∞

몽옥쌍봉연 권지일

　대당(大唐) 고종(高宗)1) 황제 붕(崩)하시고, 중종(中宗)2)이 즉위하여 계시더니, 황후 위씨(韋氏)3)의 부친 현정(玄貞)4)을 시중(侍中)을 삼으신데, 배염(裴炎)5)이 완강히 반대하거늘 중종이 질퇴(叱退)하시니, 염이 인하여 황태후 무씨(武氏)6)께 밀고(密告)해 폐위를 아뢰니, 이월(二月) 무오(戊午)에 중종(中宗)을 폐하여 여

---

1) 고종(高宗) ; 중국 당나라 제3대 황제. 628~683. 성은 이(李). 이름은 치(治). 동도(東都) 낙양(洛陽)을 건설하고, 국력을 충실히 길렀으며, 백제와 고구려를 공략하여 안동 도호부를 두었다. 만년(晩年)에 황후인 측천무후에게 실권을 빼앗겼다. 재위기간은 649~683년이다.
2) 중종(中宗) : 중국 당나라의 제4대 황제(656~710). 본명은 이현(李顯). 즉위한 이후 고종의 황후 측천무후에게 쫓겨난 뒤 복위했으나, 황후 위씨(韋氏)에게 정권을 빼앗기고 위씨의 딸에 의하여 독살당했다. 재위기간은 683~684, 705~710년이다.
3) 위씨(韋氏) : 위황후(韋皇后; ?~710). 중국 당(唐) 중종(中宗)의 황후. 705년(神龍 1)에 중종이 복위하자 무삼사(武三思) 등과 결탁하여 난정(亂政)을 일삼았다, 710년(景龍 4) 딸 안락공주(安樂公主)와 함께 중종을 독살하고 온왕(溫王) 중무(重茂)를 황제로 세워 국정을 장악하였으나, 곧 이융기(李隆基 : 玄宗)가 정변을 일으켜 그녀를 살해하였다.
4) 현정(玄貞) : 위현정(韋玄貞). 중국 당나라 중종의 황후인 위후(韋后)의 부친. 중종 즉위 후 시중(侍中)에 올랐으나, 재상 배염(裴炎)과의 알력으로 측천무후(則天武后)에 의해 중종 폐위시 실각하였다.
5) 배염(裴炎) : 중국 당나라 고종 때 정치가. 고종 말년에 중서령(中書令)에 올랐다. 중종이 즉위 후 위후(韋后)의 부친 위현정(韋玄貞)을 시중(侍中)을 삼자, 이에 반대하여 측천무후(則天武后)에게 간(諫)해 중종을 폐위시키고 위현정과 위후 일당을 몰아냈다. 후에 서경업(徐敬業)의 반란에 동조하였다가 무후에게 처형당했다.
6) 무씨(武氏) : 측천무후(則天武后). 당(唐)나라 고종의 황후. 이름은 무조(武曌 : 624~705). 스스로 황위에 올라 국호를 '주(周)'로 고치고 성신황제(聖神皇帝)라 했다.

릉왕(廬陵王)7)을 삼고, 상왕(相王)8)을 황제로 세워 별전(別殿)에
두고, 태후가 정사를 결(決)하며 제무(諸武)9)를 등용하는지라, 당
종실(宗室)이 인인이 다 분연하여, 이경업(李敬業)10) 낙빈왕(駱賓
王)11) 위사은 등이 다 양주(揚州)에 모여, 각각 벼슬을 잃고 원망
하여 크게 회동하여 모의하고 난을 일으켜 여릉왕을 광복(匡
復)12)하려 하여, 수만 병졸을 모아 중종 연호(年號)를 회복하고,
주현(州縣)에서 난을 일으키니, 태후가 이에 대장군 이효일(李孝
逸)13)을 보내어 병 십만으로써 파한 고로, 양씨(楊氏) 성(姓)을
하사하여 안남절도사(安南節度使)를 삼으니, 수륙(水陸)을 통하
여, 해중(海中) 안남국(安南國)14)을 쳐 일통(一統)하고, 다시 조명
(詔命)을 얻어 안남왕이라 하다.

안남이 멀리 천애(天涯)에 있어서 이에 군신지의(君臣之義)가
막혀 황화(皇化)를 입지 못하는 까닭으로, 팔십여 년 만에 비로소

---

7) 여릉왕(廬陵王) ; 당나라 제4대 황제 중종이 무후(武后)에게 폐위당해 유폐되어 있을
   때의 왕호.
8) 상왕(相王) : 중국 당(唐)나라의 제5대 황제 예종(睿宗)의 미시(微時) 왕호. 이름은
   이단(李旦). 684년 어머니 측천무후가 그를 제위에 앉혔으나, 690년 폐위시키고 그녀
   자신이 황제가 되었다
9) 제무(諸武) : 측천무후(則天武后)의 일족(一族)들.
10) 이경업(李敬業) : 본명은 서경업(徐敬業). 중국 당나라 초의 무장(武將). 본
    성(本姓)은 서(徐)씨인데 조부가 당나라로부터 이(李)씨 성을 하사받아 이경
    업으로 불렸다. 측천무후의 세력을 토벌하기 위해 정변을 일으켰다가 패하여
    죽음을 당했다.
11) 낙빈왕(駱賓王) : 중국 당나라의 시인(650~676). 초당(初唐) 사걸(四傑)의 한 사람으
    로 작품에 〈제경편(帝京篇)〉이 있다. 측천무후의 전횡을 풍간(諷諫)하는 시를 쓰기
    도 했고, 서경업(徐敬業)이 무측천(武則天) 세력의 토벌을 위해 정변을 일으켰을 때
    는 정변에 참가해 격문을 쓰기도 했다. 이때 정변이 실패로 돌아가고 난중에 죽었다.
12) 광복(匡復) : 위태로운 나라를 구하여 회복함. 또는 잃은 제위(帝位)를 다시 회복함.
13) 이효일(李孝逸) : 당나라 초의 무장(武將). 측천무후 때 대장군으로써 이경업(李敬
    業)의 반란을 평정하여 공을 세웠다. 오국공(吳國公)에 봉해졌으나 후에 무승사(武
    承嗣)의 모함을 받아 담주(儋州)에 유배되어 배소에서 죽었다.
14) 안남국(安南國) : '베트남'의 다른 이름. 중국 당나라 때, 지금의 베트남령에 안남 도
    호부를 둔 데서 유래한다.

대종황제(代宗皇帝)15)가 예부시랑 양광을 보내어, 진공(進貢) 전
례(典禮)가 없음을 문죄(問罪)할 새, 안남에 어린 임금이 즉위하
여 국중(國中) 권력이 다 승상 장완의 손에서 결정되매, 완이 사
신을 객관(客館)16)에 머물게 하고 집에 돌아와 울울불락(鬱鬱不
樂) 하더니, 장완은 유문정의 이성(異姓) 후예요, 장벽강의 후손
으로 그 성(姓)을 이었으니, 초(初)에 이효일의 부하(部下)가 되어
안남에 좇아와 대대세신(代代世臣)이 되었더라.

그 처 육씨와 오자일녀를 두었으니 제 삼자 홍의 자는 몽필이
라. 꿈에 문곡성(文曲星)17)을 삼키고 낳으매 기골이 비범하고 풍
모(風貌)가 쇄락(灑落)하여 언연(偃然)이18) 대귀인의 거동이 있으
니, 상(相) 보는 이가 일컬어 가로되,
  "용행호보(龍行虎步)19)의 상(相)을 다 갖췄으니 비록 만인지상
(萬人之上)20)이 되지는 못하나 일방(一邦)21)에 덕을 펴 반드시
본국 생령(生靈)을 구하리라"

하니, 완이 두려 문외(門外)에 나지 못하게 하더라.
  십여 세에 다다라 박람경사(博覽經史)22) 하고 문장오채(文章五

---

15) 대종황제(代宗皇帝) : 중국 당나라 제8대 황제. 이름은 이예(李豫). 재위 762~779년.
16) 객관(客館) : =객사(客舍). 고려・조선 시대에, 각 고을에 설치하여 외국 사신이나 다
  른 곳에서 온 벼슬아치를 대접하고 묵게 하던 숙소.
17) 문곡성(文曲星) : 북두칠성 또는 구성(九星) 중 (中)의 넷째로, 녹존성(祿存星)의 다
  음이며 염정성(廉貞星)의 위에 있는 별.
18) 언연(偃然)이 : 언연(偃然)히. 언건(偃蹇)히. ①거드름을 피우면 거만하게. ②우뚝하
  게 솟은 모양.
19) 용행호보(龍行虎步) : 용이 날고 호랑이가 걷는 모습을 이르는 말로, 위풍당당한 걸
  음걸이나 제왕의 위엄 있는 모습을 이르는 말.
20) 만인지상(萬人之上) : ①'일인지하(一人之下) 만인지상(萬人之上)'을 이르는 말로 예
  전에, 영의정의 지위를 이르던 말. ②'만인의 우두머리'라는 뜻으로 임금을 가리키는
  말.
21) 일방(一邦) : '한 나라'라는 말로, 예전에 제후(諸侯)의 봉토(封土)를 이르는 말.
22) 박람경사(博覽經史) : 경서(經書)와 사서(史書)를 널리 읽음.

彩))하여 재명(才名)이 풍동(風動)하는 중, 높은 뫼와 인근의 들에서 돌을 굴려다 진세(陣勢)를 벌이고 마을 아이들을 거느려 놀이하며 가로되,

"백모황월(白旄黃鉞)23)을 앞뒤로 벌이고 기번(旗幡)을 좌우에 시위(侍衛)하여 황포육마(黃袍六馬)24)로 횡행(橫行)할 것이니, 너희는 수하(手下) 건장(健將25))이 되라."

한 즉, 모든 아이들이 웃고 그 말을 따라 하더라.

부모가 이렇듯 함을 더욱 두려하더니, 나이 십사에 다다라 웃으며 가로되,

"하주숙녀(河洲淑女)26)를 얻어 금슬종고(琴瑟鐘鼓)27)의 관저지락(關雎之樂)28)을 이루리라."

하니, 부모가 경(輕)히 성혼치 못하더라.

일일은 화신삼월(花信三月)이라. 몽몽(濛濛)한 방초(芳草)를 답청(踏靑)하는 때요, 분분(紛紛)이 한식상종(寒食相從)29)하는 절(節)이러니, 제형제가 월야를 띠어 바람이 종요로운 가운데 좌(坐)를 이었더니, 이에 침상에 나아가 기몽을 얻으니, 오운(五雲)

---

23) 백모황월(白旄黃鉞) : 털이 긴 쇠꼬리를 매단 기(旗)와 황금으로 장식한 도끼.

24) 황포육마(黃袍六馬) : 황색 곤룡포를 입고 여섯 마리의 말이 끄는 수레를 타고 나아감.

25) 건장(健將) : 건장한 장수.

26) 하주숙녀녜(河洲淑女) : 강물 모래톱 가운데 있는 숙녀라는 뜻으로 주(周)나라 문왕(文王)의 비(妃)인 태사(太姒)를 말한다. 문왕과 태사 부부의 사랑을 노래한 『시경』〈관저(關雎)〉장의 "관관저구 재하지주 요조숙녀 군자호구(關關雎鳩 在河之洲 窈窕淑女 君子好逑)"의 '하주(河洲)' '숙녀(淑女)'에서 따온 말.

27) 금슬종고(琴瑟鐘鼓) : 『시경』〈국풍〉'관저(關雎)'편의 금슬우지(琴瑟友之)와 종고낙지(鐘鼓樂之)를 아울러 이르는 말. 거문고와 비파를 타고, 종과 북을 치며 서로 즐긴다는 뜻으로 부부가 서로 화락함을 이르는 말.

28) 관저지락(關雎之樂) : 남녀 또는 부부 사이의 사랑. 관저(關雎)는 『시경(詩經)』'주남(周南)'편에 실린 노래 이름. 문왕(文王)과 태사(太姒)의 사랑을 주제로 한 노래.

29) 한식상종(寒食相從) : 찬 음식을 먹으며 서로 따르며 친하게 지냄.

이 정녕(丁寧)하고 창합이 열리는 곳에, 일위 선인이 내려와 이르기를,

"나는 남화선(南華仙)30)이러니, 특별히 상제 명을 받자와 전하나니, 구강선녀(九江仙女)31)와 곤륜선녀(崑崙仙女)32)가 이미 자원(自願)하여 인간에 나갔으니, 이 글 두어 줄이 족히 문성(文星)33)의 원(願)을 이루리라."

언필에 '홍릉(紅綾) 위에 백자(白字)'34) 두어 줄을 써 내리치고 간 바 없거늘, 나아가 보니 하였으되,

"화신(花信) 삼월(三月)에 배를 구강(九江)에 매었고, 중추망시(中秋望時)35)에 시를 어전에 드리도다. 한 쌍 옥(玉)이 양연(良緣)을 이루고 사운율시(四韻律詩)가 타일에 징험(徵驗)이 있으리

---

30) 남화선(南華仙) : 도교에서 장자(莊子)를 달리 이르는 말. 남화진인(南華眞人) 또는 남화노선(南華老仙)이라 부르기도 한다. 당(唐) 현종(顯宗)이 그에게 남화진인(南華眞人)이라는 시호를 내렸다. *장자(莊子): 중국 전국 시대의 사상가 (B.C.365?~B.C.270?). 이름은 주(周). 도가 사상의 중심인물로, 유교의 인위적인 예교(禮敎)를 부정하고 자연으로 돌아가자는 자연 철학을 제창하였다. 저서에 ≪장자≫가 있다. *남화경(南華經): =남화진경(南華眞經). 장주(莊周)가 지은 〈장자(莊子)〉를 높여 이르는 말

31) 구강선녀(九江仙女) : 중국 호남성(湖南省)에 있는 동정호(洞庭湖)의 여신 아황(娥皇)과 여영(女英). *구강(九江): 동정호(洞庭湖)의 옛 이름. 『中文大辭典』(一), '九江條. *아황·여영 : 요 임금의 두 딸로, 순임금에게 시집가 서로 투기하지 않고 화목하게 잘 살았으며, 순임금이 창오(蒼梧)에서 죽자 함께 소상강(瀟湘江)에 빠져 죽었다.

32) 골눈선녜(崑崙仙女) : 곤륜선녀. 중국의 전설상의 산인 곤륜산(崑崙山) 요지(瑤池)에 살고 있다는 선녀 '서왕모(西王母)'를 이르는 말. *서왕모(西王母). 중국 신화에 나오는 신녀(神女)의 이름. 불사약을 가진 선녀라고 하며, 음양설에서는 일몰(日沒)의 여신이라고도 한다.

33) 문성(文星) : =문곡성(文曲星). 문창성(文昌星). 북두칠성 또는 구성(九星) 가운데 넷째 별로, 녹존성(祿存星)의 다음이며 염정성(廉貞星)의 위에 있는 별. 문운(文運)을 맡은 별이라고 한다. 작중에서는 주인공 '장홍'의 주성(主星)으로 설정되어 있다.

34) 홍릉(紅綾)의 백자(白字) : 붉은 비단 위에 흰색 물감으로 쓴 글자.

35) 중추망시(中秋望時) : 음력 8월 15일.

라."

생이 깨어보니 남가일몽(南柯一夢)36)이라. 허탄하게 여겨 웃으며 왈,

"구강은 중국의 땅이라 일촌서생(一村書生)이 어찌 배를 구강에 매리오."

그러나 혹 믿어 더욱 숙녀를 사모하더라.

일일은 부친의 우색(憂色)을 보고 그 연고를 물으니, 이르시기를,

"천사(天使)가 문죄(問罪)하는 조서를 가져왔으되 능히 죄를 해석할 수가 있어야 답변을 할 수 있고, 또 표문도 지어 보낼 수가 있을 터인데 표문(表文)을 지을 사람이 없어 근심하노라."

홍이 소 왈,

"부친은 하 염려치 마소서. 소자가 당당이 접대관(接待官이 되어 의리로 천사를 예대(禮待)하고 표문을 지어 아국(我國)을 반석같이 하리이다."

완이 웃으며 왈,

"이 아이가 망령(妄靈)되다. 문무백료(文武百寮)가 뉘 이 뜻이 없으리오마는, 재주가 부족하고 언사 능치 못하여 감히 대사를 감당치 못하거늘, 너 소아가 구상유취(口尙乳臭)37)로 어찌 국가화

---

36) 꿈과 같이 헛된 한때의 부귀영화를 이르는 말. 중국 당나라의 순우분(淳于棼)이 술에 취하여 홰나무의 남쪽으로 뻗은 가지 밑에서 잠이 들었는데 괴안국(槐安國)의 부마가 되어 남가군(南柯郡)을 다스리며 20년 동안 영화를 누리는 꿈을 꾸었다는 데서 유래한다. ≒괴몽(槐夢)·괴안몽·남가몽·남가지몽.

37) 구상유취(口尙乳臭) : 입에서 아직 젖내가 난다는 뜻으로, 말이나 행동이 유치함을 이르는 말.

복(國家禍福)에 간섭하리오."

홍이 대왈,

"조정열관(朝廷列官)이 많으나 지능과 구변은 소자만 못 하리이다."

완이 또한 아들의 지모(智謀)가 굉원(宏遠)함을 아는지라. 허락하고, 이튿날 천사가 향안(香案)과 어조(御詔)를 받들어 궁중 대전(大殿)에 이르러, 왕이 문무백관을 거느려 조서를 마저 읽고 연향(宴享)하여 대접(待接)할 새, 인예관(引禮官38)) 우필과 접대사(接待使) 장완이 좌우에 있더니, 천사(天使)가 중국 위풍을 가다듬어 정색 왈,

"순성측천황후(順聖則天皇后)39) 은덕을 펴서 왕의 선조를 안남(安南)40)에 봉(封)하시니 수륙 양경(兩逕)41)의 지방이 만리(萬里)라. 족히 군은이 하해(河海) 같으심을 알 것이요, 이미 알진대, 인신(人臣)의 도(道)가 세세(世世)로 조공(朝貢)하여, 군신대의(君臣大義)를 밝힘이 옳거늘, 천조(天朝)가 자주 병난을 지내되, 멀리 앉아 승패(勝敗)를 듣고 종시 구할 의사가 없으며, 조공(朝貢) 진상(進上)을 폐하니, 이 어찌 신자의 도(道)리오. 우리 대당황제(大唐皇帝) 명계삼왕(明繼三王)42)하시니, 사이(四夷)43)가 내공(來

38) 인예관(引禮官) : 예전에 외국의 사신 등을 임금 앞에 인도하는 임무를 맡은 관원.
39) 순성측천황후(順聖則天皇后) : 중국 당나라 측천무후의 시호. 순성(順聖)은 시호다. *측천무후: 중국 당(唐)나라 고종(高宗)의 황후(624~705, 주(周)의 여황제. 재위 690~705). 고종을 대신하여 실권을 쥐었으며, 고종의 사후에는 자기 아들인 중종(中宗), 예종(睿宗)을 차례로 제위(帝位)에 오르게 하였다. 690년에 국호를 주(周)로 바꾸면서 스스로 성신 황제(聖神皇帝)라 칭하여 중국 사상 유일한 여제(女帝)가 되었다. 705년 장간지(張柬之) 등이 정변을 일으켜 폐위되었다
40) 안남(安南) : 베트남'의 다른 이름. 중국 당나라 때, 지금의 베트남령에 '안남도호부(安南都護府)'를 둔 데서 유래한다.
41)양경(兩逕) : 두 지름길.
42) 명계삼왕(明繼三王) : '밝히 삼왕(三王)을 계승(繼承)하였다'는 말. *삼왕(三王): 중국

貢)하고 천하가 다 낙업(樂業)하되, 홀로 안남이 안연(晏然)한 고로, 먼저 조민벌죄(弔民罰罪)하는 법을 이어, 나로 하여금 죄를 묻게 하시니, 만일 보화(寶貨)와 금은(金銀)으로써 연년세공(年年歲貢)을 역력(歷歷)히 않으면, 육사(六師)로 쳐 옮기는 화가 불구(不久)에 이르리니, 천하 십삼도(十三道)44) 군마(軍馬)가 이르면 뉘우치나 및지 못하리라"

좌반(坐班)에 접대사 장완이 천사를 대하여 부복 왈,

"소국이 본디 진충갈력(盡忠竭力)하여 사대(事大)함을 지성으로 해오더니, 수년 후에 수로(水路)가 능히 통치 못하고 상란(喪亂)45)이 자주 일어나 시러금46) 진공치 못하니 감청사죄(敢請死罪)어니와 다만 국가(國家)가 공갈(空竭)47)하여 연년세공(年年歲貢)을 다 차림이 어려울까 하나이다."

천사 변색 왈,

"이는 가탁(假託)이라. 어찌 안남이 백(百) 현읍(縣邑)에 보물이 없어 세대대죄(世代大罪)를 속(贖)지 못하리오."

완이 묵연하여 응대를 못 하더니, 배후(背後)에 일인이 옥 같은 얼굴에 당건(唐巾)48)을 빗기고49) 허리에 각대(角帶)50)를 돋우고

고대의 세 임금. 하(夏)나라의 우왕(禹王), 은(殷)나라의 탕왕(湯王), 주(周)나라의 문왕(文王)을 이른다.
43) 사이(四夷) : 예전에, 중국의 사방에 있던 동이, 서융, 남만, 북적을 통틀어 이르던 말.
44) 십삼도(十三道) : =십삼성(十三省). 명나라 때에는 전국을 산동, 산서, 하남, 협서, 호광, 강서, 절강, 복건, 광동, 광서, 귀주, 사천, 운남 등으로 13성으로 나누었음.
45) 상란(喪亂) : 전쟁, 전염병, 천재지변 따위로 많은 사람이 죽는 재앙.
46) 시러금 : 능히. 하여금. 이에. =시러곰.
47) 공갈(空竭) : 물건이나 돈 따위가 다하여 없어짐.
48) 당건(唐巾) : 예전에, 중국에서 쓰던 관(冠)의 하나. 당나라 때에는 임금이 많이 썼으나, 뒤에는 사대부들이 사용하였다.

나아와 가로되,

"우리나라가 본디 중국 안에 있으나 멀리 해빈(海濱)에 벽처(僻處)하여 장안(長安)⁵¹⁾으로 더불어 거리가 수만리(數萬里)라. 군은을 잊음이 아니로되, 도로(道路)가 요원하여 왕화(王化)를 입지 못하고, 반복(反覆)함이 아니로되 진공이 일일(一一)치⁵²⁾ 못함은 선(先) 혜왕(惠王)이 해중(海中)에 도읍(都邑)을 옮긴 연고(緣故)라. 수로가 능히 통(通)치 못하는 고로 숙야(夙夜)에 우탄(憂嘆)하는 바나, 더욱 황은을 각골(刻骨)하는 바는, 행여 만세 부모께서 소국의 사정을 돌아보시어 문죄하는 일이 오십여 년에 이르지 아니 하니, 더욱 적자(赤子)의 부모 바라 듯하는 마음에, 일월성명(日月聖明)⁵³⁾이 관서(寬恕)하시는 줄 알고, 써⁵⁴⁾ 권권(眷眷)하시는 애정을 믿어 천덕(天德)을 잊지 못하더니, 이제 천사(天使) 임(臨)하시매 만성인민(萬姓人民)이 뉘 아니 놀라리오. 저마다 일컫되, '일월의 광화(光華)가 사방의 사정(事情)을 살핀다.' 하니, 이 필연 대국의 성천자(聖天子)가 우리 소국의 사오년 한빈(寒貧)과 상란(喪亂)을 갓 지낸 줄 아시어, 금백(金帛)으로써 위무(慰撫)하시고 미곡(米穀)으로써 진제(賑濟)⁵⁵⁾하시나니라 하니, 이 정히 대국 은전(恩典)을 깊이 바람이거늘, 천사 문득 세년(歲年) 공물을 일조에 진헌하라 하시니, 타일에 군신 이하가 다 굶어죽을지라도, 신자(臣子)의 도에 어찌 거역하리까? 부고(府庫)와 궁중(宮中)을 진수(塵數)⁵⁶⁾ 점검(點檢)하여 공헌(貢獻)하려니와, 가히

49) 빗기다 : 빛나게 하다. *여기서는 '아름답게 차리다'의 뜻.
50) 각대(角帶) : =각띠. 예전에, 벼슬아치가 예복에 두르는 띠를 통틀어 이르던 말.
51) 장안(長安) : ①중국 섬서성(陝西省) 서안시(西安市)의 옛 이름. 한(漢)나라·당나라 때의 도읍지. ②'수도'라는 뜻으로, '서울'을 이르는 말.
52) 일일(一一)하다 : 한결같다.
53) 일월성명(日月聖明) : 해나 달처럼 거룩하고 슬기로운 임금의 덕.
54) 써 : '그것을 가지고', '그것으로 인하여'의 뜻을 지닌 접속 부사. 한문의 '以'에 해당하는 말로 문어체에서 주로 쓴다.
55) 진제(賑濟) : 늑진휼(賑恤). 흉년을 당하여 가난한 백성을 도와줌.
56) 진수(塵數) : '먼지의 수'라는 뜻으로, 많은 수를 이르는 말.

아끼는 바는 적자(赤子)에 대한 의심이 일석(一夕)에 변하고, 피골(皮骨)이 부지(扶持)하지 못하여 바람이 그쳐짐을 탄(嘆)하나이다."

천사 그 옥안영풍을 반이나 혹(惑)하더니, 및 장강유수(長江流水) 같은 언담(言談)에 번연히 깨달아 묻되,
"소관(小官)은 성명을 이르라."

기인(其人)이 대 왈,
"소관은 승상 장완의 자(子) 홍이니 벼슬이 없나이다."

천사 가로되,
"네 이미 국가 직임이 없고, 소소(小小)한 아이가 어찌 담(膽)을 열어 상국천사를 조회(嘲戲)[57]하는다?"

홍이 대 왈,
"소생이 천사를 항거함이 아니라, 국가가 근년에 한재(旱災)를 만나 백성이 들에 굶어죽으며, 사대부(士大夫)가 주림을 견디지 못하여 강도의 무리 되고, 국상(國喪)이 연면(連綿)하여 그 가운데 남은 것이 없는지라. 상국이 진무하는 조서(詔書) 없이, 도리어 수세(數歲) 공헌(貢獻)을 재촉하시니, 민심이 소요하고 일방(一邦)이 실망하여, 이 석일에 바라던 뜻이 헛것이 됨을 고하는 바로 소이다."

천사 양구(良久) 후 가로되,
"이미 그러할진대, 내 당당이 환조(還朝)하여 진달(進達)하려니와, 반감(半減)하여 진헌(進獻)하게 하라."

---

57) 조회(嘲戲) : 조롱하고 희롱함.

홍이 사례하니, 국왕이 또한 기뻐 이에 연향(宴饗)하여, 파하매, 천사 관역(館驛)에 나와 장홍의 표치풍광(標致風光)과 의리 통달함을 잊지 못하여 한가지로 화답하매, 풍채(風采) 쇄락(灑落)하고 문장이 경인(驚人)하는지라. 불승애경(不勝愛敬)하니, 홍이 중국 위세를 물은데, 천사 조정에 현사(賢士) 많음과 장안(長安)의 장려(壯麗)함을 갖추 전하니, 홍이 가로되,

"장수(將帥)가 말 위에서 정사(政事)를 잡으매 군명(君命)을 쓰지 않고, 대신(大臣)이 외국에 임사(臨事)하매[58] 형세(形勢)를 좇아 욕(辱)이 군상께 및지 않게 한다 하니, 이는 일편 되게 임금의 명(命))을 지킴이 아니라. 추시(趨時)[59]하여 응변(應變)함을 이름입니다. 석(昔)에 중손추(仲孫湫)[60]는 환공(桓公)[61]이 명하여 노(盧)[62]를 멸하라 하였더니, 들에서 만난 부인의 어짊을 보고 노를 다시 세워 환공의 덕을 더욱 빛나게 하였고, 한대(漢代)의 막재(幕宰)[63] 두연년(杜延年)[64]은 오지(吳地)를 순수(巡狩)하여 삼년간 조공을 바치지 않은 죄를 물으려 하다가, 전야(田野)에 굶어죽

---

58) 임사(臨事)하다 : 어떤 일에 임하다. 또는 어떤 일에 임해 그 일을 처리하다.

59) 추시(趨時) : 때의 형편 또는 시속(時俗)을 따름.

60) 중손추(仲孫湫) : 중손추(仲孫湫). 중국 춘추시대 제(齊)나라의 대부(大夫). 제환공(齊桓公)의 사신으로 노(魯)나라에 갔다가 돌아와, 환공에게 내란을 겪고 있는 노나라를 도와줄 것을 청해, 환공이 이를 따름으로써 노나라에 대한 제나라의 영향력을 확장씨켰다.

61) 환공(桓公) : 중국 춘추 시대 제(齊)나라의 왕(?~B.C.643). 성은 강(姜). 이름은 소백(小白). 춘추오패(春秋五覇)의 한 사람으로 관중(管仲)을 등용하여 부국강병에 힘썼으며, 제후를 규합하여 맹주가 되고 패업(霸業)을 완성하였다.

62) 노(盧) : =노나라. 기원전 1055년에 주(周)나라 무왕의 아우인 주공(周公) 단(旦)이 지금의 산둥 성(山東省) 곡부(曲阜)에 도읍하여 세운 나라. 기원전 249년 34대 경공(頃公) 때에 초(楚)나라에 멸망하였다.

63) 막재(幕宰) : 재상(宰相).

64) 두연년(杜延年) : 중국 전한(前漢) 때의 명신(名臣)으로, 자가 유공(幼公)인데, 간의대부(諫議大夫)로 있을 적에 상관걸(上官桀)과 연왕 단(燕王旦)의 모반(謀反)을 고한 공으로 건평후(建平侯)에 봉해졌다. 기린각(麒麟閣)에 그 화상(畫像)이 그려졌다.

은 세 사람을 보고 차마 다스리지 못하여, 오왕의 주는 바 금과 겁을 가져 만민을 흩어 주매, 중종 효선황제(中宗 孝宣皇帝)[65]의 덕을 그 땅 백성이 주문왕(周文王)[66]께 비겨 그 은혜를 백골에 밎도록 일컬었습니다. 충신이 임군을 돕는 권변(權變)[67]이라 할 것이니, 아지못게이다![68] 금세(今世)의 중국에 이 같은 일이 있나이까?"

천사 탄 왈,

"시세 강악(强惡)하여 정관(貞觀)[69] 이후의 개원(開元)[70] 시(時)로 더불어 국가 환난을 자주 지내니, 뉘 이 같은 자가 있으리오."

홍이 역탄 왈,

"가히 아깝다. 천사 능히 효측(效則)지 못하시니까?"

천사 왈,

---

65) 중종 효선황제(中宗 孝宣皇帝) : 중국 전한 10대 황제. 이름은 유순(劉詢). 재위 BC73~BC49.
66) 주문왕(周文王) : 주나라의 무왕(武王)의 아버지. 은나라 주왕(紂王) 때 서백(西伯)이 되어 인의(仁義)로써 백성을 다스렸다. 주왕이 폭역(暴逆)하므로 제후들이 모두 그를 좇아 군주로 받들었고, 뒤에 그의 아들 무왕이 은나라를 멸망시키고 즉위하여 '문왕(文王)'의 시호를 추증하였다.
67) 권변(權變) : 때와 형편에 따라 둘러대어 일을 처리하는 수단.
68) 아지못게이다 : '모르겠습니다', '알지 못하겠습니다' '모를 일입니다' 등의 감탄의 뜻을 갖는 독립어로 작품 속에서 관용적으로 쓰이고 있다. 본서에서는 이를 감탄사(!)를 붙여 하나의 독립어로 옮겼다.
69) 정관(貞觀) : ①중국 당나라 태종 때의 연호. ②정관연간(貞觀年間:626~649)의 치세(治世)를 이르는 말. 626년 제위에 오른 당나라 2대 황제 태종(太宗) 이세민은 통일대업을 완수하고, 외정(外征)을 통해 국토를 넓히는 한편, 제도적으로 민생 안정을 꾀하고, 널리 인재를 등용하며, 학문과 문화 창달에 힘씀으로써, 후세 군왕이 본보기로 삼을 만한 성세(盛世)를 이룩했는데, 이를 일컬어 '정관의 치'라 한다.
70) 개원(開元) : 중국 당나라 현종 때의 연호(713~741).

"지기(志氣) 있으나 어느 곳에 베풀며, 충성이 있으나 기틀을 만나지 못하노라."

홍이 가로되,

"안남 일방이 상국 은덕을 정히 바라는 가운데 허다 공헌(貢獻)하라 말을 들으매, 얼고 주린 백성이 들에 잠기71)를 바리고 막불경해(莫不驚駭)72) 할 이 가득하였으니, 이 때에 관전(寬典)을 베푸시면 만세 황야의 성덕이 요순(堯舜)73)으로 일컬을 것이니, 천사(天使)의 위엄과 현심이 두연년(杜延年)에 지날 것이니, 어찌 때를 만나 충성을 다 하지 않으리까?"

천사 번연히 깨달아 흠신(欠身) 답 왈,

"족하(足下)는 가히 사람의 흐린 것을 깨닫게 하는도다."

홍이 사례 왈,

"소생이 아국의 사정뿐 아니라 대인의 권애(眷愛) 하시는 정을 갚음이니이다."

드디어 다시 경서(經書)를 화답할 새, 언사가 유수(流水) 같고 의리 통달하니, 천사 탄 왈,

"중국에 인재 많으나 차인 같은 이는 희한(稀罕)하리라. 만일 옥당한원(玉堂翰苑)74)의 으뜸을 삼으면, 재주는 이백(李白)75) 학

---

71) 잠기 : 쟁기. ①논밭을 가는 농기구. ②연장 또는 무기를 비유적으로 이르는 말.
72) 막불경해(莫不驚駭) : 놀라지 않을 사람이 없음.
73) 요순(堯舜) : 고대 중국의 요임금과 순임금을 아울러 이르는 말. 이상적인 왕도정치
가 이루어졌던 시대로 일컬어진다.
74) 옥당한원(玉堂翰苑) : 조선시대 홍문관(弘文館)과 예문관(藝文館)을 함께 이르는 말.
75) 이백(李白) : 중국 당나라의 시인(701~762). 자는 태백(太白). 호는 청련거사(靑蓮居
士). 젊어서 여러 나라에 만유(漫遊)하고, 뒤에 출사(出仕)하였으나 안녹산의 난으로
유배되는 등 불우한 만년을 보냈다. 칠언 절구에 특히 뛰어났으며, 이별과 자연을 제

사에 지날 것이요, 황각(黃閣)[76] 태중(太中)[77]의 위권(威權)을 이
은 즉, 이음양순사시(理陰陽順四時)[78]하여 방요두송(房姚杜宋)[79]
이 되리로다."
　하더라.

　이에 날을 택하여 중국을 향할 새, 국왕이 금백(金帛) 십거(十
車)와 양마(良馬) 이십필(二十匹)을 정제(整齊)하여 상사(上使)[80]
와 표문(表文)을 가져 보내더니, 천사 특별이 남궁 양무전의 설연
(設宴)하여 국왕으로 더불어 어악(御樂)을 진헌(進獻)케 하며, 인
례관(人禮官) 우필을 명하여 공헌(貢獻) 가운데 금백(金帛) 칠거
(七車)와 양미(糧米) 십승(十乘)을 내어, 일방인민(一邦人民)을
흩어주라 하시니, 백성이 불승경희(不勝慶喜)하여, 일시에 고무
(鼓舞)하고, 제성(齊聲)하여 가로되,

　"요순(堯舜)이 중국(中國)의 계시매 천사(天使) 직설(稷契)[81]의
도(道)를 행하시니, 우리 등이 이제야 주림을 면하리로다."
　하고, 향화(香火) 등촉(燈燭)을 일시의 갖추어 일로(一路)에 배
행(陪行)하더라.

재로 한 작품을 많이 남겼다. 현종과 양귀비의 모란연(牧丹宴)에서 취중에 〈청평조
(淸平調)〉 3수를 지은 이야기가 유명하다. 시성(詩聖) 두보(杜甫)에 대하여 시선(詩
仙)으로 칭하여진다. 시문집에 ≪이태백시집≫ 30권이 있다.

76) 황각(黃閣) : 행정부의 최고기관인 의정부(議政府)를 달리 이르는 말.
77) 태중(太中) : =시중(侍中). 조선 초기 문하부의 으뜸 벼슬. 품계는 정일품으로, 태조
1년(1392)에 문하부의 좌·우 시중으로 고쳤다가 태종 1년(1401)에 의정부를 설치하
면서 좌·우 정승으로 고쳤고, 뒤에 좌·우의정이 되었다.
78) 이음양순사시(理陰陽順四時) : 음양(陰陽)을 바르게 하고 사계절(四季節)의 흐름을
순조롭게 함. 즉 음양의 도와 자연의 질서에 맞게 정치를 베풂.
79) 방요두송(房姚杜宋) : 중국 당나라 초의 재상(宰相)들인 방현령(房玄齡), 요숭(姚崇),
두여회(杜如晦), 송경(宋璟)을 함께 일컫는 말.
80) 상사(上使) : =정사(正使). 사신 가운데 우두머리가 되는 사람. 또는 그런 지위.
81) 직설(稷契) : 순(舜) 임금 시대의 두 어진 신하인 후직(后稷)과 설(契)을 함께 이른 말.

천사 이에 국왕을 배사(拜辭)하고 배도(倍道)[82]하여 장안에 들어가, 안남 일사(逸事)[83]를 주(奏)하고, 인하여 장홍의 재주와 풍모(風貌)를 갖추 고한대, 미처 안남국 사신이 표문을 올리니, 사의 격절(激切)하고 문채 빼어나, '삼협(三峽)의 재주'[84]와 '장강(長江)의 문장'[85]이라.

시신(侍臣)이 경탄하고 천자(天子) 아름다이 여기셔 사신을 불러 힐문(詰問)하시니, 이곳 장홍의 소작이라.

천안이 기뻐하셔 사졸을 상사하시고 공헌(貢獻)을 도로 주어 기민(飢民)을 진구(賑救)하라 하신 후, 장홍을 입조(入朝)하라 하시다.

이때에 안남 인민이 천사의 용사(用事)함이 장홍의 덕이라 하여, 주옥진보(珠玉珍寶)를 드려 사례하되, 홍이 다 물리쳐 받지 아니며, 국왕이 벼슬로써 공을 갚되 홍이 재삼 사양(辭讓)하더니, 월여에 아동(兒童)이 노래를 지어 불러 왈,
"나무 활로써 나무를 쏘니 나무가 부러지면 잎도 떨어지도다. 가지 쇠하매 나무 부러지니, 두어라 안남국 가질 자는 장씨로다."

---

82) 배도(倍道) : =배도겸행(倍道兼行). 이틀에 갈 길을 하루에 걸음.
83) 일사(逸事) : 기록에 빠지거나 알려지지 아니하여 세상에 드러나지 아니한 사실.
84) 삼협(三峽)의 재주 : 삼협(三峽)처럼 기묘한 재주. *삼협(三峽): 중국 사천(四川)・호북(湖北) 두 성(省)의 경계에 있는 양자강(揚子江:長江) 중류의 세 협곡(峽谷). 곧 구당협(瞿塘峽)・무협(巫峽)・서릉협(西陵峽). 예로부터 기묘한 산봉우리와 기암괴석이며 굽이굽이 협곡을 돌아 흐르는 긴 강이 어우러져 이루어진 경승지(景勝地)로 유명하다.
85) 장강(長江)의 문장 : 장강(長江)처럼 길고 힘 있는 글을 이르는 말. *장강: 중국 양자강(揚子江)을 달리 이르는 말. 중국의 중심부를 흐르는 아시아에서 제일 큰 강. 길이가 6,300km에 이른다. 치베트 고원 동북부에서 시작하여 운남(雲南)・사천(四川)・호북(湖北)・강서(江西)・안휘(安徽)・강소(江蘇) 등의 성(省)을 거쳐 동중국해로 흘러 들어간다. 이 유역은 예로부터 교통, 산업, 문화의 중심지였다.

국왕이 듣고 놀라 술사(術士)에게 물은데, 술사가 해득(解得)하되,

"버들은 국성(國姓)이오, 긴 활은 '장'자('張'字)니 장씨(張氏) 찬위(篡位)할 것이란 말이로소이다."

왕이 대경하더니, 상서령 우필이 참간(讒諫)하대,

"장완의 부자 삼인이 직위 숭고한대, 장홍의 공으로 인하여 인심이 귀항(歸降)하였으니, 이 정히 후환이니, 빨리 없애야 할 것입니다."

왕이 언청(言聽)하여 발병(發兵) 엄포[86]할 새, 장씨 일가를 다 잡아들이라 하니, 우필이 대희하여 갑사(甲士)를 거느려 장아(張衙)[87]에 이르러, 일가 노소를 다 잡아 저자 거리에 가 참(斬)할 새, 장홍은 후원을 넘어 달아나고, 분분할 사이에 미처 알지 못하였더니, 죽이기에 이르러 보매 부자오인 뿐이라.

우필이 대경 왈,

"장홍은 지모(智謀) 굉원(宏遠)하고 재주 기이(奇異)하니, 만일 도망하여 원수를 갚으려 할진대, 자서(子胥)[88] 범수(范睢)[89]의 지날지라. 바삐 군사를 명하여 잡아라."

---

86) 엄포 : 실속 없이 호령이나 위협으로 으르는 짓.

87) 장아(張衙) : =장가(張家). 장씨의 집.

88) 오자서(伍子胥) : 중국 춘추 시대의 초나라 사람(?~B.C.484). 이름은 원(員). 아버지와 형이 초나라 평왕(平王)에게 피살되자 오나라를 도와 초나라를 쳐서 원수를 갚았다.

89) 범수(范睢) : 일명 범저(范雎). 중국 전국시대의 진(秦)나라의 재상. 본래 위(魏)나라 사람으로 위(魏)나라의 수가(須賈)를 따라서 제(齊)나라를 위해 봉사했으나, 위나라 재상 위제(魏齊)에게 반역죄로 의심을 받아 형벌을 받은 후, 진(秦)나라로 도망쳐, 소양왕(昭襄王)에게 원교근공(遠交近攻: 먼 나라와 친교를 맺고 가까운 나라를 공략함)의 책략을 설파하여 승상(丞相)이 되었다. 이후 군사를 위나라에 보내 위제를 자살케 함으로써, 그에 대한 사원(私怨)을 갚았다.

하되, 능히 어찌 못하는지라. 제처(諸處)에 방(榜)을 붙여 얼굴을 그려 찾더라.

이때에 홍이 의외에 참화를 만나 함께 죽고자 하더니, 유모 난영이 급히 보호하여 후원 문을 깨치고 달아나, 산곡(山谷) 중에 이르러는 서로 붙들고 비읍(悲泣)하더니, 난영이 가로되,

"역신(逆臣)이 반드시 낭군을 찾을지니 어찌 능히 벗어나리오. 중국에 나아가 성명을 고쳐, 한번 죽지 못하면 보국(報國)함이 반듯하리니, 첩의 여복을 바꿔 입어, 촌촌(寸寸) 전진하여 중국으로 가사이다."

홍이 그 말을 좇아 서로 옷을 바꿔 입고, 낯에 칠하고 다리를 절어 중국을 향할 새, 삼사일을 행하니 주림이 극한지라. 밥을 빌어먹고 또 행하여, 한 곳에 이르니 밤이 깊으매, 감히 남의 집 문을 열지 못하여 수풀 사이에 엎드려 자더니, 촌주(村主)가 일장(一場) 신몽(神夢)을 얻으니, 수풀 사이에 한 큰 범이 엎드려 있으되, 용의 거동 같고, 서기(瑞氣) 방광(放光)하여 들이 낮같더라.

후당에 있는 금불이 일러 가로되,

"귀인이 밖에 있으니 네 빨리 영접하라. 네, 만일 장문성을 극진히 대접한 즉 삼자(三子)의 명(命)을 타일에 구하리라."

하거늘, 놀라 깨어 불을 켜고 나와 두루 찾아보니, 용호(龍虎)는 보지 못하고 다만 중년 남자와 병든 여자가 있거늘, 그래도 의혹하여 청하여 들어와 배반(杯盤)을 먹이고, 이시(移時)히[90] 말하더니, 문득 촌주(村主) 부자가 서로 탄 왈,

"군상(君上)이 연기 유충(幼沖)하시매, 장승상이 이윤(伊尹)[91]、

---

90) 이시(移時)히 : 한참 동안. 오래도록. 오랜 시간이 지난 뒤에, 이윽고.
91) 이윤(伊尹) : 중국 은나라의 전설상의 인물. 이름난 재상으로 탕왕을 도와 하나라의

곽광(霍光)[92]의 도(道)를 행하니, 심산궁곡(深山窮谷)이 다 송덕
(頌德)하고 제삼 공자의 덕과 은혜를 많이 입었더니. 우 상서(尙
書) 불인하여 일가 노소 남은 이 없이 다 참형을 입으나. 오직
담략(膽略) 많은 삼 공자가 달아나다 하고, 처처(處處)에 조령(朝
令)을 괘방(掛榜)[93]하여, 잡아들이는 이는 금(金) 일천냥(一千兩)
을 주마 하나, 어느 대악(大惡)의 사람이 비록 만난들 차마 잡아
고하랴. 슬프다! 장승상 부자의 영화가 추풍낙엽(秋風落葉)이 되
었으니, 어여쁜 장공자는 어디를 갔는고?"

이렇듯 일러 눈물을 흘리더니, 또 가로되,
"장승상 전가(全家)가 다 머리와 몸이 나뉘어 저잣거리에 밟히
니, 뉘라서 거두리오. 백골(白骨)은 마제(馬蹄)에 쇄분(碎粉)하고,
피육(皮肉)은 오작(烏鵲)의 밥이 되니, 인정(人情)에 차마 보지
못할 것이요, 하물며 장공자(張公子)가 오자서(伍子胥)[94]와 범승
상(范丞相)[95]의 득지(得志)함을 만나, 오랜 뒤에 아국에 와 문죄
하고, 지어(至於) 부모의 시수를 찾을 제, 우리 등이 거두어 좋은

걸왕을 멸망시키고 선정을 베풀었다.
92) 곽광(霍光) : 중국 전한(前漢) 때의 장군. ?~B.C.68. 무제를 섬기다가 무제가 죽자 실
  권을 장악하였다. 어린 소제를 보좌하여 대사마 대장군(大司馬大將軍)이 되었으며,
  소제가 죽은 뒤 선제를 즉위시켜 20여 연 동안 집정하며 선정을 베풀었다.
93) 괘방(掛榜) : 정령(政令)이나 포고(布告)를 붙여 일반에게 보이던 일.
94) 오자서(子胥) : 중국 춘추 시대의 초나라 사람(?~B.C.484). 이름은 원(員). 아버지와
  형이 초나라 평왕(平王)에게 피살되자 오나라를 도와 초나라를 쳐서 원수를 갚았다.
  이후 오나라를 도와 당대의 패자(覇者)가 되게 하였고, 또 왕자 부차(夫差)가 왕위에
  오르는데 결정적인 역할을 하였다. 그러나 오왕 부차가 간신의 말을 믿고 그에게 촉
  루검(屬鏤劍)을 보내 자결을 명하자, 이를 따라 자결하였다.
95) 범승상(范丞相) : 중국 전국시대의 진(秦)나라의 재상 범수(范睢). 일명 범저(范雎).
  본래 위(魏)나라 사람으로 위(魏)나라의 수가(須賈)를 따라서 제(齊)나라를 위해 봉
  사했으나, 위나라 재상 위제(魏齊)에게 반역죄로 의심을 받아 형벌을 받은 후, 진
  (秦)나라로 도망쳐, 소양왕(昭襄王)에게 원교근공(遠交近攻: 먼 나라와 친교를 맺고
  가까운 나라를 공략함)의 책략을 설파하여 승상(丞相)이 되었다. 이후 위나라에 군
  사를 보내 위제를 자살케 함으로써, 그에 대한 사원(私怨)을 갚았다.

뫼에 안장(安葬)하였다가 장공자께 고한 후, 아국의 위태함을 빌면, 이는 적선(積善)과 충의(忠義)를 겸전(兼全)함이니, 내일 나는 경도(京都)에 들어가 거두어 초장(草葬)⁹⁶⁾하려 하노라."

정히 이를 제, 생은 영웅호남자(英雄好男子)로 충효의 마음이 일월에 사무치는지라. 가득한 심회에 슬픈 말이 누수(淚水)를 자아내고, 저의 적심(赤心)을 보며 쾌히 일러 한 번 사례코자 하여, 문득 실성통곡(失性痛哭)하며, 촌주를 향하여 머리를 두드리거늘, 촌주 놀라 연고를 물은데, 난영이 이에 근본(根本)을 이르니, 촌주 황망이 붙들어 일장통곡하고 비회를 이르며, 생은 재삼 사례하더라.

명조(明朝)에 촌주가 반전(盤纏)⁹⁷⁾을 많이 갖추고 가산(家産)을 다 팔아 가볍고 값 많은 보배를 장만하고, 또 남의(男衣)를 정제하여 타일 변복하라 하고, 가로되,
"타인이 알까 두려우니 빨리 가소서."

생이 다시금 사례하고 성명을 물은데, 촌주 즐겨 이르지 아냐,
왈,
"석(昔)에 노중인(路中人)⁹⁸⁾의 장인(丈人)이 있으니, 공자는 소인으로 야촌주(野村主)라 하시거든, 소인은 공자를 임하객(林下客)이라 부르기로 하사이다."

생이 드디어⁹⁹⁾ 촌주를 배별하고 수월(數月)을 행(行)하여, 중국 지경에 이르니, 풍경이 정호(淨好)¹⁰⁰⁾하고 인물이 화려한지라.

---

96) 초장(草葬) : 시체를 짚에 싸서 임시로 묻음
97) 반전(盤纏) : 늑노자(路資). 먼 길을 떠나 오가는 데 드는 비용.
98) 노중인(路中人) : 길 가운데서 우연히 서로 만난 사람.
99) 드디어 : 들지어.
100) 정호(淨好) : 깨끗하고 아름다움.

형초(荊楚)[101]에 인재 많음을 듣고, 남복을 개장(改裝)하여, 본향은 광서(廣西)[102]라 하고, 성명을 경홍이라 하여, 형주부(衡州府)[103]에 이르러는 모든 선비들을 따라 유희(遊戲) 박혁(博奕)에 놀지 아니하고, 다만 경서와 삼략육도(三略六韜)[104]를 의논하매, 지릉다재(知能多才)함을 인인이 애경하여 서로 떠나지 않으며, 난영은 술 팔아 자생(自生)하더라.

일일은 친붕(親朋) 왕영·위성장·장호·장협·곽문영·장흠·노형 등이 가로되,

"봄날이 길고 백화(白花)가 만발하였으니, 건려(健驢)[105]를 타고, 한 번 호광(湖廣)[106] 무창(武昌)[107]에 놀아, 물가의 마름을 캐고 금파(金波)[108]에 은린(銀鱗)[109]을 건져 흥을 높일 것이라."

생은 뜻이 호화에 있지 않은 고로 재삼 추탁(推託)하되 홀로, 곽생이 간청하여 가로되,

"경형이 만일 가지 않으면 우리 다 흥미 소삭(消索)[110]하리니, 어찌 괴로이 추사(推辭)하여 암실의 녹녹한 서생이 되려 하느뇨?

---

101) 형초(荊楚) : 중국 남부의 옛 형(荊)나라와 초(楚)나라 있었던 지역을 아울러 이르는 말.
102) 광서(廣西) : 중국 남부의 자치구. 서쪽으로는 운남성(雲南省), 북쪽으로는 귀주성(貴州省), 북동쪽으로는 호남성(湖南省, 남동쪽으로는 광동 성(廣東省) 등과 경계를 이루며, 남서쪽으로는 북베트남 및 통킹 만과 접해 있다.
103) 형주부(衡州府) : 형주 관아(官衙). *형주: 중국 호남성(湖南省) 형양시(衡陽市)의 옛 이름.
104) 삼략육도(三略六韜) : =육도삼략(六韜三略). 중국의 오래된 병서(兵書). ≪육도(六韜)≫와 ≪삼략≫을 아울러 이르는 말.
105) 건려(健驢) : 병 없이 튼튼한 나귀.
106) 호광(湖廣) : 중국 호남(湖南)·호북(湖北)과 광동(廣東)·광서(廣西) 지역을 아울러 이르는 말.
107) 무창(武昌) : 중국 호북성(湖北省) 무한시(武漢市)에 있는 무한삼진(武漢三鎭)의 하나로. 양자 강(揚子江) 중류에 있는 군사적 요충지다.
108) 금파(金波) : 금빛물결. 햇빛을 받아서 금빛으로 반짝거리는 물결.
109) 은닌(銀鱗) : 은 빛 비늘의 물고기.
110) 소삭(消索) : 다 사라져 없어짐.

생이 문득 생각하되,

"내 이미 난을 피해 객지에 머물고 있는 풍진(風塵)의 외로운 손으로, 머리에 흑건(黑巾)과 몸에 청라(靑羅)로 대절(大節)을 버려, 이미 수상(守喪)치 못할 형세니, 적은 것을 참고 큰 뜻을 이루려 하매, 권도(權道)를 행하리라."

하여, 허락하고 한 가지로 일엽편주(一葉片舟)를 수습하여 남악(南嶽) 형산(衡山)111)에 나아가, 위부인(魏夫人)112)을 조문(弔問)하고, 장사(長沙)113)에 이르러 가태부(賈太傅)114)를 느끼며, 악주(鄂州)115) 군산(群山)116)을 다 돌아 적벽강(赤壁江)117)에 이르러는, 위주(魏主) 맹덕(孟德)118)과 오주(吳主) 중모(仲謀)119)의 전

---

111) 형산(衡山) : 중국의 오악(五岳)의 하나인 남악(南岳)으로, 호남성(湖南省) 형양시(衡陽市) 북쪽 40km 지점에 있는 산.
112) 위부인(魏夫人) : 중국 남악(南嶽) 형산(衡山)에 산다는 여선(女仙)
113) 장사(長沙) : 중국 호남성의 동부 곧 동정호(洞庭湖) 남쪽 상강(湘江) 동쪽 하류에 있는 도시. 수륙 교통의 요충지이며 호남성의 성도(省都)이다
114) 가태부(賈太傅) : 가의(賈誼). B.C.200~168. 중국 전한(前漢) 문제 때의 학자·정치가. 문제(文帝)를 섬기며 유학과 오행설에 기초를 한 새로운 제도의 시행을 주장하였다. 장사왕(長沙王)의 태부(太傅)를 지냈고, 저서에 ≪좌씨전훈고(左氏傳訓詁)≫, ≪복조부(鵩鳥賦)≫ 따위가 있다.
115) 악주(鄂州) : 중국 호북성(湖北省) 무창(武昌)의 옛 이름
116) 군산(群山) : 한곳에 모여 있는 많은 산.
117) 적벽강(赤壁江) : 중국 호북성(湖北省) 적벽시(赤壁市)와 황주(黃州)에 있는 적벽(赤壁)을 끼고 흐르는 양자강 상류 일부 구간을 이르는 말. 오늘날에는, 중국 삼국시대 적벽대전(赤壁大戰)이 펼쳐졌던 적벽시의 적벽을 '삼국적벽(三國赤壁)'이라 칭하고, 송(宋)나라 때 소동파(蘇東坡)의 〈적벽부(赤壁賦)〉의 배경이 되었던 황주의 적벽을 '동파적벽(東坡赤壁)'이라 칭하고 있다.
118) 맹덕(孟德) : 중국 삼국시대 위나라 시조(始祖) 조조(曹操: 155~220). 맹덕(孟德)은 자(字). 황건의 난을 평정하여 공을 세우고 동탁(董卓)을 벤 후 실권을 장악하였다. 208년에 적벽(赤壁) 대전에서 유비와 손권의 연합군에게 크게 패하여 중국이 삼분된 후 216년에 위왕(魏王)이 되었다. 권모에 능하고 시문을 잘하였다.
119) 중모(仲謀) : 중국 삼국 시대 오나라의 초대 황제 손권(孫權: 182~252). 중모(仲謀)는 자. 손견(孫堅)의 아들로 유비와 더불어 조조를 적벽에서 무찌르고 위와 제휴하여 제위에 올랐다. 연호를 황룡(黃龍)이라 하고, 도읍을 건업(建業)으로 옮겨서 중국 남

쟁(戰爭)하던 곳이라.

　제생(諸生)이 삼국 난세를 탄하여, 각각 수십 편 글을 지어 읊
기를 마치매, 소상풍경(瀟湘風景)[120]을 보니, 간 곳마다 물색(物
色)이 가려(佳麗)하여, 물은 은하(銀河)를 통하고 뫼는 천태(天
台)[121]를 접(接)한 듯, 내를 두른 수양(垂楊)은 푸른 내에 피었고,
뫼를 입힌 봄꽃은 붉은 안개 무르녹아, 답청향기(踏靑香氣)[122]에
능파곡(凌波曲)[123]을 들으니, 제생이 승흥(乘興)하여 배를 돌려
구강구(九江口)[124]에 이르르는, 왕생이 옥저(玉-)를 맑게 불고, 위
생이 백옥(白玉) 퉁소를 맞추며, 장공자가 칠현금(七絃琴)을 나오
고, 곽생이 이백(李白) 학사의 청평사(淸平詞)[125]를 읊으니, 풍악
(風樂)과 가성(歌聲)이 여류(如流)하되, 경생은 옥배(玉杯)를 단순
(丹脣)에 접(接)하지 않고, 가무(歌舞)를 이목(耳目)에 들이지 않
아, 다만 먼 뫼의 공교함을 길이 바라보더니, 옥산(玉山)[126]이 장
차 기울어지고 동령(東嶺)에 망월(望月)이 비추니, 즐김이 극하매
각각 선중에 잠을 깊이 들었더니, 경생이 일몽을 얻으매, 백의선
관(白衣仙官)이 청하여 휘황한 궁궐에 이르니, 일위 귀인이 왕자

방 강소(江蘇) 일대를 다스렸다. 재위 기간은 222~252년이다.
120) 소상풍경(瀟湘風景) : 중국 호남성(湖南省) 동정호(洞庭湖) 남쪽에 있는 소상강(瀟
　　湘江)의 아름다운 경치.
121) 천태(天台) : 천태산(天台山). 중국 절강성(浙江省) 천태 현(縣)에 있는 명산. 수나라
　　때에 지의가 천태종을 개설한 곳으로 불교의 일대 도량(道場)이며, 지금도 국청사
　　따위의 큰 절이 있다
122) 답청향기(踏靑香氣) : 봄에 파랗게 난 풀을 밟으며 산책할 때 풍기는 향기.
123) 능파곡(凌波曲) : 중국 당나라 현종(玄宗)이 창작한 악곡(樂曲) 이름. 우아하고 온화
　　한 분위기를 자아내는 곡이라 하며, 현종이 꿈에 능파지(凌波池)의 용녀(龍女)를 만
　　나 연주하였던 가곡을 수습하여, 신하들과 능파지에서 연주하였더니, 못 가운데서
　　갑자기 파도가 솟았다 한다.
124) 구강구(九江口) : 중국 호남성에 있는 동정호(洞庭湖)의 입구. 구강(九江): 동정호(洞
　　庭湖)의 옛 이름.
125) 청평사(淸平詞) : 중국 당(唐) 나라 이백(李白 : 701~762)이 현종(玄宗)의 명을 받고
　　양귀비(楊貴妃)의 아름다움을 찬양하여 지은 시. 삼수(三首)로 되어 있다.
126) 옥산(玉山) : 눈이　쌓여 있는 산.

(王者)의 의복을 입고 교의(交椅)에 앉았다가 맞아, 급히 추양(推讓)하여 객의(客椅)127)에 앉히니, 생 왈,
"학생은 미말 서생이라. 대인이 어찌 이렇듯 하시나이까?"

그 사람이 왈,
"대왕은 사양치 마소서. 나는 구강(九江)을 진수(鎭守)하는 용(龍0이러니, 과인(寡人)의 차녀가 인간에 적강(謫降)하여 곽가의 딸이 되어, 또한 홍도촌(紅桃村)에 유락(流落)하였으니, 대왕이 금지옥엽(金枝玉葉)128)을 짝하나 일찍이 저버리지 말라."

생이 재배 왈,
"진토(塵土)에 아득하니 알아듣지 못하나이다."

왕이 잠소(暫笑) 왈,
"과인이 여아를 불러 오리니 대왕은 앉아 볼지어다."

드디어 금선(金扇)을 한 번 두르매 모든 시녀가 한 선녀를 옹위(擁衛)하여 나아오니, 용모 추월(秋月) 같고, 태도(態度) 연화(蓮花) 같아서 청월(淸越)129) 씩씩하더라.
왕이 명하여 잔을 들어 생을 권하라 하니, 미인이 부끄러움을 띠어 산호대(珊瑚臺)130)를 받친 앵무배(鸚鵡杯)131)에 경장(瓊漿)132)을 가득 부어 나아오니, 생이 공경하여 받아먹으나 눈을 들지 않더라.

---

127) 객위(客椅) : 손님용 의자.
128) 금지옥엽(金枝玉葉) : 금으로 된 가지와 옥으로 된 잎이라는 뜻으로, 임금의 가족을 높여 이르는 말.
129) 청월(淸越) : 맑고 뛰어남.
130) 산호대(珊瑚臺) : 산호(珊瑚)로 만든 받침대.
131) 앵모배(鸚鵡杯) : 자개를 가지고 앵무새의 부리 모양으로 만든 술잔.
132) 경장(瓊漿) : 옥액경장(玉液瓊漿)을 이르는 말로, 맑고 고운 빛깔과 좋은 향을 갖추어 신선들이 마신다고 하는 술.

왕이 가로되,

"대왕은 율시(律詩)로써 보람을 끼치라."

하고, 미인의 섬수에 옥환(玉環) 한 짝을 빼어 주거늘, 생이 재
삼 고사(苦辭)하다가 붓을 들어 쓰니, 필하(筆下)에 풍운(風雲)이
일어나고, 지상(紙上)에 용사(龍蛇)가 벌어있는 듯하더라.

사(詞)에 가뢌으되,

"옥루주각(玉樓珠閣)에 빛난 구름이 어려 있으니
　백옥루 앞에 상서(祥瑞)의 날이 멀고
　벽도 꽃 아래 향풍이 이는도다.
　어떤 다행으로 티끌 자취 이에 왔느뇨?
　명명(明明)한 언약을 이룸이여
　인간의 동주(同住)할 기약이 가깝도다.
　옥이 쟁연(錚然)하여 빛이 새로우니
　관저제일편(關雎第一篇)[133]을 점득(占得)하노라"

왕이 견파(見罷)에 대희하여, 미인을 명하여 화답하라 하니, 미
인이 붓을 들어 화(和)하니, 하였으되,

"무지개는 긴 다리 되어 구만리(九萬里)에 이었고
　구름은 푸른 집을 만들어 오천층(五千層)이로다.
　인간에 적강(謫降)하니 변화(變化)하는
　진환(塵圜)[134]의 이치(理致)는 춘풍(春風)이로다.
　옥빛이 새로움을 일컫지 말라
　진정 옥이 곤륜(崑崙)[135] 길을 열리니

---

133) 관저제일편(關雎第一篇) : 『詩經』에 첫 번째로 실린 시 '관저(關雎)'를 이른 말. *
　관저(關雎) : 『시경(詩經)』 '주남(周南)'편에 실린 노래 이름. 문왕(文王)과 태사
　(太姒)의 사랑을 주제로 한 노래.
134) 진환(塵圜) : =치끌세상. 정신에 고통을 주는 복잡하고 어수선한 세상.

　다만, 환시(幻視)로 징험(徵驗)이 있어,
　작교(鵲橋)를 점득(占得)하리라."

　하였더라.
　왕이 옥환(玉環)과 시를 경생을 주고 생의 시를 미인을 주니,
미인이 재배하고 가매, 또 생을 보낼 새 가로되,
　"십년 이후에 군선(軍船)을 이 물에 매리니, 그 때 서로 만나사
이다."

　이에 데려오던 사인(使人)을 명하여,
　"뫼셔 가라."

　하거늘, 좇아 나오다가 깨니, 미월(微月)이 몽롱하여 서릉(西
陵)에 걸리고 은하(銀河)가 경경(耿耿)하여 북두(北斗)에 돌아졌
으니[136], 사면(四面)이 적료(寂廖)하여 울울창창한 중, 몽사(夢事)
명명(明明)한지라.
　전일을 생각고 기이히 여겨, 두 글을 써[137] 낭중(囊中)에 간수
할 제, 쟁연한 옥소리 나며 옥환(玉環)이 낭중에 들어오니, 크게
놀라 괴이함을 마지않더라. 돌아 제생을 보니 술이 취하여 단잠
이 한창이더라.
　사례하는 글을 지어 강수(江水)에 들이치다.
　사월 초간(初間)[138]이 되매 풍범(風帆)을 돌려 고향에 돌아와,
예같이 시서(詩書)를 일삼을 새, 곽문영이 생과 사랑하여 문경지

---

135) 곤눈(崑崙) : 곤륜산(崑崙山). 중국 전설상의 높은 산. 중국의 서쪽에 있으며, 옥(玉)
　이 난다고 한다. 또 서왕모(西王母)가 살며 불사(不死)의 물이 흐르는 선계(仙界)의
　하나로 일컬어 진다
136) 돌아지다 : 돌아서다. 생각이나 태도가 다른 쪽으로 바뀌다.
137) 써 : 써. '그것을 가지고', '그것으로 인하여'의 뜻을 지닌 접속 부사. 한문의 '以'에 해
　당하는 말로 문어체에서 주로 쓴다.
138) 초간(初間) : 초순(初旬). 한 달 가운데 1일에서 10일까지의 동안.

교(刎頸之交)139)가 되었더니, 생이 재명(才名)이 자자(藉藉)하여 '광서(廣西) 선비 경홍이 경륜대재(經綸大材)140)라' 일컬음을 얻으니, 제유(諸類) 가운데 노생은 노기의 아우요, 정생은 정원진의 아들이라. 간교(奸巧) 질시(嫉視)하여 허물을 동류(同類)에게 참소하니, 제생(諸生)이 점점 이향(異鄕) 선비라 경멸하되, 홀로 곽생은 지심붕우(知心朋友)더라.

각설 형주부 화락촌에 일위 명환(名宦)이 있으니 진 희공의 후예요, 부마 해유의 자(子)니, 명은 중헌이라. 공주 소생이 아니나, 풍력(風力)이 있는 고로 어사대부(御史大夫)가 되었더니, 천보(天寶)141) 말에 간쟁(諫爭)하다가 벼슬을 잃고 형주에 내쳐져 인하여 죽으매, 그 아내 두씨는 채선공주의 여니 명문대가의 현철한 여자라.

일찍 소천(所天)을 여의고 다만 일남일녀를 두었으니, 여아는 태강이요, 남아는 흥경이니, 남녀가 다 초월(超越)하여 곤산(崑山)142)의 옥이요, 해상의 명주라. 태강이 자라매 침어낙안지태(沈魚落雁之態)143)와 폐월수화지모(閉月羞花之貌)144)요, 경국지색(傾國之色)145)이며, 겸하여 여공지사(女功之事)는 이르지 말고, 남자

---

139) 문경지교(刎頸之交) : 서로를 위해서로면 목이 잘린다 해도 후회하지 않을 정도의 사이라는 뜻으로, 생사를 같이할 수 있는 아주 가까운 사이, 또는 그런 친구를 이르는 말. 중국 전국 시대의 인상여(藺相如)와 염파(廉頗)의 고사에서 유래하였다. 늑문 경지우.
140) 경뉸대재(經綸大材) : 경륜(經綸) 있는 큰 인물.
141) 천보(天寶) : 중국 당(唐)나라 현종(玄宗; 712~756 재위)의 연호(742~755).
142) 곤산(崑山) : 곤륜산(崑崙山). 중국 전설상의 높은 산. 중국의 서쪽에 있으며, 옥(玉)이 난다고 한다. 전국(戰國) 시대 말기부터는 서왕모(西王母)가 살며 불사(不死)의 물이 흐른다고 믿어졌다
143) 침어낙안지태(沈魚落雁之態) : 미인을 보고 물 위에서 놀던 물고기가 부끄러워서 물 속 깊이 숨고 하늘 높이 날던 기러기가 부끄러워서 땅으로 떨어질 만큼, 여인의 맵시가 매우 아름다움을 비유적으로 이르는 말. ≪장자≫〈제물론(齊物論)〉에 나온다.
144) 폐월수화지모(閉月羞花之貌) : 달이 숨고 꽃도 부끄러워할 만큼 여인의 모습이 매우 아름답다는 것을 비유적으로 이르는 말.

에 지난 문장과 시재(詩才)가 있으니, 성정이 활연수려(豁然秀麗)하여 거리낀 일이 없는 듯하더라.

이제 나이 십삼이라. 색모재예(色貌才藝)가 형주에 진동하여 추비(麤鄙) 속자(俗子)들의 바람이 공주 같은지라. 택서(擇壻)함이 등한치 않으니, 서로 문자(文字)를 치례하며 용모를 가다듬어, 아무려나 봉황지(鳳凰池)를 바라더니, 생의 재명문장(才名文章)이 풍동(風動)함을 듣고 구혼한대, 이때 삼년이 진하였는 고로, 난영이 권하여 정혼하라 하니, 생이 부모 원수를 못 갚고 시수(屍首)를 염장(殮葬)146)치 못하였으니, 혼사(婚事)에 뜻이 없으나, 상가망신(喪家亡身)147)하여, 이때 제사(諸士)의 능멸함을 받으니, 혹화(禍)를 얻을까 두려하여 몸을 옮겨 저 집 신랑으로 안신(安身)코자 하여 허락하니, 제사가 대로(大怒)하여 장차 해할 형상이 급하더라.

태우 부인이 고명한 고로 혹 피해할까 저어 청하여 서당에 두고, 홍경으로 더불어 수학하게 하며, 대접함을 진정 여서(女壻) 같이 하더라.

생이 감격하여 몸이 평안하고 의식이 족한지라. 홍경으로 더불어 등전(燈前) 월하(月下)의 시(詩)를 창화(唱和)하여, 주야불철(晝夜不撤)148)하며 촌음(寸陰)을 아껴 대하여, 읽는 바 오직 삼략육도(三略六韜)와 진법(陣法) 병서(兵書)를 좋이 여기더라.

차시 동학(同學)하던 제생이 해함을 꾀하고 수서(手書)로 청하니, 처음은 즐겨 가지 않더니, 이생이 재삼 친히 와 청하는지라. 의심치 않고 따라 신휘정이란 정자에 이르니, 제사(諸士)가 모였다가 반겨 가로되,

"요사이 경형이 임하처사(林下處士)가 되어 두문불출(杜門不出)

---

145) 경국지색(傾國之色) : 나라를 기울일 만한 아름다운 여인을 뜻함.
146) 염장(殮葬) : 염장(殮葬). 시체를 염습하여 장사를 지냄.
147) 상가망신(散家亡身) : 가족을 다 잃고 도망한 몸이 되어 있음. 늑패가망신(敗家亡身).
148) 주야불철(晝夜不撤) : =불철주야(不撤晝夜). 어떤 일에 몰두하여 조금도 쉴 사이 없이 밤낮을 가리지 아니함.

하니, 옛 정을 잊었느냐?"

드디어 주찬을 내어와 잔치할 새, 노생이 소왈,
"경자범이 반드시 단명(短命)하리로다."

장생이 문 왈,
"어찌 이름인고?

정생 왈,
"진태우 일 여자는 경성경국지색(傾城傾國之色)149)이라 하니,
자고로 성색(聲色)이 취화(取禍) 손수(損壽)하는지라. 걸(桀)150)이
매희(妹喜151))로 망하고, 주(紂)152)가 달기(妲己)153)로 망하니, 어
찌 화를 취(取)함이 아니며, 주유(周瑜)와 손책(孫策)은 지용(智
勇)을 갖춘 사람이로되, 교공(喬公)의 이녀로 단명154)하니, 이 어

---

149) 경성경국지색(傾城傾國之色) : 임금이 혹하여 성이 기울어지고 나라가 위태로워도
　 모를 정도의 미인이라는 뜻으로, 뛰어나게 아름다운 미인을 이르는 말.
150) 걸(桀) : 중국 하나라의 마지막 왕. 성은 사(姒). 이름은 이계(履癸). 은나라의 탕왕
　 에게 멸망하였다. 은나라의 주왕과 더불어 동양 폭군의 전형으로 불린다.
151) 매희(妹喜) : 중국 하(夏)나라 마지막 황제 걸(桀)의 비(妃). 절세미녀로 걸을 농락하
　 여 주지육림(酒池肉林)을 만들어 쾌락에 빠지게 하고 이를 간하는 현신(賢臣)을 참
　 형에 처하게 하는 등 난행(亂行)을 일삼아 하나라를 멸망에 이르게 했다.
152) 주(紂) : 중국 은나라의 마지막 임금. 이름은 제신(帝辛). 주(紂)는 시호(諡號). 지혜
　 와 체력이 뛰어났으나, 주색을 일삼고 포학한 정치를 하여 인심을 잃어 주나라 무왕
　 에게 살해되었다.
153) 달기(妲己) : 중국 은나라 주왕의 비(妃). 왕의 총애를 믿어 음탕하고 포악하게 행동
　 하였는데, 뒤에 주나라 무왕에게 살해되었다. 하걸(夏桀)의 비 매희(妹喜)와 함께 망
　 국의 악녀로 불린다.
154) 주유(周瑜) 손책(孫策)은……교공(喬公)의 이녀(二女)로 단명 : 중국 삼국시대 오(吳)
　 나라 장수인 주유와 손책은 교국로(喬國老)의 두 딸이 타는 거문고 소리에 반해, 교국
　 로의 집을 찾아들어갔다가, 교씨 자매에게 청혼하여 혼인 하였는데, 불행히도 손책은
　 26세 때에, 주유는 35세 때에 각각 전장에서 죽어 단명한 것을 이른 말. *손책(孫策):
　 175~200년. 중국 후한 말의 군벌. 198년 조조에 의해 오후(吳侯)에 봉해졌다. 손권(孫
　 權)의 형으로 어린 나이에 강동을 정벌하여 오나라의 기반을 닦아 소패왕이라 불렸

찌 손수(損壽) 아니리오. 이 때 취화할 시절이 아니나. 옥골선풍(玉骨仙風)이 너무 애처(愛妻)하여155) 수(壽) 저를까156) 염려(念慮)함이라."

장생이 손을 펴며 소왈,
"불길한 말 말라. 경형은 연(然)이나 열장부(烈丈夫) 사군자(士君子)니 그리 혼미하던 않으리라."

교생 왈,
"그러면 고종(高宗) 황제 효순(孝順)하시므로 무후(武后)를 총(寵)하시며, 현종(玄宗) 황제의 밝으심으로도 태진비(太眞妃)를 들이며 만리행촉(萬里行蜀)을 하시니, 고금 성색(聲色)은 남자의 행을 잊어버리나니, 등도자(登徒子)157)의 처와 '와룡(臥龍)의 부인'158) 만 하여야 가히 숙녀라 하리라."

경생이 답소 왈,
"제형이 심하다. 소제는 일만 소가 끌어도 혼미하든 않으리니, 처자가 어질면 관관호구(關關好逑)159)로 종고(鐘鼓)의 벗을 삼을

다. 나중에 손권이 동오의 황제가 되자 장사환왕(長沙桓王)에 추존되었다.
155) 애처(愛妻)하다 : 아내를 아끼고 사랑하다.
156) 저르다 : 짧다.
157) 등도자(登徒子) : 중국 전국시대 초나라 시인 송옥(宋玉)의 부(賦)〈등도자호색부(登徒子好色賦)〉에 나오는 허구적 인물. '호색가(好色家)'의 전형적 인물로 일컬어진다. 그의 부인은 머리는 헝클어지고 귀는 비뚤어졌으며, 입술은 갈라지고 치아는 듬성듬성 삐뚤빼뚤하고, 허리는 낙타 등처럼 굽어 길을 걸을 때는 비틀거리는 데다, 옴과 치질이 있는데도, 그런 여자를 좋아해서 아이 다섯을 낳았을 만큼 호색하였다고 한다.
158) 와룡(臥龍)의 부인 : 중국 촉한의 재상 제갈량(諸葛亮)의 부인인 '황부인(黃夫人)'을 이르는 말로, 맹광(孟光)과 함께 중국의 대표적인 '추녀(醜女)'로 꼽힌다. *와룡(臥龍)'은 제갈량의 별호.
159) 관관호구(關關好逑) ; 『시경』 '관저(關雎)'편 제1연 "관관저구(關關雎鳩; 꾸우꾸우 물수리) 재하지주(在河之洲; 모래톱에 있네) 요조숙녀(窈窕淑女; 정숙한 저 아가씨) 군자호구(君子好逑; 군자의 좋은 짝이라네)"의 1구와 4구를 합한 표현. 즉 1구의 관

것이니, 서자(西子)160)도 사양치 않고, 무염(無艶)도 사양치 않으리라."

이생이 소왈.
"형이 쾌한 양 말라. 양홍(梁鴻)161)이 되려 하느냐?"

이렇듯 한담할 제, 한 미인이 성장녹의(盛裝綠衣)로 나아와 인사를 올리니, 이는 노생의 새로 얻은 양한 땅 취운이라.
노생이 짐짓 가르쳐 둔 바 있어, 이에 압마다 잔을 치고 청가(淸歌) 일곱씩을 부르더니, 문득 경생의 앞에 와 눈 주어 유정하는지라.
생이 시이불견(視而不見)하여 성안을 낮추어 대답지 않더니, 노생이 대로 왈,
"너를 후대하여 미천함을 혐의치 않거늘 네 어찌 무례하여 나의 애첩을 유정 하느냐?"

제생이 말리는 듯 권하여 어지러이 싸워 모두 치니, 생이 비록 백면서생이나 용력이 절륜한지라. 또한 분분하여 동서남북으로 충돌하여 나아오는 이마다 박차니, 자빠지며 엎어지며 머리를 붙들고 다리를 절어 하수(下手)치 못하더니, 건장한 노자 십 인이 정자 뒤로부터 내달아 에워싸고 어지러이 치며, 제생이 소리하여 가로되,
"취운은 노생의 총인(寵人)이라. 네 어이 유정하며, 진태우 딸

관저구(關關雎鳩)와 4구의 군ᄌ호귀(君子好逑)에서 저구(雎鳩)와 군자(君子)를 빼고 두 구를 합쳐, '저구'와 '군자'가 '꾸우꾸우 하며 서로 화락하는 좋은 짝'이라는 것을 말한 것이다.
160) 서자(西子) : 중국 춘추시대의 월(越)나라의 미인 서시(西施). 오나라에 패한 월나라 왕 구천이 서시를 부차에게 보내어 부차가 그 용모에 빠져 있는 사이에 오나라를 멸망시켰다.
161) 양홍(梁鴻) : 중국 후한(後漢) 때의 은사(隱士). 처 맹광(孟光)의 고사(故事) '거안제미(擧案齊眉)'의 당사자로 유명하다.

은 정생과 사통하여 맹약이 금석(金石) 같거늘, 어찌 대장부가 한 처자에 미치리오. 너를 마땅히 죽여 녹림(綠林) 중에 넣으리라."

생이 정히 창황 중, 이때 곽생이 글을 읽다가 제생들이 없음을 보고 물은 데, 아는 자가 왈,
"신휘정에 가, 경생을 청하여 잔치하러 가더라."

하거늘, 곽생이 대경 왈,
"경자범이 반드시 죽으리로다."

하고 급히 따라오니, 신휘정 앞에 제사와 장획(臧獲)162)이 구름 지피163)듯 하였거늘, 급히 나아가 중인을 헤치고 생을 이끌어 나와 석상(石上)에 앉은 대, 제생이 노하여 곽생을 욕하고자 하거늘, 곽생이 진목 즐왈,
"내 조부는 천하 병권을 잡아 분양왕이 되었고, 내 부친은 조정 정사를 결하는 추밀사가 되었으니, 너희가 나를 치라. 내 형주 지부를 보와 너희를 명정히 처치하리라."

교생과 정생이 왈,
"취운으로 유정하며, 나의 형인(荊人)164)을 앗으려 하니, 어찌 경가 축생을 죽이지 않으리오."

곽생 왈,
"네 형인이 눌꼬?"

---

162) 장획(臧獲) : =종. 장은 사내종, 획은 계집종을 이름.
163) 지피다 : ①아궁이나 화덕 따위에 땔나무를 넣어 불을 붙이다. ②한데 엉기어 붙다.
164) 형인(荊人) : 늑형처(荊妻). 형실(荊室). 가시나무로 만든 비녀를 꽂고 있는 사람이란 뜻으로, 자기 아내를 남에게 낮추어 이르는 말. 후한 때에 양홍(梁鴻)의 아내 맹광(孟光)이 가시나무 비녀를 꽂고 무명으로 만든 치마를 입었다는 데서 유래한다.

정생 왈,

"내 거년에 사통하였으니 진태우 여자와 맹약이 금석 같을와."

곽생이 더욱 노하여 즐왈(叱曰),

"창녀는 노류장화니 송구영신하는 태도로 경형의 옥모를 흠모하여 혹 투시(妬視)할 법이 있으나 자범은 정인군자라. 유하혜(柳下惠)165) 미자(微子)166)의 행사가 있으니 어찌 유정함이 있으리오. 혹시 자범이 눈으로써 유정할지라도, 붕우의 도에 아는 체 않음이 옳거늘, 군자가 유신(有信)을 잊어 산곡 중에서 치기를 일삼으며, 더욱 성인이 풍교를 지어 부부를 존중히 하시되 육례(六禮)167)를 만들어 백량(百輛)168)으로 맞게 하시니, 역대에 전하여 이제에 이르도록 삼강오상(三綱五常)169)에 부부가 으뜸 함은 대체(大體)를 밝힘이요, 선비가 공맹(孔孟)의 도를 배워 성교를 지

165) 유하혜(柳下惠). 중국 춘추시대 노(魯) 나라의 명재상(名宰相). 맹자(孟子)는 그를 '더러운 임금을 섬기는 일도 부끄럽게 여기지 않을 만큼 화해와 조화의 기질을 가진 성인'이라 하였다. 그러나 그도 천하의 대도(大盜)였던 자신의 아우 도척(盜跖)을 교화하지는 못했다.

166) 미자(微子) : 미자계(微子啓). 중국 은나라 말기의 현인(賢人). 기자(箕子), 비간(比干)과 함께 은말 삼인(三仁; 세 어진 사람)으로 꼽힌다. 이름은 계(啓)이고 은나라 마지막 왕인 주(紂)의 이복형이다. 주를 간(諫)했지만 받아들이지 않자 조상을 제사 지내는 제기들을 갖고 산서성 노성(潞城) 동북쪽에 있던 미(微) 땅으로 갔다. 주나라 무왕이 주(紂)를 정벌하자 항복했는데, 무왕은 그를 미(微) 땅의 제후로 봉했다. 그래서 미자(微子)라고 한다.

167) 육례(六禮) : 우리나라 전통혼례의 여섯 가지 의례. 납채(納采), 문명(問名), 납길(納吉), 납폐(納幣), 청기(請期), 친영(親迎)을 이른다.

168) 백량(百輛) : '백대의 수레'라는 뜻으로, 『시경(詩經)』 「소남(召南)」 편, 〈작소(鵲巢)〉 시의 '우귀(于歸) 백량(百輛)'에서 유래한 말이다. 즉 옛날 중국의 제후가(諸侯家)에서 혼례를 치를 때, 신랑이 수레 백량에 달하는 많은 요객(繞客)들을 거느려 신부집에 가서, 신부를 신랑집으로 맞아와 혼례를 올렸는데, 이 시는 이처럼 혼례가 수레 백량이 운집할 만큼 성대하게 처러진 것을 노래하고 있다.

169) 삼강오상(三綱五常) : 삼강오륜(三綱五倫). 유교의 도덕에서 기본이 되는 세 가지의 강령과 지켜야 할 다섯 가지의 도리. 군위신강, 부위자강, 부위부강과 부자유친, 군신유의, 부부유별, 장유유서, 붕우유신을 통틀어 이른다.

켜서 천창도 비례로 만남이 행실에 구애하거늘 하물며 담을 넘으며 구멍을 뚫어 사대부의 부녀를 잠간(潛姦)할와 하니, 진씨 여자의 추상같음은 안지 오래니 음란을 행치 않았으려니와, 네 당당이 저리 이를진대 이는 음란참월(淫亂僭越)한 죄라. 또한 백주에 선비가 서로 모여 동학붕우를 죽이려 하니, 이 곧 강도의 유라. 제 죄를 한데 모아 조정에 주문하면 어찌하려 하는다?"

제생이 대경하여 급히 배 왈,
"곽형은 식노(息怒)하라. 우리 과연 그릇한 죄로다."

재삼 애걸하니, 곽생은 인후장자라. 문득 도리어 겸손하여 가로되,
"형 등의 허물을 일러 깨닫게 함이라. 어찌 과도히 구느뇨?"

이에 경생을 배별하여 보내고, 제생을 거느려 돌아 가니라.
생이 분노함을 이기지 못하나, 진태우 집에 이르니, 흥경이 나와 영접하니, 노기 충관하고 의관이 헤어졌음을 보고, 연고를 물으니, 생이 오직 울울불락하여 왈,
"학생이 이에 있어 은혜를 많이 입사오니, 마땅히 길기를 기다려 성친함이 옳되, 장안에서 알성(謁聖)을 정하여 예우를 성히 베푸신다 하니, 나아가 구경코자 하므로 장차 하직을 고하나니, 과장 후 빨리 와 성친 하리이다."

부인이 놀라 전어 왈,
"조정에서 예우를 성설(盛設)함은 벌써 듣고, '정히 가소서' 청하려 하였으되, 혼기 일삭에 있으니 주저(躊躇)하더니, 가려 하시니, 머무르라 하지 못하나, 노마(奴馬)와 반전(盤纏)을 정제하여 가심이 옳거늘 어찌 행색을 표홀히 하시나이까? 가시는 날을 알아 노자와 행장을 차리사이다."

생이 사양하기 좋지 않아 다만,
"그리하소서."
하다.

부인이 가장 섭섭하여 주찬을 갖추어 전송하려 하더니, 홍경이 들어와 생의 노색을 고하매, 진소저가 문득 깨달아 모친더러 왈,
"이 반드시 간언을 들었거나, 불연 즉, 우리 집에 구혼하던 소년들이 밉게 여겨 구욕(驅辱)함을 보아, 반드시 이에 있지 못하게 함이라."

부인이 또한 옳이 여기고 문득 근심하여 유랑을 보내어, 다시 별단 묘맥을 힐문한 데, 생이 자세히 이르지 않고, 멀리 화를 피하여 풍운의 때를 얻어 만난 후, 성친하려 하는 뜻을 다 이르되, 정생의 '잠간(潛姦)할와' 하던 말을 이르지 않으니, 대저 그 말을 신청함이 아니라, 제 들으면 평안치 않을까 하여 이르지 않음이라.
유랑이 들어와 생의 말대로 고하니, 부인이 소저의 명견을 항복하고, 이에 노자 단충과 반전(盤纏)을 정제한 후, 주찬을 내어 보내 별정을 표한데, 생이 또한 의의하여 술이 반감(半酣)에 취흥이 발하는지라. 고풍(古風)170) 일편을 지어 홍경을 주어 왈,
"공명(功名)이 관수(關數)하고 부귀(富貴) 재천(在天)하니, 이번 가서 구태여 득룡(登龍)함이 반듯할 줄 어이 알리오. 혹 때를 잃어 타년을 기다릴지라도 이 땅에는 아니 와 공명을 취한 후에야 돌아오리니, 그간에 인사가 변역할지라도 이 글로써, 타일에 찾는 보람이 되게 하리니, 마땅히 너희 매저(妹姐)를 주고 한자 화답을 구하라."

홍경이 가져 내당의 들어가 매저를 주니, 하였으되,
"강호에 유락함이 이미 세 봄이 지나도록

---

170)고풍(古風) :『문학』한시 문체의 하나. 소고풍과 대고풍의 구별이 있다

풍진에 집 없는 손이 되도다.

다행이 동상(東床)[171]을 허하여 진루(塵累)에 영화 맺기를 기약하고

서당의 휼고(恤孤)함을 입으니 또한 은근함이 두텁도다.

머리를 장안으로 두르매 봉익(鳳翼) 잡기를 그음 하느니

모름지기 일편(一篇) 고풍(古風)으로써 타일 증험을 삼아

마음을 고할지라.

타년에 사마(駟馬)[172]를 몰아 이곳에 이를 때에

도요(桃夭)[173]를 읊어 백냥(百輛)을 빛나게 하리라."

소저가 보기를 마치고 침음(沈吟)하여 참색(慙色)이 완연 하거늘, 부인 왈,

"경랑이 범사를 주밀히 하여 이 글을 지었으니 이 곧 종신대사(終身大事)요, 백년의탁이라. 화답지 않음이 예(禮) 아니니, 이 글을 보건대 은근하나 음란치 않고, 자자 정도로 일렀을 뿐 아니라, 비례곡경(非禮曲徑)의 사사수지(私私手紙)[174]로 정을 풍(風)함이 아니니, 빨리 화답하라."

소제 또한 옳이 여겨 입각(立刻)에 신필(神筆)하니, 가랐으되,

"시재와 문묵을 희롱함은 남자의 사업이요, 심규(深閨)에 수선(繡線)을 다스림은 여자의 행실이라. 비록 까마귀 그리는 재주가 있으나 어찌 능히 군자의 시를 화하리오. 다만 받들어 공경하여 뜻이 두터움을 사례하리로다. 이미 풍운의 길을 향하매 용린(龍

---

171) 동상(東床) : 동쪽 평상이라는 뜻으로, '사위'를 달리 이르는 말. 중국 진(晉)나라의 극감(郄鑒)이 사위를 고르는데, 왕도(王導)의 아들 가운데 동쪽 평상 위에서 배를 드러내고 누워 있는 왕희지를 골랐다는 고사에서 유래했다.

172) 스마(駟馬) : 네 필의 말이 끄는 수레.

173) 도요(桃夭) : 도요시(桃夭詩). 시경(詩經) 〈주남(周南)〉 편에 있는 시. 시집가는 아가씨의 아름다움과 행복을 노래하고 있다.

174) 사사수지(私私手紙) : 사사로운 내용이 담긴 손수 쓴 편지. 수지(手紙): 손수 쓴 글이나 편지. 늑수서(手書). 수찰(手札). 수간(手簡). 수한(手翰). 수함(手函).

鱗)을 밟고 봉익(鳳翼)을 잡아 어향(御香)을 쏘일 때에, 아지못게
라!175) 맹약을 가히 지키랴. 모름지기 규중의 어린 여자도 홀로
여종(女宗)176)을 빛나게 하리라."
하였더라.

홍경이 가져 서당의 이르니, 차시 생이 생각하되,
"여자의 재주와 뜻이 적어 성편(成篇)하노라면 반드시 오래 되
리라."

하고, 정히 잔을 잡아 이배(二杯)에 이르러 홍경이 문득 매저의
시를 가져 왔는지라. 한 번 펼치매 사의 정대하고 필법이 쇄락하
여, 문체 주옥을 꿴 듯한지라. 신속함을 심리에 차탄하고 문득 웃
으며 왈,
"너의 매저(妹姐)가 나를 믿지 않았으니 가히 웃으리로다."
홍경이 또한 웃더라.
이날을 지내고 명조(明朝)에 발행할 새, 양양지경에 이르러는
노래 부르는 누(樓)와 술파는 점(店)이 낙역하였으니, 생이 주인
을 얻어 일야를 헐숙할 새, 잠이 전전(展轉)177)하여 능히 자지 못
하더니, 격벽(隔壁)에서 가만히 이르대,
"저 수자(竪子)의 행장이 많으니, 내일 미혼주(迷魂酒)를 먹여
죽여 만두소를 만들고, 행장을 앗음이 묘하다."

하거늘, 생이 크게 놀라 계초명(鷄初鳴)에 일어나 주인더러 이

---

175) 아지못게라! : '모르겠도다!' '모를 일이로다!' '알지못하겠도다!' 등의 감탄의 뜻을 갖는
　　독립어로 작품 속에서 관용적으로 쓰이고 있다. 본서에서는 이를 감탄사(!)를 붙여
　　하나의 독립어로 옮겼다.
176) 여종(女宗) : 열녀. 중국 춘추시대 송(宋)나라 포소(鮑蘇)의 처로 남편이 두 번째 부
　　인을 얻었음에도 불구하고 남편과 시어머니를 잘 섬겼다. 『열녀전』 「현명(賢
　　明)」 '송포여종(宋鮑女宗)' 조(條)에 나온다.
177) 전전(展轉) : 누워서 몸을 이리저리 뒤척이며 잠을 이루지 못함. ≒전전반측(輾轉反
　　側), 전전불매(輾轉不寐).

르지 않고 문을 나, 삼사 리(里)는 가서, 문득 주인과 건장한 대 엿 놈이 급히 따라 언수 가에 다다라서는 사면이 적료하고 행인이 없는지라.

생을 매어 물속에 밀치고 말과 행장을 앗아 가니, 단충은 숲 가운데 숨었다가 나와 보니, 물살이 급하니, 밀리어 언수(偃水)178) 서편에서 보일락 잠길락 하다가, 문득 간 데 없으니, 실성 통곡하고 급히 형주로 고하러 가니라.

이때에 생이 인사를 몰라, 풍랑에 밀려 언수 상류에 걸리니, 일개 어옹이 녹양하(綠楊下)에 배를 매었다가, 강두에 사람이 밀려오는 양을 보고 적이 간 후, 배를 저어 생을 따라 급히 건져 배 위에서 물을 토(吐)하게 하니, 생이 비로소 정신을 정하여 노옹의 구한 은혜를 재삼 사례하고, 수일을 머물며 옷을 말려 입은 후, 다시 길을 가고자 하거늘, 노옹이 고기 찬(饌)과 미곡(米穀)으로 반전(盤纏)을 하여 주거늘, 생이 또한 사례한대, 노옹이 노왈(怒曰),

"내 그대를 구함이 인명을 아낌이요, 반전을 차려 줌이 수일 친함을 표함이거늘, 어찌 갚기를 들먹여 대장부의 의기를 저버리는가?"

생이 감사하여 성명을 무르니, 유한이라 하더라.

생이 걸어 행하여 장안에 이르니 토번이 난을 일으켜 중외(中外)가 소요하여 과한(科限)179)을 물렸는지라.

진퇴양난하여 행영사란 절에 가 머물렀더니, 삼동(三冬)이 지나고 신춘이 돌아오매, 차시 비로소 화창한 춘일에 문무를 모아 태극전에서 재주 있는 이들을 뽑으실 새, 특별히 하조(下詔) 왈,

"석에 태종 정관(貞觀) 시 문학이 성하여 개원(開元) 시에 이르러 인재가 많더니, 당금엔 한 낱 인재를 보지 못하니, 금일은 경 등이 만홀히 간서(揀書)180)치 말고 명심하라."

---

178) 언수(偃水) : 방죽 물. *방죽: 파거나, 둑으로 둘러막은 못.
179) 과한(科限) : 과것이험 기한.
180) 간서(揀書) : 글을 가려 뽑음.

하신 후, 또한 재주를 앞에서 친히 짓게 하시니, 뉘 능히 문인으로 대작(代作)하며 시관을 통하리오. 무재한 유는 흡흡(恰恰)히[181] 돌아갈 뿐이라.

이에 간서하기의 임하여, 만장(萬章) 시부(詩賦) 일수(一首)도 괄목할만한 것이 없는지라. 용안이 자못 불열하시니, 시신이 황구(惶懼)하여 자자명찰(字字明察)하며, 일장 시전(詩箋)을 얻으매, 한 번 펴매 묵광이 창연(敞然)하고 필획이 정공하여, 보매 눈 가운데 묵광이 현란하고, 읽으매 입에 방향(芳香)이 가득하니, 대희하여 급히 탑하에 나아가 어람하시게 할 새, 천자가 한 번 보시매 크게 경탄하여 일컬어 가라사대,

"기재(奇才)며 기재라. 글 가운데 직언정충(直言精忠)하여 사군보국(事君報國)할 뜻을 두었으니, 어찌 한 갓 붓끝을 놀려 청사(靑史)를 읊고 풍경(風景)을 손수 쓴 문장뿐이리오. 족히 음양(陰陽)을 이롭게 하며, 사시(四時)를 순조롭게 하여 진정 보필(輔弼)할 신하로다."

하시고 어필로 장원(壯元)이라 쓰신 후, 그 밖은 다 퇴하여 다만 둘을 더 뽑으시매 비봉(秘封)을 떼어 장원을 부르니, 학생 경완의 자 경홍이니 본은 광서 영주요, 나이 십구 세라 한대, 문득 계하에 일위 소년이 중인 중에 표표히 걸어 나오니, 신장이 늠름하고 풍채 쇄락하여 정신이 추천(秋天) 같고 기운이 장홍(長虹)[182] 같으며, 미목(眉目) 사이의 강산정기를 모았으니, 경천위지(經天緯地)[183]하고 안방정국(安邦定國)할 재죄 잇는 듯한지라. 상이 재모(才貌) 겸전함을 크게 칭찬하시어 계지(桂枝)를 친히 꽂아 주시고 청삼을 주시며 돌아 제신더러 가라사대,

"국가의 양신(良臣)은 천하의 보배요, 조정의 동량이라. 자고로 양필을 꿈꾸어 악발토포(握髮吐哺)[184]할 지경의 인재를 얻은 즉

---

181)흡흡(恰恰)히 : 매우 마음을 쓰는 모양. 마음에 맞지 않아 섭섭히 여기는 모양
182)장홍(長虹) : 길게 뻗친 무지개.
183)경천위지(經天緯地) : 온 천하를 조직적으로 잘 계획하여 다스림

천운오색(天雲五色)이 경상(景祥)을 표할지라. 짐이 오늘날을 당하여 희세(稀世) 보필지신(輔弼之臣)을 얻으니, 가히 국가경사라 하리로다.”

　제신이 또한 경생의 옥골선풍과 특이한 문장을 탄복하더니, 어교(御敎)를 받자와 인재 얻으심을 하례하더라. 상이 크게 기뻐하시어, 악공을 명하여 삼악(三樂)185)을 진주하라 하시고, 상방(尙房)186)에 명하여 잔치를 배설하라 하시니, 용생봉관(龍笙鳳管)187)과 고슬취생(鼓瑟吹笙)188)은 운소(雲霄)의 사무치고 해산옥식(海山玉食)189)과 팔진경찬(八珍瓊饌)190)이 옥반(玉盤)의 뫼 같은 데, 새로 급제한 세 재사(才士)를 한림학사를 삼으셔 청삼계화(靑衫桂花)191)로 전상(殿上) 올려 잔치에 참예케 하시니, 옥모에 계화

---

184) 악발토포(握髮吐哺) : =토포악발(吐哺握發). 민심을 수람하고 정무를 보살피기에 잠시도 편안함이 없음을 이르는 말. 중국의 주공이 식사 때나 목욕할 때 내객이 있으면 먹던 것을 뱉고, 감고 있던 머리를 거머쥐고 영접하였다는 데서 유래한다.
185) 삼악(三樂) : 삼부악(三部樂). 국악에서, 아악(雅樂)·당악(唐樂)·향악(鄕樂)의 세 갈래 음악을 통틀어 이르는 말.
186) 상방(尙房) ; 대궐의 각종 음식, 의복, 기물(器物)을 관리하던 곳. ‘상의원(尙衣院)’이라고도 한다.
187) 용생봉관(龍笙鳳管) : 용(龍)을 장식한 생황(笙篁)과 봉황(鳳凰)을 장식한 피리. *생황(笙篁); 아악(雅樂)에 쓰는 관악기의 하나. 큰 대로 판 통에 많은 죽관(竹管)을 돌려 세우고, 주전자 귀때 비슷한 부리로 불게 되어 있다. *피리; 구멍이 여덟 개 있고 서(피리의 발음원이 되는 얇은 진동판)를 꽂아서 부는 목관 악기. 향피리, 당피리, 세피리가 있다.
188) 고슬취생(鼓瑟吹笙) : 비파를 뜯고 생황을 불다.
189) 해산옥식(海山玉食) : 바다와 육지에서 난 갖가지 맛있는 음식. *옥식(玉食): 맛있는 음식. 하얀 쌀밥.
190) 팔진경찬(八珍瓊饌) : 팔진지미(八珍之味)와 그 밖에 빛깔과 맛이 좋은 갖가지 술(瓊漿)과 반찬(饌)들을 함께 이르는 말. 또는 이러한 음식들을 갖추어 아주 잘 차린 풍성한 음식상을 이르는 말로도 쓰인다.
　*팔진지미: 순모(淳母), 순오(淳熬), 포장(炮牂), 포돈(炮豚), 도진(擣珍), 오(熬), 지(漬), 간료(肝膋)를 이르기도 하고 용간(龍肝), 봉수(鳳髓), 토태(兎胎), 이미(鯉尾), 악적(鶚炙), 웅장(熊掌), 성순(猩脣), 수락(酥酪)을 이르기도 한다.
191) 청삼계화(靑衫桂花) : 예전에 과거급제자에게 임금이 내리던 남색 도포와 종이로 만

그림자 어른기고, 어주(御酒)를 반취하매 홍광이 취동하니, 풍채를 재삼 흠모하여 천자께서 문득 부마를 유의하시고, 또한 백료 가운데 딸 둔 자는 사위 삼고저 하는 이 가득하더라.

날이 저물매 파연하시니, 이는 천고의 처음이라. 생이 하처에 돌아와 정히 수침(睡寢)하려 하더니, 아역이 곽생의 왔음을 고한대, 한림이 크게 반겨 급히 의대를 끌어 맞으며, 곽생이 들어와 서로 손을 연하여 하례하며 별회를 이를 새, 생이 진태우 집 평부를 물은데, 곽생이 가로되,

"형은 복록이 겸전한 사람이라. 인간의 쾌활한 숙녀를 얻으리로다."

인하여 가로되,

"거년 춘에 단충이 형의 흉부(凶訃)를 전하매, 진소저가 남복으로 형의 아우로라 하고, 양양 원을 보고 적류(賊類) 삼인을 죽인 후, 형이 화 만난 물가에 가, 제문 지어서 제하고, 허장기구(虛葬機具)를 차리려 하다가, 다행이 어옹(漁翁) 유한을 만나 형의 살아있음을 듣고, 비로소 안심하여 최복(衰服)을 그치고 돌아가, 다시 노자를 흩어 의복과 반전을 갖추어 형을 찾되, 종적을 몰라 크게 염려하니, 진실로 절부열녀와 흡사한지라. 어찌 형의 복이 아니리오."

한림이 크게 감격함을 이기지 못하고 또 제사(諸士)의 무양(無恙)함을 물은데, 곽생이 탄왈,

"복선화음(福善禍淫)이 헛되지 않은지라. 정희는 거년 십일월의 제 아비 서인이 되어 전리(田里)로 가기로 함께 돌아가고, 이생은 제 아비 토번에 항복하여 장안에 들인 죄로 십이월에 환경(還京)하여 삼족을 다 죽여, 그에 참예하니, 교생도 여서(女壻)로 참화를 입은지라. 천도가 무심치 않은 줄 알리로라."

든 계수나무 꽃.

한림이 문득 참연 왈,

"세재(歲在) 동학하던 정이 심상치 않더니 어찌 한 가지로 사군(事君)할 연분이 없어 참화를 만날 줄 알리오."

눈물 두어 줄이 산연(潸然)하니, 곽생이 그 현심을 찬양하더라.

차야에 양인이 한 가지로 자며 반김과 기쁨이 무궁하여 이후 서로 왕래 빈빈하고, 생이 또한 장안 서편에 원유를 신복(新卜)[192]하매, 복첩과 아역이 자연 돌아오니, 이는 천자의 총애(寵愛)와 녜우(禮遇)하시미라.

생이 정히 혼취(婚娶) 말미를 청코자 하더니, 팔월에 하동 해적이 반하매, 곽분양(郭汾陽)이 출정할새, 집의 이르러 가로되,

"내 임위 늙고 지혜 주족(周足)한 모사(謀士)가 없으니, 장차 어찌 하리오."

근심하거늘, 그 손(孫) 문영이 가로되,

"한림학사 경홍이 처세 경륜의 재주를 품고, 또한 상해 육도삼략(六韜三略)[193]을 좋이 여기던 것이니 반드시 심상치 아닐지라. 주청하고 데려 가심이 어떠하니까?"

영공이 즉시 주사(奏事)한대, 상이 가장 어려이 여기시다가, 영공의 안면을 보아 허하시고, 재삼 당부하시어 '친자 같이 하라' 하시고, 경홍을 각별 사주하시더라.

한림이 백의 서생이 되어 신세는 온중단아(穩重端雅)한 학사이더니, 이때에 융복을 입고 종군하매 화려호상(華麗豪爽)하고, 영호수발(英豪秀拔)하여 기운이 산악을 헤치고 지모가 도적을 소멸할 듯 표표한 풍채 천신이 하강함 같으니, 총군(總軍)이 흠탄함을 마지않더라.

---

192) 신복(新卜) : 집터 따위를 새로 잡다.
193) 육도삼략(六韜三略) : 중국의 오래된 병서(兵書)인 ≪육도(六韜)≫와 ≪삼략≫을 아울러 이르는 말.

차설 형주 진소저가 경생의 정혼이 구정(九鼎) 같음을 믿어, 강포(强暴)를 벙으리왔더니[194], 곽생이 이르러 생을 찾는지라.

홍경이 맞이하여 보고 경사에 과거보러 간 줄을 전하니, 곽생이 놀라 가로되,

"나도 가려하더니 토번이 작난하여 장안을 침범하여, 천자가 이소(移所)[195]하실 의논이 있어, 조정이 분분한 고로 과거를 물렸다 하니, 이제 경형이 자취 대해(大海)에 부평(浮萍) 같아서 어데 가 의지 하리오."

애달음을 마지아니하고, 또한 일삭에 두어 번씩 진가에 문후하니, 이는 강포(强暴)한 자가 고약하여, 작화(作禍)할까 두려 자주 다님이니, 진짓 관포(管鮑)[196]에 지난 붕우(朋友)이러라.

의외에 단충이 참상 흉부(凶訃)[197]를 전하매, 부인이 대경하여 아무리 할 줄 모르더니, 소저 문득 열녀의 절을 지켜 발상하고 허장할 뜻이 있는지라. 부인이 또한 말리지 않더라.

소저, 남복을 입고 유모와 시녀 선앵을 데려 단충으로 길을 인도(引導)하라 하고, 양양을 향하여 가, 지부(地府)[198]를 보아 가로되,

"학생은 진태우의 아들이러니, 오형(吾兄) 진경이 장안으로 가다가 이 같은 화(禍)를 만나셨으니, 원수를 갚고자 하나이다."

하니, 지부는 옛날 태우 문생이러니, 진태우의 여러 아들이 없던 줄 미리 생각지 못하고, 또한 대로(大怒) 참연(慘然)하여 공차(公差)를 명하여 단충이 가르치는 바의 점주를 잡아와 저주니, 개개복초(個個服招)하거늘, 정범(正犯) 삼인을 처참하매, 소저가 사례하고 언수(偃水) 가에 이르러, 깁으로 초혼하여 영위(靈位)를 베

---

194) 벙으리왔다 : 막다. 맞서 버티다. 대적(對敵)하다. 거스르다. 반대하다. 거절(拒絶)하다.
195) 이소(移所) : 다른 곳으로 옮겨 감.
196) 관포(管鮑) : 중국 춘추시대 사람인 관중(管仲)과 포숙(鮑叔)을 함께 이르는 말. 우정이 아주 돈독한 친구사이였다. *관포지교(管鮑之交): 관중(管仲)과 포숙(鮑叔)의 사귐이란 뜻으로, 우정이 아주 돈독한 친구 관계를 이르는 말.
197) 흉부(凶訃) : 사람의 죽음을 알림. 또는 그런 글.
198) 지부(地府) : 각 고을의 행정관청. 또는 각 고을을 맡아 다스리던 지방관을 이르는 말.

풀고 제전(祭奠)을 갖추어 제문으로써 고하니, 그 글에 가랐으되,

모년모월모일의 형주 진태강은 삼가 비박지전으로 영주 경수자 침의 영에 고하나니, 오호(嗚呼)라! 유생즉유사(有生卽有死)는 천도의 떳떳한 일이건마는, 혼은 그 때가 아니요, 그 명이 아니로되, 문득 타향에 유우(流寓)하다가 마침내 객리(客裏)에 화를 만나 몸이 언수의 잠기도다. 넋은 옥경(玉京)에 올라 태청(太淸) 영소전 상제를 뫼셨고, 시수(屍首)는 용왕이 수정궁의 옥상(玉觴)을 내려 약물을 가져 보호하리로다. 선비가 그 나라에 있으면 녹을 먹지 않아도 그 나라 신하(臣下)요, 여자가 친영(親迎)을 않았어도 빙례(聘禮) 정약(定約) 곧 있으면 그 집 며느리라 하나니, 충신과 열녀 그 도가 한가지라. 혼은 오직 나를 써 광망(狂妄)타 하지 말라. 오호라! 원수를 소제하고 깁을 끊어 혼을 맞아 돌아가니, 형주에 나아가 조석제사(朝夕祭祀)를 흠향하소서.

하였더라.

제파에 일성장통(一聲長慟)하매, 난영이 좇아 왔더니, 실성대곡(失性大哭)하여, 피눈물이 나는지라.

제인이 권회(勸誨)하되[199] 장차 물에 들 형상이 급하더니, 한 노옹이 어선을 바삐 저어와 묻되,

"아니 양양 적류(賊類)에게 쫓겨 이곳에 와 수사(水死)한 경수자를 위함이냐?"

제인이 대경하여 아는 연고를 물은데, 노옹이 대소 왈,

"즉시 살아 장안 가 앉아있는 경 수자(竪子)를 위하여 혈루(血淚)를 허비하도다."

중인이 눈물을 거두고 절하여 물으니, 노옹이 자세히 이르매, 모다 장신장의(將信將疑)하거늘, 노옹이 옛날 경생이 신세를 슬퍼

199) 권회(勸誨)하다 : 어떤 일을 하도록 권하여 가르치다. 타이르다.

하여 지은 글을 수중(袖中)에서 내어 뵌대, 중인이 무수히 사례하고 성명을 물은 대, 노옹이 행여 저들이 금은으로 은혜를 갚으려 들까 하여, 이를 피해 배를 중류(中流)하여[200] 가며 왈, '나는 유한이로다.' 하더라.

소저와 노복이 그 초혼(招魂)한 것을 물에 들이치고, 이에 행하여 집에 이르니, 부인이 소식을 듣고 여아를 더욱 찬양 왈,

"너희 행함이 아니런들 어찌 명명히 소식을 알며, 보원(報怨)을 쾌히 하리오."

즉시 시노(侍奴) 오륙 인을 흩어 반전과 의복을 갖추어 보냈더니, 마침내 찾지 못하여 돌아오니, 부인과 소저가 크게 염려하더라.

곽생이 이를 듣고 탄상함을 마지않더라.

명춘에 천하 선비를 장안에 모아 설장(設場)할 새, 곽생 등이 경사로 가니라.

부인이 다시 정히 노자를 보내 경도(京都)에 가 소식을 듣보고자 하더니, 인촌(隣村)에 사는 바 이명춘은 전민(田民) 이만의 자라. 일자를 두니 또한 아름다운 고로, 진소저의 숙요(淑窈)함을 듣고 구혼하되, 부인이 문미(門楣)를 더럽게 여기고 그 자식의 불학(不學)함을 우습게 여겨 허치 않으니, 자못 원(怨)하던 차, 경생과 정혼하여 또한 수절(守節) 보원(報怨)함을 듣고, 장차 대로하여 해코저 하되, 곽분양 손자가 자주 문후하므로, 패루하면 좋지 않을까 하여 머뭇거리더니, 이때를 당하여 건장한 노복 수십인을 명하여, 진가에 가 도적인 체하고 가산을 분탕한 후, 진소저를 부디 앗아 오라 하다.

일야는 부인이 경사에 노복을 보내려 하여, 생의 의건(衣巾)을 정제하더니, 시비 급보 왈,

"후면 춘의각에 불이 나서 도적이 납함(吶喊)하고 들어오나이다."

200)중류(中流)하다 : 강물의 중간 지점을 떠가다.

부인이 대경하여 급히 남복(男服)을 몸에 걸고, 소저 또한 흥경의 의대(衣帶)를 얻어 표연한 남자가 되어, 태우 신위를 품에 품고 뒤로 비켜 있다가, 도적이 정히 정당에 돌입할 제 후원으로 말미암아 뒷문으로 내달으니 오직 시녀 선앵이 좇았더라.

희미한 달빛을 찾아 사오 리는 행하니, 적은 암자가 길가에 있거늘 문을 두드린대, 소승(小僧)이 나와 보고 데려 들어가더니 동천(東天) 월랑하(月廊下)[201]에 빈 방에 머물라 하더라. 부인과 소저가 차야를 지내고 도로 들어가고자 한데, 선앵이 가로되,

"이 반드시 몹쓸 사람의 작용이라. 소비 들으니 적도(賊徒)가 분분이 말하되, '우리 노야가 분부하시어 진소저를 부디 앗아 오라 하시더라.' 하고, 서로 소저를 찾으니, 의심컨대 장매파가 부리던 이 시랑의 일인가 싶으니, 들어가신 즉 그만하여 멈추지 않으리다."

부인이 옳이 여겨 명일에 악주(岳州)[202] 땅에 그 형남을 찾아갈 새, 노주 기갈(飢渴)이 심한지라. 선앵의 손에 꼈던 금지환(金指環)을 팔아 밥을 사먹고, 겨우 악주에 이르니, 두 학사도 죽은 지 오래고, 그 처 오씨가 한낱 아들만 데리고 있어 가계 군박(窘迫)할 뿐 아니라, 성도(性度)가 패악하기로 일찍 학사의 소대(疏待)를 입었던지라. 구가(舅家) 종족을 심히 미워하던 고로, 그 과고(寡姑)의 유락(流落)함을 보고 내칠 뜻이 있거늘, 그 아들 현이 행여 그 어미를 닮지 않아, 재삼 슬피 고하여 별당에 안둔하게 하나, 오씨 조석 시식(時食)을 아니 주는지라.

현이 이미 제 밥을 나누어 흥경을 먹이고, 선앵이 촌가에 가 빌어 일일에 죽 한 번씩 먹으며 소저가 팔에 걸었던 팔쇠를 팔아 수실(繡-)[203]을 장만하고, 홍상(紅裳)을 뜯어 수를 노화 파니, 천

---

201) 월랑하(月廊下) : 월랑(月廊) 아래. *월랑(月廊): 대문간에 붙어 있는 방.
202) 악주(岳州) : 현 중국 호남성(湖南省)의 악양시(岳陽市). 수(隋)나라 때 주제(州制)가 시행되어 파주(巴州)가 설치되었고, 이후 591년에 악주(岳州)로 개칭되었다. 1913년에 악양현(岳陽縣)으로 개칭되었다가 1983년 악양시(岳陽市)로 승격되어 현재에 이르고 있다.

생재질이 빼어나, 만폭(滿幅)에 진주를 흩어놓고 연화(蓮花)를 꽂았으니, 사는 자가 일컬어 '직녀(織女)204)의 금사(金絲)205)가 아니면 약란(若蘭)206)의 직금단(織錦緞)207)이라' 하여, 값을 헤지 않고 사니, 이로 좇아 수(繡)를 구하는 이가 구름 모이듯 하여 멀며 가까움을 피치 않고, 값의 대소를 묻지 않는지라.

의식(衣食)이 풍족하고 몸이 자못 평안하되 고향 소식과 경생의 존문(存聞)208)을 몰라 하더니, 이에 있은 지 일 년이 진한지라. 오시 진소저의 재질과 옥모를 흠모하여 문득 며느리 삼을 뜻이 잇는지라. 부인과 소저가 크게 놀라고 애달아 한데, 선앵 왈,

"소비 주야를 혜지 않고 형주에 가 고향 소식을 듣보고, 집에 있는 노자를 경사에 보내 상공의 소식을 탐지케 하고 오리이다."

부인 왈,
"네 여자 약질이 어찌 발섭(跋涉)하려 한다?"

선앵이 듣지 아니하고 형주를 향하여 천만고초를 겪고 화락촌에 이르니, 모든 노복이 옛집을 지켜 주야 부인과 소저의 거처를 몰라 하다가, 선앵을 보고 부인과 소저의 평부 거처를 듣고 비복이 다 즐거움을 이기지 못하더니, 선앵이 경생의 유모 난영과 소

---

203) 수실(繡-) : 수(繡)를 놓는 데에 쓰는 실.
204) 직녀(織女) : 견우직녀 설화에 나오는 여자 주인공.
205) 금사(金絲) : 금빛이 나는 실.
206) 약란(若蘭) : 소혜(蘇惠). 중국 동진 때 진주자사(秦州刺史) 두도(竇滔)의 아내. 자(字)는 약란(若蘭). 남편이 진주자사로 있다가 유사(流沙)라는 곳으로 유배를 갔는데, 남편을 그리워하여 비단을 짜고 그 위에다 840자로 된 회문시(回文詩) 〈직금회문선기도(織錦回文璇璣圖)〉를 수놓아 보내, 남편을 감동케 한 이야기로 유명하다. 『진서(晉書)』에 이야기가 전한다. *회문시(回文詩); 머리에서부터 내리읽으나 아래에서부터 올려 읽으나 뜻이 통하고, 평측(平仄)과 운(韻)이 맞는 한시(漢詩).
207) 직금단(織錦緞) : 중국 동진 때 진주자사(秦州刺史) 두도(竇滔)의 아내 소혜(蘇惠)가 남편이 진주자사로 있다가 유사(流沙)라는 곳으로 유배를 가자, 남편을 그리워하여 비단을 짜고 그 위에다 840자로 된 회문시(回文詩)를 수놓아 보냈다는 비단.
208) 존문(存聞) : 안부. 살아있다는 소식.

저의 유모 혜월을 찾은 대, 중인이 즐겨 웃으며 왈,
"가히 기특한 일도 있더라."

선앵 왈,
"어찌 이름인고?

중학 단충 왈,
"우리 경상공을 찾지 못하여 하더니, 그해 겨울을 행영사에 머
물러, 이듬해 봄에 천자의 태묘 앞에서 장원에 뽑혀 한림학사 영
화부귀가 가없더니, 곽영공을 좇아 하동 적을 쳐 공을 이루고, 또
장구하여 토번을 파한 후, 성덕군절도사 동창후를 봉하시매, 백모
황월(白旄黃鉞)[209]을 거느렸더니, 성주(聖主)께 말미를 얻어 이곳
에 와 부인과 소저의 피화하심을 듣고, 참연하여 서당에 사오일
을 머물러 벽상에 시를 지어 쓰시고, 태우 분묘에 공역(工役)을
일으켜 수개(修改)[210]하신 후, 인전(隣田)[211] 십여 경(頃)[212]을
사, 충선과 운영을 맡겨 사시절사(四時節祀)[213]를 봉행(奉行)하라
하시고, 그 유랑을 한 가지로 데려가시며, 천하에 구하여 우리 소
저를 얻어 바야흐로 '정약을 이루렸노라' 하시고, 의의하여 경사
로 가시니, 우리 등이 다 귀(貴)코 설워하더니라."

선앵이 청파에 불승대희(不勝大喜)하여 가로되,
"우리 소저의 어짊을 신명이 감동하사 후백의 부인을 되게 하
시도다."

---

209) 백모황월(白旄黃鉞) : 털이 긴 쇠꼬리를 매단 기(旗)와 황금으로 장식한 도끼. 대원
수의 권위를 상징한다. *여기서는 대원수가 거느린 '대군(大軍)'을 뜻한다.
210) 수개(修改) : 수리하여 고침.
211) 닌전(隣田) : 인접하여 있는 밭
212) 경(頃) : =정보(町步). 예전에, 중국에서 쓰던 토지 넓이의 단위. 1경은 100묘(畝), 약
3,000평에 해당한다.
213) 사시절사(四時節祀) : 봄·여름·가을·겨울 절기에 따라 지내는 제사. 음력 2월, 5
월, 8월, 11월에 지냈다. =시제(時祭).

하고, 생의 벽상에 쓴 시를 베껴 삼일을 머물고 악주로 갈 새, 모든 노복이 충선 운영만 두고 일시의 선생을 따라 가더니, 앵이 단충을 경사에 보내 '경부를 차자 고하라' 하니, 단충이 경사로 가니라.

비복 등이 악주에 이르니, 부인이 반김을 이기지 못하고, 경생의 무궁한 영귀와 유신하던 전어(傳語)를 들으매, 신비(神祕) 승운(乘雲)한 듯 대희쾌락(大喜快樂)하니 도리어 꿈속인 듯하더라.

소저는 운환을 낮추어 사색함이 없고 오씨는 도리어 아당하여 문득 와 하례하며, 소저를 아껴 함을 참지 못하여 애달아하더라.

부인이 이에 있고자 하되 오씨 극악하니 화를 또 다시 볼까 저어 행장을 차리고 노복을 거느려 장사(長沙)214) 땅에 초옥(草屋)을 얻어 머물고 현의 더러 왈,

"단충이 오거든 장사로 가르쳐 보내라."

하고 이별을 아껴 떠남을 의의하니, 현의 또한 숙모를 자주 와 보리이다 하더라.

화설, 경학사가 곽공을 좇아 정벌하매, 유악지중(帷幄之中)215)에 결승천리지외(決勝千里之外)216)를 겸하여 신출귀몰하니, 능히 창해에 용을 항복받고 태산의 호신(虎神)217)을 제어하는지라. 또한 적군을 임하여 진법은 귀신 같고 검재(劍才)는 패왕(霸王)218) 같으니, 이르는 바의 상장(上將)의 머리 땅에 떨어지며, 양유기

---

214) 장사(長沙) : 중국 동정호(洞庭湖) 남쪽 상강(湘江) 하류의 동쪽 기슭에 있는 도시. 수륙 교통의 요충지이며 호남성(湖南省)의 성도(省都)이다. 면적은 178㎢.

215) 유악지중(帷幄之中) : 장막(帳幕) 가운데서.

216) 결승천리지외(決勝千里之外) : 교묘한 꾀를 써서 천리 밖의 먼 곳에서 일어나는 싸움의 승리를 결정함.

217) 호신(虎神) : 호랑이를 신령으로 여겨 이르는 말.

218) 패왕(霸王) : 항우(項羽). BC.232~202. 중국 진(秦)나라 말기의 무장. 이름은 적(籍). 우는 자(字)이다. 숙부 항량(項梁)과 함께 군사를 일으켜 유방(劉邦)과 협력하여 진나라를 멸망시키고 스스로 서초(西楚)의 패왕(霸王)이 되었다. 그 후 유방과 패권을 다투다가 해하(垓下)에서 포위되어 자살하였다

(養由基)[219]의 백보천양(百步穿楊)[220]하던 재주가 있어 백발백중 (百發百中)하니, 소향부적(所向不敵)이라.

술을 탐치 않고 군중에 행하며 영공을 도와 근신 숙연하니, 몇 해씩을 따라 토번(吐蕃)을 칠새, 토번이 일컬어 가로되,

"곽영공께 한 모사(謀士)가 있으니, 얼굴은 옥이오, 눈은 별이 오, 허리는 이리 허리라. 살을 쏘매 백보를 날아 버들잎을 맞히 고, 칼을 던지매 머리 베어지니, 이 필연 신선(神仙)이 화(化)함이 라."

하고, 호를 신화장군(神化將軍)이라 하며, 그 칼을 이름하여 천 인검(天人劍)이라 하고, 살을 이름하여 신비전(神飛箭)이라 하여, 그 거느린 바 군사를 일컬어 홍예군(紅銳軍)이라 하니, 이는 경학 사가 남방인이며 스스로 홍기(紅旗)를 취하여 '날랠 예(銳)' 자 (字)를 써 주니, 영공이 군중에 정예한 군사 일만을 주어 부리게 하며, 학사가 무예와 진법을 가르쳐, 만인적(萬人敵)[221]을 배우게 하니, 능히 쳐 취하고 싸워 이기는 고로, 토번이 만일 홍예군을 만난 즉, 신화장군이 온다 하여 싸우지 않아서 의갑기계(衣甲器 械)[222]를 다 버리고 전도낙주(顚倒落走)[223]하니, 건릉(乾陵) 남녘 에서 토번이 망혼낙담(亡魂落膽)[224]하여 달아나니라.

---

219) 양유기(養由基) : 중국 춘추시대 초(楚)나라 공왕(共王) 때의 장수이자 명궁수(名弓 手). 진(晉)나라 장수 위기(魏錡)의 화살에 눈을 맞은 공왕이 양유기에게 두 개의 화 살을 주며 보복해 달라 하자, 한 개의 화살만으로 위기의 말을 쏴 죽이고 나머지 한 대는 왕에게 돌려주어 유명해졌다. 그 후 버드나무 잎 세 개를 골라 번호를 표시해 두고 백 보 떨어진 곳에서 차례로 맞추어, 백발백중(百發百中), 백보천양(百步穿楊) 이라는 말이 유래하였다.
220) 백보천양(百步穿楊) : 활 쏘는 솜씨가 매우 뛰어남을 이르는 말. 중국 춘추시대 초나 라의 명궁수(名弓手) 양유기(養由基)가 백 걸음 떨어진 곳에서 활을 쏘아 버드나무 잎을 꿰뚫었다는 데서 유래한다.
221) 만인적(萬人敵) : ①군사를 쓰는 전술이 뛰어난 사람. ②혼자서 많은 적과 대항할 만한 지혜와 용기를 갖춘 사람.
222) 의갑기계(衣甲器械) : 갑옷과 병기.
223) 전도낙주(顚倒落走) : 엎어지고 넘어지고 하여 허둥대며 흩어져 달아남.

이미 토번을 승첩((勝捷)하며 천재 특별이 곽녕공을 상사(賞賜) 사연(賜宴) 하시고 경홍의 대공을 기특히 여기사 성덕군 절도사 동창후를 봉하사 모월(旄鉞)[225]을 주시니, 생이 백배 사례하고 직임을 다스리더니, 해내(海內) 잠간 승평하니, 표를 올려 성취 말미를 청하니, 천자의 총애하심이 태자와 같은 고로, 윤허하시어 부인 직첩과 상사를 많이 하시니, 경후(-侯) 계수(稽首) 사은(謝恩)하고, 천은(天恩)이 망극하여 눈물을 흘리더라.

안마를 정제하여 형주로 향할 새, 일로에 주군(州郡)이 영접하여 공경(恭敬) 관대(款待)하니, 옛날 언수(偃水)에서 화를 만나 노옹(老翁)에게 양식(糧食)을 빌어 촌촌(村村)이 행할 적 뉘 이렇듯 할 줄 알았으리요.

더욱 남녘을 망소(望霄)하여 올 적을 차마 생각지 못할러라. 양양부에 이르러는 하리를 명하여 언수에 왕래하는 어선이 있거든 어옹 유한을 찾으라 한데, 미구(未久)에 하리 고왈,

"조그만 배에 수염 좋은 노옹이 자칭 유한이로라 하고, 시방 배를 이편 언덕에 매었으매, 머물게 하고 왔나이다."

경후가 위의를 다 떨구고 두어 하인으로 더불어 금은 채단과 명주보패(明珠寶貝)를 갖추어 친히 물가에 이르러 하마하여 유한을 부르니, 노옹이 이를 보고 놀라 가로되,

"소인은 상공을 아지 못하나니, 어찌 은옹(恩翁)이라 하시나이까?"

경생이 드디어 옛말을 이르고 가져온 바 미백(米帛) 금은(金銀) 보패(寶貝) 주옥(珠玉)으로써 주니, 노옹이 깨달아, 문득 울어 가로되,

"내 본디 양양 홍노점에 있더니, 몹쓸 늙은 계집이 미혼주(迷

---

224)망혼낙담(亡魂落膽) : 너무 놀라 정신을 잃고 맥이 풀려 몸을 가누지 못함.
225)모월(旄鉞) : 예전에 출정하는 대장에게 주던, 털이 긴 쇠꼬리를 매단 기(旗)와 장졸의 생살권을 상징하는 도끼.

魂酒)를 만들어, 행인의 가진 것을 앗고, 그 사람을 반드시 죽여 만두소를 하니, 노인이 일찍 말리되 듣지 아니하고, 문득 노인을 속이는지라. 혹 행인이 알고 달아나는 자가 있으면 뒤을 따라 이 물에 부디 넣는 고로, 노인이 매양 배를 감추었다가 건져 인명을 귀히 여겨 적선(積善)을 행하더니, 비록 환(患)을 만나 살아난 자가 많으나, 일찍 보원(報怨)함을 보지 않았더니, 현후(賢侯)를 해한 일로써 영주 선비가 이에 이르러 관차(官差)로 잡아 법으로 죽이니, 노처와 이자가 사화(死禍)를 입은지라. 한 어린 아들을 거느려 이에 있어 주즙계활(舟楫契活)이 오래라. 일명이 죽지 않음은 현후의 이렇듯 찾으실 줄 알고 머물러 있더니, 금일은 노인의 수(壽) 진할 날이거니와, 다만 홍노점을 지나실 제 요역(徭役)226)을 덜어주시면 은혜일까 하나이다."

언필에 그 아들로 하여금 경후의 주는 바를 받으라 하고, 풍범(風帆)을 돌리니, 경후가 탄(歎)하기를 마지않고 돌아 오니라.

후래에 다시 이곳에 이르매 과연 그 날 노옹이 죽었다 하거늘, 그 아들을 찾아 금백을 많이 주고, 홍노점 요역(徭役)을 감하며, 그 집을 정표(旌表)하니라.

경후가 노인을 이별하고 관부에 돌아와 형주에 이르니, 형주지부와 제처(諸處) 지현이 다투어 영접하여 분분여루(紛紛如縷)한지라, 이날 부중에서 지내고, 아역을 명하여 화락촌의 진태우 택상을 찾아 문후하라 하였더니, 회보하되, '태우 댁(宅)이 비었더이다.' 한대, 경휘 대경하여 밤을 겨우 새워, 명조(明朝)에 친히 태우 집에 이르니, 모든 가인이 경황(驚惶) 전도(顚倒)하여 서당(書堂)을 쓸어 인도하며, 경후가 집이 빈 연고를 무르니, 난영이 앞에 와 울며 가로되,

"상공이 장안(長安)으로 가신 후, 진소저가 부인을 권하여 노첩을 다려다가 이에 두시고, 난의조식(暖衣粗食)227)으로써 치시니,

---

226) 요역(徭役) : 나라에서 정남(丁男)에게 구실 대신 시키던 노동.
227) 난의조식(暖衣粗食) : 따뜻한 옷과 검소한 음식.

첩의 몸이 자못 안한(安閑)하여 어진 부인과 '종고(鐘鼓)의 즐기심을'[228] 바라더니, 몽매지외(夢寐之外)[229]에 단충이 천지 무너지는 말로써 전하매, 가중이 소요하여 소저 문득 절부를 효측하여 발상(發喪) 삼일 후, 성복하시고 원수 갚기를 생각하셔, 노첩과 여러 가인을 거느려 남복으로 양양지부를 보아 그 점(店)의 흉인 노고와 두 아들을 참(斬)하고, 물가에 가 깁으로 초혼하며 제전을 벌이고 제문을 읽어 통곡하실 때, 천신(賤身)이 살아 무익하매 정히 물 가운데 서로 따르려 하더니, 어옹이 낭군의 비회시(悲懷詩)를 뵈고 구하여 살아 계신 줄을 이르거늘, 비로소 정심(定心)하여 돌아와, 오륙(五六) 노자를 각각 반전과 의복을 갖추어 주고, '아무 곳에나 가 두루 찾되, 누가 먼저 만날 줄 모르니, 저희 중 먼저 찾는 이가 가져 간 의복과 반전을 드리고 소식을 통하라' 하였더니, 마침내 행적을 몰라 돌아온지라. 부인이 염려하심이 깊더니, 사월 초오일 밤에 후당에 불이 나고, 적중(賊衆)이 돌입할 제, 부인과 소저·공자가 선생과 태우 신위를 품어 뒷문으로 나가시니, 적이 정(靜)한 후 보오니, 주인이 없고 가중 보물을 다 분탕하여 갔는지라. 망극하여 심산궁곡의 높으며 낮으며 옅은 데를 다 찾되 마침내 얻어 보지 못하오니, 한갓 비복 등만 머물러 주야 설워하더니, 금일에 상공이 고거사마(高車駟馬)로 영화를 띠어 이에 오시나, 위로 부모 묘하(廟下)를 향하여 절함을 얻지 못하시고, 버거[230] 어진 낭자를 잃어 금현(琴絃)의 완취(完聚)함을 보지 못하시니, 장안 주문(朱門)의 어느 집에 처자가 없으리까마는 진소저 같은 이가 어디에 있으며, 상공은 비록 명가의 부인을 얻으시나 어여쁜 진소저는 산 끝에 돌이 되어 어디를 바라보고 있는고?"

---

228) 종고(鐘鼓)의 즐기심 : 종과 북을 치며 즐긴다는 뜻으로, 부부 사이의 화목한 정을 이르는 말.
229) 몽매지외(夢寐之外) : 꿈속에서 조차도 생각지 못했을 만큼 갑작스럽게.
230))버거 : 버금으로, 둘째로, 다음으로.

언파에 척척비읍(慽慽悲泣)하며 소저의 유모 혜월이 앞에 와 실성유체(失性流涕)하니, 이 경색(景色)을 보매 부인의 지극 사랑하던 일을 자세히 들어 헤아리니,

"대장부 비록 처자를 위하여 애상(哀傷)함이 시인(時人)의 기롱(譏弄)할 바나, 이는 그렇지 않아, 부부라 한즉 동상(東床)에 실맺기를 이루지 못하였고, 붕우(朋友)라 한 즉 청안의거(淸顏義擧)231)를 보며 시사(詩詞)를 창화(唱和)하여 지심(知心)함이 없으니, 오직 가지에 떨어진 꽃과 물 위에 부평(浮萍) 같은 몸으로, 학당(學黨)의 경멸함을 받아 장차 구축(驅逐)하는 욕을 만날 것을, 한가히 서당에 무양함을 입어 고생지의(姑甥之義)232)를 흡흡히 맺었더니, 하물며 부부는 인간대륜(人間大倫)이라. 이러므로 문왕(文王)233)이 오매사복(寤寐思服)234)하사 전전반측(輾轉反側)하시니, 가히 색을 중히 여김이 아니라, 그 덕행이 내조에 미치지 못하여 용렬한 여자로 돈연한 광채 소삭하고, 금슬의 벗 삼음이 매몰할까 저어함이거늘, 이 진소저는 군자의 의논할 배 아니거니와, 그 행사가 이미 사람의 일컫는바 되고, 그 정정(貞靜)함이 열녀의 절을 품어, 조세청춘(早歲靑春)에 죽은 정혼한 이를 위하여, 문득 외로운 과부가 되어 몸을 떨쳐 천리에 발섭하여 원수를 쾌히 갚고, 파랑변애(波浪邊涯)235)에 나아가 향혼(香魂)을 영접하여, 예의를 다하며, 의지 없는 혼백을 거두려 하니, 어찌 초녀(楚女)의 비녀 품기를 족히 귀하다 하리오. 중심에 맹세하여 사생에 저버리지 않으려 하였더니, 한 번 이곳에 이르매 범사는 글과 같되, 홀로 백량(百輛)에 빛내 맞아 도요(桃夭)236)를 읊으려 하던 바가

---

231) 청안의거(淸顏義擧) : 맑은 얼굴과 의로운 거동.
232) 고생지의(姑甥之義) : 장모와 사위의 의리. *구생(舅甥): 장인과 사위.
233) 문왕(文王) : 중국 주나라 무왕(武王)의 아버지. 이름은 창(昌). 기원전 12세기경에 활동한 사람으로 은나라 말기에 태공망 등 어진 선비들을 모아 국정을 바로잡고 융적(戎狄)을 토벌하여 아들 무왕이 주나라를 세울 수 있도록 기반을 닦아 주었다. 고대의 이상적인 성인 군주의 전형으로 꼽는다.
234) 오매사복(寤寐思服) : 자나 깨나 늘 잊지 않고 생각함.
235) 파랑변애(波浪邊涯) : 물결이 이는 강가

홀연 화를 만난지라. 찾고자 한 즉 후회 망망하여 대양 풍파에 줄 없는 배와 추풍이 소슬한 때에 집 잃은 거미 같으니, 만일 죽었다 하고 안연히 다른 여자를 취할진대, 옛날 자기를 위하던 바를 갚아 향혼을 옥석에 감추어 옥골을 궁진(窮塵)에 장(葬)치 못하였으니, 빈 집이 황량하고 무너진 담이 처초하여 의의한 긴 대(臺)와 총총한 송백이 좌우로 둘러 봄눈이 채 녹지 않았고, 긴 처마와 붉은 들보에 거미줄이 끼여 작소(鵲巢)가 되었으니, 뒤로 불 붙은 누(樓)와 정당 닫힌 문이 은연히 연내에 변역하였는지라."

척연 감오하여 서당을 둘러보고 화원을 두루 돌아 한 곳에 이르니, 일좌 당사가 정결하여 분벽(粉壁) 사창(紗窓)을 각별 치례하여 완고헌이라 하였거늘, 가인(家人)더러 물은 데, 가인이 대왈,
"이는 우리 소저 처소니 적이 경보는 다 가져갔으나 도서 명화와 서책 붙이는 다 버리고 갔더이다."

하고 문을 여니, 방중의 향내 옹비(擁鼻)하고 서안에 만권서를 쌓았으며, 안두(案頭)[237]에 그린 축(軸)과 읊은 바며 꾀꼬리를 제한 것이 무수하여 서생의 학당이라도 이에 지나지 못할지라.
혜월이 울며 가로되,
"이는 우리 소저의 스스로 써 장(藏)하시며 그림 그리며 시를 지은 것이니이다."

경후가 한번 보고자 하나, 아름다운 시와 빼어난 문채를 대하여 심사 반드시 비창한지라.
스스로 참아 문을 닫으나 다시금 참척함을 이기지 못하여, 문득 진태우 묘하(墓下)에 이르니, 부인이 비록 있어 사시 향화를 이루나, 아들이 아직 어리고 무세(無勢)한 관분(棺墳)이라. 백양

---

236) 도요(桃夭) : 『시경(詩經)』 〈주남(周南)〉 편에 있는 시. 시집가는 아가씨의 아름다움과 행복을 노래하고 있다.
237) 안두(案頭) : 책상머리. 책상의 한쪽 자리.

(白楊)이 둘러 호표의 자취 가득하였으니, 은혜 갚기를 생각하매, 의사 이에 미처는 처연 탄 왈,

"이를 보건대, '옹문(龍門)의 거문고'238)를 기다리지 않아서 '맹상(孟嘗)의 눈물'239)을 금치 못할지라. 마땅히 창개(敞開)하여 진부인과 소저로 하여금 나의 분망하던 뜻을 알게 하리라."

하여 공역(工役)을 일으킬 새, 지방 현리(縣吏)와 촌중(村中) 향환(鄉宦)이 낙역추복(絡繹追福)240)하며, 수일이 못하여 범사가 정제하니, 창송은 뫼를 덮고, 옥석(玉石)은 좌우에 벌어 제도(制度)의 사려(奢麗) 완구(完具)함이 돈연(頓然)히241) 휘동(輝動)하니, 크게 이전과 달라 재상의 분묘(墳墓)가 의연한지라.

필역하는 날 제전을 갖추어 제하고 태우 집에 돌아와 묘하에 민전(民田)과 호답(戶畓)을 사고 시녀 운영과 노자 충선을 맡겨 사시 제사를 이으라 한 후, 유랑을 데려갈 새, 소저의 유모를 한 가지로 교자를 태워 바로 행하더니, 경후가 서당 벽상에 글을 지어 쓰니 하였으되,

"당년에 일찍 하주행채(河洲荇菜)242)의 언약을 정하였더니, 이

---

238) 옹문(雍門)의 거문고 : '중국 전국시대 제(齊) 나라의 악공 옹문주(雍門周)의 거문고' 라는 뜻으로, 옹문주의 거문고 연주를 듣고 맹상군(孟嘗君)이 인생의 무상함을 깨달 아 크게 통곡하였다는 고사를 이른 말. *옹문주(雍門周): 중국 전국시대 제(齊) 나라 의 악공. 거문고의 명인(名人)으로, 언설(言說)에도 능하여 맹상군(孟嘗君)이 그의 말을 듣고 눈물을 흘리고 거문고 연주를 듣고서 슬픈 마음을 가누지 못하여 크게 통 곡하였다고 한다. '옹문(雍門)' '옹문자(雍門子)' '옹문자주(雍門子周)'라고도 한다.

239) 맹상(孟嘗)의 눈물 : '중국 전국시대 제(齊) 나라의 경대부 맹상군(孟嘗君)의 눈물'이 란 뜻으로, 맹상군이 악공 옹문주(雍門周)의 거문고 연주를 듣고 인생무상을 깨달아 슬피 통곡하였다는 고사를 이른 말. *맹상군(孟嘗君): ?~B.C.279. 중국 전국시대 제 (齊) 나라의 경대부. 정곽군(靖郭君) 전영(田嬰)의 아들로, 현사(賢士)를 초빙하여 식 객(食客) 3천여 명을 거느렸다고 한다. 진(秦)·제(齊)·위(魏) 나라의 재상을 지냈 으며, 춘신군·평원군·신릉군과 더불어 전국말기 사군(四君)의 한 사람으로, '전가 공자(田家公子)' '전문(田文)' '맹상(孟嘗)' 등으로도 불린다.

240) 낙역추복(絡繹追福) : 끊임없이 나아와 죽은 이의 명복을 빎.

241) 돈연(頓然)히 ; 갑자기. 조금도, 문득, 어찌할 겨를도 없이.

제 이미 천태(天台)²⁴³⁾ 길에 구름이 끼어, 찾을 곳이 아득하도다. 옥 봉우리와 구슬 꽃이 비록 적지 않으나, 어찌 다람화²⁴⁴⁾ 앞에 이르며, 후문(厚問)²⁴⁵⁾이 바다 같으나 은덕이 이에 미치랴. 십년(十年)을 경과하여도 소저를 어리석다 아니하리라."
하였더라.

재삼 고면(顧眄)하여 차마 떠나지 못하니, 비복이 더욱 감탄하고 이로 좇아 경후의 유신함과 진소저의 절행을 아니 칭찬할 이 없어, 형주 인읍(隣邑)이 흡흡 차탄하니, 이명춘이 듣고 크게 두려 행여 저의 작용을 알까 근심하더라.

생이 경사(京師)에 이르러 난영 혜월을 부중에 들여보내고 천자께 사은하고 물러 왔더니, 토번이 경사에 화의(和議)를 청할새, 저희가 이르대,

"신화장군을 만나면 우리 죽기를 면치 못할 것이니, 차라리 화친동맹(和親同盟)을 맺어 천인검(天人劍)과 신비전(神飛箭)을 면하리라."

하고, 장안(長安)에 주청하거늘, 곽자의(郭子儀)²⁴⁶⁾와 경홍이

---

242) 하주행채(河洲荇菜) : 『시경(詩經)』 「국풍(國風)」 《주남(周南)》 편 〈관저(關雎)〉 장에 나오는 모래톱[河洲]에서 마름풀[荇菜]을 뜯고 있는 물수리[雎鳩: 요조숙녀(窈窕淑女)의 대유(代喩)]로, '군자의 좋은 배필[君子好逑]을 뜻한다.

243) 천태(天台) : =천태산(天台山). 중국 절강성(浙江省) 천태현(天台縣)에 있는 명산. 수(隋)나라 때에 지의(智顗)가 천태종을 개설한 곳으로 불교의 일대 도량(道場)이며, 지금도 국청사 따위의 큰 절이 있음.

244) 다람화 : ①담화(曇華). 우담화(優曇華). 『불교』 인도에서, 삼천 년에 한 번 전륜성왕이 나타날 때에 꽃이 핀다고 하는 상상의 식물. 늑우담발라. ②담화(曇華); =홍초(紅草). 칸나과의 여러해살이풀. 높이는 1~2미터이며, 잎은 큰 타원형이고 끝이 뾰족하다. 여름과 가을에 꽃잎 모양의 수술을 가진 꽃이 잎 사이에서 나온 꽃줄기 끝에 총상(總狀) 화서로 피고 열매는 삭과(蒴果)로 10월에 익는다. 관상용이고 말레이시아, 인도차이나가 원산지로 각지에 분포한다.

245) 후문(厚問) : 남의 슬픈 일이나 기쁜 일에 정중한 인사의 뜻으로 부조(扶助)를 많이 함.

246) 곽자의(郭子儀) : 중국 당나라의 무장(697~781). 안녹산의 난을 토벌하여 도읍 장안

천자께 주하여 허(許)치 아니하니라.

차시의 예문(睿文)247) 황제의 '신숙 방황후(方皇后)'248) 공검한 덕도(德度)가 가후(賈后)249)와 상우(相友)하시어 태사(太姒)250)의 교화 밝음과 같으시니, 초방(椒房)251)이 숙연하더라.

태자와 육왕과 양 공주를 두시어 진양공주(晉陽公主)252)는 이미 태우 곽현253)에게 하가하시고, 오직 회양공주254)가 있어 방년이 십사 세라. 기질이 이미 곤옥(崑玉)255)이 조사(照射)하고 천향이 어리어 풍염 윤택한 광채가 위왕(魏王)256)의 열진주(十眞珠)가 수레 십이승(十二乘)에 찬란한 빛을 토함 같으니, 진정 용종(龍宗) 옥골(玉骨)이요, 금지옥엽(金枝玉葉)이러라.

성정이 침묵(沈默) 언희(言稀)하며 단일성장(單一誠莊)257)하고 유한정정(幽閑貞靜)258)하여 희로(喜怒)와 언소(言笑) 드므니, 사

(長安)을 탈환하였고, 뒤에 토번(吐蕃)을 쳐서 큰 공을 세워 사도(司徒), 중서령(中書令)에 이어 분양왕(汾陽王)으로 봉하여졌다.

247) 예문(睿文) : 중국 당나라 8대 황제 대종(代宗)의 시호.

248) 신숙 방황후(方皇后) : 가공인물. 당 대종의 후비(后妃) 가운데 방(方, 房 등)씨 성을 가진 후비는 없다.

249) 가후(賈后) : 가공인물. 당 대종의 후비 가운데 가씨 성을 가진 후비는 없다.

250) 태사(太姒) : 신국왕의 딸로 주 문왕의 후비이며 무왕의 어머니인 태사(太姒)를 말함. 훌륭한 어머니와 현숙한 여성으로 유명함.

251) 초방(椒房) : 후춧가루를 바른 방이라는 뜻으로, 왕비나 왕후가 거처하는 방이나 궁전 따위를 이르는 말. 후추나무는 온기가 있고 열매가 많은 식물로서, 자손이 많이 퍼지라는 뜻에서 왕후의 방 벽에 발랐다.

252) 진양공주(晉陽公主) : 당 대종(代宗)의 13번째 딸.

253) 곽현 : 가동인물. 곽자의에게는 '곽현'이란 아들이 없다. 다만, 곽자의의 아들 중 6자 곽애(郭曖)가 대종의 딸 승평(升平) 공주와 혼인하여 부마가 된 바 있다.

254) 회양공주 : 가공인물.

255) 곤옥(崑玉) : 중국 전설상의 산인 곤륜산(崑崙山)에서 난다는 옥(玉)

256) 위왕(魏王) : 중국 춘추시대 위(魏)나라 혜왕(惠王). 제(齊)나라 위왕(威王)과 보물 자랑을 하면서, 위나라에는 지름이 1촌(一寸: 3.03㎝) 쯤 되는 진주(眞珠)가 10개나 있는데, 이 진주는 늘어서 있는 수레 12대를 비출 정도로 강렬한 광채가 난다고 자랑했다는 일화가 전한다.

257) 단일성장(單一誠莊) : 단정하고 한결같으며 성실하고 엄숙함.

258) 유한정정(幽閑貞靜) : 부녀의 태도나 마음씨가 얌전하고 정조가 바름. 늑안한정정

치하고 번요함을 즐겨 않아, 계초명(鷄初鳴)에 정침(正寢)에 문안
후면, 시녀를 데려 침전에 돌아가 일각(一刻)도 놀지 아니 하고,
시서를 박남(博覽)하여 여사(女史)259)로 더불어 종일 통독 장습
(藏習)260)하니, 여사가 이따금 가로되,

"옥주 문학이 장진(長進)261)하여 계신대, 일찍 일어나고 밤이
깊어서야 누우시어 종일토록 쉬지 않으시니, 두려하건대 옥체 상
하실까 하나이다."

공주 왈,

"남녀가 비록 다르나 그 처사(處事)는 한가지니, 태자(太子)가
문학전(文學殿)에서 날이 맞도록 시강(侍講)262)으로 더불어 박학
(博學)263)하시고, 낭랑(娘娘)264)이 장락전(長樂殿)에서 숙흥매야
(夙興昧夜)265)하사, 장사(將士)와 내신(內臣)의 음식을 살피시며,
황야(皇爺)의 입으시는 바와 진어(進御)하시는 바를 몸소 살피사,
주야불태(晝夜不怠)하시니, 하물며 우리 같은 소아가 어찌 몸을
편히 하리오. 공부자(孔夫子)가 비록 춘추난세(春秋亂世)를 당하
여 주류열국(周流列國)266)하사 철환천하(轍環天下)267)하시나, 마
침내 수레 가운데서 춘추(春秋)268)를 지으시니, 성인(聖人)도 이

---

259) 녀사(女史) : 『역사』 고대 중국에서, 후궁을 섬기어 기록과 문서를 맡아보던 여관
    (女官).
260) 장습(藏習) : 익히고 간직함
261) 장진(長進) ; =장족진보(長足進步). 매우 빠르게 되어 가는 진보.
262) 시강(侍講) : 왕이나 동궁의 앞에서 학문을 강의하던 일. 또는 그런 사람.
263) 박학(博學) : ①배운 것이 많고 학식이 넓음. 또는 그 학식. ②널리 배움.
264) 낭랑(娘娘) : 왕비나 귀족의 아내를 높여 이르는 말.
265) 숙흥매야(夙興昧夜) : 숙흥야매(夙興夜寐). 아침에 일찍 일어나고 밤에 늦게 잔다는
    뜻으로, 부지런히 일함을 이르는 말.
266) 주류열국(周流列國) : 여러 나라를 두루 돌아다님.
267) 철환천하(轍環天下) : 수레를 타고 온 세상을 돌아다님.
268) 춘추(春秋) : 『책명』 유학 오경(五經)의 하나. 공자가 노나라 은공(隱公)에서 애공
    (哀公)에 이르는 242년(B.C.722~B.C.481) 동안의 사적(事跡)을 편년체로 기록한 책으
    로, 모두 11권으로 되어 있다.

렇듯 하시거늘 심궁(深宮)에서 시서(詩書) 장습(藏習)하기를 게을
리 할 것인가?"

여사(女史)가 탄복 배례하더라.

이런 고로 비빈(妃嬪) 궁녀(宮女)가 낯을 자주 보지 못하고, 오
직 천자의 애련하심이 태자와 이십사 왕 칠 공주에 지나시어 삼
일에 글 하나씩 지이시니, 공주 능히 운을 읊으며 양춘(陽春)을
노래 부르던 재주를 넘어, 장강(長江)을 헤치고 귀신을 울리니,
상이 보실 적마다 경탄하사 이따금 제신을 모아 글을 지이여, 들
어와 반드시 공주로 하여금 우열(優劣)을 정하라 하신 즉, 공주
일수(一首)도 일컫지 않아 탄(歎)하여 주 왈,

"천하의 재주도 어려운 줄 알소이다. 개국(開國) 이래로 이태백
(李太白)에게 지난 자가 없고, 전대(前代)의 필법이 왕희지(王羲
之) 하나뿐이니, 재주 있는 이가 가히 드물다 할소이다."

상이 옳다 하시더라.

일일은 상이 선조(先朝) 고적(古蹟)을 상고하시다가, '상원이년
(上元二年)'[269]에 안남(安南)[270] 표문(表文)을 '문장(文章)'[271]이라
어필(御筆)로 쓰신 것이 있거늘, 가져 공주를 뵈신대, 공주 칭찬
함을 마지아니하고 주 왈,

"체격(體格)이 문장(文章)이나 오직 함옥포주(含玉抱珠)[272]하여
달월(達越)[273]치 못하였거니와, 이런 인재가 어찌 중국에는 없고
도리어 남변해중(南邊海中)에 있는고? 가석(可惜)하나이다."

---

269) 상원이년(上元二年) : 서기 675년. 상원(上元)은 중국 당나라 3대 황제 고종(高宗)의
    연호.
270) 안남(安南) : '베트남'의 다른 이름. 중국 당나라 때, 지금의 베트남령에 안남 도호부
    를 둔 데서 유래한다.
271) 문장(文章) : '매우 뛰어난 문장'이라는 말.
272) 함옥포주(含玉抱珠) : 옥(玉)을 머금고 구슬을 품고 있다는 뜻으로, 뛰어난 문장력을
    갖고 있음을 비유적으로 표현한 말.
273) 달월(達越) : 영달(榮達). 출세(出世). 지위가 높고 귀하게 됨.

상왈,

"선제 보시고 배염(裴炎)274)을 보내어 데리고 입조하라 하시니, 그간 인사가 변역하여 죽고 없는 고로 매일 탄식하시더니라."

공주 차탄하고 다시 잡아 이시(移時)히275) 보더니 가로되,

"이 글로 볼진대, 반드시 조사(早死)할 유(類)가 아니라. 자획(字劃)이 철사(鐵絲)를 드리운 듯 완구(完具)하니, 벅벅이 조사(早死)치 않았을지라. 필연 국왕이 시백(施伯)276) 같은 모신(謀臣)을 두어 관중(管仲)277)을 아니 주랴 하던 의사를 발함인가 하나이다."

상이 또한 그러히 여기시더라.

일일은 오월 단양일(端陽日)278)에 제 군신을 남혼전(南薰殿)279)에 모으셔 잔치를 주실 새, 전상전하(殿上殿下)의 군신이 경희하며, 상서의 기운이 용루(龍樓)에 어리어 어로(御爐) 향연(香煙)이 애애(靄靄)한대, 제신이 금관옥띠(金冠玉-)로 성렬(盛列)하였으니,

---

274) 배염(裴炎) : 중국 당나라 고종 때 정치가. 고종 말년에 중서령(中書令)에 올랐다. 중종이 즉위 후 위후(韋后)의 부친 위현정(韋玄貞)을 시중(侍中)을 삼자, 이에 반대하여 측천무후(則天武后)에게 간(諫)해 중종을 폐위시키고 위현정과 위후 일당을 몰아냈다. 후에 서경업(徐敬業)의 반란에 동조하였다가 무후에게 처형당했다.
275) 이시(移時)히 : 때가 넘도록, 오래도록, 한참동안 시간이 흐른 뒤에. 이윽고.
276) 시백(施伯) : 중국 춘추시대 노(魯)나라 장공(莊公) 때의 대부(大夫). 관중(管仲)을 죽일 것을 주장하였으나, 장공이 듣지 않고 살려 제(齊)나라 보냄으로써, 후에 관중을 기용한 제환공(齊桓公)이 춘추시대 패자(霸者)가 되게 만들었다.
277) 관중(管仲) : 중국 춘추 시대 제나라의 재상(?~B.C.645). 이름은 이오(夷吾). 환공(桓公)을 도와 군사력의 강화, 상공업의 육성을 통하여 부국강병을 꾀하였으며, 환공을 중원(中原)의 패자(霸者)로 만들었다. 포숙아와의 우정으로 유명하며, 이들의 우정을 관포지교라고 이른다. 저서에 ≪관자(管子)≫가 있다.
278) 단양일(端陽日) : 단오일(端午日). 우리나라 명절의 하나. 음력 5월 5일로, 단오떡을 해 먹고 여자는 창포물에 머리를 감고 그네를 뛰며 남자는 씨름을 한다.
279) 남훈전(南薰殿) : 순임금이 오현금(五絃琴)으로 남풍시(南風詩)를 타 백성들의 불만을 어루만져주던 전각.

의관이 제제하고 예모 빈빈하더라.

상이 이에 어탑(御榻)에 높이 앉아서 제신을 보시니, 그 중에 한낱 신선이 표표히 공신후백의 항렬에 좌를 연하였으니, 옥이 돌 사이에 비치고 명월이 탁운(濁雲) 속에 솟음 같은지라. 새로이 황혹(恍惑)하사 다시 보시니, 이 곳 성덕군절도사 동창후 경홍이라. 애련(愛戀)하심을 참지 못 하사 생각하시되,

"홍은 옥당한원(玉堂翰苑)280)의 붓 휘두르는 명사요, 화봉전 상에 홀(忽) 받들 기질이거늘 어찌 만군 중에 행행하여 용(勇)이 염파(廉頗)281)의 지나리오. 예사 출장입상(出將入相)하는 이 많으니 마땅히 내직(內職)으로 탁용(擢用)하였다가, 외번(外藩)을 방어할 제 장임(將任)을 맡기리라."

하시고 이날 특지로 경홍의 절도사를 갈아 이부상서 동평장사 동창후를 삼으시니, 홍이 사배(四拜) 숙사(肅謝)하더라.

날이 반(半)은 하여 파연할 새 한림학사 칠 인과 이부상서 경홍을 머물게 하사 글을 지이시니, 석(昔)에 태종문무황제(太宗文武皇帝)282) 이세적(李世勣)283)으로 연음(宴飮)하사, 적(勣)이 취하여 누우매 일기 한랭한 고로 친히 의복을 벗어 덮어주신 일로써

---

280) 옥당한원(玉堂翰苑) : 조선시대 홍문관(弘文館)과 예문관(藝文館)을 함께 이르는 말.
281) 염파(廉頗) : 중국 조(趙) 나라 혜문왕(惠文王) 때의 무장. 한때 인상여(藺相如)와 불화하였으나 그의 도량에 감복하여 사과함으로써 서로 친구가 되어, 그는 무공으로, 인상여는 지략으로, 조나라에 헌신 했다. 인상여와의 문경지교(刎頸之交) 고사로 유명하다.
282) 태종문무황제(太宗文武皇帝) : 중국 당나라의 제2대 황제(598~649). 성은 이(李). 이름은 세민(世民). 삼성 육부와 조용조 따위의 제도를 정비하였고, 외정(外征)을 행하여 나라의 기초를 쌓았다. 재위 기간은 626~649년이다. 시호는 태종 문무대성대광효황제(太宗 文武大聖大廣孝皇帝)다
283) 이세적(李世勣) : 이적(李勣). 중국 당나라의 무장(594~669). 본명은 서세적(徐世勣)이나, 당 고조 이연에게 이씨 성을 하사받았다. 나중에 이세민이 황제로 즉위하자 이세민과 겹치는 '세'자를 피휘하여 이적(李勣)이라 했다. 이정(李靖)과 함께 태종을 도와 당나라의 국내 통일에 힘썼다. 이후 동돌궐을 정복하고 644년과 666년의 두 차례에 걸쳐 고구려에 침입, 668년 보장왕의 항복을 받아 고구려를 멸망시켰다.

찬(讚)[284] 이십 수씩 지으라 하시니, 제신이 응구승순(應口承順)[285]하여 엎디어 지을 새, 경홍은 이미 시각(時刻)이 오래지 않아서 다 지었는지라.

상이 원래 앞에서 재주를 시험치 않으시던 고로 으아 하시되,

"반드시 재주를 믿고 취중에 어지러이 지어 수필(隨筆)하는 것이라."

하시고, 일변 웃으시고 제학 사가 글을 다 지어 올릴 새, 천안이 한 번 보시매 경홍의 시사가 빼어나 금수(錦繡) 오채(五彩)하고 주기(酒氣) 옥벽(玉璧)에 휘동(輝動)하여 운영(雲影)이 취동(醉動)하니, 크게 놀라고 탄함을 마지 않으셔, 제신을 사주(賜酒)하시고 퇴조(退朝)하시며, 내전에 들어오셔 공주를 명초(命招)하시니, 공주 유운각 정침으로부터 나아와 뵈온 데, 선연(嬋妍)한 풍미(風美)를 보시고 자애지정(慈愛之情)을 참지 못하시어 앞에 나오라 하여 손을 잡아 곁에 사좌(賜座)하시고 제신의 찬시(讚詩)를 주어 보라 하신대, 공주 제 팔장(八張)의 다다라 문득 색을 고치고, 좌를 떠나 가로되,

"폐하, 조정에 이렇듯 한 인재를 두어 계시니 어찌 성대승시(盛代勝時)의 태평을 보지 않으시리까?"

상이 문왈

"어나 시장(詩章)고?"

공주 경홍의 시를 받들어 가로되,

"함축온용(含蓄溫容)하며 발월(發越)하고 청상(淸爽)하여 귀법(句法)이 쇄락(灑落)하고 사의(事意) 대해(大海)를 헤침 같아서 볼수록 새로워 가히 제왕의 스승이 됨 즉하고, 황각(黃閣)[286]의

---

284) 찬(讚) : 문체(文體)의 한 가지. 선행(善行)을 찬양하는 글. 시(詩), 가(歌), 문(文) 따위의 형식으로 짓는다.

285) 응구승순(應口承順) : 물음에 응하여 순순히 따름.

286) 황각(黃閣) : '의정부(議政府)'를 달리 이르는 말. *의정부(議政府) : 조선 시대에 둔,

태작(太爵)을 받들어 치국안민(治國安民)할 재주로소이다."

상과 좌우가 기이히 여기더니, 상 왈,
"이백과 엇더하뇨?"

대 왈,
"이백은 청신상활(淸新爽闊)하여 일월이 출몰(出沒)하고 창해 등운(登雲)함 같아서 취할수록 더욱 빛나거니와, 이는 풍우(風雨) 빛나고 귀신(鬼神)을 울린다 함 같아서, 이른 바 깊고 맑되 그윽하고, 활대(豁大)함이 춘풍 같으니, 이는 정히 이두(李杜)[287]를 겸하였다 이르려니와, 오직 이백의 시의(詩意)는 반호(半毫) 떨어짐이 있으되, 자고에 없던 재주요, 필체(筆體)는 오직 많이 나음이 있으니, 장단(長短)이 서로 같으니이다."

상이 기특히 여기사 등을 어루만져 왈,
"네, 만일 남자라면 내 반드시 태자를 삼아 천하를 전하여 임현택간(任賢擇干)[288]할 제현(諸賢)을 치게[289] 하리랏다!"
공주 사사(謝辭)하더니, 시를 다시금 보다가 문득 주 왈,
"이 어찌 안남 표문 지은 문체와 일호(一毫) 다름이 없으니까?"
상 왈,
"어찌 이름인고?"
하신대,

"표문(表文)을 내여 주소서"

행정부의 최고 기관. 정종 2년(1400)에 둔 것으로, 영의정·좌의정·우의정이 있어 이들의 합의에 따라 국가 정책을 결정하였으며, 아래에 육조(六曹)를 두어 국가 행정을 집행하도록 하였다.
287) 니두(李杜) : 당나라 때 시인 이백(李白: 701~762)과 두보(杜甫: 712~770).
288) 임현택간(任賢擇干) : 어진 이를 임용하고 간성(干城)을 가려 씀.
289) 치다 : ①가축이나 가금 따위를 기르다. ②가르쳐서 유능한 사람을 길러 내다.

하더라.

상이 이에 표(表)를 내어 놓으시니, 비록 호발(毫髮)의 다름이 있으나, 문법(文法)이 일류(一類)라. 상과 공주 자못 깨닫지 못하시니, 한왕이 시좌하였다가 고왈,

"시인의 의사는 일반이니 하물며 경홍이 남방인이매 혹 법체(法體) 같은가 하나이다."

상이 옳다 하시니, 공주가 다투지 못하여 물러나더니, 진양공주를 만나 한가지로 침전의 이르러는, 진양공주 가로되,

"네 비록 고사를 박람하나, 이 불과 규중의 잔미(屠微)한 소견이요, 시사(詩詞)를 이루나, 또한 도장290) 가운데 깊이 감출 바이니, 어찌 한갓 자득할와 하여 조정백료(朝廷百寮)의 소작인즉 스스로 분간하여 태자와 중형(衆兄)은 공수(拱手)291)하고 있어, 너의 거동이 단정치 않음만 볼 따름이요, 아까 황야(皇爺) 태자 못 삼으심을 일컬으셔 애달아하시니, 태자 어찌 편하시리오."

회양이 답 소왈,

"형주(兄主)292)의 말씀이 일변 여도(女道)에 마땅하나, 소제는 다만 여자의 시사(詩詞)를 밖에 전하지 않음만 알고, 부형을 내외(內外)293)치 않으며, 언소(言笑)와 뜻을 폄이 비록 잡될 것이 아니나, 소견은 군부를 기임294)이 불가하니, 자득(自得)할와 하는 일이 아니라. 목도(目睹)하는 바를 좇아 우열(優劣)과 상하(上下)

---

290) 도장 : 부녀자가 거처하는 방. =규방(閨房).
291) 공수(拱手) : 절을 하거나 웃어른을 모실 때, 두 손을 앞으로 모아 포개어 잡음. 또는 그런 자세. 남자는 왼손을 오른손 위에 놓고, 여자는 오른손을 왼손 위에 놓는다. 흉사(凶事)가 있을 때에는 반대로 한다.
292) 형주(兄主) : '형님공주'의 줄임말.
293) 내외(內外)하다 : 남의 남녀 사이에 서로 얼굴을 마주 대하지 않고 피하다.
294) 기이다 : 어떤 일을 숨기고 바른대로 말하지 않다.

를 고할 따름이오, 소제 만일 남아(男兒)면 황야(皇爺) 말씀에 태자 혹 불안하실 듯하나, 이는 여아를 두시고 언단에 과도한 말씀이 계신 들 어찌 뜻에 유의하여 평안치 않으시리요. 소제는 천성이 본디 지어서 함이 없어, 부모와 군형(群兄)을 내외하여 말함을 부끄러워하나이다."

공주 묵연하여 다른 말로 수작하다가 돌아 가니라.

이때 상의 공주 사랑하심이 태자 제왕에 지나시어, 반드시 외국 진상(進上) 온 보배와 주옥(珠玉)을 상사(賞賜)하셔 안색(顔色)에 비끼셔295) 총애 하시니, 뉘 능히 우러러 바라리오. 정히 십삼 춘광(春光)이라. 태도 자약(自若)하여296) "당체(棠棣)를 노래 부를 때"297)로되, 생성함이 인간 범골(凡骨)이 아니거늘, 유한(幽閑)한 성덕과 출진(出塵)한 재학(才學)이 고금(古今)에 하나더라.

이러므로 금령(禁令)298)을 받들 이 일세(一世)에 없을까 깊이 우려하사, 예부(禮部)에 성지(聖旨)를 내리시어 간택(揀擇)을 정하시니, 조서(詔書)가 중외(中外)에 반포되매, 가가호호(家家戶戶)에서 남자 된 자, 미목(眉目)을 수정(修正)하며 의관을 치례하여299) 한 번 뽑히기를 원하니, 하물며 공주의 성화(聲華)가 조정(朝廷)에 진동할 뿐 아니라, 심산궁곡(深山窮谷)에까지 미친 고로, 목을 늘여 며느리를 삼고자 하니, 각각 그 치아(稚兒)300)의

---

295) 비끼다 : 얼굴에 어떤 표정이 잠깐 들어나다.

296) 자약(自若)하다 : 큰일을 당해서도 놀라지 아니하고 보통 때처럼 침착하다. 늑자여(自如)하다.

297) 당체(棠棣)를 노래 부를 때 : 결혼에 대한 기대로 마음이 부풀어 있는 때. 시경(詩經)』〈소남(召南)〉편 '하피농의(何彼穠矣)' 시의, '하피농의 당체지화(何彼穠矣 棠棣之華; 어찌 저리도 아름다울까, 산 앵두나무의 활짝 핀 꽃)' 구(句)에서 유래한 말로, '산 앵두나무의 활짝 핀 꽃(棠棣之華)'은 제나라 왕자에게 시집가는 주나라 공주를 비유적으로 표현한 말이다.

298) 금령(禁令) : 금혼령(禁婚令). 임금, 세자, 세손의 비를 간택하는 동안에 백성들의 혼인을 금하던 명령.

299) 치례 : 치레. ①잘 손질하여 모양을 냄. ②무슨 일에 실속 이상으로 꾸미어 들어냄.

용상(庸常)함을 잊고 외람한 의사를 품는지라.

이 간선(揀選)이 등한한 유(類)와 달라, 용채(容彩) 빼어난 이를 뽑아 문채(文彩)301)를 시험하려 하시니, 황후 또한 발을 지우고 간택을 보시매, 자고(自古) 처음 이러라.

초추(初秋) 길일에 상이 용덕전에 어좌하시니, 제왕(諸王) 공후(公侯)가 시립(侍立)하였고, 만조백료(滿朝百寮)가 뫼시니, 향연이 애애하고 서기 어린 곳에 억만 소년이 대하(臺下)에 둘렀으니, 의관이 절묘하고 예모 공교하되, 한 번 눈을 내려다보시매, 아름다운 풍채요, 빼어난 재주나 문득 회양과 비컨대 일인도 배필이 됨 즉하지 않은지라.

십분 명찰(明察)하시되 일개(一個)도 성심에 열납(悅納)302)지 않으셔 크게 실망하신지라. 스스로 생각하시되,

"회양공주는 금분(金粉)303)의 아황(蛾黃)304)이요, 옥련(玉蓮)305)의 연봉(蓮峯)306)이거늘, 현철(賢哲)한 문재(文才)가 초방(椒房)307)의 보배라. 어찌 등한(等閑)한 인물로 난봉(鸞鳳)308)의 쌍을 삼으리오."

성려(聖慮) 이에 미쳐서는 자못 불열하여 드디어 조회를 파하시고 제사일(第四日)에 다시 연소랑(年少郎)을 부용지(芙蓉池)에 모으시니, 귀가(貴家) 공자가 치용치의(治容治衣)309)함이 첫날에

---

300) 치아(稚兒) : 열 살 전후의 어린아이. ≒치자(稚子).
301) 문채(文彩) : 글을 짓는 재능. 글재주. =문재(文才). 문조(文藻)
302) 열납(悅納) : 어떤 대상을 기쁜 마음으로 받아들임. ≒가납(嘉納).
303) 금분(金粉) : 황금빛이 나는 가루로 된 화장품.
304) 아황(蛾黃) : 예전에, 여자들이 발랐던 누런빛이 나는 분(粉).
305) 옥련(玉蓮) : 백옥처럼 맑고 하얀 연꽃.
306) 연봉(蓮峯) : 연꽃의 봉오리.
307) 초방(椒房) : 산초나무 열매의 가루를 바른 방이라는 뜻으로, 왕비가 거처하는 방이나 궁전 따위를 이르는 말. 산초나무는 온기가 있고 열매가 많은 식물로서, 자손이 많이 퍼지라는 뜻에서 왕비의 방 벽에 발랐다.
308) 난봉(鸞鳳) : '난(鸞)새'와 '봉(鳳)새'를 아울러 이르는 말로, 재주와 용모가 뛰어난 인물을 비유적으로 표현한 말.
309) 치용치의(治容治衣) : 용모와 의상을 치레하여 아름답게 꾸밈..

서 더하여 천상군선(天上群仙)이 옥경(玉京)에 조회함 같으나, 또
한 회양공주에 비치 못하니, 상이 묵연하셔 침음하시더라.

　차시에 황후 정양루에서, 모든 재자(才子)의 아름다움이 공주
의 쌍이 아님을 기뻐 않으셔, 눈을 둘러 좌편을 우연(偶然)히 보
시니, 백관이 옥패를 울리고 금관조복(金冠朝服)으로 성렬(盛列)
하였는데, 그 가운데 표표(表表)한 신선(神仙)이 있으니, 진실로
세대호걸(世代豪傑)이요 개세군자(蓋世君子)라.
　양미추파(兩眉秋波)310)는 일월(日月)의 정화(精華)를 장(藏)하
였고 백년(白蓮) 같은 귀밑엔 옥(玉)을 꽂았고, 꽃을 이뤘으니, 쇄
락(灑落)한 풍모(風貌)가 사중명주(沙中明珠)요, 와류(渦流)311)의
백옥(白玉)이라. 연(年)이 이십은 하고 위차(位次)가 육경(六
卿)312)에 으뜸 하였으니, 한번 보시매 홀연히 부마 삼을 뜻이 유
동(流動)하사 크게 기뻐하시나, 혹 실가(室家)가 있는 지 의려하
시더라. 날이 저물매 상이 내전에 들으시니, 황후 묻자오되,
　"금일도 간택을 이루지 못하오니, 회양의 배필이 없는 것이리
까?"

　상이 답하시되,
　"진실로 당금에 재모(才貌) 갖은313) 이를 구할진대 회양이 늙
을까 근심이로소이다."
　황후 드디어 조신 항렬에 이부직(吏部職) 소년을 갖추 주(奏)하
시니, 상이 희동안색(喜動顔色)314)하사 상을 쳐 가라사대,
　"짐이 잊었소이다. 차인은 이부상서 동창후 경홍이니, 문무재예
(文武才藝) 뿐 아니라, 국가의 공이 중하고 옥모가 비무(比無)315)

---
310) 양미추파(兩眉秋波) 두 눈썹과 가을 물결처럼 맑은 눈빛.
311) 와류(渦流) : 소용돌이치면서 흐르는 물.
312) 육경(六卿) : 육조판서(六曹判書). 이조, 호조, 예조, 병조, 형조, 공조의 판서.
313) 갖은 : 골고루 다 갖춘. 또는 여러 가지의.
314) 희동안색(喜動顔色) : 기쁜 빛이 얼굴에 들어남.

하니, 진정 회양의 일대배우(一大配偶)316)라. 이로써 부마를 정하
면 짐심(朕心)이 쾌할소이다."

황후 또한 기뻐하심을 마지않으시더니, 상이 가라사대,
"거춘(去春)에 성취(成娶) 말미를 청하더니, 만일 처(妻)가 있
으면 도리어 허사(虛事) 되리로다."

후(后) 가라사대,
"먼저 하교하여 물어보소서."

상이 이에 종용한 때를 타 물으려 하시더니, 때마침 용체(龍
體) 미령(靡寧)하셔 조회를 못하시니, 간택을 물리니라.
화설, 분양왕(汾陽王) 곽공(郭公)의 명은 자의(子儀)니 숙종 황
제를 도와 안녹산(安祿山)317)의 난을 평정하고 태상황(太上皇)을
맞아 돌아오시게 하며, 동정서벌(東征西伐)하여 위덕이 높고 공이
많은 고로 왕위를 얻어 분양(汾陽)에 진수(鎭守)하였으니, 가권
(家眷)을 거느려 경사에 머물러 외번(外藩)을 제어하며 천자를 보
필하여 멀리 떠나지 못하더라.
여러 부인과 중첩(衆妾)이 있어 팔자칠녀를 생하매, 다 가취
(嫁娶)하고, 오직 칠녀 혜옥의 자는 강선이니, 그 모친 적씨(狄
氏)는 양문혜공(梁文惠公)318) 손녀요, 방낭랑의 종매(從妹)라.

---

315) 비무(比無) : 늑무비(無比). 비할 데 없음.
316) 일대배우(一大配偶) : 대단히 훌륭한 배우자.
317) 안녹산(安祿山) : 중국 당 현종(玄宗) 때의 무장(武將). '안록산의 난'을 일으켰다. 호
족(胡族) 출신으로 용맹과 전술이 뛰어나 당 현종의 신임을 받았다. 755년 평로(平
虜)·범양(范陽)·하동(河東) 지구를 총괄하는 절도사가 되자, 15만 병력을 일으켜
낙양과 장안을 점령한 후 대연(大燕) 웅무황제(雄武皇帝)를 자칭하였다. 757년 황제
의 자리를 탐내던 아들 안경서(安慶緒)에게 살해되었다. 한때 양귀비의 환심을 사서
그의 양자가 되었다는 일화가 있다.
318) 양문혜공(梁文惠公) : 중국 당나라 고종(高宗)-측천무후(則天武后) 때의 정치가 적인
걸(狄人傑)의 봉호(封號)와 시호(諡號). 양(梁)은 예종(睿宗)이 그를 양국공에 봉한

일찍 기이한 몽조(夢兆)가 있어 비로소 생녀하니, 안색이 공교함은 서자(西子)319)와 일반(一般)이요, 성정의 현숙함은 숙녀의 풍채 있으니, 옥모화태(玉貌花態)는 진실로 선원(仙苑)의 아름다운 기질이거늘, 재주 또한 약란(若蘭)320)에 지난지라.

일찍 그 모친이 어원(御苑) 잔치에 데리고 조회(朝會)에 들어가니, 상과 후가 나아오라 하여 보시니, 육궁분대(六宮粉黛)321)에 비겨 보신즉, 공주는 용종옥골(龍種玉骨)이라. 씩씩한 풍도(風度)나, 강선의 백태(百態) 조요(照耀)함만 못한지라.

상이 크게 사랑하사 이따금 공주와 한데 두시니, 공주 재종형 제일 뿐 아니라, 그 재모(才貌)를 사랑하여 시사(詩詞)를 창화하여 상애(相愛)함이 동기 같은지라. 상이 별호(別號)를 주시어 '규합학새(閨閤學士)'라 하시고, 분양왕의 딸이요, 공주의 붕우(朋友)라 하사, 벼슬을 문창공주라 하시니, 그 은총이 이 같더라.

강선이 원내 사랑하는 바 옥환(玉環)322) 한 쌍이 있으니, 이는 황야(皇爺) 상사하신 것이라. 상해(常-)323) 손 가운데 놓지 않더니, 일일은 몽중에 황건백의인(黃巾白衣人)324)이 금수덩(錦繡-)325)

봉호이고 문혜(文惠)는 측천무후가 그에게 내린 시호다. 적인걸은 고종조에 대리승(大理承)을 지내며 공정한 판결과 법집행으로 명성을 얻었고, 무후조(武后朝)에는 재상에 올라 정치쇄신에 힘써 안정적인 국정을 이끌었으며, 무후를 설득해 중종을 다시 태자를 삼아 제위를 계승케 했다.

319) 서자(西子) : 중국 춘추시대의 월(越)나라의 미인 서시(西施). 오나라에 패한 월나라 왕 구천이 서시를 부차에게 보내어 부차가 그 용모에 빠져 있는 사이에 오나라를 멸망시켰다.

320) 약란(若蘭) : 중국 동진 때 진주자사(秦州刺史) 두도(竇滔)의 아내 소혜(蘇惠)의 자(字). 남편이 진주자사로 있다가 유사(流沙)라는 곳으로 유배를 갔는데, 남편을 그리워하여 비단을 짜고 그 위에다 840자로 된 회문시(回文詩)를 수놓아 보내, 남편을 감동케 한 이야기로 유명하다.

321) 육궁분대(六宮粉黛) : 옛 중국의 궁중에 있었던 황후의 궁전과 부인 이하의 다섯 궁실에 소속된 단장한 미녀들.

322) 옥환(玉環) : 옥가락지.

323) 상해(常-) : =상해(常-). 보통. 늘. 항상.

324) 황건백의인(黃巾白衣人) : 누런 건(巾)을 쓰고 흰 옷을 입은 사람.

325) 금수덩(錦繡-) : 화려하게 수를 놓은 비단 휘장을 두른 가마.

을 태워 아스라한[326] 집에 이르니, 휘황함이 궁궐 같더라. 모두 껴붙들고 한 곳에 나아가매, 백의(白衣) 왕자(王者)가 교의(交椅)에 좌(坐)하여 일컫되, '전세 부친이로라' 하고, 한 소년을 가리켜 예(禮)하라 하거늘, 소저 잠간 보니 미목(眉目)이 옥(玉) 같고, 풍채 호상(豪爽)하여, 진정 적선(謫仙)[327]의 위 이더라.

왕자가 소저로 하여금 잔을 들어 권하게 하고, 옥수의 옥환 한 짝을 앗아 그 소년을 주고 글을 받아 소저를 주며 창화(唱和)하라 하거늘, 소저가 마지못하여 '바람 풍(風)' 자와 '얻을 득(得)' 자 두 운(韻)을 화(和)하여 양수(兩手) 시를 지어 소년에게 전하고, 소년의 시를 받아 재배하고 나오더니, 한 부인이 불러 왈,

"영랑(令娘)아, 자모(慈母)를 잊었느냐?"

소저 대 왈,

"내 아비는 조정에 전권(全權)하여 분양대왕(汾陽大王)이오, 어미는 황후의 아우로 시방 춘원전에 있어 정비(正妃) 되었나니, 어찌 부인이 내 자모(慈母)시리오."

그 부인이 처연 탄식하고 시녀로 한 번 밀치니, 물속에 거꾸러져 놀라 몽압(夢魘)[328]하니, 이날 마침 공주의 침전 유운각에 모셔있더니, 공주 놀라 바삐 문 왈,

"현매(賢妹) 어찌 소리 하느뇨?"

소저 깨여 경도(輕度)함을 사죄하고 두상(頭上) 안두(案頭)에 놓았던 옥환 한 짝이 없고, 좌수(左手)에 청릉지(靑綾紙)[329]를 쥐었거늘, 펴 보고 대경하여 어린 듯 침음하더니, 공주 연고를 재삼 물은대, 소저 본디 일심동학(一心同學)[330]이라. 몽사를 베풀고 화전(花箋)을 드리니, 공주 또한 기이히 여겨 보니, 하였으되,

---

326) 아스라하다 : 아득하다. 보기에 아슬아슬할 만큼 높거나 까마득하게 멀다.

327) 적선(謫仙) : 벌을 받아 인간 세계로 쫓겨 내려온 선인(仙人).

328) 몽압(夢魘) : 자다가 가위에 눌림. 늑귀압(鬼魘).

329) 청능지(靑綾紙) : 푸른색 비단을 종이 뒷면에 발라 만든 종이. *능지(綾紙) : 비단종이. 종이 뒷면에 비단을 발라서 아름답게 꾸민 종이. 주로 국서(國書)나 조서(詔書) 따위의 격식을 갖춘 문서를 작성할 때 사용하였다.

330) 일심동학(一心同學) : 한 마음으로 같은 분야의 학문을 하는 사람.

"옥루주각(玉樓珠閣)에 빛난 구름이 어리었으니,
백옥루(白玉樓) 앞에 상서(祥瑞)의 날이 길고,
벽도(碧桃) 꽃 앞에 향풍(香風)이 이는도다.
어찌한 다행으로 티끌331) 자취가 이에 왔느뇨?
명명한 언약을 이루매 인간에 동주(同住)할 기약이
가깝도다.
옥이 쟁연(錚然)하여 빛이 새로우니 관저(關雎)
제 일편을 점득하도다."

하였더라.

공주 간파(看罷)에 소저의 화답한 시를 물어 친히 기록하고 웃
으며 가로되,

"현매 본디 인간범골(人間凡骨)이 아니라. 천도가 각별 유의하
심이니, 어진 배필을 얻어 일생을 저버리지 않을지라. 연(然)이나
'진정 옥이 곤륜(崑崙)의 길을 열리라' 함은 그대 시 가운데 있으
니, 무슨 일에 주(主)하였느뇨? 다만 규내(閨內)에서 우리 양인의
이를 바 아니라. 장래(將來)를 보아 종신대사(終身大事)332)를 이
룸이 옳도다."

소저 사례하더라.

차시에 곽소저 연(年)이 십 세라. 아름다운 짝을 구할 새, 본디
경상서 한림 문영으로 더불어 교도(交道)가 절친(切親)한 고로,
빈빈(頻頻)이 왕반(往返)하여 일가 같은지라. 적부인(狄夫人)이
일찍 경상서의 풍모를 흠앙(欽仰)하여 여서(女壻) 삼을 뜻이 있
되, 오직 문영으로 인하여 진소저의 언약과 굳은 절을 들었으매
개구(開口)치 않았더니, 이때 진소저 피화(被禍)하고 금현(琴
絃)333)이 완취치 못하였음을 듣고 구혼코자 하거늘, 소저, 심중에

---

331) 티끌 : 치끌.
332) 종신대사(終身大事) : 평생에 관계되는 큰일이라는 뜻으로, '결혼'을 이르는 말.
333) 금현(琴絃) : 거문고의 줄. 여기서는 '혼인'을 비유적으로 일컫는 말이다.

몽리(夢裏)의 율시(律詩)를 부모께 고(告)하고자 하나, 오히려 부
끄러워 감히 발설치 못하더라.

일일은 소저 동루(東樓)라 하는 집에 올라, 칠 형의 부인과 질
녀들로 서로 놀아, 멀리 사람의 엿봄을 몰랐더니, 이날 경상서가
곽가(郭家)에 이르니, 제인이 맞아 종용히 설화할 새, 상서가 서
벽(西壁)에 좌하여 자연 동루(東樓)를 올려다보니 홍상취군(紅裳
翠裙)334)이 나부끼는지라. 심규 부녀의 모였음을 모르고 곽부(郭
府) 가무(歌舞)하는 시아(侍兒)로 여겨, 각별 저어335) 않고 보니,
그 가운데 한 여자가 용안이 절세함이 빙화(氷花)가 부시고 오운
(五雲)336)이 영영(盈盈)하여337), 채색(彩色)을 무은338) 듯 함이,
홀연 구강(九江)339)의 몽리(夢裏) 선아(仙娥)라.

문득 경의(驚疑)하여 이시(移時)히 보더니, 그 여인이 잠심하여
추수(秋水)의 공교함을 살피다가, 눈이 마주쳐 급히 시아를 시켜
주렴을 일시에 지우는지라. 상서가 비로소 눈을 낮추고, 일변 남
의 규중 여자를 방자히 바라봄을 자책하며, 또한 일단 의심이 분
명한 구강 선녀라. 용왕(龍王)의 이른 바 곽가의 여자 되었다 함
을 생각고, 자연 기뻐하더라.

이때에 곽소저 홀연 동편에서 창파(蒼波)의 부용이 추수에 비
껴 있음과 원근 산천의 청홍(靑紅)이 유양(悠揚)함을 잠탁(暫託)
하였다가, 추파를 돌려 저의 봄을 보고 급히 시녀더러 발을 지우
라 한데, 시녀 월영이 발을 지우고 웃으며 왈,

"어떤 객인이 방자히 바라보는고? 하였더니, 원래 선회동 경상
서랏다."

---

334) 홍상취군(紅裳翠裙) : 붉은 치마와 푸른 치마.
335) 저어하다 : 염려하거나 두려워하다.
336) 오운(五雲) : 오색구름.
337) 영영(盈盈)하다 : 용모가 곱고 아름답다.
338) 무으다 : 만들다. 꾸미다. 물들이다.
339) 구강(九江) : 중국 강서성(江西省) 북부에 있는 하항(河港) 도시. 양자강(揚子江)과
     파양호(鄱陽湖)가 이어지는 곳에 있으며 차, 도자기 따위의 집산지로 유명하다.

하거늘, 소제 재삼 뉘우치며 얼핏 보매 전일 몽중 소년이라. 또한 의려하여 방심치 못하더라.

자고로 붕우(朋友) 친한 즉 심정을 서로 고하는지라. 경상서 일찍 곽생으로 더불어 구강에 선유(船遊)한 몽사와 옥환 율시를 자세히 베푸나, 오직 곽가의 여자가 되었다 함은 이르지 않으니, 제 공교한 의사를 알까 여김이니, 곽생은 들은 후 기이히 여기나 자기 숙낭(叔娘)인 줄 어이 알리오.

경사에 올라와 득룡(得龍)하매 벼슬이 높은지라. 곽생이 상서더러 왈,

"진소저의 언약이 묘망(渺茫)하니, 먼저 구강몽사로써 장안 주문(朱門)에 인연을 얻어 맺은 후, 천연(天緣)이 있어 진씨의 소식을 들을진대, 또한 직위 칠 부인을 갖출지니 둘째 부인을 정함이 어떠하뇨?"

상서 왈,

"구강의 춘몽은 천의(天意)를 좇을 따름이거니와, 진부인의 덕을 잊지 못할 것이요, 진씨의 절의는 차마 바리지 못할지라. 어찌 지레 취(娶)하여 저를 저버리리오."

한데, 곽생이 유신함을 탄복하며 또한 숙낭(叔娘)의 혼사를 통치 못하더라.

이때 상이 옥후(玉候)[340] 쾌차하시니, 조정이 분분(紛紛) 대희하여 조하(朝賀)를 마치매, 상이 문득 이부상서 경홍을 나아오라 하여 문왈,

"경이 직위 고등하고 연기 찼으니, 집에 실가(室家) 있느냐?"

홍이 대 왈,

"신의 부모 없고 정약한 처자(處子)가 이산(離散)하여 거처를

---

340) 옥후(玉候) : 황제의 안부를 이르는 말.

모르니, 타일에 찾음이 있을까 하여 취처치 않았나이다."

상 왈,
"경이 그르다. 한 여자를 위하여 대장부가 재상의 위채(位次)
로 내조(內助)가 없으리오. 짐이 특별히 주혼하리라."

홍이 돈수 왈,
"신의 어린 소회 있는지라. 비록 서자(西子) 임사(姙似)[341]라도
원치 않나이다."

상이 문득 변색 왈,
"경이 서자 임사는 경히 여기나, 만일 황녀(皇女)인즉 항거하
랴?"

언필에 정색하시니, 홍이 황공무언(惶恐無言)하여 복지(伏地)
러니, 상이 드디어 파조(罷朝)하신지라. 이날 백관이 비로소 상의
뜻을 알고, 경홍이 반드시 부마 되리라 하더라.

이날 상이 내전에 이르러 공주를 나아오라 하여 앞에 앉히시고
가라사대,
"짐의 애녀(愛女)는 당금에 하나라. 재주가 어찌 남아에 지나
날로 하여금 택서함에 수고케 하는다?"

다시금 애련하시더니, 이때 정히 중추망시(中秋望時)[342]라. 금
오(金烏)[343]는 서령(西嶺)에 지고, 부상(扶桑)[344]에 명월이 솟으
니, 만국(萬國)이 조요(照耀)하여 구중(九重)[345]에 밝은 빛이 추수

341) 임사(姙似) : 중국 주(周)나라 현모양처(賢母良妻)인 문왕의 어머니 태임(太姙)과 무
　　왕(武王)의 어머니 태사(太姒)를 함께 이르는 말.
342) 중추망시(中秋望時) : 음력 8월 보름께. =중추망간(中秋望間).
343) 금오(金烏) : '해'를 달리 이르는 말. 태양 속에 세 개의 발을 가진 금까마귀가 있다는
　　전설에서 유래하였다. =금까마귀.
344) 부상(扶桑) : 해가 뜨는 동쪽 바다.
345) 구중(九重) : 구중궁궐(九重宮闕)의 줄임말. 겹겹이 문으로 막은 깊은 궁궐이라는 뜻

(秋水)에 어리었는지라. 상이 교의(交椅)를 난간에 내오게 하시고 태자와 제왕을 명초(命招)하시며 육원비빈(六苑妃嬪)346)을 시위 (侍衛)하라 하사, 궁중풍류(宮中風流)347)를 나오시니, 칠현금(七絃 琴)348)과 태종(太宗) 적 구궁무(九宮舞)349)라.

상이 주배(酒杯)를 날리시더니, 홀연 경치(景致)를 대하여 공주 의 시를 보고자 하실 새, 공주 추경(秋景)을 제(題)하여 명월을 일컬어 이십수(二十數)를 지어 드리니, 진실로 신출귀몰(神出鬼 沒)하여 천지조화(天地造化)와 만물의 기틀을 감추었으니, 자고 (自古)로 달을 제(題)하여 운(韻)을 읊은 자가 많으나, 오히려 비 치 못할지라.

상이 새로이 찬양하시며 스스로 기뻐하여 준주(樽酒)를 친히 나오시니, 이날 즐기심은 천고에 처음이러라.

이튿날 상이 특별히 이부상서 경홍을 패초(牌招)하여 편전에 두어 각신(閣臣)350)으로 더불어 사좌(賜座)하시고, 추월시(秋月詩) 를 주어 차운(次韻)351)하라 하시니, 상서가 한번 보매, 반드시 여 자의 소작(所作)인 줄 아나, 감히 여쭙지 못하고 휘필(揮筆)하여 차운하니, 용사(龍蛇)352)가 어리고353) 주옥(珠玉)이 흩어져 운영 (雲影)이 지상(紙上)에 가득하니, 하나는 빛나기 오운(五雲)354)이

으로, 임금이 있는 대궐 안을 이르는 말.
346) 육원비빙(六苑妃嬪) : 육궁(六宮)의 비(妃)와 빈(嬪). 곧 황제의 정비(正妃)와 모든 후궁(後宮)들. *육궁(六宮): 옛 중국의 궁중에 있었던 황후의 궁전[正宮]과 부인 이하 의 다섯 궁실[五宮]. ②황후와 후궁들이 사는 궁실(宮室).
347) 궁중풍류(宮中風流) : 궁중의 음악.
348) 칠현금(七絃琴) : 일곱 줄로 된 고대 현악기의 하나. 오현금에 두 줄을 더한 것이다.
349) 구궁무(九宮舞) : 당 고조(高祖)가 지었다고 하는 무곡(舞曲)인 〈구궁(九宮)〉의 곡조 에 맞춰 추는 춤.
350) 각신(閣臣) : 조선 후기에 둔 규장각의 벼슬아치.
351) 차운(次韻) : 남이 지은 시의 운자(韻字)를 따서 시를 지음. 또는 그런 방법. 주로 화 답시(和答詩)에서 많이 쓰인다.
352) 용사(龍蛇) : 용과 뱀을 아울러 이르는 말.
353) 어리다 : 어리다. 빛이나 그림자, 모습 따위가 희미하게 비치다.
354) 오운(五雲) : 오색의 구름.

어린 듯하고, 하나는 고움이 주옥(珠玉)을 헤쳐 놓은 듯하더라.

상이 일변 보시매 뜻을 정(定)하사 드디어 옥대(玉帶)를 상(賞)하시니, 경상서 사은하고 물러나다.

상이 그 글을 가져 공주를 뵈시니, 공주 기림을 마지않아 작인(作人)을 묻자온데, 상이 모호히 대답하는지라.

공주 드디어 거두어 가져와 벽상의 붙이고 주야 음영하여 사랑하나, 경홍의 시사인 줄 생각지 않았더니, 상이 들으시고 더욱 부마삼기를 완정하사, 팔월 염일(念日)[355]에 삼간택(三揀擇)[356]을 베푸실 새, 이날은 팔방의 재모 있는 이는 불구경향(不拘京鄕)[357]하여, 처음 들었던 소랑(少郞)들과 한가지로 궐하에 모이니, 천상군선(天上群仙)이 조회함 같으나, 상이 이미 태산을 보사 눈이 높으시니, 어찌 흙섬[358]의 낮음을 중히 여기시리오.

성정(聖情)이 불열하시어 하교 왈,

"짐의 회양공주는 하늘이 유의하여 내신 바이니 세상 속자(俗者)의 배필이 되지 않을지라. 짐이 세 번 간택하여 진정 재랑(才郞)를 얻지 못하니, 이십 세 이하 명신(命臣)[359]을 특지(特旨)로 참알(參謁)케 하라."

하신대, 백관이 가치 않음을 진달코자 하나, 상이 이미 즐겨 않으시고, 교지를 어기지 못하여 드디어 이십 세 이하를 올려 뽑으시려 하니, 한림학사 칠팔 인과 오육(五六) 옥당정신(玉堂廷臣)[360] 중, 홀로 이부상서 경홍이 나이 십구 세요 춘산 초월이며 요지(瑤池)[361] 봉화(鳳花)[362]러라.

---

355) 염일(念日) : 염일(念日). 초하룻날부터 스무 번째 되는 날. =스무날. 이십일
356) 삼간택(三揀擇) : 임금이나 왕자, 왕녀 따위의 배우자가 될 사람을 세 번에 걸처 고르던 일. 또는 그 세 번째 간택. 늑삼간(三揀).
357) 불구경향(不拘京鄕) : 서울과 지방에 거리끼거나 얽매이지 아니하다.
358) 흙섬 : 흙섬. '흙을 쌓아 만든 계단'이라는 뜻으로, 가난하거나 천한 사람을 비유적으로 표현한 말.
359) 명신(命臣) : 벼슬을 받은 신하.
360) 옥당정신(玉堂廷臣) : 홍문관과 예문관의 신료(臣僚).

골격의 **빼**어남은 강산수기(江山秀氣)를 습(習)하였고[363] 정신의 늠름함은 추천의 높음을 다투니, 체도(體度)가 앙앙하여 천지조화를 앗았고, 기질이 청상(淸爽)하여 만물(萬物)의 영총(靈寵)을 띠었으니, 전상전하(殿上殿下)에 흠복치 않는 이 없고, 상이 새로이 사랑하며 제신을 돌아보시고 희동안색(喜動顏色)하시어, 예부상서 유성을 명하여 이부상서 경홍으로 부마를 정하라 하시니, 만조(滿朝) 배무(拜舞)[364]하고, 예부가 성지를 받자와 경상서를 청하여, 전하에 나아가 사은(謝恩)하라 한데. 경홍이 천만 몽매(夢寐) 밖 이 경상을 당하여 스스로 전폐(殿陛)에 나아가 면관(免冠) 고두(叩頭) 왈,

"신은 남방 조그만 선비라. 한번 천안(天顏)의 절취(截取)[365]하심을 입어, 외람히 후작(侯爵) 육경(六卿)의 은총(恩寵)이 정빈(晶彬)[366]하시니, 숙야(夙夜)의 전전긍긍(戰戰兢兢)하여 한갓 어린 충성이 일신에 맺힐 밖에, 오늘날 초방(椒房) 간택이 신에게 미침은 생각지 못한 바라. 신이 본디 초야우민(草野愚民)으로 한문췌속(寒門贅屬)[367]이 우무재학(又無才學)[368]하니, 어찌 유진중(留塵中)의 표객(嫖客)[369]으로써 금중(禁中) 공주를 감당하리까? 복원 폐하는 신의 용우함을 살펴서 어조(御詔)를 환수하시고, 다시 일위 소사(少士)를 가려서 신의 어린 분(分)을 평안케 하소서."

상이 흔연 위무(慰撫) 왈,

---

361) 요지(瑤池) : 중국 곤륜산에 있다는 못. 신선이 살았다고 하며, 주나라 목왕이 서왕모를 만났다는 이야기로 유명하다.
362) 봉화(鳳花) : 봉선화(鳳仙花).
363) 습(習)하다 : 닮다. 생김새가 비슷하다.
364) 배무(拜舞) : 신하가 임금을 알현하거나 명을 받을 때, 예(禮)에 맞춰 여덟 번 큰절을 하는 동작이 마치 춤을 추듯 아름다운 것을 이르는 말.
365) 절취(截取) : 잘라서 가짐.
366) 정빈(晶彬) : 밝히 빛남.
367) 한문췌속(寒門贅俗) : 한미한 가문의 보잘 것 없는 속된 무리.
368) 우무재학(又無才學) : 또 재주와 학식도 없음.
369) 표객(嫖客) : 허랑방탕한 짓을 일삼는 사람. 난봉꾼.

"자고로 공신에게 공주로써 하가(下嫁)하는 일이 많은지라. 경의 표치(標致)로써 국가의 대공을 겸하여, 부마되기를 사양하며 짐의 슬하(膝下)를 염(厭)하나냐?"

홍이 다시 고두(叩頭) 왈,
"신의 어린 뜻이 있는지라. 어찌 폐하를 기망(欺罔)하리까? 신은 실로 초방에 참예할 바가 아니니, 사죄(死罪)를 당할지언정 성지(聖旨)를 봉승치 못할 소이다."

상이 문득 불열(不悅)하시어 가라사대,
"경의 소회 있을진대 짐이 또한 군부(君父)라. 자세히 아뢰어 짐의 뜻을 밝게 하라."

홍이 대 왈,
"금일이 이미 늦었고, 신의 만단비원(萬端悲願)을 어지러이 전전(殿前)에 고치 못 하옵나니, 물러가 일장 표문으로 신의 우회(愚懷)를 진달 하리이다."

상이 의윤(依允)하시고 파조하시다.
경상서 돌아오며 미우(眉宇)에 시름이 중중(重重)하나, 난영 혜월이 맞아 감히 묻지 못하고 의려(疑慮)하더니, 상서 이에 촉을 켜게 하여 평생 소견을 이 날에 다 베푸니, 스스로 슬픔이 극하였는지라. 서안(書案)을 쳐 비읍함을 마지않고, 명조에 사매 속에 넣고 궐문 밖에 이르니, 만조백관(滿朝百官) 아직 다 모이지 않았더라.

이에 의대를 끄르고 관을 벗고 대죄하며 조회를 기다려 표(表)를 올리니, 이 때 천자가 보탑(寶榻)370)에 앉으시고 문무 조하를

---

370) 보탑(寶榻) : 임금이 앉는 자리. 도는 임금의 지위. =옥좌(玉座).

마치매, 중서성(中書省)이 주왈(奏曰),

"이부상서 경홍이 문에 대죄(待罪)하여 상표(上表) 청죄(請罪)하나이다."

상이 이에 읽으라 하시니, 그 표에 왈

"하늘을 속이고 세상을 업신여기며 임금을 배반하고 타향에 유락한 죄신 장홍은 안남국 미미속자(微微俗者)라. 신의 아비 장완이 본디 중국인으로 한아비 장은기 우연(偶然)히 남의 수하(手下)되어, 안남에 나가 세신(世臣)이 되니, 대대 군신이 안락하더니, 유군(幼君)이 불명하고 간신이 당권(當權)하여 그릇 신의 일가(一家)가 역율(逆律)로 전가삼족(全家三族)371)이 극형참사(極刑慘死)하니, 그 때 신의 나이 십사 세라. 처음에 능히 근본(根本)과 제영(緹縈)372)의 이름을 듣지 못하니, 한가지로 죽어 군명(君命)을 순히 하고, 부형의 원혼을 따를 것이로되, 도리어 생각건대, '임군의 명이 아니오, 간신의 뜻을 맞힐 뿐 아니라, 어린 의사가 오원(伍員)373)의 달아남과 범수(范睢)374)의 탈신(脫身)함을 생각하여, 외람히 중국 위풍을 더럽히고, 천지를 속여 스스로 성을 고침은, 타인의 의심을 제방(制防)하고자 함이요, 참남(僭濫)히 금방(金

---

371) 전가삼족(全家三族) : 온 가족과 부계(父系)·모계(母系)·처계(妻系)를 가족을 통틀어 이르는 말.
372) 제영(緹縈) : 한 문제 때의 효녀. 아버지인 순우공(淳于公)이 죄를 얻자 천자에게 편지를 써 자신이 관비(官婢)가 되어서 아버지의 죄를 대신하겠다고 하니 천자가 감동해서 형벌을 면하게 해 주었음.
373) 오원(伍員) : 중국 춘추시대 초나라 정치가. (?~B.C.484). 성(姓)은 오(伍), 명(名)은 원(員), 자(字)는 자서(子胥)다. 아버지와 형이 초나라 평왕(平王)에게 피살되자 오나라로 달아나 오왕 합려(闔閭)를 도와 초나라를 쳐서 원수를 갚았다.
374) 범수(范睢) : 일명 범저(范雎). 자는 범숙(范叔). 중국 전국시대의 진(秦)나라의 재상. 본래 위(魏)나라 사람으로 위(魏)나라의 수가(須賈)를 따라서 제(齊)나라를 위해 봉사했으나, 위나라 재상 위제(魏齊)에게 반역죄로 의심을 받아 형벌을 받은 후, 진(秦)나라로 도망처, 소양왕(昭襄王)에게 원교근공(遠交近攻: 먼 나라와 친교를 맺고 가까운 나라를 공략함)의 책략을 설파하여 승상(丞相)이 되었다. 이후 군사를 위나라에 보내 위제를 자살케 함으로써, 그에 대한 사원(私怨)을 갚았다.

榜)375)에 참예함은, 부형의 통천참원(通天慘怨)을 행여 갚을까 함
이러니, 생각 밖 옥당은대(玉堂銀臺)376)의 통섭(統攝)이 되어, 금
대(金臺)377)의 장록(壯祿)378)이 태고(太高)한 고로, 조그만 공으로
써 봉작을 더하시니, 신이 목석이 아니라 어찌 감격하며 망극치
않으리까? 드디어 생각하되 토번(吐蕃)379)을 마저 삭평(削平)하고
진정(眞情)을 간주(懇奏)하여 행여 천위 가납(嘉納)하심을 만난
즉 잠깐 위엄을 빌려 원수를 제방(制防)하고 물러가 옛 임군을
보며, 고토(故土)를 지키기를 원하였나이다. 이는 폐하 은혜를 저
버리지 않고 공을 세워 폐하의 은권을 갚고자 함이요, 또 물러감
은 옛 임군을 배반치 않고 부형의 외로운 혼백을 지켜 충효양전
(忠孝兩全)코자 하옴이라. 하온데 천만 의외에 초방귀주(椒房貴
主)로써 신에게 하가코자 하시니, 신이 망명(亡命)한 죄수(罪囚)
가 아닐지라도, 초무(草畝)380)의 비천(卑賤)한 사람으로서 가문이
낮고 세업(世業)이 망(亡)하였거늘, 하물며 임군을 기이고 아비와
어미를 장(葬)치 못하여 백골을 버리고 스스로 달아나 일월(日月)
과 성명(聖明)381)을 기망(欺妄)한 죄수(罪囚)라. 어찌 감히 외람
히 소회를 품고 짐짓 천당(天堂)에 쾌락하리까? 신이 죽을죄를
무릅써 진정을 엎디어 주(奏)하고, 금일의 사죄(死罪)를 당코자
하옵나니, 복망(伏望) 성명은 밝히 살피소서."

하였더라.

상이 청파에 황연(慌然)382) 경동(驚動)하시어 어린 듯이 침음

---

375) 금방(金榜) : 과거에 급제한 사람의 이름을 써서 거리에 붙이던 글. 늑과방(科榜).
376) 옥당은대(玉堂銀臺) : 조선시대 홍문관(弘文館)과 승정원(承政院)을 달리 이르는 말.
377) 금대(金臺) : '금빛 누대(樓臺)'란 뜻으로 황궁(皇宮)을 이르는 말
378) 장록(壯祿) : 많은 녹봉(祿俸).
379) 토번(吐蕃) : 중국 당나라·송나라 때에, '치베트 족'을 이르던 말.
380) 초무(草畝) : '풀이난 이랑'는 뜻으로, 궁벽한 시골을 이르는 말. 늑초야(草野), 초망(草莽).
381) 성명(聖明) : 임금의 밝은 지혜를 이르는 말.
382) 황연(慌然)하다 : 어리둥절하다.

양구(沈吟良久)에 제신을 주어 보라 하시고, 홀연 탄식 왈,

"도리어 기사(奇事)라. 어찌 도리어 죄에 참예(參預)할 바이리오."

모든 각신(閣臣)이 교구(交口)[383] 진주(進奏) 왈,

"이는 진실로 웅재대략(雄才大略) 곧 아니면 십사소아(十四小兒)가 만리 도로에 깊은 뜻으로 발섭(跋涉)하며 창황(蒼黃) 중에 능히 '범수(范睢)의 애자지원(睚眦之怨)'[384]과 '오원(伍員)의 벌초분심(伐楚憤心)'[385]을 생각하리까? 폐하(陛下), 마땅히 표장(表獎)하사 효(孝)를 위로(慰勞)하시고, 제 원(願)을 좇아서 위엄을 빌리심을 바라나이다."

상 왈,

"경등의 말이 옳거니와, 부마에 합당하랴?"

대왈,

"이는 신등의 소견은 불가하이다. 비록 지모다재(智謀多才)라 공명진충(功名盡忠)은 진실로 일컬을 바이나, 금중옥주(禁中玉主)는 망명죄수(亡命罪囚)에게 하가(下嫁)치 못 하시리이다."

상 왈

---

383) 교구(交口) ; 번갈아 가며 말함.
384) 범수(范睢)의 애자지원(睚眦之怨) : 중국 전국시대 위(魏)나라 사람 범수가 당시 재상 위제(魏齊)에게 반역죄로 의심을 받아 형벌을 받은 후, 진(秦)나라로 도망처, 승상(丞相)이 된 뒤, 군사를 위나라에 보내 위제를 자살케 함으로써, 그에 대한 사원(私怨)을 갚았던 일. *애자지원(睚眦之怨) : 한번 흘겨보는 정도의 원망이란 뜻으로 아주 작은 원망을 말함.
385) 오원(伍員)의 벌초분심(伐楚憤心) : 중국 춘추시대 초나라 정치가 오자서(伍子胥)가 아버지와 형이 초나라 평왕(平王)에게 피살되자 오나라로 달아나 오왕 합려(闔閭)를 도와 초나라를 쳐서 원수를 갚았던 일을 말함. *벌초분심(伐楚憤心) : 초나라를 친 분한 마음. *자서(子胥)는 오원(伍員)의 자(字).

"석(昔)에 오원(伍員)이 망명하매, 진후(晉侯)가 결친(結親)코자 하니, 오원은 그 때 한갓 뜻이 있으나 역려(逆旅) 가운데 다녀, 대해(大海)에 부평(浮萍)386) 같았으되, 진후가 구혼하였는데, 장홍은 공명을 세우고 재학(才學) 풍광(風光)이 표표(表表)하니, 어찌 비루한 죄수(罪囚)라 하리오."

제신이 대왈,
"춘추(春秋)387)는 불가측(不可測)이니, 제후(諸侯)와 천자(天子)는 다르시니이다."

상이 묵연 탄식함을 마지않으시고, 이에 조서를 내려 경홍을 위무(慰撫)하시니, 가랐으되,

"차호(嗟乎)라. 자고이래로 화(禍) 만난 자 몇이나 하뇨? 그 충성이 표표한 즉 이름이 천하의 들리나니, 너 장홍이 일찍 위국충성(爲國忠誠)이 중원의 일컫는바 되어, 선제의 사모하시던 바라. 어찌된 고로 간인(奸人)의 화를 입어 위란 시에 능히 고인의 뜻을 효측코저 하니, 글을 이루매 금마옥당(金馬玉堂)388)의 억만 줄 조서(詔書) 짓기를 가벼이 여기고, 활을 당기매 백보 밖의 버들잎 맞히기를 낮게 여기며, 진중(陣中)을 임하여 전필승공필취(戰必勝

---

386) 부평(浮萍) : 부평초(浮萍草). ①개구리밥과의 여러해살이 수초(水草). 몸은 둥글거나 타원형의 광택이 있는 세 개의 엽상체(葉狀體)로 이루어져 있는데 겉은 풀색이고 안쪽은 자주색이다. 논이나 못에서 자라는데 전 세계에 널리 분포한다. =개구리밥. ②물 위에 떠 있는 풀이라는 뜻으로, 정처 없이 떠돌아다니는 신세를 이르는 말.
387) 춘추(春秋) : ①『책명』유학 오경(五經)의 하나. 공자가 노나라 은공(隱公)에서 애공(哀公)에 이르는 242년(B.C.722~B.C.481) 동안의 사적(事跡)을 편년체로 기록한 책. 11권. ②춘추시대.
388) 금마옥당(金馬玉堂) : 중국 한(漢)나라 대궐의 금마문(金馬門)과 옥당전(玉堂殿)을 함께 이르는 말로, 황제를 가까이서 받드는 한림원의 벼슬아치들을 뜻한다. 금마문은 전각의 문으로 문 앞에 동마(銅馬)가 있어 붙여진 이름이며, 옥당전은 한림원이 있었던 전각의 이름이다. 조선에서는 홍문관을 옥당이라 했다.

功必取)389)하며, 외번(外蕃)이 이름을 들은 즉 망혼상담(亡魂喪膽)390)하니, 짐의 좌와(坐臥)에 보필중신(輔弼重臣)이라. 일찍 원억한 소회가 천지에 사무침을 생각지 못하였도다. 짐이 즉각에 발군(發軍)하여 경의 원(願)을 좇을 것이로되, 남북에 큰 도적이 성(盛)하여 회식의 주(主)한 마음이 꺼지지 않았는지라. 잠간 병혁(兵革)을 쉬어 회식과 토번을 파한 후, 백모황월(白旄黃鉞)391)로 경의 광채를 도우리니, 다만 원을 갚는 날 짐의 정을 생각하여 머물지 말고 쉬이 올지라. 간택은 환수(還收)하나니, 오직 가석(可惜) 한탄(恨歎)이로다."

경홍이 조서를 받자와 눈물을 흘려 백배 사은하고, 다시 주(奏)하여 본국 죄수(罪囚)니, 중임(重任)을 갈아 주소서 한데, 상이 삼사(三辭)392)를 다 불청(不聽)하시다.

파조하여 내전에 이르셔 황후께 차언을 고하시고, 간택일시(揀擇日時) 차라함을393) 애달아하시며, 또한 공주의 안남 표문(表文) 분간함과 조사(早死)할 유(類) 아니라 하던 말을 생각하사, 더욱 배필(配匹)이 없을까 우려 하시니, 이날 능히 잠을 이루지 못하시더라.

일일은 궤(几)예 비겨 계시더니, 비몽간(非夢間)394)에 황금빛 모자를 쓰고 자줏빛 옷을 입은 사람이 앞에 와 가로되,

"신은 태종문무황제(太宗文武皇帝)395) 사인(使人)이라. 석(昔)

---

389) 전필승공필취(戰必勝功必取) : 싸우면 반드시 이기고 공을 반드시 세움.
390) 망혼상담(亡魂喪膽) : 넋을 잃고 간이 떨어질 만큼 몹시 놀람.
391) 백모황월(白旄黃鉞) : 털이 긴 쇠꼬리를 매단 기(旗)와 황금으로 장식한 도끼.
392) 삼사(三辭) : 세 번 사직함.
393) 차라하다 : 아득하다. 아득히 멀다.
394) 비몽간(非夢間) : 비몽사몽간(非夢似夢間). 완전히 잠이 들지도 잠에서 깨어나지도 않은 어렴풋한 상태에 있는 사이. 늑사몽비몽
395) 태종문무황제(太宗文武皇帝) : 중국 당나라의 제2대 황제(598~649). 성은 이(李). 이름은 세민(世民). 삼성 육부와 조용조 따위의 제도를 정비하였고, 외정(外征)을 행하여 나라의 기초를 쌓았다. 재위 기간은 626~649년. 시호는 태종 문무대성대광효황제

에 서역(西域) 진상의 쌍옥 일패(一佩)는 후세에 능히 회양의 배
필에 응(應)한 바이러니, 천보(天寶)396) 중에 자옥(雌玉)을 잃었는
지라. 만일 얻어 드리는 자는 곧 회양공주의 삼생숙연(三生宿緣)
이라 하시더이다."

상이 다시 묻고자 하시니, 사자(使者)가 간 데 없는지라. 깨치
니 '남가의 희미한 꿈[南柯一夢]'397)이러라.

급히 옥패(玉佩)를 찾으시니, 원래 이 옥패는 태종황제 진국입
업(鎭國立業)398)하시며 호월(胡越)399)이 일가(一家) 되고, 화이(華
夷)400)를 해(害)함이 없어, 풍속이 순후한 고로 서역만이(西域蠻
夷)와 월상 교지(交趾)401)가 서로 진공(進貢)할 새, 서만(西蠻)이
옥패 일 쌍을 진상(進上)하니, 제도(製圖)가 공교하고 옥품이 기
이하여 형산(衡山)402)의 화씨벽(和氏璧)403)과 남전(藍田)404)의 백

(太宗 文武大聖大廣孝皇帝)다.

396) 천보(天寶) : 중국 당(唐)나라 현종(玄宗; 712~756 재위)의 연호(742~755).
397) 남가의 희미한 꿈[南柯一夢] : 꿈과 같이 헛된 한때의 부귀영화를 이르는 말. 중국 당
　　나라의 순우분(淳于棼)이 술에 취하여 홰나무의 남쪽으로 뻗은 가지 밑에서 잠이 들
　　었는데 괴안국(槐安國)의 부마가 되어 남가군(南柯郡)을 다스리며 20년 동안 영화를
　　누리는 꿈을 꾸었다는 데서 유래한다. 늑괴몽(槐夢)·괴안몽·남가몽·남가지몽.
398) 진국입업(鎭國立業) : 나라를 진정하여 왕업을 세움.
399) 호월(胡越) : 중국 북쪽의 호(胡)와 남쪽의 월(越)이라는 뜻으로, 서로 관계가 소원하
　　거나 멀리 떨어져 있음을 이르는 말.
400) 화이(華夷) : 중국 민족과 그 주변에 살고 있는 모든 민족.
401) 교지(交趾) : 중국 한(漢)나라 때에, 지금의 베트남 북부 통킹, 하노이 지방에 둔 행
　　정 구역. 전한(前漢)의 무제가 남월(南越)을 멸망시키고 설치하였다.
402) 형산(衡山) : 중국의 오악(五岳)의 하나인 남악(南岳).으로, 호남성(湖南省) 형양시
　　(衡陽市) 북쪽 40km 지점에 있는 산. 옥(玉)의 산지(産地)로 유명하다.
403) 화씨벽(和氏璧) : 중국 전국시대에 변화씨(卞和氏)라는 사람이 형산(荊山)에서 돌 위
　　에 봉황이 깃들이는 것을 보고 얻었다는 천하의 이름난 옥, 후대에 진(秦)나라 소양
　　왕(昭襄王)이 이 옥을 탐내, 당시 이 옥을 가지고 있던 조(趙)나라 혜문왕(惠文王)에
　　게 진나라 15개의 성(城)과 바꾸자는 제안을 하였다고 하여, '연성지벽(連城之璧)'으
　　로 불리기도 한다.
404) 남전(藍田) : 중국(中國) 섬서성(陝西省)에 있는 산 이름으로 옥의 명산지.

옥(白玉)이 능히 미치지 못하니, 상이 드디어 장손문덕황후(長孫文德皇后)405)께 드리신지라. 옆에 새겨 천추정관서역보옥(千秋貞觀西域寶玉)이라 여덟 자를 새겼더니, 황후 붕(崩)하시고 고종(高宗) 폐후(廢后) 왕씨가 가졌더니, 무후(武后)406)의 앗은 바 되어 안락공주를 주었더니, 명황(明皇)407)이 공주를 쏘아 죽이신 후, 세전보물(世傳寶物)이라 하여, 대대 황후를 주려 하시고, 두었다가 천보 중에 안녹산(安祿山)408)의 난을 만나 파천시(播遷時)에 자옥(雌玉)을 잃은지라. 웅옥(雄玉)을 지녀 이에 이르러 공주의 행사를 문덕황후(文德皇后)께 비(比)하시고, 용모를 옥과 같다 하시어, 주어 계시나 자옥을 일흔 줄 애달아하시되 능히 얻지 못하여 계시더라.

이적에 경상서, 죄인을 자처하여 매일 조회 밖에 두문불출(杜門不出)하니, 친붕이 감히 찾지 못하나, 오직 학사 곽문영과 태우 조원과 상서 유약 삼인이 와 보고 심사를 위로하더니, 문득 진부인 노자 단충이 부인과 소저의 무양(無恙)히 안신(安身)하여 악주(鄂州)409)에 머묾을 고하는지라. 상서 희행(喜幸)하고 삼인이 치

405) 장손문덕황후(長孫文德皇后) : 문덕순성황후(文德順聖皇后) 장손씨(長孫氏), 중국 당 태종의 황후이자 당 고종의 어머니. 당 태종을 보좌하여 현후(賢后)로 이름이 높다.
406) 무후(武后) : 624~705. 당(唐)나라 고종의 황후 측천무후(則天武后). 이름 무조(武曌). 중국의 대표적인 여성권력자의 한 사람으로, 아들 중종(中宗)을 폐위하고 스스로 황위에 올라 국호를 '주(周)'로 고치고 성신황제(聖神皇帝)라 칭했다.
407) 명황(明皇) : 중국 당나라의 제6대 황제 현종(玄宗)의 시호. 성은 이(李), 이름은 융기(隆基). 초년에 정사(政事)를 바로잡아 '개원의 치'라고 불리는 성당(盛唐) 시대를 이루었으나, 만년에 양 귀비를 총애하고 간신에게 정치를 맡겨 안녹산의 난을 초래하였다. 재위 기간은 712~756년이다.
408) 안녹산(安祿山) : 중국 당 현종(玄宗) 때의 무장(武將). '안록산의 난'을 일으켰다. 호족(胡族) 출신으로 용맹과 전술이 뛰어나 당 현종의 신임을 받았다. 755년 평로(平虜)·범양(范陽)·하동(河東) 지구를 총괄하는 절도사가 되자, 15만 병력을 일으켜 낙양과 장안을 점령한 후 대연(大燕) 웅무황제(雄武皇帝)를 자칭하였다. 757년 황제의 자리를 탐내던 아들 안경서(安慶緒)에게 살해되었다. 한때 양귀비의 환심을 사서 그의 양자가 되었다는 일화가 있다.
409) 악주(鄂州) : 중국 호북성(湖北省)에 있는 주(州).

하(致賀)하며 난영 혜월의 즐거워함이 무궁하더라.

생이 단충을 머물게 하고 주저(躊躇)하는 일이 많아 심사 더욱 울억하거늘, 삼붕(三朋)이 청하여 가로되,

"곡강(曲江)410) 동녘에 바야흐로 가을 물이 단풍을 띠어 아름다우니 화엽(花葉)411)을 중류(中流)에 띄워 유람할 때라. 형이 비록 본국 망명죄인(亡命罪人)이로라 하나, 이는 너무 고집함이라. 이때는 이미 중국을 떠나지 못할 것이니 어찌 너무 문을 닫고 즐김이 없으리오. 한가지로 곡강에 가 놀아 울울한 뜻을 펼 것이라."

상서 또한 좇아 두어 하인과 준주(樽酒)를 정제하여 곡강에 이르니, 추수 흰 깁 같고, 단풍이 비단장(緋緞帳) 같은데 국화가 성하여 황금대(黃金帶)를 두른 듯, 일엽편주를 강수에 띄워 놀더니, 우연히 보니 동녘에 흰 빛이 하늘에 어리어 서기(瑞氣) 방광(放光)한 듯, 오색이 서린 듯한지라.

상서가 혹 요기(妖氣) 있는 가 의심하여 빨리 시동을 앞에 세우고 제요가(除妖歌)를 읊으며 배에서 내려 나아가 보니, 서기 문득 그치고 이곳에 거친 분묘(墳墓)가 드러나니, 석비(石碑)에 새겼으되 '승은첩여지묘(承恩婕妤之墓)'412)라 하였거늘, 사면을 둘러보니 붉은 빛이 쏘이는 곳에, 옥패(玉佩) 한 짝이 들었으니, 제도(製圖)와 품수(稟受)가 본 바 처음이라. 옆에 여덟 자 글이 있으니, '천추정관서역보옥(千秋貞觀西域寶玉)'이라 하였거늘, 생이 정(正)히413) 침음(沈吟)할 차에, 삼인이 따라와 보고, 조태우 놀라

---

410) 곡강(曲江) : 중국 섬서성(陝西省) 시안(西安) 동남쪽 장강(長江) 지류인 한수(漢水)에 있는 연못인데 강물이 굽이져 흐른다 하여 '곡강지(曲江池)'라고도 한다. 〈두시상주杜詩詳註〉를 보면 "장안(長安) 주작가(朱雀街) 동쪽에 강물 흐름이 굽이진 곳이 있는데 이를 곡강(曲江)이라 한다."고 한다.
411) 화엽(花葉) : '꽃잎'이라는 뜻으로, '아름답게 꾸민 작은 배一葉片舟'를 비유적으로 표현한 말.
412) 승은첩여지피(承恩婕妤之墓) : 임금의 승은을 입은 여관(女官)의 묘.
413) 정(正)히 : 진정으로 꼭.

가로되,

"이것이 정관(貞觀) 적 것이라. 문덕 장손낭랑이 보옥을 세전(世傳)⁴¹⁴⁾하여 오다가, '천보십사년을미년간(天寶十四年乙未年間)⁴¹⁵⁾에 안녹산이 난을 일으켜 어양(漁陽⁴¹⁶⁾)의 큰 변(變)이 장구(長久)하여 천자(天子)가 파천(播遷)⁴¹⁷⁾하시며 궁중(宮中)이 소요할 때, 이 일 쌍 패옥이 그 한 짝⁴¹⁸⁾을 잃은지라. 태상황제(太上皇帝) 환경하여 이 자옥(雌玉)을 얻어 들이는 이는 천금상(千金賞)과 만호후(萬戶侯)를 봉하리라 하시되, 능히 얻어 들이는 자가 없더니, 이제 형이 얻었으니 마땅히 조정에 주(奏)함직 하도다."

상서 아연 왈,

"국가 중보(重寶)를 얻은 후 버림도 어렵고 만일 주사(奏事)⁴¹⁹⁾코저 하여도 상작(賞爵)은 소제 원치 않나니, 이를 어찌 하리오."

가지고 배에 돌아와 세세히 상량(商量)하더니, 월하(月下)에 한 노옹(老翁)이 백수(白鬚)에 흐르는 눈물이 옷깃에 젖고, 죽장(竹杖)을 손에 쥐고 광주리를 어깨에 걸어 앞에 나아와 만복을 청하고, 반전(半錢)⁴²⁰⁾을 빌거늘, 제인이 늙은 나이에 고고(孤苦)한 정사를 슬피 여겨, 연고를 물은 데, 노옹이 울며 가로되,

"소인은 금하교에서 사시던 단상공 댁 노자(奴子)라. 상공의

---

414) 세전(世傳) : 대대로 전해옴.
415) 천보십사년을미년간(天寶十四年乙未年間) : 서기 755년 사이, 곧 당 현종 천보14년으로, 안록산이 반란을 일으킨 해.
416) 어양(漁陽); 중국 하북성(河北省) 포현(蒲縣)에 있는 지명으로 안록산이 이 곳에서 반란을 일으켜 출병했다.
417) 파천(播遷) : 임금이 도성을 떠나 다른 곳으로 피란하던 일.
418) 작 : 짝. 둘 또는 그 이상이 서로 어울려 한 벌이나 한 쌍을 이루는 것. 또는 그중의 하나.
419) 주사(奏事) : 공사(公事)를 임금에게 아룀.
420) 반전(半錢) : 아주 적은 돈을 비유적으로 이르는 말.

일 공자가 청춘에 조사(早死)하사 곡강(曲江) 서녘에 능소(陵所)를 택정(擇定)하여, 소인 아비로써 묘하에 수직이(守直-)를 삼으시니, 그 후 병란이 자주 일어나고 대주(大主)[421]의 자손이 없는지라, 사시향화(四時香火)[422]를 뉘 이으리까? 소인 부자가 주인을 잊지 못하여, 춘추절사(春秋節祀)를 매년 어김이 없던 고로, 소인의 아비 죽고 소인에게 이르되 조금도 태만치 않으나, 시세(時歲) 흉황(凶荒)하여 한줌 쌀과 한낱 돈이 없는지라, 중양가절(重陽佳節)[423]을 당하되 한잔 술로 영혼을 위로치 못하게 되니, 분묘에 나아가 저물도록 울고 하릴없어 오다가 상공네를 보오니 반드시 자비를 베풀 마음이 계실 듯하와 왔나이다."

사인이 듣기를 마치매 서로 탄하여 가로되,
"단공은 충직한 사람이요, 개국원훈(開國元勳)이거늘, 자손이 이을 이 없어 공의 분묘에는 조정 은택으로 지현관(知縣官)이 제사를 준봉(遵奉)하나, 그 아들의 외로움이 이렇듯 하니, 어찌 감창치 않으며, 노자의 주인 위한 충성이 비절(悲絶)하니, 우리 어찌 금은을 아껴 구제치 않으리오."
드디어 각각 집을 가르쳐 명일로 오라 하더니, 경상서 문득 노인을 나오게 하여 가로되,
"네 곡강 서녘에 살진대 동녘 옛 분묘를 아는다?"

기인이 대 왈,
"이는 태종황제 총행(寵幸)하시던 첩여(婕妤) 두낭랑(杜娘娘) 분묘(墳墓)라. 천자 재시에 일 없으시고 아들이 없으매, 오왕이

---

421) 대주(大主) : 호주(戶主)를 달리 이르는 말.
422) 사시향화(四時香火) : 사시제(四時祭). 철을 따라 1년에 네 번 지내는 제사. 매 계절마다 가운데 달인 2·5·8·11월 상순(上旬)의 정일(丁日)이나 해일(亥日) 중 하루를 택하여 지낸다.
423) 중양가절(重陽佳節) : 중양절(重陽節). 세시 명절의 하나로 음력 9월 9일을 이르는 말. 이날 남자들은 시를 짓고 각 가정에서는 국화전을 만들어 먹고 놀았다.

봉사하더니, 오왕이 제(祭)하다 죽은 고로, 분묘를 수호할 이가 없어 버림이 되었나이다."

상서 가로되,
"묘중에 보배 들었던 줄 알던다?"

노인이 대왈,
"산지 오래되 일찍 보배는 알지 못하나이다."

상서 가로되,
"국가의 세전(世傳)하던 보옥 한 짝이 난리에 잃음이 되어 조정이 얻어 드리는 이는 천금 상과 만호후(萬戶侯)를 주마하시되, 얻어 드리는 자가 없더니, 내 우연히 이곳에 선유하다가 동녘에 괴이한 빛이 쏘임을 보고, 나아가매 옥이 있는지라. 조정에 고한즉 중한 상작을 주실 것이니, 내 본디 벼슬과 상을 원치 않는지라. 국가 중보(重寶)를 버리기는 어렵고 진주(進奏)하기도 과연 싫으니, 너를 주나니 네 가져 조정에 드리고 네 스스로 얻었노라 하여 상을 받자오면, 위주충성(爲主忠誠)을 표할까 하노라."

노인이 듣기를 다하고 장신장의(將信將疑)[424]하여 사양키를 마지않거늘, 상서가 옥을 가져 물가 언덕에 내어 놓으며 왈,
"너는 구태여 사양 말고 거두어 돌아가 명조에 조정에 들어가 상달하라."

노인이 고두(叩頭)하여 사례를 무수히 하고 돌아가더라.
이튿날 상이 전에 오르시니 만조(滿朝) 배복하였더니, 상이 제신더러 가라사대,
"천보 중 잃은바 서역 옥패 한 짝을 얻어드리는 자는 상작을

---

[424] 장신장의(將信將疑) : 믿음이 가기도 하고 의심이 가기도 함.

더하마 하였으되, 얻어드리는 자가 없으니, 새로이 계칙하여 궁극
히 찾게 하라."

제신이 응대뿐이더니, 문득 시인(侍人)이 주 왈,
"곡강(曲江) 서녘에 사는 노예 유당이 모옥(瑁玉)425) 한 짝을
얻어 문밖에서 명을 기다리나이다."

상이 드디어 패초(牌招)하시니, 유당이 들어와 전하(殿下)에 배
복하여 옥을 받들어 올리니, 이 정히 옛날 장손황후의 보옥(寶玉)
한 짝이라. 상이 그 연고를 힐문(詰問)하신데, 유당이 스스로 동
녘 묘중(墓中)에서 얻었노라 하는지라, 상이 놀람을 마지 않으셔
침음하시더니, 유당을 문 밖에 나가라 하시고, 삼 노대신을 명하
시어 탑(榻)아래로 부르시니, 원훈(元勳) 곽자의(郭子儀) 등이 나
아가 복지(伏地)한데, 상이 가라사대,
"짐이 여러 자녀가 많으나 다 범상한 유(類)로되, 오직 회양공
주는 정후(正后) 소생이요, 안정(安定) 현철(賢哲)하여 유한정정
(幽閑貞靜)한 행사가 많은지라. 짐이 이 같은 배필을 얻어 현풍
(玄風)426)의 재미를 저버리지 않으려 하는 고로, 세 번 간택하여
퇴함이 되었더니, 작야(昨夜) 몽조(夢兆)가 기이하여 조종(祖宗)
의 가르침이 분명하거늘, 짐이 백년 전 잃은 옥패를 다시 찾더니,
뜻밖에 저 노옹이 얻어드린바 되었으니, 장차 어찌 하리오."

드디어 몽사를 일러 가라사대, '몽조 여차여차하다' 하시니, 삼
노대신이 기이하고 놀라 감히 답하지 못하더니, 조원이 전전태우
(殿前大夫)로 가까이 시립하였다가, 이 말을 듣잡고 크게 기특히
여겨, 탑하(榻下)에 나아와 주왈,
"진실로 폐하 말씀과 같을진대, 이 옥패는 노옹의 얻은바가 아

425) 모옥(瑁玉) : 상서로운 빛이 나는 옥.
426) 현풍(玄風) : 깊고 그윽한 풍취

니오, 상서 경홍이 얻은 것이니이다."

　상이 급히 무르신대, 조태우 곡강 유사(遊事)로부터, 옥패를 얻은 사연과 경홍이 유당을 주어 공을 피하던 바를 자세히 고한데, 상이 장신장의(將信將疑)하사 곽문영 유약 경홍 유당을 불러 힐문하시니, 과연(果然)한 고로, 상이 양구(良久)에 희연(喜然)이 기쁜 빛을 두어 가라사대,
　"전일에 짐이 경홍을 간선(揀選)에 정하매, 만조 다 합당하다 할 뿐 아니라, 짐의 마음이 흡연하여 천정(天定)을 사례하더니, 뜻밖에 외방 죄인이로라 하여, 중론이 불가함을 다투는지라. 짐이 홀로 결치 못하더니, 몽조가 기이(奇異)하고, 또 옥패(玉佩)를 얻어드리니, 천의(天意)를 가히 알 길이 없도다."

몽옥쌍봉연 권지이

유당이 보옥을 얻어드리매, 유당의 얻은 바로 아시어 상이 크게 놀라시더니, 조원의 주사를 들으시고 장신장의(將信將疑)하시어 곽문영 유약 경홍을 불러 힐문하시매, 과연 조원의 주사와 같은 고로 상이 오랜 뒤에야 희연(喜然)히 기쁜 빛을 두어 가라사대,

"전일에 짐이 경홍을 간선(揀選)에 정하매, 만조(滿朝) 다 합당하다 할 뿐 아니라, 짐의 마음이 흡연하여 천정을 사례하더니, 뜻밖에 와방죄인(外方罪人)이로라 하여 중론이 불가함을 다투는지라. 짐이 홀로 결치 못하더니, 몽조(夢兆) 기이(奇異)하고, 옥패(玉佩)를 얻어드려 천의를 맞추었으니 심상(尋常)한 일이 아니라. 제 원(怨)을 갑고 본성(本姓)을 주어 부마를 삼고자 하니, 경들의 뜻이 어떠하뇨?"

제신이 또한 기특히 여겨 성심(聖心)의 마땅하심과 천의 정하였음을 회주(回奏)한대, 상이 희열하셔 또 유당의 위주 충성을 표장하여 미백과 황금을 주시고, 경홍의 겸공(謙恭)함을 더욱 칭찬하시더라.

날이 늦으매 파조하시니, 유당이 경상서의 덕을 감격하여 택상에 이르러 무수히 사례하고, 만조(滿朝) 아니 일컫는 이 없더라.

상서가 돌아와 울울불락(鬱鬱不樂)하여 날을 새우되, 오히려 난영 등더러 먼저 발설치 않았더니, 명일에 조서를 내리시니 가 랐으되,

"보천지하(普天之下)427)와 솔토지민(率土之民)428)이 막비왕신

(莫非王臣)429)이라 하니, 어찌 이름인가? 천하를 두매 사해(四海) 안이 다 짐의 적자(赤子)일 뿐 아니라, 해외만이(海外蠻夷) 또한 짐의 백성이라. 어찌 한갓 중국의 벼슬을 높이며, 이름을 얻은 자(者)이거든 다 짐의 신하요, 심지어 외번(外藩)이라 하여 재주와 공이 있어도 짐의 거느린 바에서 낮음이 있으랴. 명군(明君)이 현사(賢士)를 구하매 방수(方-)430)를 가리지 않고, 성제명황(聖帝明皇)이 다 몸을 굽혀 신야(莘野)431)의 밭두렁을 찾으며, 위수(渭水)432) 남양(南陽)433)에 굴(屈)하여 존현(尊賢)함을 나타내니, 또한 경 등이 이른 바 중국인물과 외방번민(外邦蕃民)이 함께 쓰이지 못한다 한 즉, 옛일이 다 그르다 함이라. 이제 니부상서 경홍이 비록 남방인으로 화를 만나 들어온 유(類)라 하나, 공적을 빛내어 이름이 번진(藩鎮)에 진동하고, 위엄이 일방(一邦)을 진복(鎮服)하는 중, 선조(先朝) 공신 장석지의 방손(傍孫)이요, 개국원훈(元勳) 유문정의 외손이니, 조금도 비속함이 없고, 용자풍광(龍姿風光)이 만조(滿朝)에 독보(獨步)하고, 재학문명(才學文名)이 고금에 지나니, 도리어 초방 황녀의 배필이 욕되지 않은지라. 하물며 몽사에 선제의 가르치심이 있으니 하늘 뜻의 정하심이라.

---

427) 보천지하(普天之下) : 온 하늘의 아래라는 뜻으로, 온 세상이나 넓은 세상을 이르는 말.
428) 솔토지민(率土之民) : 온 나라 안의 백성.
429) 막비왕신(莫非王臣) : 왕의 신하가 아닌 사람이 없음.
430) 방수(方-) : 방위(方位). 공간의 어떤 점이나 방향이 한 기준의 방향에 대하여 나타내는 어떠한 쪽의 위치. 동서남북의 네 방향을 기준으로 하여 8·16·32 방향으로 세분한다. 늑방소(方所).
431) 신야(莘野) : 고대 중국 유신국(有莘國)의 들로, 이윤(伊尹)이 이곳에서 농사짓다가 탕왕(湯王)의 정중한 초빙을 받고 세상에 나가 하(夏)나라 걸왕(桀王)을 추방하고 상(商)나라 왕조를 세웠다. 《孟子(맹자) 萬章(만장) 上(상)
432) 위수(渭水) : 중국 황하(黃河)의 큰 지류(支流). 감숙성(甘肅省) 남동부에서 시작하여 섬서성(陝西省)으로 흘러 황하로 들어간다. 태공망(太公望) 여상(呂尙)이 이곳에서 낚시를 드리우고 있다가 주(周)나라 문왕(文王)을 만난 곳으로 전해지고 있다.
433) 남양(南陽) : 중국 삼국시대 촉한(蜀漢)의 제갈량(諸葛亮)이 밭을 갈며 살았던 곳. 유비(劉備)가 이곳의 제갈량을 초빙하기 위해 삼고초려(三顧草廬)하였던 고사(故事)로 유명하다.

도리어 생각건대 한갓 소사(小士)의 유(類)리오. 이미 뜻을 정하
여 중외(中外)에 고하나니, 예부(禮部)가 주장하고 흠천감(欽天
監)434)이 택일하며, 본성(本姓)을 도로 주고, 제 원(願)을 좇아,
모월(旄鉞)과 상장(上將)을 거느려 원수를 소제하게 하라."

성지(聖旨) 한번 내리매, 뉘 능히 구설(口舌)로 다투리오. 경상
서, 머리를 두드려 읍혈(泣血) 사양하나 천의를 돌이키지 못하여,
이날 비로소 성(姓)을 다시 고치며, 부마 직첩을 받아 돌아오니,
이때 난영은 기쁜 듯 놀라운 듯, 진소저를 생각하여 한탄함을 마
지않고, 혜월은 두상에 벽력이 임한 듯, 놀랍고 애달아 실성유체
(失性流涕)하니, 상서가 더욱 불안하여 이튿날 조회에 주청코자
하더니, 일야에 변보가 세 번 이르러 토번이 다시 난을 일으킴을
고하니, 천자가 경려하여, 이에 곽공이 출사(出師)할 새, 조정이
논하여 왈,
"곽공이 연로한지라. 혼자 행치 못할지라. 장홍이 비록 도위 성
례전이나, 국가 대사에 물러 앉아 신랑의 태(態)를 못하리라"
하니, 상이 대소하시고, 곽공을 좇아 북번을 치라 하시다.
상서, 집에 겨우 다녀가며 단충을 명하여 이 사연을 고하라 하
고, 공(公)을 좇아 토번을 치러 가니, 단충이 이에 악주(鄂州)로
간데, 부인과 소저가 장사(長沙)에 있다 하거늘, 차자가 경사 소
식을 고하매, 부인이 악연 대경하여 도리어 천자를 원망하며, 여
아를 탄함을 마지않으니, 소제 오직 자약(自若)하여 가로되,
"죽다하고 흉한 소리를 들을 적과는 나으니, 소녀는 공규(空閨)
를 지켜 늙음이 원이라. 무슨 한(恨)이 있으리까?"
부인이 애달아 인하여 병이 일어나니, 소저가 주야 위로하며
다시 수습하여 옛집으로 돌아오니, 범사(凡事)가 의구한 데, 태우
분묘의 장려함이 가히 장상서의 신(信)을 알 것이요, 벽상시(壁上

---
434) 흠천감(欽天監) : 중국 명나라·청나라 때에, 천문·역수(曆數)·점후(占候) 따위를
맡아보던 관아.

詩)에서 족히 굳은 뜻을 알지라. 부인이 더욱 애달아 각골(刻骨)하나, 구외(口外)에 내지 않으니, 명춘동이 또한 두려 해할 의사를 내지 않더라.

이때 장상서가 행군하여 경양의 이르러는 곽공이 홀연 득병하여 성에 들었더니 공의 병이 나음이 없고, 적병은 성하(城下)에서 싸움을 돋우는지라. 장상서가 드디어 곽공의 인(印)435)을 빌고 기호(旗號)를 곽공이라 하여 복고회은(僕固懷恩)436)을 쫓아 명사 땅에 까지 따라가 죽이니, 이 때 '영태(永泰) 원년(元年)'437) 구월이라. 회은이 처사(處死)하매 번장(蕃將) 악갈과 천가항 등이 대적(對敵)하더니, 사람이 전하여 가로되,

"곽영공(郭令公)438)과 신화장군이 온다."

한대, 번병(蕃兵)이 다 낙담하여 크게 패하매, 천가항 등이 진전에 나와 항복하거늘, 상서가 흔연히 위무하니, 천가항 등이 위덕과 은혜를 항복하여 진정으로 반(叛)치 않을 것을 맹세하더니, 이적(夷狄)의 마음이 굳지 않은지라. 가만히 반하여 밤으로 달아나거늘 백원·광사 등으로 더불어 정기로 따라 영대천 서원(西原)에 이르러 크게 파하고, 토번 만여중(萬餘衆)을 쇠살(弒殺)하고 돌아오니라.

이에 반사(班師)할 새, 곽공이 탄복 왈,

"내 일찍 동을 다스리고 서를 치나 오직 장공의 지모(智謀) 기재(奇才)는 나에 지나니 국가 홍복이라. 내 죽으매 근심이 업도

---

435) 인(印) : 인수(印綬).」『역사』병권(兵權)을 가진 무관이 발병부(發兵符) 주머니를 매어 차던, 길고 넓적한 녹비 끈.
436) 복고회은(僕固懷恩) : 중국 당나라 '현종-숙종-대종' 때의 무장. 곽자의와 함께 '안사(安史)의 난' 평정에 큰 공을 세웠으나, 복고부(僕固部) 출신 이민족 장수로서 신변에 위협을 느껴 회흘(回紇)·토번(吐蕃)과 함께 반란을 일으켰다가 전장에서 병사했다.
437) 영태(永泰) 원년(元年) : 중국 당나라 대종(代宗) 3년. 서기 765년. '영태'는 대종의 두 번째 연호.
438) 곽녕공(郭令公) : 곽자의(郭子儀).697~781. 중국 당(唐)나라 중기의 무장(武將). 안녹산 사사명의 반란을 평정하고 토번을 쳐 큰 공을 세워 분양왕(汾陽王)에 올랐다.

다."

　하더라.

　오직 한하는 바는 상서가 너무 겸손하여 군정사(軍政使)에 분부하여, 일찍 곽공의 위호를 빌린 연고로 공을 다 곽공께 치부(置簿)토록 한지라. 이럼으로써 사관이 능히 가리지 못하여 사기(史記)에 기록하되, 토번을 칠 때 곽영공만 기록하고 장상서는 공적에 참예치 못함이 다 남의 휘하에 좇은 연고요, 상서가 너무 겸퇴하여 외방 죄수로 참람히 사기에 오름을 싫어하여, 일찍 사관(史官)에게 청하여 전후의 이름을 기록지 못하게 하니, 후세인이 어찌 알리오. 천추(千秋)의 이름이 사기 가운데 드리우지 못하니 가석(可惜)하더라.

　경사의 이르매 상이 친히 맞아 삼군을 위무하시고, 공적을 일컬으실 새, 곽·장 이인이 공을 서로 추사(推辭)[439]한데, 상이 곽공으로써 일만호(一萬戶)를 더 주시며 봉작을 더하시고, 장상서는 공로(功勞)가 왕작(王爵)을 마지못하리라 하셔, 회계(會稽)[440]에 봉(封)하여 오왕(吳王)을 삼아 월성(粤省))[441]을 거느리라 하시니, 상서가 죽기로 사양하되, 상이 듣지 않으시니, 상서 다시 주왈,

　"신이 불과 곽자의를 좇아 지휘를 들었을 따름이라. 어찌 공신보다 더한 작상(爵賞)을 받으리까? 신이 진실로 기산(岐山[442])의

---

439) 추사(推辭) : 추천하며 사양함.
440) 회계(會稽) : 회계군(會稽郡). 지금의 중국 강소성(江蘇省)동부와 절강성(浙江省) 서부 일대를 이르는 지명. 이곳 회계산(會稽山)은 춘추 시대 오나라의 왕 부차(夫差)가 월(越)나라의 왕 구천(句踐)을 포위하였던 곳으로 유명하다.
441) 월성(粤省) : 중국 광동성(廣東省) 옛 이름. 중국 남부, 남중국해에 면한 성. 옛날 월(粤)나라 땅으로, 진시황 때 중국의 영토가 되었으며, 당나라 때까지는 유형지였다. 성도(省都)는 광주(廣州), 면적은 17만 8145㎢.
442) 기산(箕山) : 지금의 하남성(河南省) 등봉현(登封縣)의 동남에 있는 산. 고대 중국의 은자 소부(巢父)와 허유(許由)가 요(堯)임금으로부터 왕위를 맡아달라는 제안을 받고, 자신의 귀가 더러워졌다며 이 산 밑을 흐르는 영수(潁水)에서 귀를 씻고, 또 귀를 씻어 더러워진 물을 소에게 먹이는 것조차 포기하고 이 산에 들어가 숨었다는 고

높은 절의(節義)를 법(法) 받고자 하나, 성명치세(聖明治世)에 감히 고집한 옛 일을 따르지 못함이라. 그러나 이로부터 국은이 신에게 외람하고, 사직공신(社稷功臣)[443]에 지나니, 결단코 후세에 폐하 성총(聖聰)을 그르다 할 뿐 아니라, 또한 이에 사정(私情)을 면치 못하심이니, 하물며 신은 남방인(南方人)이라. 만일 봉(封)코저 하실진대, 남해(南海)에 조그만 고을이 있으니, 족히 신의 분(分)을 평안이 할 곳이라. 남제(南際)[444]의 이름을 주신즉, 성은이 하늘 같을까 하나이다."

상 왈,
"경은 짐의 보익상장(輔翊相將)[445]일 뿐 아니라, 공주를 어찌 차마 먼리 보내리오."

홍이 고두(叩頭) 왈,
"신이 이름을 남제에 붙일 따름이니, 병권(兵權)을 없이 하여 폐하 천추(千秋) 전(前)에는 봉토(封土)에 돌아가지 않으리다."

상이 진정을 막지 못할 줄 알고 남제(南際)예 봉(奉)하여 국호를 제국이라 하시고, 아직 봉국에 나가기 전(前) 은 병부상서 대사마를 겸하여 군무를 총독(總督)하라 하시고, 흠천감을 명하여 공주 성친(成親)을 택일하라 하시니, 영총(榮寵)이 비길 곳이 없더라.
장상서 또 상소하여 가로되,
"폐하, 비록 공주의 길례(吉禮)를 바빠하시나, 인자(人子) 되어 부모를 장(葬)치 못하고 원수를 갚지 못하여서, 혼취(婚娶)하기를 바삐 여긴 즉, 고인에게 득죄할 뿐 아니라, 폐하를 또 어떻다 하

사가 전한다.
443) 사직공신(社稷功臣) : 나라를 세우거나 보위(保衛)하는 데 큰 공로가 있는 신하.
444) 남제(南際) : 남쪽 변두리. 남쪽 접경지역.
445) 보익상장(輔翊相將) : 임금을 보필할 재상과 장수.

리까? 공주 또한 여염(閭閻) 소소한 여자와 다르니 신의 집에 이
르시어 구고(舅姑)를 배현(拜見)코자 하시나, 신의 어버이 있지
않고, 사당에 배현(拜見)코자 하시나 신의 부모 신주(神主)를 봉
안(奉安)함을 얻지 못하였는지라. 어디를 향하여 예배하시어, 천
륜을 밝히며 예를 다하리까? 신이 잠깐 봉국에 돌아가 군사(軍
事)를 살피고, 인하여 원수를 갚고 돌아오고자 하옵나니, 복망(伏
望) 성상은 살피소서."

상이 그 뜻을 옳이 여기셔 십만대병과 이십명장을 명하여 돕게
하시고, 백모황월(白旄黃鉞)과 보검(寶劍) 옥대(玉帶)를 주시어
영광을 빛내라 하시니, 상세 백배 사은하고 물러와 택일 출사 할
새, 상이 대장군 유명일과 경영대도독 설윤을 명하여 구응사(救應
使)가 되라 하시고, 친히 잔을 잡아 주시며, 용포(龍袍) 속의 연
의(燕衣)446)를 벗어 입히시고 행군하기를 삼가라 하시니, 홍이 체
루(涕淚) 사은하고, 장졸을 거느려 남으로 향하니, 정기(旌旗) 폐
공(蔽空)하고 위엄이 진동하더라.

남제 인민이 단사호장(簞食壺漿)447)으로 영접하며 향화등촉(香
火燈燭)으로 배행(陪行)하여 성중(城中)에 이르니, 비단 장(帳)을
두르며 수장막(繡帳幕)을 높이 달아 일로에 한결 같되, 진수(鎭
守) 관리(官吏)들이 인(印)을 올리며, 의관을 받들어 섬길 새, 이
에 위(位)에 나아가 군신의 조하(朝賀)를 받고 작직(爵職)을 차례
로 임명한 후, 대연을 베풀어 유장군과 설도독을 대접하며, 사신
을 정하여 안남에 수서(手書)를 보내니, 이때 우필과 단 지부(知
府)가 전권(專權)하여 국가 기강이 해이(解弛)한지라.

남제 사신이 온 줄 알고, 대경하여 서로 의논하되,
"만일 주상이 아신즉 먼저 우리를 죽여 저와 화친할 것이니,

---

446) 연의(燕衣) : 평상시에 간편하게 입는 옷. =편복(便服). 연복(燕服).
447) 단사호장(簞食壺漿) : ①대나무로 만든 밥그릇에 담은 밥과 병에 넣은 마실 것이라
는 뜻으로, 넉넉하지 못한 사람의 거친 음식을 이르는 말. ②백성이 군대를 환영하
기 위하여 갖춘 음식.

차라리 고치 말고, 사신을 돌려보낸 후, 혹 군마(軍馬)가 이르거
든 우리 등이 현읍(縣邑)에 호령하여 막자를 것이라."

단 지부 왈,
"제 바야흐로 공훈이 중하여 천자 여서(女壻)가 되며, 일국 왕
위에 중국 대병을 거느려 왔다 하니, 항거한 즉, 반(叛)함이라. 나
중이 있도록 쳐 그대를 잡으리니, 다만 전가(全家)를 거느리고 깊
이 숨음만 같지 못하니라."

필이 듣지 않고 제왕의 수서(手書)를 보니, 하였으되,
"승은(承恩) 남제 수(守) 장홍은 글을 안남왕 휘하(麾下)에 올
리나니, 홍은 본디 안남백성이라. 석자(昔者)에 조부(祖父) 선군
(先君)을 서로 좇아 대대로 저버림이 없더니, 대왕이 간흉에게 속
음이 있어 홍의 삼족이 구망(具亡)하니, 호천망극(昊天罔極)448)을
생각건대 우필 도적의 머리를 베며 오장(五臟)을 짓밟기를 주야
에 어찌 잊은 때가 있었으리요. 어린 의사 장구하여 중국의 들어
가 벼슬이 이에 이르매, 천자께오서 슬픈 정을 어여삐 여기사 십
만 대병과 천원(千員) 맹장(猛將)을 주시니, 빨리 나아갈 것으로
되, 그러나 선인이 대왕을 도와 군신분의(君臣分義) 있는지라. 홍
이 감히 잊지 못하여 먼저 고하나니, 우필을 잡아 순히 보낸 즉,
도창(刀槍)을 움직이지 않으려니와, 다시 간적(奸賊)에게 속음이
있은즉, 당당이 옥석을 가리지 못하리니, 대왕이 또한 평안치 못
하고 주현(州縣)이 경동(驚動)하리라."
하였더라.
필이 보고 크게 두려 스스로 회서(回書)를 지어 주니, 가랐으
되,
"의외에 청운에 올라 권중(權重)함을 들으며, 수서(手書)를 보

---

448)호천망극(昊天罔極) : 어버이의 은혜가 넓고 큰 하늘과 같이 다함이 없음을 이르는
말. 주로 부모의 제사에서 축문(祝文)에 쓰는 말이다.

니, 세상인사가 기이(奇異)한지라. 멀리서 하례하나니 석일 군신의 의는 생각지 못하리로다. 우필은 본디 연로다병(年老多病)한 것이라. 오래지 않아 죽음이 금명간에 있으니, 왕의 관홍(寬弘)함으로 은사를 어찌 드리우지 못하리오. 일삭(一朔) 내에 죽지 않거든 매어 귀국으로 보내리니, 바라건대 군마를 움직이지 말라."

사(使)가 돌아가 고한대, 왕이 대로 왈,

"어린 아이 희롱이라. 어찌 불공대천지수(不共戴天之讎)449)를 절로 죽게 하리오. 오자서(伍子胥)450) 초왕(楚王)451)의 죽음을 들으매 통곡하여, '살아 있을 때에 욕(辱)보이지 못함을' 애달아하였거든, 이제 살아있는 원수를 죽을 날을 기다림이 인자(人子)의 도(道) 아니라."

하고, 이에 군사를 정제하여 친히 안남을 향하니, 도창(刀槍)이 삼렬(森列)하고 군위 정숙한지라.

안남 주현이 능히 당치 못하여 십여 일에 도성하(都城下)에 이르러는 우필이 경황실조(驚惶失措)452)하여 의복을 갈아입고 민간에 숨으매, 이때 왕이 비로소 아무리 할 줄을 몰라 또한 연고를 알지 못하거늘, 관지부가 종두지미(從頭至尾)453)를 고하니라.

---

449) 불공대천지수(不共戴天之讎) : 하늘을 함께 이지 못할 원수라는 뜻으로, 이 세상에서 같이 살 수 없을 만큼 큰 원한을 가진 사람을 비유적으로 이르는 말.
450) 오자서(伍子胥); 중국 춘추 시대의 초나라 사람(?~B.C.484). 이름은 원(員). 아버지와 형이 초나라 평왕(平王)에게 피살되자 오나라를 도와 초나라를 쳐서 원수를 갚았다. 이후 오나라를 도와 당대의 패자(霸者)가 되게 하였고, 또 왕자 부차(夫差)가 왕위에 오르는데 결정적인 역할을 하였다. 그러나 오왕 부차가 간신의 말을 믿고 그에게 촉루검(屬鏤劍)을 보내 자결을 명하자, 이를 따라 자결하였다.
451) 초왕(楚王) : 중국 춘추시대 초나라 제28대 평왕(平王). 이름은 거(居). 재위: 기원전 528~516년. 간신 비무기(費無忌)의 참소를 믿고 오사(伍奢)·오상((伍尙) 부자를 처형하였다가, 죽은 뒤에 이들 부자의 아들이자 동생인 오자서(伍子胥)에게 무덤이 파헤쳐지고 시신이 채찍을 당하는 보복을 당했다.
452) 경황실조(驚惶失措) : 놀라고 당황하여 어찌할 바를 모름.
453) 종두지미(從頭至尾) : 처음부터 끝까지의 과정. 늑자두지미·자초지말·전후수말·

이날 비로소 관 지부가 장흥의 작변과 우필의 처음부터 기군(欺君) 배척(排斥)하던 연유를 갖추[454] 주(奏)하고 왈,

"이제 이미 대병이 호호탕탕(浩浩蕩蕩)하여 '돗 말 듯'[455] 쳐오매, 주현이 망풍귀순(望風歸順)[456]하는지라. 이미 칠십여 성을 얻고 도성하(都城下)에 왔으니, 세(勢) '대 쪼개짐'[457] 같아서 항거키 어려우니, 모름지기 출항(出降)하여 종사(宗社)와 만민을 보전하고 욕을 피하소서."

왕이 앙천(仰天) 탄 왈,
"풀을 뿌리를 뽑지 않고, 범을 뫼에 놓음이로다."

드디어 전령(傳令)하여 성중에 항기(降旗)를 세우더니, 제왕이 글을 보내 왈,

"홍의 통천원한(通天怨恨)은 우필 간적(奸賊)이라. 국왕은 경동(輕動)치 말고 성을 열어 대병을 안둔케 하고 우적을 잡아 홍의 원을 갚게 하소서."

하였거늘, 왕이 이에 우필을 물색(物色)[458]하여 잡으며, 또한 성문을 열어 병(兵)을 맞으니, 제왕이 홍기(紅旗) 수자(帥字)로 안민불범(安民不犯) 네 자를 써, 영(令)하여 추호를 동(動)치 않으니, 계견(鷄犬)이 놀라지 않고 저자를 옮김이 없어, 노상(路上)에 도리어 굿 보는 이 많더라.

전후시말 · 자초지종
454) 갖추 : 고루 있는 대로.
455) 돗 말다 : 돗자리를 말다. 석권(席卷)하다. 빠른 기세로 영토를 휩쓸거나 세력 범위를 넓히다. *돗: 돗자리. *말다: 넓적한 물건을 돌돌 감아 원통형으로 겹치게 하다.
456) 망풍귀순(望風歸順) : 높은 명망을 듣고 우러러 사모하여 반항하는 마음을 버리고 순종함.
457) 대 쪼개지다 : 어떤 형세가 대가 쪼개지듯 일시적으로 급격하게 깨지거나 무너지다.
458) 물색(物色) : ①물건의 빛깔 ②어떤 기준으로 거기에 알맞은 사람이나 물건, 장소를 고르는 일. '찾아냄'으로 순화. ③어떤 일의 까닭이나 형편. ④자연의 경치.

　유장군 설도독은 국왕을 보아 연음(宴飮)하되, 남제왕은 성에
들던 날 소거백마(素車白馬)⁴⁵⁹⁾로 들어와, 백성의 집을 얻어 포의
박찬(布衣薄饌)⁴⁶⁰⁾으로 죄인을 자처하며, 우필 잡아오기를 기다리
더니, 원래 안남 백성이 석일 장공 부자의 은덕을 입어 일찍 잊
지 못하며, 참사(慘死)함을 통한(痛恨)하던지라. 하물며 우필이
임군을 속이며 탐람(貪婪)을 일삼아, 부세(賦稅)를 무겁게 매기며
백성을 고학(拷虐)하여 극악을 절치하던 고로 잡아드리고자 하리
가득하였더니, 과연 이튿날 우필과 그 일가를 잡아드리는 자가
있거늘, 왕이 국왕께 보내 왈,
　"간적이 비록 궁흉(窮凶)하나, 대왕 탑하(榻下)의 근신(近臣)이
라. 또한 전후의 말을 물어 사사(事事)에 명정언순(名正言順)한
후에 마땅히 원(怨)을 풀어 친히 죽임을 보고자 하나이다."

　한데, 왕이 드디어 필을 잡아 친히 물을 새, 적이 면치 못할
줄 알고 일일(一一)이 복초(服招)하거늘, 국왕이 대로하여 전법
(典法) 참시(斬屍)하라 하니, 제왕이 이에 부모곤계(父母昆季)의
영위(靈位)를 베풀고 우필을 앞에 꿇리고, 제문 지어 고하니, 그
글에 가랐으되,
　"유(維) 연월일에 불효자(不孝子) 홍은 삼가 수인(讐人) 우필을
잡아 부모신령께 고하나니, 오호통재(嗚呼痛哉)라! 당년 '참화(慘
禍)가 눈썹에 떨어지니'⁴⁶¹⁾, '소장(蘇張)⁴⁶²⁾의 액(厄)'에 어찌 구족
(九族)이 보전치 못할 줄 알았으리요. 소자가 부생모휵(父生母
慉)⁴⁶³⁾하신 호천망극지은(昊天罔極之恩)⁴⁶⁴⁾을 갚을 길이 없고 불

───────────
459) 거백마(素車白馬) : 흰 포장을 치거나 장식을 하지 아니한 수레와 흰말. 상중(喪中)
　　이거나 장례 때 쓴다.
460) 포의박찬(布衣薄饌) : 베옷과 변변하지 못한 반찬. 상중에 있는 사람의 옷차림과 음
　　식을 나타낸 말.
461) 참화(慘禍)가 눈썹에 떨어지니 : 늑낙미지화(落眉之禍). 낙미지액(落眉之厄). '눈썹
　　에 떨어진 재앙'이란 뜻으로, 눈앞에 바로 닥친 위급한 재앙을 이르는 말.
462) 소장(蘇張) : 중국 전국 시대의 세객(說客)인 소진(蘇秦)과 장의(張儀)를 아울러 이
　　르는 말. 여기서는 '공교한 말'을 비유적으로 표현한 말.

공대천지수(不共戴天之讎)를 차마 살려 두지 못함으로써 창천(蒼天)이 소소(昭昭)한 데서 도우시고, 부모 정령(精靈)이 명명 중 가르치심을 힘입어, 오늘날을 만난지라. 이미 간을 헤쳐 신위에 제(祭)하옵나니, 부모 정령(精靈)은 비추어 살피소서."

제를 파하매, 실성장통(失性長慟)하고 필을 내려 썰어[465] 머리를 효시하니, 만성 인민이 아니 차탄(嗟歎)할 이 없고, 혁혁한 영광과 융융한 위엄이 인국(隣國)에 가득하더라.

우필의 당류(黨類) 일가(一家)를 다 참(斬)하고, 그 천거하여 쓰이던 육십여 인을 다 폐직(廢職)하여 옥(獄)에 내려 장차 극률(極律)로 정형(定刑)을 갖추려 할 새, 옥중의 원민한 자 사오 인이 있으되, 오히려 사핵(査覈)이 자세치 못함을 인하여 옥석(玉石)을 가리기 어렵더라.

제왕이 옛집을 찾으니 구외(區外)에 속하여 빈 터가 되었으되, 오히려 십여간(十餘間) 당사(堂舍)는 남았는지라. 수소(修掃)하여 머물 새, 옛날 흩어졌던 노복(奴僕)이 모이매, 여운부절(如雲不絶)[466]하니, 노주(奴主)가 만나 슬퍼함이 비길 곳이 없고, 황량(荒涼)한 빈 뫼와 처초(悽楚)[467]한 초목이 다 고주(故主)를 반기는 듯하더라.

부하를 명하여 촌주(村主)의 거처를 방문할 새, 마침내 종적이 없으니, 왕이 보은(報恩)하기에 뜻이 급할 뿐 아니라, 부모 신주(神主)를 아무 곳에 두었는 줄을 알지 못하여 정히 민울할 새, 각처에 방 붙여 야촌주(野村主)를 찾으나, 응하는 자가 없더니, 문득 옥중 죄인이 글을 전하여 가로되,

---

463) 부생모휵(父生母慉) : 아버지는 낳게 하고, 어머니는 낳아 기른다는 뜻으로, 부모(父母)가 자식(子息)을 낳아 길러 주신 은혜를 이르는 말.
464) 호천망극지은(昊天罔極之恩) : 하늘처럼 넓고 끝이 없는 은혜.
465) 썰다 : 어떤 물체에 칼이나 톱을 대고 아래로 누르면서 날을 앞뒤로 움직여서 잘라 내거나 토막이 나게 하다.
466) 여운부절(如雲不絶) : 구름처럼 끊임이 없이 모여듦.
467) 처초(悽楚)하다 : 쓸쓸하고 거칠다.

억석춘추어장인(憶昔春秋魚腸刃)
어갱일기해정위(魚羹一器解鄭危)
우차불각하재금(嗟嗟不覺何在今)고
태양혼혼폐부운(太陽昏昏蔽浮雲)

군불견야촌주(君不見野村主)
이육수해은최심(二六收骸恩最深)
우불견님하객(又不見林下客)
망덕막생은인재(亡德莫生恩人子)

옛 춘추의 어장인(魚腸刃468))을 생각함이여
어갱(魚羹) 한 그릇이 정나라 위태를 풀도다.
슬프다 깨닫지 못함이 어찌 이제토록 있느뇨?
태양이 뜬 구름에 가려 어둑하도다.

그대 야촌주(野村主)를 보지 못한다?
열두 사람 뼈 거둠이 은혜 가장 깊도다.
또 임하객(林下客)을 보지 못한다?
덕을 잊으니 은인의 아들을 살리지 않도다.

왕이 보고 지은 자(者)를 물은데, 죄수 삼인이 일제히 외쳐 고왈,

"신 등은 본국인이니, 아비는 풍화점에 사는 화웅이라. 의기 높아 남의 급함을 구하며, 약한 이를 건지고 기울어진 이를 붙들고 일찍이 시석(矢石) 길흉(吉凶)과 인인(人人) 화복(禍福)을 아는

---

468)어장인(魚腸刃) : =어장검(魚腸劍). 춘추전국시대 초(楚)나라 정치가 오자서(伍子胥)가 수하(手下) 자객 전제(專諸)에게 주어 오왕(吳王) 요(僚)를 암살하게 하였던 명검(名劍). 전제가 이 검을 물고기의 내장 속에 숨겨 들어가 암살에 성공하였다 하여, 요의 암살로 왕위에 오른 합려(闔閭)가 이 검에 '어장검(魚腸劍)'이라는 이름을 붙여주었다 한다.

고로, 향당(鄕黨)이 일컬어 보의공(輔義公)이라 하니, 또한 장내를 미리 알아 신 등의 벼슬하기를 말리되, 신 등이 우매(愚昧)하여 깨닫지 못하매, 아비 한(恨)하여 집을 버리고 두 어린 아우를 데려 성서(城西) 행화산에 은거할 새, 위태함이 있거든 이 글을 외우라 하거늘, 금일 신이 사지(死地)에 임하여, 대왕께 아룀이로소이다."

왕이 크게 기뻐 가로되,

"과인이 정히 글 가운데 야촌주를 찾더니, 네 아비 만일 지었을진대 야촌주를 알지라. 네 죄를 사(赦)하나니 또 가히 길을 인도하겠느냐?"

삼인이 머리를 두드려 사례하고 인하여 인도(引導)하기를 원하거늘, 왕이 소거(素車)를 타고 예단(禮緞)을 후히 하여, 화가 삼인을 앞에 두어 사십 리는 행하니, 화류(花柳)는 내를 둘렀고 죽백(竹柏)은 좌우에 총울(蔥鬱)한 데, 녹림(綠林)을 헤치고 물을 임하여, 수간(數間) 초옥(草屋)을 정히 지어 시문(柴門)⁴⁶⁹)을 반만 열었으니, 진실로 그림 속의, 연명(淵明)의 집 제도(制度)라.

삼인이 먼저 들어가더니, 이윽고 나와 가로되,

"노부는 산림폐인(山林廢人)이요, 전야(田野) 농부(農夫)라. 귀국(貴國) 명왕(明王)이 하림(下臨)하심은 생각 밖이니, 노인이 례(禮) 아닌 일로 써 뵘이 불가한지라. 존명을 받들지 못하매, 능히 성가(聖駕)⁴⁷⁰)를 영접치 못하나이다."

하거늘, 왕이 침사반향(沈思半晌)⁴⁷¹) 후, 즉시 명첩(名帖)을 써 가로되,

---

469) 시문(柴門) : 사립문. 나뭇가지를 엮어서 만든 문짝을 달아서 만든 문. ≒사립짝문
470) 성가(聖駕) : 임금의 수레를 높여 이르는 말.
471) 침사반향(沈思半晌) : 오래도록 생각에 잠겨 있음. *반향(半晌); =반나절. 꽤 오랜 시간을 뜻함.

"석년(昔年) 임하객(林下客)이 야촌주(野村主)를 찾노라."

한대, 들어가더니, 문득 일위 노옹(老翁)이 동안학발(童顔鶴髮)[472]을 부치고 수염이 옥수(玉鬚)를 드리운 듯, 죽장망혜(竹杖芒鞋)[473]를 정히 하여, 완완(緩緩)히 나아와 팔을 들어 읍할 새, 왕이 빨리 수레에서 내려 답례함을 공손히 하니, 노옹(老翁)이 이윽히 서서 저의 공근함을 보매, 송연(悚然) 감동하여 청하여 당상(堂上)에 이르니, 기화요초(琪花瑤草)[474]와 홍백도리(紅白桃李)[475]가 정전(庭前)에 둘렀으며, 난학(鸞鶴)이 쌍비(雙飛)하고, 앵무(鸚鵡)가 전어(傳語)하는 곳에, 화준(花罇)[476]과 박배(珀盃)[477]를 정히 놓고, 일쌍금현(一雙琴絃)[478]을 벽상(壁上)에 걸었더라.

좌석에 나아갈 새, 노옹이 비로소 예모를 수렴하여 서로 석사를 일컬어 왕의 사례함과 화공의 칭송함이 도도하여, 및 부모형제와 친척 십이 인의 버린 뼈를 거두어 묻은 말에 다다라서는, 왕이 친히 하석(下席) 배사(拜謝)하니, 공이 붙들어 권위(眷慰)[479]하더라.

화공을 인하여 능소(陵所)를 찾을 새, 행화산 동남의 한 큰 뫼가 있으니, 봉만(峯巒)[480]이 중중(重重)하고 청송(靑松)이 울울(鬱鬱)한 곳에, 안산(安山)[481]이 발출(拔出)하되 그윽하고, 뫼히 심침(深沈)하나 웅장하여 진짓 공후(公侯)의 능소요, 자손을 위하여

---

472) 동안학발(童顔鶴髮) : 어린아이 같은 얼굴에 학처럼 하얀 머리를 한 노인의 용모.
473) 죽장망혜(竹杖芒鞋) : 대지팡이와 짚신이란 뜻으로, 먼 길을 떠날 때의 아주 간편한 차림새를 이르는 말.
474) 기화요초(琪花瑤草) : 옥같이 고운 풀에 핀 구슬같이 아름다운 꽃.
475) 홍백도리(紅白桃李) : 붉은 복숭아나무 꽃과 하얀 자두나무 꽃.
476) 화준(花罇) : 꽃무늬가 있는 항아리.
477) 박배(珀盃) : 호박(琥珀)으로 만든 잔.
478) 일쌍금현(一雙琴絃) : 두 줄로 된 금(琴). =이현금(二絃琴)
479) 권위(眷慰) : 정성을 다해 위로함.
480) 봉만(峯巒) : 꼭대기가 뾰족뾰족하게 솟은 산봉우리..
481) 안산(安山) : 풍수지리에서, 집터나 묏자리의 맞은편에 있는 산.

제왕을 이룰 상서(祥瑞) 있더라.

왕이 묘하(墓下)에 나아가 머리를 두드리며 발을 굴러 호곡오열(號哭嗚咽)하니, 산천이 위하여 동(動)하고, 뒷 뫼의 잔나비와 앞 뫼의 제현(諸峴)482)이 슬픔을 도우니, 조작(鳥雀)이 또한 초목과 한가지로 느끼는 듯하더라.

왕이 날이 저무는 줄을 깨닫지 못하여 방성대곡함을 그치지 않으니, 양안(兩眼)에 뜻드르는483) 눈물이 점점한 피 되어 백포(白布)에 떨어진즉 어롱지는지라.

좌우가 참담함을 이기지 못하고 노복이 또한 따라 설움을 한가지로 하니, 인세의 효자와 충의 모였는지라, 인인이 책책(嘖嘖)이 탄상하더라.

왕이 좌우와 화공의 권위함을 인하여 일모 후 다시 화공의 집에 이르러 천릉(薦陵)484)하기를 상량(商量)할 새, 화공이 가로되,

"노신(老身)이 비록 늙으나 위로 건상(乾象)485)을 살피고 아래로 인사와 지리(地理)를 통하나니, 이 뫼 정맥이 오히려 성하여 왕위 사백년이 넘고 참난(慘難)과 찬시(簒弒)486)할 액이 없는지라. 신복(新福)487)을 가림이 가치 않고, 또한 허망타 할지라도 이 뫼를 정한 후 수년이 못하여 대왕 직위가 이에 미치시리니 인사를 헤아리나 그릇되지 않으리다."

왕이 옳이 여겨 이에 인부를 조발(調發)488)하여 다시 관의(棺衣)489)를 갖추어 염장(殮葬)할 새, 무릇 제도(制度)를 예사 공경(公卿)의 분묘로 하고 왕후(王侯)의 능으로 않으나, 옥석(玉石)이

---

482) 제현(諸峴) : 모든 산 고개들.
483) 뜻드르다 : 떨어지다.
484) 천릉(薦陵) : 능소(陵所)를 옮김.
485) 건상(乾象) : 하늘의 현상이나 일월성신(日月星辰)이 돌아가는 이치.
486) 찬시(簒弒) : 임금을 죽이고 그 자리를 빼앗음.
487) 신복(新福) : 새로운 복지(福地).
488) 조발(調發) : =징발(徵發). 군사로 쓸 사람을 강제로 뽑아 모음.
489) 관의(棺衣) : '의금관곽(衣衾棺槨)'의 줄임말. 장례(葬禮)에 쓰는 옷과 이부자리와 속 널과 겉 널을 함께 이르는 말.

좌우에 둘렀고 취송(翠松)⁴⁹⁰)이 사면에 무성하여 묘지(墓地)와 장
각(莊閣)을 이루매, 국왕이 죄를 속(贖)할 곳이 없어, 일용즙물(日
用什物)을 갖추고 장가(張家) 부자를 본국 직호(職號)로 추증(追
贈)하고, 사관(使官)을 보내 치제하며, 유시(諭示)하여 장군 이십
으로 능(陵)을 지키게 하고, 고을로 하여금 사시제사(四時祭祀)를
지내게 하며, 친히 산하(山下)에 이르러 왕으로 더불어 조상지례
(弔喪之禮)를 이루니, 왕의 슬퍼함이 초상과 다르지 아니하고, 예
법이 위곡(委曲)하니, 남민이 어찌 중화(中華)의 큰 법도를 알리
오.

다만 경복함이 공부자(孔夫子)⁴⁹¹)를 만난 듯, '상례(喪禮)'란 책
을 만들어 판에 박아 집마다 유전(遺傳)케 하더라.

산역(山役)을 마치고 신위를 받들어 안봉(安奉)한 후, 비로소
무색한 옥과 검은 관(冠)으로 궁중에 들어가 왕으로 서로 볼 새,
국왕이 객례(客禮)로 관대하니, 왕이 사양하거늘, 유·석 이인 왈,

"장왕이 비록 옛날 군신지의(君臣之義)를 생각하나, 이미 천자
의 총우(寵遇)하심이 만인지상(萬人之上)이요, 일국 왕위 또한 번
후(藩侯)와 다르니, 군작(君爵)을 욕되게 하리오."

장왕이 드디어 객좌(客座)에 나아가니, 씩씩한 풍도와 수려한
양미(兩眉)가 강산정기(江山精氣)를 모아 일월광채(日月光彩)를
타난 듯한지라. 이 때 나이 이십 세라. 쇄락한 춘광(春光)이 옥청
진인(玉淸眞人)⁴⁹²)이 하강함 같고, 조작(鳥雀)이 섞여있는 곳에

---

490) 취송(翠松) : 푸른 소나무.
491) 공부자(孔夫子) : 공자(孔子). 중국 춘추 시대의 사상가·학자(B.C.551~B.C.479). 이
   름은 구(丘). 자는 중니(仲尼). 노나라 사람으로 여러 나라를 두루 돌아다니면서 인
   (仁)을 정치와 윤리의 이상으로 하는 도덕주의를 설파하여 덕치 정치를 강조하였다.
   만년에는 교육에 전염하여 3,000여 명의 제자를 길러 내고, ≪시경≫과 ≪서경≫ 등
   의 중국 고전을 정리하였다. 제자들이 엮은 ≪논어≫에 그의 언행과 사상이 잘 나타
   나 있다
492) 옥청진인(玉淸眞人) : 도교의 삼청세계(三淸世界: 玉淸, 上淸, 太淸)의 하나인 옥청
   세계(玉淸世界)에 살고 있다는 신선. 천제(天帝) 곧 옥황상제가 이곳 옥청궁(玉淸宮)

봉황이 내린 듯한지라. 전상전하(殿上殿下)에 입을 닫아 가만히 기리는 소리 가득하더라.

왕이 국왕께 청하여 풍화점을 복호(復戶)⁴⁹³⁾하고, 화옹의 삼자를 사(赦)하여 부자 칠 인을 다 구의⁴⁹⁴⁾에서 식녹을 주게 하며, 또한 금은채단(金銀綵段) 수거(數車)로 정을 표하고 백간대가(百間大家)⁴⁹⁵⁾를 일으키니, '화동(畵棟)과 조란(雕欄)'⁴⁹⁶⁾이오, '수달(繡闥)과 난창(蘭窓)'⁴⁹⁷⁾이러라.

화공이 과분함을 재삼 사양하나, 장왕의 간측(懇惻)한 말과 은근한 청을 물리치지 못하니, 부자(父子)가 고위(顧慰)⁴⁹⁸⁾에 잠겨 삼자(三子)의 재생한 은혜를 도리어 일컫더라.

왕이 사사(謝辭)를 마치고 기번(旗幡)을 돌이킬 새, 옛집을 노복으로 지키게 하고 삼백여 묘(畝) 전결(田結)을 찾아 자뢰케 한 후, 부모형제의 신주(神主)를 앞에 뫼시고 인하여 나오매, 국왕이 십리 장정(長程)에 배송(陪送)하고, 화공이 백리(百里) 밖에 나가 보내더니, 언단(言端)⁴⁹⁹⁾에 가로되,

"넷날 진공자 중이 십구 년 만에 본국에 돌아왔더니, 대왕이 십구 년을 채워 다시 아국(我國)의 주(主)가 되시리니, 노신(老臣)은 그때 구천(九泉)에 돌아가 있으려니와 남방인민이 바야흐로 태평의 다스림을 입어 '강구(康衢)의 노래'⁵⁰⁰⁾를 저마다 하리니,

---

에 살고 있다고 한다.

493) 복호(復戶) : 조선 시대에, 충신·효자·군인 등 특정 대상자에게 부역이나 조서를 면제하여 주던 일.

494) 구의 : =구위. '관청(官廳)' 또는 '정승(政丞)'을 달리 이르는 말.

495) 백간대가(百間大家) : 백 칸으로 이루어진 큰 집.

496) 화동(畵棟)과 조란(雕欄) : 채색한 마룻대와 조각해 세운 난간.

497) 수달(繡闥)과 난창(蘭窓) : 그림을 그려 화려하게 채색을 한 문과 난초를 그린 아름다운 창.

498) 고위(顧慰) : 남의 어려운 사정을 돌보아주고 위로해 줌

499) 언단(言端) : 말끝. 한마디 말이나 한 차례 말의 맨 끝.

500) 강구(康衢)의 노래 : 강구연월(康衢煙月)의 태평을 구가하는 백성들의 노래. *강구(康衢) : '사방으로 두루 통하는 번화한 큰 길거리'라는 뜻으로, 여기서는 강구연월(康衢煙月)의 줄임말로 쓰였다. *강구연월(康衢煙月): 번화한 큰 길거리에서 달빛이

나의 말을 타일의 징조(徵兆)를 삼으소서."

왕이 답지 않더라.

왕이 십사 세에 난을 만나 칠년 만에 허다 영화로, 풍채(風采) 변이(變異)하고, 위의(威儀) 환작(換爵)하여, 한번 고국에 이르매, 원수를 소제(掃除)하고 선영을 빛나게 하니, 천재(千載)에 처음이오, 고금에 희한함이라. 인국(隣國) 사방(四方)이 칭찬치 않는 이가 없더라.

남제에 이르러 이신(吏臣)을 명하여 국사를 분부한 후, 경사(京師)에 돌아올 새, 천자가 들으시고 백관을 남교(南郊)에 나가 영접하라 하시니, 이때 왕이 남교에 이르러 제공을 맞아 한 가지로 조회한데, 상이 탑하에 불러 반기시고, 본국 사실을 물으셔 재삼 위무(慰撫)하시고, 사주(賜酒)하시니, 왕이 읍혈(泣血) 사은(謝恩)하더라. 집에 돌아와 신위를 봉안(奉安)하고, 난영으로 더불어 또한 통곡함을 그치지 않더라.

이때 혜월은 공주 길기(吉期) 가깝고, 머묾이 서의(齟齬)하여501) 가고자 하거늘, 부마가 재삼 머물라 하고, 때를 타 곽학사를 보아 이 말을 이르니, 학사가 드디어 천정(天廷)에 입시한 때를 타 조용히 진씨의 절조(節操)와 신의를 갖추 주(奏)한데, 상이 소왈,

"이 또한 아름다운 마디요 기이한 일이라. 짐이 풍화(風化)를 널려 장경의 재취를 삼게 하겠노라."

하신대, 학사가 칭사(稱謝)하고 나와 장왕에게 전하니, 왕이 위덕(威德)을 감은하더라.

차시에 길사(吉事) 점점 가까워오매, 상이 특별히 장안 서편 궁궐 곁에 별궁을 이룰 새, 이른 바 금정옥누(金亭玉樓)502)는 채

연기에 은은하게 비치는 모습을 나타내는 말로, 태평한 세상의 평화로운 풍경을 이르는 말.
501) 서의(齟齬)하다 : 서먹하다. 서로 뜻이 맞지 않아 어색하다.
502) 금정옥누(金亭玉樓) : 금과 옥으로 꾸민 화려한 정자와 누각들.

운(彩雲)에 비꼈고, 고루궐각(高樓闕閣)503)은 나는 듯하여 천문만호(天門萬戶)504)요, 난창수달(蘭窓繡闥)505)이라. 계원년지(桂苑蓮池)506)와 분장화동(粉牆畫棟)507)이 일색(日色)에 쟁영(爭榮)하니, 도리어 사치함이 극하거늘, 장홍이 글을 올려 가로되,

"신이 본디 남방 조그만 몸으로 투생(偸生)하여 뜻하지 않은 영화를 띠었으나, 어찌 고궁왕작(高宮王爵)이 평안하며, 폐하 또한 공주 편애하심이 도리어 정치(政治)에 해로운지라. 석(昔)에 한명제(漢明帝)508) 제왕(諸王) 공주(公主)의 길례(吉禮)와 궁사(窮奢)509)를 반드시 광무(光武)510) 적보다 낮추게 하시니, 후세에 이를 본받거늘, 폐하 이제 공주궁전을 이렇듯 하실진대 신이 당당한 사체(事體)에 간(諫)함직 하거늘, 하물며 신의 몸에 당한 일을 어찌 안연이 앉아, 저 아소배(兒小輩)의 소소(小小)한 염치를 두리까?"

하였더라.

상이 옳다고 여겨 드디어 공역을 반감케 하시고, 또 분장(粉牆) 곁으로 왕부(王府)를 옮겨, 왕작 위의와 병부 대사마 위권은 부중(府中)에 갖추고 부마 위의와 공주 처소는 새로 지은 궁내에 정제케 하시니, 이는 진씨를 취하여 왕부에 두게 하고자 하신 뜻

---

503) 고루궐각(高樓闕閣) : 높고 큰 누각(樓閣)
504) 천문만호(天門萬戶) : '천 개의 문과 만 채의 집'이라는 뜻으로 아주 많은 문과 집을 이르는 말.
505) 난창수달(蘭窓繡闥) : 난초를 그린 아름다운 창과 그림을 그려 화려하게 채색을 한 문
506) 계원연지(桂苑蓮池) : 계수나무 동산과 연꽃을 심은 못.
507) 분장화동(粉牆畫棟) : 갖가지 색깔로 화려하게 꾸민 담과 건물.
508) 한명제(漢明帝) : 중국 후한(後漢)의 2대 황제(28~75). 성은 유(劉). 이름은 장(莊). 재위기간(57~75) 중에 불교가 유입된 것으로 추정되며, 흉노족을 평정하여 북방 지역에 대한 지배력을 재확립하였다.
509) 궁사(窮奢) : 매우 호화롭게 사치함. 또는 그런 사치.
510) 광무(光武) : =광무제(光武帝). 중국 후한의 제1대 황제. BC.6~A.D.57. 본명은 유수(劉秀). 왕망의 군대를 무찔러 한나라를 다시 일으키고 낙양에 도읍하였다. 재위 기간은 25~57년이다

이라. 왕이 상의(上意)를 알고 황은을 또한 감동하더라.

길일이 임박하매, 본디 황자(皇子) 공주(公主)의 길례(吉禮)는 자고로 별궁에 나와 지내되, 상이 특지로 궐중(闕中)에서 지내게 하고, 부모친척이 없다 하시어 친영을 말라 하시니, 천고에 드문 지라.

황친국척(皇親國戚)과 내외명부(內外命婦) 다 입궐하고, 왕공후백(王公侯伯)과 만조백료(滿朝百寮) 다 위요(圍繞)[511]하니, 생소고악(笙蕭鼓樂)[512]은 구천(九天)에 사무치고, 오음육률(五音六律)[513]은 곡조 맞갖은데[514], 장부마 길복을 입고 사마채거(駟馬彩車)로 궐내에 이르러 취향전 너른 청(廳)에 예안(禮雁)[515]을 전하매, 수풀 같은 궁녀(宮女)가 장장한 촉과 애애한 향을 잡아 전후에 옹위하고, 공주를 붙들고 교배(交拜)에 이르니, 한번 보건대, 추천(秋天)의 맑은 달이 천궁에 내민 듯, 연지(蓮池)의 부용(芙蓉)이 천연(天然)이 향기를 띠고 있는 듯, 위왕(魏王)의 열 진주와 남전(藍田)의 백옥이 미치지 못하리니, 씩씩 윤택한 광채 휘동(輝動)하더라.

부마, 심리(心裏)에 경아하고, 국척명부(國戚命婦)가 아니 경탄하는 이 없어, 남풍여모(男風女貌)를 보매 상제(上帝) 정하신 배필이라, 하더라.

동방에 나아가 합환주(合歡酒)를 파하고, 나위(羅幃)에 나아가

---

511) 위요(圍繞) : 혼인 때에 가족이나 친지 중에서 신랑이나 신부를 데리고 가는 사람. 늑상객(上客)·요객(繞客)·후배(後陪)
512) 생소고악(笙蕭鼓樂) : 생황, 퉁소, 북 등으로 연주하는 음악.
513) 오음육률(五音六律) : 옛날 중국 음악의 다섯 가지 소리와 여섯 가지 율조. 율(律). 궁(宮), 상(商), 각(角), 치(徵), 우(羽)의 오음과 황종(黃鐘), 태주(太簇), 고선(姑洗), 유빈(蕤賓), 이칙(夷則), 무역(無射)의 육률을 이름.
514) 맞갖다 : 마음이나 입맛에 꼭 맞다.
515) 예안(禮雁) : 혼인례의 예물로 신랑이 신부 집에 바치는 기러기. 기러기는 한번 짝을 지으면 죽을 때까지 짝을 바꾸지 않는다 하여 신랑이 백년해로 하겠다는 서약의 징표로서 신부의 어머니에게 기러기를 드린다. 산 기러기를 쓰기도 하나, 대개는 나무로 만든 것을 쓴다.

니, 수막금병(繡幕錦屏)이 홀란(惚爛)함은 이르지도 말고, 양신인의 아름다움이 이루 기록치 못할러라.

명조에 부마 표를 올려 사은하고 조회에 참예하매, 상이 이날 새로이 대연을 여시니, 금반진수(金盤珍羞)는 옥액경장(玉液瓊漿)이요, 천하 풍물(風物)516)은 오음팔일(五音八佾)517)이니, 군신이 낙극진환(樂極盡歡)하매 다 취하여 흩어지고, 부마는 다시 궐내에 이르니, 상이 제왕(諸王) 부마(駙馬)를 다 부르시어 정전에 촉을 밝히시고, 육원(六苑) 비빙(妃嬪)과 삼천궁녀(三天宮女)를 다 시위케 하시고, 이원제자(梨園弟子)518)를 앞에 드려 용생봉관(龍笙鳳管)을 금슬(琴瑟)에 섞어 타니, 곡조(曲調)가 유양(悠揚)하고 가성(家聲)이 청월(淸越)한지라.

상이 진취하여 공주를 앞에 나오라 하여 호호히 웃으시더니, 공주 부복 주왈,

"금일 이 경상이 태평의 즐거움이요, 폐하의 사정에 영화나, 그러나 연일하여 궐중 내외에 풍악이 그치지 않으니, 이 공신을 사연하시는 잔치 아니요, 정치(政治)하시는 남훈곡(南薰曲)519)이 아니라. 예정도치(禮政道治)520)하여 우근천려(尤謹千慮)521)하셔야

516) 풍물(風物) : ①어떤 지방이나 계절 특유의 구경거리 ②『음악』 풍물놀이에 쓰는 악기를 통틀어 이르는 말. 꽹과리, 태평소, 소고, 북, 장구, 징 따위이다.
517) 오음팔일(五音八佾) : 오음(五音)과 팔일무(八佾舞)를 함께 이른 말. *오음(五音): 『음악』 궁(宮), 상(商), 각(角), 치(徵), 우(羽)의 다섯 음률. 늑오성(五聲). 팔일무(八佾舞): 『예술』 일무(佾舞)의 하나. 악생(樂生) 64명이 여덟 줄로 정렬하여 아악에 맞추어 추는 문무(文舞)나 무무(武舞)로, 규모가 대단히 크다. *일무(佾舞): 『예술』 종묘나 문묘 제향 때에, 여러 사람이 여러 줄로 벌여 서서 추는 춤. 줄의 수와 사람 수는 가로세로가 꼭 같으며, 팔일무・육일무・사일무・이일무 따위가 있다.
518) 이원제자(梨園弟子) : 이원악공(梨園樂工). ①조선시대 장악원에 소속된 악공(樂工). ②중국 당나라 때 이원(梨園)에 소속된 악공. *이원(梨園); ①조선시대 장악원(掌樂院)을 달리 이르던 말. ②중국 당나라 때, 현종이 몸소 배우(俳優)의 기술을 가르치던 곳.
519) 남훈곡(南薰曲) : 중국 상고시대 순(舜)임금이 남훈전(南薰殿)에서 오현금을 타며 백성들의 편안하고 풍족한 생황을 노래한 곡.
520) 예정도치(禮政道治) : 예(禮)와 도(道)로써 다스림.

할 때를 허송하시니, 두려워하건대 간신(諫臣)의 표(表)가 어탑
(御榻)아래 이른 즉, 폐하 어찌하려 하시니까? 먼저 깨달아 사정
을 억제하시고, 대절을 밝히소서."

상이 청파(聽罷)의 가연이 감동하사 낯빛을 수정하시고, 칭찬
왈,
"내 일시 잊음이 되어 큰 허물을 지었더니, 너의 총명한 지식
곳 아니면 하마 군신의 기롱을 면치 못 할 뻔했도다."

하시고, 이튿날 공주 위의를 갖추어 하가(下嫁)하실 새, 촉롱
(燭籠) 향화(香火)는 십 리에 메였고 채소화생(彩簫畫笙)[522]은 운
소(雲霄)에 사무치는데, 칠보웅장(七寶雄裝)의 금거옥륜(金車玉
輪)을 옹위하여, 그 화려함을 어찌 초초히 기록할 바이리오.
상이 특지(特旨)로 설왕부인 유씨로 장부마 내청주인(內廳主
人)[523]이 되게 하시고, 좌승상 장규로 외청주인(外廳主人)[524]이
되게 하시니, 유씨는 장은지의 외손이니 부마의 재종숙모(再從叔
母)요, 장승상은 장간지(張柬之)[525]의 증손(曾孫)이니, 부마의 재
종형제(再從兄弟)라.
이날 명부국척(命婦國戚)과 만조후백(滿朝侯伯)이 모드니, 수
막(繡幕)이 연운(連雲)하고 챠일(遮日)이 반천(半天)한대, 거마추
종(車馬騶從)이 수리(數里)에 이어 제왕공주의 위의와 모월(旄鉞)
이 한 골에 자옥하더라.

---

521) 우근천려(尤謹千慮) ; 더욱 삼가고 여러 모로 마음을 씀.
522) 채소화생(彩簫畫笙) : 아름답게 색칠한 퉁소와 생황의 소리.
523) 내청주인(內廳主人) : 안손님들을 맞아 응접하는 사람.
524) 외청주인(外廳主人) : 바깥손님들을 맞아 응접하는 사람
525) 장간지(張柬之) : 중국 당나라 때의 정치가(625~706). 일찍이 진사에 급제하여 벼슬
을 하였으나 진급하지 못하고 나이 60이 되어서야 감찰어사(監察御史)가 되었다,
705년 재상(宰相)으로서 환언범(桓彦範) 등과 함께 측천무후를 몰아내고 중종을 제
위에 옹립하였다. 위황후(韋皇后)와 무삼사(武三思)의 배척을 받아 신주사마(新州司
馬)로 좌천되어 울분을 참지 못하고 죽었다.

삼공명환(三公名宦)은 앞을 인도하고 각사(各司) 추종이 길을 덮었는데, 부마가 공주와 수레를 나란히 하여 부중에 이르러 부모 사당에 오르매, 금수(錦繡) 너른 사매로 낯을 가려 읍읍히 오열함을 이기지 못하니, 공주 척연히 낯빛을 고쳐 감동하는지라.

난영이 이날 경색(景色)을 당하여 공주의 화모월태(花貌月態)를 보매 즐겁고 기쁘나 슬픔이 교집하니, 가히 위주충심을 알 것이라. 혜월은 애달아 한탄하여 식음을 물리치니 난영이 위로 왈,

"이 다 천수(天壽)거니와, 우리 상공은 유식한 군자라. 타일을 반드시 완전히 할 것이니, 금일은 또한 성덕의 여군을 마자 오시는 날이라. 경사이거늘 그대 홀로 척척하여 길일에 방해됨을 상공이 아신즉 미안하실까 하노라."

혜월이 깨달아 사례하더라.

공주 안정현철하며 인사 관후하여 가중에 혜택이 가득하고 정대 씩씩하며 유순 공경하여 부마를 섬기매 맹광(孟光)과 결처(潔妻)[526]에 지나니, 부마가 평생 원(願)을 이뤄 숙녀 사복(思服)이 헛되지 않으나, 진소저와의 가연(佳緣)이 일념에 맺혀있으니, 공주가 혜월을 난영과 일체로 조금도 내리지 않게 관접하며 진씨의 높은 절행을 감탄하여 그윽이 쉬이 만남을 원하더라.

이때 장부마가 부모의 원수를 갚아 일신의 매명(罵名)을 씻어버리고 성덕의 부인을 얻어 금슬종고(琴瑟鐘鼓)의 관관(款款)한 낙이 심상치 않으니, 부부의 화락이 비익연리(比翼連理)[527]의 천

---

526) 결처(潔妻) : =결부(潔婦). 중국 춘추시대 노(魯)나라 추호자(秋胡子)의 아내. 추호자는 결부와 결혼한 지 5일 만에 진(陳)나라의 관리가 되어 집을 떠났다, 5년 뒤 집으로 돌아오다가 집 근처 뽕밭에서 뽕을 따는 여인을 비례(非禮)로 유혹한 일이 있는데, 집에 돌아와 아내를 보니 조금 전 자신이 수작한 그 여인이었다. 크게 실망한 결부는 남편의 행동을 꾸짖은 뒤 강물에 몸을 던져 자결하였다. 『열녀전』에 나온다.
527) 비익연리(比翼連理) : 암수가 각각 눈 하나에 날개가 하나씩이라서 짝을 짓지 않으면 날지 못한다는 비익조(比翼鳥)와 한 나무의 가지가 다른 나무의 가지와 맞붙어서 서로 결이 통(通)한 연리지(連理枝)라는 뜻으로, 부부(夫婦)의 사이가 깊고 화목(和睦)함을 비유(比喩)해 이르는 말

박함을 가볍게 여기고, 하주행차(河洲行差)의 미진함이 없어, 풍류의 곡조(曲調)를 아울러 종고(鐘鼓)의 소리를 응함 같은지라.

상렬(爽烈)한 의논과 도도한 답론이 규방의 지심하는 붕우되었으니, 일세에 쾌활한 심사가 가히 관저(關雎) 제일편이 되나, 진소저 일단 사복(思服)이 오매(寤寐)에 경경하여 전전반측(輾轉反側)하나 신취(新娶) 일이 삭이 못한대 주청이 급하여 지체하더니, 일일은 어전에 모셔 사주를 받잡고 돌아오매, 홀연 일신이 곤뇌하여 좌와를 부동하니, 부중이 황황하고 천자 경녀하셔 황자와 어의 낙역하며 백관 내시 궁문에 메었을 새, 공주 초조하여 손을 묶어 천명을 기다리더니, 일야는 부마가 혼혼침침(昏昏沈沈)한 가운데 비몽간(非夢間)에 불러 왈,

"장왕이 일찍 구강 선중의 언약을 잊었느냐? 때 급하고 운수(運數)가 바쁘니 저버리지 말라."

하거늘, 부마가 보니 옛날 구강에서 꿈속에 수궁 인도하던 사자라. 부마가 정히 답하고자 하더니, 홀연 간 바 없는지라. 아픔을 견디어 공주를 대하여 비로소 당년 기몽(奇夢)과 옥환(玉環) 율시(律詩)를 낭중으로 좇아 내매, 자자(字字) 명백하고 인하여 세세히 전하기를 마치매 또한 웃으며 왈,

"이미 천연이 중하여 친구의 승란(乘鸞)[528]함을 맺고 황은이 빛을 더하셔 전맹(前盟)을 이루게 하시니, 석년 춘몽은 이미 지난 일로 비겨 각별 의념(意念)함이 없거늘, 괴로운 병을 인하여 문득 요망한 말을 다시 깨달으니, 병신(病身)의 섬어(譫語)를 족히 신(信)치 마소서."

공주 이때 옥환 율시를 보매 정히 곽가 종매의 기몽과 일호도

---

528) 승란(乘鸞) : =승란과봉(乘鸞跨鳳). 더할 나위 없이 좋은 부부의 인연을 맺는 것을 비유적으로 이르는 말. 춘추(春秋) 때 진목공(晉穆公)의 딸 농옥(弄玉)과 퉁소를 잘 부는 소사(蕭史) 부부가 봉황(鳳凰)을 타고 날아갔다는 고사에서 비롯됨.

다름이 없는지라. 의아함을 마지않더니, 부마의 말에 다다라 안색을 정히 하고 답 왈,

"부마는 조정 중신이요, 백료의 으뜸으로 황야 예대하심이 타인과 다르시니, 뜻이 있으매 가히 이루지 못할 일이 무엇이 있으리오. 칠부인을 정제하고 금차(金釵) 열두 줄을 갖춤이 해롭지 않으니 한낱 간선(揀選)한 부마와 현격한지라. 어찌 첩을 거리껴 삼생숙연(三生宿緣)을 허송하리오. 하물며 첩이 세속 투기를 구치 않고 멀리 갈담(葛覃)을 사모하나니, 비록 어리나 심정을 은잉틀 모하고 인사를 내외치 못하나니, '천여불취(天與不取)면 반수기해(反受其害)라"[529] 하니, 부마는 모름지기 심사를 편히 하여 가기(佳期)를 이루소서."

이에 나직이 곽소저의 아시(兒時) 적 몽사를 가져 전하고 안서(安舒)히 웃으며 왈,

"규중의 가만한 일이 또 종신대사(終身大事)니 외인에게 전함이 불가하나, 이미 부마께 고함이 무슨 해로움이 있으리까?"

부마 춘몽이 깬 듯 곽가 택상에서 누상을 앙망할 제 의심됨이 과연 맞음을 기뻐하며 공주 성의와 활연(豁然)함을 항복하더라.

이로부터 부마 차도가 있어 옥골기부(玉骨肌膚)가 새로이 윤택하니, 천자로부터 사서(士庶)에 이르기까지 기뻐함이 일세에 다시 없는지라. 제왕(諸王)들의 수레가 궁문에 나열(羅列)하고 대내(大內) 옥식(玉食)이 일로(一路)에 이어 월여에 이르매, 부마가 쾌차하여 친히 액정(掖庭)[530]에 이르러 사은하니, 천자 급히 좌하(座下)에 부르셔 반기심을 이기지 못하시고 인하여 궁내에 소작(小酌)[531]을 진설하시매 공주 또한 입궐하였더니, 날이 늦으매 술이

---

529) 천여불취(天與不取)면 반수기해(反受其害)라 : 하늘이 주는 것을 받지 않으면 도리어 그 해를 입게 된다.
530) 액정(掖庭) : 대궐의 안. 궐내(闕內). 궁중(宮中).
531) 소작(小酌) : 조촐하게 차린 술자리.

이미 곤(困)한지라. 부마는 물러 궁으로 돌아오고, 공주는 머물러 차사(此事)를 주하니, 상이 또한 기이히 여기사 황후로 상의하신대, 방황후 이미 관저(關雎)와 갈담(葛覃)의 큰 덕이 계신 고로, 성심이 또한 뇌정(牢定)하시매 공주 또한 주왈,

"부마 일찍 곽가에 친함이 자질(子姪) 같은지라. 타인이 진정(眞正) 인연으로써 혹 정대치 않은 거조(擧措)와 누언(陋言)을 주고받은 것이라 미룰진대, 가부(家夫)의 백행(百行)이 잊혀지고 표매(表妹)의 명절(名節)에 해가 되며, 또 신이 이미 들으며 본 일이 다 거짓 것이 될지라. 다만 조서를 내리셔 만분(萬分) 상량(商量)하시면 거의 양전(兩全)하리이다."

공주 나온 지 이틀 후 문득 조정의 조지(朝旨) 내리니, 가랐으되,

"병부상서 대사마 회양도위 장흥은 조정 주석(主席)이요, 국가 사직지신(社稷之臣) 이거늘, 하물며 풍류재화가 일시를 압두하여 부마에 뽑히매 짐의 자애함이 군신과 사정을 아울러 어찌 범연하리오. 일변(一邊) 위경(危境)을 쉬이 지나 짐의 염려를 거두게 하고, 탑하에 조회(朝會)함을 보니 무엇으로써 희정(喜情)을 표하리오. 그윽이 생각건대 분양왕 곽자의(郭子儀) 필녀(畢女)가 초방지친(椒房之親)인 고로, 일찍 궁금(宮禁)에 출입하매 성경(誠敬)함이 등한치 않아, 공주와 같은 선자(仙子)인 고로 짐이 자못 기이히 여겨 벼슬을 문창이라 하고, 호를 규합학사(閨閤學士)라 하니, 어찌 진속(塵俗)의 홍분(紅粉)으로 치레한 용이한 속녀(俗女)리오. 하물며 짐이 만승(萬乘)의 위(位)로도 한 공주의 배필을 가리기 위해, 오히려 세 번 간선(揀選)하기에 이르렀거늘, 곽경의 택서(擇壻)가 가히 쉬우랴. 곽녀가 이미 공주와 저매(姐妹)의 정이 두텁고 의기상합(義氣相合)할 새, 일세에 숙녀 양인이 있으나, 당금에 군자는 또 둘이 없으니, 군부(君父) 되어 어찌 천추명왕으로 한단의 소패 수양을 향하는 탄이 있게 하리오. 드디어 곽녀로써 장흥의게 사혼하여 공주와 동렬(同列)이 되어 멀리 상비(湘妃)[532]

의 꽃다운 덕을 잊고 규목(樛木)[533]의 어린 빛츨 나타나게 하나니, 하나는 숙녀의 평생을 온전케 하고, 둘은 짐의 장흥을 위한 기쁨을 표하나니 장경은 사양 말라."

하였더라.

성지 장가에 이르니 부마 성은을 감탄하나 잠깐 고사(固辭)하는 상소가 두 번 이르매, 천위(天威) 불윤(不允)하시고, 곽가에서는 감히 거역치 못하여 봉표(奉表)코저 하더니, 뜻밖에 곽소저 사혼하심을 알고 상량(商量)하되,

"여자 비록 부모 주장하심을 좇아 예를 지키나 분명 몽리(夢裏)에 상대하여 옥환(玉環)、율시(律詩)로 언약한 곳이 있으니, 이는 규중의 상(常)해 넘남이 아니라 천사의 가르침이라. 어찌 소소한 부끄럽기로 대몽(大夢)을 헛되게 하리오. 몽각(夢覺)한 날에 이미 종신(終身)[534]을 정하였으니, 쾌히 자전(慈前)에 고하리라."

이에 그 모친을 청하여 나직이 고한 후, 한 짝 옥환과 율시를 받들어 드리니, 크게 경아하여 재삼 물은데, 소저가 드디어 회양공주로 한 방에서 문답하던 말을 자세히 고한지라. 부인이 드디어 곽공과 제자를 청하여 세세히 베풀매, 맞추어 문영이 좌에 있지 않음으로 성지를 거스름이 어렵고, 다른 데 구친(求親)함도 어려워, 장차 민민하더니, 이때 방낭랑이 문혜공 부인이 백수(白壽)[535]의 나이에 일양 강건함을 기특히 여기시어 숙모의 의(義)로

---

532) 상비(湘妃) : 중국 상고시대 순임금의 두 비(妃)인 아황(娥皇)과 여영(女英)을 말함. 순임금이 창오에서 죽은 뒤 상수(湘水)에 빠져 죽어 '상비'라 이르기도 한다.

533) 규목(樛木) : 『시경(詩經)』 주남편(周南篇)에 있는 시의 제명(題名). 주(周) 문왕(文王)의 후궁들이 정비(正妃) 태사(太姒)의 덕을 찬양한 시. 또는 부부의 행복을 노래한 시로 알려져 있다. 규목(樛木)은 가지가 굽어 아래로 늘어져 있는 나무로, 부인 곧 태사(太姒)의 덕이 널리 아랫사람들에게 드리워져 있음을 상징한다.

534) 종신(終身) : =종신대사(終身大事). '평생에 관계되는 큰일'이라는 뜻으로, '결혼'을 이르는 말

신년을 경하(敬賀)하실 새, 특별히 양문혜공 적인필 장자(長子) 주태에게 하루 사연하시니라. 영화를 띠어 빨리 연석을 베풀 새, 곽분양 정비(正妃) 친가에 나아가고 난양 회양 공주 또한 모였더라.

적부인이 회양공주를 대하여 여아의 몽사를 힐문하매, 공주 짐짓 부마로 인하여 들음을 사색치 않고, 다만 침전에서 몽압(夢魘)[536]하여 진정을 해석한 바를 도도히 답하니, 과연 호리(毫釐)도 다르지 않은지라. 제인이 듣고 그 기이함을 일컬으니, 이 말이 전파하매, 사나운 자들이 가탁(假託)고자 하는 이가 많더라.

부인이 돌아와 정히 모책(謀策)을 얻지 못하여 하더니, 손아(孫兒) 문영이 유산(遊山)으로부터 와 먼저 존당께 뵙고, 바삐 장부마를 보아 쉬이 나음을 치하할 새, 부마 반겨 외당에 나와 한담하더니, 인하여 또 몽리(夢裏)에 괴이한 경상을 지냄을 고하니, 곽학사 또한 웃고 왈,

"형이 너무 강직하여 천연(天緣)을 춘몽(春夢)과 허탄(虛誕)으로 미뤄 순수(順受)치 않으니, 구강 용왕이 노하여 역사(力士)를 보내 형의 고항(膏肓)[537]을 침노하고, 해도독이 표장군을 보내 다시 저힌[538] 것이니, 추월춘풍을 허송치 말고, 이 말로써 장안의 방(榜)을 붙여 가림이 옳도다."

부마 잠소(暫笑) 부답(不答)이니, 학사 재삼 간청하고 집에 이르니, 부모와 제숙(諸叔)이 조부를 모셔 바야흐로 성지(聖旨)를 대답하고, 옛 친구를 방문하여 성친함을 의논하거늘, 학사가 나아가 연유를 자세히 들으매, 이 문득 지척(咫尺)이 천리에 막히고,

---

535) 백수(白壽) : 아흔아홉 살. '百'에서 '一'을 빼면 99가 되고 '白' 자가 되는 데서 유래한다.
536) 몽압(夢魘) : 자다가 가위에 눌림. ≒귀압(鬼魘).
537) 고항(膏肓) : 고황(膏肓). 심장과 횡격막의 사이. 고는 심장의 아랫부분이고, 황은 횡격막의 윗부분으로, 이 사이에 병이 생기면 낫기 어렵다고 한다.
538) 저히다 : 두렵게 하다. 위협하다

진정 인연이 꿈속에 들어 알지 못하였던지라.

학사가 가연 경동(驚動)하여 급히 몸을 빼어 조부 앞에 나아 가, 장부마의 석일 선유사(船遊事)로부터 이에 이르도록 병중 꿈 가운데 하던 바를 낱낱이 고하고,

"하늘이 이미 인연을 지으시매, 임금이 나중을 있게 하심이니, 사양하여 무엇 하리까?"

공이 오히려 장신장의(將信將疑)539) 하거늘, 학사가 용약하여 일봉 서찰을 닦아 부마에게 보냈더니, 이윽고 시노(侍奴)가 회서 를 올리매, 그 서에 하였으되,

"형이 구태여 봄꿈에 오랜 진적(眞迹)을 찾으니, 일변 우스우 니, 이 가운데 있으나 없으나 혼가(婚家)에서 보는 것이 가치 않 도다."

하였더라.

공이 소저의 옥환을 내매 진실로 합호(閤戶)540)에 구슬이 모임 을 어찌 일컬으며, 남전(藍田)541)에 백벽(白璧)이 돌아옴을 족히 귀하다 하리오.

좌중 일가가 천의(天意) 암합(暗合)함을 대열(大悅) 흔흔(欣欣) 하여 부인이 문영을 향하여 치사하고, 다른 말이 없어 성지(聖旨) 를 순수하고 길일을 택하니라.

곽학사 옥지환을 다시 돌려보낼 새, 이에 가로되,

"꿈이 진실이 되고 헛됨이 정한 데 돌아가니, 진정 옥소와 남 전 귀옥이라. 소제 말이 모호하나 다란 날 만만히 사례하리라. 빨 리 황명을 봉송하여 가기를 이루라"

하였더라. 부마 공주로 서로 보더라.

길기(吉期) 다다르매 납빙(納聘)할 새, 부마가 드디어 옥환 한

---

539) 장신장의(將信將疑) : 믿음이 가기도 하고 의심이 가기도 함.
540) 합호(閤戶) : 규방(閨房).
541) 남전(藍田) : 중국(中國) 섬서성(陝西省)에 있는 산 이름으로 옥의 명산지.

짝을 순금함(純金函)에 담아 보내니, 양가 매작(媒妁)이 다 기이히 여기나, 오히려 공주 추사(推辭)하여 천자의 주의하심은 모르고 사혼(賜婚)하시매, 서로 추사하기로 자연 나타난 줄로 알아, 장안에 편행하더라.

곽부에서 길일을 받아 회양궁의 보하니, 일삭이 가렸더라. 부마 비록 옥환의 기연(奇緣)을 이루게 되나, 오직 진씨의 어진 덕을 갚을 의사보다는, 중심에 '미생(尾生)의 어린 신(信)'542)을 효칙함을 맹세하였던 바, 이를 이루지 못할 것을 탄하여 공주로 의논을 서로 청할 새, 공주가 경사(京師)로 청함을 원하는지라. 부마 드디어 옳이 여기되 저의 뜻을 모르고 강박함이 가치 않아 서찰을 닦아 진부에 통하니라.

시노(侍奴)가 진부에 이르러 부인과 공자께 수서(手書)를 올리니, 이때 진소저 행적이 일세에 유동하여 저 회양공주와 동렬되기를 허하신 말이 십분 전하여, 심곡(深谷)에 다 미치매 가가호호(家家戶戶)가 다 책책(嘖嘖) 칭찬하나, 부인은 오히려 타인의 수하됨을 한하더니, 홀연 궁노 이르러 부인과 공자가 부마의 서찰을 보니, 영명(令名)543)에게 부친 바라. 사의(辭意) 유곡하며 말씀이 완전하여 한자 깁에 깊은 정이 머물렀고, 또 절구 십여 수를 보냈으니, 편편한 문장이 금수(錦繡) 어리고 자자(字字)의 뜻이 은근함을 머물러 그 가운데 경사에 올라와 성친하기를 바라는 뜻이더라.

부인과 공자가 보기를 마치매, 또 구슬 함에 봉서를 담았으니, 한 번 펼친 즉 필법이 정공하고 묵화가 비무(飛舞)하여, 오채 영영(盈盈)함이 금수 어린 듯하더라.

---

542) 미생(尾生)의 어린 신(信) : =미생지신(尾生之信). 우직하여 융통성이 없이 약속만을 굳게 지킴을 비유적으로 이르는 말. 춘추 때 노(魯)나라 미생(尾生)이라는 사람이 다리 밑에서 만나자고 한 여자와의 약속을 지키기 위해, 홍수에도 피하지 않고 기다리다가, 마침내 익사하였다는 고사에서 유래한다. ≪사기≫의 〈소진전(蘇秦傳)〉에 나오는 말.

543) 영명(令名) : 남의 이름을 높여 이르는 말. *여기서는 '진소저'를 가리킨 말이다.

크게 경아하여 이에 내리 보매, 이 곳 회양공주의 향염한 수적 (手蹟)이라. 향취 옹비(擁鼻)하고 운영(雲影)이 취지(聚之)하더라. 가랐으되,

"회양공주 이씨는 삼가 글월을 닦아 진태우 두부인 좌하에 고하나니, 첩은 구중심궐(九重深闕)에 자라 식견이 천박하고 인사 소활하나, 황야 자애하심을 입사와 이미 군자를 섬기는 도를 이루매 도리어 인륜을 희지어 녕아(令兒) 소저의 수절함이 크게 현덕의기(賢德義氣)이나, 공규(空閨)에 잠겨 홍안을 공송하매 어찌 천앙이 첩에게 없으리오. 첩이 군자와 숙인의 가연을 어지럽힌 죄 심두에 경경하여 좌와(坐臥)가 불안한지라. 황명의 허하심을 얻어, 소저와 한가지로 군자의 상(床)을 받들어 봉비(葑菲)544)의 정성을 다하고자 하나니, 진실로 어린 의사 관저(關雎)를 영모하기에 있는지라. 능히 감추지 못하여 일척(一尺) 정서(情書)를 부치나니, 바라건대 부인은 고택에 돌아오셔 소저의 친사를 이뤄, 첩으로 하여금 건기(巾器)를 다스리매 빈번(蘋蘩)545)이 가즉하기를 다하게 하소서."

하였더라.

부인이 간필(看畢)에 차탄 왈,
"공주의 덕성이 이렇듯 하니, 소녀의 복이로다."

장차 회서를 닦아 보내려 하더니, 소저가 종용히 고왈,
"부마 비록 유신함이 이 같으나, 세(勢) 가치 않음이 있으니,

---

544) 봉비(葑菲) : =봉비하체(葑菲下體). '무의 밑 둥'이란 뜻으로 못생긴 사람의 비유로 쓰인다. 『시경』〈패풍(邶風)〉 곡풍(谷風)편의 "채봉채미 무이하체(採葑採菲 無以下體; 무를 뽑을 때 밑 둥만 보고 뽑지 말라"에서 온 말로, 무를 뽑을 때 무의 밑 둥이 비록 잘 생기지 못하였을지라도 맛이 좋을 수도 있고 또 잎을 요긴하게 쓸 수도 있는 만큼, 겉만 보고, 또는 부분만 보고, 전체를 평가하지 말라는 말. '봉(葑)', '비(菲)'는 둘 다 무의 일종.
545) 빈번(蘋蘩) : '큰개구리밥'과 '머위'라는 뜻으로, 이런 나물로 차린 변변하지 못한 제수(祭需)를 비유적으로 이르는 말

황명을 달게 여겨 공주와 안연히 동렬됨이 가치 아니하고, 제 이미 천자의 사혼으로 곽씨를 취하는데, 만일 올라가 군상(君上)이 재취(再娶) 밖엔 허함이 없은즉, 장랑의 뜻이 헛된데 돌아가리니, 가치 않음이 둘이요, 공주 이미 이렇듯 은근하여 능히 갈담(葛覃)의 풍화를 빛내시니, 어찌 겸손한 예를 버리리요. 가치 않음이 셋이니, 회서를 만전이 하여 저 공주의 비루하게 여김을 얻지 말 것입니다."

부인이 크게 깨달아 답서를 지어 보내다.

시노가 장안에 이르러 복명(復命)하매, 부마와 공주 펴보니, 가랐으되,

"노첩 두씨는 목욕하고 제국군 정비 회양공주 장대하(粧臺下)의 올리나니, 첩은 산곡 향민으로 거세(去歲)에 비록 장부마로 깊은 언약이 있으나, 당금에 옥주, 부마로 결발지의(結髮之義)를 이루시어 여군의 어진 덕이 심산에 다 들리니, 혼미한 노첩이 열복하여 어린 딸로 하여금 도장에 늙혀 장씨의 성을 우러를지언정, 감히 성친의사는 바라지 않았더니, 의외에 만세 황야 신민의 전정을 어여삐 여기시고, 귀궁 옥주 규곤(閨閫)의 성덕을 여시어, 은명이 허하시며 옥주 청하시미 자못 황구(惶懼)하나, 그윽이 생각건대, 산계(山鷄) 어찌 봉황(鳳凰)으로 동렬이 되며, 어린 딸이 옥주로 어깨를 나란히 하리오. 차라리 옥주 성은을 머리 위에 이며, '촌초(村草)를 맺을지언정'546) 외람한 일로써 군신의 대례와 옥주의 예우(禮遇)를 바라지 않으리니, 혼모(昏暮) 한 의사가 이에 미치매 태의를 받들지 못하나니, 복망 옥주는 거두어 살피소서."

---

546) 촌초(村草)를 맺다 : '풀을 맺다'는 뜻으로 결초보은(結草報恩)을 이르는 말. *결초보은(結草報恩): 죽은 뒤에도 은혜를 잊지 않고 갚음을 이르는 말. 중국 춘추 시대에, 진나라의 위과(魏顆)가 아버지가 세상을 떠난 후에 서모를 개가시켜 순사(殉死)하지 않게 하였더니, 그 뒤 싸움터에서 그 서모 아버지의 혼이 적군의 앞길에 풀을 묶어 적을 넘어뜨려 위과가 공을 세울 수 있도록 하였다는 고사에서 유래한다.

하였더라.

공주 칭찬 왈,
"진부인의 어짊이 이렇듯 겸손하니, 첩이 한갓 저의 큰 의를 돌아보지 않고 참위(僭位)547)를 홀로 당하리오."

부마 가로되,
"황상이 국법을 건너뛰어 재취를 정하시니, 권도(權度)548)로 비롯함이라. 황은을 감격하거늘, 의외에 곽씨를 취하고 진씨를 얻음이 사체에 더욱 불가한지라. 내 차라리 의를 배반하고 사람을 저버려 명교의 죄인이 될지언정 분(分)밖에 어린 의사와 성만한 영총은 구치 않나니, 저의 뜻대로 규리(閨裏)에 혼자 늙음이 또한 천의(天意)라. 다시 무엇을 한(恨)하리오.

공주 크게 불안하여 정색하고 가로되,
"부마는 식리군자(識理君子)로 거세(擧世) 명공(名公)이거늘, 도리어 신의를 저버리고 풍화의 윤기(倫紀)를 상케 하느뇨? 초례(醮禮)549) 빙채(聘采)550)로 이를진대 진씨를 맞아 첩이 상두를 사양함직 하되, 국가의 예법을 첩이 혼자 마음대로 고치지 못하는 고로 일념이 오히려 불안하거늘, 도리어 정각(正閣) 현녀로 하여금 청춘화미에 속절없이 규합(閨閤)의 슬픈 원이 하상(夏霜)551)에 이르게 하리까? 태우는 삼 부인이요, 제후는 구 부인을 갖추니,

---

547) 참위(僭位) : 분수에 넘치는 군주의 자리에 앉음. 또는 그 자리.
548) 권도(權度) : 목적 달성을 위하여 그때그때의 형편에 따라 임기응변으로 일을 처리하는 방도.
549) 초례(醮禮) : 혼례(婚禮)를 달리 이르는 말.
550) 빙채(聘采) : =납빙(納聘). 납폐(納幣). 혼인할 때에, 사주단자의 교환이 끝난 후 정혼이 이루어진 증거로 신랑 집에서 신부 집으로 예물을 보냄. 또는 그 예물. 보통 밤에 푸른 비단과 붉은 비단을 혼서와 함께 함에 넣어 신부 집으로 보낸다.
551) 하상(夏霜) : 하상지원(夏霜之怨). 여름에 서리가 내릴 만큼의 큰 원한. *여자가 한을 품으면 오유월에도 서리가 내린다.

한갓 낮은 부마의 위의로써 체면과 신의를 잃음이니, 부마의 고관대작이 초요월안(楚腰越顔)552)을 모아도 부마의 위의에 거리낌은 없을까 하나이다."

부마 심심이 탄상 왈,
"옥주의 말씀이 나의 그른 것을 고칠 뿐 아니라, 멀리 주공(周公)의 법제와 주아(周雅)553)의 풍(風)을 이루시니, 인지(麟趾)554)의 노래와 종사(螽斯)555)의 빛을 나타내도소이다."

공주 다만 대답하지 않고 망일(望日) 조하(朝賀)를 당하여 입궐할 새, 낭랑과 상이 새로이 사랑하여 일색이 서잠(西岑)에 떨어지고 월화(月華) 동령(東嶺)에 부시는지라. 주렴을 높이 옥구(玉鉤)에 걸고 비빙과 공주 차례로 모셨더니, 회양공주 나직이 묻자오되,
"자고로 부마의 이취(二娶) 없사오나, 이제 신의 지아비 천은을 모첨하여 용봉의 길을 밟고 탑하에 근신(近臣)이 되며, 외번(外蕃)을 정토하매, 번진(蕃鎭)을 소청(掃淸)하고, 탁란(濁亂)을 정제하여 특별한 은영이 왕후봉작에 이르니, 위에 마땅히 칠부인에 지날 것이거늘, 하물며 조의(朝意)556)에 친사를 정하매, 그 여자가 수절(守節) 보원(報怨)하여 세속에 벗어난 고로 마침내 홍안을 규리(閨裏)에 함몰하여 문을 바라 기다리는 과부되기를 기약하니, 성명(聖明)은 성대(聖代)에 풍속을 널리며 예절을 정표함직 하니, 어찌 부마 심기에 구애하여 대신 대접하는 도를 잃으며, 일 여자

---

552) 초요월안(楚腰越顔): 중국 초나라 미인의 가는 허리와 월나라 미인의 아름답게 화장한 얼굴.
553) 주아(周雅) : 『시경(詩經)』의 〈소아(小雅)〉편과 〈대아(大雅)〉편을 합하여 이르는 말. 소아와 대아는 주나라의 궁중음악 곧 아악(雅樂)을 정리해 놓은 것으로 주나라 왕실의 덕을 찬미한 것이 많다.
554) 인지(麟趾) : '기린의 발'이란 뜻으로 '자손'을 달리 이르는 말.
555) 종사(螽斯) ; 메뚜기, 베짱이, 여치를 통틀어 이르는 말
556) 조의(朝意) : 임금의 의견.

의 평생으로 하여금 비상(飛霜)의 원(怨)을 품게 하리까? 신이 폐하의 지우(知遇)하심을 입어 사정을 고하지 않을 수 없는지라. 재취밖엔 허치 않으신 즉 곽씨는 비록 '진진(秦晉)의 의(義)'557)를 맺게 하시나, 홀로 진녀에게는 천위 일편되신지라. 일월(日月)은 사사로움이 없어 사방에 고르게 비추고, 사시(四時)는 차질을 빚음이 없어 평분(平分)함이 동지 하지에 미쳤거늘, 황야(皇爺) 만국에 모첨(冒添)하셔 신자의 의를 완전케 하시고, 열녀의 성행을 표장하심이 무슨 가치 않음이 있으리까? 삼부인 갖추는 법으로써 진녀를 허하신 즉, 상천이 흠복하고, 신민이 덕을 우러를까 하나이다."

상이 청파에 흔연 소왈,
"금일 네 이에 머묾은 부마를 위하여 진녀의 절을 나타내 인연을 맺게 하고자 함이로다! 짐이 한갓 장경을 어린 부마의 유(類)로 미루리요마는, 너의 평생을 사랑함이 도리어 인덕(仁德)에 해(害)가 되도다. 명일 장경을 보아 삼취를 허하리니, 아녀는 안심하라. 전대에 임사번강(姙似樊姜)558) 밖엔 진정 숙녀가 없더니, 회양이 능히 이 같으니, 가히 모시(毛詩)559) 제일편을 사양치 않으리로다."
공주 사배(四拜)하여 사은하더라.

내조(來朝)560)에 공주 궁에서 나올 새, 부마 또한 조회로부터

---

557) 진진(秦晉)의 의(義) : 중국 진(秦)나라와 진(晉)나라 두 나라가 대대로 혼인의 의를 맺어온 사실에서, 혼인이나 우의가 두터운 관계를 비유적으로 이르던 말.
558) 임사번강(姙似樊姜) : 중국 주(周)나라 현모양처(賢母良妻)인 문왕의 어머니 태임(太姙)과 무왕(武王)의 어머니 태사(太姒), 그리고 초나라 장왕(莊王)의 비(妃)인 번희(樊姬)와 위(衛)나라 공백(共伯)의 아내 공강(共姜)를 함께 이르는 말. 모두 어진 마음으로 남편을 내조하며 절의를 지킨 현모양처의 전형(典型)으로 부덕(婦德)으로 유명하다.
559) 모시(毛詩) : '시경(詩經)'을 달리 이르는 말. 중국 한나라 때의 모형이 전하였다고 하여 이렇게 이른다.

중로에 다다라 공주 채거(彩車)를 만나매, 수레 무색하고 궁인이 다 검소하여 금수의복(錦繡衣服)과 능라를 입은 자가 없고, 거상 금덩에 구슬발이 칠보(七寶)를 덮었는데, 향화는 오직 바람에 내를 전할 따름이라.

부마가 그 적검(赤儉)[561]한 덕을 심중에 경복하더니, 공주 또한 노상의 벽제 어지러움을 보고, 염내(簾內)로 좇아 추파(秋波)를 잠깐 들 매, 일위 귀인이 자금선(紫錦扇)을 반만 가리고, 사마쌍곡(駟馬雙轂)[562]으로 추종(騶從)과 아역(衙役)이 십분 간략하여 한 가에 비키거늘, 가만히 탄 왈,

"조정에 저 같은 자가 있어 진정 경박자로 하여금 위세 혁혁함을 부끄럽게 여겨 적심검박(赤心儉朴)함을 힘쓰게 하리로다."

다시 돌아보매 뒤에 좇아오며 금선을 앗아 백면영풍이 이 문득 장 도위라. 공주 그 가부(家夫)인 줄 알고 심두에 탄 왈,

"내 일찍 부마의 이같이 숭검절차함을 사무치지 못하였더니, 성만한 부귀 가운데 수신행도(修身行道)가 저 같으니 군자의 어진 덕이로다."

하더라.

수레를 갈와[563] 궁문에 다다라 부마 한 가지로 웃음을 띠어 내전에 이르러 좌정하고 일일 안부를 서로 통하매, 부마 흠신 왈,

"오늘 조회에서 성상이 진씨 취함을 이르시니, 반드시 공주 주문(奏聞)을 들으심인가 하나니, 진씨의 윤의(倫義)를 완합하고 규문에 방향(芳香)을 드리우니 항복함을 겨를 못하나, 공주 너무 잇비 생각하시니 감동하는 바에, 난심옥질이 상하실까 하나이다."

공주 정금(整襟) 대왈,

---

560) 내조(來朝) : 명조(明朝). 내일 아침.
561) 적검(赤儉) : 참마음에서 우러난 검소함.
562) 사마쌍곡(駟馬雙轂) : 네 필의 말이 끄는 수레의 말과 수레를 함께 이르는 말.
563) 갈오다 : (어깨를) 나란히 하다.

"군자의 덕을 밝히고자 함이 곧 첩의 소임이라. 오히려 내조함이 미치지 못할까 근심하매 심사 상함은 옳거니와 진부인 취하기에 생각이 미침은 그러나 상심토록은 않을까 하나니, 황야께서 은명을 드리우시니 어찌 구태여 첩의 주청을 들으심이리까? 다만 쉬이 정하여 맞아 오시기를 바라나이다."

부마 재삼 칭사하더라.

광음이 신속하여 길일이 임하매 공주 만조 명부와 황친국족(皇親國族)을 다 청하고, 친히 관복을 받들어 입히고 삼공거경(三公巨卿)이 또 외연(外宴)에 모드니 장승상이 주인이 되어 신랑을 보내고 중객(衆客)을 수응(酬應)하니, 옥화궁 너른 집에 차일(遮日)이 폐공(蔽空)하고 수막(繡幕)이 연천(連天)한데, 금수석(錦繡席)을 연(連)하고 운무병(雲霧屛)을 둘러 제빈이 좌차를 분하니, 화모월태와 설액무빙(雪額霧鬢)이 분변키 어렵되, 오직 회양공주 벽상좌(壁上座)의 거하여 접화인대(接話人對)564) 하매 좌우가 다 투어 살필 새, 그 안모를 의논한즉 중추망월이 중천에 비꼈으며, 연지부용(蓮池芙蓉)이 화향(花香)을 내뿜는 듯, 추파양안(秋波兩眼)은 일월정화(日月精華)와 산천수기(山川秀氣)를 모았으니, 한번 둘러 나직이 말씀하매, 영채 쇄락함은 태양이 빛을 토하고, 낭랑한 어음이 한번 말한 즉 자연한 법도가 규구(規矩)에 맞고, 화한 기운이 사람에게 쏘이면 혜풍이 화창하여 봄 시내에 흔연한 듯, 천연 완전함이 좌상을 경복케 하니, 여염 소소한 여자로 비긴즉 만분 같음이 없고, 황가지엽(皇家枝葉)으로도 신중함이 상사(常事)요 용종옥골(龍種玉骨)이니 윤택함이 그렇다 한 즉, 제왕후비와 진양공주가 항열(行列)에 성렬(盛列)하였으나 같은 자가 없는지라.

성화(聲華)를 길이 듣고 안모(顔貌)를 바라보던 류(類) 망혼낙담(亡魂落膽)하여 어린 듯이 주차(奏次)565)를 잊고, 맥맥히 두 눈이

---

564) 접화인대(接話人待) : 손님을 대접하며 대화를 나눔.

겨를하여566) 보지 못하니, 공주 더욱 불안하며 일변 우습게 여겨, 완전한 옥성(玉聲)이 사람의 심폐에 사무쳐 감격케 할 뿐이더라.

부마 이미 위의를 거느려 곽가에 이르러 옥상에 기러기를 전하고 쇄약(鎖鑰)을 가져 친히 덩 문을 잠그매, 채거(彩車)를 곁 지어 궁중을 향하니, 때 정히 삼춘화미(三春華美)를 당하여 명려(明麗)한 물색을 띠었으니, 버들은 푸른 내에 잠겼고, 꽃은 붉은 빛을 토하여 혼례를 돕는대, 주취(珠翠)는 구슬발에 눈부시고, 채의는 춘풍에 나부끼거늘 협로어악(峽路御樂)은 생가(笙歌)가 앞을 인도하고, 양수(楊樹) 향풍은 원근에 쏘이며, 추종과 아역은 길을 덮었으니, 이날 황상이 안무(按舞) 어악(御樂)을 내리고 조정 명공으로 하여금 길례를 도우라 하시니, 진실로 황가의 성한 예를 미루어, 부마의 재취함인 줄 알리러라.

궁중에 이르러 합근교배(合巹交拜)의 예를 마치고 좌석에 들어 자하상을 나눌 새, 부마 잠간 눈을 들 매, 설부화모(雪膚花貌)가 진세(塵世) 티끌에 물들지 않았으니, 두 짝 홍협(紅頰)은 도화(桃花)를 점친567) 듯, 팔자아미(八字蛾眉)는 오채영롱(五彩玲瓏)하고, 앵순은 단사를 먹음은 듯, 봉익(鳳翼)은 나는 듯하고, 섬요(纖腰)는 촉라(蜀羅)568)를 묶은 듯, 홀란(惚爛)한 자태와 맑은 기질이 옛날로 이른 즉 송옥(宋玉)569)의 동가녀(東家女)570)와 조식(曹

---

565) 주차(奏次) : ①말의 차례, ②말할 차례,
566) 겨를하다 : ①틈을 내다. ②주체하다. 감당하다. 억제하다.
567) 점치다 : ① =치다. 붓이나 연필 따위로 점을 찍거나 선이나 그림을 그리다. ② 늑그리다. 연필, 붓 따위로 어떤 사물의 모양을 그와 닮게 선이나 색으로 나타내다.
568) 촉라(蜀羅) : 촉나라에서 짠 비단.
569) 송옥(宋玉) : BC.290~227. 중국 전국시대 초나라 문인. 중국의 대표적인 미남자의 한 사람이며, 사부(辭賦)를 잘하여 〈구변(九辯)〉, 〈초혼(招魂)〉, 〈고당부(高唐賦)〉 등의 작품을 남겼다. 굴원(屈原)과 함께 굴송(屈宋)으로 불렸으며 난대령(蘭臺令)을 지냈기 때문에 난대공자(蘭臺公子)로 불리기도 했다.
570) 동가녀(東家女) : 동쪽 이웃집의 딸로 미인을 이르는 말. 송옥의 〈등도자호색부(登徒子好色賦)〉에 나오는 말로, 이 부(賦)에는 다음과 같은 내용이 들어 있다. 天下之佳人 莫若楚國(천하의 아름다운 여인은 초나라 여인만한 이가 없고), 楚國之麗者 莫若臣里(초나라의 아름다운 여인은 신의 마을의 아름다운 여인만한 이가 없습니다)

植)571)의 낙신(洛神)572) 기림이라도 같지 못할 것이요, 높이 비한
즉 서자(西子)의 백미(白眉)와 여와(女媧)573)의 향염(香艶)함이라
도 미치지 못할지라.

양안(兩眼)은 추파(秋波)와 효성(曉星)의 정기 동하고, 미목(眉
目)은 표치요라(標致姚娜)하여 구슬 꽃이 서로 바라보는 것 같아
바로 우화(羽化)574)할 듯하며, 정채(睛彩)는 등선(登仙)하려 하매,
요조(窈窕)한 것이 감춰 있으니, 의사 운외(雲外)에 떠돌고 넋이
낙포(洛浦)에 흩어져, 일장호흡(一長呼吸)575)에 가만히 생각하되,
공주는 완예(婉嬊)576)한 행사와 흐억한 풍채 뿐 아니라, 성녀(聖
女)의 어진 덕이 잇거늘, 이제 곽씨는 절대미색이요, 또한 가인
(佳人)의 빙정(氷晶)함이 있으니, '세상에 절염이 많음인가? 나의
복이 중함인가?' 이렇듯 헤아리매 만면화기(滿面和氣)에 춘풍이
무르녹아 신랑과 신부를 비컨대, 태양(太陽)의 광채와 모란의 향

臣里之美者 莫若臣東家之子(신의 마을에서 아름다운 사람은 신의 동쪽 이웃집의 딸
만한 사람이 없습니다.) 然此女登牆窺臣三年 至今未許(그러나 이 여인은 담장을 넘
어 신을 삼년동안이나 엿보았으나, 저는 지금까지 허락하지 않았습니다).
571) 조식(曹植) : 192~232. 자는 자건(子建). 중국 삼국시대 위(魏)나라 조조의 셋째 아들.
일곱 걸음 만에 시를 지어 죽음을 모면하였다는 칠보시(七步詩)와 유명하다.
572) 낙신(洛神) : 중국 낙수(洛水)의 신. 상고시대 복희씨(伏羲氏)의 딸 복비(宓妃)가 낙
수(洛水)에서 익사하여 뒤에 이 물의 신(神)이 되었다고 함. *낙신부(洛神賦): 중국
삼국시대 위(魏) 나라 조식이 낙수를 건너면서, 한때 자신의 연인(戀人)이었던 견후
(甄后)를 이 낙수의 신녀(神女)로 가탁해 그녀의 아름다움과 그녀에 대한 사랑을 노
래한 부(賦).
573) 녀와(女媧) : 중국의 천지 창조 신화에 나오는 여신으로 사람의 얼굴과 뱀의 몸을 하
고 있다고 한다. 천지 조판시(肇判時) 하늘에 구멍이 뚫리고 큰 비가 내려 홍수가 나
자 오색 돌을 빚어서 하늘의 구멍을 메우고 큰 거북의 네 다리를 잘라 하늘을 떠받
치게 한 후, 갈대를 태워 그 재로 물을 빨아들이게 하여 대홍수를 막았다고 한다. 또
사람들이 즐거움을 누릴 수 있도록 '생황(生簧)'이라는 악기를 처음 만들기도 하였다
한다.
574) 우화(羽化) : =우화등선(羽化登仙). 사람의 몸에 날개가 돋아 하늘로 올라가 신선이
됨. 《진서(晉書)》의 〈허매전(許邁傳)〉에 나오는 말이다.
575) 일장호흡(一長呼吸) : 한 번 길게 숨을 쉼.
576) 완예(婉嬊) ; 아름답고 유순함.

기가 다툼 같더라.

이에 사당에 현알(見謁)하고 좌중의 행녜(行禮)할 새, 공주 문득 겸양하여 몸을 일으켜 일어서서, 그 사배(四拜)를 당하여 다 몸을 굽히고 방석 밖에서 예를 답하매, 진퇴유법(進退有法)[577]하고 법례 완연(完然)하여 호리(毫釐)도 유차(有蹉)함이 없으니, 중인이 금반옥액(金飯玉液)[578]에 배부름을 잊고, 오직 양인의 옥모를 흠앙(欽仰)하여 각각 고하를 의논치 못하여, 공주는 연화(鉛華)[579]와 방택(肪澤)[580]을 허비치 아냐, 쌍환(雙鬟)[581]이 한가하고, 백안(白顔)이 안안(晏晏)하니[582], 주취(珠翠)와 단장(丹粧)을 사미(奢靡)히 않아, 용수사제(龍鬚蛇蹄)[583]와 옥부추연[영](玉膚秋影)[584]은 꾸미지 않을수록 더욱 아름답고, 추수부용(秋水芙蓉)이 조양(朝陽)에 헌거(軒擧)하며[585], 중천망월(中天望月)이 천궁(天宮)에 내밀은 듯, 곽씨는 홍도일지(紅桃一枝)가 춘우를 맞아 아침 햇살에 부시는 듯, 소상(瀟湘) 얼음이 수정(水晶)의 맑은 빛을 발

---

577) 진퇴유법(進退有法) : 나아가고 물러서고 하는 동작들이 다 법도가 있음.
578) 금반옥액(金飯玉液) : 맛과 빛깔이 좋은 밥과 술을 함께 이르는 말 *금반(金飯): 좁쌀에 국화와 감초를 넣어서 지은 밥. *옥액(玉液): =옥액경장(玉液瓊漿). 빛깔과 맛이 좋은 술
579) 연화(鉛華) : 분(粉). 얼굴빛을 곱게 하기 위하여 얼굴에 바르는 화장품의 하나. 주로 밝은 살색이나 흰색의 가루로 되어 있다.
580) 방택(肪澤) : 기름기. 머리 따위에 기름을 발라 윤기가 나게 함.
581) 쌍환(雙鬟) : 두 줄로 쪽진 머리.
582) 안안(晏晏)하다 : 화평하다.
583) 용수사저(龍鬚蛇蹄) : '용의 머리에 난 털'과 '뱀의 발굽'을 함께 이르는 말. 여기서는 '여성의 눈썹'을 비유적으로 표현한 말로 보인다. 즉 '용수(龍鬚)'와 '사제(蛇蹄)'는 각각 용이나 뱀을 그릴 때 꼭 나타내지 않아도 되는 것들인데, 마찬가지로 예전에 여성들이 화장을 할 때 눈썹은 그리기도 하고 그리지 않기도 했기 때문에, 이를 '용수사제'로 비유해 표현한 듯하다.
584) 옥부추영(玉膚秋影) : 옥처럼 아름다운 피부와 가을 햇살에 비친 그림자라는 뜻으로, 일반적으로 그림을 그릴 때, 이 부분들 곧, 옷 속에 가려진 피부나 가을 경치(景致)의 이면에 존재하는 그림자는 그리지 않는 부분이다. 따라서 이 표현들은, '치장을 하여 꾸미지 않은 외모를 비유적으로 표현한 말로 볼 수 있다.
585) 헌거(軒擧)하다 : 풍채가 좋고 의기가 당당하다. 늑헌앙하다.

하는 듯, 아리땁게 곱고 황홀히 사랑스러워 청월표묘(淸越縹
緲)586)하니, 천연수려(天緣秀麗)함은 공주만 못하나, 백미(百美)
유출(流出)함은 공주에 지난지라.

분대(粉黛)587)의 상품(上稟)과 규수(閨秀)의 명화(名花)들이 일
시(一時)에 탈색하여 암암(暗暗) 탄상(歎賞)하매, 도리어 공주에
게 치하(致賀) 분분하니, 공주 또한 기뻐 흔연 수답(酬答)하매,
신부를 사랑하며 희열함이 일분 적국(敵國)의 체태(體態) 없어 문
득 자질(子姪)의 신부 보듯 하는지라. 중좌(衆座)가 그 성덕을 열
복하더라.

계하(階下)에 파연곡(罷宴曲)이 어지럽고 붉은 해 서(西)로 돌
아지니 제객이 흩어지고, 공주 명하여 곽부인 침소를 서녘 추월
루에 정하니, 공주 침전 영춘전과 동서에 나뉘어 의의(猗猗)히 대
하였더라.

이날 부마 곽씨로 혼인을 맺으니 또한 견권(繾綣)함이 비길 곳
이 없으나, 일념이 공주를 잊지 못하여 성덕을 탄복하고 화우(和
友)하기를 경계하더라.

명조에 공주 소작(小酌)을 베풀고 장씨 원족과 곽가 부인네들
을 청하여 도도한 담론과 날리는 옥배(玉杯)에 또한 넘치는 정
이 적인(敵人)을 요동하여, 사마(駟馬)588)의 앙알함589)을 보리러
라.

이때 부마가 조회에 들어가니 상이 신혼을 하례하시고, 어주와
진찬을 하사하시매, 임의 취하여 궁의 돌아와 옥설헌의 쉬더니,
문득 설·초·옹 삼왕이 이르러 사시 주찬을 나오니, 내외예 즐
김이 극하매, 고은 해 금집(金-)590)의 저물고 밝은 달이 옥난간의

---

586) 청월표묘(淸越縹緲) : 끝없이 맑고 높고 넓어 아득함.
587) 분대(粉黛) : '분을 바른 얼굴과 먹으로 그린 눈썹'이란 뜻으로 '화장한 미인'을 비유
    적으로 이르는 말.
588) 사마(駟馬) : 네 필의 말이 끄는 수레
589) 앙알하다 : 소리가 끊임없이 이어져 나다.
590) 금집(金-) : 화려한 채색을 한 크고 잘 지은 집

조요하더라. 삼왕이 드디어 내객이 있음을 인하여 공주를 보지 못하고 돌아가니, 내청(內廳) 제객이 또한 흩어지고 홀로 공주와 곽소저 한가지로 월색을 상완(賞玩)할 새, 부마가 취안을 흘리 뜨고 금관을 반탈하여 영춘전 난간 앞에 이르니, 양인이 일어나 맞아 좌정하매, 곽씨 부끄러움을 머금어 수습하매, 계화일지(桂花一枝)가 춘우를 띤 것 같고, 공주의 천연 쇄락함은 모란이 향기를 뿜는 듯한지라. 하물며 파란 하늘이 만리에 청형(靑熒)591)하고 인눈(一輪) 은섬(銀蟾)592)이 옥누(玉樓)의 경광(景光)을 폈는데, 일위 군자와 양미(兩美) 숙녀가 대하니, 진정 옥제 명하신 배우(配偶)라.

부마, 공주를 대하여 명철혜덕(明哲慧德)을 심복하며 곽씨의 교용염태(嬌容艶態)를 보매, 심정이 간권(懇眷)593)한지라. 날호여594) 웃으며 이르대,

"옥주와 곽부인이 새 연분과 옛정을 아울러 환호일유(歡呼佚遊)595)하는 성미 심상치 않으리니, 학생이 봄을 어찌 고사하여 새로이 감흥하리오. 유운각 기몽(奇夢)도 이미 알았고 옥환의 율시도 들은 지 이미 오래니, 이 밖에 무슨 말이 있나뇨? 얻어 듣기를 원하나이다."

곽씨 더욱 붉은 빛을 머물러 묵묵하고, 공주는 흔연히 웃을 따름이러라. 부마 이날 숙녀가인(淑女佳人)을 대하나 일념이 형주(衡州)596)에 맺혀, 취흥을 타 스스로 결구(絶句)를 읊어 회포를 펼 새, 공주 위하여 그 신의를 감탄하더라.

옥루(玉樓) 기울고저 하니, 각각 침방을 향하매 부마 오히려

---

591) 청형(靑熒) : 옥의 광택이 푸르게 빛남. 또는 그런 빛
592) 은섬(銀蟾) : 은빛 두꺼비라는 뜻으로, '달'을 달리 이르는 말.
593) 간권(懇眷) : 마음으로 깊이 사랑함.
594) 날호여 : 천천히
595) 환호일유(歡呼佚遊) : 서로 기뻐하며 마음대로 편안히 즐기고 놂.
596) 형주(衡州) : 중국 호남성(湖南省) 형양시(衡陽市)의 옛 이름.

걸음을 옮김이 없는지라. 공주 나직이 가로되,

"곽가 현매는 첩의 정의 관숙함이 동포제매(同胞弟妹) 같은지라. 일일에 모여 원을 이루니, 오직 상공은 관념(寬念)하소서."

부마 그 뜻을 알고 일어서며 가로되,

"주배(酒杯) 교집(交集)하니 촌보도 동키 어렵되, 공주 말씀을 좇아 추월루를 찾으려니와, 이 때 바야흐로 봄이 높았으니 화한 뜻이 영춘하기에 깊고, 냉담이 가을 달을 보고자 않나이다."

언파에 완완히 웃고 중정을 신보(新步)하며 월하를 완상하다가 돌아 가니라.

내조(來朝) 청신(淸晨)의 설왕과 옹왕이 다시 이르러 공주를 볼 새, 이 곧 방낭랑 탄생하신 바요, 공주 동기동포(同氣同胞)시니, 곽소저로 내외함이 없는지라. 금관옥패로 내전에 이르러 예를 마치매, 위의 화려하고 옥소리 쟁연하더라.

궁중 주찬을 나와 각각 진취하매 설왕이 웃으며 가로되,

"연일하여 우리 이에 모임은 회양의 산란한 심정을 위로하고 곽매의 신혼가기(新婚佳期)를 하례하러 옴이라. 회양은 어찌 잔등(殘燈)을 대하여 홍군(紅裙)을 울리느뇨?"

공주 대왈,

"곽가 현매는 명호(名號)가 재종형매(再從兄妹)나, 금난(金蘭)[597]의 굳은 정이 동기와 다름이 없더니, 행혀 남군(男君)[598]의 남은 교화를 이어 성교에 위월(違越)함이 없을까 희행하나니, 어찌 심정이 난하며, 홍군(紅裙)을 울게 하리까?"

옹왕이 문득 금선으로 서안을 쳐 낭연 박소 왈,

---

597) 금난(金蘭) : =금란지교(金蘭之交). 단단하기가 쇠와 같고 향기롭기가 난초(蘭草)와 같은 사귐이라는 뜻으로 친구 사이의 우정이 매우 두터운 것을 이르는 말
598) 남군(男君) : 남편.

"회양은 진정 성녀(聖女)라. 어찌 고인을 일컬으리오. 자범이 복녹이 제미(齊美)하여 회양 같은 현덕과 곽매 같은 자매를 얻으니 부마의 두 아내 자고로 없거늘, 구중금궐(九重禁闕)의 황야의 애대(愛待)하심과 주육진찬(酒肉珍饌) 중 곽분왕 총서(寵壻) 되어, 조정에 난즉 고관대작으로 표제(表弟)와 여항(閭巷)의 우러름이 되고, 규방에 든즉 옥모숙녀로 도처에 환락을 맺어 두고, 오히려 미진하여 옛 시절에 표박하여 의지한 곳이 큰 덕이라 일컬어 아매(我妹)를 촉하여 구태여 형주(衡州) 가기(佳期)를 또 이루게 되니 심히 미운지라. 황야는 성대의 풍화를 고르게 하시노라 사정을 보지 않으셔 은명(恩命)을 드리우시나, 우리는 사랑하는 누이를 위하여 한이 깊으니, 가히 벌배(罰杯)를 내릴 것이라."

설왕이 대소하고, 부마 정히 답하려 하더니, 홀연 초 · 수 양왕의 거가가 이르니, 설왕이 가로되,

"곽매 우리로 친친한 의(義) 있고, 양왕이 또 우리와 동기라 어찌 피하는 예(禮) 있으리오."

부마 왈,
"일가 후의를 힘쓸진대, 소저로써 내외함이 가치 않으오이다."

원내 초왕은 의숙황후의 탄생하신 바요, 수왕은 조귀인의 낳은 바라. 이에 청하여 한훤을 마치고 한가지로 옥배를 권할 새, 궁중 풍류(風流)를 나오니, 정정(正正)한 치화(治化)는 바람에 유양(悠揚)하고 청아한 옥적(玉笛)은 구소(九霄)에 사무치는데, 잔은 꽃 앞에 어지럽고, 즐기는 흥은 좌상에 무르녹으니, 술이 반감(半酣)에 사왕이 부마 벌하기를 갖춰 정히 분분한지라.

부마 이미 술이 취하매 처변을 작위(作爲)치 못하고, 예모를 수렴하기 어려운 고로 다만 크게 웃으며 가로되,

"학생이 비록 미천하나 성상과 낭랑이 가리신 바요, 삼취(三娶) 불가하니, 천은이 호성(豪盛)하심이니, 사위(四位) 전하(殿下)가 누이를 위하여 학생을 벌하심이 도리어 천위를 범함 같은지라.

여기서 수벌(受罰)하느니 차라리 금중(禁中)에 들어가 황야의 명을 대하여 벌 먹는 뜻을 고하고 먹으리다."

수왕이 소왈,
"요사이 이래하는[599] 손이 되어 말마다 황야 은권을 일컬으니, 저렇듯 은권을 알진대, 타인 모이기를 상사(常事)를 삼느뇨?
부마 대 왈,
"성군이 재상하셔 문무 업을 닦으시매, 인륜을 중히 여기시고 풍화를 널리시어 천하의 인덕을 밝히시며 백골에 은혜 미치기를 힘쓸 바요, 규합에 일없는 부인이 황금자벽 가운데 오직 옛글만 대하여 형제 없어 고단하다 일컫고 투기 않았노라 자부하여 도처의 옛 언약을 이루게 하시니, 학생이 이미 군부의 성은을 받들고, 내조의 큰 공덕을 돌아보며, 장부 호신(豪身)과 풍류가 매몰치 않고, 빈천(貧賤) 방맹(芳盟)[600]을 저버리지 않으려 함이니, 타인을 모음은 내 탓이 아니니이다."

옹왕이 소왈,
"장자범이 취후 발언이 풍생운집(風生雲集)[601]하니, 속(贖)하여 벌(罰)치 말 것이라."

이렇듯 할 사이에 교지 이르러 명일 자신전에 제왕후비(諸王后妃)와 공주도위(公主都尉)를 다 모이고 문창공주 곽씨도 입궐하라 하시니, 이는 장경황태후 오씨가 본디 회양공주를 편애하시는 고로, 곽씨와 부마와 공주를 부르셔 만춘(晚春)에 한번 소일코자 하심이더라.
사왕(四王)이 이미 술이 취하매 각각 놀라 가고, 내조(來朝)에

---

599) 이래하다 : 아양 떨다. *이래 : 아양. 귀염을 받으려고 알랑거리는 말. 또는 그런 짓.
600) 방맹(芳盟) : 아름다운 약속이나 다짐.
601) 풍생운집(風生雲集) : 바람이 일어나고 구름이 모여듦. 말이나 생각 따위가 계속하여 이어져 끝이 없음.

공주와 곽소저 금연보거(金輦寶車)를 정제하여 입궐하니, 제왕공
주와 왕후비빈이 성열(盛列)하였더라.

공주 곽씨로 더불어 태후께 조현하고 양전(兩殿)에 조회하매
천안이 흔연하시어 각별 곽소저를 은근이 하시고 그 절미(絶美)
한 색태를 보시매 공주께 지난 줄 기이히 여기셔 상사(賞賜)하시
고, 옥음을 내려 가라사대,

"네 자소(自少)로 궁금에 출입하여 공주와 한가지로 벼슬을 얻
고 또 동열(同列)이 되니 희한(稀罕)한지라. 네 마땅히 삭조문안
(朔朝問安)[602]을 공주와 같이하고 무릇 범구(凡具)를 다 공주와
같이 하라."

하신대, 소제 고두재배(叩頭再拜)하더라.

태후 상께 고하되,
"제(帝)의 양 미인은 어디에 있나이까?"

상이 대 왈,
"벼슬이 없으매 좌에 없나이다."

드디어 옥보(玉寶)를 내와 두 장 직첩을 쓰실 새, 하나는 첩여
(婕妤) 소씨라 하고, 하나는 귀인 유씨라 하여 각각 보내시더니,
이윽고 향풍이 습습(習習)하고[603] 옥패(玉佩) 장장한 곳에, 양 미
인이 표연(飄然)히 나아와 숙사(肅謝) 시위(侍衛)하니, 좌우가 한
가지로 볼 새, 진정 경국지색(傾國之色)이니, '양성(陽城)과 하채
(下蔡)'[604]를 미혹(迷惑)하게 할 유(類)라.

---

602) 삭조문안(朔朝問安) : 매월 초하룻날마다 조회에 들어가 문안인사를 올리는 일
603) 습습(習習)하다 : 바람이 산들산들하다.
604) 양성하채(陽城下蔡) : 지명. 중국 전국시대 초나라의 귀족들의 봉지(封地)인 양성과
　　하채를 함께 이르는 말. 초나라 시인 송옥(宋玉)의 부(賦) 〈등도자호색부(登徒子好
　　色賦)〉에 나온다. "언연일소(嫣然一笑 : 눈웃음치며 한번 웃을라치면) // 혹양성(惑陽
　　城 : 양성의 귀인들이 넋을 잃고) // 미하채(迷下蔡 : 하채의 왕손들이 정신을 잃네)"

좌우 일시에 하례하나 홀로 회양공주의 일쌍 명목이 조마경(照
魔鏡)605)을 걸었고 명달한 심지 장내를 사무치는지라. 다만 맥맥
하여 절색을 구경하니, '행희(幸喜)하여라' 할 뿐이니, 상이 흔연
하여 가라사대,

"소·유 양 가인(佳人)이 고움을 자랑하나, 좌상의 문창과 회양
으로 더불어 다투지 못하리니, 너희 처음으로 보매 어떠하여 뵈
느뇨?"

소 첩여 대 왈,

"옥주 성화는 심산궁곡에 미치시는지라. 신등이 일찍 듣자온
지 오래오나, 옥안은 본 바 처음이로소이다."

유 귀인이 몸을 날려 피석 대왈,

"신이 일찍 천한 집이 옥주 궁을 마을하여 일찍 덕의를 듣잡고
다시 화용을 뵈오니, 훤전(喧傳)이 헛되지 않나이다."

상이 소왈,

"연즉 경의 집이 회양의 근린(近隣)이랏다! 너희는 회양의 성화
를 익히 들었거니와 회양은 양 미인을 어떻다 하느냐? 민간 우열
이 있을 것이니 쾌히 이르라"

공주 좌를 떠나 고왈,

"신이 민간에 나간 지 겨우 수삭(數朔)이라. 여염 전언을 어찌
미쳐 살피리까? 다만 소첩여의 덕도(德度)가 규문에 나타나 향석
(向昔) 고인과 흡사하다 하오니, 이제 은택을 입사오니 행심(幸
甚)인가 하나이다."

태후 가라사대,

의 양성(陽城)과 하채(下蔡)를 말함.

605) 조마경(照魔鏡) : 마귀의 본성을 비추어서 그의 참된 형상을 드러내 보인다는 신통
한 거울. 늑조요경(照妖鏡).

"소녀의 있는 바는 우원(迂遠)하되 청문(聽聞)이 있고, 유녀의 있는 바는 지근(至近)하되 아지 못하니, 일로조차 소녀의 덕이 지존(至尊)께 해(害)되지 않으리로다."

진양공주 피석 왈,

"사람의 천성이 다 각각이니 침묵과인(沈默過人)하여 외인을 보지 않은 즉 빛난 이름이 감춰지고, 또 자기 몸을 경히 한 즉 방인(傍人)과 인리(隣里)가 서로 전하나니, 신의 뜻에는 양미인의 행사가 같은가 하나이다."

상이 웃으시고 회양더러 가라사대,
"진양의 주문(奏聞)이 어떠하냐?"

회양공주 대왈,

"이 말씀이 도리에 마땅하오나, 그러나 보검(寶劍)이 흙에 묻혔어도 빛이 두우(斗宇)[606]에 쏘이고, 조개가 바다 밑에 잠겼어도 기운이 누대(累代)를 가오니, 또한 여염(閭閻) 필부의 배필 되는 이도 현(賢)·우(愚)·불초(不肖)를 감추지 못하나이다. 하물며 지존을 모셔 초방(椒房)의 부귀를 누리는 자가 소시(少時)엔들 나타난 일이 없으리까?"

상과 태후가 '옳다' 하시니, 유 귀인이 사색(辭色)이 변하더라.
상이 이원(梨苑)[607]의 풍류를 물리치시고 새로 뽑으신 궁녀 이십 인으로 가무를 하게 하시니, 절세한 노래는 자공 부인의 곡조를 품하여 양진을 날리고, 경신(輕身)한 춤은 비연(飛燕)[608] 황후

---

606) 두우(斗宇) : 온 세상.
607) 이원(梨園) ; ①조선시대 장악원(掌樂院)을 달리 이르던 말. ②중국 당나라 때, 현종이 몸소 배우(俳優)의 기술을 가르치던 곳.
608) 비연(飛燕): 조비연(趙飛燕). 중국 전한(前漢) 성제(成帝)의 비(妃). 시호는 효성황후(孝成皇后). 가무(歌舞)에 뛰어났고 빼어난 미모로 성제의 총애를 받아 황후에까지

의 체태(體態)를 습(習)하여, 흐르는 춤사위를 뿌리치거늘, 제인이 즐김을 다하니, 진실로 태평경회(太平慶會)더라.

주감(酒酣)에 회양공주 고두 부복 왈,

"신녀(臣女) 회양이 용전(龍殿)에 한 말씀을 주달(奏達)하여지이다."

상이 이때 산호궤(珊瑚几)에 비겨 주기(酒氣)를 띠어 계시더니, 연고를 무르신대, 공주 대 왈,

"신녀(臣女) 폐하와 낭랑의 지우(知遇)하심을 입사와 외간에 가오나 위로 구고(舅姑)를 뵙지 못하옵고 버거 금장(襟丈)609)과 소고(小姑)610) 우애를 보지 못하오니, 외롭고 요적(寥寂)하온지라. 이제 곽매를 이루어 형제의 뜻을 나타내오나, 형주 진녀를 쉬이 거느려 힐지항지(頡之頏之)611)의 즐거움을 다 하고자 하오나, 제 본디 숙녀 현덕이 고행(高行) 한지라. 장손무의 명식(明息)으로서 가벼이 이르게 하기 어려우니, 다만 다른 일이 아니라, 자고로 예법에 충렬(忠烈)을 권장함이 있사옵고 풍화대륜(風化大倫)에 열의(烈義)를 표치(標幟)하는 바 있사오니, 오직 천위(天威)로써 이르게 하여, 위로 성덕 정치를 밝히고, 버거 장경과 신의 뜻을 다하고, 또 성녀의 일생을 온전케 하여지이다."

상이 청파에 흔연 감동하여 가라사대,

"저때 비록 허함이 있으나 향곡 촌녀(村女)로 공주의 동렬이 가치 않으니, 이에 소성(小星)의 위(位)를 주고자 하였더니, 진녀가 추사(推辭)하여 어진 뜻이 더욱 아름답고, 경의 성심이 불안할 것이므로 셋째 위를 정하나니, 다만 장경더러 묻나니, 진녀의 문

올랐다.
609) 금장(襟丈) : 동서(同壻). 주로 남편 형제들의 아내들을 이르는 말로 쓰인다.
610) 소고(小姑) : 시누이.
611) 힐지항지(頡之頏之) : 새가 날면서 오르락내리락함. 형제가 서로 정답게 노는 모양을 말함.

미(眉楣)가 황녀와 동렬됨이 너무 욕되지 않으랴?"

부마 일어나 사은 대 왈,
"진녀는 호공(胡公) 진숙보(秦叔寶)⁶¹²)의 장자 도위(都尉) 진회
옥의 손녀요, 도위의 소처(小妻) 은씨는 개산(開山)⁶¹³)의 여(女)
로, 그 아들 중헌이 두강의 딸을 취하여 낳은 바라. 그러나 이 두
씨는 두강의 친녀가 아니라 하고, 또 시랑 오순의 잃은 딸이라
하나, 두강이 일찍 이를 밝히지 않고 친녀로 일컫다가 죽으니, 이
제 두씨가 입었던 옷에 오시랑 딸이라는 필적이 전하나, 오시랑
이라 하는 이는 벌써 죽은 지 오래된 옛 재상이라. 아무 집인 줄
몰라 마침내 찾지 못한다 하나이다."

좌우가 차탄하고 상 왈,
"연즉 공신 후예니 하천하든 않도다."

태휘 이 말을 들으시고 가장 놀라 물으시되,
"두강의 양녀(養女)가 무슨 보람이 있더냐?

부마 대왈,

---

612) 진숙보(秦叔寶) : 553~638. 중국 당나라 장수. 개국공신. 능연각(凌煙閣) 24공신 가
  운데 한 사람. 이름은 경(瓊)이고 숙보(叔寶)는 자다. 본래 수(隋)나라 장수였으나,
  당나라 투항해 이세민을 도와 여러 전투에서 공을 세웠고, 626년 이세민이 '현무문의
  정변'을 일으킬 때 참여해 그를 황제로 옹립했고, 즉위 후 좌위대장군이 되었다. 병
  을 핑계로 관직을 그만두었다가 638년에 사망하자 서주도독에 추증되어 소릉에 안
  장되었다. 639년에 호국공(胡國公)에 봉해졌고, 643년 능연각 24공신록에 올라 그 초
  상화가 이 누각에 봉안되었다.
613) 은개산(殷開山) : ? ~622. 이름은 교(嶠). 일찍 당 고조 이연(李淵)의 참모(參謀)로
  활약하여 신임이 두터웠다. 622년 태종 이세민을 따라 왕세충(王世充)군의 토벌에
  공을 세우고 운국공(隕國公)에 봉해졌고, 623년 유흑달(劉黑闥)을 평정하던 중 병으
  로 죽었다. 우복야(右僕射)에 추증되었고, 640년엔 회안왕(淮安王)에 추봉되었으며
  643년 능연각 24공신록에 올라 그 초상화가 이 누각에 봉안되었다.

"신이 일찍 진녀 유모에게 들었으나 자세치 못하나이다."

태후, 놀라시어 가장 번뇌하시거늘, 상이 묻자온데, 태후 가라사대,

"짐이 형제뿐으로, 짐은 십이 세에 금중(禁中)에 들어와 선제를 뫼시옵고, 아우는 겨우 삼세로 집이 현무문 뒤이더니, 현종황제 위후를 멸하실 제, 밤에 소요(騷擾)히[614] 전하여, 경성 사대부(士大夫)가 이산(離散)하매, 기야(其夜)에 아이를 잃은 고로, 부모 찾으셔도 어디를 가 얻으리오. 이 정히 의심되나, 오순의 딸이라 하니, 오순은 짐의 재종숙부나, 원래 딸이 없는 고로 결(決)치 못하노라."

상이 크게 놀라며 또한 의려(疑慮)하시거늘, 부마 주 왈,

"진녀의 유모 혜월이 있으니, 들여 물으시면 적실(的實)하리이다."

상이 급히 궁감을 보내셔 혜월을 들어오라 하신대, 이때 혜월이 공주와 곽소저의 은권(恩眷)이 성만하여, 저렇듯 함을 보매 더욱 애달아 주야 소저를 생각하더니, 홀연 궁감이 이르러 노자 등으로 하여금 교자에 담아 궐중을 향하니, 아무 연고인 줄 몰라, 놀란 가슴이 떨리더니, 또 휘황한 곳에 이르니, 천상을 바라보고 가르치는 바를 좇아 무수히 '만세'를 마치매, 태후가 주렴을 거두라 하시고, 삼층 계단에 올리시어 궁녀로 하여금 힐문하라 하시니, 혜월이 드디어 주하되,

"어사 두강이 십자가(十字街) 거리에서 살더니, 현종황제 위 황후와 장낙공주를 죽이시고, 그 유(類)를 다 베며 내치실제, 두강은 태주 땅에 귀향 보내시니, 그날 아침에 급히 일가를 데리고 적소로 가다가, 길가의 어린 아이를 얻어 돌아가니, 아무의 자식

---
614)소요(騷擾)히 : 어지럽게. 어지러이.

인 줄 모르되, 입은 것을 보니, 옷에 글 쓴 것이 있으매, 비록 알았으나 마침내 아이에게 뵈지 않고 길러, 진가에 혼인한 후는 종시 이르지 않더니, 진 태우가 죽은 후에 두 어사도 이어 죽고, 두 어사의 며느리가 일찍 과거(寡居)하였더니, 그 소고(小姑)가 상사(喪事)에 온 때를 타, 혹 두가의 재물을 나누는 폐 있을까 두려, 그 옷을 내어 주니, 비록 한하고 설운들 어디에 가 이르며, 여러 번을 찾아도 그 부모를 찾지 못한지라. 이런 고로 주야 서러워하며 혹 여서(女壻)를 얻어 진신환가(縉紳宦家)[615]에 물어보고자 하더니이다."

태후, 더욱 의심하셔, 또 가라사대
"그 옷이 어데 있느뇨?"

대 왈,
"신의 주인이 적도(賊徒)를 만나 몸만 피하여 적이 재보(財寶)를 다 가져 갔으나, 잡것은 버리고 가매 그 속에서 얻어 상(常)해[616] 주인이 귀히 여기던 고로 신이 몸소 가져왔더니이다."

태후, 급히 본가에 통하여 노태부인께 오시기를 통하시고, 일변 옷을 가져오라 하시니, 이윽고 진국 태부인이 학발을 붓치고 위의를 갖추어 들어오시니, 후와 상이 맞아 연고(緣故)를 고하신데, 태부인이 울며 그 옷을 가져 보니, 하였으되,
"아녀(我女) 옥빙이 비록 삼세나 침어낙안(沈魚落雁)[617]이요, 정정한 인물이 세상에 솟아나니, 어느 곳 선아(仙娥)가 강림(降臨)하였느뇨? 월하노인(月下老人)[618]은 전정을 어느 옥인군자(玉

---

615) 진신환가(縉紳宦家) : 모든 벼슬아치들과 그 집안사람들.
616) 상(常)해 : 늘상(常). 항상.
617) 침어낙안(沈魚落雁) : 미인을 보고 물 위에서 놀던 물고기가 부끄러워서 물속 깊이 숨고 하늘 높이 날던 기러기가 부끄러워서 땅으로 떨어질 만큼, 여인의 맵시가 매우 아름다움을 비유적으로 이르는 말. 《장자》〈제물론(齊物論)〉에 나온다.

人君子)에게 정하였는가? 아비 시랑 오순은 애지중지(愛之重之)하여 취후(醉後) 서(書)하노라."

하였더라.

부인이 크게 울며 왈,

"원래 오순은 선군(先君)의 종제(從弟)로 한 집에 살면서, 자녀가 없어 매일 나의 자녀를 기출(己出) 같이 하되, 옥빙을 더욱 사랑하여 언두(言頭)에 반드시 친녀(親女)라 하더니, 그 때 이 글을 쓰고 노첩(老妾)더러 사랑하여 웃더니, 과연 두어 날이 못하여 난중에 잃은지라. 도성 사문에 방 붙여 능히 얻지 못하니 반드시 마제(馬蹄)619)에 분쇄 된가 하더니, 어찌 삼십여 년 후에야 이런 일을 만날 줄 알리오."

태후 또한 우시고 궁중이 진동하여 기특히 여겨, 상이 장부마를 상사하시며, 비보(飛報)620)를 형주부(衡州府)에 내리시고, 태후세 오라버님이 각각 아들을 보내 혜월의 충성을 포장하시니, 이 말이 전파하여 아니 일컫는 이가 없더라.

어두우매 각각 돌아올 새 혜월이 즐거움이 비길 곳 없어, 오부에 왕래하여 환희(歡喜) 고극(高極)하니, 부마는 기쁜 가운데 일이 공교하여 다 황가 귀족인 것을 기뻐 아니하니, 진실로 뜻이 이렇듯 공검(恭儉)하더라.

이적에 형주 진소저, 장부 가인이 돌아가고 자가 전정이 극히 순치 않은지라. 명도를 자한(自恨)하더니, 일일은 밖이 들레며 가정비복(家丁婢僕)이 먼저 들어와 소식을 전하는지라. 부인이 장신장의(將信將疑)하여 정치 못할 사이, 오가 조카 세 사람이 온

---

618) 월하노인(月下老人) : 부부의 인연을 맺어 준다는 전설상의 늙은이. 중국 당나라의 위고(韋固)가 달밤에 어떤 노인을 만나 장래의 아내에 대한 예언을 들었다는 데서 유래한다. 늑월하옹(月下翁). 월로(月老).
619) 마제(馬蹄) : 말발굽.
620) 비보(飛報) : 아주 빨리 보고함. 또는 그런 보고.

것을 통하고, 먼저 태부인 서찰을 들여보내니 그 가운데 하였으
되, '배요상(背腰上)621)에 붉은 점이 있다' 하였거늘, 부인이 오히
려 믿지 않아, 소녀로 하여금 보라한 즉, 과연 옳은지라. 그제야
비로소 세 조카들을 붙들고 실성장통(失性長慟)하매, 이윽고 부존
(府尊)과 현관(縣官)이 와 진공자를 보아지라 하며, 경사로 호송
하기를 재촉하니, 부인이 또한 노가인(老家人)으로 집을 맡기고
태우 산소는 장부마 정한 대로 분부하기를 마치고 급히 경사로
향하여 달이 못하여 오부의 이르니, 일가가 만나 즐김은 이루 다
기록치 않아 알리러라.

태부인이 구십의 나이에 사십년 잃었던 딸을 찾으니, 어린 듯
취한 듯하며, 손녀의 어짊이 용모를 보매 크게 두굿기기를 마지
아니 하고, 부인이 또한 딸을 데리고 태후께 조현(朝見)할 새, 이
진소저의 이름이 온 나라에 풍동하여, 천자를 감동케 한 지라. 궁
중 삼후육궁(三后六宮)622)으로부터 비빈(妃嬪) 시녀(侍女)에 이르
도록 다투어 구경하니, 일시에 모든 눈이 볼 새, 흐억한 태도는
금분(金盆)의 모란이 향기 가득하고, 쇄락한 골격은 추수부용(秋
水芙蓉)623)이 청엽(靑葉)에 비껴 있는 듯, 일천풍채 완전하고 일
만 체도(體道) 다 신중하니, 다만 회양공주 곧 아니면, 대적하기
어렵더라.

좌우가 크게 놀라고 흠선(欽羨)하여 책책(嘖嘖)이 이르고, '우
리 옥주를 천상과 인간에 하나뿐이라', 하더니, 진소저가 이 같으
니 비록 천상화모(天上花貌)를 버리기 어려우나, 심산벽향(深山僻
鄕)624)에서 일동일정(一動一靜)이 저렇듯 하기는 가히 기이한 일
이라 하며, 태후와 상이 크게 사랑하시어 어전 기보(奇寶)를 상사
(賞賜)하실 새, 또한 공주 입궐하였더니, 회양공주가 소저와 부인

---

621) 배요상(背腰上) : 등허리 위. 등의 허리 쪽 부분 위.
622) 삼후육궁(三后六宮) : 황후(皇后)·전황후(太后)·전전황후(太上皇后)와 황제의 모
    든 비(妃)와 빈(嬪)을 함께 이른 말.
623) 추수부용(秋水芙蓉) : 가을 맑은 물결 위에 피어 있는 연꽃
624) 심산벽향(深山僻鄕) : 깊은 산 속에 외따로 떨어져 있는 궁벽한 시골.

을 향하여 각별 연애(憐愛)하며, 부인 모녀도 사례하더라.

물러와 택일 성례할 새, 상이 태후의 뜻을 받자와 위의를 도우시며, 공주 길례(吉禮)에 감함이 없게 하시니, 도리어 곽소저 취할 적도곤[625] 지난지라.

때 정히 한가하여 국화는 만발하고 단풍은 가려(佳麗)한데, 맑은 바람이 길게 불어 사람의 마음을 가득히 할 새, 어사(御賜)하신 고악(鼓樂)이 구소(九霄)에 사무치고[626], 사려(奢麗)한 위의는 도로에 이어 궁중을 향하니, 노상에 굿 보는 자들이, 서로 전하여,

"진부인의 어짊이 궁박한 서생을 지감하고 진소저 큰 뜻이 사생에 변치 않아 마침내 부귀호치에 빛내 친영(親迎)하니, 오늘에야 비로소 신의의 군자와 현숙한 숙녀의 만남을 볼 것이로다."

하더라.

부중에 다다라 친례(親禮)를 마치매, 공주와 곽씨 예필(禮畢)에 좌차(座次)를 분하니, 용모는 회양과 일반이오, 동지(動止)는 천연(天然)이 숙녀의 덕기(德氣) 있으니, 다시 이르지 말려니와, 오직 타향원객(他鄕遠客)으로 동상(東床)[627]을 허한 후, 흉음(凶音)을 들은 때에 수절보원(守節報怨)함이 용이치 않아, 창파해도(滄波海道)에 혼백을 맞으며 천리도로에 원수를 쾌히 갚으니, 그 절조는 여종(女宗)[628]과 반비(班妃)[629]에 지난지라.

---

625) 도곤 : 보다. 서로 차이가 있는 것을 비교하는 경우, 비교의 대상이 되는 말에 붙어 '~에 비해서'의 뜻을 나타내는 격 조사

626) 사무치다 : 깊이 파고들거나 널리 퍼져나가 끝까지 미치다.

627) 동상(東床) : '동쪽 평상'이라는 뜻으로, '사위'를 달리 이르는 말. 중국 진(晉)나라의 극감(郗鑒)이 사위를 고르는데, 왕도(王導)의 아들 가운데 동쪽 평상 위에서 배를 들어내고 누워 있는 왕희지를 골랐다는 고사에서 유래한다.

628) 여종(女宗) : 중국 춘추시대 송(宋) 나라 포소(鮑蘇)의 처로 남편이 두 번째 부인을 얻었음에도 불구하고 남편과 시어머니를 잘 섬겼다. ≪삼강행실열녀도(三綱行實烈女圖)≫ '여종지례(女宗知禮)'조에 나온다.

629) 반비(班妃) : 중국 한(漢)나라 성제(成帝)의 후궁. 시가(詩歌)를 잘하여 성제의 총애

그 용모가 용상(庸常)하여도 행적이 고인에게 더하고, 행지(行止) 비록 나타난 일이 없으나, 그 용광(容光)이 일시에 특이하니, 보는 자가 주차(奏次)를 잊을 뿐 아니라, 서로 칭찬하기에 혀가 뚫어질지라. 추월각 좌편 장춘루에 숙소를 정하니, 경로(經路)와 규합(閨閤)에 금련촉(金蓮燭)630)을 켜고 수호금창(繡戶錦窓)631) 속에 울금향(鬱金香)632)을 피웠는데, 용경(龍鏡)633)이 모이며 백벽(白璧)634)이 돌아와, 군자와 숙녀가 대하매, 부마 흠신(欠身) 사례 왈,

"학생은 타향 궁유(窮儒)요, 일척단신(一隻單身)이 혈혈무의(孑孑無依)하거늘, 악모 더럽다 않으시고 거두어 치심이, 결의(結義)한 고생(姑甥)635)으로 다름이 없고, 또한 적도(賊徒) 수하(手下)에서 겨우 살았으나, 한번 흉한 소리, 이 곧 부인이 예사(例事)로이 이를진대 '빙물(聘物)을 받음이 없고 초례(醮禮)636)를 행함이 없으니', 한번 듣고 파할 따름이거늘, 옥부방신(玉膚芳身)을 도장637)에 함몰하여 일생 죄인 되기를 정하고, 수상(水上) 원지(遠地)를 행하매, 점주(店主) 흉노(凶奴)를 소제(掃除)하니, 부인의 덕의 뿐 아니라, 학생이 은혜 맺기를 심두(心頭)에 궁리하여 오히려 피화(避禍)한 거처를 방문치 못하고, 또다시 두 번 정약한 글 가운데, 뜻을 배반하여 기러기 전하기를 최후에야 하니, 비록 학생이 스스로 한 바 아니나, 그 불신무의(不信無依)를 중심에 참괴(慙愧)하여 금일 부인을 보매, 사례하는 바의 또한 부끄러움이 많도다."

를 받았으나 조비연(趙飛燕)·합덕(合德) 자매에게 참소를 당하여 장신궁(長信宮)에 있으면서 부(賦)를 지어 상심을 노래하였다.
630) 금련촉(金蓮燭) : 금으로 만든 연꽃 모양의 촛대. 또는 이 촛대 위에 켠 촛불
631) 수호금창(繡戶錦窓) : 수놓은 비단을 바른 문과 창.
632) 울금향(鬱金香) : 백합과에 속한 여러해살이풀[늑튤립]. 또는 그것의 향.
633) 용경(龍鏡) : 용을 조각하거나 새겨 넣은 틀을 씌운 거울.
634) 백벽(白璧) : 빛깔이 하얀 옥. 늑백옥(白玉).
635) 고생(姑甥) : 장모와 사위를 함께 이르는 말.
636) 초례(醮禮) : 전통적으로 치르는 혼인례(婚姻禮)를 달리 이르는 말.
637) 도장 : 부녀자가 거처하는 방. 늑규방(閨房).

소저 다만 저두무언(低頭無言)이더니, 날호여 가로되,

"이는 여도(女道)의 떳떳한 절이라. 군자의 사례하실 바 아니요, 무릇 인연은 천정(天定)이니, 각별 일컬으심이 부질없도소이다."

옥성이 유한하고 말씀이 씩씩하니 부마 더욱 공경하고 중대함이 타인과 비교치 못할러라.

이날 진양공주며 설왕부인이 머물러 있더니, 영춘전에 모여 곽부인과 공주로 더불어 서로 말씀할 새, 공주의 기뻐하며 즐겨함이 곽부인 친영 날보다 더하니, 설왕 부인이 탄복하고, 진양공주 홀연 탄하여 이르되,

"자고이래로 부마된 자 당초 장 도위 같이 방자한 자가 없거늘, 어리석은 너는 적국을 볼수록 좋아하니, 나 같으면 한 입을 굳이 닫아 개설(開說)함이 없어, 황야께 밀막고 장랑을 제어하리로다."

공주 소왈,

"이비(二妃)[638]의 꽃다운 행실은 천추(千秋)에 일컬음이 되고, 태사(太姒)[639]는 삼천후궁을 형제 같이 함이 규목(樛木)[640]의 빛난 제목이 되었으니, 남자는 성현서를 읽어 고인을 따르거늘, 여자인들 성비현녀(聖妃賢女)의 성덕을 우러르지 않으리까? 더욱 황가 여자가 가부를 차제(遮制)하고 협제(脅制)함으로써, 용렬한 부마 된 자 머리와 꼬리를 내밀지 못하고, 혹 넘난 일이 있은즉

---

638) 이비(二妃) : 중국 순(舜)임금의 두 왕비이자 요(堯)임금의 두 딸인 아황(娥皇)과 여영(女英). 함께 순임금에게 시집가 서로 투기하지 않고 화목하게 잘 살았으며, 순임금이 창오(蒼梧)에서 죽자 함께 소상강(瀟湘江)에 빠져 죽었다.

639) 태사(太姒): 중국 주(周)나라 문왕의 비(妃). 현모양처(賢母良妻)로 이름이 높다.

640) 규목(樛木) : 『시경(詩經)』 주남편(周南篇)에 있는 시의 제명(題名). 주(周) 문왕(文王)의 후궁들지 정비(正妃) 태사(太姒)의 덕을 찬양한 시. 또는 부부의 행복을 노래한 시로 알려져 있다. 규목(樛木)은 가지가 굽어 아래로 늘어져 있는 나무로, 부인 곧 태사(太姒)의 덕이 널리 아랫사람들에게 드리워져 있음을 상징한다.

용전(龍殿)에 하리 하여 월봉을 거두며 정위(廷尉)[641]에 내리니,
이는 차마 여자의 할 일이 아니라. 소제 기리 한하던 가운데나,
하물며 공을 먼저 이뤄 천총(天寵)을 띠었으며, 작위를 먼저 얻었
고, 아시(兒時)에 금석 같은 정약이 있으며, 여자의 절행이 타인
과 같지 않아, 십년 부부도곤 더한지라. 어찌 차마 저버리며 여느
부마에 비길 바이리오. 황야 신자의 인륜을 돌아보아 여자의 하
상지원(夏霜之怨)[642]을 없게 하시고, 소제 뜻을 펴니, 금일 즐거
움은 평생 처음이라. 의(義)에 마땅히 원위(元位)를 사양함직 하
되, 황야 좇지 않으시니 일심이 편치 않거늘, 저저(姐姐) 어찌 가
치 않은 말씀을 하시나뇨?"

진양공주 또한 웃으며 가로되,
"네 말이 마땅하나, 나는 애달고 분하니 한 밥그릇에 두 수저
가 편하며, 한 말에 두 안장이 편하더냐?"

일좌(一座) 박소 왈,
"이 말씀 같을진대 성인이 선비의 일처일첩(一妻一妾)을 어찌
정하시며, 삼부인 칠미인을 갖출 자가 있으리오. 마찬가지로 금지
옥골(金枝玉骨)[643]이 부마 잡죄는 법령을 지엄하게 하면, 사대부
가의 남자들은 부마 이름을 얻지 않으려 할 것이거니와, 여염 여
자는 위승상 부인의 투기를 면치 못 하리로소이다."

공주 답 소왈,
"나는 실로 묘년(妙年)[644]에 생각이 짧아 식견이 옅은지라. 일

---

641) 정위(廷尉) : 중국 진(秦)나라 때부터, 형벌을 맡아보던 벼슬. 구경(九卿)의 하나였는
    데, 나중에 대리(大理)로 고쳤다.
642) 하상지원(夏霜之怨) : 여름에 서리가 내릴 만큼의 큰 원한. *'여자가 한을 품으면 오
    유월에도 서리가 내린다'는 말에서 온 말.
643) 금지옥골(金枝玉骨) : 금으로 된 가지와 옥으로 된 뼈라는 뜻으로, 임금의 가족을 높
    여 이르는 말.

공(一空)이 막혔는지 아우의 저리 구는 양이 우습고 애달아 한 병이 되었나이다."

회양공주와 제인이 또한 웃으며,
"양방(良方)의 약을 드려 형의 한(恨) 된 병환을 고치사이다."

차일 난영 혜월의 즐김이 비무(比無)하여, 밤이 다하도록 서로 치하하더니, 날이 밝으매 장춘루에 가 시위(侍衛)하더라.

부마 이날에야 평생 원을 이루고 일신 누질을 씻은 듯, 기쁨이 처음으로 미우에 화기를 펴 조회에 들어가니, 태후가 각별 인견하시고 사주하시매, 받잡고 오부에 이르니 노태부인과 및 오가 자질(子姪)들이 좌우에 벌여 있는데, 부마가 들어가 공손히 염퇴하여 배사후의(拜謝厚意) 하니, 부인이 사랑함이 비길 곳이 없어, 홍경이 좌에 나아가 찬조하여 날이 늦으매, 사마(駙馬)를 몰아 정히 돌아오더니, 곽학사 길에서 청하는지라.

청희궁 곽부에 나아가매, 제객이 성렬하여 주찬을 나오고 풍물을 주하더니, 영공의 제 사자 중승 곽애 이르기를,
"형공(兄公)이 오늘 진가 신랑이 되고, 우리를 보매 낯이 두껍지 않으냐?"

그의 형 내사승 곽의 소 왈,
"그렇지 않다. 천문 구중(九重)에 가 작히 낯없으랴마는, 날마다 조회에 가되, 구겁(懼怯)도 않더라."

이때 부마 술이 취한지라. 크게 미온하여 다만 진취(盡醉)함을 일컫고 돌아와, 차후는 곽가에 가기를 드물게 하고, 진부인 보기는 연일하여 조금도 잊지 아니하니, 진소저가 감격하여 하더라.

이적에 진소저가 궁에 머무니 공주와 곽소저의 정이 저매(姐

---

644)묘년(妙年) : 스무 살 안팎의 여자 나이. ≒묘령(妙齡).

妹) 같고, 화함이 두터워 어찌 족히 관저편(關雎篇)[645]을 귀타 하리오. 밤이면 각각 돌아가나 낮이면 영춘전에 나아와 예기(禮記)를 강론하며, 고사를 박람하여 규합의 마역(莫逆)이 되고, 금란(金蘭)[646]에 무르녹아 은정이 심상치 않으니, 상하 화기 봄을 이뤘고, 원근 예성(譽聲)이 심산에 들리니, 공주 덕의(德義)와 양인의 어짊이 같은지라.

부마 크게 기뻐 삼부인 대접이 한결 같으니, 궁중이 양부인 공경함이 공주와 일체더라.

장부마, 평생 한을 풀어 바리고, 원을 이뤄 부모 원수를 갚고, 삼개 숙녀를 얻어 금슬종고(琴瑟鐘鼓)[647]와 관관(款款)한 낙이 심상치 않은지라. 부중(府中) 화기 완연(完然)하고 주림(珠林)[648]이 옥 같아서, 공주의 관대한 도량과 곽씨의 자혜(慈惠)하며 진씨의 어짊이 일시에 쌍(雙)할 이 없으니, 부마의 중대 여일(如一)하여 소처(所處)에 환락으로, 일월이 흐르는 줄 깨닫지 못하더니, 삼부인이 함께 잉태하니 부마가 더욱 기뻐하며, 황야(皇爺)와 낭랑이 크게 희열하시더니, 가을 중간쯤은 하여 공주와 곽부인이 옥을 엉겨 이룬 듯한 남아를 낳고, 진부인이 꽃을 수놓아 여아를 생하니, 남아 여아가 부모의 영풍을 닮았으매, 부마가 혹애(惑愛)하여 장중보옥(掌中寶玉) 같이 여기더라.

이때에 오부 태부인이 연치(年齒) 고심함을 인하여 망(亡)하니, 태후와 진태부인이 서러워함이 비길 곳이 없이 하다가, 태후가 드디어 붕(崩)하시니, 천자 애통하시고, 신민이 망극하며, 방낭랑이 자소(自少)로 태후께 뫼셔 친녀 같이 효성이 지극하시더니, 안

---

[645] 관저편(關雎篇) : 『시경(詩經)』 〈주남(周南)〉에 실린 노래로 후비(后妃)의 덕을 칭송한 것.

[646] 금란(金蘭) : =금란지교(金蘭之交). 친구 사이의 매우 두터운 정을 이르는 말.

[647] 금슬종고(琴瑟鐘鼓) : 『시경』 〈국풍〉 '관저(關雎)'편의 금슬우지(琴瑟友之)와 종고낙지(鐘鼓樂之)를 아울러 이르는 말. 거문고와 비파를 타고, 종과 북을 치며 서로 즐긴다는 뜻으로 부부가 서로 화락함을 이르는 말

[648] 주림(珠林) : 구슬처럼 아름다운 숲. 더할나위 없이 평화롭고 아름다운 세계를 비유적으로 표현한 말.

가(晏駕)하신 후 과도히 애척하셔 상요(床褥)에 침면하시니, 백약이 무효하여, 육궁이 황황하되, 홀로 유귀인이 자득하여 상을 수중에 천자(擅恣)하더라.

이때에 진공자 흥경이 장성하여 하간왕의 여서(女壻) 되니, 왕은 숙종 황야의 제 팔자요, 상이 본래 충직강명이 제왕 중 으뜸이라. 장녀 운화군주로 진공자를 배하니, 부부 기질이 옥수경지(玉樹瓊枝)649)가 서로 대함 같은지라. 부인의 기쁨과 왕궁에서 즐겨함이 일시에 비할 데 없더라.

일로 좇아 공주와 진부인이 친친한 정이 더욱 두터워 환락이 풍류곡조(風流曲調)를 아우르고 정흥(情興)이 난초(蘭草)에 무르녹으며, 부마가 또한 멀리 있으나 하늘이 각별 품수한 바 효의를 타고난지라.

봉국(封國)에 신칙(申飭)하여 연년 성절(聖節)650)에 안남부모 묘상(墓上)에 제전을 폐치 않게 하고, 사당에 아침마다 예배(禮拜)할 새, 세 부인이 주취적의(珠翠翟衣)로 뒤를 좇아 매양 그 눈물이 흐르기에 이르러, 세 부인이 또한 심히 감창하여 천리 자연한 효성이 솟아나, 누수를 드리우니, 자부(子婦)의 효성이 이 같더라.

진공자가 봄 우수(雨水)651)에 해원(解元)652)을 하여 탑하(榻下)에 입격(入格)하니, 드디어 공주궁을 곁 하여 개합(開闔)653)하니, 서로 왕내 빈빈하여 부인의 모녀가 조석 상종하고, 공주의 종형

---

649) 옥수경지(玉樹瓊枝) : 옥처럼 아름다운 나뭇가지라는 뜻으로, 번성하는 집안의 귀한 자손들을 이르는 말. ≒경지옥엽(瓊枝玉葉).
650) 성절(聖節) : 성인(聖人)이나 임금의 탄신을 경축하는 명절. 곧 성인이나 임금이 탄생한 날을 말한다. ≒성탄일. 성탄절.
651) 우수(雨水) : 이십사절기의 하나. 입춘(立春)과 경칩(驚蟄) 사이에 들며, 양력 2월 18일경이 된다.
652) 해원(解元) : 중국에서 각 성(省)에서 시행하는 향시(鄕試)에 1등으로 급제한 자를 이르는 말. 한국 고소설에서는 임금 앞에서 치르는 전시(殿試)의 2등 합격자를 이르는 말로 쓰고 있는데, 때로는 3등급제자인 탐화(探花)와 혼용되어 쓰이기도 한다.
653) 개합(開闔) : 열고 닫고 함. ≒개폐(開閉).

제 자주 모여 영락에 잠겼더니, 부마가 홀연 유병하여 신음하매 울울이 날을 지내며, 그윽이 산수경개를 생각고 정히 유람하기를 헤아리더니, 문득 양추밀 유시랑이 이르러 문병할 새, 부마의 유산(遊山)코자 함을 듣고 다 용약하여 가로되,

"소제 등이 매양 명산에 춘흥을 띠어 한번 놀고자 하되 일찍 입조하여 조사(朝事)의 매인 후 소임이 중하고 신세 안한치 못하므로, 시러금 소인(騷人)654)의 지기(志氣)를 효칙치 못함을 탄하더니, 형이 이제 큰 뜻을 창수(唱首)하니, 이 때 바야흐로 신류(新柳) 푸르고, 꽃이 아름다워 기회를 얻었는지라. 빨리 행하고 더디지 마사이다."

부마, 뜻을 결하여 진한림과 곽상서에게 통하니, 양인이 한가지로 가기를 기약하고, 드디어 조정에 말미를 청할 새, 뜻하지 않은 일이 마장이 되는지라.

초국왕 이헌은 황친이러니, 그 세자로써 동오왕 신강의 딸을 취하였다가, 신씨 음란하매 내치는 주사(奏辭)가 이르니, 이 곧 예부에서 논단할 바라. 천자가 미결하시어 곽상서를 허치 않으시니, 상서 크게 한(恨)하여 다만 주찬을 갖추어 전송할 새, 술이 반감(半酣)에 행로(行路)를 재촉하는지라.

상서, 부마의 손을 잡고 연연(戀戀)하여 왈,
"형이 장차 어디를 향코저 하느뇨?"

부마 답왈,
"동정오호(洞庭五湖)는 오초(吳楚)의 승지(勝地)요, 산동(山東)은 인재 모이는 곳이라. 먼저 동정(洞庭)의 놀고, 버거 산동(山東)을 귀경하려니와, 형이 아니 가니 일로(一路)에 흥치(興致) 적막하리로다."

---

654) 소인(騷人) : 시인과 문사(文士)를 통틀어 이르는 말. 중국 초나라의 굴원이 지은 〈이소부(離騷賦)〉에서 나온 말이다.

상세 글 하나를 지어 뜻을 부치니, 그 글의 가랐으되,

> 강운막막강수벽(江雲濊濊江水碧)
> 금고인발강남행(今古人發江南行)
> 향강남혜기시환(向江南兮幾時還)
> 동정망망위천니(洞庭茫茫爲千里)
> 문도강남계수다(問道江南桂樹多)
> 상사위열원상기(想思爲悅遠相寄)
> 유인승주향만리(遊人乘舟向萬里)
> 독입한강별사영(獨立漢江別思盈)

강 구름 막막하고 강물이 푸르렀는데
고인이 이제 강남 길을 가는도다.
강남을 향함이여 어느 때에 돌아오리오.
동정이 망망하여 천리나 하도다.
묻나니 강남의 계화나무 많으니
서로 생각하매 위하여 기뻐 멀리 부치노라
노는 사람이 배를 타 멀리 행하매
홀로 강에서 떠나 생각이 가득하도다.

부마 또한 답하여 가로되,

> 상양강남일동유(商量江南一同遊)
> 호사다마분수총(好事多魔分手悤)
> 물색초창상별한(物色初愴相別恨)
> 벽유장지계니정(碧柳長枝繫離情)
> 고범거거접청천(高帆去去接靑天)
> 회수상망원함정(回首想望遠含情)
> 응지금일일별후(應知今日一別後)
> 천애매결상사몽(天涯每結想思夢)

서로 강남에 놀기를 기약하였더니
좋은 일에 마장(魔障)이 많아 총총히 손을 나누도다.
물색은 처음으로 마주해 서로 이별을 한하는 듯하니
푸른 버들의 긴 가지는 떠나는 정을 돕는 듯
높은 돛배는 가고 가 푸른 하늘에 접하니
머리를 돌이키기를 바라고 멀리 정을 머금었도다.
벅벅이 아노라, 오늘 한번 떠난 후
하늘가엔 매양 상사하는 꿈이 맺히리로다.

  양인이 읊기를 마치매 각각 손을 나누니, 장부마 진한림 양추밀 유시랑 사인이, 이에 한생으로 시동을 명하여 주효(酒肴)와 금현(琴絃)을 일엽편주(一葉片舟)에 실어 곡강으로부터 순류(順流)하여 뫼를 만난 즉 초리(草履)를 끌어 산상을 유람하고, 물을 임한 즉 경주(輕舟)를 전해(轉解)하여, 야월(夜月)이 조요(照耀)한 때엔 시사(詩詞)를 서로 창화하여 호금(胡琴)을 조롱(操弄)하며, 간곳마다 천첩만산(千疊萬山)이 운예(雲霓)를 가리고, 해파수광(海波水光)이 천색(天色)과 가즉하니, 때 정히 모춘망시(暮春望時)라.
  풍경이 촉묵(矗黙)하고 경물(景物)이 소삭(蕭索)하여 청풍화향(淸風花香)을 보내고, 백초(百草)는 세우(細雨)를 띠었으니 산천이 절승하여 소인(騷人)의 흥이 높은지라.
  선창(船窓)을 크게 열고 긴 돛을 높이 달아 '삼강(三江)과 오호(五胡)'의 행류(行流)할 새, 초(楚)나라 물이 일천 척(尺)이오,

---

655) 전해(轉解) : 이곳에서 저곳으로 옮겨 보냄.
656) 호금(胡琴) : '비파(琵琶)'를 달리 이르는 말. 중국 당나라 때에 호인(胡人)의 현악기라는 뜻으로 이르던 말이다.
657) 조롱(操弄) : 『음악』거문고 따위의 현악기 줄을 고르거나 연주함.
658) 삼강오호(三江五湖) : 중국 오(吳)나라 초(越)나라의 명승지. 삼강은 형강(荊江), 송강(松江), 절강(浙江)를 말하며 오호는 태호(太湖), 양호(陽湖), 청초호(靑草湖), 단양호(丹陽湖), 동정호(洞庭湖)를 말한다.

옷(吳)나라 물이 일만 굽이라. 하물며 동정(洞庭) 소상(瀟湘)의
팔경(八景)이 예로부터 일컫는 바이니, 아침이면 저 재659)에 푸른
안개 일어나고, 저녁이면 다락의 늦은 북소리 은은한지라.

이미 붉은 해가 서녘으로 숨고 백월(白月)이 동정(洞庭)에 솟
으니, 밝은 색(色)이 강에 가득하여 장천(長天)과 파랑(波浪)이
한 빛이 되었거늘 풍등한 산악이 모연(暮煙)에 잠겨 물속에 거꾸
러졌으니, 회수(淮水)를 엿보는 듯, 장천을 딛고 서있는 듯, 이른
바 용광(容光)은 두우(斗宇)에 쏘이고 연애(煙靄)는 무산(巫
山)660)에 어려 있는지라.

서로 손을 이끌고 선두(船頭)에 나아가 위로 만리장공(萬里長
空)을 우러르고 굽어 유강 풍랑을 희롱할 새, 명월시(明月詩)를
노래하고, 복조부(鵩鳥賦)661)를 기리 외어 서로 소리를 맞추니,
소리가 구소(九霄)에 사무치는 듯, 행운(行雲)과 유수(流水) 오히
려 머무는지라.

진한림이 문득 백옥퉁소를 잡아 청음(淸音)을 길게 불새, 혹
슬프며 혹 즐거워 전인(前人) 소사(蕭史)662)와 농옥(弄玉)663) 왕
자진(王子晉)664)이 정녕히 다시 옴 같거늘, 유시랑이 초사(楚辭)

---

659) 재 : ①길이 나 있어서 넘어 다닐 수 있는, 높은 산의 고개. ②높은 산의 마루를 이
    른 곳
660) 무산(巫山) : 중국 중경시(重慶市) 동쪽에 있는 현. 무산십이봉(巫山十二峯)이 솟아
    있는데 기암과 절벽으로 이루어진 경치가 아름답기로 유명하다. 소설 등에서 신선이
    나 선녀가 사는 선계(仙界)로 설정되는 경우가 많다.
661) 복조부(鵩鳥賦) : 중국 전한(前漢) 문제(文帝) 때의 문인 가의(賈誼)가 약관으로 최
    연소 박사가 되고 1년 만에 태중대부(太中大夫)가 된 뒤, 주발(周勃) 등 당시 고관들
    의 시기로 장사왕(長沙王)의 태부(太傅)로 좌천되자, 자신의 불우한 운명을 굴원(屈
    原)에 비유하여 지은 두 편의 부(賦) 〈복조부(鵩鳥賦)〉와 〈조굴원부(弔屈原賦)〉 가
    운데 하나.
662) 소사(蕭史) : 중국 춘추시대의 음악가. 퉁소를 잘 불어 봉(鳳)의 울음소리를 잘 내었
    다고 한다.
663) 농옥(弄玉) : 중국 춘추시대의 음악가 소사(蕭史)의 아내. 진나라 목공(穆公)의 딸로
    소사(蕭史)에게 시집가 피리 부는 법을 배워 이를 잘 불었다고 한다.
664) 왕자진(王子晉); 중국 주(周)나라 평왕(平王)의 아들, 진(晉)을 말함. 구산(緱山)에

를 높이 읊어 곡조를 맞추니, 오음(五音)이 요량(嘹喨)하고 육률(六律)이 화합하매, 홀연 슬픔이 일어나니, 장부마가 장차 영영(盈盈)이 칠현금(七絃琴)을 가져 일곡(一曲) 청가(淸歌)를 타고자 하더니, 이에 다다라 현금을 만지며 마음이 어린 듯하거늘, 양추밀이 음영하던 것을 그치고, 정금단좌(整襟端坐)하여 추연이 가로되,

"진형의 봉소(鳳簫) 일곡이 여원여모(如怨如慕)[665] 하여 구추상풍(九秋霜風)에 실기(失期)한 홍안(鴻雁)이 무리를 부르짖음 같으니, 어찌 장자방(張子房)[666]의 초가(楚歌)[667]에 더하지 않으며, 유형의 초사(楚辭)[668] 일편이 고등(孤燈) 나유(羅帷)의 이부(嫠婦)[669]로 하여금 눈물이 흐름을 깨닫지 못 하게 할지라. 만일 초태우(楚大夫)[670]의 혼백이 앎이 있을진대 슬픔이 새롭지 않으리

들어가서 신선(神仙)이 되었다고 하며, 난(鸞)새를 타고 구름 속을 날아 다녔다 함.
665) 여원여모(如怨如慕) : 원망하는 것 같기도 하고, 사모하는 것 같기도 함.
666) 장자방(張子房) : 장량(張良). BC ?~189. 중국 한나라의 정치가, 건국공신. 이름은 량(良). 자는 자방(子房). 유방의 책사로 홍문연(鴻門宴)에서 유방을 구하고 한신을 천거하는 등, 유방이 한나라를 세우고 천하를 통일할 수 있도록 도왔다. 소하·한신과 함께 한나라 건국 3걸로 불린다.
667) 초가(楚歌) : 초패왕(楚覇王) 항우(項羽)가한고조(漢高祖) 유방(劉邦)의 군대에 포위되었을 때, 유방의 책사인 장자방이 항우의 항복을 유도할 목적으로 군사들에게 부르게 했다는 초나라 노래. 항우는 사면을 둘러싸고 있는 한나라 군사 쪽에서 들려오는 이 노랫소리를 듣고 초나라 군사가 이미 다 항복한 줄 알고 오강(烏江)에 빠져 자결하였다. ≒사면초가(四面楚歌)
668) 초사(楚辭) : 중국 초나라 굴원(屈原)의 사부(辭賦)를 주로 하고, 그의 작풍을 이어받은 그의 제자 및 후인의 작품을 모아 엮은 책. 전한의 유향(劉向)이 16권으로 편집하였다고 하며, 후한 때에 왕일(王逸)의 〈구사(九思)〉를 더하여 모두 17권이 되었다.
669) 이부(嫠婦) : 과부(寡婦).
670) 초태우(楚大夫) : 중국 초(楚)나라 삼려대부(三閭大夫) 굴원(屈原)을 달리 이른 말.
*굴원(屈原) : 중국 전국 시대 초나라의 정치가·시인(B.C.343~B.C.277). 이름은 평(平), 자는 원(原). 초사(楚辭)라고 하는 운문 형식을 처음으로 시작하였다. 모함을 입어 자신의 뜻을 펴지 못하다가 마침내 물에 빠져 죽었다. 작품은 모두 울분이 넘쳐 고대 문학에서는 드물게 서정성을 띠고 있다. 작품에 〈이소(離騷)〉, 〈천문(天問)〉, 〈구장(九章)〉 따위가 있다

오. 우리 정히 고국을 요망(遙望)하매 만리에 머묾이 있으니 '이
문(里門)의 바라심'671)과 규리(閨裏)의 염려를 생각하니 절승산천
(絶勝山川)의 환흥(歡興)이 사연하여 돌아갈 뜻이 바야는지라."

부마 크게 웃으며 왈,
"양형의 말이 가히 우습도다. 어찌 어버이를 생각하고 아내를
생각함이 오늘날 봉소(鳳簫) 초사(楚辭)로 말미암아 갑자기 생긴
것이리오마는, 강산편월(江山片月)에 시주를 완롱(玩弄)하며 천하
고적을 유람함이 또한 군자지락(君子之樂)이라."

양생이 답소왈,
" '배 저어 안개 낀 물가에 대어놓고
날 저무니 나그네 근심 새로워라.'672)
이는 정히 우리 같은 이를 이름이라. 퉁소를 들으매, 가향(家
鄕)을 멀리 떠나 있음을 깨달아 두 날개로 날아가지 못함을 한하
고, 초사를 들으매, 머리가 백발이 가까워진가 의심하여 영약(靈
藥)을 얻고자 뜻이 급하거늘, 형이 일반 심회로 어찌 소제를 웃느
뇨?"

부마 소왈,
"우리 사인이 일류(一類) 원객(遠客)이거늘 홀로 남아의 굳은
뜻이 없으리오. 형이 하 번뇌하니, 내 마땅히 현금(玄琴)을 타 형
의 시름을 풀리라."

삼인이 제성 왈,

---

671) 이문(里門) 바라심 : '의려지망(倚閭之望)'을 달리 표현한 말. *의려지망(倚閭之望) :
집 나간 자녀가 돌아오기를 초조하게 기다리는 부모의 마음. *이문(里門): =여문(閭
門). 동네 어귀에 세운 문.
672) 배 저어 …… 새로워라 : 중국 당나라 시인 맹호연(孟浩然)의 5언시 〈숙건덕강(宿
建德江)〉 중 "이주박연제(移舟泊煙渚) 일모객수신(日暮客愁新) 구의 번역.

"원컨대 한번 들어 근심을 풀리라."

장부마 이에 향을 피우고 시울673)을 떨쳐 격양가(擊壤歌)674) 한 곡조를 타니, 곡조 유양(悠揚)하고 율법(律法)이 화탕(和暢)하여 천주산에 자는 봉(鳳)이 소리를 응하고, 함강정의 일천 꾀꼬리 모여 와 춤추니, 제인이 일시 정흥(情興)이 활발하여 칭찬 왈,

"뉘 일러 혜강(嵇康)675)의 광릉산(廣陵山)676)이 세(世)에 전치 못한다 하더뇨? 장형의 신기한 수단이 가히 유백아(兪伯牙)677)의 넋을 불러 지(知音)음을 벗함직 하니, 만일 유백아(兪伯牙) 안즉 종자기(鍾子期)678) 죽은 줄을 설워 않을 것이로다."

부마 소왈,

"제형이 실로 굳지 못한 남자들이로다. 아까 슬프던 마음이 문득 즐거워 사친망가(思親望家)하던 마음이 이제는 돈연(頓然)히 잊음이 된 것이냐?"

---

673) 시울 : ①약간 굽거나 휜 부분의 가장자리. 흔히 눈이나 입의 언저리를 이를 때에 쓴다. 눈시울. 입술. ②'현악기의 줄'(현;絃) 또는 '활의 줄'(현;弦)을 이르는 말. ③'시위'의 옛말. *시위: '활시위' '활줄'을 달리 이르는 말.

674) 격양가(擊壤歌) : 풍년이 들어 농부가 태평한 세월을 즐기는 노래. 중국의 요임금 때에, 태평한 생활을 즐거워하여 불렀다고 한다. *격양(擊壤); ①땅을 침. ②흙으로 만든 악기의 하나. 또는 그런 악기를 치는 일.

675) 혜강(嵇康) ; 중국 삼국시대 위(魏)나라 학자, 시인, 음악가. 죽림칠현(竹林七賢)의 한사람. 자는 숙야(叔夜). 반유교적 무정부주의자로 거문고의 명인이다. 저서로 《양생론(養生論)과 음악서 《금부(琴賦) 《성무애락론(聲無哀樂論)등이 있다.

676) 광능산(廣陵山) : 중국의 삼국시대 죽림칠현 중 한 명인 혜강이 처음 연주했다는 칠현금 연주곡 중 하나.

677) 유백아(兪伯牙) : 중국 전국시대 초(楚)나라의 음악가. 거문고의 명수였고, 종자기(鍾子期)와 지음지기(知音知己)로 유명하다. 자신의 음악을 누구보다 잘 이해해 주던 종자기가 죽자 거문고 줄을 끊고 다시는 거문고를 타지 않았다고 한다(伯牙絶絃). 『열자(列子)』〈탕문편(湯問篇)〉에 나온다.

678) 종자기(鍾子期) : 중국 전국시대 초(楚)나라의 음악가. 유백아(兪伯牙)와 지음지기(知音知己)로 유명하다. 백아는 자신의 음악을 누구보다 잘 이해해 주던 그가 죽자 거문고 줄을 끊고 다시는 거문고를 타지 않았다고 한다(伯牙絶絃). 『열자(列子)』〈탕문편(湯問篇)〉에 나온다.

제인이 박소하더라.

밤이 깊으매 음성(陰星)679) 일경(一巡)이 서(西)로 돌아서고, 소상(瀟湘) 댓바람이 깁옷을 침노하는지라. 배주(杯酒)를 그치고 선상에 잠들었더니, 문득 아침 해가 청초산에 비껴 있고 꾀꼬리 남구산에 깃들이니, 드디어 가벼운 신을 수습하여 황능묘(黃陵廟)680)의 배알하며 회사정(懷沙亭)681)에 오르매, 학은 오땅에서 울고, 잔나비 휘파람 하니, 고인의 유적을 생각하매 물색이 의연한지라.

상감(傷感)함을 이기지 못하여 장부마가 글 하나를 지어 회사정에 쓰고, 사인이 이어 가사를 지으니, 그 시에 가랐으되,

> 소상야우이비루(瀟湘夜雨二妃淚)
> 죽간청풍이제원(竹間淸風夷齊怨)
> 삼대대절명일월(三代大節明日月)
> 만고애혼추연산(萬古哀魂惆然散)

소상 밤비는 이비(二妃)의 눈물이요
죽간 맑은 바람은 이제(夷齊)의 원(怨)이로다
삼대(三代) 대절(大節)이 일월처럼 밝으니
만고(萬古) 애혼(哀魂)이 내를 좇아 흩어졌도다.

장부마 가사에 가로되
산속 저 재에 푸른 안개 어리었고,

---

679) 음성(陰星) : '달'을 달리 이른 말.
680) 황릉묘(黃陵廟) : 중국 호남성(湖南省) 소상강(瀟湘工)가에 있는, 중국 고대 요(堯)임금의 두 딸이며 순(舜)임금의 부인이었던 아황(娥皇)과 여영(女英)을 모신 사당.
681) 회사정(懷沙亭) : 중국 호남성(湖南省) 상음현(湘陰縣)의 북쪽에 있는 강인 멱라수(汨羅水) 변에 있는 정자. 초(楚)나라 굴원(屈原)이 나라의 장래를 근심하고 회왕(懷王)을 사모하여 노심초사한 끝에 회사부(懷沙賦)를 짓고 멱라수에 빠져 죽은 것으로부터 유래한 정자임.

구의산(九疑山)[682]에 새벽 구름이 덮였도다.
바람 많은 높은 정자는 반공(半空)의 닿았거늘,
운중(雲中) 황학은 정녕위(丁令威)[683]로 벗하였도다.

양생이 이어 왈,

소사(小槎)[684]를 바삐 저어 옥루(玉樓)에 올라오니,
진간(塵間) 의신(依身)[685]이 구천에 솟아
옥제(玉帝) 향안전(香案殿)을 하마면 보리로다.
뉘 이르기를 태산이 높다 하더뇨?
천척 누대를 관광하매 팔황(八荒)이 좁으니,
구름이 푸른 실(室)이요, 동정강수(洞庭江水)는 거울 같도다.

유생이 이어 가로되

황학을 길들여 사해에 두루 노니,
간 데마다 풍경이라.
물가 마름을 캐니 강호에 객회 더하거늘
고인을 위하여 한번 느끼매
글을 정자에 머무르니 남은 의사 유유하도다.
진생이 이어 읊어 왈,

일편 풍범을 높이 걸고

---

682) 구의산(九疑山) : 중국 호남성(湖南省) 영원현(寧遠縣)의 동남쪽에 있는 산. 순(舜)
    임금이 남방을 순행하다가 붕어(崩御)하였다는 산으로 본 이름은 창오산(蒼梧山)이
    다.
683) 정녕위(丁令威) : 중국 한(漢)나라 때 요동(遼東)사람으로 영허산(靈虛山)에서 도술
    을 배워 학(鶴)이 되어 천년 만에 요동에 돌아왔다 한다. 〈수신후기(搜神後記)〉에
    나온다.
684) 소사(小槎) : 뗏목으로 만든 작은 배.
685) 의신(依身) : 『불교』심식(心識)이 의지하는, 살아 있는 몸.

천층 벽암(碧巖)을 꿰어 백척 누(樓)에 오르니
삼산(三山)[686] 곤륜(崑崙)을 이미 보았도다.
상수(湘水)의 조수(潮水) 급하니, 충간의 정령이 슬퍼하고
죽간의 이슬이 어리었으니,
현비의 눈물이 마르지 않았도다.

사인이 각각 제명(題名)하고 내려와, 산승(山僧)의 석경(石磬)[687]을 들으며, 도문(道門)의 법제를 구경코자 하여 점점이 깊이 들어가니, 장송(長松)이 낙낙하고 취죽(翠竹)이 은은한데, 만학(萬壑)이 빛을 다투고, 도리(桃李)는 교태를 머금었거늘, 버들가지는 탕양(蕩瀁)[688]하여 금사(錦絲)를 드리우고, 꾀꼬리 소리 들레고, 산수(山水) 절승하여 일반 경색이 다투어 성(盛)한지라.

사인이 승흥(乘興)하여 한 고대 이르니, 좌우 옥암(屋庵)이 층층하고, 폭포 흐르는 가운데 일좌 도관이 의의하여 단청 제액(題額)이 계수(溪水)에 비치니, 머리를 들어 보매 금자현판(金字懸板)에 법선관이라 하였으니, 유문(幽門)[689]이 차아하고 석장(石墻)이 긴긴(緊緊)하여 인적이 없는 것 같거늘, 사인이 행하여 나아가 문을 두드리매, 이윽고 동자가 나와 문을 열어, 객사(客舍)에 나아가 차를 파하고 문 왈,

"이곳은 법선 선사 계셔 속객이 오는 이 없더니, 차사(此舍)에 낮이 구함을 만나니, 아지못게라! 거주(居住)와 명호(名號)를 들어 주인에게 고하게 하시리까?"

---

686) 삼산(三山) : 삼신산(三神山). 중국 전설에 나오는 봉래산, 방장산(方丈山), 영주산을 통틀어 이르는 말. 진시황과 한무제가 불로불사약을 구하기 위하여 동남동녀 수천 명을 보냈다고 한다. 이 이름을 본떠 우리나라의 금강산을 봉래산, 지리산을 방장산, 한라산을 영주산이라 이르기도 한다.

687) 석경(石磬) : 돌로 만든 경쇠. 아악기의 하나이다.

688) 탕양(蕩瀁) : 물결이 넘실거리며 움직임. 또는 사물이 물에 비쳐 나타난 물그림자가 물결과 함께 넘실거림.

689) 유문(幽門) : 드나드는 사람이 없는 고요한 문

사인이 다 각각 성명을 이르되, 원방 선비로 일컬어 이름을 고쳐 이른데, 동자가 들어가더니, 나와 청하여 중청(中廳)에 다다르매, 한 노인이 동안학발에 청초관(靑綃冠)690)을 쓰고 자하의(紫霞衣)를 입고 백우선(白羽扇)을 들어, 황망히 내려 맞아, 가로되,

"일국 군왕일 뿐 아니라 태정중신(台鼎重臣)691)으로 교악(喬嶽)에 환락(歡樂)하거늘 빈도가 어찌 태만하리까?"

부마 크게 경혹하나 나중을 보려 하고 공순히 예(禮)하고 객좌에 앉으매, 송엽차와 죽순채로 대접하니, 맛이 소아(素雅)하고 향기롭더라.

노인이 흠신왈,

"장부마 양추밀은 국가 주석으로 애민지도(愛民之道)가 심산에 들리니 우리 같은 물외(物外)에 도 닦는 유(類)라도 다 흠복하여 각하(閣下)에 예배하고자 하나, 홍진(紅塵)이 아득하매 눈 뜨기 어려워 능히 미(微)한 정성을 표하지 못하였더니, 뜻밖에 존가(尊駕)가 굴하시어 도문(道門)의 광채를 빛내시니 행심(幸心)하오이다."

부마 거짓 대 왈,

"우리는 형남 한사(寒士)로 풍성(風聲)을 숭애(崇崖)692)에 가 찾고, 지기(志氣)를 탐천(貪泉)693)의 머물지 않는 유(類)라. 어찌

---

690) 청초관(靑綃冠) ; 푸른 색 명주실로 짠 관.
691) 태정중신(台鼎重臣) : 삼정승(三政丞). 의정부에서 국가 주요 정책을 결정하는 일을 맡아보던 세 벼슬. 영의정, 좌의정, 우의정을 이른다.
692) 숭애(崇崖) ; 지극히 높은 벼랑.
693) 탐천(貪泉) : 탐욕을 일으키는 샘물. 중국 광주(廣州)에 있는 샘물로, 사람이 이 물을 마시면 탐욕하는 마음이 생겨난다고 한다. 광주자사(廣州刺史)들이 이 물을 마시고 탐학을 일삼음으로 조정에서 그 폐단을 고치고자 하는데, 진(晉)나라 때 오은지(吳隱之)가 자사로 가서 그 물을 마시고 시를 짓기를 '고인운차수 일삽회천금 시사이제음 종당불역심(古人云此水 一歃懷千金 試使夷齊飮 終當不易心; 옛 사람이 이 물을 이르기를, 한 번 마시면 천금을 생각한다고 하지만, 시험 삼아 백이숙제로 하여금

조정중신이 되며 도위 추밀은 어떤 벼슬이뇨?"

노인이 잠간 웃고 가로되,

"빈되(貧道)[694] 비록 노혼(老昏)하나 잠간 선법(仙法)을 얻어
도가의 공뇌를 드리고 천기시사(天機時事)[695]와 음양변복(陰陽變
覆)을 아나니, 오늘 문곡성(文曲星)[696]과 각목교(角木蛟) 인성(寅
星)과 태을성(太乙星)으로 더불어 이리 올 줄 짐작한 바라. 존공
이 어찌 노인을 속이리오."

사인이 청파의 공경 왈,

"우리는 과연 장홍과 양휴와 유병과 진흥경이라. 모춘풍경(暮
春風景)이 뜻에 합하매 장간(長間)을 말미암아 노상의 번폐를 덜
고 포의초리(布衣草履)[697]로 편유(遍遊)한 지 하마 일삭(一朔)이
로되, 능히 알 자(者) 없더니, 노사(老師)가 자못 천리와 인사를
이르시니, 어찌 감히 은휘(隱諱)하리오. 아지못게라! 노사는 어떠
하신 이시니까? 듣고자 하나이다."

노인이 추연히 가로되,

"빈도는 수문제(隋文帝) 시절의 열가지 모책(謀策)을 베풀어 올
리던 왕문중(王文中)[698]의 제자라. 문중이 제자를 거느려 지성으

마시게 한다면, 끝내 마음을 바꾸지 않으리.'라 하고, 그곳에서 청백하게 벼슬살이하
였다고 한다. 『진서(晉書)』〈오은지전(吳隱之傳)〉에 나온다.
694) 빈도(貧道) : 덕(德)이 적다는 뜻으로, 승려나 도사가 자기를 낮추어 이르는 일인칭
대명사.
695) 천기시사(天機時事) : 하늘의 기밀과 당시 일어나는 사회의 여러 사건.
696) 문곡성(文曲星) : 구성(九星) 가운데 넷째 별. 늑문곡.
697) 포의초리(布衣草履) : 베옷과 짚신 차림의 복색. 벼슬에 있지 않은 일반 백성의 일상
적 옷차림.
698) 왕문중(王文中) : 왕통(王通). 584~617. 중국 수(隋)나라의 학자. 이름은 통(通). 제자
들이 '문중자(文中子)'라는 시호를 올렸다. 강주 용문 사람으로, 20세 때 경세에 뜻을
두고 수도인 장안으로 가서 수 문제(文帝)에게 12조의 태평책을 진언하였으나, 공경
들의 반대로 받아들여지지 않자 고향인 용문현으로 돌아가 저술에 전념하면서 제자

로 가르칠 새, 빈도가 서촉(西蜀) 한중(漢中)[699]에서 학(學)을 배워 임망(臨亡)에 천서(天書)[700]를 전하시거늘 품고 산중에 들어가 도를 닦으니, 이미 백여 년이 지났는지라. 선생 화상(畫像)을 그려 주야 예배하고 동류(同類)를 천도(薦度)[701]하게 하더니, 어제 선생이 현성하여 사위존인(四位尊人)이 오실 줄 이르시더이다."

사인이 흠신 차탄 왈,
"우리 등이 일찍 사기(史記)와 문집(文集)을 보아오매 왕문중의 청덕겸공(淸德謙恭)과 가세명공(家世名功)으로 시운(時運)이 부제(不齊)하여 모책(謨策)을 왕정(王政)에 세우지 못하고, 대재를 천하의 베풀지 못함을 탄하던 바이더니, 금일 존사의 말씀을 좇아 대현의 고적을 들으니 행심하여이다."

이렇듯 한담하더니, 도사 가로되,
"소조(蕭條)하여 봄직 하지 않으나, 제관(諸官)은 잠깐 쉬어 산수(山水)나 구경하소서."

사인이 칭사하고 동자가 길을 인도하여 후원에 이르니, 뫼는 삼각을 등지고 물은 금파(金波)를 임하여 누대 표묘(縹緲)하고 난간이 굴곡한데, 화동조란(畫棟雕欄)[702]이요, 송백지각(松柏之閣)이니, 층만(層巒)이 옹취상출(擁聚相出)[703]하는 풍수(風水)거늘 비각(臂脚)이 유단(唯短)하여 하림무지(下臨無地)라. 가히 장안

를 가르쳤다. 문하에 수천명의 제자가 있었으며, 방현령(房玄齡), 두여회(杜如晦), 위징(魏徵)과 같은 인물들이 다 그 문하에서 배출되었다.
699) 한중(漢中) : 중국 섬서성(陝西省) 서남쪽, 한수(漢水) 북쪽 기슭에 있는 지방. 사천(四川)·호북(湖北) 두 성에 걸쳐 있는 요충지로 한나라 고조의 근거지로 유명하다.
700) 천서(天書) : 하늘의 계시를 적은 책.
701) 천도(薦度) : 죽은 사람의 넋이 정토나 천상에 나도록 기원하는 일. 불보살에게 재(齋)를 올리고 독경, 시식(施食) 따위를 한다. 늑천령(薦靈)·천혼(薦魂).
702) 화동조란(畫棟雕欄) : 채색한 마룻대와 조각해 세운 난간.
703) 옹취상출(擁聚相出) : 산등성이가 모여들고 뻗어나가고 함.

(長安)을 눈 아래 바라보고, 오호(五湖)를 구름 사이에 지점(指點)할러라.

　사인이 이에 다다라서는, 비록 남악 열두 봉 산과 동정(洞庭) 팔백리의 무궁한 경개(景槪)를 보았으나, 어찌 이에 비길 바이리오. 몸이 날아 송음정에 오르며 죽백헌에 내리니, 분벽(粉壁)에 제영(題詠)을 붙였는데, 유산과객(遊山過客)704)의 유(類)가 시(詩)를 짓고 부(賦)를 지은 것이 가득한지라. 내리 역람(歷覽)하여 마지막 글에 이르러 보매, 문체 아청(雅淸)하나 뜻이 처초(凄楚)하니, 그 글에 하였으되,

　　동서에 유락함이 몇 해나 된고?
　　강호에 집 없는 손이 되었으니,
　　아침마다 보정(普庭)의 잣705)은 열매를 맺고,
　　저녁마다　선원보각(禪院寶閣)은　성글게706)　북을　울리는구나.
　천봉만봉에 기화(奇花) 난만하고
　　오월육월의 송풍(松風)이 서늘하니,
　　석단(釋壇)엔 어느 날 계화(桂花)를 심을꼬?

　그 아래 제명(題名)한 대,
　"악주(岳州)707) 두현의는 상감(傷感)하여 짓노라."
　하였더라.

　그 곁에 지어 가로되,
　백척(百尺) 누대가 하늘에 닿았으니,

---

704) 유산과객(遊山過客) : 산을 유람하여 지나간 사람.
705) 잣 : 잣나무.
706) 성글다 : 사이가 뜨다.
707) 악주(岳州) : 지금의 악양시(岳陽市). 중국 호남성(湖南省) 북쪽에 있는 항구 도시. 동정호(洞庭湖) 동북쪽 끝에 접하여 있으며, 양자강(揚子江)으로 연결된다. 웅대한 경관으로 유명하며, 두보의 시로도 널리 알려진 곳이다.

유리등(琉璃燈)이 천재(千載)에 빛나고,
삼삼(森森)한 송백(松柏)이 일봉(一峯)에 덮였으니,
이 간(間)에 풍우를 몇 번이나 겪었는고.
진경(眞經)을 읽으매 송광(松光)이 적적하고,
법단(法壇)을 올리매 계견(鷄犬)이 없으니,
예 주경리(主經理)를 가히 부러워 않으리니,
모름지기 계화(桂花) 심기를 서두르지 말라.

하였더라. 쓰기를 맞고 두생의 시를 다시금 연년하여 탄식함을
그치지 않더니, 뒤에 진생이 이르러 불러 가로되,
"형이 무엇을 보시며 홀로 탄식하시나뇨?"

부마 손으로 두생의 시를 가라쳐 왈,
"처완하고 비척함이 나로 더불어 일반이라. 어찌 가석치 않으
리오."

한림이 자세히 보다가 크게 경아하여 사색이 변이 하거늘, 부
마 문 왈,
"형이 어찌 안색이 다르뇨?"

한림이 대왈,
"악주 두현의는 두시랑 독자로 악주에 거하여, 평안함이 반석
같더니, 글 뜻이 어찌 화(禍) 만난 듯하여, 놀람이로소이다."

부마 또 의려하여 동자를 불러 묻고자 하더니, 홀연 석경(石
磬) 소리 나며, 동자가 웨여 왈,
"모든 도형(道兄)아! 사부(師父) 설법하시니, 빨리 나오라."

언필에 두 누방(樓房)으로서 사오십 도인이 나오는데 완연한
선골이라. 의관이 표표하여 나직이 걸어 법청(法廳)을 향하거늘,

사인이 가만히 따라 전 뒤에 이르러, 틈으로 눈을 보내며 들으니, 백여인 제자가 법석(法席)에 시위하였는데, 노인이 높이 좌하여 강법하니, 좌편 제자는 도복을 입었으니, 청안이 고기하고, 우편 제자는 폐건혁대(廢巾革帶)로 용안이 준수하고 풍골이 쇄락한 유(類)라. 학습하는 바가 공맹(孔孟)의 유술(儒術)이라. 노인이 자자이 강론하되, 한자 그름이 없고, 제자가 다 공문고제(孔門高弟) 같더라.

이미 강론하기를 마치매 노인이 유관(儒冠) 가운데 한 선비를 불러 이르되,

"네 이미 돌아갈 때 임하였으니, 이제 와 있는바 객중(客中) 진 공자는 네 모자의 천대하던 진홍경이니, 찾아 동행하고 편모도 한가지로 뫼시라. 슬프다! 선악보응(善惡報應)이 명명하니, 네 모부인이 당초에 재물을 나누게 될까 두려 진가 모자를 구축(驅逐)하여, 시아비 감춘바 옷을 주어 존고와 지아비를 저버리고, 화를 입어 의탁하매 천대(賤待) 태심하더니, 도금(到今)에 너의 모자 피화하여 진씨에게 의탁하게 되나, 그러나 진가 모자는 너의 모부인과 같지 않아 편히 거느릴 것이오, 네 또 인류(人類) 재화(才華)로 현성(現成)함이 탈속(脫俗)하니, 벼슬이 높고 집을 이룬 후 기직(棄職)하고 이곳에 복거(卜居)하여 여년을 마치리라."

그 소년이 재배하고 물러나거늘 진한림이 보니, 이곳 두생이라. 슬프고 반겨 나중을 보더니, 동자가 차과(茶菓)를 가지고 청하여, 노사의 앞에 다다르는 도인은 다 치우고 모든 선비가 좌(坐)에 성렬(成列)하였더라. 사인이 객석의 나아가 노인의 도학을 공경하며 경치를 칭찬할 새, 답언이 도도하고, 의논이 층생(層生)하니 좌우 제생과 서로 성명과 거주를 통하매, 다 화(禍)를 만난 유(類)며, 혹 수학하는 선비더라.

두생이 진한림을 향하여 별회와 사연을 베풀고 동행하기를 원하는지라. 진생이 참연하여 거느려 갈 뜻이 있으되 오씨 이에 있는 고로 동행이 편당치 않아 위로하여 가로되,

"소제 형과 한가지로 가미 기쁜 일이나 제붕(諸朋)이 있고 행로가 부제(不齊)하여 숙모를 모셔감이 어려운지라. 돌아가 거마복종(車馬僕從)을 보내리라."

두생이 허락하고자 한데, 노사(老師)가 웃으며 왈,
"속인은 이곳에 오지 못하고 혹 머물 인연이 있으나 진한 후는 하루도 머물지 못하나니, 빨리 행하고 더디지 말라. 이 산을 내려간즉 도울 자가 있으리라."

두생이 감히 거스리지 못하여 한림과 한가지로 모친을 볼 새, 오씨 서녘 소실에 머물러 남복을 하고 한림을 만나 부끄러워하고 슬퍼 붙들고 통곡하더라. 미처 설화를 베풀지 못하여서 동자가 급히 사뢰되,
"존객이 오신 때 오래니 급히 나가고 머물지 마소서."

오씨 구고 신위를 품고 한림과 아들을 붙들고 나와 노사께 하직하고 동류를 이별하여, 장부마는 유ㆍ양을 거느려 앞서고, 진한림은 오씨 모자를 거느려 뒤에 떨어져 산을 내려오며 재삼 고면(顧眄)하여 상수(湘水)를 향하여 나아가더니, 서녘에 티끌이 일어나며 나는 듯이 인마(人馬)가 오는데, 일위 관원이 앞에 나와 멀리 외쳐 왈,
"행객은 잠간 머물라."

제인이 돌아보고 크게 괴이히 여겨 답지 않고 가더니, 이러구러 날이 어두워 장차 면목을 분변치 못할지라. 그 관원이 대로하여 아역을 빨리 보내 잡아오라 하니, 양생이 부마를 돌아보아 가로되,
"놀랍다. 이 소리여! 곡경을 만났도다."

유생이 웃으며 왈,

"영웅과 호걸은 구설(口舌)의 욕을 쾌히 받나니, 우리 등이 시인한사(時人寒士)의 모양을 하였으니, 일장 우스운 거조를 행하리라."

장부마 왈,
"풍류호사(風流豪士)의 일이나 매우 치면 아플 것이요, 살살치면 체면을 잃을 것이니, 웃음을 변하여 울지 말라."

서로 웃고 완완히 행할 새,
수십 아역(衙役)이 따라와 소리 질러 이르되,
"악주 부존노야(府尊老爺)가, 친히 조명을 받들어 행인을 수험하거늘 어찌 영(令)을 거슬러 안전에 뵈지 않고 길 가기를 크게 여기느뇨?"

삼인이 부답하고 완완히 걸음을 끌어 관원 앞에 이르니, 그 관원이 꾸짖어 왈,
"이 축생(畜生)아! 내 불과 행인을 상고할 일이 있고 물을 말이 있어, 머물라 한 것인데, 네 감히 듣지 않기를 능히 하랴?"

삼인이 묵연하거늘, 지부가 대로하여 가로되,
"빨리 횃불을 밝히고 저 유(類)를 중치(重治)하라."

아역이 청령한대, 양생이 참지 못하여 가로되,
"물을 말이 있거든 묻고, 보려하면 볼 따름이라. 무엇을 은휘하며 다스리기만 일삼느뇨?"

지부가 더욱 노하여 채로 말을 치며 질왈(叱曰),
"너희 등이 유생으로 세를 삼으나, 내 당당한 부존(府尊)으로 너 같은 유생을 다스리지 못하랴?"
정언간(停言間)에 진한림이 다다라 보고 앞에 가 소리하여 가

로되,

"천자, 치국할 소임을 양상(良相)에게 맡기시고 재상(宰相)이 치민(治民)할 도리를 일방 지부에게 맡겨 현우불초(賢愚不肖)를 살펴 폄론하며 탁용하나니, 이 같은 어리석은 관원이 위력으로 세(勢)를 삼아 무고히 행인의 성명을 물으며, 대단한 곡직(曲直)도 없이 다스리는 자가 어디 있으리오. 진실로 방주(方主)되어 불명함이 저러할진대 이부(吏部)708) 의 망(望)709) 함이 그를 뿐 아니라, 황극전 앞에 유확(油鑊)710) 두어 개가 있으니, 성천자 당당이 제 위왕의 고사를 행하실 바로다."

지부가 꾸짖어 왈,

"이 담 큰 축생아, 내 전지(傳旨)를 받자와 부마 장공의 유산거처를 방문하거늘 너희 등이 어찌 감히 관리를 능욕 비방하느뇨?"

한림이 대경 왈,

"조명이 계실진대 먼저 조서 연고를 이르고 그 성명을 안 후 처치할 따름이라. 위력으로 협박하여 지나는 행객을 수욕(數辱)하느뇨?"

말이 마치지 못하여서 한 줄 화광이 앞에 이르며 일위 관원이 교자를 타고 청나산(靑羅傘)을 받혀 이에 이르러, 지부로 더불어 서로 보고 물어 가로되,

"저 여러 수자(竪子)들이 어떤 사람이며 무슨 일로 저리 서있느뇨?"

---

708) 이부(吏部) : =이조(吏曹). 조선 시대에, 육조 가운데 문관의 선임과 훈봉, 관원의 성적 고사(考査), 포폄(襃貶)에 관한 일을 맡아보던 관아
709) 망(望) : =천망(薦望). 벼슬아치를 윗자리에 천거하던 일.
710) 유확(油鑊) : 끓는 기름 가마솥. 옛날에 죄인을 끓는 기름 솥에 넣어 삶아 죽일 때 쓰던 형벌기구.

지부가 드디어 문답을 전하고 왈,

"소제가 장차 중히 다스리고자 하나, 유관혁대(儒冠革帶)가 가장 괴로운 고로 주저 하나이다."

그 자가 청파에 경의(驚疑)하여 가로되,

"너는 행객일진대 불과 묻는 말 뿐이니 대답함직 하고, 하물며 하리 모여있는 곳에 삼사 개(個) 한사(寒士)가 잡혀와 구겁(懼怯)할 것이거늘, 더욱 능만하여 동지 광패하며, 언어 불경한 일이 의심되니, 또한 이때가 망춘화미(望春華美)하고 화초풍경이 문인의 유람할 때라. 만일 진신자제(縉紳子弟)인 즉 우리의 체면을 손상할지라. 먼저 자세히 알고 노를 발할 것이라. 또한 장공의 출유(出遊)가 본디 번폐를 덜고자 하여 포의 유생으로 혹 고주(孤舟)를 타며, 혹 건려(蹇驢)를 몰아 명산과 심확(深壑)에 정처가 없을 것이니, 여항부로(閭巷父老)와 수륙상고(水陸商賈) 중에 심문할 바이거니와, 날이 정히 저물었으니, 혹 만일 저 가운데 장공이 있어 유희호사(遊戲好事)로 짐짓 속이는가 하나니, 수자(豎子)는 모름지기 성명을 통하라."

진한림이 답왈,

"각별한 물을 말이 있거든 물을 따름이요, 과객(過客)의 성명은 알아 무엇 하리오."

그 관원이 빨리 교자에 내려 웃으며 불러 왈,

"진자건아 소리 자못 귀에 익으니, 이 가운데 아니 회양후와 양자순과 유창경이 있느냐?"

사인이 눈을 들어 보니 다른 이 아니라 간의태우 조원이니, 언론이 과격하기로써 천노(天怒)를 만나 장사 태수 되었다가 민간에 순행(巡行)하고 돌아가는 길이요, 그 지부는 악주 지부 유성이니, 상서 유약의 아우요, 유시랑의 종제라.

좌우가 우음을 머금어 서로 예를 베풀 새, 유지부가 대경하여 바삐 말에서 내려 장부마를 향하여 재삼 청죄한데, 부마 가로되,

"일시 유희를 족히 괘념(掛念)할 바 아니라, 한번 웃고 파할 따름이거니와, 아지못게라! 조정에서 무슨 연고로 찾으시느뇨? 아까 바삐 묻고자 하되 진자건이 너무 날뛰매 미처 묻지 못하괘라."

조태우 유지부가 왈,
"물가가 멀지 않으니, 선상(船上)에 가 한담 하사이다."

서로 이끌어 배에 올라 촉을 밝히고 좌차를 정해 앉은 후, 조태우가 가로되,

"남초왕 이헌은 송왕《송왕은 현종 장형》의 후예(後裔)라. 그 세자 백무가 동오왕 신강의 여를 취하니, 신강은 허창왕의 아들로 금 천자가 동오를 진수(鎭守)하라 하신 바라. 신씨 본디 음란하여 문강(文姜)711)의 행사가 있는 고로, 백무가 천조에 주하고 내치매, 신강이 천조를 원망하여 조정을 오욕(汚辱)하고 반심을 품어 불궤(不軌)를 도모하는지라. 성상이 공을 기다리시되 지속을 정치 못하여, 일변 문죄하는 사신을 동으로 보내시고, 군현(郡縣)에 행이(行移)712)하여 형의 거처를 방문하라 하시니, 현형은 빨리 풍범을 돌이키소서."

---

711) 문강(文姜) : 중국 춘추시대 노(魯)나라 환공(桓公)의 비(妃). 제(齊)나라 희공(僖公)의 딸로 동생 선강(宣姜)과 함께 〈열녀전〉에 나라를 망친 여인으로 기사가 올라 있다. 어려서 이복 오빠인 제양공(齊襄公)과 정을 통하다가 노나라 환공에게 시집을 갔는데, 후에 환공과 함께 제나라를 방문하여 다시 양공과 정을 통하다가 이 사실을 안 환공의 추궁을 받고 위기에 처하자, 양공이 환공을 살해함으로써, 결국 남편을 죽음으로 몰아넣은 악녀로 이름이 남게 된다.
712) 행이(行移) : 행문이첩(行文移牒). 상급관청에서 하급관청에 문서를 발송하여 조회(照會)함

몽옥쌍봉연 권지삼

　부마, 이 말을 들으매 경려(驚慮)하여 이에 밤을 새워 행하려할 새, 주찬을 드려 통음하며 소과(所過)의 형승을 자랑하며 한담하더니, 진한림이 유지부를 향하여 소왈,

　"현형이 정사 다스림이 만일 금야에 우리 잡 듯 할진대, 빠른 노와 급한 위엄뿐이요, 강명(剛明)하며 상찰(詳察)함이 없으니, 소제 짐짓 오래 머물러 형의 처치를 구경하며, 노를 돋우어 태장(笞杖)하는 위엄을 보고자 하더니, 조형의 밝은 소견으로 유형의 허물을 감추니 가장 애단지라, 형이 또한 높이 앉아 조정(朝廷)의 명관(名官) 대신(大臣) 공후(公侯)를 위엄으로 다스리지 못하니, 필연 심리(心裏) 쾌치 않을지라. 이제 선상이 고요하고 집장사예(執杖司隸)[713] 대후하였으니, 조용한 위엄을 냄직 하도다."

　유지부 소왈,

　"형은 진실로 찰찰한 언관이라. 사람의 허물 잡기를 능히 하나, 형으로 당하여는 지방을 지나는 추레한 선비가 현관(縣官)의 문답을 능만(凌慢)하며 패경(悖輕)[714]하여 자자(字字) 통해(痛駭)함이 있은즉, 능히 노를 참으랴? 내 이제 조정중관(朝廷重官)은 다스리지 못하여도 형의 뒤에 있던 저 촌한(村漢)은 멀리서 구경할 따름이요, 곁에 있는 장부마를 고치 않은 죄로 태장을 하리라."

---

713) 집장사예(執杖司隸) : 형장(刑杖)을 잡고 죄인에게 장형을 가하는 형리(刑吏).
714) 패경(悖輕) : 남을 대하는 태도가 거칠고 얕잡아보는 성질이 있음.

진생이 자약히 웃으며 왈,

"그 수자(竪子)가 그러나 풍운의 길상(吉祥)을 만나지 못하였을 지언정 두어사의 공자요, 오시랑의 외손이니 타인이 경멸(輕蔑)튼 않으리라."

지뷔 문왈,

"악주(岳州) 두현의냐?"

한림 왈,

"옳다. 어찌 아느냐?"

지뷔 왈,

"소제 형포(荊布)715)는 오시랑의 손녀니 두어사 부인과 소제 악모가 형제로 상해(常-)716) 두어사 부인을 잊지 못하여 빈빈 조문(弔問)하더니 수년 전에 적도에게 화(禍)를 입어 종적이 없으매, 악모가 한탄하는 바더니, 아지못게라!717)! 어느 곳에 머무느뇨?"

한림과 두생이 크게 기뻐 설화를 전하고, 거마를 구하니, 익조(翌朝)에 부마는 역마로 행하고 두생은 유지부가 호송하니라.

원래 오씨 악주에서 진부인 모녀를 쫓아낸 후, 삼년 만에 명화적(明火賊)718)이 들어 가산(家産)을 분탕하매, 노복이 도난하고 모자가 겨우 남아, 촌촌전진(寸寸前進)719)하여 경사로 향하다가, 길을 잃어 화악봉에 이르니, 인가(人家)가 적적한데 외로운 도관 뿐이라. 그 도관에 일위 청명도인이 있으니, 수양제(隋煬帝)720)

---

715) 형포(荊布) : 형차포군(荊釵布裙)의 준말. 가시나무로 만든 비녀와 무명옷을 입은 사람이란 뜻으로, 자기의 아내를 남에게 낮추어 일컫는 말.

716) 상해(常-) : 늘. 항상.

717) 아지못게라 : '모르겠도다' '모를 일이로다' '알지 못하겠도다' 등의 뜻을 가진 감탄어.

718) 명화적(明火賊) : ① =불한당(不汗黨) ②『역사』조선 철종 때에 창궐하였던 도적의 무리.

719) 촌촌전진(寸寸前進) : 조금씩 조금씩 앞으로 나아감.

연간(年間)에 도학이 높으며 위인이 청검한 '문중자(文中子) 왕통 (王通)'721)의 제자 서담이라. 문중자의 학습을 전수하여 화악봉에 도관을 중개(重改)하고 불생불멸(不生不滅)하는 도를 지으니, 천하의 사(士)들이 혹 그 도학을 배우며 경전(經典)을 배워 각각 하고자 하는 대로 가르치매, 도제(徒弟) 십 인이요, 학제(學弟) 칠십여 인이며, 또 사방 화(禍) 만난 유(類)와 걸식하는 무리를 거두어 제 원(願)대로 가르쳐 도를 이루면 제자가 되고, 학(學)이 장진(長進)하여 세연(世緣) 곳 있으면 도로 나가게 하더니, 두생의 모자도 문밖에 있음을 듣고 거느려 학을 가르치매, 현이 평생 총명과 문리(文理) 있는지라. 이에 머물러 홀홀한 광음이 세 봄이 지났더니, 진한림을 만나 좇아 산에 내려와 유지부의 도움을 얻으매, 선생의 가르침이 명명하더라.

부마 일노(一路)에 경(景) 볼 의사 소삭하여 급급히 경사에 이르니, 조야(朝野)가 흉흉하여, 오왕이 천사를 가두고 불공(不恭)함을 장구(長久) 히 하며 병기를 베푼다 하는지라.

천자가 부마를 보시고 크게 기뻐하시어 군정(軍政)을 다스려 기계를 준비하게 하시다.

부마 궁의 돌아오니, 삼부인이 맞아 각각 아들을 앞에 둔 가운데, 진부인이 옥 같은 남아를 생한 지 삼칠(三七)이라. 부마 바삐 보매 옥면영기(玉面英氣) 양 형에 지나니, 대희하여 웃음을 머금

---

720) 수양제(隋煬帝) : 중국 수나라의 제2대 황제(569~618). 성은 양(楊). 이름은 광(廣). 대운하(大運河)를 비롯한 토목 공사를 크게 일으켰고, 대군을 보내어 고구려를 침입하였다가 을지문덕에게 패배하였다. 재위 기간은 604~618년이다.

721) 문중자(文中子) 왕통(王通) : 584~617. 중국 수(隋)나라의 학자. 이름은 통(通). 제자들이 '문중자(文中子)'라는 시호를 올렸다. 강주 용문 사람으로, 20세 때 경세에 뜻을 두고 수도인 장안으로 가서 수 문제(文帝)에게 12조의 태평책을 진언하였으나, 공경들의 반대로 받아들여지지 않자 고향인 용문현으로 돌아가 저술에 전념하면서 제자를 가르쳤다. 문하에 수천명의 제자가 있었으며, 방현령(房玄齡), 두여회(杜如晦), 위징(魏徵)과 같은 인물들이 다 그 문하에서 배출되었다.

고 해아(孩兒)를 연애하며, 진한림이 두생을 거두어 옴을 전한대, 진부인이 경희하여 모부인께 통하더라.

상이 원수 금인(金印)과 기번(旗幡) 황월(黃鉞)을 주시고 경영병(京營兵)[722] 이십만과 전마(戰馬) 구만 필을 정제(整齊)하여 즉일 출사(出師)하고 일로에 군병을 거두어 쓰라 하시다.

성지 한번 내리매 수만 비호(飛虎)[723]가 다 장부마 휘하에 모일 새, 장부마 대사마 부중에 이르러 장교를 지휘하여 사졸을 점고 할 새, 좌장군 이단으로 전선봉을 시키고, 호위대장군 박양으로 참군모사를 삼고, 부장 석가명으로 군정사를 시키고, 호가대장군 이현으로 맹장 십원을 거느려 좌대(左隊)를 삼고, 병마도독 위한으로, 맹장 십원을 거느려 우대(右隊) 되고, 스스로 이십 명장을 거느려 중군이 되어, 기율(紀律)을 정하고 삼군을 지휘하여 문을 날 새, 천자가 용예(龍輿)[724]를 움직여 영무전에 어좌 하시어, 그 행군함을 보시며 만조백료가 다 술을 장정에 두어 전송할 새, 구름 같은 장막은 백리에 연(連)하였고, 상설(霜雪) 같은 검극은 태양을 가렸는데, 청평 광야에 진세(陣勢)를 이루매, 진은 제갈(諸葛)[725]의 팔진도(八陣圖)[726]요, 위엄은 주아부(周亞夫)[727]의 풍이 있거늘, 장부마 진주자금관(眞珠紫金冠)을 쓰고, 몸에 대자연환갑(代赭連環甲)에 쌍용수전포(雙龍繡戰袍)[728]를 입고, 허리에

---

722) 경영병(京營兵) : 경영(京營)의 병력. *경영(京營): 조선 시대에, 서울에 있던 훈련도감, 금위영, 어영청, 총융청, 용호영, 수어청을 통틀어 이르는 말. 늑경영문.

723) 비회(飛虎) : '나는 듯이 빠르게 달리는 호랑이'라는 뜻으로 '용감하고 날쌘 군사'를 비유적으로 표현한 말.

724) 용예(龍輿) : '임금의 수레'를 이르는 말.

725) 제갈(諸葛) : 제갈량(諸葛亮). 181~234. 중국 삼국시대 촉한(蜀漢)의 정치가. 자 공명(孔明). 시호 충무(忠武). 뛰어난 군사 전략가로, 유비를 도와 오(吳)나라와 연합하여 조조(曹操)의 위(魏)나라 를 대파하고 파촉(巴蜀)을 얻어 촉한을 세웠다.

726) 팔진도(八陣圖) : 중국 삼국시대 촉한(蜀漢)의 정치가 제갈량(諸葛亮; 181~234)이 창안했다고 하는 진법(陣法).

727) 주아부(周亞夫) : 중국 전한(前漢) 전기의 무장, 오초칠국(吳楚七國)의 난을 평정해 공을 세웠고 승상에 올랐다.

728) 쌍용수전포(紅錦繡戰袍) : 쌍룡을 수를 놓아 지은 전포(戰袍). 전포는 장수가 입던

양지백옥대(兩枝白玉帶)729)에 원융황금인(元戎黃金印)을 비껴 차
고, 손에 죽절산호편(竹節珊瑚鞭)730)을 들었으니, 위풍이 늠름하
고, 옥면이 쇄락하여 천고영걸(千古英傑)이오, 개세군재(蓋世君
子)라.

　미목(眉目) 사이에 음양정화를 타 나고 흉중에는 천지의 도량
을 품어 옥골선풍(玉骨仙風)은 진평(陳平)731) 주유(周瑜)732)에 지
나고, 위의 늠연함은 대현의 틀이 있어 안방정국(安邦定國)할 모
책을 품었거늘, 장수(將帥)는 의기를 분발하여 강개함이 진충보국
(盡忠保國)할 마음이 있고, 사졸(士卒)은 용맹을 비양하여 날램이
남산의 맹호 같으니, 천자가 그 용맹함을 보시고 크게 경탄하시
고 만조 흡연하여 제(帝)께 하례하니, 제 더욱 기뻐하셔 황봉어주
(黃封御酒)733)를 부어 친히 주시고, 홍금전포(紅錦戰袍)734)와 금
비전(金飛箭)735)을 주시어 정을 표하시니, 부마 백배 사은하더라.
날이 늦으매 음양관(陰陽官)이 시(時)를 보하고 군중에 금고(金
鼓)736)소리 어지러이 일어나는지라.

　일성포향(一聲砲響)에 대대인마가 함께 출발하니, 황의(黃衣)

긴 웃옷.
729) 양지백옥대(兩枝白玉帶) : 백옥을 장식하여 만든, 두 가닥으로 된 허리띠.
730) 죽절산호편(竹節珊瑚鞭) : 대나무 뿌리에 산호 장식을 하여 만든 채찍.
731) 진평(陳平) : 중국 한나라 정치가. ?~BC.178. 가난한 집에서 태어났으나 용모가 뛰
　　어나고 독서를 좋아하였다. 처음 초나라의 항우(項羽)를 섬기다가, 뒤에 한고조(漢
　　高祖) 유방(劉邦)을 섬겼는데 '여섯 번 기발한 꾀를 내'(六出奇計) 천하 통일을 이루
　　었다. 여태후(呂太后)가 죽은 뒤 주발(周勃)과 힘을 합하여 여씨 일족의 반란을 평정
　　하였고, 좌승상(左丞相)에 올랐다.
732) 주유(周瑜) : 중국 삼국 시대 오나라의 장수(將帥). 175~210. 자는 공근(公瑾). 문무
　　(文武)에 능하였으며, 유비의 청으로 제갈공명과 함께 조조의 위나라 군사를 적벽
　　(赤壁)에서 크게 무찔렀다.
733) 황봉어주(黃封御酒) : 임금 하사하는 술. 황봉(黃封)은 임금이 하사한 술을 단지에
　　담고 황색 천으로 봉(封)한 것으로 임금이 하사한 술을 뜻한다.
734) 홍금전포(紅錦戰袍) : 붉은 비단으로 지은 전포(戰袍). 전포는 장수가 입던 긴 웃옷.
735) 금비전(金飛箭) : 쇠붙이로 화살촉을 박은 화살.
736) 금고(金鼓) : 고려·조선 시대에, 군중(軍中)에서 호령하는 데 사용하던 징과 북.

정제하고 기치폐공(旗幟蔽空)하여 행군함이 나는 듯하니, 천자와 제신이 다 칭찬함을 마지않고, 각별 회양공주와 그 처자를 무휼하셔 은전이 호성(豪盛)하더라.

화설, 정동대원수(征東大元帥) 대사마(大司馬) 회양후 장홍이 당천자(唐天子) 대력팔년하사월(大曆八年夏四月)737) 길일(吉日)에 수십만 대병과 백원(百員) 명장을 거느려 길이 동으로 향하여, 오국왕 신강의 대역부도(大逆不道)를 벌할 새, 위엄이 군현에 진동하고, 덕정(德政)이 군중에 편행(遍行)하여 소과(所過) 주군(州郡)이 단사호장(簞食壺漿)738)으로 왕사(王士)를 맞으며 각도(各道) 관(官)이 우양과 금백으로 삼군을 호궤(犒饋))하더라.

섬서(陝西) 화주를 지나 한수(漢水)의 이르러 일천 전선을 강 중의 중류(中流)하여 창랑 한구를 지나 바로 동정을 꿰뚫어 소주로 갈 새, 구강(九江)에 이르러는 홀연 푸른 물결이 공중에 솟으며 배 밑이 일시에 움직이더니, 이윽고 흑무(黑霧)가 사면에 두르며, 서기(瑞氣) 선중(船中)에 두르는지라. 좌우 군졸과 제장이 송구하여 엎드려 지척을 분변치 못하거늘, 장후가 구강왕의 언약을 생각하고 빨리 지필을 취하여 우두생저(牛頭生猪)를 갖추어 해변에 벌여놓고 분향하기를 마치매, 다 물에 들이치도록 하니라.

원래 구강왕이 장홍을 이별한 후 십여 년에 다다르매 수족(水族)을 시켜 대후하더니, 일일은 수정궁에 한가히 앉아있을 새, 수족이 보(報)하되,

"장원수 행군하여 선척(船隻)이 수상에 벌여 나아가나이다."

왕이 일어나 보니, 긴 돛대는 궁문(宮門) 앞에 박혔고 늘어선 배는 바다를 덮었는데, 다 장후의 수하(手下)라. 오래도록 바라보되 동정이 없거늘 생각하되,

---

737) 대력팔년하사월(大曆八年夏四月) : 중국 당나라 대종(代宗) 8년(서기773년) 여름 4 월.
738) 단사호장(簞食壺漿) : ①대나무로 만든 밥그릇에 담은 밥과 병에 넣은 마실 것이라 는 뜻으로, 넉넉하지 못한 사람의 거친 음식을 이르는 말. ②백성이 군대를 환영하 기 위하여 갖춘 음식.

"석년의 언약이 있고, 옹서(翁壻)의 의(義)가 있거늘, 금일 이곳을 지나매 한자 조문(詔文)함이 없으니 배신무의(背信無義) 함이라. 내 어찌 가는 패(牌)739)를 순(順)케 하리오."

언파에 풍운(風雲)의 위엄을 발하더니, 홀연 놀라 가로되,

"상천이 정하시어 저로 하여금 공을 이루게 하여 계시니, 만일 저를 해한 즉, 경하(頃下)740)에 환이 있을지라. 어찌 하여야 저의 그름을 책하고 환(患)을 벗을꼬?"

정히 주저할 사이에 수족이 생저(生猪)와 우두(牛頭)를 받들어 드리며 일척(一尺) 깁에 글 쓴 것을 올리니, 하였으되,

"대당(大唐) 대력팔년(大曆八年) 하사월(夏四月) 모일(某日)에 정통동(征東) 대원수(大元帥) 장홍은 삼가 우양을 갖추어 구강 신수왕 막하에 고하나니, 홍은 양세(陽世)의 속인이오, 왕은 수부의 정령이라. 거하매 비록 가까우나 머묾이 유명(幽明)에 나뉘었도다. 석일에 큰 덕을 말미암아 정 다이 가르침을 입으니, 하마 십재(十載)에 언약이 맞았도다. 일천 전선을 해상에 둔하니, 창도(槍刀)는 천일(天日)을 꿰뚫고 고각(鼓角)은 수부(水府)에 진동하는지라. 이 만일 언약을 잊지 않으셨을진대, 잠간 풍랑의 미친 위엄을 거두시고, 선척(船隻)의 급한 것을 구하소서."

왕이 보기를 마치매 노기 풀어져 스스로 홍포대대(紅袍大帶)741)를 갖추어 운무를 거두고 선상에 나아 가니라.

이 때 제장사졸이 경황급급하여 정히 죽을 곳을 만난 것이라 하더니, 이윽고 풍세 순하며 서기 선중에 끼이고 향취 옹비(擁鼻)742)하며, 백일이 명랑한 가운데 일위 관원이 왕자(王者)의 의

739) 패(牌) : ①같이 어울려 다니는 사람의 무리. 늑패당 ②『역사』 입번(入番)할 때 번(番)을 갈아서던 한 무리. 대개 40~50명이 한 조를 이룬다. ③『역사』 군대의 가장 작은 부대를 이르던 말. 입번한 그대로 군대를 편성한 데서 유래한다.
740) 경하(頃下) : =경각(頃刻). 눈 깜빡할 사이. 또는 아주 짧은 시간.
741) 홍포대대(紅袍大帶) : 붉은 도포를 입고 폭이 넓은 띠를 두른 차림.

복으로 선창에 섰는지라.

장후가 용왕인 줄 알고 빨리 맞아 빈주(賓主)의 좌를 분하매, 왕이 손을 들어 사왈,

"수족(水族)이 그릇 위엄을 범하였더니, 현공이 정(情) 된 글과 아름다운 예물로 해신(海神)을 위로하시니 다감함을 이기지 못하여, 이에 와 사례하는 일 밖에, 잠간 고할 말이 있으니, 동오(東吳)743)가 본디 강하여 웅거하매 나라가 크고 못 가운데 있어 현공이 이리로 지나 소주(蘇州)744)로 내려갈 줄 알고, 매복을 두어 살피매, 해(害) 비경(非輕)한지라. 모름지기 이리로 행치 말고, 적벽(赤壁)745)으로 가 팽려(彭蠡)로 말미암아 무주로 내려 간 즉, 수월 내에 대첩(大捷)하리이다."

장후가 사례 왈,
"삼가 명교를 받들리다."

용왕이 흠신 왈,
"오래 모셔 말씀함이 가치 않은지라. 하직하나니, 추구월 망시(望時)에 회박(回泊)함을 당하여 몽회(夢會)에서 즐기사이다."

언파에 일장(一場) 서기 엄엄하고 간 바 없는지라.

장후가 드디어 채단을 물에 넣어 사례하고, 기와 북을 지워 바로 적벽강으로 향하여 팽려와 남창을 지나 무주에 내릴 새, 때 정히 오월 초순이라. 천하에 구름이 걷히고 대해의 물결이 잔잔한데, 반월(半月)이 몽롱하여 선상에 비취니, 부마가 제장으로 더

---

742) 옹비(擁鼻) : 콧속에 스며 듦. 코를 찌름.
743) 동오(東吳) : 중국 삼국 시대에, 222년에 손권이 건업(建業)에 도읍하고 강남에 세운 나라. 280년 서진(西晉)에게 멸망하였다.
744) 소주(蘇州) : 중국 강소성(江蘇省)에 있는 도시.
745) 적벽(赤壁) : 중국 호북성(湖北省) 가어현(嘉魚縣)에 있는 양자강(揚子江) 남쪽 강가에 있는 지명. 삼국 시대의 싸움터로 유명하다.

불어 승흥하여 친히 선창을 열고 사처를 돌아볼 새, 스스로 가사를 지어 읊으니, 가랐으되,

미친바람이 동남에 일어남이여! 변보가 빠른 배 같도다.
한번 황조를 받듦이여! 사마(士馬)가 동으로 향하는도다.
배는 천리에 이었고, 정기는 하늘을 가리니,
장사가 승승함이여! 역신(逆臣)을 한 북에 파하리로다.
역신을 잡고 사해 평안함이여!
위엄이 육합(六合)746)을 진정하리로다.

읊기를 마치고 제장으로 더불어 군려(軍旅)를 의논하더니, 문득 보니 한 군사가 산고기를 버들 움에 꿰어 들고 오되, 빛이 활홀하여 암중에 조요하거늘, 부마 괴이히 여겨 묻되,
"너희 어디에 가 산고기를 얻었느뇨?"

대 왈,
"강촌 어부에게 구하니, 어부가 '원수 식물을 돕노라' 하더이다."
부마가 가까이 불러 보매, 금색(金色) 리어(鯉魚)의 빛이 두우(斗牛)에 쏘이고, 거동이 비상하거늘, 부마 산 것 죽임을 차마 못하여 돌아 제장 더러 왈,
"만물을 사랑함은 군자의 소임(所任)이라. 죽인 짐승은 가히 아껴도 미치지 못하려니와, 산 것을 목하(目下)에 죽임이 비록 일이 다르나, 독사(毒蛇)와 같으니, 좋이 물속에 넣으라."

좌우가 드디어 버들을 빼내고 물에 넣으니, 명미(明微)한 달 아래 세 번 뛰놀고 간 바 없는지라. 중인이 경의하며 부마의 어진 마음을 항복하더라.
이에 순류(順流)하여 무주에 내려 마외(馬嵬)747)에 진(陣)하니,

---

746) 육합(六合) : 천지와 사방을 통틀어 이르는 말. 곧, 하늘과 땅, 동·서·남·북이다.

군세 대진하고 기율이 엄위하더라.

차설, 오왕 신강은 허창왕 신실의 아들이니, 태종황제 신도성을 허창후를 봉하시고, 대대로 탕읍(湯邑)748)을 삼으시매, 신도성의 자(子) 신후가 명황(明皇)749)이 행촉시(行蜀時)에 구가(救駕)한 공으로 허창왕을 삼으시니, 대종 때에 이르러는 대력이년(大曆二年)에 옮겨 건평에 봉하시고 호를 오왕(吳王)이라 하시어, 절강지계(之界)를 반이나 신식을 주시니, 건평은 허창보다 지방이 넓고 인물이 풍후(豐厚)하더라.

이런 고로 각 관(官)에 회뢰(賄賂)하고 환지(宦地)를 교체하여 건평에 옮은 바이더니, 그 딸 진영이 행실이 음란한 고로 초(楚) 태자 백무가 소대(疏待)하여 내칠 새, 부부는 인륜의 대관이요, 풍화의 근원이라. 취하기를 반드시 대국이 주하는 고로 예부상서 곽문영이 상표(上表)하여 신씨의 죄악이 예를 손상하고 풍화를 상해한 것이라 하여 죽음을 주고, 백무는 재취를 정하여 보내니, 백무가 드디어 신씨를 죽이니, 신강이 대로하여 딸을 위하여 거상(居喪)케 하고 대당년호(大唐年號)를 혁(革)하고 동오 패왕(霸王)750)이라 참칭하며, 서(西)를 향하여 삼일을 질욕하니, 천자가 진가를 알지 못하여 사신을 보내 죄를 책하신데, 신강이 대로하여 잡아 죽이고자 한대, 좌승상 영지척이 가로되,

---

747) 마외(馬嵬) : =마외역(馬嵬驛). 중국 섬서성(陝西省) 홍평(興平) 서쪽에 있는 역명(驛名). 당(唐) 현종(玄宗)이 안녹산(安祿山)의 난(亂) 때, 양귀비와 함께 피난하다가 이 역(驛)에 서 군사들에게 책망을 당하고, 양귀비를 목매어 죽게 한 곳.

748) 탕읍(湯邑) : =탕목읍(湯沐邑). 식읍(食邑). 중국 주나라에서 제후에게 목욕비 등 생활비를 충당하도록 사급한 읍(邑)으로, 제후가 읍의 수조권을갖고 그 조서로 녹봉을 삼아 생활을 했던 식읍지(食邑地).

749) 명황(明皇) : 당현종(唐玄宗). 중국 당나라의 제6대 황제(685~762). 성은 이(李), 이름은 융기(隆基). 시호는 명황(明皇)·무황(武皇). 초년에 정사(政事)를 바로잡아 '개원의 치'라고 불리는 성당(盛唐) 시대를 이루었으나, 만년에 양 귀비를 총애하고 간신에게 정치를 맡겨 안녹산의 난을 초래하였다. 재위 기간은 712~756년이다.

750) 패왕(霸王) ; 『역사』 중국 춘추 전국 시대에, 제후를 거느리고 천하를 다스리던 사람. 오패(五霸)가 대표적이다.

"우리 등의 지방(地方)이 천여리오, 맹장(猛將) 모사(謀士)가 구름 모이듯 하니, 이때를 타 당(唐)을 항거하여 한 모퉁이의 임금이 된 즉, 크면 장구(長驅)하여 천하를 얻고, 적으면 중원을 반(半)에 나누리니, 죽이지 말고 다만 이 말을 당주(唐主)에게 고하여, 듣지 않거든 그때에 참사(斬死)하고, 허(許)함이 있거든 화의(和議)하여 써 후일에 승시(乘時)을 타 다시 도모함이 가하이다."

신강이 대희하여 당사(唐使)를 보내지 않았더니, 천병이 옴을 듣고, 군신을 모아 의논한대, 문무가 다 가로되,
"당장(唐將) 장홍은 만인부적(萬人不敵)이라. 신비전(神飛箭)과 천인검(天人劍)을 뉘 당하며, 홍예군의 무예를 어찌 써 막으리오. 마땅히 지모지사(智謀之士)를 가려서 행할 것이니이다."

신강이 불열 왈,
"적이 오지도 않아서 경등이 한갓 저의 예기(銳氣)를 기리고 아국을 능멸하느뇨?"

언미필에 전하(殿下)의 일인이 고성 왈,
"천하는 일인의 천하 아니오, 시운(時運)은 용맹(勇猛)에 있지 않나니, 탕(湯)751)이 칠십리 땅으로 왕 하심은 이윤(伊尹)752)을 얻어 동인협공(同寅協共)753)함이오, 육손(陸遜)754)이 유황숙(劉皇

751) 탕(湯) : 성탕(成湯). 중국 은나라의 초대 왕. 원래 이름은 이(履) 또는 대을(大乙). 박(亳)에 도읍을 정하고 국호를 상(商)이라 칭하였으며, 제도와 전례(典禮)를 정비하였다. 13년간 재위하였다.
752) 이윤(伊尹) : 중국 은나라의 전설상의 인물. 이름난 재상으로 탕왕을 도와 하나라의 걸왕을 멸망시키고 선정을 베풀었다.
753) 동인협공(同寅協共) : 중국 순(舜)임금 때, 고요(皐陶)가 순임금에게 '군신(君臣) 간에 경외(敬畏)를 함께 하고 공경을 함께 하라'고 권면한 말에서 유래한 것으로, 임금과 신하 사이의 화협(和協)을 강조한 말.
754) 육손(陸遜) : 183~245. 중국 삼국시대 오(吳)나라 정치가. 촉한과 위나라의 침공을 여러 차례 격퇴하여 오나라를 지켜냈으며, 관우를 죽음으로 몰아넣고 유비의 복수를

叔)755)을 파함은 천심이 돌아간 데 있음이라. 우리 동오(東吳)가 비록 한 가에 벽처(僻處)하였으나, 앞으로 구곡(九曲)의 험함이 있고, 뒤로 대해가 가렸으며 흥화와 천주를 통하고 연평과 건창을 아울러 갑병이 수백만이오, 양향(糧餉)756)이 수만 여석이니, 족히 서를 향하여 천하를 다툼에 부족함이 없을 것이요, 이제 좌장군 교격의 용(勇)이 오확 맹렬에 지나고 참군 무사 유대량의 지혜 가히 양평(良平)757)에 지나니, 어찌 한갓 장홍 같은 소년 서생을 두려워 할 바이리오."

좌우(左右)가 보니 전전태우(殿前大夫) 거기장군(車騎將軍) 윤형이라. 신강이 그 말을 장(壯)히 여겨 문 왈,
"교격의 용과 유대량의 지혜를 어찌 써 아느뇨?"

윤형이 대 왈,
"교격이 일찍 석두산에 가 두 마리 범을 한 주먹으로 쳐 죽이니, 인인이 다 타호장군(打虎將軍)이라 일컬으니, 어찌 장사가 아니며, 유대량이 해변에 가 용이 싸우는 것을 보고 격서를 지어 용을 제어하고, 항복을 받아 명주 수두(數斗)를 얻어오니, 사람이 신기군사라 하는지라. 대량이 일찍 풍우와 뇌정을 부리고, 천서(天書)와 지리(地理)를 통하는 고로, 매양 제갈(諸葛)의 목우유마(木牛流馬)758)를 능만하고, 양평(良平)의 적은 꾀를 웃나니, 이

실패하게 만들었다.
755) 유황숙(劉皇叔) : =유비(劉備). 유황숙은 유비가 한나라 황실 성씨였기 때문에 불렸던 말. 중국 삼국 시대 촉한의 제1대 황제(161~223). 자는 현덕(玄德). 시호는 소열제(昭烈帝). 후한의 영제(靈帝) 때에, 황건적을 쳐서 공을 세우고, 후에 제갈량의 도움을 받아 오나라의 손권과 함께 조조의 대군을 적벽(赤壁)에서 격파하였다. 후한이 망하자 스스로 제위에 오르고 청두(成都)를 도읍으로 삼았다. 재위 기간은 221~223년이다
756) 양향(糧餉) : =군량(軍糧). 군대의 양식
757) 양평(良平) : 중국 한(漢)나라 때의 책사(策士) 장량(張良)과 진평(陳平)을 함께 이르는 말.

두 사람이 가히 사직을 붙들며, 적국을 방어할 자니이다.”

신강이 크게 기뻐 교격과 대량을 불러 보니, 교격은 신장이 구
척이요, 수염이 배 밑을 지나고, 눈이 크고 허리 한 아름은 하고,
낯이 붉더라. 청룡도(靑龍刀)[759] 쓰기를 잘하고, 유대량은 용모가
단정하고 풍신이 준매(俊邁)하며 경전을 통하고 매양 삼략육도(三
略六韜)[760]를 좋이 여기더라.

신강이 드디어 유대량을 통군대군사를 삼고 교격을 전선봉을
시키고, 영지척으로 대원수를 삼아 사졸을 훈련할 새, 대량이 교
격더러 왈,

“당병이 반드시 하수로 더불어 동정을 지나 소주로 내려올 것
이니, 일지 인마를 보내 거짓 상고(商賈)의 맵시를 하여, 동정 군
산아래 배를 매었다가, 저의 오기를 기다려 물속에 뛰어들어 아
래로서 배 치[761]를 잡아 엎지르면, 반드시 물속에서 서로 어지러
이 죽으리니, 이 묘한 계규(計規)로 당나라 예기를 꺾을 것이라.”

교격이 대희하여 부장 고희덕으로 계규를 가르쳐 보내니, 천주
백성이 본디 물잠이[762]에 익은지라. 청령하고 가만히 상고의 모양
을 하여 뫼 봉우리를 넘어 이비묘(二妃廟)[763]에 가, 배를 타고 군

---

758) 목우유마(木牛流馬) : 중국 삼국 시대, 식량을 운반하기 위해 제갈량이 소나 말의 모
   양으로 만든 수레, 기계 장치로 움직이게 하였다.
759) 청룡도(靑龍刀) : =청룡언월도(靑龍偃月刀). 보병이나 기병(騎兵)이 쓰던 긴 칼을 이
   르던 말. 날은 반달 모양이고, 칼등의 중간에 딴 갈래가 있어서 이중(二重)의 상모를
   달도록 구멍이 있으며, 밑은 용의 아가리를 물렸다. 중국식과 우리나라식의 두 가지
   가 있는데, 우리나라 것의 전체 길이는 일곱 자로 중국 것보다 조금 길다
760) 삼략육도(三略六韜) : =육도삼략(六韜三略). 중국의 오래된 병서(兵書). ≪육도(六
   韜)≫와 ≪삼략≫을 아울러 이르는 말.
761) 치 : 키. 배의 방향을 조종하는 장치. 늑방향키. 방향타
762) 물잠이 : =잠수(潛水). 물속으로 잠겨 들어감. 또는 그런 일. *잠이: 잠입(潛入). 물속
   에 잠겨 들어감. 남몰래 숨어듦.
763) 이비묘(二妃廟) : =황능묘(黃陵廟). 중국 순(舜)임금의 두 왕비 아황(娥皇)과 여영
   (女英)을 제사하는 사당(祠堂). 호남성(湖南省) 소상강(瀟湘江) 가에 있다.

산(君山)764) 아래로 가 기다리더라.

유대량과 교격이 날마다 군사를 조련하며 고희덕의 희보를 기다리더니, 탐보(探報) 급고 왈,

"당병이 팽려(彭蠡) 초양으로 말미암아 남창을 지나 무주에 머물러 마외산(馬嵬山)에 하채(下寨)하니, 군세 대진(大振)하고 정기 엄숙하더이다."

유 · 교 이인이 대경하여 돈족(頓足) 개탄 왈,

"이는 귀신이 도움이로다. 수륙(水陸)이 순한 곳을 바리고 멀리 돌아옴은 필연 계책이 높음이로다."

이에 조정에 들어가 당병이 벌써 마외에 진(陣)하였음을 고한데, 군신이 상의할 새, 영지척은 이인으로 더불어 갑병과 장사를 다 거느려 마외(馬嵬) 백리에 진(陣)을 쳐 당병을 대적하라 하고, 해중(海中) 번국(藩國)에 일변 사신을 보내 구원병을 청하니, 가라국왕 모용언과 남만국왕 육혼이 그 나머지 부락으로 더불어 구응하기를 언약하다.

영지척이 군교를 거느려 마외에 나아가 녹님관에 둔병(屯兵)하고 당병의 세를 살피니, 진도(陣圖)가 정숙하고 검극(劍戟)이 삼렬하여 진중을 둘렀는지라. 유대량이 교격더러 왈,

"장홍은 당대 영웅이라. 곽자의(郭子儀) 풍을 이어 한신(韓信)765)의 용병술을 겸하였으니, 만일 경적(輕敵)한 즉 패할지라. 안병부동(按兵不動)하여 그 세를 살피라."

----

764) 군산(君山) : 중국 호남성(湖南省) 북동부에 위치한 동정호 가운데 솟아있는 섬으로 된 산. 순임금의 아황(娥皇) · 여영(女英) 이비(二妃)가 남순(南巡)하고 있는 순임금을 찾아 왔다가 순임금이 죽었다는 소식을 듣고 이곳에서 피눈물을 흘리다 물에 뛰어들어 자결하였다는 전설이 전한다.
765) 한신(韓信) : ? ~BC196. 중국 한(漢)나라 때의 무장(武將). 한 고조를 도와 조(趙) · 위(魏) · 연(燕) · 제(齊)나라를 멸망시키고 항우를 공격하여 큰 공을 세웠다. 한나라가 통일된 후 초왕에 봉하여졌으나 회음후(淮陰侯)로 강등되고, 뒤에 여후(呂后)에게 살해되었다

하더니, 군교 보하되,

"당장이 전서(戰書)를 보냈나이다."

영지척이 이에 전서(戰書)를 들고 보니, 하였으되,

"대국 통군대원수(統軍大元帥) 장홍은 글을 너희 동오군신에게 고하나니, 우리 태조 문무황제 건국입업(建國立業)하여 공신을 봉토(封土)하시매, 왕공후백이 남면에 부귀를 누려 대대 은혜 입음이 하마 백년이라. 마땅히 조공하는 예를 두터이 하여 군신의 의와 상하의 분을 밝힐 것이거늘, 신강이 방자 존대하여 대국을 비방하고 천사를 오욕하여 불궤를 저지르니 장차 모역하기 십상(十常)이라. 대병을 들어 이곳에 진하니, 날을 가려 성을 파할 때에 옥석이 구분하리니, 만일 복죄(伏罪)함이 있은 즉 다시 봉읍(封邑)에 즐김을 주고, 불연 즉 건평을 무찔러 빈 터를 삼으리라."

보기를 마치매 거두어 진영으로 들여보내고 당사(唐使)를 후대하여 보내다.

신강이 글월을 보고 대로하여 싸움을 재촉하여 스스로 문무를 거느려 마외(馬嵬)로 향하니, 영지척 등이 '싸우라' 하는 명을 얻어 선봉 교격으로 하여금 일만 군을 거느려 당진에 가 싸움을 청할 새, 당이 전선봉 이단으로 또한 군을 거느려 양군이 대진하고, 이장이 교봉하여 수합에 승부를 결치 못하여서, 오진에서 쟁을 쳐 군을 거두다.

교격이 돌아와 문 왈,

"승부를 미결하여서 어찌 징을 치뇨?"

유대량 왈,

"그대 아지 못하느냐? 당진 제되(制度) 팔괘(八卦)⁷⁶⁶)를 안으며,

---

766) 팔괘(八卦) : 중국 고대(古代)의 복희씨(伏羲氏)가 지었다는 글자. ≪주역≫의 골자가 되는 것으로, 한 괘에 각각 삼 효(爻)가 있고, 효를 음양(陰陽)으로 나누어서 팔괘(八卦)가 되고 팔괘가 거듭하여 육십사괘(六十四卦)가 된다.

밖으로는 구궁(九宮)⁷⁶⁷⁾을 향하고, 안으로는 오행(五行)을 벌여
변화가 무궁(無窮)한지라. 네 그릇 저의 속임을 입어 그릇함이 있
을까, 군을 물리니라."

교격 왈,
"이런 즉 어느 시절에 적을 파하리오."

대량 왈,
"내게 한 계교 있으니, 서(西)로 십리쯤 한 곳에, 대란하란 물
이 있고, 물을 지나 오명정이란 뫼가 있으니, 맹용은 삼천군을 거
느려 오명정 수풀 속에 매복하였다가, 그대 당군을 유인하여 든
후에, 일만 쇠뇌⁷⁶⁸⁾를 발하고, 유철은 삼천군을 거느려 대란하 다
리 가에 숨어 떼를 쌓아 물을 막았다가, 당군이 반만 건너거든
떼 가운데를 끊고 뛰어나가 길로 들어가면, 당군이 반 넘게 죽고,
이런 후에 주상의 대병이 오거든 다시 정돈하여 싸우면, 가히 이
김을 침 뱉고 정하리라."

교격이 대희하여 맹용과 유철을 각각 분견(分遣)하매, 익일에
또 싸움을 청한데, 이날 장부마 또한 오진(吳陣)에서 군을 쉬이
거둠을 보고, 태반이나 짐작하여 부장 곽애로 오천 병을 거느려
조련하라 하고, 위강으로 오천 병을 거느려 서녘(西-) 소로(小路)
로 말미암아 진(陣) 뒤로 넘어 오명정이란 뫼 뒤에 구룡곡이란
골이 있으니, 가만히 기를 지우고 북을 그쳐 골짜기 가운데 숨어
오병의 매복이 있거든 조각을 타 응변하라 하고, 또 유삼의를 명
하여 철기(鐵騎)⁷⁶⁹⁾ 이천을 거느려 대란하 좌편에 수목이 무성한

767) 구궁(九宮) : 『민속』 아홉 방위의 자리. 낙서(洛書)에 응한 구성(九星)에 중궁(中宮)
　　과 팔괘(八卦)를 팔문(八門)에 배합한 것이다
768) 쇠뇌 : =노(弩). 쇠로 된 발사 장치가 달린 활. 여러 개의 화살을 연달아 쏘게 되어
　　있는 것으로, 주로 낙랑 무덤에서 나오고 있다.
769) 철기(鐵騎) : 용맹한 기병. 철갑을 입은 기병.

곳이 있으니 이 곧 옥영산이라. 골속에 들어 거짓 방포(放砲)로
적병을 놀라게 하라 하다.

각각 이르기를 마치매 친히 북을 울려 싸움을 돋울 새, 교격이
진에 나와, 곽애더러 왈,

"무명소장은 빨리 물러가고, 선봉을 불러 자웅을 결하게 하라."

곽애 여성(厲聲) 왈,

"나는 곽분양 아들이요, 장원수의 으뜸 장수라. 어찌 너 같은
용부(庸夫)를 대적치 못하리오."

교격이 노하여 양마(兩馬)가 교봉하여 수십 합에 곽애 창법이
어지럽거늘, 장원수 장대(將臺)에서 바라보고, 붉은 기를 둘러 제
장을 영(令)한데, 좌편의 이단이 창검을 둘러 내닫고, 우편의 유
기 철퇴를 잡아 협공하는지라.

교격이 양패(佯敗)[770]하여 대란하를 바라고 달아날 새, 혹주혹
전(或走或戰)[771]하여 물가에 이르러는, 이단과 유기가 분력(奮力)
하여 따라 이에 다다라, 교격이 먼저 물을 건너더니, 홀연 물 좌
편 수목 사이에 한 소리 호통(號筒)[772]이 천지진동(天地振動)하거
늘, 크게 놀라 말을 채칠 새, 홀연 맹용의 대병을 만나 급히 이르
되,

"내 정히 군사(軍師)의 지휘를 들어 뫼 위에 숨었더니, 당장(唐
將) 위강이 인군(引軍)하여 혼야(昏夜)에 거짓 방포로 군심을 경
동하거늘 쇠뇌를 다 허비한 후, 아침에 쫓겨 의갑(衣甲)을 다 잃
은지라. 어느 면목으로 군사를 보리오."

교격이 언흘(言訖)에 혼불이체(魂不裏體)[773]하여 경황실조(驚惶

---

770)양패(佯敗) : 거짓 패(敗)한 체 함.
771)혹주혹전(或走或戰) : 혹 달아나기도 하고 혹 싸우기도 함.
772)호통(號筒) : 군중(軍中)에서 불어 호령을 전달하는 데 쓰는 악기. 늑장명(長鳴).
773)혼불리체(魂不裏體) : 혼이 몸 안에 있지 못함. 넋이 나감.

失措)하더니, 문득 산상에서 진퇴(塵土) 일어나고 고각(鼓角)이 훤천(喧天)하며 일대인매(一隊人馬)가 몰아오는데, 당선(當先)한 일원 대장이 삼지창(三枝槍)을 들고 유성마(流星馬)를 달려 빨리 외쳐 왈,

"역적은 달아나지 말라."

맹·교 이인이 보니, 이곳 당장 위강이라. 각각 창을 들어 대적할 새, 교격의 용맹이 당키 어려운지라. 위강이 감히 싸우지 못하여 오직 채로 가르쳐 꾸짖어 왈,

"너희 등이 천병을 항거하니, 오늘날 머리를 벰직 하되 이 또 신강의 죄라. 먼저 신강을 잡고 버거 너희를 무찌르리라."

말을 마치고 쟁을 쳐, 군을 거두어 산하에 둔하니, 맹·교 이장이 또한 싸울 의사가 없어, 좌우에 복병이 있음을 보고, 사졸을 영(領)하여 다리를 건널 새, 이단과 유기는 보지 못할러라.

마음을 펴, 반을 건너서 수채[774] 일시에 터지니 장졸이 다 물에 빠지니라. 서로 어지러이 싸워 위태한 가운데, 상류의 유삼의가 인군(引軍)하여 가로막고, 하류의 위강이 다시 따르니, 능히 벗어나지 못하여, 육천 오병(吳兵)이 다 대란하에서 짓밟히니, 피흘러 내를 두르고 주검이 쌓여 들이 덮였더라.

원래 이 수채를 뗀 자는 오장 유철이니, 철이 처음에 인군(引軍)하여 다리에 다다라 유삼의 복병과 함께 마주쳐 싸우더니 유철의 팔이 저려 능히 창을 잡지 못하여 공중에서 불러 왈,

"어린 아이는 형제 싸우지 말고 서로 좇아 천도를 순하라."

하거늘, 철이 놀라 유삼의를 불러 왈,
"그대는 잠간 성명을 통하라."

---

774)수채 : 집 안에서 버린 물이 집 밖으로 흘러 나가도록 만든 시설.

삼의 왈,
"나는 복건 유삼의오 자는 자중이라."

철이 다시 문 왈,
"그대 부모가 다 있느냐?"

유삼의 이 말의 다다라는 눈물이 비 같아서 답 왈,
"나는 천지간 죄인이라. 어찌 그대 묻나뇨?"

철 왈,
"원컨대 자세히 이르라. 내 또한 연고를 베풀리라."

삼의 눈물을 거두고 탄식하여 왈,
"내 집이 본디 수양현에 있더니, 천보 십사 년에 '안록산(安祿山)의 난'775)이 일어나니, 나는 십세라. 부친을 좇아 피난하고 모친이 잉태 수삼삭이러니, 그릇 길을 잃어 마침내 찾지 못하여서 부친이 또 기세하시니, 사람의 아들이 되어 아비를 여의고, 어미 거처와 존망을 모르니, 종천의 통한이라. 어찌 천지간 죄인이 아니리오마는 요행 천은을 입어 벼슬을 구하여 이름을 천하의 펴 모친을 찾을까 하되, 하마 이십년이라. 아지못게라! 그대 어찌 묻는다?"

철이 우문 왈,

---

775) 안록산(安祿山)의 난 : 중국 당나라 현종 천보14년(755년)에 절도사 안록산이 간신 양국충의 토벌을 명분으로 일으킨 반란. 안록산은 호족(胡族) 출신으로 용맹과 전술이 뛰어나 당 현종의 신임을 받았다. 755년 평로(平虜)·범양(范陽)·하동(河東) 지구를 총괄하는 절도사가 되자, 15만 병력을 일으켜 낙양과 장안을 점령한 후 대연(大燕) 웅무황제(雄武皇帝)를 자칭하였다. 757년 황제의 자리를 탐내던 아들 안경서(安慶緒)에게 살해되었다. 한때 양귀비의 환심을 사서 그의 양자가 되었다는 일화가 있다.

"그대 모친의 성이 무엇이뇨?"

삼의 왈,
"왕씨니, 영영공 왕유의 후손이니, 산인(散人)[776] 왕단의 따님이
니라."

철이 듣기를 다한 후 말에서 내려 삼의를 붙들고 통곡 왈,
"현형이 일찍 소제를 아시느냐? 소제는 유철이니 왕씨의 복중
아(腹中兒)라."

삼의 또한 대경하여 붙들고 울기를 그치매, 날이 맞도록 한담
할 새, 그 모친의 생존하였음을 듣고 크게 기뻐하며 유대량의 양
자가 되었음을 듣고, 유삼의 즐겨 않거늘, 유철 왈,
"형제 서로 좇을지니 어찌 유가의 양휵(養慉)한 은혜만 생각하
리오. 모친이 그 때 난리에 물에 빠져 건강 땅에 다다라 유대량
이 건진 바 되어 형매 되고 날로 써 그 자질(子姪)의 도를 하게
함이라."

삼의 왈,
"대량이 또한 모친을 안신하시게 하니 은혜 크도다. 다만 계교가
있어야 할 것이니 네 모름지기 물속에 숨어 수채 트는 때에, 도
리어 오병(吳兵)에게 해롭게 하라."

철이 허락하고 물가에 숨어 짐짓 당병을 해치 않고, 오병이 건
널 때에 수채를 트고 뛰어 나와, 스스로 거느렸던 삼천 수군을
다 무찌르니, 맹용은 난군 중에 죽고, 교격이 계우 남아 유철과
한 가지로 본 채에 돌아 가니라.
이날 당병이 크게 이기고 돌아오니, 장부마 대희하여 유철의

---

776)산인(散人) : 세상일을 멀리하고 한가하게 사는 사람. 늑산사(散士).

공을 치부하고. 오거든 상작을 더하려 하더라.

교격이 진에 돌아가 유대량과 영지척을 보고 패한 연유를 고할
새, 죄(罪)가 유철에게 더하거늘, 철이 울고 왈,

"소자가 일을 그릇하여 죄를 범하니, 원컨대 군법을 쓰소서."

대량이 본디 사랑하던 바라. 나이 젊다 하여 중군도호를 갈아
그 죄를 중히 않으니, 동류 다 배척하거늘, 행장을 수습하여 건평
에 들어가 그 모친 왕씨께 고한데, 왕씨 울며 왈,

"내 비록 네 형의 살았음을 들으나 네 부친이 죽었고, 이제 적
국을 임하여 사핵(査覈)과 초탐(哨探)이 심하니, 어찌 능히 돌아
가리오. 나는 이에 있어 스스로 죽어 주인의 은덕을 갚으리니, 빨
리 행하여 형제 한가지로 신자(臣子)의 충을 다하라."

말을 마치고 울 따름이니, 유철이 나간 때를 타 글을 지어 상
밑에 감추고 자결하니라.

철이 들어와 보고 기절(氣絶)하거늘, 가인(家人)이 구하여 보
고 아무 연고인 줄 모르고, 오직 창감(愴感)하여 빈염(殯殮)하매,
즉시 염장(殮葬)하고, 유대량 처와 가중인(家中人)을 다 이별하여
가로되,

"군중에 가 부친을 보아 전하려 하노라."

하고, 가만히 강을 건너 지름길로 당영(唐營)으로 가니라.

이때 당군이 매양(每樣) 싸우자 하되 영지척이 견제(牽制) 불출
하더니, 신강의 대병의 이르니, 영지척이 등이 멀리 맞아 승패를
고할 새, 대란하의 패(敗)함을 고한대, 오왕이 크게 분노하여 두
어 날 쉬어 크게 싸우려 하더라.

장부마 신강의 왔음을 듣고 중장(衆將)을 모아 의논하더니, 초
사(楚使)가 이르러 고하되,

"신강이 과군(寡君)[777]에게 분을 풀지 못하여 촉왕(蜀王) 맹
훈으로 하여금 치게 하매, 촉병(蜀兵)이 성하(城下)에 임하였는지

라. 원수는 먼저 과군의 위태함을 구하소서."

부마 이에 도독 위한으로 본부 병을 거느려 초(楚)을 구하라
할 새, 또한 장안(長安)에 고급(告急)하라 하다.

두어 날이 지나매 오진(吳陣) 전서(戰書) 이르러 언사 불손한지
라. 부마 대로하여 글을 찢고 군사를 전령(傳令)하여 진(陣)을 날
새, 신강이 또한 문무로 더불어 일자(一字) 장사진(長蛇陣)778)을
치고 멀리 당진(唐陣)을 바라보니. 오호나사진을 베풀었는데, 군
중에 수자기(帥字旗) 움직이며, 장부마 머리에 진주봉시(眞珠鳳
翅)투구779)를 쓰고 몸에 홍금수은포(紅錦繡銀袍)를 입고 손에 방
천극(方天戟)을 들고 백설추풍마(白雪秋風馬)를 탔으니, 백설 같
은 옥면에 풍골이 쇄락하여 정신이 만리(萬里)에 사무치고, 기운
이 중천을 꿰뚫는 듯, 좌에는 전선봉 이단 등 십원 대장이 벌여
있으니, 진도(陣圖) 정제(整齊)하고 갑주(甲胄) 웅장하더라.

오왕이 또한 일월창금(日月餤金)투구780)에 쇄하용포(殺下龍
袍)781)를 껴입고 자추마(紫騅馬)782)를 타, 우(右)에는 대원수 영
지척 등이요, 좌(左)의는 신기군사 유대량이 일만 군신으로 더불
어 호위(護衛)하였더라.

장부마의 나옴을 보고 또한 기하(旗下)에 말을 비끼고 신강이
먼저 불러 왈,

"별래(別來) 무양(無恙)하냐?"

---

777)과군(寡君) : 다른 나라의 임금이나 고관을 상대하여 자기 나라의 왕을 가리키던 말.
778)장사진(長蛇陣) :①예전의 병법에서, 한 줄로 길게 벌인 군진(軍陣)의 하나. ②썩 많
    은 사람이 줄을 지어 길게 늘어서 있는 모양을 형용(形容)하여 이르는 말
779)진주봉시(眞珠鳳翅)투구 : 진주와 봉의 깃으로 꾸민 투구. 봉시(鳳翅)는 봉의 깃. 투
    구는 예전에, 군인이 전투할 때에 적의 화살이나 칼날로부터 머리를 보호하기 위하
    여 쓰던 쇠로 만든 모자.
780)일월창금(日月餤金)투구 : 해와 달을 금박(金箔)으로 박아 넣은 투구.
781)쇄하용포(殺下龍袍) : 아랫부분이 윗부분 보다 폭이 점점 좁아들게 만든 용포(龍袍).
782)자추마(紫騅馬) : 흰 바탕에 자색과 갈색의 털이 섞여 난 말. *추마(騅馬) : 흰 바탕
    에 흑색, 짙은 갈색, 짙은 적색 따위의 털이 섞여 난 말. 늑추마말.

부마 답왈,

"무양함은 물어 알 바 아니거니와, 다만 묻나니 천조를 항거하
여 대역을 행함은 어찌하려는 것인가?"

왕이 급히 답하되,

"과인이 들으니 천하자(天下者)는 일인의 천하 아니오, 각각 그
덕 있는 데 돌아가는 고로, 요전순(堯傳舜)[783]하시고, 순전우(舜
傳禹)[784]하시어, 삼성(三聖)이 상전(相傳)하고, 탕(湯)[785]이 방걸
(放桀)[786]하시나 무왕(武王)이 벌주(伐紂)[787]하시며, 심지어 진한
(秦漢)[788]이 서로 이어나고, 남북조(南北朝)[789]가 혼잡하여 수(
隋)[790]에 다다라서는 '당(唐)이 어린 아이를 속여 천하를 도적하
니'[791], 태종(太宗)으로부터 비록 천하를 정(定)하다 이르나, 그러

---

783) 요전순(堯傳舜) : 요(堯)임금은 순(舜)임금에게 전(傳)함.
784) 순전우(舜傳禹) : 순(舜)임금은 우(禹)임금에게 전(傳)함.
785) 탕(湯) : =탕왕(湯王). 성탕(成湯). 고대 중국의 은(殷)나라를 창건한 왕. 하(夏)나라
    의 폭군 걸왕(桀王)을 정벌하고 천자(天子)가 되었다. 삼황오제(三皇五帝) 및 하나라
    의 시조 우왕(禹王), 주나라의 시조 문왕(文王)과 함께 성군(聖君)의 모범으로 일컬
    어진다.
786) 방걸(伐桀) : 고대 중국의 탕왕(湯王)이 하(夏)나라 폭군 걸왕(桀王)을 치고 은(殷)나
    라를 세운 일을 말한다.
787) 벌주(伐紂) : 고대 중국의 주(周)나라 무왕(武王)이 은(殷)나라 폭군 주왕(紂王)을 처
    은 왕조를 멸망시킨 것을 말한다.
788) 진한(秦漢) : 중국 최초의 통일국가인 진시황제의 진(秦)나라(기원전221~207)와 진나
    라를 무너뜨리고 한고조(漢高祖) 유방(劉邦)이 세운 한(漢)나라(기원전202~기원후
    220)를 함께 이르는 말.
789) 남북조(南北朝) : 위진 남북조 시대의 남조(南朝)와 북조(北朝)를 아울러 이르는 말.
    *남조(南朝) : 중국에서, 동진(東晉)이 망한 후 420년부터 589년까지 화남(華南)에 한
    족(漢族)이 세운 송(宋), 제(齊), 양(梁), 진(陳) 네 나라를 통틀어 이르는 말. *북조
    (北朝) : 중국 남북조 시대에, 중국의 북부를 지배한 북위(北魏), 서위(西魏), 동위(東
    魏), 북제(北齊), 북주(北周)의 다섯 왕조를 통틀어 이르던 말.
790) 수(隋) : 중국 북주(北周)의 양견(楊堅)이 581년에 정제(靜帝)의 선양(禪讓)을 받아
    세운 왕조. 581년에 개국하였으며, 589년에 진(陳)나라를 합처 중국을 통일하였으나,
    618년에 당나라 고조 이연(李淵)에게 망하였다. 늑수(隋)나라
791) '당(唐)이 어린 아이를 속여 천하를 도적하니' : 당 고조 이연(李淵)이 617년 11월 수
    양제의 손자인 12살짜리 양유(陽侑)를 황제로 옹립하괴[공제(恭帝)] 자신은 대승상

나 내란이 대대로 일어나고 병혁(兵革)이 그치지 않으며, '녹산(祿山)이 칭제(稱帝)'[792]하고, '명황(明皇)이 촉행(蜀行)'[793]하니, 이는 말세에 당하여 하늘이 자주 화(禍)를 내리시고, 신명(神明)이 천자를 가리심이라. 우리 선왕이 덕이 높으며 허창(許昌)[794]에 진수(鎭守)하심으로부터, 국가(國家)가 안녕하고 사민이 낙업(樂業)하며, 과인이 이어 이에 오름으로, 드디어 동도(東道) 일방이 귀순하니, 이는 하늘이 사해(四海)의 사람을 옮기심이거늘, 혼군(昏君)이 무지(無知)하여 신자의 인륜을 근절하고, 무죄(無罪)한 부녀를 죽이게 하니, 이는 삼생의 원가(怨家)라. 강동(江東) 범 같은 군사(軍士)를 들어 천하를 일광(一匡)하고 육합(六閤)[795]을 소창(消暢)하니 어찌 마땅치 않으리오. 하물며 각각 봉강(封疆)이 있으니, 지레 와 침노할 바 아니라."

장부마 대로하여 소리를 높여 가로되,
"하늘에 두 해가 없고 사해에 각각 임자 없으니, 역대(歷代)로 내려옴으로부터 천자의 둔 바라. 우리 고조(高祖) 신요황제(神堯皇帝)[796] 천명을 승(承)하시니, 수위(受位)를 전하고, 태종 문무황제(文武皇帝)[797] 등극하시매 군웅을 쓸어버리고 사해(四海)를 맑게 하시며, 화이(華夷)를 일통(一統)하시니, 비록 대대 조고만 도

(大丞相)에 올라 정권을 장악한 뒤, 이듬해인618년 5월 공제(恭帝)의 선위를 받아 당(唐) 나라를 세우고, 고조(高祖)에 즉위한 일을 말한다. 고조 이연은 또 다음해인 619년 5월에 아들 이세민(태종)을 시켜 공제를 살해하였다.
792) 녹산(祿山) 칭제(稱帝) : 안록산이 당나라 현종 때인 755년 반란을 일으켜 수도 장안을 점령한 후, 국호를 '대연(大燕)'이라 하고, '웅무황제(雄武皇帝)'를 참칭한 일을 말함.
793) 명황(明皇) 촉행(蜀行) : 중국 당나라 현종(玄宗)이 안록산(安祿山)의 난(亂)을 만나, 촉(蜀)으로 피난한 일을 말한다. *명황(明皇)은 현종의 시호.
794) 허창(許昌) : 중국 하남성(河南省) 동부에 있는 도시.
795) 육합(六閤) : 천지와 사방을 통틀어 이르는 말. 곧, 하늘과 땅, 동·서·남·북이다. 늑육막(六幕)·육허(六虛).
796) 신요황제(神堯皇帝) ; 중국 당나라 고조의 시호
797) 문무황제(文武皇帝) : 중국 당나라 태종의 시호

적이 천시(天時)를 알지 못하고 일어나나, 장차 별의 무리요 이매 (魑魅)798)의 당이라. 구주(九州) 호권(豪權)과 사해 영웅이 모다 성주를 붙들어 대업을 진정하니, 어찌 족히 미친 것을 개념하리 오. 네 한아비 신두경이 일찍 한마(汗馬)의 공이 없으나, 명인 후 예로 일방 봉읍(封邑)에 자자손손이 영귀케 하시니, 네 마땅히 더 욱 충성을 다할 것이요, 음녀 진영이 춘추적 문강(文姜)799)의 행 사가 있으니, 어찌 성천자의 정치시(政治時)에 한 때인들 살려둘 바이리오. 일찍이 네 아비 되어 자식을 가르치지 못하고, 신자가 되어 반역을 자행하니, 죄악이 관영(貫盈)한지라. 내 이미 황조를 받자와 수만 비호(飛虎)를 거느려, 한 북에 동도를 삭평코자 하나 니, 보천지하(普天之下)의 솔토지민(率土之民)이 다 천자의 두신 바이니, 어찌 봉강(封疆)이 각각 있으며, 동녘 모퉁이로써 역신의 굴혈(窟穴)을 삼게 하리오. 네 이제 천명을 항거하고 신무(神武) 를 거스르니 화(禍)가 구족(九族)에 미칠 뿐 아니라, 무죄한 생민 이 또한 네 고기를 썰을지라."

신강이 대로하여 친히 말을 놓아 부마를 직취(直取)하니, 부마 또한 제장을 지휘하여 싸울 새, 이단 등이 분력(奮力)하여 용(勇) 을 분발하니, 금고(金鼓)가 제명(齊鳴)하고 티끌이 이러나더니, 부 마 신강과 교격의 용맹을 보고, 옥총마(玉驄馬)800)를 달려 신강으 로 접전할 새, 진정 적수(敵手)라. 방천극이 이르는 곳에 유성퇴

---

798) 이매(魑魅) : =이매망량(魑魅魍魎) : 온갖 도깨비. 산천, 목석의 정령에서 생겨난다고 한다.

799) 문강(文姜) : 중국 춘추시대 노(魯)나라 환공(桓公)의 비(妃). 제(齊)나라 희공(僖公) 의 딸로 동생 선강(宣姜)과 함께 〈열녀전〉에 나라를 망친 여인으로 기사가 올라 있 다. 어려서 이복 오빠인 제양공(齊襄公)과 정을 통하다가 노나라 환공에게 시집을 갔는데, 후에 환공과 함께 제나라를 방문하여 다시 양공과 정을 통하다가 이 사실을 안 환공의 추궁을 받고 위기에 처하자, 양공이 환공을 살해함으로써, 결국 남편을 죽 음으로 몰아넣은 악녀로 이름이 남게 된다.

800) 옥총마(玉驄馬) : 백옥 빛을 띤 총이말. *총마(驄馬) : 총이말. 회색털이 몸 전체에 퍼져 있는 말.

로 막으며, 화첩창이 다다르매 양잉도(兩刃刀)[801]로 대적하니, 사십여 합에 불분승부(不分勝負)하니, 유대량이 장부마의 기운이 점점 더함을 보고, 가만히 진언(眞言)을 염하며 채로 한 번 가르치매, 홀연 천지 아득하고 신병귀졸(神兵鬼卒)이 분분히 내려오는지라.

오병(吳兵)이 승시(乘時)하여 바로 당진(唐陣)을 짓칠 새, 정히 위급하였더니, 공중에서 벽력성(霹靂聲)이 움직이며 급한 번개 두어 마디에, 신병귀졸이 다 쓰러지고 천랑기청(天朗氣淸)[802]하여 일점 음풍(陰風)이 없으니, 당병이 비로소 정신을 정하여 오진(吳陣)을 바라보매, 유대량이 제 계규(計揆)가 일지 못함을 보고, 대경하여 가만히 둔신법(遁身法)[803]을 행하여 몸을 감추니, 당병이 그 요술(妖術)을 두려 따르지 않고 군을 물리다.

장부마 진(陣)에 돌아와 스스로 상량하매, 요술을 제어할 계규 없는지라. 크게 번뇌하여 장중(帳中)에 촉을 밝히고 경서를 대하여 침음하더니, 좌우가 야심하매 다 물러가고, 홀로 궤(几)예 비겨 얼핏 일몽을 얻으니, 일위 장자가 홍포금관(紅袍金冠)으로 엄연히 들어와 길이 읍하거늘, 부마가 놀라 물은 데, 그 사람이 가로되,

"거일에 큰 은혜를 입어 갚을 길이 없더니, 그대 개세영웅으로 요술을 두려워하므로 특별히 고하나니, 본디 무예를 자구(自求)하여 두려워하는 바가 없는 고로, 상천이 나삐 여기사 한 번 싸워 이길 것을 때를 어겨 다섯 번 후에야 이기게 하려 하시므로, 세 번 싸워 승전치 못함이 다 이 연고라. 다만 한 노부의 정령도 자식을 위하여 결초보은(結草報恩)[804]하였거늘 내당당한 수부용신

---

801) 양잉도(兩刃刀) : 양인도(兩刃刀). 양인(兩刃)을 가진 칼. *양인(兩刃): 조개의 다문 입처럼 양면(兩面)을 갈아 세운 날. 안팎날과는 갈고 뗀 기법의 차이에서 구별된다. ≒조갯날.
802) 천랑기청(天朗氣淸) : 하늘이 밝고 대기가 맑음.
803) 둔신법(遁身法) : 몸을 보이지 않게 감추는 술법.
804) 결초보은(結草報恩) : 죽은 뒤에라도 은혜를 잊지 않고 갚음을 이르는 말. 중국 춘추

(水府龍神)으로 자식을 위하여 은혜 갚기를 못하리오. 택일하여 싸우는 날 하루 힘을 더해 도우리니 너무 번뇌치 말라."

부마 흠신 왈,

"아지못게라! 그대는 어떤 사람이뇨?"

기인(其人) 왈,

"나는 전당군(錢塘君)이라. 어린 자식이 유람하다가 그릇 어부의 돗대805)에 잡혔더니, 그대 은덕으로 살아 돌아오니, 갚기를 더디 하랴?"

언필에 부지거처(不知去處)하니, 경점(更點) 소리만 들릴 따름이더라.

부마 크게 신기히 여겨 중장(衆將)을 불러 몽사를 이른데, 제장이 하례 왈,

"원수의 어진 덕이 주수비금(走獸飛禽)에 이르도록 호대하여, 신몽을 이루시니 원수의 성덕이 천의의 가득할 뿐 아니라, 국가의 홍복(洪福)이로 소이다."

하더라.

이에 장대(將臺)에 올라 군사를 조련하더니, 상장 유삼의 칡관(-冠)806)과 베옷으로 계하에 엎디어 눈물이 비 같거늘, 부마 놀라 물은데, 유삼의 드디어 그 아우 유철을 인도(引導)하여 뵈고, 그 어미 죽음을 자세히 고하니, 부마 참연하여 친히 위로 하고, 유철

시대에, 진나라의 위과(魏顆)가 아버지가 세상을 떠난 후에 서모를 개가시켜 순사(殉死)하지 않게 하였더니, 그 뒤 싸움터에서 그 서모 아버지의 혼이 적군의 앞길에 풀을 묶어 적을 넘어뜨려 위과가 공을 세울 수 있도록 하였다는 고사에서 유래한다.

805) 돗대 : 독대. 양쪽 끝에 가늘고 긴 막대로 손잡이를 만든 그물. 주로 얕은 개울에서 물고기를 몰아 잡는다. 늑반두.

806) 칡관(-冠) : =갈건(葛巾). 갈포(葛布)로 만든 두건. =갈건(葛巾). *갈포(葛布): 칡 섬유로 짠 베.

을 보매 당대 호걸이라. 크게 중히 여기더라.

　이때 양군(兩軍)이 상대(相對)한 지 두 달이 넘은지라. 칠월 극열에 대우가 내리니, 거의 보름이나 되었더니, 부마 근심하여 제장으로 의논 할 새, 세작(細作)이 고왈,

　"위 원수 촉을 이기지 못하고 다 각각 안병부동(按兵不動)[807] 하며 남번오국(南藩五國) 왕이 다 오(吳)를 도우러 오고, 문석국 사자(使者)가 양초(糧草)를 실어와 군사를 자뢰(資賴)하매, 양계 조주(潮州) 지계(地界)에 왔다 하나이다."

　부마 양구에 가로되,

　"가히 이때를 잃지 못하리라."

　하고 명일 제장(諸將)을 각각 분견(分遣)하니, 표기장군 곽애로 일만 군사를 거느려 양낭계를 지나 운문관 좌편 협비곡에 매복하였다가 불의에 관을 쳐 빼앗으라 하고, 호가대장군 이현으로 일만 군을 거느려 설봉산 위에 숨어 신강의 가는 길을 막으라 하고, 상장군(上將軍) 육영으로 하여금 일만 병을 거느려 무이산(武夷山) 넘어 건평을 승허(乘虛)[808]하여 짓치라 하고, 유삼의와 유철로 써 건평 성중에 들어가 내응하게 하고, 용후장군 신제로 하여금 무이산 제일곡 천주봉에 매복하고, 부장 위강으로 하여곰 무이산 제삼곡 운등봉에 매복하고, 호위장군 박양으로 하여곰 무이산 제칠곡 항자봉에 매복하고, 낭야후 이병으로 하여금 무이산 제구곡의 백분년에 매복하고, 우장군 유괴로 하여금 조주 취별산 뒤에 가 문선국 양거(糧車)를 불 지르라 하고, 위장군 원각으로 하여금 후계를 쳐 빼앗으라 하고, 다 각각 철기(鐵騎) 일만씩 거느려 계규 대로 행군하라 하고, 선봉 이단과 부장 오준과 부선봉 곽성과 부장 석수 등으로 하여금 삼만 철기를 거느려 적군을 유

807) 안병부동(按兵不動) : 진군하던 군대를 한곳에 멈추어 두고 움직이지 않음.
808) 승허(乘虛) : 빈틈을 타 무슨 일을 함.

인하게 하니, 한 소리 영이 나매 제장이 공을 다투어 각각 길을
나눠 행군하다.

장부마 정예한 군사를 다 뽑아 출사(出師)케 하고, 노약을 남겨
거짓 병든 체하여, 혹 나무를 지고, 풀 위에 누우며, 칡옷을 베고,
진 밖에 어지러이 날뛰어 존비(尊卑)의 분(分)이 전혀 없고, 상하
의 체도(體度) 도착(倒錯)하여, 장수가 군사를 금치 못하고, 대장
이 부하를 제어치 못하는지라. 오진(吳陣)에서 일일이 탐관(探觀)
하고 서로 의논하되,

"당병이 멀리 와 한 번도 이기든 못하고, 두 달 장마에 노곤(勞
困)하여 병들고 해타(懈惰)하기로 저렇듯 하니, 원병(援兵)이 이
르거든 크게 싸워 편갑도 돌아가지 못하게 하리라."

드디어 거리낀 마음이 업서 주육과 풍물을 두어 군신이 서로
즐기더니, 문득,

"문선국이 양초를 돕고 오국만왕(五國蠻王)이 도우러 온다."

하니, 신강이 크게 기뻐 친히 마자 영중에 잔치를 배설하고 잔
을 들어 번왕에게 사례하여 가로되,

"과인이 부재부덕(不才不德)으로 군신이 서로 의지함을 입어
행여 한 모퉁이의 임군이 되었더니, 당실이 쇠미(衰微)하고 정벌
이 때 없는지라. 이제 응천순인(應天順人)하여 호걸을 거느려 장
안을 무찌르고자 하나, 군사가 적음으로 자저하더니, 열위 대왕이
버리지 않으시니, 이는 삼생의 행이라. 중원을 일통하고 형제로
맺아 사해(四海) 안에 다섯 형제 되어 사사이다."

남만왕 육흔은 답 왈,
"원컨대 대공을 이루소서."

가라왕 왈,

"우리 등이 이에 모였으니 마땅히 싸움을 정(定)할 것이라."

육국왕 정소가 왈,
"대왕의 우익이 많으니 어찌 당장(唐將)을 근심하리오."

각각 술을 통음하고 채중(寨中)에 누어 자더니, 이때 날이 더운
데, 장마를 지내고 모든 군사가 멀리 와 가쁜지라. 채문(寨門)을
닫지 않고 중장(衆將)은 취(醉)하여 자고, 장졸은 곤핍하여 초경
(初更)809)으로부터 잠을 익히 들었더니, 당병이 혼야(昏夜)에 함
매(銜枚)810)하고, 다섯 부대로 나눠 번영(藩營)에 살입(殺入)하니,
중군이 불의에 변을 만나 스스로 짓밟으며 우는 소래 천지진동하
더니, 여름밤이 짧은지라, 동방이 새기에 이르러 오국만왕(五國蠻
王)이 제 군사를 반이나 죽이고 가슴을 두드려 크게 울더니, 신강
의 정병이 앞장서 구하여 채로 돌아올 새, 좌우가 보 왈,
"채 뒤에 불이 일어나고 유 군사가 행법(行法)하다가 다리 부드
러워 영중의 떨어져 겨우 구하여 후거(後車)에 있나이다."

신강이 대경하여 사면을 둘러보니, 중중텹텹(重重疊疊)한 것이
다 당병이라. '오국만왕은 무죄하니 나중에 치고, 신강을 잡아라!'
하는 소리 진동하는지라.
오국만왕이 이때 군사를 다 죽이고 원망이 다 신강에게 있더
니, 이 말에 다다라 문득 반복(反覆)할 의사가 있어, 다 각각 가
로되,
"어제 주배에 곤하고 야간 시살(廝殺)811)에 정신이 어득하고 사
졸이 상하였으니, 아직 이곳에 둔병하여 천천히 구완하리니, 먼저

중간지역을 헤치고 본채 불을 구하소서."

　신강이 저들의 반심이 있는 줄 알되, 할일 업서 좌충우돌하여 살출(殺出)하니, 당병이 짐짓 물러나매 신강이 한 곳에 둔병하더라.

　신강이 채 중에 화광이 연천(連天)하고 유대량이 후거(後車)에 있어 영지척 등으로 더불어 당병에 쫓겨 무이산을 바라고 달아나거늘, 신강이 한가지로 채쳐 무이산(武夷山)[812]에 이르러 수리(數里)는 행하여 자명산 의 다다르니, 산 위에 장부마 소요접리건(逍遙接籬巾)[813]을 쓰고 학창의(鶴氅衣)[814]를 입고 청나산(靑羅傘)을 받아 비단 돗자리 펴고 단좌하였는데, 좌우에 두 계집이 칠보웅장(七寶雄粧)을 하고 모셨으되, 한 군사도 없거늘, 신강이 크게 노하여 말을 채쳐 뫼에 오르고자 할 새, 산상에서 시석(矢石)이 비 같이 뿌리니, 부마 홍기를 좌로 두르니, 백봉영 좌편의 낭야후 이병이 일시에 군을 거느려 즛치는지라.

　오병(吳兵)이 싸우며 달아나 십여 리는 행하매, 당병의 기척이 없거늘 신강 왈,

　"뫼를 넘어 건도로 달아나 다시 구처하리니, 선수관에 가 밥을 얻어먹으리라."

　하고 군사를 거느려 다시 행하여 관하의 이르러는 수장 경철이 접응하여 삼군의 주림을 구하더니, 포성이 진동하며 급고 왈,

　"당병 구인이 오병인 체하고 관에 들어와 관문을 열고 당병을 유인하여 벌써 관이 함락(陷落)되었나이다."

---

812) 무이산(武夷山) : 중국 복건성(福建省) 북부(北部)에 있는 산 이름.
813) 소요접리건(逍遙接籬巾) : 중국 진(晉)나라 때 산간(山簡)이라는 현인(賢人)이 술에 취하여 고양(高陽)의 못가를 소요(逍遙)하면서 썼다는 접리건(接籬巾)이라는 '흰색 모자'를 이르는 말. 《진서(晉書) 권(卷)43 산간열전(山簡列傳)》에 나온다.
814) 학창의(鶴氅衣) : 웃옷의 한가지로, 소매가 넓고 뒷솔기가 갈라져 있으며 흰 옷의 가를 돌아가며 검은 헝겊을 넓게 댄 옷.

신강이 대경하여 급히 말을 타고 경철이 보호하여 동문으로 달아나더니, 이병이 한 창으로 철을 질러 죽이고 곽애 한 칼로 오태사 육경을 벰이 되다.

신강이 급히 기학봉을 바라고 달아나, 조일봉의 이르러 복병이 없음을 보고 마음이 자락(自樂)하여 달아나더니, 일성포향(一聲砲響)이 움직이고 당장(唐將) 박양이 짓쳐오는지라. 오국군신(吳國君臣)이 낙담하여 겨우 벗어나 자맥봉에 다다라서는 유대량이 정신이 잠간 들어 신강을 향하여 가로되,

"천도(天道)가 돕지 않아 신이 술법을 행치 못함이더니, 이제 신이 정신이 잠간 나으니, 대사를 이루리이다."

신강이 크게 기뻐 친히 대량의 수레에 가 진맥하고, 수리(數里)는 행하여 운등봉 아래에 이르러는, 당장(唐將) 위강이 길을 막고 급히 외쳐 왈,

"무지한 역적은 빨리 무릎을 꿇으라."

신강이 눈을 둘러보고 상혼낙담(喪魂落膽)하더니, 대량이 정히 진언을 염코저 할 새, 활시위 소리 나며 나는 살이 대량의 왼눈에 박히니, 즉사한지라.

대량을 쏘아 죽인 자는 대원수 당홍이니, 운등봉 위에서 쏘아 죽이니라.

신강이 이 때 유대량이 사사(射死)되고, 교격의 존망을 알지 못하며, 세(勢) 위태하매, 칼을 빼 자문(自刎)코자 하더니, 영지적이 간 왈,

"대왕이 천승지군(千乘之君)으로 지방이 천하의 으뜸이라. 어찌 한번 분을 인하여 자문(自刎)하는 환(患)을 닐위시나니잇고? 승패는 병가의 상새(常事)라. 초한(楚漢)의 교병(交兵)하던 때를 생각하소서. 여기서 호계 멀지 않고 운문관이 또한 가까우니 이 앞에 복병이 없는 즉 두 곳을 향하여 다시 구처하사이다."

신강이 눈물을 흘리고 돌아보니, 백여 기(騎)가 좇았는지라. 유

대량을 생각고 심담이 베는 듯하나, 슬픔을 참아 행하더니, 문득
함성이 대진하며 금고(金鼓)가 진천(振天)하는데, 일원대장이 단
봉안(丹鳳眼)을 높이 뜨고 와잠미(臥蠶眉)를 거사렸으니, 이리의
허리요, 곰의 등이라. 상모(相貌) 당당하고 위풍이 늠름한지라.
이는 용호대장군 신세니, 자는 봉연이라.

신강이 정신이 어리고 기운이 진하여 필마단창(匹馬單槍)으로
좌충우돌(左衝右突)하되, 능히 벗어나지 못하더니, 서남방에서 쟁
북이 혼란하며 일지생녁군(一枝生力軍)이 짓쳐오니, 당병이 점점
한 곳에 몰리는지라.

이는 오태자 협과 중자(仲子) 형이니, 유철과 유삼의가 장부마
의 계교를 듣고, 거짓 유대량의 가인(家人)인체 하고, 군사를 다
상고(商賈)의 맵시를 하여 동문으로 들어가 흩어져 숨었다가, 육
영이 성 치기를 기다려 일시에 문리(門吏)를 죽이고 성문을 깨뜨
려 당병을 맞아들이며, 일변 궁전을 불 지르고 종묘를 헐어 비빈
과 왕자를 잡을 새, 태자 모(母) 경씨 궁첩을 거느려 유대량의 집
에 숨고, 태자도 그 아우로 더불어 성중 군사를 수창(首唱)하여
그 아비를 찾으러 가니, 유삼의 등이 일백군을 거느려 유대량의
집을 보호하라 하고, 유철을 먼저 보내 이긴 것을 고하게 하며,
부고(府庫)를 봉하고 백성을 안무(按撫)하여 성상(城上)에 당(唐)
기치(旗幟)를 꽂고, 군사의 노략을 엄금하니, 성중이 숙연하더라.

이날 신강이 태자의 원군(援軍)을 보고 크게 기뻐, 협력하여 천
주봉 아래 둔(屯)하고, 건평의 대패함을 들으매 한 소리를 부르짖
고 입으로 피를 토하며 말에서 떨어지거늘, 태자가 겨우 구하여,
태자는 뒤를 짓지르고, 신형은 제 아비를 붙들어 운관으로 향할
새, 날이 극히 덥고, 군사의 주림이 심한지라.

기갈을 참아 설봉산 아래에 이르러서는 잠깐 놀란 것을 진정하
더니, 문득 누런 티끌이 일어나며 산 뒤에서 기치가 움직이거늘,
복병이 있음을 알고 다시 말에 올라 길을 찾아 나갈 새, 날이 황
혼 혼야의 월광이 묘연하니, 사졸이 전패도주(顚沛逃走)815)하여,

뒤에 추병(追兵)이 급하고, 앞에 대강(大江)이 가렸으니, 만경창파
(萬頃蒼波)에 한 잎 배 없는지라.

정히 위급하였더니, 홀연 갈대수풀 사이에서 등광(燈光)을 밝히
고 구척 어선이 앞에 와 대며 어부가 낚싯대를 두드리며 표표히
노래를 부르며 다가오니, 태자가 급히 고왈,

"저 어선에 빨리 건너사이다."

이에 당선(當先)하여 고성 왈,

"어부는 배를 대어 급한 사람을 건네라."

어부가 배를 언덕에 대고 중인을 실어 대양에 중류(中流)하니,
이미 천색(天色)이 밝아 홍일(紅日)이 배 가운데 조요하더라.

순류(順流)하여 상류에 다다르니 신강 부자가 상의 왈,

"운문관과 호계 곧 전성(全城)하였은즉, 돌아가 구처(區處)함이
양책(良策)이라."

어부에게 빌어 양미(糧米)를 구한데, 어부가 쌀과 고기를 주고
여울에 내려주매, 신강이 어부의 공순함과 살려준 덕을 감격하여
성명을 물은데, 어부가 다시 대답지 않고 배를 저어 돌아가며 낚
싯대를 두드리고, 길이 읊조리더라.

원래 이현이 먼저 공을 다투어 산 아래 거짓 형세를 허장(虛
張)[816]하고 질러 중로에 와 기다리며 부장 관언진으로 어부의 맵
시를 하여 신 당(黨)을 건네고 구태여 해치 않아 이현의 죽임을
만나게 하더라.

신강이 주림을 참고 놀란 것을 진정하여 두어 리(里)를 행하니,
홀연 좌편에 고각(鼓角)[817]이 일어나거늘, 군신이 경황하여 삼혼
(三魂)이 이체(離體)하여 다 달아나고 오직 태자 협과 중자 형과

---

815) 전패도주(顚沛逃走) : 엎어지고 자빠지며 허겁지겁 도망감.
816) 허장(虛張) : =허장성세(虛張聲勢). 실속은 없으면서 큰소리치거나 허세를 부림
817) 고각(鼓角) : 군중(軍中)에서 호령할 때 쓰던 북과 나발.

승상 영지척과 보가장군 이사진과 호의 왕광과 장군 윤형과 도위 진담이 뒤를 좇았는지라.

신강이 바위에 걸터앉아 방성통곡(放聲痛哭) 왈,

"백무 축생이 내 딸을 죽이고 마침내 화를 건네니, 창창한 하늘이 어찌 홀로 내게 박하뇨? 수세(數世)를 작읍(爵邑)을 누려 오늘날 종사(宗嗣)가 위태하니, 유대량이 이미 죽어 고굉(股肱)이 무너지고 교격의 존망이 아득하여 태자를 맡길 이 없는지라. 그대 등이 과인을 좇아 위란에 떠나지 않으니, 행여 충의를 가졌는가 하나니, 모름지기 태자를 구하여 옛날 현종(玄宗)[818]이 행촉(行蜀)한 데, '숙종(肅宗)이 영무(靈武)의 중흥'[819]함을 본받고, 소렬(昭烈)[820]이 백제(白帝)[821]에 훙(薨)할 제 공명(孔明)[822]의 탁고(託孤)를 효측하라."

제장이 눈물을 뿌려 왈,

---

818) 현종(玄宗) : 중국 당나라의 제6대 황제(685~762). 성은 이(李), 이름은 융기(隆基). 시호는 명황(明皇)·무황(武皇). 초년에 정사(政事)를 바로잡아 '개원의 치'라고 불리는 성당(盛唐) 시대를 이루었으나, 만년에 양 귀비를 총애하고 간신에게 정치를 맡겨 안녹산의 난을 초래하였다. 재위 기간은 712~756년이다.

819) 숙종(肅宗)의 영무(靈武) 중흥 : 중국 당(唐)나라 7대 황제 숙종이 756년 안사의 난으로 부황(父皇) 현종(玄宗)을 호종하여 사천(四川)으로 피난하던 중, 도중에 섬서성(陝西省) 마외역(馬嵬驛)에서 분조(分朝)하여 금군(禁軍)을 이끌고 북상(北上)하여 영주(靈州)의 영무(靈武;오늘날 영무시)에서 황위에 올라, 군사를 정비하고, 곽자의(郭子儀)·이광필(李光弼) 등을 앞세워 장안(長安)과 낙양(洛陽)을 회복하여 당(唐)을 중흥시킨 일을 말한다.

820) 소렬(昭烈) : 중국 삼국시대 촉한의 제1대 황제유비(劉備 : 161~223)의 시호. 자는 현덕(玄德). 황건적을 처서 공을 세우고, 후에 제갈량의 도움을 받아 오나라의 손권과 함께 조조의 대군을 적벽(赤壁)에서 격파하였다. 후한이 망하자 스스로 제위에 오르고 성도(成都)를 도읍으로 삼았다. 재위 기간은 221~223년이다.

821) 백제(白帝) : =백제성(白帝城). 중국 사천성(四川省) 봉절현(奉節縣)의 백제산(白帝山)위에 있는 산성으로 삼국시대 유비가 223년 이곳에서 병사했다

822) 공명(孔明) : 중국 삼국시대 촉한(蜀漢)의 정치가 제갈량(諸葛亮: 181~234)의 자(字). 시호 충무(忠武). 뛰어난 군사 전략가로, 유비를 도와 오(吳)나라와 연합하여 조조(曹操)의 위(魏)나라 를 대파하고 파촉(巴蜀)을 차지하여 촉한을 세웠다.

"대왕은 슬퍼 마소서. 태자는 신등이 보위(保衛)하리이다."

호위 왕광이 도위(都尉) 진담을 돌아보아 왈,
"이 일이 위태하니 어찌 노신이 울기만 일삼으리오."

드디어 사졸의 옷을 바꿔 태자를 입히고 삼인이 도망하는 군사
인체 하여 달아나니라.

신강이 아들을 이별하고 통곡함을 그치지 않더니, 금고제명(金
鼓齊鳴)하며 진애(塵埃)가 일어나는 곳에 일표인마(一表人馬)[823]
가 배출(輩出)하니, 맨 앞의 한 장수가 상모 당당하고 위풍이 늠
름한지라. 이는 금지옥엽(金枝玉葉)으로 제실지친(帝室之親)인 대
당 상장군 이현이라. 유성퇴를 들고 황총마를 탔더라. 소리를 높
여 크게 부르되,
"역신(逆臣)은 달아나지 말라."

신강이 분연하여 급히 일어나 싸우고자 하더니, 머리를 돌이킬
사이에, 암석에 새긴 글자가 뵈거늘, 보니 크게 새겼으되 '열신산
파강암(裂辛山破剛岩)'[824]이라 썼더라.

신강이 살지 못할 줄 알고 가만히 탄 왈,
"천의(天意)라! 가히 역(逆)할 것인가? 차라리 쾌히 죽어 욕을
피하리라."

이에 여성(厲聲) 왈,
"항우(項羽)가 강 가운데 빈 배를 사양하고 스스로 죽었으니,
내 어찌 죽기를 두려워하리오."

드디어 단검을 빼어 자문(自刎)하니, 시세(是歲) 대력 팔년 추

---

823) 일표인마(一表人馬) : 한 무리의 위풍당당한 말을 탄 사람들.
824) 열신산파강암(裂辛山破剛岩) : '신(辛)씨의 산이 갈라지고 강(剛)의 바위가 깨지리라'
    곧 신강(辛剛)이 참혹하게 죽을 것이라는 참언(讖言)

팔월(大曆八年秋八月)이요, 그 나이 오십오세라. 영지척은 바위에 부딪쳐 죽고 신현과 이사진 윤현은 잡힘이 되다.

이날 장부마 무이산(武夷山)에 진(陣)하여 제장을 지휘하여 승패를 헤아릴 새, 선봉 이단 곽성은 오국 군신과 부녀 버린 것을 드리고, 상장군 이현은 신강과 그 관(關)에 든 때에 시살하여 경철을 죽이고, 중군도위 곽애는 오태사 유선의 머리를 드리고, 호위 박양과 상장 신제와 부장 위강은 치중(輜重) 기갑(器甲)과 전량(錢糧) 마필(馬匹)과 유대량의 수급(首級)을 바치고, 우장군 유기는 조주 추별산을 향하다가 중로에서 문선국 양초(糧草)를 만나 불 지르고, 사자(使者) 귀미다를 생금하고, 유삼의는 건평을 취하여 유철로 복명(復命)하니, 무릇 공 이룬 자가 오십여 인이요, 수급(首級)을 드린 자 삼십여 인이며, 치중마필(輜重馬匹)825)은 불가승수(不可勝數)요, 항졸(降卒)이 이만이요, 항장(降將)이 이십이요, 생금(生擒)한 이가 십여 인이니, 불과 삼일 내에 대공을 이룬지라.

제장이 다 용약하여 개가(凱歌)를 부르며 승전곡을 울리고 돌아와 배현하매, 부마 또한 공을 군사에 치부(置簿)하고, 오국 군신의 수급과 생존자를 함거(檻車)에 가둘 새, 유철이 유대량의 시신을 청하여 건평에 돌려 보내니라.

제장이 다 돌아오대 오직 표기장군 곽애와 건위장군 원각이 호계와 운문관을 능히 파치 못하였는지라. 부마 친히 제장을 분(分)하여, 신강의 머리로써 효유(曉諭)하니, 호계태수 임위휘와 운문관 수장 여성이 비로소 항복하매, 드디어 제처(諸處)가 모두 항복하다.

부마 영의 돌아오니, 오국만왕(五國蠻王)이 오히려 각각 둔병(屯兵)하였거늘 니현 위강 등이 의논 왈,

"만이(蠻夷) 무도하여 역적을 도우니, 이때를 타 무찔러 소혈(巢穴)까지 들어가 동류(同類)를 없이할 것이라."

---

825) 치중마필(輜重馬匹) : 여러 군용 물품들과 말.

한데, 부마 왈,

"불가하다. 예로부터 이적(夷狄)을 소멸한 적이 없어, 도리어 해로움이 많으니, 진시황(秦始皇) 한무제(漢武帝)가 마침내 오랑캐를 없애지 못하고, 선제(先帝) 돌궐(突厥)과 연혼(連婚)하시며, 한고조(漢高祖) 백등에서 곤하고, 사마씨(司馬氏)는 임금이 사막에서 욕(辱)을 당하니, 이는 하늘이 특별히 한 가에 두신 유(類)라. 시러금 어찌 그 굴혈을 멸할 바이리오. 이런 고로 성제명왕(聖帝明王)이 덕(德)을 닦기로 본을 삼고, 공명(孔明)이 출사하매 항복하는 이에게는 덕(德)으로써 위무(慰撫)하며, 그 벼슬을 다시 주고 항복치 않는 이거든 지경(地境)까지 따라가 그 예기(銳氣)를 그칠 따름이니, 어찌 구태여 먼저 병(兵)을 들어 개미 같은 것으로 더불어 겨루리오."

드디어 격서를 지어 만영(蠻營)에 전하니, 그 글에 가랐으되,

당천자 대력 팔년 팔월일(大曆八年八月日)에 정동대원수(征東大元帥)는 글을 해중만이(海中蠻夷) 국왕에게 전하나니, 우리 태조 신요황제(神堯皇帝) 성적신공(聖蹟神功)[826]으로 천명이 돌아오매, 수주(隋主)가 위(位)를 사양하고 태종 문무황제(文武皇帝) 대업을 이으시어 군웅을 쓸어버리고, 탁란(濁亂)을 소청(掃淸)하시매 왕세충(王世充)과 한건덕이 마침내 부유(腐儒)의 이름이 되니, 동벌고려(東伐高麗)[827]하시고, 북벌돌궐(北伐突厥)[828]하시며 남정월상(南征越裳)[829]하시고 서제만이(西制蠻夷)[830]하셔, 해내 승평(昇平)하고 팔황(八荒)이 빈복(賓服)[831]하거늘 현종(玄宗) 명황제(明皇帝)[832] 국난을 평정하시고 숙종(肅宗) 현황제(現皇帝)

---

826) 성적신공(聖蹟神功) : 성스러운 사적(事績)과 영묘한 공덕(功德)
827) 동벌고려(東伐高麗) : 동쪽으로 고구려를 침.
828) 북벌돌궐(北伐突厥) : 북쪽으로 동궐을 정벌함.
829) 남정월상(南征越裳) : 남쪽으로 월상국(越裳國)을 평정함
830) 서제만이(西制蠻夷) : 서쪽으로는 오랑캐 종족들을 제압함.
831) 빈복(賓服) : 작은 나라가 큰 나라에 공물을 바치고 복종함
832) 명황제(明皇帝) : 당 현종의 시호

영모(永慕)하여 다시 천일(天日)을 밝히시매, 중흥한 큰 공을 세
워 계시거늘, 동오(東吳) 역적 신강이 위로 천조(天朝)를 원망하
고 아래로 동유(類)를 공척(攻斥)하여, 태호(太號)833)를 참칭하고
명복(命服)834)을 쓰지 않으니 죄역이 관영(貫盈)한지라. 내 천자
명을 받자와 동오로 와 문죄하매, 뫼를 만나 길을 열고, 물에 다
다라 다리를 놓아 범같은 군사를 크게 들어 개미 같은 것을 쓸어
버릴 새, 구름 같은 사졸은 다 구주(九州)835) 호걸(豪傑)이오, 장
수는 다 사해(四海)836) 영웅이라. 전습무예하여 백전백승(百戰百
勝)하니 대군이 한번 마외(馬嵬)에 진(陣)하매, 세 대 쪼개짐 같
고 지혜 무이(武夷)에 베풀매 적(賊) 신강이 머리를 드린지라. 너
희 번이(蕃夷) 등이 천도를 알지 못하고 위엄을 범하여 역적을
도우매, 죄 가히 주륙을 면치 못할지라. 삼군의 이긴 것을 가져
너희 등의 죄를 묻고자 하되, 그러나 너희 대대로 해중을 지켜
수신을 제어한 공을 생각하여, 멸족의 환과 말로 다할 수 없는
참절(慘絶)함을 아껴, 먼저 조민벌죄(弔民罰罪)837)하는 글월을 보
내나니, 전과를 뉘우쳐 항표(降表)를 올리고 돌아가 본토를 지킨
즉 은혜 세세(世世)토록 미쳐 길이 성화를 입으려니와, 마침내 항
거한 즉, '해중(海中)이 다 상전(桑田)'838)함을 면치 못할지니, 너
희 만이(蠻夷) 등이 익히 헤아리라.
　하였더라.
　오국만왕(五國蠻王)이 격서를 보고, 서로 가로되,
　"우리 본디 당을 섬겨 귀순하매 병혁을 쉬고 군마(軍馬) 안한했

---

833) 태호(太號) : 황제의 호(號)
834) 명복(命服) : 벼슬아치들이 입던 정복(正服).
835) 구쥬(九州) : 중국 고대에 전국을 나눈 9개의 주. 요순시대(堯舜時代)와 하(夏)나라
　　때에는 기(冀)·연(兗)·청(靑)·서(徐)·형(荊)·양(揚)·예(豫)·양(梁)·옹(雍)이
　　었다.
836) 사해(四海) : 사방(四方)의 바다로 둘러싸인 온 세상.
837) 조민벌죄(弔民罰罪) : 고생하는 백성을 위로하고 죄 있는 통치자를 징벌하다.
838) 해중상전(海中桑田) : 늑상전벽해(桑田碧海). 뽕나무밭이 변하여 푸른 바다가 된다
　　는 뜻으로, 세상일의 변천이 심함을 비유적으로 이르는 말

거늘, 그릇 신강의 달램을 들어 천리에 발섭하매, 이곳에 오래 상대하여 또한 두려움이 군사를 옮겨 죄를 물을까 하였더니, 제 이미 문죄하는 격서가 왔으니 항복함을 베풀어 무사히 돌아가 인신(人臣)[839]의 도(道)를 차림이 옳을까 하노라."

좌우 연성(連聲) 왈,

"가히 이때를 타 귀항(歸降)할지라. 하물며 태왕(太王)을 일컫던 신강과 제갈(諸葛)을 멸시하던 유대량과 만부(萬夫)를 대적하던 교격이 다 부유(腐儒)의 이름이 되니, 더욱 우리 등이 어찌 대적할 바이리오."

드디어 오국왕(五國王)이 다 백의로 삼군(三軍)[840]을 거느려 손에 항서를 들고 당진(唐陣)에 이르러 항복함을 고할 새, 이날 장부마가 위의를 갖추어 군사를 다섯 대(隊)로 나누어, 금목수화토(金木水火土)를 벌이고, 제장을 분하여 장대(將臺)[841]를 좌수(座首)[842]하니,

제일대(第一隊)는 용자용손(龍子龍孫)[843]이요 제실지친(帝室之親)이니, 홍포금갑(紅袍金甲)[844]에 옥띠를 띠고 대도(大刀)를 잡았으니, 풍골(風骨)이 쇄락하고 의표(儀表) 당당한지라. 이는 상장군 이현이니, 전선봉 이단으로 더불어 남방에 진(陣)하니 군사가 다 홍의(紅衣) 홍기(紅旗)로 호위하였고,

제이대는 소년장군이니, 녹포철갑(綠袍鐵甲)에 구절신편(九折神鞭)[845]을 들고 청총마(靑驄馬)[846]를 탔으니, 신채(身彩) 동탕하고

---

839) 인신(人臣) : 신하(臣下).
840) 삼군(三軍) : ①예전에, 상군·중군·하군의 군 전체를 이르던 말. ②현대의 육군, 해군, 공군으로 이루어진 군 체제.
841) 장대(將臺) : 장수가 올라서서 명령·지휘하던 대. 성(城), 보(堡) 따위의 동서 양쪽에 돌로 쌓아 만들었다
842) 좌수(座首) : 으뜸 되는 자리. =주석(主席)
843) 용자용손(龍子龍孫) : 황제의 자와 손.
844) 홍포금갑(紅袍金甲) : 붉은 색 도포 위에 금빛 쇠붙이를 붙여 만든 갑옷을 입은 차림.

기골이 비범한지라. 이는 삼도총관 용호대장군 신제니, 우장군 주태로 더불어 동방에 진(陣)하니, 군사가 다 청의청기(靑衣靑旗)로 벌여있고,

제삼대는 백포은갑(白袍銀甲)에 장팔사모(丈八蛇矛)[847]를 잡고 옥설마(玉雪馬)[848]를 탔으니, 영웅이 관세(冠世)하고 무예 초군(超群)한지라. 이는 표기장군 곽애니, 서주 총관 좌장군 오숙으로 더불어 서방에 진(陣)하니 군사가 다 백의백기(白衣白旗)를 둘렀고,

제사대는 노성장군(老成將軍)이니 흑포철갑(黑袍鐵甲)에 방천화극(方天畵戟)[849]을 잡고 오명마(五明馬)[850]를 탔으니, 얼굴이 웅위하며 용력이 과인한지라. 이는 낭야후 이병이니 부선봉 유기로 더불어 북방에 진(陣)하니, 군사가 다 흑의흑기(黑衣黑旗)로 호위하였고,

제오대는 금포금갑(金袍金甲)의 유성퇴(遊星槌)[851]를 잡고 황표마(黃驃馬)[852]를 탔으니, 흉금(胸襟)이 뇌락하고 지혜 과인한지라. 이는 무양군 절도사 건위대장군 원각이니, 연주절도사 위강으로 더불어 중앙에 진(陣)하니 군사가 다 황의황기(黃衣黃旗)로 벌여있는지라.

대오(隊伍)가 정제하고 삼군이 엄숙하니 기치는 용사(龍蛇)가

---

845) 구절신편(九折神鞭) : 병기 이름. 세치 정도 되는 철봉 아홉 개를 쇠사슬로 이어 만든 쇠 채찍.

846) 청총마(靑驄馬): 갈기와 꼬리가 푸르스름한 흰 말. 총이말이라고도 한다.

847) 장팔사모(丈八蛇矛) : 병기 이름. 길이가 1장 8척 정도 되는 뱀 모양을 한 창. 1장 8척은 4.14m쯤 되는 길이이다.

848) 옥설마(玉雪馬) : 옥이나 눈처럼 하얀 백마.

849) 방천화극(方天畵戟) : 방천극(方天戟)의 일종. 손잡이에 색깔을 칠해 장식하였고, 양쪽에 월아(月牙)가 붙어있는 방천극과 달리 한쪽에만 월아가 달려있는 것이 특징이다. 중국 삼국 시대의 장수인 여포(呂布)가 사용한 무기로 유명하다.

850) 오명마(五明馬) : 조선시대 초기 생산된 조선의 토종말과 몽고·중앙아시아 말의 교배에 의해 생산된 말. 온몸이 검지만 네발과 이마에는 흰털이 나있다.

851) 유성퇴(遊星槌) : 병기이름. 긴 쇠사슬 양 끝에 쇠뭉치가 달려 있는 무기.

852) 황표마(黃驃馬) : 몸이 누런색 바탕에 흰 털이 섞이고 갈기와 꼬리가 흰 말

동하고, 창도(槍刀)는 일광(日光)이 조요(照耀)하거늘, 장부마가
머리에 면류진주관(冕旒眞珠冠)[853]을 쓰고 몸에는 일월홍금포(日
月紅錦袍)[854]를 입고 허리에 금장백옥대(金裝白玉帶)[855]를 띠고
자라산(紫羅傘)[856]을 바치고 중군장대(中軍將臺)에 좌(座)를 높였
으니, 씩씩한 정신이 만 리를 사무치고 쇄락한 풍광이 외이(外
夷)[857]의 마음을 놀래니, 번왕의 담이 떨어질러라.

  좌의는 호위대장군 모사 박양이오, 우의는 용서절도사 임광후 장
손성이니, 허리의 보궁(寶弓)과 금비전(金飛箭)을 띠고 손의 대도
를 들어 시립하였고, 좌우 아장(亞將)[858]이 차례로 호위하였더라.

  진중의 북이 세 번 울며 참군교위 먼저 항표(降表)를 받아 서
기 양사 등이 서향하여 받들어 네 번 절하고 물러나매, 금고제명
(金鼓齊鳴)하며 큰 북이 세 번 운 후, 찬녜교위 임영걸이 번왕을
인하여 대 앞에다다라니 번왕이 육단슬행(肉袒膝行)하여 장전의
이르러는, 장부마 친히 좌를 떠나 대하의 나려 청왈,

  "방주(方主)의 이름이 크니 과한 예를 말라."

  드디어 좌를 정할 새, 번왕이 불감함을 일컬어 재삼 사양하다
가, 이에 말석에 나아가 매, 부마 은근이 위로하여 가로되,

  "역신이 불궤를 도모 하매, 천위(天威) 진노(震怒)하시어 나로
하여금 정토(征討)하는 명을 맡겨 계시거늘, 군 등이 시무를 알지

---

853) 면류진주관(冕旒眞珠冠) : 진주(眞珠)구슬 꿰미를 늘어뜨린 면류관(冕旒冠). *면류
　　관: 제왕(帝王)의 정복(正服)에 갖추어 쓰던 관으로, 거죽은 검고 속은 붉으며, 위에
　　는 긴 사각형의 판이 있고 판의 앞에는 오채(五彩)의 구슬꿰미를 늘어뜨린 것으로,
　　국가의 대제(大祭)나 왕의 즉위와 같은 큰 의식을 행할 때 썼다.
854) 일월홍금포(日月紅錦袍) : 붉은 비단 위에 해와 달을 수놓아 지은 도포
855) 금장백옥대(金裝白玉帶) : 명주에 백옥(白玉)을 붙이고 여기에 금장식(金粧飾)을 곁
　　들여 만든 허리띠
856) 자라산(紫羅傘) : 국가적 의식에서 주인공의 의장(儀裝)을 위해 받쳐 드는 자색(紫
　　色) 비단을 씌워 만든 일산(日傘).
857) 외이(外夷) : 오랑캐. '이민족'을 낮잡아 이르는 말.
858) 아장(亞將) : 조선 시대에, 무관 계통의 차관급 벼슬. 용호별장(龍虎別將), 도감중군
　　(都監中軍), 금위중군(禁衛中軍), 어영중군(御營中軍)을 이른다.

못하고, 창광(猖狂)함을 도와 인신의 도를 배반하니 죄 가히 주륙(誅戮)을 면치 못할 것이로되, 천자가 인명하시어 후회하여 복죄(伏罪)함을 용납하시는지라. 군 등이 이제 그름을 깨달아 천조에 귀순하니, 어찌 천재(千載)의 아름다움이 아니며, 만고에 충렬이 빛나지 않으리오. 일로 조차 반복함이 없은즉 군신이 낙업(樂業)하여 왕조가 평안하리로다."

번왕이 계수재배(稽首再拜)하여 재삼 사죄하며 중국 위풍과 진도(陣圖) 기치(旗幟)를 보고 항복함을 마지않고 장부마의 위무풍신(威武風神)이 천신이 하강함 같음을 보고 늠연송률(凜然悚慄)하여 불승탄복(不勝歎服)하더라.

부마 오국번왕의 문서(文書)와 지도(地圖)를 받고 잔치하여 관대한 후, 각각 돌아 보낼 새, 중군교위 마삼철이 남만왕 육혼 더러 왈,

"우리 중국에서 들으니 그대 등이 무릇 유죄자를 철삭으로 코를 꿴다 하니, 아지못게라! 어떤 죄과에 베푸는 바뇨?"

혼 왈,
"반심모역을 품는 도적에게 베푸는 바라."

삼철이 소왈,
"가히 족하에게 당함직 하도다."

육혼이 대참무언(大慙無言)이러니, 대주 절도사 장광이 가라왕 모용ㅇ[언]에게 농왈,

"그대는 석일 모용씨의 후예라. 오(吳)를 도와 그 나라를 가져 선조를 승습고자 하더니, 어찌 만리에 발병하여 공을 이루지 못하뇨? 〔후연 모용수가 모용광의 아들로 동오왕이 되었다가, 연나라가 부견에게 망하매, 인하여 후연 황제가 되어 중산에 도읍함을 이름이라.〕

모용언이 또한 부끄러워 대답치 못하거늘 하동 절도사 광성이 마삼철과 장광을 말리고, 한가지로 진 밖에 와 보내더니, 일러 가로되,

"우리 중국에 지모지사(智謀之士)와 영웅호걸이 구름 같은지라. 어찌 조금도 스치지 못하리오. 연이나 장원수 관인후덕하시어 병혁을 쓰지 않고 글로써 족하들을 권해함이니, 돌아가 다시 반심을 품지 말라."

드디어 오방(五方) 제진(諸陣)의 위엄을 갖추 보여줄 새, 번왕이 두려워하고 흠모하여 돌아가, 이에 본국으로 향하니라.

이때 제처(諸處)가 다 평정하매 삼군을 정제하여 건평에 이르니, 육연과 유삼의가 영접하여 성에 들 새, 향민부로(鄕民父老)가 다 향화 등촉으로 길을 닦아 인도하더라.

궁중에 이르니 난대초방(蘭臺椒房)과 이십사원(二十四苑)이 장려하고 정묘하더라. 부녀와 궁빈(宮嬪)859)을 흩어 돌아 보내고 왕후와 종족을 다 폐하고 백성을 경모(敬慕)하여 부자형제 사산(死散)함을 위로하여 금백을 주니, 고무하고 기뻐하는 소리가 천지에 진동하더라.

방 붙여 오태자와 교격을 심문(尋問)하라 하고, 승첩하는 표를 먼저 주(奏)한 후, 절월을 돌이킬 새, 장광으로 흥화를 진수(鎭守)하라 하고, 이현으로 견평을 진수 하라 하고, 유기로 천주를 진수 하라 하여, 각각 이십오현을 총어(總禦)하게 하니, 출정한 지 칠삭에 동오 이천여 리를 평정하고 남번 사만 리, 다섯 나라를 항복 받으니, 공훈이 고금에 무쌍한지라.

제장이 복좌(復座)860)를 위해 동주를 행코자 하거늘, 부마 가치

859) 궁빈(宮嬪) : =나인. 고려·조선 시대에, 궁궐 안에서 왕과 왕비를 가까이 모시는 내명부를 통틀어 이르던 말. 엄한 규칙이 있어 환관(宦官) 이외의 남자와 절대로 접촉하지 못하며, 평생을 수절하여야만 하였다. 늑궁녀(宮女)·궁아(宮娥)·궁인(宮人)·궁첩(宮妾)·시녀(侍女)
860) 복좌(復座) : 제자리로 돌아감. 또는 돌아가게 함. *여기서는 '동주'지역을 복속시켜

않다 하여 그치니, 후래에 향민이 덕을 잊지 못하여 생사당(生祠堂)861)을 짓고 관원이 석비(石碑)를 세워 그 공을 기록하더라.

부마 이현에게 애민지치(愛民之治)를 경계하고, 장차 수레에 오르고자 하더니, 홀연 열두 노인이 수레 앞에 와 만복을 청하고 일시의 고하여 가로되,

"원수 이제 동오를 평정하였다 하여 삼군을 돌이키려하나, 교격의 용맹이 뫼에 숨었고, 태자의 당이 임하(林下)에 둔취하여 촉을 연결하고 운문관과 호계에 웅거한 즉, 이는 큰 환이 목금(目今)에 있고, 권이 성지(聖旨)에 있음이라. 마땅히 상표(上表)하여 일이 년을 유진(留鎭)하시고, 태자와 교격의 당을 막질러862) 잡아 후환을 없게 하소서."

부마 청파에 거륜(車輪)을 머무르고 침음하더니, 이현 등이 진왈,

"한고조(漢高祖) 삼노(三老) 동공의 말을 써 천하를 취하니, 이제 어찌 노인의 차언을 허망타 하리까? 진실로 교격과 신태자는 화(禍)의 근본이거늘, 원수 버리고 가신즉, 육칠삭을 삼복 성열(盛熱)에 장사가 노고한 것이 다 '그림의 떡'863)이 되리니, 바라건대 유진하여 화근(禍根)을 전폐하소서."

부마 크게 깨달아 다시 수레에 내려 사를 보내 장안에 주(奏)하다.

이때에 장부마 출정한 후, 천자 본부에 은영을 호성(豪盛)히 하시며, 삭망에 공주를 인견하사 부마의 첩음(捷音)을 기다리실 새, 초국 고급(告急)864)이 이르러 촉이 오와 연통하여 침노하고, 정국

_____

다시 번국의 지위에 두고자 하는 뜻을 나타낸다.
861) 생사당(生祠堂) : 감사나 수령 따위의 선정을 찬양하는 표시로 그가 살아 있을 때부터 백성들이 제사 지내는 사당. 늑생사(生祠).
862) 막지르다 : 앞질러 가로막다.
863) 그림의 떡 : 아무리 마음에 들어도 이용할 수 없거나 차지할 수 없는 경우를 이르는 말.
864) 고급(告急) : 급한 상황을 알림 또는 그러한 임무를 띤 사람.

공 위한이 능히 촉을 이기지 못하매, 조정이 검무총병 이자선과 표기장군 배공신으로 초를 구하고 촉을 치라 하시다.

이때 유귀인의 위권(威權)이 궐내에 으뜸이요, 외척이 조정을 기울이는지라. 추밀사 유연수와 환자(宦者) 양유와 언관 설문응으로 내외와 교통하여 세 번 첩보(捷報)를 추밀부에 감추고 말을 지어 가로되,

"장부마 동오를 벌써 이겼으나 즐겨 주첩(奏捷)하지 않음은 장차 반심을 품어 길이 변을 이뤄 천하를 취하고자 하되, 처자가 이에 있으매 지체한다."

하니, 천재 크게 믿지 않으시더니, 홀연 평오(平吳)한 표문이 장안의 이르니, 어사중승 임광세 전전(殿前)에 주하매, 천자 환열하사 각별 의심치 않으시고 쉬이 회군함을 이르시고, 장부에 더욱 은전을 내리시나, 외언(猥言)이 분분하니, 삼부인이 의려하여 춘빙(春氷)을 디딤 같더니, 문득 사인(使人)이 이르러 동오에 진(陣)하여 처음 계획을 바꿔 도적을 방어코자 하는 표(表)를 탑하(榻下)에 주하매, 천재 의윤(依允)하신데, 유연수 등이 승세하여, '이 계귀(計揆) 곧 반상(叛狀)이라' 하여, 유언(流言)이 이음차니, 귀인과 환관이 그 사이에 용사(用事)하는지라.

시러금[865] '증모(曾母)의 북 던짐'[866]을 면치 못하시어, 비로소 의심을 발하여 삼부인을 금중(禁中) 별궁에 불러들이고, 외간 비첩과 서간이라도 통치 못하게 하니, 조정이 소요하고 삼부인이 한갓 하늘을 우러러 부마의 전정을 빌 따름이더라.

이러구러 동월(冬月)이 늠렬하고 삭풍(朔風)이 늠름하여 후원에 백설이 쌓이니, 구슬 꽃이 가지에 맺혔거늘, 공주 양부인으로 더불어 부마의 위태로움을 염려하매, 슬픔을 이기지 못하여 각각

865) 시러금 : 이에. 능히. 하여금.
866) 증모(曾母)의 북 더짐 : =증모투저(曾母投杼)증자의 어머니가 증자가 사람을 죽였다는 말을 듣고, 처음에는 이를 믿지 않다가, 두 번 세 번까지 같은 말을 듣고는 마침내 베틀의 북을 내던지고 사건현장으로 달려갔다는 고사.

글을 지어 설경수회(雪景愁懷)를 붙이더니, 홀연 향풍이 일어나며, 시녀가 인도하는 곳에, 유귀인이 미주(美酒)와 찬품(饌品)을 가지고 이르러 위로하고 눈물을 흘려 가로되,

"이는 액운이 임함이라. 오래지 않아 즐거움이 이르리니 어찌 수장(酬章)867)을 속절없이 그치시느뇨? 황상이 들으실진대 부녀 정리에 가련히 여기시리로소이다."

삼부인이 맞아 답 왈,

"지아비 만리에서 전장의 위태로움을 임하였고, 안으로 원억한 낭설이 첩 등에게 미치니, 성상이 비록 부자자애를 유념코자 하시나, 국법이 삼엄한지라. 어찌 은혜 드리우심을 바라리오. 다만 창천(蒼天)을 우러러 장래를 빌어 사생을 알고자 하나이다."

유귀인이 미소 왈,

"옥주 일찍 지인함이 귀신같고 지감(知鑑)이 명경 같아 상격(相格)868)을 일컬으시더니, 어찌 장래를 사무치지 못하시나이까?"

두 부인은 말이 없고 공주 정색 왈,

"당요(唐堯)869) 지성(至聖)이시되 사흉(四凶)870)이 장난하고 해와 달이 비록 밝으나 구름이 빛을 가리니, 자고로 성주명왕이 간신에게 속음이 있는지라. 관채(管蔡)871) 주공(周公)을 해하나, '천변(天變)이 성왕(成王)을 경고하여 금등서(金騰書)로 깨닫고 주공이 마침내 평안히 돌아오니'872), 이제 성상이 인명하시되 안으로

867)수장(酬章) : 주고 받고 한 글들.
868)상격(相格) : 관상에서, 얼굴의 생김새를 이르는 말
869)당외(唐堯) : 중국의 요임금을 달리 이르는 말. 당(唐)이라는 곳에서 봉(封)함을 받은 데서 유래한다.
870)사흉(四凶) : 요임금 때의 네 명의 악인으로 공공(共工), 환두(驩兜), 삼묘(三苗), 곤(鯀)을 이름. 공공은 궁기(窮奇), 삼묘는 도철(饕餮), 곤은 도올(檮杌)이라고도 한다.
871)관채(管蔡) : 중국 주나라 문왕(文王)의 아들이자 무왕(武王)의 동생인 관숙(管叔)과 채숙(蔡淑)을 함께 이르는 말. 무왕(武王)이 죽고 형제 가운데 주공(周公)이 무왕의 어린 아들 성왕(成王)을 도와 섭정을 하자, 주공을 의심하여 반란을 일으켰다가, 관숙은 죽음을 당하고 채숙은 추방당했다.

교언영참(巧言令讒)이 있고, 밖으로 간신의 유언(流言)이 있어, 장공이 한 때 의심을 갖게 하여 두려움이 있으나, 장공의 위국 충의는 일월이 알고 있나니 간인이 어찌 오래 득지(得志)할 바이리오. 첩은 오직 간사한 것이 장구치 못함을 헤아리고, 저 푸른 하늘이 명명하심을 바라나니, 구태여 어찌 근심하리오. 다만 북풍이 늠렬하고 백설이 내리니, 다만 장공의 객리(客裏)873)를 사렴할 뿐이요, 이곳에 있어 일신이 안한하고 부모 곁에 가까이 있으니, 도리어 즐거운지라. 각별 곤함이 아니로소이다."

한데, 귀인이 심리에 더욱 한함을 마지않아 두어 마디 좋은 말로 위로하고 돌아가 상께 뵈올 새, 노색이 표연(飄然)하여 계하에 머리를 두드리거늘, 상이 급히 청하여 물으시되,
"귀인이 무슨 말이 있어 이렇도록 과도히 하느뇨?"

귀인이 정금 대왈,
"신첩이 십오에 폐하 은택을 입사와 이제 육칠년이라. 낭랑이 선대하시고 제공이 다 대접하여 공경함을 지극히 하오니, 백년을 믿사옵더니, 이제 회양공주 가부의 연좌로 심궁에 들어있음이 가련하와 정으로 위로하오매, 언사 패만(悖慢)하여 스스로 이르되, '부왕이 유녀에게 침혹하여 부녀천륜이 무너지다' 하며, '곤함을 참으면 비극태래(否極泰來)874)라' 하고, '타일 구오(九五)875)에 큰

___

872) 천변(天變)이 … 돌아오니 : 중국 주(周)나라 성왕(成王) 때 가을 곡식이 다 여물었을 때 갑자기 큰 천둥과 비바람이 몰아쳐서 벼가 다 쓰러지고 큰 나무가 뽑히는 변이 일어났다. 성왕이 이에 대신(大臣)들과 함께 주공이 일찍이 쇠줄로 봉해 놓은 금등서(金縢書)를 열어보았는데, 일찍이 무왕(武王)이 병들어 위독했을 때 주공이 무왕 대신 자기를 죽게 해 달라고 선왕(先王)께 기도한 글이 그 속에 들어 있었다. 성왕이 그것을 보고는 울면서 말하기를 "지금 하늘이 위엄을 나타내어 주공의 덕을 밝힌 것이니, 이 소자(小子)가 주공을 친히 맞아들이겠다." 하고, 교외(郊外)로 나가자, 바람이 반대쪽으로 불어서 쓰러진 벼가 다시 다 일어났다는 고사를 이른 말. 《서경(書經) 금등(金縢)》에 나온다.
873) 객리(客裏) : 객지에 있는 동안. =객중(客中). 여중(旅中).

위를 얻으면 이때 한을 풀리라' 하오니, 이 어찌 인자(人子)의 할
말이며, 또한 신첩이 폐하를 섬겨 일찍 번월(樊越)876)의 의(義)를
사모하니, 무슨 일로 폐하를 침혹하리까? 이에 신첩이 원통해 하
는 바라. 차라리 폐하 은혜를 갚사옵고 외인에게 교언영색(巧言
令色) 네 자를 듣지 말고자 하나이다."

상이 청파에 대로하시어 귀인을 안신(安身)하라 하시고, 대신을
다 패초(牌招)하여 장부마를 나래(拿來)하고 공주를 폐코자 하신
대, 귀인이 다시 주 왈,

"일이 급하면 화(禍)가 빠르오니, 먼저 조서하여 장홍이 출사
(出師)하여 근본을 다 쓸어버리지 못하고 완완히 물러 변지(邊地)
에 앉아 있음을 책하시어, 만일 들어온즉 반심(叛心)이 없음이요,
다시 거역한 즉 반상이 현저하다 하리이다."

상이 옳다 하셔 즉일로 장부마에게 조서하여 책하고 회군하여
들어와 조회하라 하시니라.

공주 이 기별을 듣고 귀인 한하기를 마지않으나, 부황의 하는
일이라 감히 원망치 못하더니, 불행하여 방황후 고질이 침면하셔
승하(昇遐)하시니, 인민이 다 망극하고, 조야가 다 설워하며, 공주
애훼(哀毀) 골입(骨入)하여 기운이 실낱 같더니, 곽·진 두부인이
위로하여 지내더니, 유귀인이 사이에서 거짓 조서하여 공주 직첩
을 뺏고 삭조문안(朔朝問安)과 황후 상측(喪側)에 나오지 못하게
하니, 공주가 더욱 설워 주야 호곡하더라.

---

874) 비극태래(否極泰來) : 불운이 극에 달하면 행운이 온다. 주역(周易)의 비괘(否卦)와
    태괘(泰卦)가 서로 맞물려 있는 데서 온말. 즉 천지의 기운이 꽉 막혀 쇠퇴하는 비괘
    의 운세가 극에 달하면 만물이 형통하는 치세(治世)인 태괘의 시대가 온다는 말.
875) 구오(九五) : 임금의 지위를 뜻하는 말. 구오는 주역에서, 밑에서부터 다섯 번째 양
    효(陽爻)를 이르는 말로, '임금의 자리'를 뜻한다.
876) 번월(樊越) : 중국 초나라 장왕(莊王)의 비(妃)인 번희(樊姬)와 소왕(昭王)의 비 월희
    (越姬). 둘 다 어진 마음으로 남편의 정사를 간(諫)해 덕행으로 유명하다.

이때에 장부마 동오에 있어 인정을 널리 행하고 덕화를 크게 베풀며, 학교를 세우고 여도(女道)를 신칙(申飭)하니, 오민(吳民)이 다 낙업하여 신강의 모진 정사를 영진(嬴秦)[877]에 비기고, 부마의 큰 덕을 한고(漢高)[878]에 일컬어 행여 돌아갈까 저어하며, 진심하여 갚기를 생각하더니, 장안에 유언이 훤천(喧天)하여 이곳에 들리는지라.

부마 근심하거늘, 제장과 모든 백성이 다 부마를 위하여 상표코자 한데, 부마가 가치 않음으로써 말리더니, 홀연 어떤 사람이 보(報)하되,

"정국공과 이총병이 촉을 파치 못하여 대군이 형주성에 둔하였더니, 오국 만장 교격 왕광 진담 위연 분양 등 육인이 태자 협을 보호하여 산림 도적 번금으로 더불어 합세하여, 운문관에 둔병하매, 군사가 정강(精剛)하여 다시 오(吳)를 회복하려 한다 하나이다."

부마 경려하여 초탐(哨探)을 보내 자세히 알아 보고하라 하고, 청상에 모여 의논하기를 마치지 못하여서, 사자(使者) 왔음을 고한데, 부마 향안을 열어 조서를 맞으니, 하였으되,

"정토(征討)하는 명은 천자에게서 나고, 교의(敎意)[879]를 부침은 원융(元戎)이 주장하는 바라. 공훈을 굳게 세워 이겼으면 진작에 승표(勝表)를 올림이 옳거늘, 장홍이 군사를 거느려 해내를 정벌하매, 자행(恣行)함을 임금이 없음같이 하여, 이김이 있으나, 주사(奏事)함을 잊고, 비록 도적을 잡으나 그 당류(黨類)를 멸치 못하며, 안연(晏然)히 물러 있어 거래(去來)를 스스로 하니, 이는 신

---

877) 영진(嬴秦) : 영(嬴)은 진나라의 왕성(王姓)으로, 영진은 진나라를 말한다
878) 한고(漢高) : =한고조(漢高祖). 중국 한(漢)나라의 제1대 황제(B.C.247~195). 성은 유(劉). 이름은 방(邦). 자는 계(季). 시호는 고황제(高皇帝). 고조는 묘호. 진시황이 죽은 다음해 항우와 합세하여 진(秦)나라를 멸망시켰다. 그 뒤 해하(垓下)의 싸움에서 항우를 대파하여 중국을 통일하고 제위에 올랐다. 재위 기간은 기원전 206~195년이다.
879) 교의(敎意) : 교명(敎命)의 뜻. *교명(敎命): 임금의 명령.

자의 도가 아니라, 이제 사(使)를 보내 빨리 돌아오게 하나니, 삼
가 순명(順命)하여 조서를 봉행하라."

하였더라.

부마 탄 왈,

"주상이 홍을 의심하시니, 이 또한 충성이 사무치지 못함이라.
들어가 진경을 폭백하고 전야(田野)에 물러 명을 마침이 나의
원이라."

제장이 진 왈,

"목금에 도적이 봉강 안에 있으니, 버리고 들어가신 즉, 장사가
일 년 신고함이 거짓 일이 될 뿐 아니라. 위태함이 앞을 포집
음880) 같으니, 하물며 장수가 밖에 있으매, 어찌 군명을 쓰리까?
적을 멸하고 들어가 역명한 죄를 청할지언정, 결연이 가시지 못
하리이다."

부마 양구의 가로되,

"남의 말을 두려 들어간즉 적세 성하리니, 차라리 동오를 마자
평안히 하고 조정의 가 형벌을 당하여 근심 없는 넋이 되리니,
뉘 가히 내 뜻을 전전(殿前)에 고하리오."

대주 절도사 장광이 출 왈,

"원수의 차언(此言)이 대장부라. 소장이 마땅히 장안에 주(奏)
하리이다."

부마 표를 써 장광을 맡겨 사(使)와 함께 드려 보내다.

장광이 성야(星夜)로 장안의 이르러 조회할 새, 부마의 표를 올
리고 '역명한 죄를 돌아와 입어지라' 함을 고한대 상이 대로(大怒)
하셔 장광을 역당(逆黨)과 같은 유(類)라 하셔 하옥하라 하시고,

---

880)포집다 : 거듭 집다.

제신 더러 왈,

"장흥의 반함이 이미 나타났으니, 어찌 처치하리오?"

제신이 다 송구하여 주왈,

"홍은 지모기재(智謀奇才)라. 경국지병(傾國之兵)[881]을 다 거느려 밖에 있으니, 지레 뇌동(雷同)[882]한 즉 환(患)이 빠를지라. 그 처자를 잡아 가두어 나중을 보소서."

상이 진노 왈,

"경등이 오히려 장적의 당이 되고자 하느냐?"

드디어 파조(罷朝)하시니, 귀인과 양유가 주 왈,

"이제 장흥의 반상(叛狀)이 이에 나타났으니, 화(禍)가 급한지라. 빨리 조서하여 다른 이로 홍을 대신하고 홍을 잡아 죽여 후환을 더소서."

상 왈,

"황후 임사의 공주를 재삼 의탁하니, 이제 어찌 차마 공주의 전정을 해하리오."

귀인이 가로되,

"국사에 사정을 둔 즉, 일이 반드시 위태하여 화가 되나니, 어찌 한 공주를 아껴 역신을 살리며, 조종(祖宗)과 천하(天下)를 아녀자로 인하여 적신(賊臣)의 손에 떨어뜨리리까?"

상이 오히려 유예미결(猶豫未決)하시더니, 이튿날 조서로야 진국공 니현으로 통군 원수를 사마 대하고 장흥은 불문사사(不問賜死)하라 하시니, 제신이 뉘 능히 쟁단(爭端)하리오.

---

881) 경국지병(傾國之兵) : '나라의 힘을 다 기울인 병력'이란 말로, '온 나라의 군사'를 일컫는 말.

882) 뇌동(雷同) : =부화뇌동(附和雷同). 줏대 없이 남의 의견에 따라 움직임.

조야가 흉흉하여 곽영공 부중에 모다 가로되,

"장공은 충의 뿐 아니라 공주의 배필로써, 이렇듯 하시니 어찌 큰 변이 아니며, 도적이 장구하여 일어나고 촉이 연결할진대 어찌 '어양(漁陽)의 변(變)'883)에 더하지 않으리오. 영공이 가히 상소하여 변백(辨白)할 일이니이다."

영공이 가로되,

"이는 '소장(蘇張)의 액(厄)'884)이오, 국가의 요변(妖變)이 일어남이라. 장공은 결연코 요사(夭死)치 않으리니, 내 어찌 분주하여 혐의를 범하리오."

백관이 다 가석(可惜)하되 다시 권치 못하여 각각 애달음을 품고 흩어지다.

부마 동오에서 군무를 상찰하여 사졸을 정련(精練)하더니, 천사 이르러 장광이 하옥되고 이현으로 교대하여, 정벌케 하고, 부마를 사사(賜死)하신 성지를 읽으니, 하였으되,

"군신이 부자 같으나 법은 사사로움이 없나니, 너 장홍이 밖에 오래 유진(留陣)하여 형적이 의심되나, 짐이 일찍 불러 정으로 해유코자 하거늘 굳이 맞서 반상(叛狀)이 현저하니, 어찌 역신을 다스리지 아니리오마는, 공주의 전정을 아끼는 고로 정형(正刑)하기를 늦추고 독주를 주어 명을 마치게 하나니, 이 또한 짐의 사정이 있음이라. 다시 역명하여 길이 모역(謀逆)하기를 꾀하지 말라."

---

883) 어양(漁陽)의 변(變) : 중국 당나라 현종 때 안록산이 어양 땅에서 반란을 일으켜 장안으로 쳐들어온 사건 *어양(漁陽); 중국 하북성(河北省) 포현(蒲縣)에 있는 지명으로 안록산이 이 곳에서 반란을 일으켜 출병했다.
884) 쇼쟝(蘇張)의 액(厄) : 중국 전국시대의 세객(說客)인 소진(蘇秦)과 장의(張儀)가 일으킨 재앙이란 뜻으로, 남을 헐뜯거나 모함하는 말로 인하여 일어난 재앙을 비유적으로 표현한 말.

부마 앙천 탄왈,

"이 또한 천수(天數)라. 어찌 감히 역(逆)하리오."

이때 좌우 제장과 군졸이 분분이 애달아하여 아끼며, 혹 통곡하는 이로 가득하니, 천사 차마 핍박치 못하고, 이현이 인수(印綬)를 받지 않아, 차시 경색이 참담하더니, 홀연 좌간에 유삼의 칼을 비껴들고 뛰어나와 천사를 향하여 진목여성(瞋目厲聲) 왈,

"장원수는 개세호걸(蓋世豪傑)로 충관(衷款)이 초월(超越)[885]하여 사사로움이 조금도 없고, 칠삭이 못되어 수만 리 지경을 평정하니 공적이 세대에 빛나거늘, 천자가 참신(讒臣)에게 속으셔 무죄히 죽임을 부유(腐儒)같이 하시니, 어찌 사핵(査覈)과 추문(推問)함이 없이, 한 그릇 독약과 두어 줄 조서로 공후대상(公侯大相)을 경(輕)히 죽이리오. 이 불과 귀인과 환관의 일이라. 그대 바로 이르기를 아끼지 말라. 뉘 시키며 가르치더냐?"

사자(使者)가 경황하여 빨리 답하되,

"이는 과연 천자 친히 하신 바이거니와 참언은 유귀인과 유연수와 환관 양유니 내 어찌 당할 바이리오. 조서함은 설문웅이니이다."

유삼의 청필에 노기등등하여 답지 못하더니, 부마 책 왈,

"그대 어찌 군신대례를 알지 못하느뇨? 내 이제 약을 먹으매 대사가 다 그대 네들에게 있으니 이 말이 구중(九重)에 사무친즉 그대 더욱 유해하리로다."

언필에 장안흘 향하여 사배하고 정히 약 그릇을 들새, 좌우가 통곡하니 산천이 동하더라.

이때 유삼의 노기를 참고 이에 섰더니, 이 경색을 보고 크게 소리 지르고 약 그릇을 빼앗아 땅에 던지며 왈,

---

885) 초월(超越) : 어떠한 한계나 표준을 뛰어넘음. 늑초절(超絶)

"부소(扶蘇)886)가 몽염(蒙恬)887)의 말을 듣지 않아 후세의 아낌이 되니, 예서 죽느니 차라리 장안에 가 단봉(丹鳳) 아래서 다투고 죽음이 옳으니이다."

부마 약 버림을 보고 크게 꾸짓고 정색 왈,
"그대 어찌 이렇듯 군신의 의를 상케 하느뇨? 칼흘 빼어 자문하여 군명을 받으리라."

유삼의 붙들고 울며 왈,
"예서 죽으나 궐하에 가 다투고 죽으나 한가지니, 바라건대 소장이 보호하여 천정에 가 한가지로 죽어 혼백이 상종(相從)하사이다."

부마 칼을 던지고 탄 왈,
"그대 의기는 고인에게 지나다 하려니와, 불충한 홍을 위하여 죽음이 유익하리오. 연이나 장안에 나아가 천안을 뵈옵고 즐거운 혼백이 되리라."

드디어 인수(印綬)와 부월(斧鉞)을 머물러두니, 이현이 울며 왈,
"원컨대 천위를 돌이켜 원억(冤抑)을 신설(伸雪)하고 다시 와

886) 부소(扶蘇) : 중국 진(秦) 시황제(始皇帝)의 장자(長子). 성(姓)은 영(嬴), 이름은 부소(扶蘇). 장성(長城)에서 흉노(匈奴) 방어를 하던 몽염(蒙恬)의 군대를 감독하기 위해 파견되었다가, 시황제가 죽은 뒤 호해(胡亥)와 이사(李斯), 조고(趙高) 등이 거짓으로 보낸, 자신과 몽염(蒙恬)에게 자결을 명령한 시황제의 조서(詔書)를 받고, 조서에 대한 몽염의 의심에도 불구하고, 황명을 의심하는 것 자체가 바르지 않다며 자살하였다.
887) 몽염(蒙恬) : 중군 진(秦)나라 시황제 때의 장군. 제(齊)나라를 멸망시키고 흉노(匈奴)를 정벌하는데 큰 공을 세웠으며, 만리장성을 축조하였다. 부소(扶蘇)와 함께 장성(長城)에서 북방의 흉노를 방비하던 중, 부소(扶蘇)와 자신에게 자결 명령한 조고(趙高) 호해(胡亥) 등이 위조해 보낸 시황제의 조서(詔書)를 받고, 이를 의심하여 자결을 거부해 감옥에 갇혔다가, 끝내 이들의 압박을 이기지 못해 자결하였다.

찾으소서."

부마 이에 유삼의로 더불어 사를 좇아 주야 행하여 장안에 이르러 성외에 머무르고, 사자가 먼저 장홍이 즐겨 죽지 않아 이에 이르렀음을 고한데, 상이 마침 옥체(玉體) 미령(靡寧)하신지라. 금의옥(禁義獄)에 가두라 하시다.

이때 유귀인이 공주를 한함이 철골하여 상께 참소함이 이었으나, 상이 오히려 죽이지 아니 하시니 더욱 한하여, 일일은 시녀 수십여인을 보내, 거짓 조서를 지어 보(寶)를 도적하여 쳐 주어, 의춘원에 가 삼부인을 목졸라 죽이라 한대, 궁녀가 회뢰를 받았는지라. 이에 의춘원에 이르니 삼부인이 바야흐로 식반을 받았거늘, 먼저 앞에 상을 박차고 조서를 내여, 일변 핍박한대, 공주 여성(厲聲) 왈,

"황상이 비록 장홍을 죽이려 하시나, 우리 등을 죽임은 국법에 없고, 또한 지척에 있어 어찌 시녀로써 죽이라 하시리오. 이 필연 간인의 농계(弄計)니 빨리 어전의 가 주사(奏辭)하고 죽으리라."

언파에 좌수로 깁과 조서를 들고 우수로 궁녀를 이끌어 일어난데, 궁녜 두려 달아나는지라. 공주 조서와 깁을 간사하고 타연자약(泰然自若)하더라.

유귀인이 궁녀의 허환(虛還)함을 앙앙하여 환관 오정창으로 하여금 교조(矯詔)[888]와 약을 주어 보낸데, 공주 환관의 오는 것을 보고 크게 꾸짖어 왈,

"너희 등 간인이 백계로 현인을 함해하나 청천과 백일이 살피느니, 어찌 내가 무고히 죽어 원혼이 되고, 간인의 흉계를 마치리오. 그러나 군부(君父)의 명이라 일컬으니 쾌히 한번 죽으리라. 조서와 약을 가져오라."

시녀가 차악하여 조서와 약을 앞에 가져온데, 공주 조서를 품

---

888) 교조(矯詔) : =교지(矯旨). 거짓으로 지어 내린 가짜 조서(詔書).

에 품고 약을 엎지르니 불꽃이 땅에 일어나더라.

공주 오정창더러 왈,

"너는 물러가라. 내 일찍 들으니 비빈 환관이 황녀를 천살(擅
殺)함은 들음이 없으니, 돌아가 귀인께 고하고, 다시 이 거조를
이뤄 화를 취치 말라."

언파의 노기등등하여 구천현녀(九天玄女)[889]가 치우(蚩尤)[890]를
파할 제 위엄을 가다듬은 듯, 자연 황공하니 정창이 감히 핍박치
못하고 또한 두려워하여 돌아가니, 귀인이 대로하여 무수한 궁녀
를 보내, 삼부인을 옥연당(玉蓮塘) 못에 넣고 스스로 죽다 하라
하니, 궁녀가 이에 의춘원으로 향하다.

이때 공주 흉계가 다시 임할 줄 알고 혈표를 써 품에 감추고
전후 교조(矯詔)와 깁을 감추었다가 내어 대령하였더니, 과연 무
수한 궁녀가 또 조서를 받들고 짧은 칼과 긴 노끈을 가지고 일시
에 이르러 삼부인을 핍박할 새, 공주 크게 울며 왈,

"여러번 위엄을 발하니 마땅히 신자의 분을 지키려니와 낭랑
빈측(殯側)에 한번 통곡하여 영결함을 허하라."

모든 궁녀가 주인의 시킴을 받았으나 일단 애련히 여기는 마음
은 있는지라. 잠깐 물러서거늘, 공주 조서를 가지고 원문(院門)을
나와 황후 빈전(殯殿)을 향하더니, 반쯤 가서 장생전을 바라보니
홀연 황자 광평왕이 조전(朝奠)을 마치고 장생전에 가 상께 뵈려
이에 다다랐는지라.

---

889) 구천현녜(九天玄女) : 중국 상고시대(上古時代) 중원 땅에서 황제(黃帝)가 치우(蚩
尤)와 싸울 때에 병법을 가르쳐 주었다는 신녀(神女).
890) 치우(蚩尤) : 중국에 전하는 전설상의 인물. 신농씨 때에 난리를 일으켜 황제(黃帝)
와 탁록(涿鹿)의 들에서 싸우면서 짙은 안개를 일으켜 괴롭혔는데 지남차를 만들어
방위를 알게 된 황제에게 패하여 잡혀 죽었다고 한다. 후세에는 제나라의 군신(軍
神)으로서 숭배되었다..

뒤에 따라오던 궁녀는 다 달아나고, 오직 공주 발을 벗고 손을
베어 이에 이르렀으니, 왕이 차악경려(嗟愕驚慮)하여 빨리 문왈,
"현매 이 어찌된 일이냐?"
공주 울어 왈,
"황야를 뵈옵고 죽으려 하나이다."

왕이 이미 기색을 알고 한가지로 따라 장생전에 이르니, 상이
옥후(玉候) 잠깐 나으시니, 궤(几)에 비겨 소귀비로 하여금 정관
정요사(貞觀政要史)[891]를 읽히시더니, 광평왕이 들어와 시립하니
상이 귀비더러 글 읽기를 그치라 하시고, 왕의 기색이 붉음을 무
르신데, 왕이 대 왈,
"신등이 낭랑께서 빈천(賓天)하신 후 오직 황상의 자애를 입사
옵더니, 오늘날 회양이 지아비 연좌로 사사(賜死)하시는 명을 듣
자오니, 죄가 당변(當變)[892]하옵고, 동기의 심사 참연하여 사색에
나타나도소이다."

말이 마치지 못하여서 한 여자가 녹발이 흐트러져 옥빈(玉鬢)
을 덮었고, 누흔이 점점 하여 의상이 젖었는데, 옥수섬수(玉手纖
手)에 붉은 피 흐르고 일척(一尺) 흰 깁을 잡았으니, 애원한 거동
과 참담한 수색(愁色)이 곧 황녀 회양공주라.
상이 왕의 말씀에 경혹(驚惑)하시더니, 이에 다다라 크게 의아
하며 빨리 문왈,
"경이 어찌 부름이 없이 이르며, 무슨 소회 있느뇨?"

공주 머리를 두드리고 혈표(血表)를 전(殿) 아래 놓으니, 상이
시녀로 올리라 하시어 귀비로 하여금 읽으라 하신데, 귀비 꿇어

<hr>

891) 정관정요사(貞觀政要史) ; =정관정요(貞觀政要). 중국 당나라의 오긍(吳兢)이 지은
책. 태종이 가까운 신하들과 정관 시대에 행한 정치상의 득실에 관하여 문답한 말을
모아 엮었다. 10권..
892) 당변(當變) : =봉변(逢變). 뜻밖의 변이나 망신스러운 일을 당함. 또는 그 변.

읽으니, 하였으되,

신이 죽기를 당하여 다만 천안을 한번 뵈옵고 혼백이 흩어지고
자 하매, 일만 가지 죄를 무릅써 슬픔을 상달하나이다. 신이 부황
과 모후의 은혜를 입사와 자라매 미쳐는 장홍에게 하가하시니,
이제 육년이라. 신이 장홍의 충직을 깊이 아옵나니 폐하를 만대
에 저버려 악명을 얻으리까? 한번 출정함으로부터 밖으로 유언
(流言)이 성총을 가리고, 안으로 참영(讒佞)이 천정(天廷)을 적시
니, 이는 충신의 원억한 마디요, 아녀자의 슬퍼하는 바이거늘, 하
물며 신은 폐하의 슬하골육이니 어찌 아득히 깨닫지 못함을 앉아
서 보기만하고 간(諫)치 않으리까? 장홍은 신의 결발부부이니 원
억함을 생각할진대, 한 칼에 마쳐 서로 좇기를 원하는 바라. 이제
장홍이 애매함을 무릅써 죽기에 당한 즉, 신이 홀로 세상에 머물
바 아니거니와, 폐하의 여러 번 죽으라 하심은 인정 밖인가 하나
이다. 국법이 사사로움이 없을진대, 법을 명정(明正)히 하여 역신
(逆臣)을 형벌로써 다스려 복초함을 얻은 후 죽음을 주고, 그 처
자를 처치하는 법은 있으나, 오늘날 엄지(嚴旨)는 생각 밖이라.
연이나 군부가 명하시니 어찌 거역하리까마는, 다만 사이에 간사
한 꾀가 있어 조고(趙高)[893]의 부소(扶蘇) 죽임 같을진대, 폐하께
누덕(陋德)이 되고, 신이 또한 부황께 누덕을 끼칠까 두려, 이에
와 진정 명(命)이 계실진대 신이 역명한 죄를 아울러 형벌을 감
수하고자 하옵나니 폐하는 살피소서.

상이 청파(聽罷)에 공주의 애원한 거동과 슬픈 글을 들으시매
참연하시거늘, 혈서를 보시니 부자천리(父子天理)에 어찌 감동치
않으리오. 별단 묘맥이 있음을 아시고 불승경아(不勝驚訝)하시어

893) 조고(趙高) : 진(秦)나라의 환관. 시황제(始皇帝)와 여행하던 중 시황제가 병사하자
승상 이사(李斯)와 짜고 조서(詔書)를 거짓으로 꾸며 시황제의 맏아들 부소(扶蘇)를
자결하게 만들고는 시황제의 막내아들 호해(胡亥)를 2세 황제로 삼아 마음대로 조종
하며 국정을 농단하였다.

문 왈,

"조서를 뉘 가져 몇 번이나 전하더냐?"

공주 주 왈,

"처음에 시녀 난요 화월 등이 깁을 가져 조서를 전하고, 다음엔 환관 오정창이 약과 조서를 가져 이르렀으며, 금일은 난요 등이 다시 이르러 칼과 조서를 주오니, 신이 가져 이르러 세 번 역명한 죄를 무릅썼나이다."

상이 대로 왈,

"궁액(宮掖)의 변이 일어나 임군의 조서를 위조하며, 황녀 죽이기를 임의로 하니, 어찌 만고의 큰 변이 아니리오. 아지못게라! 조서 어데 있느뇨?"

공주 품으로부터 조서와 깁을 내어 놓으니, 천안이 더욱 대로하사 내수(內豎)[894]를 패초(牌招)하시고, 난요 화월과 오정창을 잡아 엄형으로 물으실 새, 피육이 후란하고 성혈이 임리(淋漓)하니 어찌 능히 참으리요.

드디어 말이 유귀인에게 연(連)하여 양유 설문웅 유연수 등이 참예하고 또한 방황후 짐살(鴆殺)함과 장부마 잡던 간정(奸情)이 표표이 드러나니, 상이 황후 짐시(鴆弑)하고 장부마 잡던 말에 더욱 진노하셔 귀인을 추문(推問)하실 새, 귀인이 일백 개 혀가 공교한들 어찌 숨기리오. 드디어 복초하니, 상이 불승대로 하시어, 밖으로 외정 신료와 안으로 제왕공주를 다 부르시어 차사(此事)를 이르시고, 회양공주를 붙들고 손을 연하여 통곡하시니, 제왕공주 모후의 비명(非命)인 줄 더욱 슬허 오열하더라.

즉일 유귀인을 냉궁에 가 목졸라 죽이고, 그 아들 유왕과 그 딸 명혜를 다 원찬하시고 유연수 설문응 양유는 다 정형하고 유가 삼족을 다 역률로 죽이고 난요 화월과 오정창도 형벌로 사사하시고, 황문시랑 유흡으로 정월을 가져 금의옥의 가 장부마를 맞아 오고, 으뜸 궁녀로 하여금 의춘원에 가 곽‧진 두부인을 청하라 하시고, 조회를 여시니, 천색이 이미 어두워 전상의 명촉이 휘황하였더라.

이때 장부마 옥에 있은 지 두 날이라. 혹 불문사사(不問賜死)하리라 하며, 혹 정형(正刑)하리라 하니, 심하에 규리(閨裏)의 세 부인을 생각하니, 청춘화미(靑春華美)에 천고의 죄인이 됨을 느껴 탄식함을 마지않더니, 날이 이미 서(西)에 떨어짐을 임하여 옥문 밖에 지저귀는 소리 어지러우며, 황문시랑이 절월을 가져 이르렀음을 고한데, 부마 오히려 믿지 않더니, 이어 공주의 혈서 주함과 궁녀의 초사(招辭)를 대강 듣고 옥에 나와, 문 밖에 대죄(待罪)하니, 상이 바삐 부르시어 전전(殿前)에서 위무(慰撫)하실 새, 자책함을 마지않으시고, 공로를 표장하시니, 부마 머리를 두드려 재삼 사은 하더라.

상이 장광도 놓으시고, 장부마를 위하여 잔치를 주시고 크게 뉘우치시며, 이에 공주의 혈표를 제신을 뵈시니, 제신이 흠복하여 칭하(稱賀)하더라.

부마 파조(罷朝)하시매, 나와 본부의 이르니, 치자(稚子)와 아녀(兒女)들이 분분이 붙들고 부르며 우는 혈성이 참담한데, 삼부인이 침당이 적적하여 망사(網絲) 얽혔으니, 각각 자녀를 안고 슬픔이 유동하니, 비록 대장부의 도량이나, 눈물 흐름을 깨닫지 못하더니, 백료와 친우 문 밖에 모이니, 부마 나가 접응할 새, 만좌가 공주의 명철한 성덕을 칭하고, 부마의 사지(死地)에 위태하던 바를 참탄(慘嘆)하더니, 제객이 야화(夜話)하여 금계(金鷄)[895]

---

895) 금계(金鷄) : 꿩과의 새. 꿩과 비슷한데 수컷은 광택 있는 황금색 우관(羽冠)과 뒷목에는 누런 갈색, 어두운 녹색의 장식깃이 있어 매우 아름답다. 암컷은 엷은 갈색

창효(唱曉)하매 종각의 경고(更鼓)896)가 융융하여, 한가지로 조회
에 들어가니, 천자가 이날 부마를 다시 인견하사 벼슬을 주실새,
광녹태우를 봉하시어 금자를 가하신대, 부마 혈읍(血泣) 사양(辭
讓) 왈,

"신이 부재무덕(不才無德)으로 원로봉적(遠路逢賊)에 병이 많사
오니, 원컨대 수년 양병을 허하신 즉 산수에 놀아 병으 다사리고
다시 입조하여 폐하은덕을 갑흐리이다."

상이 그 뜻이 굳음을 보시고 또한 부끄러워하는 바가 계셔 마
지못하여 허하시고, 가석함을 마지않으시며 장광과 유삼의는 옛
소임을 지켜 이현의 부하에 쓰이게 가기를 재촉하시니, 부마 사
은하고 물러오매, 삼부인이 은영을 띠어 이르렀고, 내외종족과
곽·진 양부에서 모여 슬픔을 이르며 치하를 전하니, 분분열열(紛
紛悅悅)897)하여 도리어 꿈인가 의심하더라.

양삼일(兩三日)898)을 머물러 성외(城外) 별원(別園)으로 옮을
새, 원래 남문 밖 십리에 한 산이 있으니, 높이가 높지 않으나 봉
만(峯巒)이 그윽하고 지형이 광활하여 둘레가 백리가 넘는 데, 송
백이 총울(蔥鬱)하고 만화(萬花) 부성(富盛)한지라.

아래로 폭포가 둘렀고 사면에 인가가 가득하니 이는 다 기개
(氣槪) 청정하고 의기 호한한 사람들이 모인 곳인 고로, 뫼 이름
은 취성산(聚聖山)이라 하고, 마을을 일컬어 집현촌(集賢村)이라
하며, 그 물을 이르되, 세이탄(洗耳灘)이라 하니, 장부마가 이곳에
원유(園囿)를 정하고, 인하여 천여 간 장각(莊閣)과 백여묘(百餘
畝) 전결(田結)을 두니, 화동조란(畵棟雕欄)899)이요, 난창수달(蘭
窓繡闥)900)이라.

───────────

바탕에 검은 점이 있다. 번식이 쉽고 추위에 강하여 관상용으로 기르며 중국이 원산
지이다.
896) 경고(更鼓) : 밤에 시각을 알리려고 치던 북. 밤의 시간을 초경(初更), 이경(二更), 삼
경(三更), 사경(四更), 오경(五更)으로 나누어 매 시각마다 관아에서 북을 쳐 알렸다.
897) 분분열열(紛紛悅悅) : 여럿이 한데 어울려 떠들썩하게 기뻐함.
898) 양삼일(兩三日) : 2~3일 정도의 짧은 일정.
899) 화동조란(畵棟雕欄) : 채색한 마룻대와 조각해 세운 난간.

분칠한 담이 접하고 꽃동산과 버들 숲이 십리에 둘렀더라. 처음에 천자가 장원(莊園)을 이뤄 주실 새, 복지(福地)를 가리라 하시니, 유사(有司)에서 취성산 집현촌을 아뢴데, 상이 드디어 그곳에 지어주라 하시고, 친히 현판을 제액(題額)하셔 예현선원(禮賢仙苑)이라 하시니, 부마 그 사미(奢靡)함을 싫어하여 앞으로 세이탄(洗耳灘)을 대하여 십여 간 초당을 이뤄 계상(溪上)에 취죽(翠竹)을 심고, 문전(門前)의 세류(細柳)를 성히 심으니 여러 섬 모양의 청산은 뒤로 벌여있고 한 줄 계수는 앞을 둘렀는지라,

부마가 이에 머물매 청흥한풍(淸興寒風)901)에 세상 연진(煙塵)을 벗고, 고절지취(高節志趣)는 물외(物外)에 솟았으니, 산수를 완롱(玩弄)하며 금서(琴書)로 소일하니, 지난 바 환난(患難)을 몽니(夢裏)에도 잊음이 되나, 혹 삼부인으로 더불어 차아(嵯峨)하며 사생 가운데 들어, 서로를 생각하던 바의 심사를 이르고 탄식하더라.

난학(鸞鶴)을 길들여 두고 동자로 하여금 당중에 한가히 향을 피우고 일장 호금(胡琴)을 벽상에 비겨 이따금 조롱(操弄)902)하며 세 부인으로 더불어 종고(鐘鼓)를 벗하며 시사(詩詞)를 창화(唱和)하여 날을 보내고, 갈건야복(葛巾野服)903)으로 산수(山水)에 왕래하며 죽립(竹笠)904) 초리(草履)905)로 잠기를 들어 농부의 밭 갈기를 권하나, 시문(柴門)에 거마(車馬) 낙역(絡繹)하고, 산간의 사마쌍곡(駟馬雙轂)906)이 날로 메여시니, 부마 오히려 기뻐 아냐 유람하기를 일컫고 집의 잇지 아니하더라.

---

900) 난창수달(蘭窓繡闥) : 난초를 그린 아름다운 창과 그림을 그려 화려하게 채색을 한 문.
901) 청흥한풍(淸興寒風) : 맑은 흥취와 서늘한 바람.
902) 조롱(操弄) : ①『음악』거문고 따위의 현악기 줄을 고르거나 연주함. ②마음대로 다루면서 데리고 놂.
903) 갈건야복(葛巾野服) : 갈건과 베옷이라는 뜻으로, 은사(隱士)나 처사(處士)의 거칠고 소박한 옷차림을 이르는 말.
904) 죽립(竹笠) : 비나 햇볕을 가리기 위해 대오리를 엮어서 만든 쓰개.
905) 초리(草履) : 짚신.
906) 사마쌍곡(駟馬雙轂) : 네 필의 말이 끄는 수레의 말과 수레를 함께 이르는 말.

이러구러 신춘이 다 가고 하 사월이 되었더니, 상이 부마를 불러 해유(解諭)하여 다시 군무를 살피라 하고자 하시나, 유예하여 결치 못하더라.

이때에 촉주(蜀主) 맹분의 부하에 일위 맹장이 있으니, 성명은 주여학이요 별호는 소천왕이니, 천근 솥을 들고 만석군(萬石君)을 자랑하는지라. 스스로 중원을 돗 마듯 쳐, 천하를 취하랴 맹세하고 동오(東吳)를 파하매, 원수 갚기를 자분(自奔)하니, 선시에 위한이 패함이 되고, 이자성과 배공신이 또한 이기지 못하여 형주에 둔하였더니, 오태자 협과 망장(亡將) 육인이 마외산(馬嵬山) 대적 번금으로 더불어 합세하여 운문관에 웅거하나, 장부마의 지용(智勇)을 두려 때를 기다리더니, 장부마가 이에 있어 돌아가지 않았음을 듣고, 지레 간도(間道)[907]로 행하여 촉에 이르러 슬피 빈데, 맹분이 드디어 합세하여 삼노(三路)로 병을 발하니, 일로(一路)는 왕광 교격이 오(吳)를 회복하려 하고, 일로(一路)는 번금 진담 분양이니, 장안의 구응을 막으라 하고, 일로(一路)는 주여확 위연이니 오태자 협으로 더불어 초를 치라 하니라.

이현이 동오에 있어 이를 듣고 군병을 훈련하여 대적하나, 교격의 용력(勇力)을 능히 대적할 이 없는지라. 세 번을 패하매 감히 싸우지 못하여 성문을 닫고 장안에 고급(告急)하니, 초국 고급(告急)이 또한 이르러, 조야가 흉흉하고, 천자 경려하시는지라. 조정이 아무리 할 줄을 몰라 부마를 찾은데, 답하되 오호(五湖)예 전주하여 거처 표박하니, 알 길이 없다 하니, 조정이 드디어 창주 절도사 왕후로 구응하라 하다.

왕후가 군사를 거느려 임청현 산곡에 다다라 번금 등에게 패함이 되어, 기갑(器甲)을 다 잃고 겨우 돌아오니, 조정이 황황하여 오직 장부마 곧 아니면 대적하기 어려운지라.

천자가 황자 옹왕을 보내어 공주를 보아 부마의 거처를 물으라 하실 새, 옹왕이 남문 밖에 이르러 먼리 바라보니, 뫼가 깊지 않

---

907) 간도(間道) : 샛길.

으나 그윽하고 봉만(峯巒)이 빼어나 층암은 옥을 무어 용이 서림 같고, 폭포는 은하의 근원을 이어 난소에 내린 듯, 장(薔) 같은 수양은 시문(柴門) 앞에 영호하니, 도잠(陶潛)의 집인가 의심하고, 청풍 취죽은 울안에 비껴 있으니, 백강의 동산으로 흡사하고, 한 떼 동자는 한가히 학을 길들이고, 두어 농부는 앞에 기음을 매는지라.

왕이 산천의 명려(明麗)함을 보매, 거름마다 경치 있어 볼수록 새로우니, 몸이 삼신산과 봉래에 임함 같아서, 홀연 남면(南面) 왕작(王爵)의 구장면복(九章冕服)[908]을 잊고, 물외(物外)에 한유(閒遊)하여, 이곳에 밭 갈기를 생각하니, 의사 일어나 마상에서 탄 왈,

"진실로 장공은 영웅호걸일 뿐 아니라, 은사(隱士)의 고절(高節)이 밝으니 표표히 소허(巢許)[909]의 세이(洗耳)[910]하는 청심이 있고 노중련(魯仲連)[911]의 바다를 건너는 지개(志槪) 있거늘, 거(居)한 바 사안(謝安)[912]의 산음(山陰)과 왕유(王維)[913]의 망천(輞

---

908) 구장면복(九章冕服) : 임금이나 왕비 등이 입던 예복(禮服)인 구장복(九章服)과 면류관(冕旒冠)과 곤룡포(袞龍袍)를 함께 이르는 말.

909) 소허(巢許) : 고대 중국의 은자 소부(巢父)와 허유(許由)를 아울러 일컫는 말. *소부(巢父) : 고대 중국의 전설상의 인물. 영수(潁水)에서 소에게 물을 먹이려다, 허유가 왕위를 맡아달라는 요(堯)임금의 말을 듣고 귀가 더러워졌다며 귀를 씻는 것을 보고, 그 귀 씻은 물을 자신의 소에게 먹일 수 없다며, 소고삐를 끌고 기산(箕山)으로 들어가 숨었다고 함. *허유(許由) : 고대 중국의 전설상의 인물. 자는 무중(武仲). 요임금이 왕위를 물려주려 하였으나 받지 않고 도리어 자신의 귀가 더러워졌다고 하여 영수(潁水)에 귀를 씻고 기산(箕山)에 들어가서 숨었다고 함.

910) 세이(洗耳) : 더러워진 귀를 씻는다는 말로, 세상의 부귀공명 따위와 단절함을 뜻함.

911) 노중년(魯仲連) : 전국시대 제나라 무장(武將). 그가 조(曺)나라에 머물고 있을 때, 진(秦)나라가 조나라를 침공해 수도 한단(邯鄲)을 포위하자 조나라를 위해 위(魏)나라를 설득해 진나라를 치게 함으로써 조나라를 위기에서 구해주었다. 이때 그가 '불의(不義)한 진(秦) 나라가 천하를 지배하여 황제 노릇하면 차라리 동해에 빠져 죽겠다고 한 말이 『사기』 열전(列傳)에 전하고 있다.

912) 사안(謝安) : 320~385. 중국 동진(東晉)의 재상(宰相). 자는 안석(安石). 행서(行書)를 잘 썼음. 효무제(孝武帝) 때에 전진(前秦)의 부견(符堅)이 쳐들어오자, 이를 비수(淝水)에서 쳐부숨

川)914)을 족히 일컬으리오."

이렇듯 차탄하여 문 앞에 다다르니 공주가 빨리 맞아 한훤을 마치고 온 연고를 물은데, 왕이 오(吳)・초(楚)의 위급함과 왕휘의 패사(敗死)함을 이르고, 천자가 경려(驚慮)하심을 좇아, 장부마를 찾으러 옴을 이른데, 공주 대 왈,

"지아비 세사를 물외(物外)에 잊어 아침에 동으로 놀고 저녁에 서로 향하여 가인이 거처를 알지 못하니, 이제 장차 어찌하리까?"

왕이 착급하여 회주(回奏)할 바를 상량(商量)하고, 또한 경물의 소쇄함을 사랑하여 잠깐 쉬더니, 석양에 이르러 집현촌 가운데로써 일위 산인(散人)이 청려장(靑藜杖)를 비스듬히 들고 자하의(紫霞衣)915)를 아무렇게나 입고 깃부채로 얼굴을 가린 채로, 뒤에 동자 하나가 와준(瓦樽)과 낚싯대를 들고 좇아 세이탄(洗耳灘) 가로 내려가니, 백안이 소쇄하고 풍도가 표연하니 이 곧 장부마라.

왕이 시비가에서 바라보고 기쁨을 이기지 못하여 초당에 들어가 공주를 보아 왈,

"세이탄 조대(釣臺)에 낚시질 하는 자가 장도위니 아지못게라! 백료 반열에서는 규규(赳赳)한 재상이 되고, 만군대중(萬軍隊中)에는 웅위한 상장(上將)이러니, 오늘날 보건대 소쇄한 선인(仙人)의 풍도요, 표표한 은사의 모양이 되었으니, 변복(變覆)916)함이

---

913)왕유(王維) : 701~761. 자는 마힐(摩詰). 이백(李白)・두보(杜甫)와 함께 당나라의 대 시인이며, 불교신자였기 때문에 시불(詩佛)로도 일컬어진다. 자연시(自然詩)의 제 1 인자이며, 객관적이고 고요한 서경(敍景)뿐만 아니라 송별시・궁정시 분야에서도 뛰어났다. 벼슬이 상서우승(尙書右丞)에 이르렀을 때 죽었기 때문에 왕우승(王右丞)이라고도 불린다. 저서에 《왕우승집(王右丞集)》이 있다

914)망천(輞川) : 중국 섬서성(陝西省) 남전현(藍田縣) 망천곡구(輞川谷口). 당나라 시인 왕유(王維)의 별장이 있던 곳으로, 그는 이곳의 12승경을 시로 읊고 화폭에 담아 〈망천도(輞川圖)〉를 후세에 남겼다.

915)자하의(紫霞衣) : 신선이 입는 옷.

916)변복(變覆) : 뒤집히고 달라지고 함.

어찌 이렇듯 심하뇨?"

말을 마치고 친히 걸어 세이탄을 향할 새, 위의를 물리치고 물가에 다다라 부마의 뒤에 이르되 오히려 뒤에 사람이 오는 줄을 모르고 조어(釣魚)하기에 잠심하였거늘, 왕이 소리하여 가로되,

"과인(寡人)[917]이 감히 주문왕(周文王)[918]에 비기지 못하나, 어찌된 행운으로 위수(渭水)[919]에 이르러 문왕의 초현(招賢)을 본뜨게 되느뇨?"

부마 돌아보니 옹왕이 이르러 계신지라. 낚싯대를 놓고 일어나 묻자오되,

"전하가 어찌 촌중 폐사에 임하시어 누인(陋人)으로 하여금 미리 맞지 못한 죄를 얻게 하시느뇨?"

왕이 그 손을 이끌어 웃고 한가지로 초당의 이르러 좌를 분하고, 왕이 먼저 들고 나지 않음을 책하고, 오초(吳楚)[920]의 위태함을 이르신대, 부마 다만 사죄하고 병듦을 일컫더니, 왕이 가라사대,

"그대 군부를 심한(深恨)하여 위란에 움직일 마음이 없을진대 불충불의(不忠不義)함이라. 이제 적세 삼로(三路)로 급하매, 황야 어좌에 평안치 못하시고, 만정신료(滿廷臣僚)가 다 황황하여 오직 그

---

917) 과인(寡人) : 덕이 적은 사람이라는 뜻으로, 임금이 자기를 낮추어 이르던 일인칭 대명사.

918) 주문왕(周文王) : 주나라의 무왕(武王)의 아버지. 은나라 주왕(紂王) 때 서백(西伯)이 되어 인의(仁義)로써 백성을 다스렸다. 특히 위수(渭水)에서 낚시하고 있는 강태공(姜太公) 맞아와 선정을 펼쳐, 그 아들 무왕(武王) 은(殷)을 멸망시키고 주(周)를 세우는 데 기초를 닦았다.

919) 위수(渭水) : 중국 황하(黃河)의 큰 지류(支流). 감숙성(甘肅省) 남동부에서 시작하여 섬서성(陝西省)으로 흘러 황하로 들어간다. 주(周)나라 초기의 정치가 강태공(姜太公)이 이 강에서 10년 동안이나 낚시를 하며 때를 기다려, 주문왕을 만났다는 고사로 유명하다.

920) 오초(吳楚) : 오(吳)나라와 초(楚)나라 지역을 함께 이른 말

대개 중사(重事)를 의탁고자 하시니, 무슨 말로 추탁하리오. 그대 충효를 힘쓰고 인의를 행함이 오늘날에 있나니, 익히 생각하라."

부마 사왈,
"소생이 어찌 군부를 심한하리오. 다만 전진에 곤핍하고 구확에 떨어졌던 심사가 일시를 보전키 어려울 새, 염사(廉士)의 의(義)를 사모하여 홀연 이 괴거(怪擧)를 지었으나, 위란에 이 무용지인(無用之人)을 찾으실진대, 간뇌(肝腦)를 땅에 버려도 성은을 갚사올지라. 역(逆)할 바 아니로소이다."

왕이 대희하여 칭사 왈,
"현재(賢哉)라! 그대 진실로 만고의 강상(綱常)을 밝히고 충의를 완전케 함이로다."

기쁨을 마지않아 초당에서 밤을 지내고 한가지로 가려하신대 부마 사양하니, 왕이 먼저 가 회주 하니, 천자께서 크게 기뻐하셔 앉아 기다리시다가, 부마가 가사를 신칙(申飭)한 후 조정의 이르러 조회하니, 상이 크게 반겨 사좌(賜座)하시고, 웃으며 가라사대,
"경이 세상 물욕을 잊으니 염사(廉士)의 고요한 흥이 어떠하건대 짐의 애녀로 하여금 산간에 묻혀있어 부녀가 서로 보지 못하게 하느뇨?"

부마 복지하여 사죄할 따름이더라. 부마 물러 부중에 이르니 이미 대사마 절월과 군병장졸이 다 휘하에 이르렀는지라. 부마 즉일로 천정에 배사(拜謝)하고 삼군을 영하여 먼저 오(吳)를 향할 새, 제장이 가로되,
"촉(蜀)이 장안으로 더불어 상거(相距) 가깝고 초(楚)로 더불어 연접하였으니, 먼저 초를 파하고, 만일 장안을 엿본 즉, 제성이 위태할지라. 원수는 익히 생각하소서."

부마 웃고 가로되,

"맹분은 용(勇)만 있고 지혜 없는 무리라. 위한과 배공신이 형주에 있고, 형왕과 설왕이 한중과 한추에 진하였으니 능히 요동치 못하여 앉아서 패를 볼지라. 내 먼저 오에 가 교격의 무리를 무찌르고, 남웅과 형주를 임야랑으로부터 미주로 들어간즉, 조그만 성도(成都)921)를 근심하리오."

제장이 오히려 믿지 않더라. 수로로 행하여 오(吳)에 이르니, 이현 등 제장이 맞아 반기며 치하하여, 장중에 술을 두어 즐김을 다하고, 학교 선비와 향중 촌민이 다 반기고 기뻐, 글 지어 칭송하고 계견(鷄犬)과 우양(牛羊)을 잡아 마음을 표하더라.

교격이 부마가 왔음을 듣고 왕광으로 더불어 의논하되,

"장부마가 온즉 우리 반드시 패(敗)할지라. 궤계(詭計)로 잡음만 같지 못하니, 우리 거짓 물러가는 체하고, 기를 지우고 북을 그쳐 남웅으로 향한즉, 군을 내어 따르리니, 매복을 소양산 밑에 숨겨 양로로 협격하면, 반드시 장홍을 잡으리라."

광이 그렇다고 생각하여 이튿날 군사를 완완히 물려 돌아갈새, 부마 듣고 소 왈,

"이 도적이 계교로 이기려 하는도다."

드디어 유삼의 왕휘로 오만 군을 거느려 가되, 대롱(-籠)922)에 군기 병기와 갑주를 넣어 지고 각각 떨어져 완완히 행인의 맵시를 하여, 백사관을 넘어 소양산을 지나 쉬는 체하고, 산상에 머물러 우리 군사가 소양산 아래 다다라, 적군과 싸울 때 함께 발하라. 유삼의 청령하고 계규 대로 각각 흩어지다.

---

921) 성도(成都) : 중국 사천(四川) 분지 서부에 있는 도시. 중국 서남부 교통의 요충지로 삼국 시대 촉한의 도읍이었다. 현 사천성(四川省)의 성도(省都).
922) 대롱(-籠) : 죽롱(竹籠). 가늘게 쪼갠 댓개비로 엮어 만든 장롱.

부마 삼군을 전령 왈,

"오늘 교격을 따라 촉으로 들어가리라. 장광 이현 유기는 당일에 내 가르친 대로 세 곳을 진수(鎭守)하여 인정을 널리 행하고 백성을 무휼하라."

드디어 이단 곽성으로 선봉을 시키고 마삼철 곽아 박양으로 독량관(督糧官)을 하여 운량(運糧)하게 하라 하고, 부마 신제 등을 거느려 전대되어 추격할 새, 교격이 혹 싸우며 혹 패하여 십여일 만에 남웅성을 바라고 소양산 아래 다다르니, 날이 성열(盛熱)이라. 군사가 극히 더워 잠깐 쉬고자 하더니, 산 뒤에서 함성이 대진하며 오병이 뒤를 짓치고 교격이 돌아 앞을 막으니, 부마가 위태한 가운데 전혀 요동함이 없더니, 문득 보니 산 위에 두어 떼 행인이 대롱과 상자를 지고 쉬다가 일시에 갑옷을 내어 껴입고 궁시와 병기를 잡아 짓쳐 내려오니 시석(矢石)이 비 같은지라.

왕광이 어지러운 살 아래 죽음이 되고 교격은 필마단창으로 달아나니, 오병이 태반이나 만뇌923)에 죽고 그 밖은 혹 달아나며 혹 창을 맞아 사산(四散)하더라.

부마 치중(輜重) 개갑(介甲)을 다 빼앗고 유삼의와 왕휘를 으뜸 공을 삼으니라.

대군이 남웅성에 들어 두어날 쉬어 군사를 정예병(精銳兵)으로 뽑아 행군하매, 행진에 법도가 있고 호령이 엄숙하니, 지나는 곳마다 단사호장(簞食壺漿)으로 왕사를 맞더라.

영주와 야랑을 지날 새, 부마 홀연 차탄 왈,

"슬프다! 이백(李白)은 천고의 재자(才子)요 일시 호걸로, 역사(力士)924)의 참소를 만나 야랑에 내치이니, 하물며 나의 무재무용

___

923) 만뇌 : '만개의 쇠뇌'라는 뜻으로 '수많은 쇠뇌로부터 빗발치듯 날아오는 무수한 화살'을 이르는 말. *쇠뇌: 쇠로 된 발사 장치가 달린 활. 여러 개의 화살을 연달아 쏘게 되어 있는 것으로, 주로 낙랑 무덤에서 나오고 있다. 늑노(弩)

924) 역사(力士) : 고력사(高力士). 684~762. 중국 당(唐)나라 현종(玄宗) 때의 환관(宦官). 현종(玄宗)의 총애를 받아 발해군공(渤海郡公)에 봉해졌다. 이백(李白)이 취중에 그

(無才無勇)으로 오래 외람한 작록(爵祿)을 누릴 건가?"

드디어 마상에서 두 수 글을 지어 감회함을 부치더라.

대군이 행하여 노수(瀘水)925)에 이르니, 때 정히 팔월 초순이라. 양풍(凉風)이 습습(習習)하고926) 노화(蘆花)가 만발한데, 푸른 물결이 백장(百丈)이나 하고, 흉용한 기운이 사람을 경혹(驚惑)케 하는지라. 제군이 건너기를 두려 가로되,

"자고로 노수의 험함이 전하여 오는 바라. 어찌 감히 건너기를 바라리오."

부마 가로되,

"석에 제갈무후(諸葛武侯)927)가 오월에 노수를 건너고 팔월에 노수에 제(祭)하니, 전후 여러 번이나 위태함이 없었으니 어찌 가벼이 염려하리오. 너희가 이렇듯 겁낼진대 칼날 앞에 놀란 기운과 적을 이길 뜻이 없는 마음으로 따라와 유익함이 없는지라. 쾌히 물러가고 삼군의 예기를 최찰케 말라."

장졸이 듣고 나서 크게 부끄러워하여 일시에 사죄하고 물 건너기를 원하거늘, 부마 전령하여 노수를 건너 맹양성의 둔하고 글

로 하여금 자신의 신을 벗기게 한 일로 유명한데, 이 일로 수치감을 느낀 그는 이백을 참소하여 조정에서 쫓겨나 강호(江湖)를 유랑케 하였다.

925) 노수(瀘水) : 오늘날 베트남 북부에 있는 강으로, 삼국지(三國志)에 제갈량(諸葛亮)이 남만(南蠻)을 정벌하고 돌아오는 길에 이 강에서 홍수(洪水)를 만나, 밀가루 반죽에 소·양 등의 고기를 다져넣어 사람의 머리 모양을 만들어 이 강의 신령에게 제사한 후, 강을 무사히 건너는 이야기가 나온다.

926) 습습(習習)하다 : 바람이 산들산들하다.

927) 제갈무후(諸葛武侯) : 제갈량(諸葛亮). 181 ~234. 중국 삼국시대 촉한의 정치가. 자(字)는 공명(孔明). 시호는 충무(忠武). 뛰어난 군사 전략가로, 유비를 도와 오(吳)나라와 연합하여 조조(曹操)의 위(魏)나라 군사를 대파하고 파촉(巴蜀)을 얻어 촉한을 세웠다. 유비가 죽은 후에 무향후(武鄕侯)로서 남방의 만족(蠻族)을 정벌하고, 위나라 사마의와 대전 중에 병사하였다

을 지어 제군(諸郡)에 격서를 보내니, 미주 태수 왕언박이 와 항복한데, 부마 본직을 도로주고 배수를 건너 바로 짓쳐 만리교에 다다르니, 원내 맹분이 삼로로 분병한 후, 뒤를 근심치 않았더니, 교격이 패하여 지레 백마주를 건너 면양에 태자를 도우러 갔으니 시러금 알지 못하였더니, 일일에 세 번 고급(告急)이 이르고 대병이 호호탕탕하여 벌써 만리교에 진을 쳤으니, 군신이 경황낙담하고 성중이 물 끓듯 하여 수적(守敵)할 의사가 없는지라. 급히 주여확으로 반사(班師)하라 하다.

이 때 주여확과 오태자가 면양성에 웅거하여 상지(相持)하였더니, 홀연 교격이 패주하여 급함을 보하고 미구에 반사하라 하는 명을 얻으매, 크게 놀라 병위를 허장하고 밤으로 반사할 새, 위한 · 배공신 등이 때를 타 대군을 조발하여 일시에 추격하니, 주여확이 교격더러 왈,

"우리 만부부당(萬夫不當)하는 용력을 두고 어찌 필부의 한 창을 두려워하리오."

말을 돌이켜 양원(兩員) 맹장이 진세를 펴고 크게 싸울 새, 위한 등이 능히 대적하지 못하여 물러나니, 주 · 교 이장이 일진을 크게 살상하고 완완히 행하되, 위한 등이 능히 추격하지 못하더라.

주여확 등이 백제성에 이르러서는 풍우(風雨)가 날로 급하고 추수(秋水) 창일(漲溢)하니, 능히 금하와 내강을 건너지 못하여 수일을 머무를 새, 맹분이 우분하여 병들었더니, 그 아들 맹추가 간하여 가로되,

"당이 대대로 저버림이 없어, 명황이 크게 봉하여 왕호(王號)와 면복(冕服)을 주었거늘, 오나라의 어리석은 청을 들어 군신의 의를 잃고 국중이 소요하니, 하물며 주여확 교격으로써 큰 계규를 정하나, 때는 하늘에 있고 이기기는 지혜에 있거늘 한갓 무부(武夫)의 용(勇)으로 천하를 취하려하니, 생각건대 주여확 교격은 삼걸에 비치 못하고, 도리어 항우의 헛된 용맹뿐인가 하나니, 부왕은 익히 생각하소서."

맹분이 크게 꾸짖어 왈,

"황구소아(黃口小兒)928)가 어찌 시변(時變)을 알지 못하고 간대로 나의 병심을 요동하느뇨?"

맹추가 다시 간하지 못하더라.

저녁에 중자(仲子) 맹연이 들어와 병을 볼 새, 맹분이 가로되,

"네 형이 유약하여 능히 대사를 살피지 못할지라. 네 마땅히 나의 유표를 인하여 위를 이어 천하를 도모하고, 나로 하여금 주 문왕이 되게 하라."

맹연이 듣고 수명하더니, 내시 듣고 빨리 맹추에게 고한대, 추의 어미 가씨가 대로하여 심복 이문용과 그 오라비 가즙을 명하여 분을 보고 여차여차 하라 하니, 즙이 수명하여 병소에 이르러, 맹분을 보고 가로되,

"자고로 폐적입차(廢嫡立次)929)는 가국이 상망(喪亡)이라 하나니, 어찌 추의 현명함을 버리고 연의 효박(淆薄)930)함을 취하리오."

분이 이에 제신을 불러 물은데, 제신이 다 가로되,

"태자는 국가의 근본이요. 백성의 임자라. 어찌 일조에 바꿀 리 있으리오."

분이 듣지 않고 연을 세우라 하더니, 밤에 병이 더 중하니 군신이 추를 맞아 외전에 가 국사를 살피라 한대, 추가 사양하거늘, 연이 때를 타 당진(唐陣)에 가만히 청하되, 군을 들어 칠 때에 성문을 열거든 추를 폐하고 스스로 서기를 구한데, 부마 가 허치

___
928) 황구소아(黃口小兒) : 늑황구유아(黃口幼兒). 젖내 나는 어린아이라는 뜻으로, 철없이 미숙한 사람을 낮잡아 이르는 말.
929) 폐적입차(廢嫡立次) : 적장자(嫡長子)를 폐하고 둘째 아들을 세움.
930) 효박(淆薄) : 인정이나 풍속이 어지럽고 아주 각박하다.

않아 왈,

"상국 대병이 당당한 지혜와 의리로 번진을 빈복(賓服)931)게 하리라. 어찌 아비를 죽이고 형을 폐하는 도적과 한가지로 합세하여 조그만 지경을 얻고 공을 자랑하리오. 그러나 촉이 어지러움을 타 군을 내리라."

하고, 대병을 이끌어 사문을 싸니, 맹분이 듣고 크게 소리 지르고 죽거늘, 군신이 추를 세우려 한데, 추가 아비 명이 아니라 일컫거늘, 태우 하식이 가로되,

"석(昔)에 백이(伯夷)와 숙제(叔弟)는 일시에 쌍의(雙義)를 세워 아름다움이 되었거늘, 이제 태자가 비록 백이(伯夷)의 곧음으로 사양하나, 연이 어찌 숙제의 의를 사모하리오. 국가 상법(常法)은 날로써 해를 바꾸니, 하물며 적(敵)이 성하(城下)에 임하였으니, 하루도 국사를 비우지 못할지라. 이러므로 주공(周公)932)이 법을 정하시나, 백금(伯禽)933)이 권도(權道)를 썼으니, 태자는 바라건대 곡읍(哭泣)의 비절(悲絶)함을 늦추고 만민의 뜻을 좇으소서."

추가 마지못하여 위에 나아가니, 연이 분노하여 들고 나지 않으니, 그 총신(寵臣) 정희 육가 등이 또한 조회치 않더라. 촉주 맹추가 즉위 하매 군신더러 왈,

"당이 천명을 받아 수백세(數百歲)에 이르러 기맥이 오히려 완전하였거늘, 망국한 오태자와 무부(武夫) 주여확 등이 부왕을 권하여 군신의 의를 상(喪)케 하고 백성이 경모(輕侮)하니 이 써 나의 즐겨 않는 바라. 항거하여 패한 후 항복한 즉 세(勢) 궁하고 의(義) 없음이니, 이제 성을 열어 당병을 맞이함이 어떠 하뇨?"

---

931) 빈복(賓服) : 작은 나라가 큰 나라에 공물을 바치고 복종함
932) 주공(周公) : 중국 주나라의 정치가. 문왕의 아들로 성은 희(姬). 이름은 단(旦). 형인 무왕을 도와 은나라를 멸하였고, 주나라의 기초를 튼튼히 하였다. 예악 제도(禮樂制度)를 정비하였으며, ≪주례(周禮)≫를 지었다고 알려져 있다.
933) 백금(伯禽) : 중국 주(周)나라 주공(周公)의 장자. 노(魯)나라에 봉왕(封王)되어 노나라의 오래된 풍습을 개혁하고 예제(禮制)를 새로 만들었다.

제신이 다 가로되,

"전하의 말씀이 지극한지라. 당이 천하를 두어 바야흐로 맹장이 구름 같고 모신(謀臣)이 비 같아서 남북(南北)을 통일하고 동서(東西)가 귀순하였으니 어찌 우리 등이 항거할 바이리까? 적이 이미 성하에 임하여 함락이 하룻날에 잇는지라. 빨리 귀항(歸降)하여 민심을 정하고 군신의 의를 완전히 하소서."

맹추가 결하여 성중 사문에 항기를 세우고 항조(降詔)를 지어 당진에 보내니 부마가 드디어 군을 거두어 성 밖에 하채(下寨)하다.

익일에 맹추가 소복(素服)을 입고 당진에 와, 육단슬행(肉袒膝行)934)하여 예츤(曳櫬)935) 사죄할 새, 부마 은근(慇懃)히 위무(慰撫)하고 한가지로 성에 들 새 당병이 빈빈제제(彬彬齊齊)하여 대오(隊伍) 정숙하여 고요하고, 부마 직접 안민불법을 써 사민을 침노치 않으니, 성중(城中)이 국왕이 당사(唐士)를 맞아 오는 굿을 보려 어깨가 서로 부딪치더라.

부마 촉(蜀) 군신의 배알(拜謁)을 받고 본국 상례(喪禮)를 인하여 연향을 그치고 풍류를 말라 하니, 촉인이 대희하더라.

성중에 안둔하여 영채(營寨)를 세우고 삼군이 쉬더니, 이 때 맹연이 정휘 육가로 더불어 도망하여 지름길로 백제성의 가 주여확을 보고 이 일을 이른데, 주여확이 대경 왈,

"하늘이 돕지 않아 강수(降水) 여러 날 지고 또한 몸에 병이 있어 내일로 행군하려 하였더니, 어찌 맹추 필부가 아비 유명(遺命)을 거스르고 아뷔 살936)이 식지 않아서 타인에게 굴하여 그 뜻을 저버리리오. 내 맹세하여 촉을 회복하고 공자를 임자로 삼으리라."

한하기를 마지않더니, 드디어 연을 존하여 왕을 삼아 스스로

---

934) 육단슬행(肉袒膝行) : 복종·항복·사죄의 표시로 윗옷의 한쪽을 벗어 상체(上體)의 일부를 들어내고 무릎으로 기는 일.
935) 예츤(曳櫬) : 사죄(謝罪)의 표시로 널[棺]을 끄는 일.
936) 살 : 살갗. * 여기서는 몸을 달리 이른 말.

군사를 거느려 물을 건너 촉도(蜀都)에 이르니, 맹추가 장부마께
고하되,

"어린 아우가 망령 된 기운이 있어 주여확 등으로 체결하여 이
에 항거하니, 바라건대 원수는 소방(小邦)937)의 죄를 사하시고,
위태함을 푸소서."

부마가 드디어 선봉을 내여 대적하니, 이단 광성이 비록 용맹
하나 교격 주여확 등의 적수 아니라. 스스로 물러오매, 여확의 군
이 들어와 하채하거늘, 부마 크게 노하여 친히 싸울 새, 양진 문
기 열리는 곳에 주여확이 당선(當先)하여 부마의 위무 풍신을 가
만이 열복하더라.

부마 채를 들어 맹연을 꾸짖어 왈,

"간사한 필부가 먼저 불의를 도모하고 이제 형을 반하며 나라
를 져버려 위로 천명을 항거하고, 버거 부모형제를 잊으며, 아래
로 몸에 위태함을 생각지 않으니 진정 어둑한 무리라."

한대, 맹연이 머리를 숙이거늘 주여확이 대로하여 교격으로 더
불어 부마를 취할 새, 부마 양원(兩員) 맹장을 맞아 조금도 구겁
함이 업거늘, 맹연이 나와 돕더니, 이단 곽성이 또한 끼어 치더
니, 교격이 창을 들어 곽성을 질러 말에서 내려뜨리니, 부마가 이
를 보고 크게 분노하여 정신을 더해 사십여 합에 이르려는, 부마
몸을 번드쳐 비검(飛劍)을 빼어 서리 같은 기운이 한번 일어나는
곳에 교격의 머리 땅에 떨어지니, 주여확이 대로하여 창을 들어
지르고자 하거늘, 부마 말을 달려 십여 보에 궁을 빼어 활시위
소리 나는 곳에 주여확이 말에서 내려지니, 전선봉 이단이 칼을
춤추어 머리를 두 조각을 내다.

맹연과 신협 번금 등이 두 맹장의 죽음을 보고 일시에 진을 풀
어 도망할 새, 부마 군사를 거느려 따르니, 맹연은 기진하여 죽음

---

937) 소방(小邦) : =소국(小國). 국력이 약하거나 국토가 작은 나라. 작은 나라가 큰 나라
  에 대해 자기나라를 낮추어 이르는 말.

이 되고 신협은 금화강에 빠져죽으니, 진남 위연 분양 세 장수 통곡 왈,

"우리 등이 선왕의 탁사를 받아 태자를 보호하여 고주(故主)의 원수를 갚고 본도에 돌아가고자 하더니, 불행하여 오늘 날에 이르니, 사생에 서로 좇을 따름이라."

하고, 물에 빠져 죽으니, 부마 크게 차탄하여 후래에 충신의 비를 세우니라.

몽옥쌍봉연 권지사

&

　장부마 교격 주여확 등을 파하매, 진담 등이 충의를 지켜 물에 빠져 죽으니, 부마 크게 차탄하여 후래에 충신의 비를 세우니라. 번금은 항복하고 정희 육가도　또한 항(降)함이 되니라.

　부마 크게 이겨 성에 돌아오니, 맹추가 성 밖에 나와 마자 삼군을 호궤하더라.

　격서를 보내 백제와 면양을 위무하고 위한과 배공신에게 통보하니, 초왕이 대희하여 배공신을 크게 잔치하여 돌아 보낼 새, 장부마 또한 배공신 등에게 언약하여 화주에 모여 한가지로 조회하자 하였더라.

　십여일 유진(留陣)하여 절월(節鉞)을 돌이킬 새, 부마 일찍 촉지 산천을 유람코자 하던지라. 제장을 대하여 가로되,

　"내 일찍 전진의 구치하매 본병이 발하여 신음이 그치지 않으니 심히 울억하여 환경할 마음은 살 같으나, 능히 행치 못하리라. 산수의 경물을 한번 보아 병심을 쾌히 하고 지기를 펴고저 하나니, 군무 중사는 오직 그대네를 믿노라."

　제장이 다 청령(聽令)하되 장손성 원각 신제 유삼의 사인이 좇기를 원한데, 부마 허하여 한가지로 행할 새, 국왕이 일척(一隻) 화선(畫船)을 정제하니, 다 난요(蘭橈)[938]와 화장(畫檣)[939]이요, 주호금창(珠戶錦窓)[940]이라.

　부마 미주 미산 아래로부터 위를 지날 새 아미산 뫼 봉이 반공

---

938) 난요(蘭橈) ; 목란(木蘭) 나무로 만든 노. =난도(欄棹)
939) 화장(畫檣) : 그림을 그린 돛을 매단 돛대.
940) 주호금창(珠戶錦窓) : 주렴(珠簾)을 붙여 꾸민 화려한 문과 비단을 바른 아름다운 창.

에 최외(崔嵬)하고, 기맥(氣脈)이 청정한 데, 경물이 소쇄(瀟灑)하
여 산형이 옥으로 쌓은 듯 맑고 빼어남이 형승(形勝)의 처음이라.

부마 일컫기를 마지 않아 사인(四人)을 돌아보아 왈,

"사람이 본디 일월정화(日月精華)와 산천수기(山川秀氣)를 타
낳은 고로 지형(地形)이 인걸(人傑)이 성(盛)하나니, 후래에 반드
시 이 뫼 기운을 인하여 만고 성인이 나리라."
하더라.

과연 후에 백여 년 만에 대송에 이르러 미주 미산 가운데 세
낱 명인이 대로 이어나니 사람이 삼소(三蘇)941)라 일컫나니, 진실
로 장부마의 총명(聰明) 식안(識眼)이 기이하더라.

사인이 부마의 말을 믿지 않아 미산 한 바위 속에 이 말을 새
겨두었더니, 소동파(蘇東坡)가 보고 크게 기이히 여겨 찬(讚)하는
글을 지어 곁에 새기니, 지금 유전 하니라.

부마 드디어 동정호(洞庭湖)를 둘러 동편 십이봉(十二峯) 아래
이르니, 봉만(峯巒)이 중중(重重)하고 풍경이 촉목(囑目)하며 뫼가
일천 첩(疊)이요, 물이 일만 굽이가 지나거늘, 일색이 양목(楊木)
에 내리고 월광이 부상(扶桑)942)에 솟아나니 산형이 강파(江波)에
거꾸러져 건곤이 파사(破邪)943)하고 명월이 낮 같은지라.

---

941) 삼쇠(三蘇) : 중국 송나라 때 세 사람의 문장가. 소순, 소식, 소철의 삼부자를 이른
    다. *소순(蘇洵): 중국 북송의 문인(1009~1066). 자는 명윤(明允). 호는 노천(老泉).
    노소(老蘇)라고도 불리었다. 당송 팔대가의 한 사람으로, 소식·소철의 아버지이다.
    요벽(姚闢)과 함께 ≪태상인혁례(太常因革禮)≫를 편집하였다. *소식(蘇軾): 중국
    북송의 문인(1036~1101). 자는 자첨(子瞻). 호는 동파(東坡). 당송 팔대가의 한 사람
    으로, 구법파(舊法派)의 대표자이며, 서화에도 능하였다. 작품에 〈적벽부〉, 저서에
    ≪동파전집(東坡全集)≫ 따위가 있다. *소철(蘇轍): 중국 북송의 문인(1039~1112).
    자는 자유(子由). 호는 영빈유로(潁濱遺老)·난성(欒城). 당송 팔대가의 한 사람으
    로, 고문에 밝았다. 저서에 ≪시전(詩傳)≫, ≪난성집(欒城集)≫, ≪춘추전(春秋傳)≫,
    ≪노자해(老子解)≫ 따위가 있다.
942) 부상(扶桑) : ①해가 뜨는 동쪽 바다. ②중국 전설에서, 해가 뜨는 동쪽 바닷속에 있
    다고 하는 상상의 나무. 또는 그 나무가 있다는 곳.
943) 파사(破邪) : 바르지 못하거나 분명치 않은 것을 깨트림으로써 바르고 분명한 것을
    드러나게 함.

부마 앞으로 무산십이봉(巫山十二峯)을 대하고 뒤로 팔진석(八
珍石)944)을 곁하니, 먼리 동정(洞庭) 청초산이 희미하고 굴원(屈
原)945) 송옥(宋玉)946)의 살던 곳과 소군(昭君)947)의 살던 마을이
안전(眼前)에 보이니, 무릉(武陵)이 좌(左)에 있고 강릉(江陵)이
우(右)에 있더라.

부마 이에 다다라 청흥(淸興)이 유양(悠揚)하고 의기 비월한
데, 단풍(丹楓)은 수국(水國)에 붉었고 기러기 남으로 향하니, 홀
연 영가(詠歌)할 마음이 일어나고, 상감한 회포 격절하여 가사를
지어 제장으로 창화할 새, 임방후 장손성이 관통제자(貫通諸
子)948)하고 박남구경(博覽九經)하는 유라. 추강부(秋江賦)를 짓
고, 무양군절도사 원각이 환난고론(患亂高論)하고 박고통금(博古
通今)하는 유라, 태평가(太平歌)를 짓고, 대장군 신제는 학식이
과인하고 지절(志節)이 고상(高爽) 한 유라, 귀래부(歸來賦)를 지
으며, 형제 절도사 유삼의는 효제인자(孝悌仁慈)하고 선무능문(善
武能文)하는 유라 감회시(感懷詩)를 지으니, 다 문장이 빼어나고
귀법(句法)이 청신하여 문리접속(文理接續)하고 혈맥이 관통하니,
부마 각각 칭찬하나, 부마의 웅문대재(雄文大才)에는 미치지 못할
지라. 사인이 부마의 선유사(船遊辭)를 가져 각각 흠탄하여, 후래

944) 팔진석(八珍石) : 여덟 개의 진기한 형상의 바위들.
945) 굴월(屈原) : 중국 전국 시대 초나라 정치가·시인(?343~?B.C.277). 이름은 평(平),
 자는 원(原). 초사(楚辭)라고 하는 운문 형식을 처음으로 시작하였다. 모함을 입어
 자신의 뜻을 펴지 못하다가 마침내 물에 빠져 죽었다. 작품은 모두 울분이 넘쳐 고
 대 문학에서는 드물게 서정성을 띠고 있다. 작품에 〈이소(離騷)〉, 〈천문(天問)〉, 〈구
 장(九章)〉 따위가 있다.
946) 송옥(宋玉) : B.C.290-B.C.222. 중국 춘추 전국 시대 초나라의 문인. 반악(潘岳)과 함
 께 중국의 대표적인 미남자로 일컬어짐. 〈구변(九辯)〉, 〈초혼(招魂)〉, 〈고당부(高唐
 賦)〉 등의 작품이 전하고 있고 굴원(屈原)의 제자로 알려져 있다.
947) 소군(昭君) : 왕소군(王昭君). 왕장(王嬙) 중국 전한 원제(元帝)의 후궁. 이름은 장
 (嬙). 자는 소군(昭君). 중국 사천성(四川省) 무산현(巫山縣) 무협(巫峽)에서 태어났
 다. 기원전 33년 흉노와의 화친 정책으로 흉노의 호한야선우(呼韓邪單于)와 정략결
 혼을 하여 그곳에서 마쳤다. 후세의 많은 문학 작품에 애화(哀話)로 윤색되었다.
948) 관통제자(貫通諸子) : 제자백가를 꿰뚫어 앎.

에 현판을 만들어 금자로 새기니, 세상의 기화(奇話)가 되니라.

이러구러 삼진(三辰)949)이 멸하고 옥뇌(玉露) 기울고저 하매, 선상에서 잠을 깊이 들었더니, 부마가 일몽을 얻으니 밖에 풍류 소리 일어나며 시자가 보하되,

"구강(九江)950) 용왕이 이르러 계시이다."

부마 빨리 일어나 맞으니, 왕이 반기는 사색으로 성공함을 치하하고, 잔치를 올려 빈주(賓主) 즐기더니, 용왕이 웃고 가로되,

"오늘날 이별하매, 천당(天堂)과 수부(水府)가 현격하여 서로 만나지 못할지라. 잠깐 천기를 누설하여 떠나는 정을 표하나니, 명공은 다만 구외(口外)예 내지 말고, 쉬이 봉국(封國)에 돌아가 부귀를 누리라. 명공의 부인 이씨는 곤륜선녀(崑崙仙女)요, 곽씨는 나의 딸이러니, 영공이 문곡성(文曲星)951)으로 상제 총임(寵任)이 중하고 재주가 제선(諸仙)의 으뜸이라. 한번은 삼월초하룻날 조회에서 상제가 문곡성으로 하여금 앞에서 이화가사를 짓게 하실 새, 곤륜선녀 홍옥과 나의 딸 혜랑이 상제께 모셨더니, 문곡성이 글을 지어 상제 앞에 나아가다가 두 여자와 눈이 마주쳐 각각 웃음을 머금은 고로, 상제 미안히 여기사 남두성(南斗星)952)을 명하여 인간에 내쳐, 비환(悲歡)과 영욕(榮辱)을 보게 하실 새, 문곡성의 부인은 채원선녀요, 봉내부인 딸이라. 문곡성으로 은정이 중하여 인간의 이별을 슬퍼하여 좇아가기를 상제께 청하되, 허락지 않으시니, 채원이 가만히 도망하여 월로(月老)953)에게 으

949) 삼진(三辰) : 해·달·별을 말함.
950) 구강(九江) : 중국 강서성(江西省) 북부에 있는 하항 도시. 양자강(揚子江)과 포양호(鄱陽湖)가 이어지는 곳에 있으며 차, 도자기 따위의 집산지로 유명하다
951) 문곡성(文曲星) : =문창성(文昌星). 북두칠성 또는 구성(九星) 가운데 넷째 별로, 녹존성(祿存星)의 다음이며 염정성(廉貞星)의 위에 있는 별. 문운(文運)을 맡은 별이라고 한다. 작중에서는 주인공 '장흥'의 주성(主星)으로 설정되어 있다.
952) 남두성(南斗星) : 남방에 있는 여섯 별로 구성된 별자리. 그 모양이 '말(斗)'과 비슷하기에 생겼다 하여 붙여진 이름이다. 도교에서 남두성은 사람의 수명을 관장한다고 한다.

뜸부인 되기를 빈 데, 월로가 가로되, '상제 명으로 남두성이 벌써 정한 바 있으니 고치기 어려우리라. 부인은 셋째 되라.' 한 고로 진가의 딸이 된지라. 상제 아시고 크게 밉게 여기사 여러 번 고초를 지내고, 교위(巧違)하여 만나 오래 동주(同住)치 못하게 하였나니, 다만 진씨의 딸이 국모(國母)의 위를 가져 당국(唐國)을 진압하리라."

부마 사왈,
"천기를 이르시니 재삼 명심하리이다."

왕이 이에 통음하고 돌아갈 새, 부마 문에 나와 보내다가 실족하여 깨치니, 명월은 집창에 사무치고 찬바람은 장(帳) 밖을 동하더라.
부마 전세를 생각고 웃으며 차탄하나, 진부인으로 동주(同住) 오래지 못함을 즐겨아니 하더라.
수륙을 인하여 자취 아니 간 곳이 없으니, 산천이 절승하고 풍물이 화려하여 간데 마다 볼수록 새로우니, 원내 사천이라 함은, 성도는 서천이요, 이주는 북천이요, 동관은 동천이요, 과주는 남천이요, 사천 가운데 이름난 뫼가 여섯이요, 큰 강이 셋이요, 험한 관이 여섯이니, 뫼는 가론,

"아미산、청성산、무산、적갑산、금병산、백염산"

이니, 무산에 열두 산봉우리가 있어 아침이면 선녀 내리고 저녁이면 봉황이 와 춤추니, 천하 명승 제일이라. 십이봉은
"취병봉、기운봉、망하봉、전당봉

---

953) 월노(月老): 월하노인(月下老人). 부부의 인연을 맺어 준다는 전설상의 늙은이. 중국 당나라의 위고(韋固)가 달밤에 어떤 노인을 만나 장래의 아내에 대한 예언을 들었다는 데서 유래한다

송만봉、망현 봉、호운봉、누봉봉

취학봉、상세봉、등종봉、집선봉"

또 세강과 여섯 관이 있으니,

"금사강、백용강、한양강이오"

여섯관은

"구당관、검문관、양평관、

가맹관、석두관、백노관"

이니, 이 일러 육험(六驗)이라.

관산이 험준하고 수륙이 다 기모(奇模)하여 진실로 금성탕지(金城湯地)⁹⁵⁴⁾요 천보지국(天寶之國)이라. 피산대하(陂山大河) 를 접하여 옥야천리(沃野千里)요, 사면이 선벽(仙壁)하니, 가히 유계옥(劉季玉)⁹⁵⁵⁾이 지부(知府)할 복이 없음을 알 것이오, 제갈(諸葛)이 삼분천하(三分天下)하여 그 곳을 얻었거늘, 아깝다. 후주(後主)⁹⁵⁶⁾의 어리석음이 사백년 기업을 일조에 잃음이 되니, 북지왕(北地王)⁹⁵⁷⁾의 일곡 가성(歌聲)이 이제도 들리는 듯하더라.

명인의 고적과 제왕의 흥기한 곳에 다다라 다 각각 절구(絶句)

---

954) 금성탕지(金城湯地) : 쇠로 만든 성과, 그 둘레에 파 놓은 뜨거운 물로 가득 찬 못이라는 뜻으로, 방어 시설이 잘되어 있는 성을 이르는 말. ≪한서≫의 〈괴통전(蒯通傳)〉에 나오는 말이다

955) 유계옥(劉季玉) : 중국 후한 말·삼국 초의 장군 유장(劉璋)의 자(字). 조조의 진위장군(振威將軍)으로서 익주자사(益州刺史)로 있던 중, 유비와 제갈량에게 쫓겨났다. 이후 익주가 촉한의 근거지[수도 성도(成都)]가 되었다.

956) 후주(後主) : 중국 삼국시대 촉한의 제1대황제 유비(劉備)의 장자 유선(劉禪: 207~271)을 달리 이르는 말. 221년 유비가 황제가 되면서 그를 태자로 삼았다. 그 3년 뒤인 224년에 유비가 죽자 제위를 계승하여 승상 제갈량이 정사를 보필하였으나, 제갈량이 죽은 후는 점차 주색에 빠져들어 정치가 부패 했다. 263년 위나라에 항복하여 나라를 잃었다.

957) 북지왕(北地王) : 중국 삼국 시대 촉한(蜀漢) 후주(後主)의 아들 유심(劉諶). 유심은 일찍 북지왕에 봉해졌으나, 263년 촉한이 위(魏)나라 장군 등애(鄧艾)의 침공을 받고 수도인 성도(成都)가 함락될 위기에 처하자, 항복하지 말고 끝까지 싸울 것을 주장했다. 그러나 후주가 듣지 않자 조부 유비(劉備)의 사당에 가서 통곡하고 처자들을 죽인 후 자결하였다. ≪삼국지(三國志) 권33, 촉서(蜀書) 후주전(後主傳)≫

를 지어 음영하고, 연연하여 차마 떠나지 못하다가, 중임이 몸에
잇는 고로 유희를 떨치고, 걸음을 돌이켜 삼군을 정제하여 장안
을 향할 새, 맹추가 군신으로 더불어 백리(百里) 장정(長亭)958)에
와 배별하고, 공헌(貢獻)과 사(使)를 보내더라.

부주 한주 용천을 지나 검각(劍閣)959)을 넘어 양평관에 이르니
남정이 곁이라. 무후(武侯)의 묘(墓)가 있거늘, 부마 천고영령을
느끼고, 충정 대절을 흠모하여 제전(祭奠)을 갖추고 제문 지어 제
할 새, 친히 묘하(墓下)에 이르러 향을 꽂고 술을 전(奠)하며, 제
문을 소화(燒火)하니, 그 제문에 왈,

"유(維) 년월일의 대당정동대원수(大唐征東大元帥) 장홍은 서로
(西路) 정군산(定軍山)960) 아래에 이르러 대한승상무향후제갈공
묘하의 제하나니, 오호라! 공은 삼대장신으로 남양(南陽)961)에 밭
갈매 문달(聞達)을 구치 않거늘, 소렬황제(昭烈皇帝)962) 초려삼
고(草廬三顧)하여 군신이 계합(契合)하니, 삼분천하(三分天下)하
여 옛 기업(基業)을 회복고자 하더니, '영안궁(永安宮) 중의 인사
그릇 되도다'963). 공이 '백제(白帝)에 수명(受命)함'964)으로부터 숙

---

958) 장정(長亭) : 예전에, 먼 길을 떠나는 사람을 전송하던 곳.
959) 검각(劍閣) : 중국 사천성에 있는 현(縣) 이름. 특히 검각현의 대검산 소검산 사이에
    난 잔도(棧道)는 험하기로 유명하다.
960) 정군산(定軍山) : 중국 섬서성(陝西省) 면현(勉縣) 동남쪽에 있는 산으로, 삼국시대
    유비와 조조가 전쟁을 벌였던 격전지이자, 그 산자락에 있는 제갈공명(諸葛孔明) 실
    묘(實墓)인 무후묘(武侯墓)로 유명하다.
961) 남양(南陽) : 중국 삼국시대 형주(荊州)의 행정구역인 형양구군(荊襄九郡) 가운데 하
    나. 촉한의 제갈량이 이곳 융중(隆中) 땅에서 은거하던 중 유비의 삼고초려(三顧草
    廬)를 받고 출사(出仕)하였다.
962) 소렬황제(昭烈皇帝) : 중국 삼국시대 촉한의 제1대 황제유비(劉備 : 161~223)의 시
    호. 자는 현덕(玄德). 황건적을 처서 공을 세우고, 후에 제갈량의 도움을 받아 오나
    라의 손권과 함께 조조의 대군을 적벽(赤壁)에서 격파하였다. 후한이 망하자 스스로
    제위에 오르고 성도(成都)를 도읍으로 삼았다. 재위 기간은 221~223년이다.
963) 영안궁(永安宮) 중의 인사 그릇 되도다 : 영안궁은 중국 촉한(蜀漢)의 선주(先主) 유
    비(劉備)가 백제성(白帝城)에 세운 궁전 이름이다. 이 궁전을 세운 이듬해 유비가 오

야우탄(夙夜憂嘆)하니, 오월에 노수(瀘水)965)를 건너고, '맹획(孟獲)을 입곱 번 잡으며'966), '기산(岐山)의 여섯 번 나와967) 중원을 혼동하고, 사마의(司馬懿)를 놀래도다. 슬프다 하늘이 가만히 사해를 옮기시니 공이 어찌 충정대절(精忠大節)을 나토아 한실(漢室)을 회복하리오. 마침내 오장원(五丈原)968) 위에 대성(大星)이 떨어지도다. 오회라 지모기변(智謀奇變)이 신출귀몰(神出鬼沒)하니, 아름다운 이름이 후세의 드리울 뿐 아니라, 생사에 충성이 마침내 수만 웅병으로 적군을 요란하고 영신(靈神)이 유언으로 촉민(蜀民)을 보호하니, 천백대에 공을 다툴 이 없는지라. 장홍이 일찍 때 늦게 나고 운(運)이 기박(奇薄)하여 뒤를 좇지 못하니, 강유(姜維)969)를 부러워하며, 등애(鄧艾)970)로 더불어 일반이로다.

(吳)나라를 치다가 크게 패한 뒤 이곳에 주둔하다가 병이 악화돼 제갈량에게 후사(後事)를 부탁하고 붕어했는데, 위 본문의 표현은 바로 이 유비의 죽음을 말한 것이다.

964) 백제(白帝)에 수명(受命)함 : 촉한 소열제(昭烈帝)가 백제성(白帝城) 영안궁(永安宮)에서 죽으면서 제갈량(諸葛亮)에게 후사(後事)를 부탁하기를, "그대는 재주가 조비(曹丕)보다 열 배는 나으니, 필시 나라를 안정시켜 대사(大事)를 이룰 수 있을 것이다. 만약 사자(嗣子)인 유선(劉禪)이 보필할 만하거든 보필하고, 재주가 없다고 생각되거든 그대가 스스로 취하라."고 한 유조(遺詔)를 받은 것을 말한다. *백제성(白帝城): 중국 사천성(泗川省) 봉절현(奉節縣)에 있는 성(城) 이름.

965) 노수(瀘水) : 중국 사천성(四川省)에 있는 천명(川名). 이 물엔 유독 장기(瘴氣)가 독하여 3, 4월경에 이 물을 건너다가는 반드시 죽게 되고, 5월 이후에 건너야만 해를 입지 않는다고 하는데, 촉한(蜀漢)의 제갈량(諸葛亮)이 남만(南蠻)을 정벌하기 위해 이 물을 건넜다가 크게 고전(苦戰)한 일이 있다. 《삼국지 권35 제갈량전(諸葛亮傳)》에 나온다.

966) 맹획(孟獲)을 입곱 번 잡으며 : 중국 촉한 제갈량의 칠종칠금을 말함. *칠종칠금(七縱七擒) : 중국 촉나라의 제갈량이 맹획(孟獲)을 일곱 번 사로잡았다가 일곱 번 놓아준, 고사에서 유래한 말로 마음대로 잡았다 놓아주었다 함을 이르는 말.

967) 기산(祁山)의 여섯 번 나와 : =육출기산(六出祁山). 촉한(蜀漢) 때 제갈량(諸葛亮)이 북벌(北伐; 위나라 정벌)을 위해 여섯 번 기산(祁山)으로 출병한 일. *기산(祁山); 중국 섬서성(陝西省) 서부에 있는 산.

968) 오장원(五丈原) : 중국 산서성(陝西省) 서안시(西安市) 기산현(岐山縣) 서남쪽에 있는 삼국 시대의 전쟁터. 촉나라의 제갈공명이 위나라 사마의와 싸우다가 병들어 죽은 곳임.

이제 천자의 명을 받자와 촉을 벌(伐)하고 돌아갈 새, 대병이 장차 양평관에 둔(屯)하매 공의 분묘를 돌아보건대, 일배(一杯) 정주(情酒)를 전할 이 없는 고로 호표(虎豹)가 자취를 방자히 하였으니 만고명령(萬古明靈)971)이 느낄 마디라. 감창함을 이기지 못하여 비박지전(鄙薄之奠)과 두어 줄 글로 감히 정을 고하나니, 공의 재천지령(在天之靈)이 알음이 이실진대 내격(來格)972)하소서.

제파(祭罷)에 배례하기를 마치고 남정태수더러 왈,

"제갈무후는 제왕의 스승으로 삼대 대현이거늘 때 오래고 대자주 바뀌어 '묘상(墓上)에 밭 갈기가 가까웠으니'973) 어찌 천추향령(香靈)이 희(噫)홉지974) 않으리오. 그대 모름지기 사시(四時)에 제사를 공봉하고 춘추에 풀뿌리를 없이 하여 은혜 백골에 미치기를 힘쓰고 어진 사람을 대접하는 정사를 이어가게 하라."

태수 수명하여 그 말대로 하니라.

대군이 행하여 종남산 아래 이르러는 홀연 흑무음운(黑霧陰雲)이 사면에 끼이고 광풍(狂風) 사석(沙石)이 산상에 요란하니, 삼

---

969) 강유(姜維) : 202~264. 자는 백약(伯約). 본래 위(魏)나라 장수였다가 촉한으로 귀순하여 제갈량의 신임을 얻어 정서장군(征西將軍)에 올랐다. 제갈량이 죽은 뒤에 대장군(大將軍)이 되어 여러 차례 위나라를 정벌했으나 성공하지 못하고 후주(後主)가 항복하자 그도 투항하였다. 뒤에 위나라 장수 종회(鍾會)와 촉한의 부흥을 꾀하다 죽임을 당했다.
970) 등애(鄧艾) : 삼국 시대 위(魏)나라 장군으로 촉한(蜀漢)을 정벌하여 평정하였다. 그는 말을 더듬으면서 애애(艾艾)라고 몇 번씩 반복하곤 하였는데, 진 문왕(晉文王) 사마소(司馬昭)가 "경은 애 애만 이르니, 애가 대체 몇이나 되는가(卿云艾艾 定是幾艾)"라고 놀렸다 한다. *여기서 등애를 일컬은 것은 등애처럼 어눌하여 표현을 못함을 이른 것이다.
971) 만고명령(萬古明靈) : 영세토록 밝게 모든 것을 널리 살피는 영혼.
972) 내격(來格) : 어떤 곳에 오거나 이름. 특히 제사 때에 귀신이 도착하는 것을 이른다.
973) 묘상(墓上)에 밭 갈기가 가까웠으니 : 묘가 오래되고 관리가 되지 않아 봉분의 흙이 흘러내려 농사짓는 밭이나 다름없이 된 상태를 이른 말.
974) 희(噫)홉다 : 슬프다.

군이 경혹하고, 부마 의려하거늘, 창주절도사 왕휘가 급히 앞에 나아와 가로되,

"이는 소장의 죄라. 금년 춘에 창주 십만 군사를 거느려 한중으로 가다가 번금에게 패함이 되어 수만 군졸이 다 이곳에서 죽음이 된지라. 필연 원혼이 원수께 고(告)함이로소이다."

부마 참연하여 제문을 슬피 짓고 우양을 벌이며 술을 부어 모든 정령(精靈)을 위로하니, 이윽고 운무가 흩어지고 수풍(樹風)이 사면으로 스러지며 일기 명랑하니, 부마 기뻐하고 장사가 다 열복하더라.

화주의 이르니, 배공신 위한 등이 언약대로 이르렀는지라. 서로 보고 부마를 향하여 칭송한데, 부마 불감함을 사양하더라. 대군이 합세하여 장안의 이르니, 이때 대력(大歷) 구년 동 시월이라.

상이 옥후(玉候) 미령(靡寧)하사 병세 날로 침중하신 고로 성밖에 머물러 명을 기다리라 하시매, 대군을 성하에 둔하고 먼저 평촉(平蜀)한 표를 올리니, 그 글의 하였으대,

대력 구년 동시월일(冬十月日)에 정동대장군대사마(征東大將軍大司馬) 회양후 장홍은 성황성공(誠惶盛恐) 백배돈수(百拜頓首)하여 황제 폐하께 주하나니, 우리 태종문황제 위승오패(位承五霸)975)하시고 명계삼황(名繼三皇)976)하사 건곤을 전장(戰場) 가운데 정(定)하시고, 사직을 간과(干戈) 안에 세우시니, 수(隋)가 천

---

975) 위승오패(位承五霸) : 지위가 오패(五霸)를 이음. *오패(五霸): 중국 춘추 시대의 제후 가운데서 패업(霸業)을 이룬 다섯 사람. 제(齊)나라의 환공(桓公), 진(晉)나라의 문공(文公), 진(秦)나라의 목공(穆公), 송(宋)나라의 양공(襄公), 초(楚)나라의 장왕(莊王) 등을 이르는데, 목공과 양공 대신에 오(吳)나라의 부차(夫差)와 월(越)나라의 구천(句踐)을 이르기도 한다
976) 명계삼황(名繼三皇) : 이름이 삼황(三皇)을 이음. *삼황(三皇): 중국 고대 전설에 나오는 세 명의 임금. 천황씨(天皇氏)・지황씨(地皇氏)・인황씨(人皇氏)로 보는 설과 수인씨・복희씨・신농씨로 보는 설이 있으며, 복희씨・신농씨・헌원씨로 보는 설 따위의 여러 학설이 있다.

명을 돌아 보내고 천하가 마음을 한가지로 하여 남북(南北)이 통일(統一)하고, 동서(東西)가 귀순(歸順)하니, 성자신손(聖子神孫)이 계계승승(繼繼承承)하여 이백여 년에 이르러 동오 역신(逆臣) 신강이 천도를 역하여 황풍(皇風)에 귀순치 않는지라. 신이 만세의 맡기신 바를 받자와 정토(征討)하는 큰 자루[977]를 붙들고, 지우하신 은혜를 저버릴까 두려 제장이 강개하고 삼군이 용약하여 위엄을 베풀매, 신강이 능히 항거치 못하여 머리를 드리고 남만이 다시 귀항한지라. 촉지를 쳐 이미 여당이 멸하고 맹분이 자사(自死)하매 맹추가 천명을 맞으니, 드디어 동토(東土) 서촉(西蜀)이 평안한지라. 성천자의 위복을 힘입고 사졸의 백전신고(白戰辛苦)함을 얻은 고로, 이에 금백과 전마(戰馬)와 서촉사신의 항표를 드리고, 드디어 진하하는 글을 받들어 용전에 올리나이다."

하였더라.

상이 보시고 크게 기뻐하시어 병세 위중하시매, 들어오라 명을 내리시지 않아 계시더니, 이러구러 옥후 향차(向差)하시매 친히 난가(鸞駕)를 차려 동구에 나아가 공로를 위로 하실 새, 장부마 제장을 거느려 맞아 삼군이 만세를 부르고 조회하기를 마치매 천안이 흔연하셔 옥음을 내려 가라사대,

"역신이 해내에 작난하고 맹분이 연결하여 흉봉의 세(勢) 장구하니, 이 정히 서절구투(鼠竊狗偸)[978]에 비길 바 아니거늘, 경이 문무의 지용과 동량의 재주로 강적을 소탕하고 번국을 진복하여 두 해 사이에 번진을 안한케 하고 충성을 빛나게 하니, 경의 대공은 금석에 박아 만대에 유전(流傳)하리로다."

---

977) 자루[柄] : 창이나 칼 등의 병기나 농기구 등의 끝에 달린 손잡이. 이 자루를 쥔 사람이 마음대로 휘두를 수 있다는 점에서, '직권'이나 '권력'을 비유하는 말로 널리 쓰인다. ≒권병(權柄)

978) 서절구투(鼠竊狗偸) : 쥐나 개처럼 몰래 물건을 훔친다는 뜻으로, '좀도둑'을 이르는 말. ≒서절(鼠竊).

부마 부복 사왈,

"동서의 근심이 풀어짐은 천위 만리에 미침이라. 어찌 신의 공으로 성언(聖言)을 승당(承當)하리까?"

상이 재삼 위로하시고 인하여 군정사(軍政使)의 계본(啓本)을 어람하사 장사와 삼군의 공로를 포장하실 새, 장부마를 광녹태우 좌승상 위국공을 봉하시고, 신제 위강 등을 차차로 작읍(爵邑)979) 을 더하시며, 어제(御弟) 신왕으로 오지(吳地)를 지키라 하시고, 이현을 불러 돌아오게 하시니, 부마 벼슬을 재삼 사양하되, 상이 은근히 권유하시는지라. 부마 부득이 사은하고 물러나다.

인하여 비낀 해가 서쪽으로 돌아가고 저문 안개 일어나며 어가가 연무청을 떠나 용거(龍車)를 돌이키실 새, 서정장사로 하여금 풍류를 받들어 앞에 인도하라 하시니, 경필(警蹕)980)하는 위의는 구소(九霄)에 사무치고 기치는 하늘을 가려 검극(劍戟)이 상설 같고 도창(刀槍)이 삼열(森列)하였더라.

상이 궁에 들으시매 제신이 물러날 새, 부마 이에 물러 집에 돌아오니, 삼부인과 모든 친권이 모여 치하하는지라. 묘당에 거하매 치국애민(治國愛民)하는 소리 심산궁곡까지 들리니, 이로조차 음양이 조화(調和)하고 풍우가 순조로워 만민이 화(和)하며 군생(群生)이 번성하니, 천자를 도우매 박륙후(博陸侯)981)의 풍이 있고, 간(諫)하매 급장유(汲長孺)982)의 현성(現成)과 흡사하며, 백료

---

979) 작읍(爵邑) : =작봉(爵封). 작위(爵位)와 그에 따른 땅.
980) 경필(警蹕) : 임금이 거둥할 때에 경호하기 위하여 통행을 금하던 일.
981) 박륙후(博陸侯) : 중국 한(漢)나라 곽광(霍光)의 봉호. 무제(武帝)를 섬기다가 붕(崩)하자 유조(遺詔)를 받들어 소제(昭帝)를 보좌하여 대장군(大將軍)이 되고 박륙후(博陸侯)에 봉작 되었다. 소제가 붕하자 선제(宣帝)를 옹립하는 등, 20여 년 동안 권력을 누렸다.
982) 급장유(汲長孺) : 한(漢) 무제(武帝) 때의 정치가. 급암(汲黯). 장유(長孺)는 그의 자. 바른말을 잘하여 황제도 그를 꺼려할 정도였다. 황제의 철권통치에 맞서 백성에 대해 선정을 베풀 것을 직언하다 회양 지방 수령으로 좌천되었는데, 그 곳에서 선정을 베풀어 백성들의 존경을 받았다.

(百寮)를 은혜로 대접하며 만민을 인의로 사랑하여, 어진 일을 못 미칠 듯이 하니, 인인이 일세 현상(賢相)이라 일컫고, 조정과 여항(閭巷)이 다 글 지어 송덕하더라.

차시에 중서시랑 동평장사 원재가 탐보(貪寶)983)하거늘, 부마 천자께 보고하고 일 년을 삭직하여 그 죄를 밝히며 양관으로써 중서시랑을 삼으니, 조정이 비록 사랑하나 두려움을 두더라.

부마 입상(入相) 육년에 사해 무사하고 조정이 안한하여 병기를 무고(武庫)에 간사하고 전마(戰馬)를 화산에 놓아 사이(四夷)984) 내공(來貢)985)하고 팔황(八荒)986)이 빈복(賓服)하여, 이정이 십만 웅병으로 동방에 머물매 번진이 두려워하고 전(前) 승사(承史)987) 니보신 양승의 등이 다 밖을 지키니, 이는 다 장홍의 위덕을 힘입음이라.

부마 군사를 다스리며 백성을 무휼하는 가운데, 삼부인 자녀들이 장성하니, 미부가서(美婦佳壻)를 택하더라.

십사년 오월에 대종황제(代宗皇帝) 붕하시고 옹왕 전하가 즉위하시니, 이 곧 덕종황제(德宗皇帝)라. 부마가 크게 슬퍼하여 선조의 은혜 받자오미 진실로 정이 부자 같은 고로 심사 처황하니, 스스로 빈측(殯側)에 호곡하기를 마지않고, 집에 들면 공주의 혈성이 참담하니 울울히 즐겨 않아 좌승상 중임을 갈아지라 한대, 상이 면유 왈,

"짐이 선제 빈천(賓天)하시매 큰 위에 모첨하여 전전긍긍(戰戰兢兢)하며 그대 같은 지모지신(智謀之臣)으로 더불어 행여 혼군의 이름 면하기를 바라거늘, 이제 벼슬을 버리고 물러나고자 하니, 아지못게라!988) 짐에게 허물이 있느냐?"

---

983) 탐보(貪寶) : 보화(寶貨)를 탐(貪)함
984) 사이(四夷) : 사방의 오랑캐. 예전에, 중국인들이 사방에 있던 동이(東夷), 서융(西戎), 남만(南蠻), 북적(北狄)을 통틀어 이르던 말.
985) 내공(來貢) : 다른 나라에서 찾아와 조공을 바침.
986) 팔황(八荒) : 여덟 방위의 멀고 너른 땅이라는 뜻으로, 온 세상을 이르는 말. ≒팔극·팔굉(八紘).
987) 승사(承史) : 승지(承旨)와 사관(史官)을 아울러 이르던 말

부마 고두 왈,

"성주 위에 계시고 시절이 무사하고 조정에 어진 군자가 많으니 신이 잠깐 초야에 물러가 천신(賤臣)의 병을 고치고자 하나이다. 다만 신의 정사(情事)을 살피셔 양병(養病)하기를 허하신 즉 성은이 하늘같을까 하나이다."

상이 마지못하여 허하시고 좌승상 벼슬을 갈아 최온보와 양염 등을 나오게 하시고, 부마를 황금과 촉백(蜀帛)을 주셔 일삭에 한 번 조회하여 서로 보기를 더디게 말라 하시니, 부마 사은하고 물러가, 가사(家事)를 수습하여 전원에 나가니, 삼부인이 또한 포의형차(布衣荊釵)989)로 부마의 뜻을 좇더라.

이때 진태우 부인이 망하니, 진씨의 서러워함이 비길 곳이 없어 주야 호곡하며, 부마가 반자(半子)의 정을 지극히 하여 치상하말 녜예 넘게 하고 제문 지어 제하고 슬퍼함을 마지않으니, 진부인이 감격하며, 부마 또한 진씨의 세연(世緣)이 적음을 즐겨 않아 은정이 자연한 가운데, 각별한 뜻에 이끌리, 일찍 두 번 출정과 화란 시에 세 부인이 다 슬퍼하고 사모하던 글이 있으나, 홀로 진씨 시재(詩材) 처완하고 곡조 비읍하여 사모하며 설워함이 간측(懇惻)하니, 진부인의 대량으로 어찌 설워함이 많으리오마는 인간의 인연이 진할 때에 가까웠으니, 마음이 영신하여 스스로 제어치 못함이라.

부마가 이러한 마음을 생각하고 강잉(强仍)하여 세 부인으로 희소(喜笑)하여 가로되,

"여자가 지아비 이별에 상회(傷懷)함은 자고로 시사(詩詞)의 제목이 되어, 산봉우리의 구름과 바다의 달이 되고자 하거니와, 부인네는 천균대량(千鈞大量)990)으로 일이년 별회를 이렇듯 느끼니,

988) 아지못게라! : 아지못게라! : '모르겠도다!' '모를 일이로다!' '알지못하겠도다!' 등의 감탄의 뜻을 갖는 독립어로 작품 속에서 관용적으로 쓰이고 있다.
989) 포의형차(布衣荊釵) : 베옷과 가시나무로 만든 비녀를 꽂은 차림이라는 말로, 벼슬이 없는 가난한 선비의 옷차림을 뜻한다.

소소 여자는 가히 이를 바가 없도다."

공주 소왈,
"부이(茉苢)⁹⁹¹)를 캐매 광주리를 길에 던지는 것은 어찌된 일이
뇨?"

곽씨 이어 가로되,
"병장기는 흉한 그릇이라. 시석백인(矢石白刃)이 사생지지(死生
之地)거늘, 안으로 참언이 가득하고 곤함은 첩 등에게 미치니 그
때 심사를 이를진대 글이 반을 기록치 못하였나이다."

진시 탄식 왈,
"인생백년이 풀끝에 이슬 같으니, 백년을 다 살아도 부부의 사
별이 슬프거든 세인이 뉘 하수(遐壽)를 얻을 이 많더뇨? 수요장
단(壽夭長短)이 하늘에 있고, 귀신이 가음아니⁹⁹²), 행여 일찍이
세상을 이별한들 범인이 어찌 알리오. 전정을 참작치 못할진대
명일에 살아있으나 후일에 또 살줄 뉘 알더냐? 취산(聚散)이 무
한(無限)하고 이합(離合)이 순식(瞬息)이거늘, 한번 천애에 원별
하매 운산이 초초하고 승패는 아득하니, 전장위란을 생각하매 몽
혼이 경경하거늘, 어지러운 소리는 이목에 벌어 수장(愁腸)이 촌
단하니, 만일에 불행한즉 넋이 따르기를 원하던지라. 어찌 시사의
서어한 뜻을 형(形)과 모영(毛穎)⁹⁹³)을 빌어 초초히 필삭(筆削)함
에 비기리오. 첩은 진실로 부부 일시 이별이 슬프고 일시 모임이

990) 텬균대량(千鈞大量) : 언행이 매우 신중하고 도량이 큼. *천균(千鈞) : 매우 무거운
　　무게. '균'은 무게의 단위로, 1균은 30근이다.
991) 부이(茉苢) : 질경이. 질경잇과의 여러해살이풀. 높이는 90cm 정도이며, 잎은 뿌리에
　　서 뭉쳐나고 긴 타원형이다. 어린잎은 식용하며, 들이나 길가에서 자라는데, 우리나
　　라에도 널리 분포한다.
992) 가음알다 : 맡아보다. 관장(管掌)하다. 다스리다.
993) 모영(毛穎) : 털로 만든 붓이라는 뜻으로 '붓'을 달리 이르는 말.

희행이니, 어찌 정의 가작으로 지아비를 속이리오. 다만 이를 보
아 첩의 심사가 굳지 못하고 세상이 오래지 않을 것을 생각하니,
수유(須臾)도 상공과 이별코자 않나이다."

언필의 옥 같은 눈물이 현형(現形)하여 양빈(兩鬢)에 이음차니,
부마가 감동함이 있어 사색을 변하고 공주와 곽씨 크게 웃고 회
해(詼諧)로 찬조하여 위로하니, 진씨 다만 탄식하더라. 부마 진부
인 귀중함이 날로 더하고, 진씨 부마 위한 단심이 행여 이별이
임할까 하여 두려움이, 언담에 현출하니 부마 위로하며, 혹 기뻐
않아 자녀를 연애하고 공주와 곽씨도 진씨의 저러함을 참연하여
다만 이르되,

"모상(母喪)에 과애(過哀)하여 상하다."

하나, 인연이 그쳐져 감이더라.

설화(說話), 부마의 장자 화는 공주 소생이라. 풍용이 쇄락하고
학식이 과인하여 문장은 태사천(太史遷)994)을 능만하고 필법은
왕일소(王逸少)995)를 멸시하니, 부모 애중하여 임광후 장손성의
여를 취하니, 장손씨 고문대가(高門大家)의 요조숙녀(窈窕淑女)
라. 효봉구고(孝奉舅姑)하며 공경가부(恭敬家夫)하여 준승(準繩)
과 규구(規矩)에 차착(差錯)함이 없는지라. 구고가 희열하여 사랑
함이 친녀 같더라.

차자 표는 곽부인 소생이라. 생성함이 영오수발(穎悟秀拔)하여
풍염일색이요 만고문장이라. 십사 세에 형저후 유삼의의 여를 취
하니 유씨, 명가세족의 주림옥수(珠林玉樹)라. 효우(孝友)가 동동
촉촉(洞洞屬屬)하며, 공경이 '고인의 상(床) 받듦이 눈썹과 나란히

---

994) 태사천(太史遷) : 사마천(司馬遷). BC.145~86. 중국 전한(前漢)의 역사가. 태사(太史)
　　는 태사령(太史令)을 지낸 그의 관직명. 자는 자장(子長). 기원전 104년에 공손경(公
　　孫卿)과 함께 태초력(太初曆)을 제정하여 후세 역법의 기초를 세웠으며, 역사책
　　≪사기≫를 완성하였다.
995) 왕일소(王逸少) : 왕희지(王羲之, 307~365). 중국 동진(東晋) 때 사람. 해서·행서·
　　초서의 3체를 예술적 완성의 영역까지 끌어올려 서성(書聖)으로 일컬어지는 중국 최
　　고의 서예가. 자는 일소(逸少). 우군장군(右軍將軍)의 벼슬을 하였으므로 왕우군(王
　　右軍)으로 불리기도 한다.

함'996)과 흡사하고, 부마 또한 유후로 더불어 의(義)가 더욱 두텁
고 정이 조밀하더라.

진부인 여아 광염의 나이 십사 세라. 풍용화색이 모친을 닮고
어진 행실이 옛적의 숙녀를 사모하니, 부모, 같은 서랑을 구할
새, 예부 곽상서의 차자 선경의 자는 백무니 문장재사(文章才士)
요, 일시 호걸이라.

부마 향의(向意)하매 이 뜻을 곽상서께 통하니, 상서가 대희하
여 허혼하니, 일자 수월이 가렸더라. 곽생의 모친은 양시랑 따님
이니 곽상서의 재실로 두 아들을 두매 이 곧 양씨의 장자라.

낳을 때 삼태성을 보고 이 아이를 생하니, 나면서부터 기위(氣
威) 호상하고 담소 추상같더니, 비록 어린 아이나 형위(形威) 척
탕(滌蕩)하고, 체도(體度) 언연(偃然)하여, 장자의 풍이 있으니,
증조 분양왕이 일찍 제손 중 기애(奇愛)하여 항상 이르기를,

"선아는 우리 집 천리마니 오가(吾家)를 흥하며 오업(吾業)을
이을 자는 선아라."

하더라.

부모 일찍 식부를 구할 새, 경이 가로되,

"대장부 마땅히 용문(龍門)에 득지(得志)한 후 중주(中洲)997)의
숙녀를 얻으며, 월중(月中) 선아를 곁 지어 장부호신(丈夫豪身)에
반생 행락을 매몰치 않게 하리라."

하고, 스스로 초요월안(楚腰越顔)998)을 모아 십이금차(十二金

---

996)고인의 상(床) 받듦이 눈썹과 가지런히 함 : 중국 후한 때 양홍(梁鴻)이라는 사람의
　　처 맹광(孟光)의 거안제미(擧案齊眉)를 말함. 여기서 거안제미(擧案齊眉)는 밥상을
　　눈썹과 나란하도록 공손히 들어 남편 앞에 가지고 간다는 뜻으로, 남편을 지극히 공
　　경함을 이르는 말.

997) 중주(中洲) : =하주(河洲). 강물 가운데 있는 모래톱. 『시경』〈관저(關雎)〉편의
　　"관관저구 재하지주(關關雎鳩 在河.之洲)"에서 따온 말.

998) 초요월안(楚腰越顔) : 중국 초나라 미인의 가는 허리와 월나라 미인의 아름답게 화
　　장한 얼굴이란 뜻으로 '미인'을 이르는 말..

釵)999)를 빛내려 하는지라. 부모 그 방탕함을 계책하며 또한 식부를 구하매 방심치 못하더라. 장부마의 딸과 정혼하니 부모 기뻐하나, 오직 생이 그 재상가의 딸로 덕이 적을까 의려하더니, 봄에 과거에 높이 뽑혀 금마옥당(金馬玉堂)1000)에 이름이 혁혁하니, 천자 총애하시고, 조정이 흠앙하더라.

곽부에서 대연을 개장하여 경하할 새, 신방한림으로써 두 낱 창기를 대무(對舞)하니 긴 소매는 구름을 쓰리치고 청월한 가성은 양신이 나는 듯, 춘풍화류(春風花柳)의 호탕한 풍미와 양기(兩妓)의 절세한 태도가 서로 섞여 도는지라.

좌상이 칭찬하고 이날 장부마가 참예하였더니, 더욱 사랑함을 이기지 못하는지라. 선경이 석상(席上)에 장부마 있음을 아는지라. 짐짓 의기를 비양(飛揚)하여 양창을 유희할 새, 옥낭의 영신한 춤이 비연(飛燕)1001) 황후를 둔하게 여기고, 선생의 절세한 노래 자궁부인을 멸시하니, 부마 이때 술이 취하고 흥이 높은지라. 양 창을 불러 깁 십 필씩 상하니, 좌우 대소 왈,

"여서의 미인을 상 주는 이는 금세에 위공뿐이로다."

부마 미처 대답지 못하여서 곽한림이 대하여 가로되,

"위국공은 거조명공(擧朝名公)이요, 묘당현상(廟堂賢相)으로 예악을 고르게 하고 대의를 밝히시나니 어찌 여서에 거리껴 대장부

---

999)십이금차(十二金釵) : 열두 명의 첩. *금차(金釵) : 금비녀를 뜻하는 말로 첩(妾)을 달리 이르는 말. 형포(荊布; 나무비녀와 베옷)나 조강(糟糠; 지게미와 쌀겨) 등으로 정실부인을 이르는 것과 비슷한 조어법이라 할 수 있다.

1000)금마옥당(金馬玉堂) : =옥당금마(玉堂金馬),중국 한(漢)나라 대궐의 옥당전(玉堂殿)과 금마문(金馬門)을 함께 이르는 말로, 황제를 가까이서 받드는 한림원의 벼슬아치들을 뜻한다. 옥당전은 한림원이 있었던 전각의 이름이며 금마문은 전각의 문으로 문 앞에 동마(銅馬)가 있어 붙여진 이름이다. 조선에서는 홍문관을 옥당이라 했다.

1001)비연(飛燕) : 조비연(趙飛燕). 중국 전한(前漢) 성제(成帝)의 비(妃). 시호는 효성황후(孝成皇后). 가무(歌舞)에 뛰어났고 빼어난 미모로 성제의 총애를 받아 황후에까지 올랐다. 몸이 날씬하고 가벼워 성제(成帝)의 손바닥 위에서 춤을 추었다는 고사에서 유래한 말.

의 도를 폐하시리까?"

중객이 일시의 소왈,

"옹서가 상반되다. 곽한림이 타일에 장공의 위(位)를 대신하리
로다."

하더라.

석양의 파연하매 각각 흩어지니, 부마 돌아와 여서를 자랑하더라.

광음이 숙홀(倏忽)하여 길일이 임하매, 예를 이룰 새 장소저의
흐억하고[1002] 씩씩함이 운리명월(雲裏明月)[1003]이요, 수중백련(水
中白蓮)[1004]인 듯하거늘, 곽한림의 웅위한 골격이 지상선재地上仙
者)[1005]요, 학우진인(鶴羽眞人)[1006]이라. 남풍여모(男風女貌) 참치
(參差)[1007] 없으니. 양가에서 흔흔 쾌락함이 비길 데 없더라.

곽한림이 호탕방일(浩蕩放逸)하여 규각에 여러 부인을 갖추며
입상출장(入相出將)하여 위의 혁혁하여, 당조(唐朝)의 으뜸이 되
니, 광염이 무궁한 복록을 받아 칠십년 동주(同住)하고 부부동사
(夫婦同死)하니, 아름다운 설화를 별로 기록하였더라.

설화(說話)[1008], 진부인 차녀 명염의 나이 칠세에 이르니, 일찍
그 모부인이 해만하기에 임하여, 태허(太虛)의 맑은 기운을 우러
러 보고 깨치매, 인하여 생녀한지라. 이향이 만실하고 오채 현영
(炫映)하더라. 또 자라 사오 세에 이르니 말 배움으로부터 침묵하
고 단정하여 예사 소아의 유희하는 것과 다르고, 행하는 바가 기
이하여, 성숙함이 어른보다 더하니, 언소(言笑)와 희로(喜怒)를 드

1002)흐억하다 : 흐벅지다. 탐스럽게 두툼하고 부드럽다.
1003)운니명월(雲裏明月) : 엷은 구름 속에 밝아오는 달.
1004)수중백련(水中白蓮) : 물 가운데 피어난 하얀 연꽃
1005)지상선재地上仙者) : 지상의 신선
1006)학우진인(鶴羽眞人) : 학(鶴)의 깃웟羽衣]을 입은 진인(眞人) *진인(眞人): 도교에
　　서, 도를 깨쳐 깊은 진리를 깨달은 사람을 이르는 말.
1007)참치(參差) : 참치부제(參差不齊). 길고 짧고 들쭉날쭉하여 가지런하지 아니함
1008)설화(說話) : 고소설에서 새로 이야기를 시작할 때 쓰는 '화설(話說)' '익설(益說)'
　　'각설(却說)' 따위와 같은 화두사(話頭詞).

러냄이 드물고, 글을 배우매 한자를 들은 즉 열자를 통하며, 육세에 이르러 부인의 병이 중하매, 부마와 가중이 황황하되, 소저는 설움을 참아 곁에 모셨더니, 일일은 제인이 다 밖에 약을 다스리러 나가고, 홀로 광염 명염이 곁에 있을 새, 부인의 기색이 엄엄하여 심신이 촉냉(觸冷)하고 기운이 막힘이 되니, 광염은 붙들고 울 따름이거늘 소저 급히 그릇을 취하여 손에 피를 내어 흘리니, 이윽고 생도 있어 숨을 쉬는지라.

손을 감추고 그 형을 당부하여 이 말을 내지 말라 하더라. 부인이 점점 차경의 이르러는 소저의 손을 보고 놀라 연고를 물은데, 소저가 그릇하여 다침으로써 이르더니, 후래에 광염이 그 부친께 고(告)함이 되니, 부모 경아하며 기이히 여기더라.

부마 출정시에 삼부인이 궐중에 있고 모든 형제 부중에 있어 홀로 어스름1009) 한 새벽에 일어나 소세를 마치면 향을 피우며 명천에 빌기를 게을리 아니하며, 또 부마 무사하여 전원에 가 모든 부인이 초의(草衣) 조식(粗食)으로 지내되, 모든 아이들은 진미를 생각하며 화복(華服)을 입고자 하되, 소저는 문득 어른의 뜻을 받아 나물을 캐어 그 부모의 식찬을 이으니, 그 부모 더욱 기이히 여기며 사랑하더라.

일일은 광염이 장렴(粧匳)에 빛난 것을 취하여 단장을 돕거늘, 소저 말려 이르되,

"우리 본디 공후가의 여자로, 호치(豪侈) 성만(盛滿)함을 선유(先儒)의 경계한 바이거늘, 하물며 부친이 유생을 차처하여 몸에 굵은 것을 입으시며 입에 사미(奢味)한 것을 폐하셔, 지난 화란을 다시 두려워하시매, 검박함을 인하여 높은 집과 구슬 다락을 버리고, 초려모옥(草廬茅屋)에 계시거늘, 모든 모친이 공주의 귀함과 팔좌(八座)1010)의 존(尊)함으로써, 포군(布裙)과 형차(荊釵)를 나오시니, 주옥보배가 없음이 아니라. 우리 등이 부모의 검소하심

1009)어스름 : 조금 어둑한 상태. 또는 그런 때.
1010)팔좌(八座) : 여덟 개의 고위 관직. 곧 중국 수나라·당나라 때에, 좌우 복야와 영(令)과 육상서를 통틀어 이르던 말.

을 법 받아 가중에 사치란 것을 없이할 것이요, 타일에 부모 다시 훤화(喧譁)하시매 우리 등이 좇을 바의 장염을 다스림이 늦지 않으니 재삼 생각하소서."

광염이 깨달아 그치더라.

일로써 더욱 칭찬하나 소저 기림을 슬허하여 덕과 뜻을 참되, 자연 나타나니 자라매 천연 엄위하고 씩씩 유한(幽閑)하여 일동일정이 법 아닌 일이 없더라.

용모가 구태여 미려함이 없어, 다만 기부(肌膚)가 백설 같고 용채(容彩) 추천(秋天)에 비낀 달 같아서, 흐억한 안색과 유한한 법도가 사람으로 하여금 경복케 하는지라.

부모가 속자(俗子)의 배필이 되지 않을 줄 알고, 공주 일찍 사랑함이 기출(己出)보다 더해 제녀(諸女)보다 지나게 하니, 소저가 일찍 종일 행실밖엔 각별 정성을 나타내지 않으니, 공주 가 더욱 사랑하며 흠애하여, 항상 일컬어 여중성인(女中聖人)이라 하더라.

일일은 대내(大內) 진연(進宴)에 공주가 데려 가고자 하거늘, 소저 사양하여 가로대,

"여염(閭閻)의 향아(鄕兒)가 금궐의 성례(聖禮)를 구경함이 가치 않고, 하물며 시소랑(市少郞)[1011]의 부인이 여가(閭家)의 여자를 데려가, 마침내 화의 근본이 되리니, 낭랑은 깊이 생각하여 후회치 마소서."

공주 그 말을 옳이 여겨 데려가지 않고, 또한 제아(諸兒)를 다 떼어놓고 가니라.

시녀 계향이 운섬을 단약(丹藥)으로 없애려 하다가, 일이 발각되매 계향을 다스릴 새, 단약의 종류 세 가지라. 모든 소저가 기이한 것을 보고자 다투어 난간 앞에 섰으되, 소저는 낯을 가리고

1011)시소랑(市少郞) : 시정(市井)의 젊은 남자. *여기서는 관직에서 물러나 전야일민(田野逸民)이 되어있는 화자의 부친 장부마를 지칭한 말.

들어가니, 사람이 그 연고를 물은데, 대답하되,

"눈으로 간사한 모습을 보지 아니함은 고인의 경계라."

하니, 모든 이가 다 부끄러워하더라.

이때 바야흐로 십일세라. 지분(脂粉)을 베풀지 않았으나 백설이 어린 곳에 두 보조개 담연이 붉고, 푸른 눈썹은 난경(鸞鏡)[1012]을 수고함이 없이 이미 아미산이 맑았으니, 단순호치(丹脣皓齒) 천연하고 화안운빈(花顔雲鬢)이 화려하여, 광염이 비록 절세한 태도가 한 층이 더하나, 씩씩한 광채는 미치지 못하더라.

소저 매양 장서각(藏書閣)에 있어 녜교(禮敎)를 힘쓰며, 주역(周易)을 좋이 여겨 해석하고, 모시(毛詩)를 능히 외우니, 그 시녀 등이 또한 청의 하류 중 탈속(脫俗)하니, 분대홍장(粉黛紅粧) 가운데 뛰어나더라.

이때에 황태자는 장목황후의 탄생하신 바라. 방년이 십이 세에 다다르매, 총명통달하며 인자과묵(仁慈寡默)하여 이미 용봉지자(龍鳳之姿)요, 천일지표(天日之表)로 인군(人君)의 상(相)을 이뤘으니, 조정이 다 추복(推服)하고, 상이 과애(過愛)하셔, 비(妃)를 간택하실 새, 공후재상의 딸 둔 자들이 감히 은휘치 못하여 다 간선에 참예하니, 비록 꽃을 지우며 달을 이기는 색이 있으나, 거지(擧止) 경도하여 국모의 위의 없고, 또 곤옥(崑玉)을 새기며 천향(天香)이 어린 기질이 있으나, 오복(五福)[1013]이 구전(俱全)한 자는 없는지라.

상격(相格)이 은은히 만승의 존함을 가져 기원에 짝할 이 없으니, 성정이 자못 불열하여 간택이 세 번에 이르매 파하시고, 편전에서 고요히 생각하시매, 환연히 깨달아 환자(宦者) 요병과 술사 장원진을 불러 가라사대,

"이제 황손은 태평의 어진 임금이 될 것이거늘 비를 뽑으매 수

1012)난경(鸞鏡) : ①난조(鸞鳥)를 뒷면에 새긴 거울 ②거울을 통틀어 이르는 말.

1013)오복(五福) : 유교에서 이르는 다섯 가지의 복. 보통 수(壽), 부(富), 강영(康寧), 유호덕(攸好德), 고종명(考終命)을 이른다.

만 여자 중 그 마땅히 국모에 가합한 이가 없는지라. 여염필부도 배필이 정하여져 각각 그 짝이 있나니, 어찌 천하에 국모될 여자가 없으리오. 반드시 성외 촌장(村莊)에 감춰진 향읍 태우의 빈곤(貧困)한 집 여자가 많으리니, 경이 모름지기 절월(節鉞)을 거느리고 궁녀로 더불어 망기(望氣[1014])하여 진명국모(眞明國母)를 얻어 돌아온 즉, 이는 종사와 만민의 복이라. 어찌 상사함이 더디리오."

하신데, 요·장 이인이 배사수명(拜謝受命)하여 즉일에 어른 궁녀 변씨·도씨로 더불어 위의를 거느려 두로 돌아 제도(帝都) 백리에 아니 간 데가 없더니, 일일은 남문 밖에 이르러, 술사가 가로되,
"아름다운 기운이 이 밖에 어려 있으니 반드시 이 가운데 천하 국모가 나시리라."

촌장(村莊) 사이에 들어 한 곳에 다다르니, 날이 이미 저물어 산간에 저녁달이 비꼈으니, 옥륜(玉輪)이 동령(東嶺)에 밝았고, 모연(暮煙)이 서봉에 둘러 폭포가 잔잔하고, 숙조(宿鳥) 규규(따따)한데, 머리를 들어 보니, 죽림(竹林) 송산하(松山下)에 단청화각(丹靑華閣)이 구름을 연(連)하였고, 그 앞에 초옥(草屋)이 선묘(鮮妙)하고 긴 내가 둘렀으니, 의연한 션촌(仙村)이 눈앞에 있는 듯, 가히 무릉별계(武陵別界)러라.
술사가 이에 이르러 한번 눈을 둘러보고, 손을 저어 가로되,
"기이타. 이 기운이여! 이 집 위에 오채(五彩) 현성(現成)하고 서기 홍광(紅光)이 둘렀으니 당당히 사해(四海)에 성뫼(聖母) 계시도다."
중인이 청파의 나아가 보니, 이곳 장부마 장원이라. 감히 방자히 들어가지 못하여 문 앞에 둘러서 문리(門吏)를 불러 이르되,

---

1014)망기(望氣) : 나타나 있는 기운을 보아서 일의 조짐을 알아냄.

"도위노야 계시냐?"

문리 대왈,

"노야는 작일 천자의 패를 인하여 상부의 들어가시고 옥주낭랑
은 간선을 보려 금중(禁中)의 가신지 오래이다."

변씨 묻되,

"두 부인이 어데 계시뇨?"

"곽부인이 친정에 미양(微恙)이 계신 고로 귀령하시고, 오직 진
부인이 계시나 이소저(二小姐)의 환휘 불평하시매, 초당에 데려
계시니이다."

궁인 왈,

"가히 뵈오늘 얻으랴?"

문니 들어가 시녀로 고하더니, 부인이 전어하되,

"날이 이미 저물었고, 여아에게 미질(微疾)이 있으니, 아지못게
라! 궁인이 보기를 청함이 무슨 뜻인고? 명일에 봄이 마땅하다."

한 대, 중인이 드디어 촌장에 머물다.

변씨 이날 꿈을 이루니 장부마 초당 위에 팔도금종(八道金鐘)
이 서렸고 염염한 붉은 해 한 떼 기운이 그 위에 덮였거늘, 깨어
도씨 더러 이르고 서로 하례하더니, 명조에 나와 부인께 뵈오니,
부인이 불러 예필에 온 연고를 물으니, 양인이 이에 황제 탁사(託
事)를 받자와 태자비 뽑는 말과, 술사의 망기한 바를 자세히 고하
니, 부인이 청파에 미우(眉宇)를 찡그리고 날호여 이르대,

"여염(閭閻)이 천녀의 지나니 기운이 아모대 쏘인 줄 어찌 알리
오. 궁인이 너무 의혹하는도다."

변씨 고두 왈,

"첩 등이 만세의 명을 받자오매 태만하며 어찌 가사를 그릇 가리오며, 술사가 소임을 차리되 어찌 아름다운 기운을 모르리까? 첩 등이 본 바로써 복명하리로소이다."

부인이 답지 아니하더라.

변씨 등이 물러 조정에 이르러 바로 탑하에 들어가 실로써 고한대, 천자 마침 장부마 곽부마로 더불어 담화하시더니, 빨리 불러 보시매, 중인이 산호(山呼) 배필(拜畢)에 제 물으시되,

"경등이 능히 짐의 뜻을 저버림이 없느냐?"

장원진이 다시 배왈,

"신등이 폐하의 지우(知遇)하심을 입사옵고, 천하의 큰일로써 맡기시니, 어찌 감히 숙야(夙夜)의 태만하리까? 제도(帝都) 백리 안에 돌아 재삼(再三)에, 비로소 남문 밖에 이르러 하늘이 명하신 바 국모의 계신 곳을 얻자오니, 이곳 장부 초당의 진부인 수하가 되어 계시더이다."

상이 청파의 희동안색(喜動顏色)하셔 장공을 보아 가라사대,

"경의 집에 딸이 있을진대 어찌 응조(應詔)함이 없더뇨?"

홍이 부복 대 왈,

"어린 자식이 병이 오래오매 능히 조서를 봉행치 못하였사옵거니와, 다만 술사가 너무 아뢰는가 하나이다."

상이 소왈,

"경의 딸이요 진부인의 여아인 즉 어짊이 예 현비에 지날 것이요, 장원진이 망기하매 하늘이 각별 내신 바니, 다시 갖추어무엇하리오. 이제 조서를 내려 각별 간택을 말고 부마 장공의 여를

명일 금중에 현알케 하라."

하시니, 부마 물러와 병듦으로써 사양함이 세 번이라. 상이 불평하시매 부마 드디어 여아를 드려 보낼 새, 세속의 마지못한바 칠보와 주취(珠翠)를 빛내려 한대, 소저 나직이 가로되, "주취와 옥백이 구태여 몸의 광채 아니요, 금장의 사치에서 비롯한 바니, 하물며 소녀는 국중 어린 아이라. 예복이 없고 또 부모 앞에 입는 옷이 있으니 임금과 엄부가 곧 한가진 즉, 야야 면전에 입는 바로 입을 것이니, 옛 일을 이를진대 손숙오(孫叔敖)[1015]가 초장왕(楚莊王)[1016]을 볼 새, 이자(吏者)의 옷을 벗지 않고 숙요(淑窈)한 예제로 궁에 들어, 처음 복장을 고치지 않았으니, 이 또한 군자와 숙녀의 재덕인가 하나이다."

부마와 부인이 크게 두굿겨 머리를 쓰다듬으며, 부인이 느껴 왈,

"네 항상 이렇듯 함이 궁액(宮掖)에 머물 징조(徵兆)라. 모녀가 상리(相離)할 날이 오래지 않았으니 어찌 차마 잊으리오."

슬픔을 마지 않으니 곽부인과 제소저가 권위(眷慰)하더라.

공주는 돌아오지 않고 소저의 조현함을 보려하더니, 소저가 위의를 다스려 금궐(禁闕)의 이르러는 황후 제빈(諸嬪)이 벌어있는데, 천자가 가까이 불러 보실 새, 다만 백년화(白蓮花) 일지가 추수(秋水)를 농(弄)하는 듯, 추천낭월(秋天朗月)이 천궁에 비껴있는 듯, 연화(蓮花)와 방택(肪澤)의 꾸민 것이 없고 주취(珠翠)와 단장의 사미(奢靡)함이 없으니, 자연한 광채 비무(比無)하니, 남전(藍田)[1017]의 백옥(白玉)이 티끌을 씻으며 위국 진주가 빛을 토하는 듯, 십여 세 소애(小兒)나 동지 천연하고 법도 유완하니, 상이

1015) 손숙오(孫叔敖) : 중국 춘추시대 초나라 재상. 장왕 때 세 차례나 영윤(令尹) 곧 재상이 되어 왕을 잘 보필해 춘추오패(春秋五霸)의 반열에 올려놓았다.

1016) 초장왕(楚莊王) : 중국 춘추시대 초나라 제22대 왕. 재위: 기원전 613년~기원전 591년. 이름은 려(侶). 춘추오패의 한 사람으로 꼽힌다.

1017) 남전(藍田) : 중국(中國) 섬서성(陝西省)에 있는 산 이름으로 옥의 명산지.

경아하시고, 태자와 제왕이며 황후 육궁이 아니 놀라고 흠경(欽敬)치 않는 이가 없더라. 공주가 대견스러움을 참지 못하여 좌를 떠나 소저의 덕도(德度)를 고하니, 만좌가 경탄하더라. 상이 말씀을 물으시매 물 흐르듯 하는지라. 상이 크게 기이히 여기셔 문방사우(文房四友)를 주시어 문필을 시험하실 새, 먼저 필법이 휘황하여 안목이 현란하니 서기(瑞氣) 방광(放光)하여 상운(祥雲)이 취지(聚之)하니, 상과 후(后)가 더욱 기특히 여기사 탄하여 가라사대,

"장부마의 문장이 특히 고인을 압두할 것이오, 진씨의 숙요명철이 규각의 여종(女宗)이라. 어찌 그 여자 된 바로 세아(世兒)에 비길 바이리오."

드디어 태자비를 정하시니 이날 상사와 은권이 비길데 없더라.

공주 천정에 배사하고 소저로 더불어 돌아오매, 명일에 조서 나려 흠천관(欽天官)[1018]이 택일하고 예부로 혼례를 준행하며 별궁의 옮기게 하시니, 명염소저 부모를 떠나 심궁에 침몰함을 슬퍼하고 부마 일찍 작위 숭고하시므로, 전율하여 숭검절차(崇儉切磋)하고 침묵과인(沈默過人)하여 몸을 낮추고 뜻을 두터이 함을 힘쓰더니 이제 또 국가로 연혼(連婚)하여 휴척동위(休戚同爲)[1019]를 하게 되니, 극히 두렵고 불평함이 많으나, 천심을 돌이키기 어려울지라. 다만 여아를 경심계지(警心戒志)로 주야 교훈하고, 부인이 여교(女敎)를 지어 소저를 주고, 써 이람(二南)[1020]의 꽃다움을 권함이 귀에 젖게 하더라.

일월이 유수 같아 가례를 취향궁에서 이룰 새, 위의 거룩함과 백사 풍성함은 이 문득 용자용손(龍子龍孫)의 가취(嫁娶)하는 날

1018)흠천관(欽天官) : 천문역수(天文曆數)의 관측을 맡은 관아인 흠천감(欽天監)의 관원.
1019)휴척동위(休戚同爲) : 근심과 걱정을 함께하다.
1020)이람(二南) : 시경『詩經』의 〈주남(周南)〉편과 〈소남(召南)〉편을 아울러서 이르는 말. 모두 주나라 왕실의 덕화를 노래하고 있는 시들로 이루어져 있다. 그 가운데는 특히 주 문왕(文王)과 태사(太姒)의 덕을 노래한 것이 많다.

이오 건곤의 법을 정하여 만승천자의 배필 맞는 녜도러라.

거룩함은 일러 알바 아니거니와 태자의 침정쇄락하신 풍도는 하늘이 특별이 당나라 영주를 내신 바요, 장소저의 상활유한(爽闊幽閑)한 기질은 옥제 이미 태자의 후를 이어 만고현비를 유의하시니, 황친국척(皇親國戚)과 만조명부가 아니 칭복할 이 없더라.

천자가 삼부인을 인견하사 상사(賞賜)하시고, 여황후 태자비를 은근이 사하며, 녜단을 정표(情表)하시니, 삼부인이 사은하고 나올 새, 진부인이 비의 손을 잡고 유체오열(流涕嗚咽)하여 차마 떠나지 못하거늘, 공주 대의로 개유하여 집의 이르매 진부인이 크게 슬퍼하여 식음을 폐하니, 곽학사 부인이 조석에 모셔 위로하고, 부마 날로 권위(眷慰)하더라.

부마 제 삼자 치(治)는 공주 차자요, 차녀 자염은 곽부인 여아니, 연치 바야흐로 십삼 세라. 부마 혼인을 바빠 않아 봉국(封國)에 돌아가 종요로이 부서(婦壻)를 가리고자 하되, 조정에 자녀 둔 자 결승(結繩) 양연(良緣)을 어그쳐 군자숙녀를 잃을까 두려 구혼하는 이 낙역(絡繹)한 고로, 드디어 치로써 문하시랑 진흥경의 여를 취하고, 자염으로써 정안후 신제의 장자 신정을 취하니, 두 쌍 자녀가 부부기질이 옥수경화(玉樹瓊花)[1021] 같은지라. 부모 더욱 두굿기고, 진부인이 질녀를 식부의 친함을 맺으니, 크게 기뻐하더라.

제 사자 혜는 진부인 소생이니, 강산영기(江山靈氣)[1022]를 모아 천지의 조화를 앗아 격조 헌앙(軒昻)하고 옥면이 쇄락하니, 고움이 한갓 미려할 뿐 아니라, 맑은 용채 더욱 빼어나더라. 또한 눈썹은 와잠(臥蠶)을 상(相)하였고 눈은 단봉(丹鳳)[1023]을 습(習)하였으며, 이마가 높고 코가 크며 입이 모지나 두귀가 어깨에 내리

1021) 옥수경화(玉樹瓊花) : 옥처럼 아름다운 '나무'와 '꽃'이라는 말로, 재주가 매우 뛰어나고 용모가 아름다운 사람을 이르는 말. 옥(玉)과 경(瓊)은 뜻이 같은 말로 다 같이 '사물의 아름다움'을 나타낼 때 비유로 쓰는 말이다.
1022) 강산영기(江山靈氣) : 강과 산의 신령한 기운.
1023) 단봉(丹鳳) : ①목과 날개가 붉은 봉황을 말함. ②'궁궐'을 달리 이르는 말

고 두 팔히 무릎에 지나 신장이 유여하고, 상표가 비범하며, 문장
이 여신하여 붓을 들면 주옥이 어지럽게 떨어지고, 글을 읊으매
삼협(三峽)1024)이 그득한 듯 재기 능려하며 문득 유협(劉勰)1025)의
뜻이 있어 한번 눈에 지난즉, 하나를 들어 백을 통하니, 총명이
출세(出世)한지라.

　매양 태공(太公1026))의 병서(兵書)를 좋이 여기고 원한가(怨恨
家)의 육도(六韜)1027)를 일삼아 경서를 펴매 게으르고 궁시와 비
검을 보매 기운이 분분하나, 부모 앞에는 염슬위좌(斂膝危坐)하여
문학(文學)을 강습하여, 일분 나타내지 않으니 부모 시러금 알지
못하나 형제는 매양 경계하여 책한 즉, 혜 웃고 답지 않더라.

　곽학사 위인이 정히 같은 고로 크게 사랑하여 일일은 삼형과곽
생 신생 등으로 더불어 월하에 시사(詩詞)를 창화할 새, 이날 부
마 잠이 없고 달이 밝으매 정중(庭中)에 배회하여 중당에 산보하
여 월하를 연연하더니, 동창하에 자서(子壻)1028)가 유희함을 보고,
거름을 멈추어 난간에 기대 있을 새, 홀로 진부인이 손녀 계염
〔곽씨녀재라〕을 이끌고 한가지로 섰더니, 제생의 어음이 낭자

1024)삼협(三峽) : 중국 사천(四川)・호북(湖北) 두 성(省)의 경계에 있는 양자강(揚子江:
　長江) 중류의 세 협곡(峽谷). 곧 구당협(瞿塘峽)・무협(巫峽)・서릉협(西陵峽). 예
　로부터 기묘한 산봉우리와 기암괴석이며 굽이굽이 협곡을 돌아 흐르는 긴 강이 어
　우러저 이루어진 경승지(景勝地)로 유명하다.
1025)유협(劉勰) : 중국 남북조 시대 양나라의 문학자(465~521). 자는 언화(彦和). 뒤에
　불교에 귀의하여 혜지(慧地)라고 이름을 고쳤다. 문장과 경론에 박식하였다. 저서
　에 ≪문심조룡≫이 있다. *여기서는 유협의 '박학(博學)'을 말한 것.
1026)태공(太公) : 중국 주(周)나라 초기의 정치가 태공망(太公望). 강태공(姜太公). 여상
　(呂尙) 등의 다른 이름으로도 불린다. 무왕을 도와 은나라를 멸하고 천하를 평정하
　였다. 저서에 ≪육도(六韜)≫가 있다.
1027)육도(六韜) : 병법서(兵法書). 중국 고대 병학(兵學)의 최고봉인 '무경칠서(武經七
　書)' 중의 하나. 도(韜)'는 화살을 넣는 주머니, 싸는 것, 수장(收藏)하는 것을 말하
　며, 변하여 깊이 감추고 나타내지 않는 뜻에서 병법의 비결을 뜻한다. 문도(文韜)・
　무도(武韜)・용도(龍韜)・호도(虎韜)・표도(豹韜)・견도(犬韜) 등 6권 60편으로 이
　루어저 있다..
1028)자서(子壻) : 아들과 사위를 함께 이른 말.

하며 회해(詼諧) 자약한 가운데 혹 퉁소를 불며, 유향을 외우니, 옥성(玉聲)은 차운(次韻)에 떨어지고, 육률(六律)[1029]은 신정에 동하거늘, 홀연 글소리 그치고 은은히 웃는 소리 유화하여 가로되,

"대장부 공명과 학업을 청사에 빛내, 기린각(麒麟閣)[1030]에 얼굴을 그려 이름을 죽백(竹帛)[1031]에 드리워 천추에 유전함이 옳으니 삼형은 소제를 책하지 마시고, 각각 소장을 지켜 성현서를 법받는 이는 입각 재상이 되어 만대 제왕의 스승이 될 것이오, 무예를 좋이 여기는 이는 상호봉시(桑弧蓬矢)[1032]로 사방을 정벌하여 이름이 화이(華夷)에 진동하여 공적을 동죽(銅竹)에 기록할 것이니, 형의 말 같을진대, 주례(周禮)[1033]의 육예(六藝)[1034]가 어찌 삼물(三物)[1035]의 중함이 되었으며, 고인의 병서가 지금껏 유전하여 장수 되는 이가 다 크게 여기나이까?"

말을 마차며 옥성이 낭랑하여 가로되,
"만일 지애 무너지고 '사슴을 딸오는 시절'[1036]인 즉 마땅히 동

1029) 육률(六律) : 십이율(十二律) 가운데서 양성(陽聲)인 '태주(太簇)·고선(姑洗)·황종(黃鐘)·유빈((蕤賓)·이칙(夷則)·무역(無射)'의 여섯 음을 통틀어 이르는 말. 양률(陽律).

1030) 기린각(麒麟閣) : 중국 한나라의 무제가 장안의 궁중에 세운 전각. 선제 때 곽광 외 공신 11명의 초상을 그려 각상(閣上)에 걸었다고 한다

1031) 죽백(竹帛) : 서적(書籍) 특히, 역사를 기록한 책을 이르는 말. 종이가 발명되기 전에 대쪽이나 헝겊에 글을 써서 기록한 데서 생긴 말이다.

1032) 상호봉시(桑弧蓬矢) : 뽕나무 활과 쑥대 살이라는 뜻으로, 남자(男子)가 뜻을 세움을 이르는 말

1033) 주례(周禮) : 중국의 경서(經書). ≪의례≫, ≪예기≫와 함께 삼례(三禮)라 하며, 십삼경의 하나이다. 천(天)·지(地)·춘(春)·하(夏)·추(秋)·동(冬)을 본떠서 6관(六官)의 관제(官制)를 만들고, 천명(天命)의 구현자인 왕의 국가 통일에 의한 이상 국가 행정 조직의 세목 규정을 상세히 설명하였다.

1034) 육예(六藝) : 고대 중국 교육의 여섯 가지 과목. 예(禮), 악(樂), 사(射), 어(御), 서(書), 수(數)를 이른다. 늑육학(六學).

1035) 삼물(三物) : 백성을 가르치는 세 가지 일. 곧 육덕(六德), 육행(六行), 육예(六藝)를 이른다

당부장(東堂副將)1037)을 구하려니와, 태평시세라 장무(壯武)를 힘
씀이 옳지 않으니 오직 옥당금마(玉堂金馬)의 정도를 먼저 잡고,
의기를 너무 호탕치 말라."

또 답하여 가로되,

"오늘 태평하나 또 내일 어떠할동 알리오. 하물며 헌원(軒
轅)1038)은 성인이나, 치우(蚩尤)1039)의 난이 있고 주성왕(周成
王)1040)은 현군(賢君)이나 관채(管蔡)1041)를 베었으며, 주공(周
公)1042)을 수고롭게 할 제, 화산에 놓인 말을 따라 잡으며, 다시
병잠기를 면치 못하였나니, 장내를 미리 알 바 아니라. 지금 남서

1036)사슴을 딸오는 시절 : '(군웅이) 사슴을 잡기 위해 뒤쫓는 시절'이라는 뜻으로 '제위
(帝位)'를 차지하기 위해 서로 다투던 시절'을 말한다. *여기서 사슴은 '제위(帝位)
'를 상징한 말이다.

1037)동당부장(東堂副將) : 문과에 급제한 부장(副將). *동당은 옛날 대궐 안의 편전(便
殿) 동쪽에 있던 전당으로, 임금이 직접 과거 시험을 보이는 장소로 쓰던 곳인데,
이후로 문과(文科)를 지칭하는 말로 쓰이게 되었다.

1038)헌원(軒轅) : 중국 신화 전설상의 제왕. 『사기(史記)』에 의하면 황제(黃帝)는 이름
을 헌원(軒轅)이라고 하며 당시의 천자 신농씨(神農氏)를 대신하여 염제(炎帝)·치
우(蚩尤) 등과 싸워 이겨 천자가 되었다고 한다. 황제는 중국 문명의 개조(開祖)로
간주된다.

1039)치우(蚩尤) : 중국에 전하는 전설상의 인물. 신농씨 때에 난리를 일으켜 황제(黃帝)
와 탁록(涿鹿)의 들에서 싸우면서 짙은 안개를 일으켜 괴롭혔는데 지남차를 만들어
방위를 알게 된 황제에게 패하여 잡혀 죽었다고 한다. 후세에는 제나라의 군신(軍
神)으로서 숭배되었다.

1040)주성왕(周成王) : 왕(成王) : 중국 주나라의 제2대 왕. 이름은 송(誦). 어려서 즉위하
였기 때문에 처음에는 숙부 주공단(周公旦)이 섭정하였으나, 후에 소공(召公)·필
공(畢公) 등의 보좌를 받아 주나라의 기초를 쌓았다.

1041)관채(管蔡) : 중국 주나라 문왕(文王)의 아들이자 무왕(武王)의 동생인 관숙(管叔)
과 채숙(蔡淑)을 함께 이르는 말. 무왕(武王)이 죽고 형제 가운데 주공(周公)이 무
왕의 어린 아들 성왕(成王)을 도와 섭정을 하자, 주공을 의심하여 반란을 일으켰다
가, 관숙은 죽음을 당하고 채숙은 추방당했다.

1042)주공(周公) : 중국 주나라의 정치가. 문왕의 아들로 성은 희(姬). 이름은 단(旦). 형
인 무왕을 도와 은나라를 멸하였고, 주나라의 기초를 튼튼히 하였다. 예악 제도(禮
樂制度)를 정비하였으며, 《주례(周禮)》를 지었다고 알려져 있다.

에 토번(吐藩)이 있고, 동북에 강적이 벌었으니, 남아가 이 때 곧 의기를 펼 곳이라. 원하나니 곽형은 대도 속에 장략(將略)을 가져 백만지중(百萬之衆)에 연하여 남정북벌(南征北伐)할제, 소제는 선봉이 되어 참장적기(斬將敵騎)하고 임진차투(臨陣遮鬪)하여 한가지로 공업을 빛내고 성주를 붙들다가 공성신퇴(功成身退)하여 벽국 자방(子房)과 천수(天壽) 범녀(范蠡)[1043]를 효칙함이 극한 호사(好事)일까 하나이다."

제형이 박소 왈,

"너희 양인이 일시 호흥으로 무예와 병서를 쉬이 여기나, 아지 못게라! 재주가 어느 곳에 있느뇨?"

답 소왈,

"임진전장(臨陣戰場)의 깊은 꾀는 육출기계(六出奇計)하던 진유자(陳孺子)[1044]라도 미치지 못할 것이오, 운주유악(運籌帷幄)하던 장자방(張子房)[1045]이라도 미치지 못할 것이니, 미리 묻지 마소서."

언필에 일시에 웃더니, 혜 다시 가로되,

"아까 말은 타일에 다시 베풀려니와 목금의 학문도 폐치 못할 것이니 이때 양소월색(良宵月色)에 한담만 하리까?"

1043) 범녀(范蠡) : 중국 춘추 시대 월나라의 재상. 자는 소백(少伯). 회계(會稽)에서 패한 구천(句踐)을 도와, 미인계(美人計)를 써 미녀 서시(西施)를 오왕(吳王) 부차(夫差)에게 보내, 오왕이 서시에게 빠져 국정을 소홀히 하는 틈을 타 오나라를 처 멸망시켰다. 후에 산동(山東)의 도(陶)에 가서 도주공(陶朱公)이라고 자칭하고 큰 부(富)를 쌓았다.

1044) 진유자(陳孺子) : 진평(陳平). ?~BC.178. 중국 한(漢)나라 때 정치가. 유자(孺子)는 그의 별명. 한 고조 유방(劉邦)를 도와 여섯 번이나 기발한 꾀를 내[육출기계(六出奇計)], 천하를 평정케 하였다.

1045) 장자방(張子房) : 장량(張良). BC ?~189. 중국 한나라의 정치가, 건국공신. 이름은 량(良). 자는 자방(子房). 유방의 책사로 홍문연(鴻門宴)에서 유방을 구하고 한신을 천거하는 등, 유방이 한나라를 세우고 천하를 통일할 수 있도록 도왔다. 소하·한신과 함께 한나라 건국 3걸로 불린다.

말이 그치며 양보음(梁甫吟)1046) 한 곡조를 길이 읊으니 봉이 단산(丹山)에서 울며, 학이 구오에서 부름 같더라.

부마 듣기를 마치매 웃고 부인더러 왈,

"이 아이가 반드시 내 아래 있지 않으리니, 다만 형제가 쟁위(爭位)할까 두렵나이다."

부인이 잠소 왈,

"이 아이 어찌 양방에 벽처하리까? 필연 중국에 임사(臨仕)하여 제 뜻을 펼까 하나이다."

부마 웃더라. 야심하매 부인으로 더불어 돌아오다.

이때 혜의 나히 십세라. 성정이 또한 엄연침묵하여 말씀을 펴매 정도와 예의를 펴고 웃으면 춘풍이 화하며 초목을 부쳐내는지라. 그 부친으로 더불어 나음이 많으니, 강하대재라. 화류기상이 더한지라. 가히 공을 이을 자는 혜라 하더라.

일일은 곽부에 이르니 분양왕이 한번 보고 기이히 여겨 고사를 상화할 새, 쇄옥낭성(碎玉朗聲)이 도도하여 장강천리에 연화(蓮花)가 피어난 듯하니 왕이 크게 사랑하여 연갑사이의 병서 칠서(七書)을 주며 가로되,

"내 나히 서산의 임하였고 나라해 병혁이 긋지 아니하니, 네 모로미 선아와 한가지로 힘써 입신양명하여 충즉진명(忠則盡命)하라."

혜 배사하고 물러오더니, 길을 홀연 그릇 찾아 한 곳에 다다르니 옥계 층층하고 화목이 중중한데 일위 미소저가 시아를 데리고 희롱하다가 혜를 보고 바삐 피하거늘, 혜 놀라 다시 보니, 소아는 간데 없고 적은 금채(金釵) 내려졌거늘 의사 문득 은근하여 소매

1046)양보음(梁甫吟) : 중국 삼국시대 촉한(蜀漢)의 정치가 제갈량(諸葛亮)이 아직 유비 (劉備)를 섬기기 전, 남양(南陽)의 융중(隆中)에 은거할 때 지은 시.

에 넣고 다시 길을 찾아 나오나 일념에 잊지 못함이 있어 그윽이 배필로 만나기를 원하더라.

이 소아(小兒)는 진양공주의 딸이니 도위 곽현의 딸이라. 명은 현요요, 자는 임강이니, 나이 칠세에 하늘이 각별 품수하니 용광이 세(世)에 무쌍하고, 행사는 향석 숙완(淑婉)에 지나니, 하는 바가 기이한 고로 부마의 사랑함이 제아에 지나더니, 이날 분양왕이 장공자를 보고 곽부마를 불러 가로되,

"현요가 비록 어리나 당세의 사덕이 가즉할 것이요, 오복(五福)이 겸전하리니, 그 쌍인 즉 장공의 제사자 혜가 반드시 남녘 소방에 왕가 공자로 늙을 자가 아니니, 정약을 굳게 하여 타일에 중원의 오거든 호구인연(好逑因緣)[1047]을 맺으라."

부마 수명하여 장공을 청하고 혼인함을 고하니, 장공이 흔연 허락하고 언약을 일워 맹조(盟詔)와 신물을 서로 주니 장가 신물은 팔쇠요, 곽가 답빙은 백옥구란차(白玉句欄釵)[1048]라('곽록'에 갖추 기록하니라). 부마 돌아와 삼부인을 보고 정혼함을 전하니, 공주 크게 기뻐하고, 곽씨 불승희행(不勝喜幸)하여 하고, 진부인이 신부를 못 볼까 슬퍼하거늘, 곽부인이 가로되,

"한 번 보미 무방하다. 소아를 양 숙모가 부르면 아니 오리까?"

하고 소저를 청하여 보내라 한데, 소저가 이미 정혼함을 아는지라. 예로 막아 가지 않으니, 부인이 부디 보고자 하여 진양궁에 나아가니 소저가 마지못하여 나와 뵐 새, 소아의 체도가 없어 단일하며 자혜(慈惠)하여 어리로우며[1049] 씩씩하니, 부인이 대희하여 공주께 사례하고 사랑함을 이기지 못하여 가로되,

"귀궁에 보배 없음이 아니라 정을 나타낼 것이 없어 첩의 집

1047)호구인연(好逑因緣) : 결혼의 인연.
1048)백옥구란차(白玉句欄釵) : 머리 부분을 '句'자 난간 모양으로 만든 백옥비녀.
1049)어리롭다 : 아리땁다. 귀엽다. 모음으로 시작하는 어미 앞에서는 '어리로오-'나 '어리로우-'로 나타난다.

세전(世傳)하는 바 운남보경(雲南寶鏡)과 지환(指環)으로써 소저
를 주나이다."

공주 사례하고 받아 소저를 주어 왈,
"이는 곳 네 존고의 주신 배라."

소제 부끄러움을 띠어 공손히 받더라.
차시에 이정과 전열이 반하여 하람이 소요하더라. 상이 장공으
로 토적지사(討賊之事)를 맡기고자 하시더니, 장공이 몸에 큰 병
이 있는 고로 그치다.
육월의 분양왕이 훙(薨)하니, 위로 천자와 아래로 백료대신이
다 슬퍼하여, 곽부인의 설워함이 비길 곳이 없으며, 장공이 호상
함을 지극히 하며 팔자칠서(八子七壻)에 공이 으뜸 대신으로 만
조를 거느려 상사를 다사리고, 천자가 예관을 보내여 치제하실
새, 시호(諡號)를 충무(忠武)라 하시니, 자고로 곽공의 복록 같은
이가 없는지라.
가인(家人)이 삼천인이요, 여덟 아들과 일곱 사위가 다 조정에
이름을 얻으며, 가산(家産)이 뫼 같고 위인이 극하나 화를 부름이
없음은 검박질충(儉朴質忠)한 연괴더라.
이때에 노기(盧杞)[1050] 전권(專權)하고 양염이 용사하여 해내
홍홍하고 인언이 분분하니, 부마 장차 귀토(歸土)할 뜻이 있더니,
홀연 안남 사신이 급함을 보하되,
"역신 장웅이 산적을 체결하여 국왕을 찬시(簒弑)하고 동묘(東
廟)를 멸하다."

하니, 부마 대경하여 천자께 상달하여 인하여 본국의 돌아 가
군사를 거느려 안남 적신을 소제하고 녯 임금의 자손을 세워지라

1050)노기(盧杞) : 중국 당나라 덕종(德宗) 때의 재상. 못생긴 외모와 음험한 심성을 가
진데다 지나치게 명리를 탐하여, 명리노(名利奴)란 별명이 붙었다.

하니, 상이 처음은 듣지 아니하시더니, 양염 등이 본대 부마로 절치하는지라. 가만히 주하되,

"장부마 벼슬이 중하고 덕이 깊으니 인심을 가히 알지 못할지라. 이 때 멀리 보내어 번진을 지키게 하소서."

상이 드디어 허하시니, 부마 설가(挈家)[1051] 하여 돌아갈 새, 가사를 다 곽학사에게 맡기고 모든 것을 봉표(封標)하여 타일 처치를 둘 새, 조정이 부마의 귀국함을 애연하여 거마가 낙역(絡繹)하고 주륜(朱輪)이 날로 메었더라.

천자가 떠남을 아끼시어, 통천관(通天冠)과 곤룡포(袞龍袍)와 무우리(無憂履)[1052] 옥띠[玉帶]를 주시니, 부마 사은하고 이에 배사하여 눈물이 옷 앞을 적시니 상이 추연하여 탑하의 불러 손을 잡고 탄하여 가라사대,

"경이 짐을 저버리니 짐이 좌우수가 없는 듯 한지라. 삼재일조(三載一朝)하여 서로 보기를 늦게 말라."

부마 눈물을 흘리며 사배(四拜)하더라. 상이 재삼 연연하사 글을 지어 부마를 주시니, 하였으되,

충성은 만리에 사무치고 공적은 우주에 가득하였도다. 남진북관(南鎭北關)에 덕이 덮였고 서안 동시에 위엄이 덮였도다. 조당이 정사를 힘입으매 풍우(風雨)가 순하고 팔방이 내공(來貢)하매 이름을 우러르거늘 단지(丹墀)[1053]에 한번 절하매 멀리 남녘을 보러가니, 아지못게라! 과인을 뉘 보필하리오. 군신의 떠나는 정이

1051)설가(挈家) : 온 가족을 데리고 가거나 옴. 늑솔가(率家), 설권(挈眷).
1052)무우리(無憂履) : 조선 시대, 궁중 무용인 망선문을 출 때 신던 여 자 신의 하나. 홍전(紅氈)으로 신울을 만들고 꽃무늬를 수놓았으며, 신코에는 구름무늬를 놓고 상모(象毛)를 달아 아름답게 장식하였다
1053)단지(丹墀) : 붉은 칠을 하거나 화려하게 꾸민 마룻바닥. 임금이 좌정한 자리를 뜻한다.

자못 결연하니, 한수 글이 족히 기록하리로다.

부마 받자와 체읍함을 이기지 못하더라. 이에 물러오매 상이 또 공주 떠남을 슬퍼하사 대내(大內) 별연을 베푸시고, 진부인 곽부인을 청하여 이별을 이르실 새, 황친국척이 다 모여 공주 떠남을 아쉬워 하니 진양공주는 붙들고 오열하더라.

상이 장춘각에서 세 부인을 인견하사 친히 잔을 들어 주실 새 공주 등이 엎드려 받자오매 상이 탄 왈,

"슬프다! 청년이 잔 가운데 이별하는도다. 아지못게라! 장공은 삼년에 한 번씩 보려니와 현매는 어느 날 보리오. 타일 음혼이 반길 따름이로소이다."

공주 눈물을 드리워 체읍 대왈,

"첩이 자고로 황고의 중은을 받잡고 낭랑 성덕을 입사와, 폐하 지우(知遇)하심을 얻자와, 일생 멀리 떠나는 양을 보이지 않으려 하였사옵더니, 지아비 이미 갈 곳이 있삽고 여자의 도 삼종(三從)을 바리지 못하오매, 이제 북궐을 하직하오니 아지못게라! 생사에 폐하 용안을 다시 뵈오리까? 이로조차 영결이 되옵나니 폐하는 녜정(銳精) 조리(調理) 하사 만수무강하소서."

상이 탄식하는 소리에 용루(龍淚) 떨어지니 좌우 감창하더라.

공주 물러 황후와 육궁에 하직하고 태자비를 볼 새 삼부인의 애애한 체루(涕淚)가 의상에 젖으니, 비(妃) 오열하여 붙들고 호읍(號泣)하는지라. 상이 태자비 상회(傷懷)하는가 두려워하시어 궁녀로 계칙하시고 삼부인을 불러 상사하실 새, 이진기보(異珍奇寶)가 눈에 현황하더라.

궁에 돌아오매 장손씨 유씨 등 곽학사 부인 형제 각각 부모를 떠나매 그 정사가 비창하더라. 슬픔을 머금고 눈물을 드리워 친정을 배사할 새, 진부인은 두 여아를 떠나는 정이 가련하여 침식을 더욱 폐하더라.

길일이 이미 물리기 어려운지라. 위의를 정제히 하여 길에 오를 새, 남문 밖에 높은 장막은 백운 같은 차일(遮日)과 너른 장(帳)이 수풀 같은데, 만조 공경과 왕공후백이 술을 따라 전송할 새, 부마가 연연하여 술을 받으며 진찬을 맛보아 일어나기를 잊어, 서로 별장(別章)을 지어 위회(慰懷)하니, 부마의 사(詞)에 왈,

배를 타고 바다를 건넘이여!
십구년 춘추 되었도다.
성상의 깊은 은혜 바다 같으나
제공의 높은 의기 뫼 같도다.
몸은 변방의 기러기를 따라 남으로 가거늘
넋은 반대로 제비를 따라 북으로 돌아 오는도다.
이별하는 길은 관하(關下)에 한없이 어려우니
다만 제공은 안신낙업(安身樂業)하여 성상을 돕사오라.

제인이 보기를 마치고 서로 차운하니 별장(別章)이 천축(天軸)이라. 그 가운데 한 글이 있으되,

재주는 경륜하기에 나타나고
덕망은 역국(力國)하기에 벌여있도다.
우리 무리 다행히 더불어
안대(案對)에 여천(勵踐)함이 몇 해나 하뇨?
만리에 떠나는 배주(杯酒)가 잦으니
옥배 장차 기울어지는도다.
지는 해는 정을 모르고 서로 가기를 바야거늘,
그쳐진 기러기는 벗 부르기를 자주하는고.

하였더라. 날이 이미 늦어 시각을 자주 고하니, 장차 손을 나누고자 하더니, 홀연 금고(金鼓) 일어나고 향진(香塵)[1054]이 이는 곳에 태자 향거(香車)를 빨리 몰아 문외에 임하시니, 제인이 황망

히 일어마자 녜필(禮畢)에 태자 가라사대,

"명공이 멀리 행할 새 과인이 연애함을 이기지 못하여 이에 와 서로 떠나는 회포를 위로 하노라."

드디어 예단(禮緞) 두 수레와 황금 두 저울로 행리(行李)를 주시고, 친히 옥배에 자하주(紫霞酒)을 부어 부마께 전하시니, 부마 사왈,

"미신의 복이 오늘날 손(損)할지라. 전하가 자고(自古)에 없는 예(禮)를 하시니, 후세에 의논이 있을까 두려워하나이다."

드디어 술을 마시매 또 환관과 중서성(中書省)이 황봉(黃封)[1055] 이 조거(槽柜)[1056]와 금단(錦緞) 네 수레를 가지고 이르러 황상 칙지(勅旨)를 전하니, 부마 감은하여 망궐 사은하고, 눈물이 흐름을 깨닫지 못하더라.

날이 이미 저물매 태자 환궁하시고 제공이 흩어지니, 부마 이 때 고국을 향하나 십구 년을 중원에 횡행하여 영락(榮樂)에 잠겼다가, 멀리 남녘을 향하매 딸들을 이별하고 제우(諸友)를 떠나니 슬픔이 일어나고, 세 부인 세 식부가 육친을 다 난니(難離)하매, 오내 끊는 듯하거늘, 이때 구추상완(九秋上浣)[1057]이라.

거친 언덕과 먼 길이 눈가에 지나니, 초산(楚山)은 천층(千層)이요, 오수(吳水)는 만텹(萬疊)이라. 절역상천(絶域霜天)에 새홍(-鴻)이 슬피 울고, 삼경월색(三更月色)에 원수열렬(沅水烈烈)하니 처처경물(處處景物)이 상심한 빛이요, 마상일성(馬上一聲)에 백발(白髮)을 느끼는지라. 모든 부인네 북을 바라 사친하는 심회를 이기기 어려우니, 한갓 서녘의 백운을 바라매 고원이 눈 가운데 있고, 꿈에 자주 부모안전에 이르러 부모를 붙들고 슬피 울다가 교

1054)향진(香塵) : 향기를 띤 먼지.
1055)황봉(黃封) : 황봉주(黃封酒)의 준말로, 어사주를 의미한다. 송대에 관청에서 술을 빚을 때 황색 비단이나 황색 종이로 술을 봉한 데서 유래하였다
1056)조거(槽柜) : 술통. 물통. 술이나 물 따위를 담아두기 위해 만든 통.
1057)구추상완(九秋上浣) : 가을 9월 상순(上旬).

루(攬淚)에 침상의 누수(淚水) 오히려 젖음을 볼지라. 지나는 곳마다 호송(護送)하는 녜단(禮緞)이 그 수를 모를러라.

행하여 남제에 이르니 지방관이 나와 국도 군신이 분분이 영접할 새, 이신(吏臣)이 이미 궁전을 수리하여 난대(蘭臺)[1058] 초방(椒房)[1059]이 다 갖추어졌더라.

부마가 통화전에 전좌하고 문무군신으로부터 조하(朝賀)를 받으매 각각 벼슬을 더하고 봉록을 두터이 하여 부세(賦稅)를 감하고, 노약(老若)을 분하여 법을 세우니, ‘한고조(漢高祖)의 관중삼약(關中三約)’[1060]보다 더한지라. 백성이 다 기뻐하는 소리 천지 진동하고, 우러러 충성을 다하고자 하는 이 가득하였더라.

삼부인이 또한 후비(后妃)의 도(道)로 내전에서 조하를 받고 궁위를 점검할 새, 공주 법을 두어 열 가지를 세우니, 궁내 숙청한지라. 왕이 옥책(玉冊)을 받들어 공주 이씨로 정궁을 봉하고, 곽씨로 동궁을 봉하며, 진씨로 서궁을 봉하니, 위의 정제하고 내도 씩씩하니 남방 인민이 삼비의 안채(眼彩)와 법례(法禮)를 경탄치 않는 이 없더라.

장자 화로 태자를 봉하고 장손씨로 현비를 봉하고, 차자 표로 좌익공을 봉하고 삼자 치로 우익공을 봉하고, 사자 혜를 위하여 문학겸공(文學謙恭)한 자를 가려 사부를 배(配)하니, 차는 제현인

1058)난대(蘭臺) : 어사대(御史臺)를 달이 이르는 말.
1059)초방(椒房) : 산초나무 열매의 가루를 바른 방이라는 뜻으로, 왕비가 거처하는 방이나 궁전 따위를 이르는 말. 산초나무는 온기가 있고 열매가 많은 식물로서, 자손이 많이 퍼지라는 뜻에서 왕비의 방 벽에 발랐다. 늑초정(椒庭).
1060)한고조(漢高祖)의 관중삼약(關中三約) : 한고조 유방이 진(秦)나라 군사를 격파하고 관중(關中) 곧 함양(咸陽)에 들어가서 지방의 유력자들과 약속한 세 조항의 법. 곧 ①사람을 살해한 자는 사형에 처하고, ②사람을 상해하거나 남의 물건을 훔친 자는 처벌하며, ③그 밖의 모든 진나라의 법은 폐지한다는 내용이다. *관중(關中): 국 북부의 섬서성(陝西省) 위수(渭水) 강 분지 일대를 이르는 말. 사방으로 함곡관(函谷關), 무관(武關), 산관(散關), 소관(蕭關)의 네 관 안에 있다는 데서 유래한 이름. 주나라 때는 호경(鎬京), 진(秦)나라 때는 함양(咸陽), 한·수·당 나라 때는 장안(長安)이라 하였다.

위박이라.

행실이 곧고 문장이 출진하여 성도가 강개하고 풍채 호상하니, 표표히 범맹박(范孟博)[1061]의 남은 거조가 있더라.

한편 연병무졸(鍊兵武卒)[1062]하여 안남지경의 이르니, 장웅이 이미 양씨를 멸하고 자립하여 왕망(王莽)[1063]의 폭정을 자행함으로써 백성이 구음(久淫)[1064]하여 다른 임금을 생각하는지라. 장부마 양씨를 위하여 삼군을 상복을 입히고 스스로 신포에서 구곡을 의지하여 격서를 지어 안남에 보내니, 격서가 이르자 주현관(州縣官)이 망풍귀항(望風歸降)하는지라.

한 살을 허비치 않아서 칠십여성이 다 귀항(歸降)하니 장웅이 처자와 보화를 다 싣고 서문으로 달아나 서번 부락에게 의탁하다.

승상 문소가 성을 열어 맞을 새, 왕이 먼저 양씨 종묘를 배설하여 현알하고 양씨 자손을 찾을 새, 장웅이 양씨 종족 만여 인을 다 무찔러 마침내 종적이 없는지라. 왕이 가석하여 잠깐 유진하고 비보(飛報)를 올려 천자께 청하고, 마땅히 안남 지킬 이를 주청하다.

이때 조정이 천자께 장부마의 보하는 바를 드리오니, 상이 대신들과 의논하여 장공으로 안남왕을 봉하고 구장면복(九章冕服)을 주시고 황포(黃袍)[1065]와 육마(六馬)를 허(許)하시며, 공주의 식읍 회양을 옮겨 남제로 식읍을 삼아 자손에 전하라 하시다.

오래지 않아 돌아가 남제에 보하니, 부마 조명을 얻고 드디어 안남의 임금이 되매 인민과 아동에 이르도록 다 즐겨 문밖에 와 즐기는 소리가 구소(九霄)[1066]에 사무치더더라.

1061)범밍박(范孟博) : 범방(范滂 : 137~169년). 후한 말의 인물. 자는 맹박(孟博). 팔고(八顧)의 한 사람. 정직하고 청렴한 인물로 이름이 높다.
1062)년병무졸(鍊兵武卒) : 병졸들에게 무예를 훈련시킴.
1063)왕망(王莽) : B.C.45~A.D.23. 중국 전한의 정치가. 자는 거군(巨君). 자신이 옹립한 평제(平帝)를 독살하고 제위를 빼앗아 국호를 신(新)으로 명명하였다. 한(漢)나라 유수(劉秀)에게 피살되었다. 재위 기간은 8~23년이다.
1064)구음(久淫) : 오랫동안 일없이 놀고 지냄.
1065)황포(黃袍) : 누런빛의 곤룡포.

표를 올려 사은하고 우익공 치로 남제를 직키게 하고 삼비를 청할 새, 태자 화로 세 모친을 모시게 하여 안남에 이르니, 궁궐이 장려하고 인물이 번성하여 남제 조그만 땅으로 비교해 내도하더라.

왕과 후가 조석에 소임을 삼아 왕은 숙야불태(夙夜不怠)하여 예정(禮政)을 펴오고, 비는 유한정정(幽閑貞靜)하여 탈잠규간(脫簪規諫)[1067]하니, 내외의 다스림이 주나라 대아국풍(大雅國風)[1068]을 효칙하더라. 사묘를 세우고 학당을 두어 선비를 대접하고, 예악을 고르고 공경을 예로 하고, 백관을 덕으로 하며, 사치를 물리치고 현사를 초빙하며, 환과고독(鰥寡孤獨)[1069]을 무휼하니, 인민이 함포고복(含哺鼓腹)[1070]하여 격양가(擊壤歌)[1071]를 부르더라.

왕이 위생을 예로 맞아 돌아와 공자의 사부를 삼고, 또 화가의 삼자을 얻어 녹봉을 주며, 산곡의 은거한 자 추현 이엄 오기 정세 강유 배정 칠인이 청명세절지사(淸名世節之士)로 당조(唐朝)의 징벽(徵辟)에 응하지 아니하고, 자칭 칠현(七賢)하여 세에 나지 않거늘, 왕이 안거후록(安車厚祿)을 배사(拜謝)하여 마침내 나오게 하여 문연각 태학사를 삼고, 더불어 치란흥망(治亂興亡)과 고금예악(古今禮樂)을 강론하더라.

1066) 구소(九霄) : 늑층소(層霄). 구천(九天). 가장 높은 하늘.
1067) 탈잠규간(脫簪規諫) : 비녀를 뽑아 머리를 풀고 대죄하며 옳은 도리나 이치로써 남편이나 웃어른에게 잘못을 고치도록 간함
1068) 대아국풍(大雅國風) : =국풍대아(國風大雅) 『시경』의 편명(編名). 〈국풍(國風)〉은 『시경』 중에서 민요 부분을 통틀어 이르는 말로 정풍과 변풍이 있으며 모두 160편이다. 〈대아(大雅)〉는 〈소아(小雅)〉와 함께 주(周)나라 궁중음악인 아악을 말하는데, 모두 31편으로 되어 있다. 여기서 말하는 주실삼모(周室三母)와 관련된 이야기는 주로 이 〈국풍〉편과 〈대아〉편에 실려 있다.
1069) 환과고독(鰥寡孤獨) : 늙어서 아내 없는 사람, 늙어서 남편 없는 사람, 어려서 어버이 없는 사람, 늙어서 자식 없는 사람을 아울러 이르는 말.
1070) 함포고복(含哺鼓腹) : 배불리 먹고 배를 두드리며 즐겁게 지냄.
1071) 격양가(擊壤歌); 중국의 요임금 때에, 백성들이 태평한 생활을 즐거워하여 땅을 치며 불렀다고 하는 노래.

우필의 난에 장씨 종족이 다 멸하였으되, 왕의 맏누이 한생의
처가 가만히 도망하여 촌락에 유락한 지 십구 년이라. 아들 중의
를 데리고 민간에 유락하여 간고하더니, 이미 왕이 고국의 주인
이 됨을 듣고 왕도에 이르니, 왕이 대경하여 맞아 통곡하고 슬픔
을 이기지 못하더라.

선빈공주를 봉하여 별궁에 머무르고, 중의를 금오랑(金吾郎) 벼
슬을 봉하여 취처(娶妻)하게 하고, 이날 형제 처음으로 만나매 슬
프고 즐거함이 비길 곳이 없더라.

이때에 삼 왕후 비록 남면 왕작의 부귀 성만(盛滿)함이 날로
더하고, 왕의 중대 비길 곳이 없으나, 육친(肉親)을 서로 이별하
고 각각 자녀를 원별하니, 앙망경궐(仰望京闕)[1072]에 사군(思君)
함을 이기지 못하고 세사(歲祀)에 고향의 넋이 내리지 못함을 서
러워하며, 춘거추래(春去秋來)의 어안(魚雁)이 신(信)을 전치 못
하니, 화풍(和風)이 경경(耿耿)하고 거지(擧止) 맥맥한지라. 장안
을 바라는 누를 지으니, 고대(高臺) 천척이라. 왕이 위하여 삼부
인과 세 식부를 데려 누에 올라 관광하게 하고, 호를 망교루라
하고, 모든 부인네가 이따금 관회(寬懷)하고, 각각 가부를 좇아
자연 자제로 조우하나, 오직 진부인은 양수(陽壽)가 진하였는지
라. 안으로 상심(傷心)이 크니 능히 연수(延壽)할 도를 얻지 못하
여 안연(顏淵)의 단명함에 이르니, 가히 아낌 직 하더라.

삼 왕후가 왕을 권하여 빈어(嬪御)의 수를 채우고자 한데, 왕이
허치 않아 왈,

"과인이 화란에 남은 성명으로 성상 후은을 입사와 부귀영총이
몸에 극하고 왕작이 또한 외람하거늘, 어찌 성만함을 취하여 여
러 여자를 모으리오. 육자오녀가 또한 종사(宗嗣)의 지치[1073] 될
것이 오, 삼궁이 안흐로 치내(治內)하는 덕화가 있으니 다시 권치
마소서."

[1072]앙망경궐(仰望京闕) : 우러러 대궐을 사모하여 바라봄.
[1073]지치 : '자손(子孫)'을 달리 이르는 말. *한국고소설에는 '자손'을 뜻하는 말로 '지치'
라는 어휘가 빈번하게 쓰이고 있다. 그러나 그 어원은 미상이다.

하더라.

이러구러 삼년이 되니, 왕이 세자로 더불어 장안에 조회할 새, 천자가 봉천(逢遷)의 위태함을 갓 지내시어 왕을 보고 탄 왈,

"경이 업기로써 큰 화란을 임하니 뉘 사직을 붙들리오."

하시더라.

왕이 조회하고 모든 공경대신과 왕후제공을 반기며, 삼녀를 보매 , 슬픔이 교극하더니, 상이 왕을 머물게 하고자 하시더니, 각신(閣臣)이 사이에 주청하여 머물지 못하게 하다.

왕이 금궐에 배사(拜謝)하고 제우(諸友)를 이별하매, 삼녀를 분수하여 본국을 향하더니, 국도에 못미처 진부인의 병세 위중함을 고한데, 왕이 대경하여 빨리 궁중의 이르니, 진비 병세 이미 바랄 것이 없이 되었더라.

원내 왕이 장안에 갈 적 진비 하직할 때를 임하여 추연히 기뻐 않거늘, 왕이 또한 불열하여 나아가 손을 잡고 강잉하여 희롱 왈,

"현비는 갈수록 청춘 소심이 있어 부부 상리를 슬퍼하시나, 육칠삭 내에 그대도록 원별을 슬퍼하시느냐?"

비 함루(含淚) 왈,

"첩의 심사가 처황(悽惶)한데 몽사가 호번하니, 이 장차 원별인가 하나이다."

왕이 의아하여 묵연(默然) 양구(良久)에 왈,

"가는 마음이 어지러우니 현비는 보중하여 서로 웃고 만남을 기다리소서."

진비 장차 탄식 부답이더라.

왕이 연연함을 겨우 참아 행하니, 진비 이로부터 날로 더하여 눈을 감으면 왕이 곁에 앉아 은근한 말씀과 유화한 안면을 보다가 깨친 즉 꿈이라.

훌훌 아연하여 병이 점점 중하니 공주와 곽비 주야 위로하여 추말에 이르러는 진비 문을 열고 깁창을 의지하여 경물을 볼 새,

두 왕비 좌우에 있고, 자녀가 모셨더니, 이 때 구월이라. 금풍(金風)[1074]이 서기하고 백로(白露)가 위상(爲霜)하여 천랑청기(天朗淸氣)하니, 고국을 바라고 왕의 행도를 사렴하매, 청산이 만첩(萬疊)이요, 유수 천척(千尺)이라. 고루걸각(高樓傑閣)이 안전에 벌어있고 화당옥계(華堂玉階) 꿈 가운데 완전하거늘, 수만리 장도에 어안(魚雁)이 불래(不來)하고 심사가 희희(噫噫)하니, 홀연 양녀의 얼굴이 안목에 현저하고 왕의 말소리 입 안에 머무른 듯한지라. 옥빈홍험(玉鬢紅臉)에 주루만안(珠淚滿顔)하였으니, 이시히 말을 못하거늘, 공주 위로왈,

"현비는 여중(女中) 통철함이 남아(男兒)에 지나거늘 어찌 옹졸하게도 병심을 요동하여 기운을 조섭치 않으시나이까?"

진비 다만 사례할 뿐이더니 문득 기운이 막혀 겨우 구하니, 상요에 다시 침면하여, 날로 위태한지라. 백약이 무효하고 산천이 영(靈)치 않더라.

왕이 빨리 침전에 이르니 옥병아상(玉屛牙床)의 예기(禮記)는 티끌이 끼었고 경대 주함은 폐한지 오래거늘, 풍용(豊容)한 화색은 날로 여위매 옥골이 초연하고 안정(眼睛)이 달라졌으니, 옥수 섬지에 뼈 드러나고 혈맥이 실낱같은지라. 나아가 머리를 열고 손으로 만지며 연연하여 부르니, 다만 성안(星眼)을 흘려 떠 반김을 머금고 손을 떨쳐 머리맡의 구슬함을 가르칠 따름이더라. 드디어 명이 진하니 왕이 차마 보지 못하여 일성장통에 기운이 막히니, 좌우가 겨우 구하매 왕이 불러 왈,

"내 일찍 현비를 취하매 천사만상(千思萬想)하여 서로 만난 후, 그 덕의(德義)를 갚지 못하여서 중도에 버리니 현비 정령(精靈)이 아니냐!"

말을 마치고 또 울어 그치지 않으니, 공주 간 왈,

1074)금풍(金風) : '가을바람'을 달리 이르는 말. 오행에 따르면 가을은 금(金)에 해당한다는 데에서 이르는 말이다.

"대왕이 소소 문생이 아니라. 일찍 천승지군(千乘之君)으로 배필의 상을 인하여 귀체를 돌아보지 않으시나이까?"

왕이 드디어 통도(痛悼)하기를 그치고 친히 염습(殮襲)[1075]할새, 극진함이 못 미칠 듯하며 혜를 붙들고 주야 위로하더라.

염빈(殮殯)[1076]하여 침전 옥화전에 빈소(殯所)[1077]하고 왕이 조석 제사를 친히 하니, 조정이 가치 않음을 간한데 왕이 드디어 석일 행적을 차마 잊지 못하는 뜻을 보인대 만조 흠탄경복(欽歎敬服)하여 위하여 슬퍼하더라.

공주와 곽비 자소(自少)로 형제같이 화협하더니, 또한 서러워함이 비길 곳이 없고, 모든 궁녀가 다 슬퍼 정성을 잊지 못하여 글을 지어 일컬으니, 그 덕도(德度)가 이 같더라.

처음에 공주가 산천에 빌면 속거(俗居)예 득지(得志)한다 하여 않는 일이 없거늘, 진비 말려 왈,

"공명이 칠등(七燈)을 베풀되 오히려 오장원(五丈原)[1078] 가운데 장성(將星)[1079]이 떨어지고, 곽박(郭璞)[1080]이 자방(子房)[1081]을 물리치는 법을 쓰되 왕돈(王敦)[1082]의 죽임을 면치 못하니, 현후

1075) 염습(殮襲) : =습염(襲殮). 죽은 이의 몸을 씻은 다음에 수의(壽衣)를 갈아입히고 염포(殮布)로 묶는 일.
1076) 염빈(殮殯) : 염빈(殮殯). 시신을 염습하여 관에 넣어 안치함.
1077) 빈소(殯所) : 빈소(殯所). 상여가 나갈 때까지 관을 놓아두는 방.
1078) 오장원(五丈原) : 중국 산서성(陝西省) 서안시(西安市) 기산현(岐山縣) 서남쪽에 있는 삼국 시대의 전쟁터. 촉나라의 제갈공명이 위나라 사마의와 싸우다가 병들어 죽은 곳임.
1079) 장성(將星) : 어떠한 사람에게든지 각각 인연이 맺어져 있다는 별.
1080) 곽박(郭璞) : 276~324. 진(晉)나라의 문신이자 학자로 자는 경순(景純)이다. 동진(東晉)의 원제(元帝) 때 상서랑(尙書郞)을 지냈다. 오행(五行)과 천문, 점서(占筮)에 밝아 국가의 운명과 길흉화복을 예언하였으며, 문학과 문자(文字), 훈고학(訓詁學) 등에도 조예가 깊어 《이아(爾雅)》에 주를 달았다.
1081) 자방(子房) : 장량(張良). BC ?~189. 중국 한나라의 정치가, 건국공신. 자는 자방(子房). 유방의 책사로 홍문연에서 유방을 구하고 한신을 천거하는 등, 유방이 한나라를 세우고 천하를 통일할 수 있도록 도왔다. 소하·한신과 함께 한나라 건국 3걸로 불린다.
1082) 왕돈(王敦) : 중국 진(晉)나라 장군. 벼슬은 시중(侍中), 강주목(江州牧)에 이르렀

는 부질없이 추사치 마소서."

하고, 다만 공자 혜를 느껴 탄식하지 않을 적이 없더라.

왕이 침변의 궤를 보니 유서(遺書)가 만 편이요, 여교(女敎) 오십 장이라. 태자비에게 보냄을 원하였고, 왕이 돌아오기 전에 죽을까 서러워한 글이 차마 보지 못하여 깊이 간사하다. 왕이 진비 행장을 스스로 지어 국 중에 반포하고 시호를 '인명절의성렬왕후(仁明節義聖烈王后)'라 하다.

흐르는 일월이 순식에 지나니 장차 일기(日期) 이른지라. 왕이 관을 비껴 울고 공주와 곽비 제문지어 설제할 새, 왕이 제문지어 깁에 박아 관 곁에 묻을 새, 그 제문(祭文)의 가랐으되,

대당 연월일의 안남국왕은 삼가 슬픔을 머금고 정을 품어 서궁 현비 인명절의성렬왕후 진씨 영좌에 고하나니, 오호 통재라! 자고로 뉘 부부 없으리오마는 나와 그대는 어떤 부부뇨? 타인에게 비치 못하리로다. 슬프다! 간적(奸賊)의 흉한 계규로 육친(六親)[1083]이 피화하니, 고고혈혈한 소아가 난을 벗어나 수만리 타향에 이르니, 사고무친(四顧無親)한지라. 뉘 거두어 정사를 살피리오. 유모는 주태[1084] 아래 생계를 일삼고, 나는 학당에 곤욕을 받을 제, 악모의 큰 덕을 힘입어 은혜 두터우니, 사생에 잊기 어렵거늘, 상경하매 흉한 소리에 문득 차탄하고 파할 따름이라. 뉘 도리어 꽃다운 규각의 여종(女宗)[1085]을 사모할 줄 알리오. 의기를 한번 발하매 스스로 문 바라는 과부가 되기를 기약하고, 천리 도로에 발

다. 정남대장군(征南大將軍)으로 있을 적에 공을 믿고 권세를 전단하다가 무창(武昌)에서 난을 일으켰다. 뒤에 명제(明帝)가 토벌하였으나, 왕돈이 앞서 병으로 죽자, 그 무덤을 파헤치고 시체를 끌어내어 꿇어앉히고 목을 베었다. 《진서 권98 왕돈열전(王敦列傳)》

1083) 육친(六親) : 부모, 형제, 처자를 통틀어 이르는 말. 늑육척(六戚).
1084) 주태 : 술고래.
1085) 여종(女宗) : 여자 가운데 으뜸가는 사람.

섭하여 원수를 소제(掃除)하고, 변애(邊涯) 사석(沙石) 사이에서 음혼을 부르며 영령을 위로 하니, 진실로 죽음이 있을진대 감격하여 천양지하(天壤之下)에 잊지 못하려든, 하물며 살아 갚지 못함을 차마 어이 하리오. 다만 생각건대 부부라 한즉 적승(赤繩)[1086]과 동상(東床)을 인하여 옥배의 합환(合歡)하는 술을 마시지 않았고, 붕우(朋友)라 한즉 동창 서재에서 시재(詩才)를 창화하며 청안(淸顔) 언화(言話)의 친함이 없는지라. 오직 현비의 아름다운 덕이며 어진 행사라. 내 일찍 글을 품고 물속에 투생하매 청운의 길을 얻으니 어찌 하루인들 돌아오기를 더디고자 하리오마는, 국사에 매여 호사다마(好事多魔)하여 양신이 글러지니, 도리어 간인의 해를 만나 유리(流離)함이 되도다. 애재(哀哉)라! 염씨의 절이 수빙(受聘)한 지아비를 위하고, 초녀(楚女)의 정정(貞正)함이 부왕의 한 말 희롱을 지킴이나, 고금에 유전하여, 천추의 가인(佳人)이 민멸치 않은지라. 현비로 더불어 숙요명절(淑窈名節)이 상근(相近)하도다. 슬프다! 해운을 파하고 혼취를 정할 새, 녜복도습과 명부직첩이 내리니, 도요(桃夭)[1087]를 읊으며 백냥(百輛)[1088]을 빛내려 하매, 형주의 나아가랴 한즉 형인이 임의 찾기 어려운지라. 낙화분수에 영결함이 아니로되, 대해 부평(浮萍)이 되었으니, 요석(邀席)을 여러 향혼(香魂)을 맞지 못하고 옥골을 찾아 궁진(窮塵)을 감추기 어려우니, 이때 심사는 신명이 곁을 보는지라. 초주의 신을 지켜 백년에 어기지 않으랴 하더니, 인연이 자주 변하매 비록 거처를 들음이 있으나, 미처 뜻을 펴지 못하여서, 드디어 기러기 전함을 남의 뒤에 하고 교위하여 만나매, 서로

1086) 적승(赤繩) : 인연을 맺는 끈. 또는 부부의 인연.
1087) 도요(桃夭) : 도요시(桃夭詩). 시경(詩經) 〈주남(周南)〉 편에 있는 시. 시집가는 아가씨의 아름다움과 행복을 노래하고 있다.
1088) 백양(百輛) : '백대의 수레'라는 뜻으로, 『시경(詩經)』 「소남(召南)」 편, 〈작소(鵲巢)〉시의 '우귀(于歸) 백량(百輛)'에서 유래한 말이다. 즉 옛날 중국의 제후가(諸侯家)에서 혼례를 치를 때, 신랑이 수레 백량에 달하는 많은 요객(繞客)들을 거느려 신부집에 가서, 신부을 신랑집으로 맞아와 혼례를 올렸는데, 이 시는 이처럼 혼례가 수레 백량이 운집할 만큼 성대하게 치러진 것을 노래하고 있다.

상심이 절할 따름이라. 오희라! 천생특용이 진세의 솟아날 뿐 아니라, 유순한 성질과 화열 씩씩함이 적국을 동기 같이 하며, 단일 성장(單一誠莊)하며 엄위 침묵함이 하배의 은우 병행하니, 과인이 공경하고 중대함이 타인과 다른지라. 그러나 현비 한 번 잡된 거동과 희노(喜怒)의 사색이 없어 경순하기로 공경을 잡으며, 규간하기로 법을 삼아 숙흥야매하고 의상이 제미하니, 내 스스로 복록을 양배하여 화조월석에 삼비(三妃)로 더불어 고금을 강론하고 시사를 창화하여 조운모우에 난창화각에 비겨 자녀를 유희하며, 부인이 경중하여 하루 떠남을 백년 같이 여기더니, 차희(嗟嘻)라! 동남에 정벌하매 유언(流言)을 인하여 부인의 옥 같은 간장을 얼마나 사르더냐? 오희라! 양수(陽壽) 진하매, 슬픈 말이 자연 나타나는지라. 영춘전에서 심사를 이를 제 홀로 그대 언어 척비하고 수회 만단이거늘 내 자못 기뻐 않고 위로할 뿐이러니, 중도에 버릴 줄 뉘 알았으리요. 천은을 인하여 몸이 왕위에 이르니, 시러금 한가지로 즐김을 이룰까 하였더니, 하늘이 밉게 여기사 부인의 돌아감을 재촉하도다. 서로 장안의 입조함을 보고 임별의 척연자상함을 보니, 마음이 살 같더니, 경도에 채 이르지 못하여서 환후 급함을 이르는지라. 이미 침전에 나아가 비를 볼 새 인사가 변하였으니 가는 넋을 머무르지 못하니, 불러도 응함이 없고 서로 보아도 한 말 통함이 없는지라. 오호애재라! 복선인수(福善仁壽)라 하나, 부인의 덕의로 하수(遐壽)를 못 얻은 즉 또한 안연(顏淵)[1089]이 조사(早死)함을 괴이타 하리오. 삼십육이 저물지 못하여서 일찍 영사를 부르오며 유명이 빨리 향한지라. 슬프다! 여아의 슬픔을 종천에 가시기 어렵거늘 혈혈한 혜아는 어미를 부르고 풀 위에 엎디었으니, 더욱 심신이 돌돌하여 차마 보기 어려운

1089)안연(顏淵) : 안회(顏回). 자(字) 연(淵). 공자의 제자. 십철(十哲) 가운데 한 사람. 공자가 가장 신임하였던 제자이며, 공자보다 30세 연소(年少)하나 공자보다 먼저 32세의 젊은 나이로 죽었다. 학문과 덕이 특히 높아서 공자도 그를 가리켜 학문을 좋아하는 사람이라고 칭송하였고, 또 가난한 생활을 이겨내고 도(道)를 즐긴 것을 칭찬하였다.

지라. 장안의 양녀도 정사 또한 어떠하뇨? 맹자모(孟子母) 삼천(三遷)하매 맹자 아성이 되고, 태임이 태교하매 문왕이 성인이 되시니, 이제 부인이 훈자교녀(訓子敎女)하매 이 두 사람에 미치지 못할진대, 어찌 양녀의 기이함과 혜아의 출인(出人)함이 있으리오. 나의 제자녀 가운데 홀로 부인의 삼아가 특이 하니, 아지못게라! 부인의 덕행은 하늘이 감도하여 선동옥녀(仙童玉女)를 보내 슬하를 삼으시고, 부인은 인세에 둠을 아끼사 수이 불러가심이냐? 화모월풍(花貌月風)은 관속에 감춰짐으로부터 날이 쌓이고 달이 가니 어진 소리와 법도의 말씀은 귀에 머물었고 유화한 안색과 유법한 동지는 안저(眼底)에 벌었으니, 차마 잊기 어렵거늘 침전의 소장이 중중하여 금병을 가리오고, 향연이 은은하여 안개 같은데, 자녀의 곡성이 머물렀으니, 그대는 듣는 바 있나냐? 만일 알음이 있을진대 혜아의 호곡에 눈을 감지 못하리로다. 오호애재라! 양풍월하(良風月下)와 장야동일(長夜冬日)에 누구로 더불어 호금(胡琴)[1090]을 조롱(操弄)하고 금자를 이루며 미주를 마시고 진미를 먹으리오. 의사 이에 미치매 비록 두부인의 덕용화모를 대하나 그대를 잊기 어렵도다. 의구한 화당에 의연이 애정이 그쳤고 구슬 베개 위에 꿈이 의당 놀라니, 연년이 여태껏 즐기던 흥이 봄눈 같은지라. 일월이 빨리 지나고 고인의 법제를 인하며 신릉(新陵)에 택부(宅付)하매, 슬프다! 관을 이별하매 혜유를 들먹여 위로할 것이 없고, 영능을 돋우고 옛일을 살필 마디도 없으리니, 주야 의관을 비겨 백년 후에 한가지로 영여(靈轝)를 갖추어 가고자 뜻이 심두에 맹얼(萌蘖)하나 능히 행치 못하니, 또한 정이 적음이로다. 오호애재라! 봄이 채 이르지 않아서 늦은 매화는 설상에 교태하고, 봄눈은 솔 사이에 뿌렸거늘 명정 한 줄기 붉은 빛이 홀란하고 백사(百事)가 의연한데, 천장 만사(輓詞)는 평생행적을 기록하여 도로에 이었으니, 어찌한 거조며 그대 무슨 나이

1090)호금(胡琴) : '비파(琵琶)'를 달리 이르는 말. 중국 당나라 때에 호인(胡人)의 현악기라는 뜻으로 이르던 말이다

뇨? 그대 유서를 조차 검박(儉朴)으로 치상하고 간략하기로 반장 (返葬)할 새, 난녀 채교는 위의를 덮었도다. 오희라! 만남을 늦게 야 하고 떠남을 일찍 하니, 생각건대 십팔 년 동락이 하루아침 꿈이로다. 정이 무궁하고 말이 무진하나, 구곡이 막히니 문자를 이루지 못하고 눈물이 압서니 백 줄 글 뜻을 한 줄에 모아 겨우 두어 줄로 잠깐 정을 고하나니, 그대 정령이 알음이 있을진대, 뜻 을 거의 알리니 이에 평생 행장을 국중에 내려 후세에 전하게 하 고, 나의 깊은 정을 이곳에 머물러 새겨 관 곁에 묻는도다. 말이 무궁하나 누수가 앞서매 그치나니, 인명현비(仁明賢妃)는 굽어 졸 부(拙夫)의 남은 정을 살피소서.

제를 마치매 흐르는 눈물이 백포에 가득하더라.

공주와 곽비 또한 설제하고 제문 지어 지극한 정을 나타내니, 한 자에 은근함이 가득하고 한 말에 설러움이 맺혔으니, 동기의 지난 정을 가히 알리러라.

관을 붙들고 선능에 나아갈 새, 전챠후옹(前遮後擁)하여 천관 백료(千官百寮)가 소건포의(素巾布衣)로 시위(侍衛)하고, 왕이 또 한 친히 제자를 거느려 뒤를 좇으니 이미 능을 이루매 왕이 고혼 을 불러 통도하여, 날이 저묾을 깨닫지 못하거늘, 군뮈 참연하여 감히 간(諫)치 못하더니, 칠학사가 나아가 가로되,

"석에 태종이 소릉을 바라는 누(樓)를 허신 것은 위징(魏 徵)[1091]의 간을 조차 명주의 큰 뜻을 밝히심이니, 대왕이 한 부인 을 위하시어 아녀의 태를 하시나이까?"

왕이 추연 답하되,

"그대 말이 정론이나, 우희(優戱)[1092]를 어여삐 여기는 노래는

1091) 위징(魏徵) : 580~643. 중국 당나라 초기의 공신·학자. 자는 현성(玄成). 현무문의 변(變) 이후, 태종을 모시고 간의대부가 되었다. ≪양서≫, ≪진서≫, ≪북제서≫, ≪주서≫, ≪수서≫의 편찬에 관여하였다.
1092) 우희(優戱) : 초패왕 항우(項羽)가 사랑했던 미인으로 이름은 희(姬). 항우가 한나라 고조의 군사들에게 포위되어 사면초가(四面楚歌)의 막다른 상황에 이르자 최후의

초장(楚場)[1093]에 있고, 척씨(戚氏)[1094]를 슬피 여기는 춤은 한정(漢庭)에 벌었거늘, 반혼향(反魂香)을 구함은 무제(武帝)의 일이요, 소릉(昭陵)[1095]을 바람은 태종황제의 하신 바라. 이 네 임금이 영웅호걸에 또 어쩌하뇨마는 배필을 위하여 천고 미담이 되어 만고가화(萬古佳話)로 유전(流傳)하거늘, 과인은 영걸의 도가 없고, 도리어 포의조강(布衣糟糠)의 어진 정비를 중도의 잃어 화락을 누리지 못하니, 어찌 슬픔을 참으리오."

칠인이 부복 왈,

"대왕의 말씀이 진실로 인리(人理)에 떳떳한 일이나, 천승의 존함으로서 일방강산(一邦江山)을 생각지 않으시고, 한갓 배우의 상리(相離)함을 애척(哀戚)하시니 두려워하건대 후세에 논(論)이 있을까 하나이다."

왕이 마지못하여 수레를 돌이켜 궁에 이르러, 혜를 붙들고 날이 맞도록 호곡하고, 침전을 차마 보지 못하여 제청(祭廳)을 배하다.

왕이 차후 마음을 강잉하여 정사를 살피나, 들매 삼후의 가즉이 맞는 예를 보지 못하니 울울불락하여 삼년을 마치매, 벌써 내궁에 수침하여 더욱 두 부인을 화락하는 가운데 진비를 잊지 못하여 탄식 않을 적이 없더라.

혜의 나이 십사 세라. 왕이 데리고 장안에 입조할 새,

이때 천자가 기이한 신몽을 얻으시고 설과하여 인재를 뽑으실

주연을 베풀었는데, 이때 항우가 슬퍼하며 눈물 흘리자 "대왕의 의기가 다했는데 제가 어찌 살기를 바라겠습니까?"라고 답하고는 자결했다고 함.

1093) 초장(楚場) : 초나라 땅.

1094) 척씨(戚氏) : 척희(戚姬). 척부인(戚夫人). 중국 한 고조의 후궁. 고조의 사랑을 받아 아들 조왕(趙王)을 두었으나, 고조가 죽은 뒤, 여후(呂后)에게 조왕은 독살당하고, 그녀는 팔다리를 잘리고 눈을 뽑히는 악형을 당하고 '인간돼지(人彘)'로 학대를 받으며 측간에 갇혀 지내다 죽었다.

1095) 소릉(昭陵) : 당태종의 비(妃) 문덕황후(文德皇后)의 능호(陵號)임. 부덕(婦德)이 높았다고 함

새, 왕자가 나아가 응천규목(應天樛木)하여 장원에 뽑히매, 천자
가 대열하사 금화쌍개로 영총을 빛내시고 왕을 전교하사 머물러
두라 하신대, 왕이 마지못하여 경사의 가택과 무릇 기구를 다 왕
자를 주고 현매에게 고하니, 곽학사 부인과 태자비가 모후의 졸
(卒)함을 서러워하여 부왕을 떠나지 못하더니, 왕자가 있으니 더
불어 위로함이 있더라.

왕이 곽가에 성친하고 돌아가고자 하나, 일이 괴이하여 곽부에
서 은은히 배약(背約)함이 있는지라. 또한 조혼(早婚)을 기뻐 않
아 후에 입조시에 혼인하려 돌아 가니라.

원래 곽도위와 진양공주가 그간에 괴이함을 품어 왕자의 호방
함을 거리껴 즐겨 혼사를 원치 않되, 소주(小主)[1096]는 수절하여
맹약을 지키려 하매, 일이 장차 위태하여 소주가 천정에 들어가
주사(奏辭)하고 왕자에게 가(嫁)하니, 이 가운데 기이한 설화가
처음부터 기록하여 『광장양문록』이 되니라.

왕이 안남을 다스리매 인국(隣國)이 화하고 예의가 종족에 미
쳐, 안남을 일컬어, 주문왕의 교화가 있다 하더라.

군인신직(君仁臣直)하여 태평을 누린지 사십여 년에 부부가 천
록을 안향하고 돌아가니, 오자사녀가 있는지라. 장자 화는 안남
임금이 되고, 차자 표는 왕자로 부귀를 누리고, 삼자 치는 남제후
가 되어 남제에 머물고, 사자 혜는 중국에 입조하여 회서를 평정
하여 제음왕이 되고, 오자 계는 화를 이어 임군이 되니라. 화와
치는 공주의 자요, 표와 계는 곽후의 자이며, 혜는 진후의 자라.

장녀 효성공주 광염은 곽연왕비요, 츳녀 효임공쥬 자염은 신학
사 부인이요, 삼녀 효성공주 명염은 헌종황제 인성효현현열황후
(仁誠節義孝賢顯烈皇后)요, 사녀 효강공주 계염은 도위 위벽의
처가 되니, 광염과 황후는 진후의 딸이요, 자염 계염은 곽후의 딸
이니, 공주는 딸이 없더라.

왕자 혜가 곽학사로 더불어 현종황제를 섬겨 곽학사는 연왕이

1096)소주(小主) : 어린 공주.

되고 혜는 제음왕이 되니라.

어시에 장왕이 훙(薨)하매 안남 일방이 부로(父老)가 호읍하여 오문(午門) 밖에 와 통곡하니 곡성이 천지에 진동하더라. 이어 공주 훙하고, 이어 곽후가 훙하니, 육년내에 삼상이 연(連)한지라. 천자가 이때 붕하시고, 숙종이 즉위하사 병이 계시매, 태자께 전위하시니, 이 현종황제라.

왕위, 십팔재(十八載)요 행적은 본기예 기록하다. 이에 시호를 내리시니, 왕의 시호는 문예경충왕(文睿敬忠王)이라 하시고, 공주도 정덕현의왕후(貞德賢義王后)라 하시며, 곽후도 명숙연의왕후(明肅戀義皇后)라 하시니라.

장왕의 임종사연과 네 자녀의 부귀영총은 『곽장양문록』에 있어 은연히 소설이 되었는 고로 드디어 베풀지 않으니라.

안남 문예경충왕 본기 시류에 가랐으되,

왕이 본디 안남 승상 제삼자로 명왈 홍이오, 자왈 몽필이라. 하늘이 각별이 품수하매 결연히 승란(乘鸞)한 적선(謫仙)이요, 벅벅이 인세인(人世人)이 아니라. 재화(才華)가 중중(衆中)에 표출하고 풍채 일세를 그쳐 집을 일으킬 보배요, 국가의 동량 될 큰 그릇이라.

나이 십삼에 천사(天使)를 공동하여 이름이 중국에 드리우고, 십사에 화를 만나 창황분주한 가운데 오명보의 벌초(伐楚)함과 범승상의 애자지원(睚眦之怨)을 생각하여, 중국에 도망하여 드디어 금방(金榜)[1097]에 오르니, 직언정풍(直言正風)과 충정갈력(忠貞竭力)함이 일시에 무쌍(無雙)한지라. 일신의 행실은 이미 공문(孔門)에 이르렀고, 문장의 거룩함은 니두(李杜)에 더하며, 지략(智略)은 양전(兩全)하여, 교우(交友)가 많지 않으나 현인군자를(賢人君子)를 벗하니, 이응의 용문(龍門)과 허소(許巢)의 원청에 지나도다.

1097)금방(金榜) : 과거에 급제한 사람의 이름을 써서 붙인 방.

서(西)로 토번을 치고 회흘(回紇)을 파하매, 동(東)으로 신강을 멸하고 서(西)로 촉을 항복 받을 새, 전필승(戰必勝) 공필취(功必取)하여 소향무적(所向無敵)하여 군위는 주아부(周亞夫)의 풍이 있고, 진법은 제갈(諸葛) 같으며, 덕은 사졸의 창처(瘡處)를 만지기에 지나고, 위엄은 말머리를 베기에 지난지라. 한번 출사(出師)하매 반드시 수만리 산하를 한 싸움에 평정하도다. 이에 대종예문효무황제(代宗睿文孝武皇帝) 아름다이 여기사 남제왕을 봉하시고 공주로써 가(嫁)하시니, 왕이 더욱 겸손 청렴하여 후궁이 열에 지나지 못하고, 집이 백간에 넘지 못하여, 굵은 깁으로 추위를 면하고 얽은 베로 여름 볕을 가리며, 빈궁한 이를 구하여 혼상(婚喪)에 급구(急救)함을 못 미칠 듯이 하고, 일찍 분양왕(汾陽王)의 필녀와 진태우의 딸을 취하여, 수신제가(修身齊家)함이 다 법이 있는 고로, 규내(閨內) 맑음이 빙청옥결(氷淸玉潔) 같더라.

이에 위국공을 승하여 자주 금장(金杖)을 드리우고, 묘당에 보필할 새, 천하가 날로 다스려져 정사가 실로 맑은지라. 사해(四海) 첨망(瞻望)하고 백성이 두려워하며 만조(滿朝)가 흠복(欽服)하여 태평을 기약하더라.

최길용

문학박사
전북대학교 겸임교수
전북대학교 인문학연구소 전임연구원

◉ 논 문
〈연작형고소설연구〉외 50여편

◉ 저 서
『조선조연작소설연구』등 17종 41권

현대어본 **몽옥쌍봉연록**

초판 인쇄 2017년 8월 15일
초판 발행 2017년 8월 25일

역   주│최 길 용
펴 낸 이│하 운 근
펴 낸 곳│學古房

주   소│경기도 고양시 덕양구 통일로 140 삼송테크노밸리 A동 B224
전   화│(02)353-9908   편집부(02)356-9903
팩   스│(02)6959-8234
홈페이지│http://hakgobang.co.kr/
전자우편│hakgobang@naver.com, hakgobang@chol.com
등록번호│제311-1994-000001호

ISBN   978-89-6071-700-8   93810

값 : 25,000원